THE BOSS

Du même auteur dans la collection

Luv

Teach Me Love

ERIN GRAHAM

THE BOSS

Luv

PROLOGUE

Émilie
Huit ans plus tôt

– Et alors, demain c'est le grand soir, trou du cul ?

Justin, hilare, pousse Vivian d'un air complice. Ce dernier lui répond par une simple grimace avant de terminer sa bière d'un geste agacé.

– Le grand soir pour quoi ?

Je détourne les yeux vers Marek, allongé sur une couverture, le visage tendu vers le soleil. J'en profite pour l'admirer. Oui, je sais, je n'ai pas le droit, mais je m'en fiche. Je porte des lunettes de soleil, personne ne remarque mes yeux baladeurs, autant en profiter. J'observe son ventre déjà bien dessiné, son profil parfait, les mèches brunes qui tombent sur son front. Si je le pouvais, j'en soupirerais de béatitude. Mais je ne le peux pas, et ne le dois pas non plus. C'est quand même bien ma veine !

Marek représente, comme le dirait Aude, « la seule attraction touristique intéressante de notre patelin ». Traduction, il est canon. Et c'est rien de le dire ! Malheureusement pour moi, il est aussi mon meilleur ami. Il est tout pour moi, depuis le début. Nous avons toujours partagé un tas de choses, juste tous les deux. Il est celui qui envoie des petits cailloux à ma fenêtre en pleine nuit, celui qui m'enlace pendant des heures quand tout tombe en décrépitude autour de lui. Il a toujours été celui qui me tenait au creux de ses bras, au creux de la nuit, au creux du bonheur. Il est celui qui a toujours compté le plus. Ce n'est pas simplement de l'amitié. C'est beaucoup plus. Nos âmes sont liées. En secret. Elles se retrouvent dans l'obscurité et s'ouvrent telles qu'elles sont, sans masque, sans pudeur. Je le sens en moi. Marek est et sera toujours celui qui me complète. Dommage qu'il n'y ait que moi qui le voie comme ça. Je ne suis, à ses yeux, que l'amie fidèle. Enfin, je suppose, parce que…

Justin me coupe dans ma réflexion en vociférant contre mon ange brun. Qui n'est pas vraiment le mien, malheureusement. Mais là n'est pas le sujet, on va dire que je le vis bien.

– Marek, ça t'embêterait de suivre un peu ? Viv a rencard demain soir avec la fille du prof de sport, Cindy !

Vivian lui balance une claque sur le crâne.

– Cynthia ! Et c'est juste un rencard, ça ne veut rien dire, tête de nœud !

– Cindy, Cynthia, c'est quoi la différence ? Un cul est un cul !

Quelle finesse !

Justin ricane et s'allonge sur sa serviette pendant que Vivian lance un regard désabusé à Thomas avant de répondre.

– Parce que toi, tu sais ce qu'est un cul peut-être ! C'est quand la dernière fois que tu en as vu un de près, ou devrais-je dire… la première fois ?

Thomas s'esclaffe, et cette fois c'est Vivian qui ricane pendant que Justin se renfrogne.

Je m'allonge à mon tour, consciente que ce qui va suivre ne va pas voler bien haut. Justin va répondre un truc bien lourd et moyennement drôle, Thomas va ricaner, et Marek ne va rien dire. On en a pour dix bonnes minutes au bas mot de discussion de vrais mâles en rut.

Depuis qu'ils approchent la majorité, ils sont encore plus lourds qu'avant. Et ce n'est pas peu dire ! Mais quoi qu'ils fassent ou disent, ils me font rire, finalement. Nous sommes unis comme les cinq doigts de la main depuis la fin de ma primaire. Eux se connaissaient avant, mais moi je suis arrivée dans notre petite commune cette année-là. Le rapprochement a été rapide. Mon école et leur collège se trouvant dans la ville voisine, nous prenions le bus de ramassage scolaire tous les matins et tous les soirs, ensemble, et descendions au seul et unique arrêt du village.

Ma sœur, Aude, âgée de trois ans de plus que moi, ne m'attendait pas vraiment et partait aussitôt dans la direction opposée de la maison avec sa copine, notre voisine. Mais eux, ils m'ont rapidement adressé la parole. D'abord Justin, qui habite à quelques centaines de mètres de chez nous. Puis Thomas, Vivian et Marek, quelques jours plus tard. Ils étaient « grands », ils avaient 12 ans, je n'en avais que 10. Mais contrairement à ma sœur, ils n'étaient pas bégueules. Je les ai trouvés drôles, mignons, tous autant qu'ils étaient, et du haut de ma décennie ridicule, je me suis très rapidement enorgueillie de ma nouvelle bande de potes. Résultat direct : jalousie des filles et une certaine forme de peur des garçons de ma classe. Ils se sont, dès le début, montrés protecteurs et possessifs, ce qui a refermé le piège sur moi.

Et six ans après, nous en sommes encore là. Ils sont mes seuls amis, je vis pour eux, je vis avec eux, et la réciproque est vraie. Même si j'ai une préférence pour l'un d'entre eux, ça n'entache en rien la place qu'ils ont tous dans ma vie. Nous sommes une famille. Je les aime tous. Et ils me le rendent bien.

J'aime Justin, parce que c'est un clown. Il dit n'importe quoi à peu près quatre-vingt-quinze pour cent du temps, mais il sait aussi se montrer sincère et sensible, lorsque nous rentrons tous les deux jusque chez nous le soir.

J'aime Thomas, parce qu'il a le cœur sur la main, que c'est un charmeur, et qu'il est drôle à sa manière, lui aussi. En revanche, lui et moi sommes comme chien et chat. Caractères pourris qui éclatent régulièrement pour tout et n'importe quoi. Entre nous, la prise de tête hurlante est presque devenue une tradition. Plus personne n'y fait attention, d'ailleurs.

J'aime Vivian, parce qu'il est léger, affectueux, et qu'il s'avère toujours de très bon conseil.

Et enfin, j'aime Marek, parce qu'il est discret, intelligent, tendre, et aussi qu'il est magnifique, ses yeux verts sont plus clairs et plus profonds que le lac au bord duquel nous sommes allongés. Je l'aime parce qu'il est spécial. Parce que nous sommes liés, parce que nous avons cette relation secrète qui n'appartient qu'à nous et que je chéris plus que tout. Parce que, quelque part, ça fait bien longtemps que je lui ai donné mon cœur, de toutes les manières possibles. Bref, je l'aime. Mais pas comme un ami. J'en suis arrivée au point où un seul de ses regards me consume, où j'analyse toutes ses paroles, cherchant à y trouver un quelconque intérêt autre que la simple amitié qui nous lie tous. Je me demande si je suis la seule à le ressentir, si pour lui aussi ces nuits où nous nous cachons du reste du monde comptent autant que pour moi.

– Et toi, Milie Jolie ? Tu viens demain ?

Demain, c'est la fête du lycée. Les épreuves du bac se sont terminées hier midi, et donc le bahut organise, comme tous les ans, une soirée pour clôturer officiellement l'année scolaire, en l'honneur des futurs bacheliers, dont ils font partie. Ce qui est un autre problème, parce qu'après ils ont prévu d'aller s'installer en coloc à Paris. L'appartement est déjà trouvé, ils attendent simplement leurs résultats pour signer le bail. Si tout se passe bien pour eux, dans trois mois ils m'abandonnent tous. Et ça me déprime. Tellement que je refuse d'y penser, sinon je risquerais de souhaiter qu'ils ne décrochent pas leur examen. Et je suis leur amie, je n'ai pas le droit de souhaiter ça. Même si… bref.

Je soupire en m'étirant sous le soleil plus qu'agréable de juin.

– Ai-je réellement le choix ? Si je ne viens pas, je suppose que vous allez venir me chercher ?

Thomas hoche la tête.

– Voilà ! Tu viens !

Vivian enchérit.

– Déconne pas, Milie, on va te trouver un mec !

Justin n'est pas d'accord.

– Surtout pas ! T'es con ou quoi ? Milie, elle en a déjà quatre des mecs, ça va bien !

– Justin, Milie a le droit d'avoir une vie sexuelle, mon ami.

– Certainement pas ! Pas avant l'âge légal, et après entretien poussé du prétendant devant notre comité secret.

Je me redresse, ébahie par le discours de Justin.

– Tu peux répéter, là ? C'est quoi cette histoire de comité secret ?

Justin gonfle le torse.

– Ben c'est nous, nounouille ! Hors de question qu'un mec t'approche sans notre consentement.

– Non, mais sérieux ? Est-ce que je demande que tu me présentes tes nanas, moi ?

Toujours allongé, Marek s'esclaffe.

– Encore faudrait-il qu'il y ait des nanas à présenter !

Éclats de rire de toute part, sauf de Justin, bien entendu, qui ne trouve visiblement pas cette réplique très drôle. Il s'insurge.

– Marek, ferme-la, tout le monde n'a pas ta gueule d'ange, figure-toi ! Et tu seras prié de ne pas ramener ta tronche avec ton palmarès ! De plus, ce n'est pas parce que je n'en parle pas que ça n'existe pas… J'ai une vie sexuelle très épanouie !

– Avec ta main droite, nous n'en doutons pas ! Rassure-toi !

Justin se tourne vers Vivian qui retient un rire, fier de sa vanne. Et c'est reparti pour un tour. Je me rallonge et les laisse une nouvelle fois se prendre la tête. Parce que… parce que Marek aurait soi-disant un « palmarès » ? Et personne n'a contredit ce fait. Je suis déprimée. Un gouffre énorme se creuse en moi. Parce que tous ces mecs sont à moi, quelque part. Et savoir qu'une autre fille partage des moments avec l'un d'entre eux est un peu déstabilisant. Et quand il s'agit de Marek, ça devient carrément blessant. D'autant plus qu'il ne m'en parle jamais. Je me sens réellement trahie. Perdue.

Je jette un regard vers lui, mes lunettes cachant la lueur de rage qui doit y brûler. Son regard est déjà posé sur moi. Ses dents mordillent sa lèvre inférieure, comme s'il n'assumait pas réellement. Comme s'il scrutait mes réactions.

C'est bon, t'en fais pas, j'ai compris !

Je me force à adopter un air détaché et la suite sort de ma bouche avec aigreur :

– Non, je ne viens pas à votre soirée pourrie, j'ai autre chose à faire que de vous regarder draguer les greluches du lycée !

Les quadruplés (surnommés depuis des années ainsi par mes parents), interrompus en pleine discussion animée, se taisent et se tournent vers moi. Oups ! Prise en flagrant délit de jalousie caractérisée. Vivian fronce les sourcils et se fait le représentant de ses congénères tout aussi étonnés que lui.

– Comment ça ?

J'assume, maintenant que c'est sorti, je n'ai plus grand-chose d'autre à faire.

– J'ai dit que je ne venais pas. Et vous n'avez pas besoin de moi, de toute manière. Vivian, déjà, tu as Corinne…

– Cynthia !

Justin éclate de rire.

– Tu as dit Cindy tout à l'heure !

– Jamais de la vie, c'est Cynthia !

Thomas enchérit :

– Non, tu as dit Sylvie !

– Hein ?

Et voilà comment changer de sujet habilement… Je me rallonge, en les écoutant se chamailler pour la énième fois de la journée. Sauf que Marek ne l'a pas prévu comme ça. Il se rue sur moi et me soulève de ma serviette comme si je pesais deux grammes. J'adore quand il fait ça.

– Et toi, bien tenté, mais tu viens demain ! Et là, tout de suite, tu viens dans l'eau !

Nos peaux se touchent et ce contact me donne encore plus chaud, comme d'habitude. Je m'accroche à ses épaules et me cache dans son cou, me délectant de son odeur de soleil ensorcelante, alors qu'il est déjà en train de courir vers le lac. Je me débats mais sans grande conviction, il est plus fort, ce n'est plus à démontrer depuis longtemps, et je n'ai pas envie qu'il me lâche, mon cœur au paroxysme de l'excitation. Je me contente de resserrer mes bras autour de son cou et de hurler pendant qu'il traverse le vieux ponton de bois qui surplombe l'eau du lac un peu trop fraîche à mon goût. Je me love dans le creux de ses bras en essayant de me protéger comme je peux alors qu'il prend son élan et saute dans l'eau en hurlant « BOMBE ! »

***

Les gars nous ont rejoints dans la seconde. Et nous nous sommes battus comme des gosses pendant une bonne demi-heure. J'ai perdu mes lunettes au fond du lac, et j'ai bu la tasse un nombre incalculable de fois. Je suis devenue un adversaire tout à fait honorable en combats aquatiques. Et en joutes verbales. Je commente même les résultats de la FIFA et bois de la bière devant la Coupe du monde.

C'est donc sans honte que je sors de l'eau avec eux et me rhabille tranquillement avant de rentrer. Nous n'avons pas vu le temps passer, il est vingt heures. Thomas et Vivian sont en retard. Justin aussi, mais il s'écarte pour appeler sa mère et la prévenir que nous rentrons. Mes parents ne s'inquiètent que rarement, ils connaissent bien les gars et savent que je ne risque rien avec eux. Et comme je suis toujours avec eux, je suis considérée à tout moment « en sécurité ». Pas besoin de prévenir. Et Marek… sa famille est spéciale. Personne ne l'attend vraiment et il n'a de comptes à rendre à personne. Je reste donc seule avec lui pour ramasser les cadavres de bières et nos serviettes. Je n'ai plus mes lunettes, je fais donc attention à ne pas trop laisser traîner mon regard sur lui, alors qu'il essuie son torse, ses cheveux mouillés gouttant sur ses épaules et sa nuque, ses muscles bougeant sous sa peau bronzée…

Émilie : on ne regarde pas !

J'enfile mon short et un débardeur par-dessus mon maillot puis récupère les deux dernières bouteilles vides qui traînaient au sol pour les fourrer dans le sac qui nous servait de poubelle. Marek jette sa serviette sur son épaule, secoue la tête pour écarter les mèches de son front et s'avance vers moi. Mon cœur se met à battre de plus en plus fort, et ça m'effraye. Vraiment. Parce que je n'arrive plus du tout à le considérer comme un ami, ou tout au moins à faire semblant que ce soit le cas. Et parce que ça fait mal de se dire que je suis trop jeune, certainement pas à son goût, certainement pas assez jolie ni assez attirante et encore moins sexy. Nous ne nous aimons pas de la même façon. Pour mon cas personnel, je suis transie d'amour, de passion et de plein d'autres trucs que je ne saurais même pas nommer. Et lui ? Il n'est transi de rien du tout. Je n'en ai pas la certitude, bien entendu, mais il vient d'avouer par un silence qu'il avait un « palmarès ». Ce mot vient de devenir mon mot insupportable. Il signifie véritablement plus que sa simple définition. Il signifie qu'en dehors de nos nuits de complicité, il partage des choses avec d'autres, et qu'il ne m'en parle pas. Il signifie que je ne suis pas la bienvenue dans cette partie de son monde. Il signifie que je suis définitivement une simple amie.

J'en suis à cette réflexion déprimante lorsqu'il me rejoint pour s'arrêter à quelques centimètres de moi.

– Milie ?

Je me redresse vivement et manque de heurter son menton avec mon crâne. Il est vraiment très très proche. Plus que ce que j'imaginais. Il attrape mon bras alors que je recule en chancelant. Ce contact… Mon Dieu, je veux que le temps s'arrête et que ses doigts restent éternellement sur ma peau. Je suis pourtant habituée à ce qu'il me touche. Mais… maintenant c'est différent. L'atmosphère est devenue lourde en un instant, et l'éclat de jade de ses pupilles brille davantage que d'habitude. Un frisson délicieux me traverse l'échine. Je déglutis néanmoins en tentant de garder un air naturel. Parce que j'ai peur d'imaginer des choses qui n'existent que dans ma tête. J'ai peur de souffrir. Tellement peur. Peut-être que finalement je préfère le statu quo plutôt que de… de quoi d'ailleurs ? Je dois encore me jouer un film pur romance 100 % improbable, pas la peine de paniquer. Je reprends mes esprits et lui réponds :

– Oui ?

Ses doigts glissent doucement de mon biceps vers mon coude. Et ma peau frémit. Il le sent. Je suis certaine qu'il le sent. Il ne peut QUE le sentir. Il penche la tête, ses yeux verts m'examinent tendrement, mais surtout intensément.

– Je me demandais si tu voulais m'accompagner demain soir ?

J'ai l'impression de m'envoler. Comme dans un rêve tellement beau que l'on sait que ce n'est qu'un rêve, même au moment où on le vit. Comme si la réalité était trop belle, trop prometteuse pour être vraie. Mon cœur s'emballe et mon esprit glisse dans tous les sens, incapable de retrouver un minimum de stabilité dans ses pensées.

– Euh… Mais… enfin… Moi ?

Il hausse les épaules en souriant timidement.

– Oui, enfin, il n'y a aucune obligation. Je te demande, simplement.

– Ben… euh… Mais tu n'as pas de petite amie en ce moment, j'ai cru comprendre que… enfin, Justin a dit que…

ÉMILIE ! Tais-toi ! On s'en tape des autres !

De toute manière, Marek est à moi. Les autres ne le connaissent pas. Les autres ne passent pas leurs nuits avec lui. Les autres ne peuvent pas compter.

– Rien de sérieux. J'ai juste envie d'y aller avec toi. Milie, si ça te dérange, surtout, dis-le. Je sais que ça fait bizarre, mais… enfin, voilà. Mais si… nous sommes simplement amis, et rien de plus, je comprends, ne t'inquiète pas.

Je dois certainement me trouver en ce moment même dans mon lit, en plein fantasme archi réaliste, et dans quelques minutes, je vais ouvrir les yeux et pleurer toutes les larmes de mon corps, c'est obligé. Les rêves sont parfois sadiques. Il lâche mon coude et rompt le contact qui me manque aussitôt.

– Pardon, je ne voulais pas te mettre dans l'embarras. On peut oublier, s'il te plaît ? J'ai un peu la honte, là. Je pensais que… enfin, parfois, tu me regardes et comme moi je te regarde aussi, enfin… bref, je pensais. Je te demande pardon, j'ai mal compris. On passe à autre chose ?

Il me sourit timidement et recule d'un pas.

Ah oui, mais là, non !

– OUI !

Il s'immobilise, surpris. Je me reprends.

– Enfin, je veux dire, avec un très grand plaisir.

Un sourire radieux illumine son beau visage.

– Super !

Justin nous appelle au loin.

– Eh, vous foutez quoi ? Je me fais chier, là !

Le hasard fait bien les choses. Nous sommes derrière un arbre, il est loin et ne peut pas nous voir. Marek lève les yeux au ciel et chuchote avec un sourire qui accélère les battements de mon cœur.

– Je crois qu'on est attendus.

Il s'écarte de moi légèrement, puis se ravise.

– Merci pour demain.

Il dépose un baiser sur ma joue. Quelque chose de doux, de sensible et de sincère. Quelque chose que, même en rêve, je n'aurais pas osé imaginer. Je tourne le visage vers lui un peu brusquement. Nos nez se frôlent. Il ne bouge pas. Mon cœur se lance dans une chorégraphie de Zumba presque douloureuse. Ses yeux descendent sur mes lèvres. Il mord les siennes. Sa main se pose sur ma joue. Je ferme les yeux. Et je le sens. Mon premier baiser. Mon VRAI premier baiser. Les lèvres de Marek. Sur les miennes. Les seules que je désire depuis si longtemps. C'est tendre. C'est frais. C'est une dose de bonheur inouï. Je tremble d'émotion.

Sa langue caresse mes lèvres avec douceur. Son autre main se pose, elle aussi, sur mon visage. J'entrouvre la bouche et il m'achève en m'offrant toute sa douceur dans un baiser. Il trouve ma langue et joue avec tendrement, ses pouces caressent mes joues, et moi, je… je ne sais même pas ce que je fais. Je crois que je gémis. C'est tout. Je veux juste graver ce moment comme le plus heureux de ma vie. Me souvenir à jamais de cette volupté toute nouvelle qu'il me fait découvrir.

Le moment où il s'écarte de moi arrive trop vite. J'ouvre les yeux. Ses mains toujours sur mes joues, il m'observe, attentif à ma réaction, adorablement en attente de mon approbation. Totalement anesthésiée par cet instant merveilleux, je lui souris et laisse mes yeux parler aux siens. Il ne peut que comprendre que je valide son initiative. Et il comprend.

– Merci Milie.

Il dépose un baiser tout doux sur mes lèvres, l'air heureux, puis s'écarte significativement de moi.

– Si on n'y va pas, Ju va péter un câble. Et… euh… je préfère les prévenir de vive voix, avant… enfin tu vois…

Oui, je vois. La situation peut, éventuellement, poser problème. Les trois autres se comportent comme des frères protecteurs avec moi, à la limite de l'étouffement parfois. Et moi avec lui ? Au sein même de notre petite famille ? Il vaut mieux bien l'amener. Nous pourrions nous cacher. Sauf que mentir ne fait pas partie de nos coutumes. Et si Marek et moi nous aimons plus que d'amitié, il n'y a de toute manière aucune honte à ça et rien ne l'interdit. Donc, autant les prévenir, c'est plus simple. Je hoche la tête. Il revient sur moi et me vole un baiser avant de murmurer :

– C'est cool. Demain soir, ils sauront. Je m'en occupe.

Il marque une pause, place ses mains sur ma nuque et son front contre le mien. Je plane complètement. Mais même en planant, j'arrive quand même à trouver le courage. Parce que j'en veux encore. Je dépose un léger baiser sur ses lèvres, en espérant que ça ne soit pas de trop. Il me confirme que non en empoignant délicatement mes cheveux pour guider mon visage plus près du sien. Nos bouches se rejoignent, et cette fois, il m'enlace. Et cette fois, j'ose un peu plus. Sous cet arbre, devant notre lac, alors que la lumière du soleil commence à décliner, je m'adonne à ce baiser avec une passion timide. J'aime qu'il m'embrasse. J'aime ses gestes affectueux. J'aime son odeur. La douceur de sa peau. Ses cheveux qui me chatouillent les joues.

Nos timidités respectives s'évanouissent peu à peu. C'est mon premier baiser, je ne peux donc pas m'appuyer sur beaucoup d'expérience. Cependant j'ai l'impression que nous fusionnons. Que nos langues se connaissent, que nos mains n'attendaient que ça, et que nos cœurs s'enlacent eux aussi dans une harmonie parfaite. Marek me sert fort contre lui. Comme s'il en avait besoin. Et je prends, je prends tout ce qu'il me donne, parce que je comprends que j'en avais besoin moi aussi. Mon cœur vacille et mon âme s'enivre de lui, dans ce baiser qui ne s'arrête plus, que je voudrais éternel, tout autant que cet instant.

Il prend pourtant fin, à un certain moment. Les yeux de Marek, flous, plongent dans les miens pendant que je repousse les mèches toujours humides de son front. Il murmure dans une voix qui, je le sais, restera toujours gravée dans ma mémoire.

– Il faut que je te dise. C'est très sérieux pour moi, Milie. Ça fait bien longtemps que je ne te considère plus comme une simple amie. Je ne mettrais pas en jeu notre amitié pour une simple lubie de passage.

Il embrasse mon cou, alors que j'ai de plus en plus de mal à croire que tout ceci est réel.

– J'espère que je ne t'effraie pas ? Tu peux toujours m'envoyer chier. Au moins… j'aurais eu un peu de toi.

Je pose ma joue contre la sienne.

– Non, c'est parfait. Ça me va très bien.

Il redresse la tête, satisfait.

– Génial.

Il m'embrasse une dernière fois. J'adore l'embrasser ! Il recule en se mordant la lèvre et me ramène à la réalité.

– On y va ?

Nous y allons. Je flotte littéralement. Heureuse, béate, certainement ridicule avec mon sourire qui refuse de s'effacer. Mais lui aussi sourit. Et il est vraiment magnifique comme ça. Nous rejoignons Justin qui s'impatiente sur le chemin de terre qui mène au bourg.

***

– Aude, tu viens ?

– Oui, oui, voilà !

Ma sœur attrape le fer à lisser sur mon étagère et se place derrière moi. Sans attendre, elle se met au travail consciencieusement.

– Je n'arrive pas à y croire ! Marek ! Le plus beau gosse de la région. Et c'est ma sœur qu'il emmène à la soirée du bahut ! Je suis impressionnée !

– Et moi, je suis morte de trac !

Elle marque une pause et détaille ma tenue. J'ai voulu faire impression tout en paraissant naturelle. Donc, la parfaite petite robe noire est en place, tongs toutes simples pour le côté tranquille et détaché, maquillage discret pour, quand même, s'apprêter un minimum. Un coup de fer à lisser, et ce sera parfait. Enfin j'espère.

– Aude, et s'il n'aimait pas ? Et s'il trouvait que j'en fais trop ?

Ma sœur, concentrée sur mes cheveux, s'esclaffe.

– Milie, il te connaît depuis six ans. Vous vivez déjà quasiment ensemble tous les cinq. Je ne pense pas qu'il y ait quelque chose chez toi qu'il ignore. Détends-toi, et profite simplement de ta soirée. C'est tout. Et de toute manière, tu es magnifique. Il va craquer son slip, le Polonais.

Oui, Marek est polonais. D'où le prénom. Mais c'est beau comme prénom, non ?

– Voilà. Toute jolie. Et ça tombe bien parce que tu vas être en retard ma belle. Allez, file !

J'attrape mon sac, descends les escaliers quatre à quatre et vais rejoindre mes parents dans la cuisine. J'embrasse maman qui épluche des pommes de terre et enlace rapidement papa qui feuillette son journal au bout de la table. J'adore mes parents. Nous formons une famille simple, pas riche, pas pauvre, juste dans la moyenne, avec des cris, des larmes et des câlins ponctuant nos vies. Une vie normale, en quelque sorte. Mon père m'examine en souriant puis siffle d'admiration.

– Eh bien… Je devrais peut-être m'inquiéter de te voir sortir habillée comme ça !

Ma mère l'interrompt, faussement agacée.

– Ah non, tu ne vas pas remettre ça ! Tu as pourri la jeunesse d'Aude, merci d'épargner celle d'Émilie ! Et elle sort avec les quadruplés !

Je m'esclaffe. J'adore ce surnom. Ils sont tellement différents que c'en est comique. Mais je n'ai pas le temps de m'étaler sur le sujet. Mon père ne cherche même pas à se battre contre ma mère et se contente de demander les informations de base :

– Tu les rejoins où ?

– Je rejoins Marek sur la place, nous prenons l'avant-dernier car. Les autres sont déjà en ville. Un truc à faire apparemment.

– OK. Et tu rentres ?

– La mère de Justin vient nous chercher vers une heure.

– Parfait. Alors passe une très bonne soirée, ma puce.

– Merci, p'pa !

Je les embrasse une nouvelle fois et rejoins la rue, pas en courant mais presque. Dix minutes plus tard, je me trouve devant l'arrêt. Marek est en retard. Il n'y a personne. Nous nous étions donné rendez-vous une demi-heure avant le passage du car, pour… nous octroyer un peu de temps juste tous les deux. J'espère qu'il va se dépêcher. Parce que depuis hier, nous ne nous sommes pas revus. Il avait des choses à voir avec les gars, et maman avait besoin de moi pour le jardin. Mais maintenant, ma patience est arrivée à péremption, la date limite est dépassée, donc, j'ai envie de le retrouver, et de laisser mon cœur battre avec le sien. J'ai envie de découvrir ce Marek secret, intime, qui me fascine depuis des années. Et j'ai aussi envie qu'il me montre. Qu'il m'apprenne plein de choses. Parce qu'avec lui, je n'ai pas peur. Je le connais, et je sais qu'il me connaît. Et c'est génial !

Les minutes passent et la place reste déserte. Une seule voiture est passée puis repassée pour se garer derrière moi. Mais pas de Marek. Je trouve mon téléphone au fond de mon sac, parce que tout à coup, je doute. Devions-nous nous retrouver en ville ? Ai-je mal compris ?

Je commence à paniquer, à imaginer qu'en réalité, il me faisait une blague, ou que j'ai mal interprété ses intentions. Mais, enfin, quand même, je crois qu'elles étaient claires, non ? Je suis tellement emportée dans mes doutes, et dans le texto que j'écris à Marek, en me demandant si je dois employer un ton cool, inquiet ou réprobateur, que je n'entends pas la portière s'ouvrir et se refermer derrière moi. Je ne remarque pas plus les ombres qui m'encadrent. Je ne sens qu'une main qui s'abat sur ma bouche et me rend muette, et ne vois qu'un homme immense et affreux qui m'attrape les pieds pour me soulever, pendant qu'une autre paire de bras me retient par les aisselles.

En quelques secondes, je suis bâillonnée, terrorisée, enfermée dans une voiture dont je ne connais même pas la couleur, allongée sur la banquette arrière, maintenue immobile par une paire de bras beaucoup plus puissants que moi. La voiture démarre et m'emporte vers l'inconnu sans que je ne puisse rien y faire. À part pleurer.

1

Émilie
De nos jours

Mon histoire s'arrête là. Enfin, la partie intéressante de mon histoire. Le reste n'est que détails sans importance. Mon esprit a appris à faire le tri. Il place volontairement les deux jours de séquestration et les huit années qui ont suivi dans la case « vie provisoire ». Parce qu'après tant d'années de douleur et de souffrance, j'ai réussi à comprendre plusieurs choses.

La première et la plus importante : la seule alternative que nous ayons tous face au malheur, c'est le bonheur. Pour combattre ma dépression et mon dégoût de la vie, j'ai brandi les souvenirs des jours heureux des centaines et des centaines de fois. Et même si au début, ça ne fonctionnait que très moyennement, au fil du temps, ces petites joies, ces personnes qui ont rendu ma vie assez belle pour que je m'y accroche, ces souvenirs qui brillent dans ma mémoire comme des rappels que tout n'est pas noir sur terre, tout ça m'a permis de survivre et d'être encore là aujourd'hui.

Ensuite, j'ai compris que dans la vie tout arrive. Ce n'est la faute de personne. La rancœur ne sert à rien. Il faut s'efforcer d'accomplir ce qui nous tient à cœur, sans attendre, parce que tout peut s'arrêter abruptement. Sans prévenir. Alors autant croquer la vie, et en tirer le meilleur. Avant que le destin ne vienne tout chambouler.

Enfin, ne jamais baisser les bras. Toujours espérer, y croire et se battre. La récompense n'en est que plus belle. Je me souviens de toutes ces petites victoires sur moi-même qui ont parsemé le long tunnel noir et insalubre que je suis sur le point de mettre définitivement derrière moi. La première fois que je suis sortie en ville au bout d'un an de vie en vase clos à la maison. La première fois que j'ai traversé une rue toute seule. La première fois que je suis entrée avec un inconnu dans une voiture, pour justement apprendre à conduire et dompter cette chose qui était pour moi le symbole de l'horreur absolue. Le début de ma fin, en quelque sorte.

C'est justement sur ce point que je me trompais. Aussi noir que soit cet épisode, il n'a pas mis un terme à mon existence. Si je l'avais laissé prendre cette importance, c'est là qu'ils auraient gagné. Mais s'ils ont eu mon corps, à plusieurs reprises, jamais je ne les ai laissés s'emparer de mon âme. Il a fallu des années de psychanalyse, des tonnes d'épreuves ridicules à dépasser, des hectolitres de larmes, et des centaines de nuits sans sommeil, mais j'y suis arrivée.

Aujourd'hui, après huit longues années de combat, je peux dire que le pire est passé, et qu'il m'a rendue plus forte. Je ne suis plus qu'à un pas de la victoire sur moi-même. Plus qu'à un tout petit pas de rien du tout. Il me reste une dernière épreuve. La dernière épreuve. Celle qui me retenait encore dans mon passé. Celle qui m'empêchait d'avancer.

J'ouvre les yeux et regarde défiler le paysage à travers la vitre du train qui me conduit face à eux. Les écouteurs chuchotent à mes oreilles les paroles de Seether, un groupe que nous écoutions la nuit avec Marek, « Against the Wall », presque faites pour moi.

Celles qui m'ont réconfortée un nombre incalculable de fois. Je me laisse emporter une nouvelle fois par la mélodie qui m'apaise et m'aide à garder le cap de ma nouvelle vie :

« I was born to fly away and run across the sun
It faded out like a candle in the breeze[1]»

(« Je suis née pour m'envoler et courir à travers le soleil,
et tout a disparu, comme une chandelle au vent. »)

J'ai longuement hésité. J'aurais pu ne pas m'engager dans cette voie. J'aurais pu m'en passer et aller de l'avant. Enterrer définitivement tout ce qui me rapporte à eux.

Les quadruplés restent le dernier point que je n'ai pas réglé. Après l'épreuve, et pendant des années, je les ai considérés comme responsables de ce qu'il m'était arrivé. Parce que pour moi, ils avaient ce rôle protecteur, et je leur faisais confiance pour toujours veiller sur moi. Donc, dans ma tête salement amochée et complètement ravagée, tout était de leur faute à eux. Surtout celle de Marek. Il aurait dû être là. Il m'avait donné ce rendez-vous, et quelque part, si je ne m'étais pas rendue plus tôt à l'arrêt de car, tout aurait été différent. Tout aurait été différent également s'il avait été présent. Ou si les gars n'étaient pas partis plus tôt pour la ville. Mais il n'y avait personne. Aucun d'entre eux n'était là, et la situation m'a rendue vulnérable.

Partant de ce constat, je ne voulais plus les voir, plus en entendre parler, ne plus avoir aucune nouvelle. Je me sentais trahie, mais aussi honteuse, et amère parce que c'était tombé sur moi. Eux n'avaient rien subi et vivaient toujours comme avant. Sans doute ensemble, rassemblés encore plus contre la tristesse de mon

1. « Against the Wall », Seether. Parolier : Shaun Morgan Welgemoed.

enlèvement, peut-être avec des filles, au bord du lac, sans moi. Je les haïssais parce que je les imaginais continuer leur vie, et j'avais trop de scrupules en même temps pour les emmener dans ce malheur qui me collait à la peau. Bref, j'avais besoin de ne plus les voir.

Aujourd'hui, j'ai conscience que c'était injuste et nul. Personne n'est responsable de cette horreur que j'ai vécue, à part les monstres eux-mêmes. Justin, Vivian, Thomas et Marek n'ont bien entendu rien à voir dans ce drame. Mais sur le moment, ça me paraissait évident que, pour moi, ils avaient leur part de responsabilité. Donc, j'ai coupé tous les ponts. J'ai changé de numéro de téléphone, déchiré leurs lettres, et ensuite mes parents ont décidé de déménager pour m'aider à changer d'air. Papa s'est fait muter quelques mois après et nous avons tenté de tourner la page.

Et surtout, aujourd'hui, j'ai besoin de reboucler l'histoire. Me réconcilier avec les derniers démons de mon passé pour avancer. Je pensais avoir tout fait, et m'être totalement relevée, mais il subsiste une ombre. Un élément incomplet au fond de moi qui me ramène constamment à toute cette histoire. Après de multiples séances avec mon psy, nous sommes tombés d'accord. Ce grain de sable dans le nouvel engrenage de ma vie, ce sont eux : les quadruplés.

C'est donc prête à en découdre avec mes derniers sentiments de culpabilité que j'ai décidé de rejoindre ma sœur à Paris. Elle s'y est installée depuis des années. Étouffée par le drame que notre famille a surmonté comme elle a pu, il a fallu qu'elle s'éloigne, elle aussi, qu'elle pense à sa vie, qu'elle récupère le fil de l'univers, qu'elle s'extirpe de cette chape de plomb qui nous empêchait de voir le monde. Cette épreuve nous a rapprochées, à un point que je n'aurais pu imaginer. Pendant cinq ans, elle a été présente auprès de moi, elle a supporté, aidé, combattu avec moi. Elle a séché mes larmes, oublié sa propre vie, ses propres envies, et s'est consacrée à sa petite sœur sans jamais se plaindre ou faillir. Aude est parfaite.

Et encore aujourd'hui, elle vole à mon secours. Elle a préparé le terrain. Je ne sais trop comment, elle a retrouvé leurs traces. Il se trouve qu'ils vivent tous dans la capitale. C'est donc vers Paris que je laisse ce train m'emporter, une sorte d'appréhension m'assaillant le cœur. J'ai peur de les revoir. Et envie en même temps. Parce que je brûle de savoir ce qu'ils sont devenus, s'ils n'ont pas été trop touchés par les événements. Mais je ressens également une angoisse grandissante, parce que les rencontrer, c'est affronter de plein fouet ce à quoi j'essaie d'échapper.

Mon psy m'a prévenue. C'est quitte ou double. Soit je replonge, soit je m'en sors la tête haute et l'esprit léger. Ensuite, seulement, je pourrai considérer que la page est tournée, et m'enfuir au soleil, ailleurs, loin, pour recommencer une nouvelle vie. Le but n'étant pas de nous réunir, mais de laver tout ce qui me ronge une bonne fois pour toutes. Et peut-être leur offrir aussi ma version de l'histoire, et des excuses, car je ne me sens pas à l'aise avec ce rejet qu'ils ont dû subir de plein fouet. Ou pas. Je n'en sais rien, je n'ai aucune idée de la manière dont ils ont vécu tout ça, justement, et il est temps pour moi de le découvrir.

***

L'accueil d'Aude est magnifique. Retrouvailles sur un quai de gare, après huit mois de séparation, puis installation rapide dans son petit deux-pièces. Elle fourre ma valise dans un coin de la chambre et ne résiste pas à l'envie de me prendre une nouvelle fois dans ses bras.

– Milie, ça fait tellement de bien de te voir ici !

Elle est sincère. Son sourire me le prouve, et même sans son engouement plus que visible, je sais que ma présence ici la soulage. Elle est partie pour elle, mais avec des regrets, le principal étant de me laisser végéter dans la petite ville ardéchoise que mes parents ont choisie à l'époque pour ma tranquillité. D'après elle, le calme a été nécessaire pour ma reconstruction, pour survivre. Mais pour vivre, ce n'était pas la solution. La ville qui m'a aidée à retrouver mon souffle est maintenant trop petite pour mon envie de croquer la vie. J'ai un doute quant à cette théorie, mais mon psy a l'air d'accord, et mes parents aussi. Donc… On va dire que tout va bien.

– Bon, sœurette, j'ai des news concernant les quadruplés. Tu veux attendre et te reposer, ou on fonce dans le tas ?

– Euh…

Je suis fatiguée, certes, mais en même temps, j'ai toujours ce dilemme. La petite Milie en moi, celle qui a peur de tout, a envie d'aller se planquer sous la couette du lit de ma sœur, qui a l'air très confortable au passage. Mais la Milie courageuse, celle qui a décidé d'avancer, veut savoir. Elle veut découvrir, s'expliquer, ne pas stagner et regarder l'avenir. Même si pour le cas présent, cela signifie aussi revenir sur le passé.

Je ne fais que moyennement confiance à la nouvelle Milie. Elle a été construite sur des failles énormes, et même si elle semble forte et déterminée, rien ne prouve encore qu'elle garde cet aplomb longtemps. Il suffit d'un souffle, d'un rêve ou d'une hésitation. Parfois, le simple regard d'un passant dans la rue suffit à la terroriser. Donc, je la laisse décider. Elle veut foncer ? Alors on fonce.

– On y va !

Aude me sourit.

– OK, alors on repart. Le plus simple, c'est que je te paie un café.

Elle attrape mon bras et m'entraîne dans l'escalier de l'immeuble, sans me laisser le temps de changer d'avis.

Plus nous avançons, plus je me sens mal. Ma sœur s'en aperçoit, mais n'en dit rien. Elle me guide à travers les couloirs du métro, au milieu de tout ce monde, son bras enlacé au mien, alors que j'observe en me retenant de faire demi-tour pour partir en courant. Je sursaute dès qu'un passant fait un geste trop brusque près de moi, dès qu'un bruit trop violent se fait entendre. Oui, j'ai guéri, et non, je n'ai pas peur de la foule. En tout cas la foule d'un trottoir ne me pose aucun problème. Mais nous sommes à Paris, et l'affluence dans un couloir de métro n'a rien à voir avec les quelques allées et venues sur un trottoir d'une petite ville de province. Mais si je m'arrête là, je perds la bataille. Donc non. Une fois dans la rame, je redresse le torse et enlace mes doigts à ceux de ma sœur. Elle me dévisage, m'offre un sourire de fierté et replace une de mes mèches derrière mon oreille en chuchotant.

– Tu es très forte, Émilie. C'est vraiment très bien. Tout ce que tu fais, là, c'est bien. Très bien. Je suis fière de toi.

Je souris, légèrement crispée, et en même temps rassérénée par ses encouragements.

Je bénis le moment où nous retrouvons l'air de la rue. Même s'il est pollué, c'est le dernier de mes soucis. Ce sentiment de liberté est malheureusement de courte durée. Car après avoir longé deux rues, ma sœur s'arrête devant la porte d'un bar de nuit. Aucune vitrine, juste des panneaux de bois ciselés, dans le style pub anglais. La main sur la poignée, elle m'interroge du regard. Est-ce que je suis prête ? Oui. Oui, je suis prête. Il le faut, je suis là pour ça, et je n'ai surtout pas envie de repartir dans le métro tout de suite. Après réflexion, un verre sera le bienvenu. J'ai quand même besoin de savoir.

– Qui ?

– Justin.

Oh ! Celui dont je me sentais la plus proche, en amitié. Parce que pendant six ans, nous avons partagé le trajet de l'arrêt de car jusqu'à notre petit lotissement. Je ne commence pas par le plus simple. Ou peut-être que si, justement. Eh merde, je suis perdue. Et beaucoup plus bouleversée que je ne l'imaginais.

Je prends une grande inspiration et lui fais signe d'ouvrir la porte. Je ne lui ai rien demandé. Et elle ne m'a rien dit sur ce que j'allais trouver. Peut-être qu'elle ne le sait pas elle-même. Parce que, dans le doute que j'arrive jusqu'ici, elle ne les a pas contactés. Inutile de remuer des choses, si c'était pour ne pas réussir à aller au bout de l'aventure. Donc, lorsque mes pieds franchissent le seuil de ce pub, c'est dans la grande inconnue que je m'engouffre. En apnée, la tête en voyage, très haut au-dessus de mon corps, comme flottant dans l'atmosphère, et surtout pas concentrée sur l'instant. Ce n'est peut-être pas plus mal. J'ai l'impression d'avoir bu, ou d'avoir changé miraculeusement de dimension. Je me laisse porter dans ce monde qui m'est totalement inconnu, sans me poser davantage de questions.

Le pub est plongé dans l'obscurité, éclairé par quelques lampes, conférant à l'ensemble une atmosphère confinée rassurante. Tout est propre, rangé, et désert. Et quand je dis « désert », je veux dire réellement vide. Nous arrivons certainement à l'ouverture. Il n'y a pas un client dans la salle ni aucun barman derrière le comptoir. Personne. Une simple musique en sourdine nous accueille lorsque nous traversons avec prudence l'espace qui nous sépare du zinc.

Une porte au fond de la salle s'ouvre au moment où nous atteignons notre but. Et une voix que je connaissais par cœur se fait entendre avant même que j'aie le temps de me retourner.

– Hello, bienvenue ! J'arrive dans une petite minute.

Je me fige, écrase la main de ma sœur dans la mienne en observant Justin qui s'avance vers nous, les bras chargés de caisses de bières s'empilant jusque devant ses yeux, avançant au hasard entre les tables. Il passe derrière le bar sans que nous ne prononcions un mot, se baisse pour se débarrasser de son chargement et se redresse.

– Qu'est-ce que je…

Il s'immobilise à son tour. Les mains sur les hanches, manches de chemise relevées, cheveux blonds tournant roux en pétard, lunettes sur le coin du nez… Il n'a quasiment pas changé. Ses yeux sont écarquillés au maximum. Il bégaye, secoue la tête, passe une main sur son visage, secoue la tête encore. Et moi, je me laisse submerger par mes émotions. Mes larmes montent dangereusement. J'oublie tout. Toute cette passerelle qui nous sépare. Ces huit ans disparaissent, pour ne laisser que nos souvenirs, éclatants, lumineux, le tendre visage de mes jours heureux…

– Milie Jolie ! Putain de merde, c'est toi ? Et Aude ? Merde ! En vrai ?

Il fait le tour du bar sans attendre et se précipite sur moi. Encore une chose à laquelle je ne suis plus habituée. Je recule vivement. Je ne touche pas les hommes. C'est une chose trop compliquée. En tout cas, pas comme ça. Il me faut du temps.

Aude s'intercale entre nous et le réceptionne dans ses bras pour lui faire un câlin.

– Oui, moi aussi je suis contente de te voir, Juju !

Mon ami retrouvé semble un peu perdu, lui rend son étreinte puis m'examine avant de comprendre.

– Oui, oh, oui, bien entendu. Pardon. Je ne m'attendais pas. C'est… waouh ! C'est juste waouh ! Attendez, je vais fermer le bar une petite demi-heure. Qu'on soit tranquilles.

Il ne nous laisse pas le choix. Fidèle à celui que je connaissais, il saute partout, réagit au quart de tour et prend les choses en main.

Je me retrouve assise à côté de ma sœur et en face de lui, un verre de vin posé devant moi sur une table dans un des box de l'établissement. Et je l'écoute en souriant, comme avant. D'autant plus contente qu'il a fait preuve de délicatesse en ne me demandant pas réellement comment j'allais. Il a posé une question, j'ai répondu succinctement, il a compris qu'il me fallait un peu de temps. Ce qui est vrai. Le saut dans le passé me perturbe énormément.

– Et donc, Thomas, Vivian et moi avons pris une coloc comme nous avions projeté de le faire depuis longtemps. Depuis, Thomas est reparti en banlieue avec sa copine, il travaille dans les assurances. Et Vivian vit toujours avec moi. Nous pouvons nous permettre de rester à deux dans l'appartement.

Il marque une pause pour boire une gorgée de bière.

– Tu vois, rien n'a changé. Ou presque.

Oui, « ou presque ». Je ne l'entends pas prononcer le nom de Marek une seule fois depuis le début de ses explications. Aude le remarque aussi, mais ne dit rien. Moi non plus. Et lui non plus. Un long silence s'installe entre nous, et je suppose que nous y pensons tous. Mais pour une raison inconnue, il n'explique pas ce point.

Il penche la tête en me regardant avec affection.

– Et toi, alors ? Est-ce que tu vas bien ?

Je hoche la tête. Il vient de me raconter sa vie en long, en large et en travers, je me sens bien, je réponds donc sans trop de mal. De toute manière, je n'ai que de bonnes nouvelles à lui apprendre, donc, c'est parfait.

– Ça va. Beaucoup mieux.

J'ai besoin de lui dire plein de choses. Les mots se ruent et sortent sans que je ne les choisisse, en vrac, venant directement du cœur.

– Je suis contente que tu ailles bien. Et Thomas et Vivian également. Je ne voulais pas, mais tu sais, je ne pouvais pas… bien entendu que ce n'est pas votre faute, mais il fallait que je reporte ma haine sur quelqu'un, il fallait que je la matérialise, et… mais aussi, je ne voulais pas que vous supportiez ma tristesse, enfin, c'était compliqué, et… Oh, mon Dieu, Justin, je suis tellement désolée…

Les larmes coulent toutes seules. De mes yeux, de ceux de ma sœur qui a posé une main bienveillante sur mon épaule et de ceux de Justin qui attrape ma main sur la table et la caresse doucement.

– Je sais tout ça, Milie Jolie. Nous avons compris, ne t'en fais pas pour ça. Nous nous sentions tellement coupables. Si nous repousser et nous détester te faisait du bien, alors nous étions contents de pouvoir être utiles, à notre manière…

– Vous êtes des anges. J'ai eu tellement de chance d'avoir des amis comme vous. Je m'en veux tellement, Justin…

Il secoue la tête.

– Mais tu nous as toujours. Nous t'aimons tous très fort, ma belle. Nous t'avons laissé le temps dont tu avais besoin. Bien entendu, nous aurions préféré te garder près de nous, pour être certains que tu allais bien et que tu remontais la pente. Mais nous savions que, le jour où tu en aurais besoin, tu viendrais nous chercher. Et je pense que nous ne nous sommes pas trompés puisque tu es là. Je me trompe ?

C'est étrange. Ses mots me réconfortent, comme à l'époque, et en même temps, ils me surprennent. Cette amitié est un vrai trésor. Elle dépasse le temps et les obstacles, se fait discrète quand il le faut, pour mieux resurgir quand on l'appelle.

– Non, tu as raison. J'ai besoin de vous. Il faut que tout soit dit.

Il porte ma main à ses lèvres et y dépose un baiser léger, les yeux brillants, avant de reprendre.

– Mais pas ici. Je vais devoir ouvrir, et le second barman n'arrive que dans une heure. Et ensuite, l'ambiance ne se prêtera plus à ce genre de discussion. C'est un peu mouvementé ici, le soir. Je te propose : Thomas doit venir la semaine prochaine, parce que samedi… enfin, c'était il y a huit ans. Nous nous retrouvons tous les ans à cette date. Est-ce que vous voulez vous joindre à nous ? Ce serait génial que, pour une fois, ce rendez-vous soit empreint de joie. Vraiment.

Je reste un peu hébétée. Ils se réunissent à l'anniversaire de ma disparition ? Et moi qui croyais que la vie continuait sans moi. De nouvelles larmes coulent sur mes joues. Mais cette fois, ce n'est que du bonheur. Je me sens aimée. Plus forte. Toutes ces années, ils étaient là, quelque part, à penser à moi.

La seule chose qui me chagrine, c'est qu'encore une fois, il ne parle que de Thomas et Vivian. Il en manque toujours un. Cette fois, il faut que je sache.

– Marek sera là ?

Ses doigts se crispent sur ma main qu'il ne semble pas vouloir lâcher. Il se redresse dans son siège et adopte un air sérieux.

– Milie, écoute… Je ne crois pas que ce soit une bonne idée d'aller le trouver.

– Pourquoi ?

Il secoue la tête et lâche ma main finalement, pour se gratter la tête, embarrassé.

– Parce que… Nous n'avons plus de nouvelles. Il a pété un câble et nous a tous envoyés chier les uns après les autres. Au début, nous avons pensé à une passade. Après tout, chacun a vécu ce kidnapping à sa manière, cette période était un peu compliquée, je ne vais pas te le cacher. Nous l'avons laissé prendre le large. Mais il n'est jamais revenu vers nous. Après que tu nous as fait comprendre que tu ne voulais pas nous voir, il a disparu.

La nouvelle me plombe le moral. Je me souviens de sa douceur et de son regard la dernière fois où nous nous sommes vus, sous cet arbre. Et toutes ces fois où son cœur le faisait tellement souffrir qu'il n'arrivait pas à prononcer le moindre mot, la tête blottie au creux de mon cou. Je me souviens de tout. Et j'ai mal. Pour lui cette fois. Parce que si moi j'ai été prise en charge de multiples manières, je me rends compte qu'eux n'ont pas eu cette chance. Et lui, spécialement. Nos liens étaient tellement forts. Et personne ne le savait. Sauf nous deux. Dès notre rencontre, nous étions toujours là, l'un pour l'autre. Mais pas cette fois. Je l'ai rejeté. Alors que c'était sans doute le moment où nous avions le plus besoin l'un de l'autre.

Il faut que je le revoie. Cette priorité devient de plus en plus évidente dans la longue liste des petites choses qui me restent à accomplir. Elle s'impose même en haut de ma liste. Même si je sais que ce sera la plus douloureuse. J'essayais de minimiser, mais je me complaisais simplement dans cet aveuglement. Je me rassurais en me disant qu'avant de m'inviter à sortir, il avait vu d'autres filles. Et qu'il en trouverait forcément d'autres pour le réconforter sans trop de problèmes. J'en étais même tellement persuadée que je lui en voulais aussi pour ça. Parce que j'étais devenue la fille à problème, et qu'il avait sans doute été chercher ailleurs ce dont il avait besoin. Je pensais que mon amour pour lui dépassait le sien. Je me suis peut-être trompée. Et si c'est le cas, il a dû souffrir atrocement.

– Oh. Et maintenant, il est où ?

Justin pince les lèvres.

– Milie, ce n'est pas une bonne idée, je te promets. Je ne suis même pas certain qu'il accepte de te voir.

Je hausse les épaules.

– Eh bien, je dormirai sur son paillasson. J'ai besoin de le voir, Justin. Il me faut nettoyer tout ça pour pouvoir passer à autre chose, tu comprends ?

Il me scrute, interroge ma sœur du regard, puis reporte son attention sur moi.

– Tu ne pourras pas dormir sur son paillasson. Il a très bien réussi sa vie, en un temps record. Et encore, je suis gentil quand je dis « très bien ». Il a littéralement fait fortune et est devenu un mec influent. Maintenant, il est quasiment injoignable. Et je crois que c'était son but. Avec ses parents, il en a bavé. Tu sais que son père est décédé il y a quatre ans ?

– Oh ! Non, je ne savais pas !

Je suis désolée, et en même temps, j'ai un gros doute sur la tristesse de Marek lors de la disparition de son père. Ses parents ont toujours été plus un problème qu'autre chose pour lui, ainsi que la cause principale de ses moments de détresse, qu'il venait soulager dans ma chambre, la nuit.

Justin secoue la tête.

– Nous lui avons écrit un courrier, pour les condoléances habituelles, et nous n'avons reçu qu'un simple remerciement imprimé sur un joli carton. Je suis même certain que c'est sa secrétaire qui a signé pour lui. Je te dis, Milie, il a vraiment tiré un trait sur nous.

Aude s'éclaircit la gorge avant de proposer :

– Nous pourrions peut-être aller voir sa mère ? Je me souviens que Mme Lisinski a toujours été très gentille avec nous.

L'idée ne m'enchante pas du tout. Gentille, certes, mais surtout malsaine pour son fils, ce qui a suffi pour que je développe une aversion puissante à l'égard de cette femme. Justin repousse lui aussi l'idée d'un geste de la main.

– Elle n'est plus en France. Elle a déménagé il y a quelques années. Dès que Marek a eu les moyens de l'installer en Pologne, il l'a fait. Elle n'a toujours rêvé que de ça, de toute manière. C'est le père qui a amené tout le monde en France il y a vingt ans.

Mais sa mère, elle, est toujours restée polonaise dans l'âme. Enfin bref, si tu veux aller plaider ta cause auprès d'elle, bon courage.

Je ne peux pas entendre que je ne le reverrai jamais. Je n'ai pas vaincu mes pires démons pour abandonner un simple projet de revoir mes amis. Ce n'est pas envisageable.

– Il y a bien un moyen de l'atteindre, quand même ! Il n'a pas quitté la planète, non ?

– Non…

Il soupire en s'adossant à son siège.

– OK, écoute, si tu veux réellement le voir, tout ce que je peux te dire, c'est d'aller te renseigner du côté de ML Security. C'est sa boîte. Après, je ne peux pas t'en dire plus. Il a changé de numéro de téléphone, l'adresse de sa résidence n'apparaît nulle part, bref, un fantôme. Un fantôme surprotégé des importuns. Je te dis, il est blindé de thunes, il a quitté la sphère des gens modestes comme nous.

J'ai du mal à y croire. Marek est né dans un foyer modeste, voire au bord de la misère. Et il a toujours été simple et pas du tout hautain… Je suis contente qu'il ait réussi sa vie, magnifiquement même, mais de là à penser qu'il n'est plus celui que j'ai connu… Ça me détruit le moral. Et si jamais j'essaye d'étudier ce que Justin dit, je sais que la vision d'un Marek heureux, en couple, peut-être avec des enfants s'imposera rapidement à moi. Ce qui devrait, en principe, me convenir et me remplir de joie, puisque tout en moi n'aspire qu'à leur bonheur. Mais encore une fois, et comme depuis toujours, nous parlons de Marek. Mon premier baiser. Imaginer qu'il a tout oublié…

Loin du chemin de mes pensées, Aude écarquille les yeux, comme touchée par la grâce, soudainement.

– Attends, ML Security ? Ça me parle.

Il hausse les épaules.

– Pas vraiment étonnant, c'est une grosse boîte. Il faut croire qu'il a trouvé le bon filon, et qu'il l'a vraiment bien exploité. La dernière fois que j'ai fouillé sur le Net à ce sujet, la société était dans le top dix des affaires les plus lucratives du pays, et considérée comme leader dans le secteur de la sécurité. Mais encore une fois, je n'ai rien trouvé sur lui personnellement. Y a pas à dire, il maîtrise effectivement très bien la sécurité, en général, et la sienne en particulier. Bon, je compte sur vous pour samedi prochain, OK ? Je suis désolé, je dois ouvrir maintenant, mais restez, je vous offre la soirée. C'est *free drinks* pour vous. Et si vous attendez une petite heure, j'ai un groupe sympa qui vient jouer. Restez, ça me ferait plaisir.

Il se lève et dépose un baiser sur mon crâne avant que je ne puisse réagir, puis s'écarte en me lançant un clin d'œil amusé. J'en oublie le contact forcé et le trouve même mignon. Je me tourne vers Aude, en pleine réflexion.

– ML Security… Je te jure que ça me parle, Milie… Je ne m'avance pas, mais il me semble qu'il se trouve dans le portefeuille de clients de l'agence. Je vais regarder demain. Bon, sinon, on la fête cette arrivée dans la vraie vie ?

Elle attrape son verre et trinque avec moi.

– Tu es encore sous médocs ?

Je secoue la tête.

– Non, j'ai arrêté depuis presque un an, je ne te l'avais pas dit ?

Ses lèvres esquissent un rictus machiavélique.

– Si. Je voulais m'en assurer.

Elle lève un bras vers Justin affairé au bar.

– Barman ! Une cuite pour les deux sœurs qui se retrouvent après des mois de séparation !

Mon ami sourit en attrapant deux verres derrière lui.

– C'est comme si c'était fait !

Je soupire en me retenant de rire.

– Aude ! Je ne suis pas là pour ça, je dois…

– Rien du tout, tu dois retrouver quatre mecs. Tu en as déjà chopé un en un temps record. Et samedi prochain, tu en revois deux autres ! Et moi, je t'assure que cette boîte, je peux t'y faire entrer ! Le boulot est presque terminé ! En une soirée… Alors maintenant, tu as une nouvelle mission.

– C'est-à-dire ?

– Après tes potes, c'est la vie, la vraie, que tu dois retrouver. Les soirées, les rencontres, les mecs… Et, le plus important de tout… la beuverie ! C'est la base pour une jolie nana de 24 ans ! Savoir lever le coude ! Donc, leçon accélérée, tout de suite !

Mon Dieu… les rencontres, les mecs… Un frisson me traverse l'échine… Je sais qu'elle a raison. Les mecs, les gens, les affinités… un vrai casse-tête pour moi. C'est la dernière étape. Celle d'après. Après le passé, l'avenir. Mais oui, il va falloir que j'y arrive. Justin dépose une bouteille de vin devant mon nez et un panier de chips. Bon, alors on va avancer un peu l'étape « Émilie se lâche », apparemment.

***

Mal au crâne ! Quelle horreur ! La cuite c'est marrant, mais vomir en rentrant, déjà, ça l'est beaucoup moins. Et alors le réveil avec option enclume écrasée sur la tête, merci, mais non merci.

Ma sœur déboule dans notre chambre, en pleine forme. Et en criant.

– Coucou. Alors, comment ça va ? Toujours envie de voler au-dessus de la vie ?

Je plisse les yeux pendant qu'elle ouvre les volets.

– Hein ?

Elle ravale un rire en observant ma mine certainement atroce.

– Hier soir, tu hurlais à qui voulait bien l'entendre que tu étais libre, et prête à voler au-dessus de, je cite, « les emmerdes de merde qui t'ont fait chier trop longtemps ».

– Ah ?

Mon Dieu, je suis misérable !

– Et à qui j'ai déclaré ces conneries ?

– Justin.

– Bon, ça, c'est pas trop grave...

– Et tous les clients du bar, à peu près. Et quelques passants dans la rue, et enfin, à un SDF dans le métro. Vous avez même discuté un bon bout de temps.

– De quoi ?

Elle hausse les épaules en riant.

– Tu m'en veux si je te dis que j'ai arrêté de t'écouter à partir de la seconde bouteille ?

– On a bu tant que ça ?

Elle hoche la tête et s'assied sur le bord du lit.

– Même beaucoup plus. Et tu sais quoi ?

– Quoi ?

– Tu es très drôle quand tu oublies un peu... Tu devrais le faire plus souvent.

– Ah. Bon, ben, si ça peut te faire plaisir...

Elle me sourit et me caresse la joue maternellement. C'est à ce moment que je remarque que, contrairement à moi, elle semble fraîche, elle est d'ailleurs habillée, très classe, jupe crayon beige et chemise d'homme blanche retroussée aux manches et nouée à la taille. Ma sœur est vraiment belle.

– Elle est à qui, cette chemise ? Tu as ramené un homme avec nous hier ? Il est quelle heure ?

Elle secoue la tête en riant.

– Midi. Tu as bien dormi, ça fait plaisir. Et, non, elle est à moi. C'est mon répulsif à patron trop insistant. J'ai une heure pour manger, j'ai apporté des tacos, ça te dit ?

– Comment ça, un répulsif ?

– Mon boss. Je lui fais croire depuis deux ans que je vis en couple. Du coup, je me suis acheté des chemises d'homme pour donner le change.

J'éclate de rire. Tout en finesse, j'adore. Elle reprend.

– Eh, j'ai une bonne nouvelle. Dès lundi matin, tu commences comme assistante de l'assistante de direction chez… ML Security ! Tu as un job, Milie ! Non seulement tu retrouves les quadruplés, mais en plus, tu vas bosser !

– Hein ? Mais ? Comment… Quoi ? Assistante ?

– Tu as bien un diplôme d'assistante de direction ?

Je hoche la tête. Oui, effectivement, mais je n'ai jamais bossé avec… des gens. Enfin, si, en Ardèche, je bossais dans la boulangerie voisine, mais je connaissais tous les clients, c'est différent. Elle ne me laisse pas le temps d'objecter.

– Donc, voilà ! Tu as un job. En fait, la société de Marek était effectivement dans notre portefeuille de clients, et elle organise depuis une semaine une grande campagne de recrutement. Elle développe une nouvelle branche d'activité, et du coup, ils ont un grand besoin de personnel. Donc, j'ai demandé à une collègue, en charge de ce dossier, de faire passer ton CV, que j'ai inventé, pour une place au niveau de la direction. Plus proche de la haute sphère tu seras, plus tu auras de chance de le rencontrer. Parce que d'après ma collègue, il se fait effectivement très discret. Elle a rencontré plusieurs fois les personnes chargées de recrutement dans leurs locaux, et jamais elle ne l'a vu, lui. Tu sais que la société emploie plusieurs milliers de personnes réparties sur toute la France, et un peu partout sur la planète pour des missions ponctuelles ?

J'ai la chance d'avoir une sœur bossant dans une grande agence d'intérim. Ce qui peut s'avérer utile. La preuve. Elle a accès à pas mal d'informations sur beaucoup de choses, et vient, en prime, de me dégoter un job chez Marek.

Un job.

Chez Marek.

Alors qu'il ne veut plus voir personne. Je crois que je suis barge. Je ferais sans doute mieux d'abandonner et de le laisser mener sa vie.

– Ah, non, Milie ! Pas de retour en arrière possible ! me lance-t-elle comme si elle lisait dans mes pensées. Tu commences lundi, ils t'attendent, ne va pas me faire le plan de te rétracter ! Je me suis engagée auprès de ma collègue, moi ! D'ailleurs, il va falloir qu'on se mette au point sur deux ou trois trucs…

– C'est-à-dire ?

– Donc, par exemple, ils demandent que tu t'y connaisses en sécurité de bâtiments. En alarmes et ce genre de choses.

– Euh, mais j'y connais rien.

– Oui, merci, je sais. Mais tu as deux jours et douze heures environ pour pallier le problème. Un jeu d'enfant ! Allez, viens manger, et après, tu te mets au boulot !

Bon, là, clairement, je panique.

– Non, mais, je vais plutôt aller vomir encore. Non ?

Elle éclate de rire en me tirant par le bras pour que je me lève.

– Non, tu vomiras ce soir, parce que quand je rentre, je t'embarque pour une soirée digne de ce nom ! C'est vendredi, quand même !

– Hein, mais on l'a déjà fait hier, ça !

– Oui, justement, ne perds pas la main !

N'importe quoi ! Bon, alors ma grande sœur a décidé de m'embrigader dans sa vie de débauche. Si je veux être honnête, ça m'amuse beaucoup. Quant à plancher sur les alarmes en tout genre… Mon Dieu, il ne pourra pas dire que je ne mets pas tout en œuvre pour arranger les choses ! Les alarmes ! Pourquoi ne pas passer un diplôme de dresseuse de chiens de garde pendant qu'on y est ! Il ne pouvait pas vendre des religieuses et des pets-de-nonne ? Là, au moins, je m'y connaissais !

2

Marek

Sept heures trente-deux. Mais qu'est-ce qu'elle fout, bordel !

J'attrape mon téléphone, mais une main se pose sur mon épaule.

– C'est bon, pas de panique, je suis là ! Ne va pas prévenir le GIGN, situation rétablie. Merci pour le café. Et je précise que deux minutes ne correspondent pas à un retard alarmant chez les personnes normales. Deux minutes, c'est un feu rouge, ou un lacet de chaussure défait. OK ?

Patricia s'installe en face de moi, tout sourire. Pas de commentaire supplémentaire sur ce retard, c'est bon, ça m'agace assez comme ça. Elle le sait, et à part ricaner bêtement, elle n'en rajoute pas et préfère ouvrir son dossier de rapports quotidiens.

– Donc. Pour un lundi matin, je crois que j'ai été gâtée. Déjà, nous avons la réunion de mise en avant de nos services en extras pour le trophée ESW (Extrem Sport Worldwide). J'ai discuté avec l'organisateur la semaine dernière et ils voudraient s'assurer que nos hélicos peuvent bien couvrir toute la zone pendant la semaine complète du Challenge.

Je hausse les épaules en me brûlant avec mon café.

– Question stupide. Je ne vois pas pourquoi ce ne serait pas le cas.

– Ce sont de nouveaux clients, et donc, ils veulent s'assurer que…

– Oui, oui, c'est bon. Prévois un hélico au départ de Paris vers le lieu de la manifestation dès que tu le peux. En fonction de mon emploi du temps. Autre chose ?

– Oh, mais mon cher, ce n'était que la mise en appétit. Ensuite, je reçois cinq nouveaux intérimaires, dont ma propre assistante. Je serai donc indisponible jusqu'au déjeuner.

– Cinq ? Les casiers judiciaires ont été vérifiés ?

Elle hoche la tête.

– Tout est sous contrôle, comme d'habitude. L'agence d'intérim nous a toujours fournis conformément à nos besoins. Le service recrutement leur accorde une confiance totale. Et moi aussi, par la même occasion.

Je fronce les sourcils distinctement pour lui rappeler que je n'aime pas cette méthode. D'accord, ils sont bons et nous n'avons jamais eu, à ma connaissance, de personnel inadapté. Mais quand même, je trouve que…

Un soupir surjoué interrompt mes pensées.

– Marek, ce ne sont que des personnes qui ne resteront pas. Et pour ma part, je n'ai rien de confidentiel à donner à mon assistant. J'ai simplement besoin de mains et d'un cerveau qui sache au moins lire et classer des dossiers. Comme je te l'ai dit, tout est sous contrôle, je m'en porte garante !

Mouais. De toute manière, ai-je le choix ? Non. Et j'avoue que ce sujet, le recrutement, n'est pas mon point fort. Si ça ne tenait qu'à moi, je n'embaucherais jamais personne, je trouve toujours à redire sur tout le monde. Mais c'est évidemment impossible, donc… J'imagine que les sommes astronomiques que nous laissons à cette agence nous garantissent effectivement un service sur mesure au niveau des employés embauchés.

Elle termine son café et attrape un croissant dans l'assiette que j'ai commandée pour elle. Nous sommes un vieux couple. Huit ans que nous travaillons ensemble. Elle était déjà là avant mon arrivée dans la boîte, elle connaît tout sur tout, et en plus elle est sympa. Et depuis que j'ai racheté la société, nous avons instauré les petits déjeuners avant l'ouverture des bureaux, dans ce salon de thé. Tous les matins, sauf pendant ses vacances, c'est le même rituel. Elle déjeune et nous balayons le planning de la journée.

Patricia est une petite femme de 50 ans ultra dynamique, à la cool, voire à la très cool. Jean, baskets et poncho. Elle a eu peur que je lui impose un uniforme lorsque je l'ai promue à la place d'assistante de direction, mais franchement, son allure, je m'en fous. Du moment qu'elle assure, elle peut bien s'habiller comme elle veut, c'est le dernier de mes soucis. Et elle assure grave.

Elle reprend, la bouche pleine.

– Ensuite, nous avons une visite de la chaîne de supermarchés qui nous a demandé un devis la semaine dernière. Je suppose que c'est moi qui me charge de la visite ?

Je hoche la tête.

– Oui. Par contre, mets le paquet. Nos concurrents directs sont déjà sur le coup, et nous devons faire attention à nos tarifs, et peut-être leur faire deux offres. Mais tout dépend de l'offensive des sociétés concurrentes. Note bien les noms, que je me renseigne avant de proposer notre devis définitif.

Je n'aime pas les contacts clients, ni employés. Notre mode de fonctionnement est simple. À part pour de rares exceptions, je pense, je prépare, et elle s'occupe des relations publiques. Ou donne les directives.

Elle referme son dossier.

– Je te ferai ça. Et très prochainement, il faudra qu'on discute du don annuel pour la fondation. Et je sais que tu n'aimes pas te mettre en avant, mais ils réclament ton intervention pour le gala de charité d'été.

– Je sais. Mais tu vas y aller à ma place. Emmène Steeve, il sera content.

Elle grimace puis prend toutes les précautions nécessaires pour me livrer le fond de sa pensée. Je sais déjà ce qu'elle va dire, j'ai envie de lui conseiller de ne pas se fatiguer, mais je sais qu'elle tient autant que moi à cette œuvre que nous portons à bout de bras depuis longtemps, et donc, je la laisse tenter, une énième fois, de me persuader. Elle dépense son énergie inutilement, mais c'est son problème après tout. Je n'écoute que d'une oreille.

– Marek, j'aimerais que tu repenses au sujet avant de décliner l'invitation. Toutes ces femmes qui ont pu se remettre de leurs traumatismes ont envie de te voir toi, pas ton assistante. Et, si je peux me permettre, si tu veux que les donateurs défoncent leur portefeuille, il serait préférable que ce soit toi qui les accueilles. C'est génial ce que tu fais avec cette fondation, nous en sommes au troisième centre ouvert en trois ans, pour une fois, accepte les honneurs ! Ça va durer deux heures, trois photos, et c'est fini.

Oui, OK, sauf qu'il n'y a rien d'héroïque à filer du pognon à une bonne œuvre quand on en a plein les poches. Je ne vois pas l'intérêt de me porter en triomphe pour ça. Je ne suis pas un héros. Juste un type qui a eu du pot et qui n'a plus besoin de regarder son compte en banque depuis longtemps. Enfin, ses comptes en banque pour être précis. Et c'est justement ce dernier point qui me confère largement le droit de ne pas paraître au gala pour la récolte de fonds. Je n'ai pas envie, je n'y vais pas, point final.

Je me contente de lui répondre en terminant mon café.

– Réquisitoire pris en compte.

Elle soupire de soulagement. Je pose ma tasse.

– Je demanderai à Roger de passer vous chercher à l'heure qui vous conviendra. Je te laisse voir avec lui pour les détails.

Re-soupir, mais de désespoir cette fois. Elle ne se donne même pas la peine de répondre.

– Je t'ai fait suivre les propositions tarifaires pour nos clients récurrents cette nuit. Si tu peux veiller à transférer les nouveaux montants au service facturation avant midi.

Elle fronce les sourcils pendant que je pique un croissant que je romps en petits morceaux avant de les avaler tranquillement, le regard impassible plongé dans le sien.

– Marek, si je me rappelle bien, ça fait quand même cent vingt-huit clients !

– Cent trente-deux pour être exact.

Elle soupire en s'affalant dans son siège.

– Nous sommes en juin ! D'habitude, nous débutons ces démarches en septembre. Tu n'avais rien de mieux à faire ?

J'avale un nouveau morceau de croissant.

– J'étais chez ma mère. Mais elle se couche avec les poules, et en Pologne, on peut dire que les occupations ne courent pas les rues. Je tournais en rond. J'ai préféré m'occuper.

Mon assistante, et amie, pose sa main chaude sur la mienne.

– Marek.

Encore une fois, je sais pertinemment ce qu'elle va me dire, et je n'ai, cette fois, pas envie de l'entendre. Je sais encore ce que je fais, ne lui en déplaise, et si j'ai envie de traiter cent trente-deux dossiers en une nuit, c'est mon problème, pas le sien.

– Avant midi. Et prépare-toi, je compte boucler les dossiers des clients internationaux avant demain matin. Quant aux prestations ponctuelles, tu les auras dans la semaine également.

Elle lève les yeux au ciel sans broncher. Oui, je sais, je coupe court à toute explication. Mais je n'ai besoin, pour ma part, d'aucun commentaire sur la situation. Oui, ça fait huit ans. Oui, ce samedi sera pénible et oui, c'est déjà le cas alors que nous ne sommes que lundi. Mais même à plusieurs jours de la date fatidique, j'ai besoin de m'occuper le cerveau plus que jamais. Jour et nuit, et il n'y a absolument rien à ajouter à ce sujet. J'arrive à naviguer depuis des années entre les remords et la culpabilité. Et je pense avoir réussi à gérer tout ça relativement bien. Mais pas là. Pas à quelques jours de cette date qui me broie chaque année le cœur et le cerveau. Alors, je m'occupe, et c'est tout.

Nous nous toisons en silence, elle tentant de me faire admettre que j'ai besoin de m'épancher sur mon triste sort, et moi lui objectant clairement d'abandonner la partie. Je gagne toujours à ce jeu, il serait temps qu'elle le comprenne. Oui, elle en sait beaucoup. Voire elle est informée de tout mon passé dans son intégralité, et ce, depuis longtemps. Mais non, je ne vais pas pleurer sur son épaule et me moucher dans son chemisier comme une âme en peine. Qu'elle s'estime heureuse, déjà, d'être dans la confidence, parce qu'elle est bien la seule.

Elle abdique en détournant le regard sur sa tasse vide.

– D'accord, si tu veux. Si tu estimes que c'est important de mettre à jour les dossiers dès maintenant, je ferai suivre à la compta. Par contre…

J'avale le dernier morceau de croissant en soulevant un sourcil, signe que je suis tout ouïe. Elle attrape la perche et vide son sac.

– Promets-moi qu'ensuite, tu t'octroieras quelques jours de repos. J'aimerais arriver un jour au bureau en retard, sans redouter qu'un escadron d'enquêteurs du FBI ait pris d'assaut mon bureau pour trouver des indices concernant ma disparition subite et inexpliquée !

Elle peut toujours rêver ! J'ai envie de lui ricaner au nez, mais au lieu de ça, je la fusille du regard.

– Patricia, tu dis n'importe quoi ! J'appellerais la CIA si ce genre de chose se produisait. Leur branche secrète propose de sacrées méthodes de recherches. Beaucoup plus efficaces !

Elle se retient de rire en replaçant ses cheveux derrière ses oreilles.

– OK, OK. Bon, on a fait le tour ?

Je hoche la tête. Nous passons en mode cool, les relations patron-employée s'effacent pour laisser place aux relations amicales. Elle reprend :

– Steeve te propose de venir manger à la maison samedi soir. Ça te changerait un peu les idées, non ?

J'adore cette femme. Elle me traite comme son fils, qui a d'ailleurs à peu près mon âge. Mais lui, il n'a pas des tonnes de casseroles à traîner derrière lui, comme moi. Et il n'est pas son patron non plus. Lui, il est normal. Je me demande parfois pourquoi elle prend pas mal de temps, en dehors du boulot, pour s'intéresser à mes petits tracas. Mais, à tort ou à raison, et même quand je me montre insupportable avec elle au bureau, elle persiste à prendre des nouvelles, à vouloir panser les plaies que je n'arrive pas à cicatriser, et ce, depuis le début. C'est une femme bien, la mère attentionnée dont j'ai toujours rêvé sans oser l'espérer. C'est pour cela que, en dehors de toute préoccupation et obligation professionnelle, je suis un agneau avec elle et ne lui refuse pas grand-chose. Et avec son mari Steeve également, qui est du même acabit que Patricia.

– D'accord. Remercie Steeve pour moi. Je peux venir accompagné ?

– Bien entendu ! C'est même fortement conseillé. Comme ça, je sais que tu ne rentreras pas pour te morfondre tout seul dans ton palace. Et que tu ne m'enverras pas non plus des mails toute la nuit.

Je ravale un rire. Maline ! Mais qu'elle ne croie pas s'en tirer à si bon compte.

– Super. Tu peux appeler Lucie pour lui demander si elle est dispo ?

Elle lève les yeux au ciel.

– C'est une blague ?

– Non. Si tu appelles, le rendez-vous sera professionnel et non privé. Ce qui m'évite par la suite de devoir expliquer, ou justifier quoi que ce soit auprès d'elle. Un rendez-vous pro qui termine à l'horizontale apporte toujours beaucoup moins de déconvenues qu'un rendez-vous privé. Et franchement, Lucie dans le privé… Non. On reste dans le professionnel, c'est mieux.

Elle éclate de rire.

– Tu es démoniaque, Marek ! La pauvre. Mais OK, je l'invite dans la journée.

Je la gratifie d'un sourire radieux.

– Tu sais que je t'adore ?

Elle soupire en se levant.

– Oui, je sais. Et je me demande bien ce que j'ai fait au bon Dieu pour mériter ça ! Je dois avoir une sacrée ardoise à régler là-haut pour être autant punie !

Je quitte mon siège à mon tour et pose un billet sur la table en embrayant sur autre chose. Un sujet qui me perturbe depuis quelques jours.

– Je ne t'ai pas dit ? J'ai rendez-vous sur le circuit de Beltoise en début d'après-midi. Il faut qu'on change de flotte dans quelques mois, alors j'ai demandé à effectuer les tests de vitesse moi-même ! Le fournisseur a mis à disposition la Maserati dernier modèle en plus, au cas où… Ne me cherche pas après quatorze heures, et ne cherche pas l'hélico non plus, lui et moi, on sera très occupés.

Je pose ma main sur son épaule pour la guider vers la sortie pendant qu'elle lance un soupir exagéré.

– Mon Dieu, mon pauvre, tu n'as vraiment pas la vie facile !

– À qui le dis-tu ! Le plus préoccupant dans l'histoire, c'est que j'ai commandé des nouvelles Sparco pour l'occasion, mais elles devaient arriver vendredi, et... rien ! J'espère qu'elles vont être livrées ce matin, sinon ma journée sera fichue ! À moins que tu ne demandes à la petite mignonne de la dernière fois d'aller m'en acheter des neuves... J'ai horreur d'effectuer des tests de conduite en pompes de ville.

Elle secoue la tête de dépit.

– Très bien, je vais demander à Veronica.

– Merci. Je te raconte pas le stress que tu m'épargnes !

Elle s'esclaffe et nous allons bosser.

3

Émilie

Des bruits effroyables m'extirpent de ma somnolence. Allongée sur le vieux matelas, j'ouvre les yeux difficilement, ils sont trop douloureux. De toute manière, il n'y a rien à voir. Je me trouve dans une pièce sans lumière et sans fenêtre depuis longtemps, trop longtemps. J'ai faim, j'ai soif, j'ai froid, j'ai mal partout.

Un martèlement de pas résonne au-dessus de ma tête. Puis des coups, des choses qui tombent et qui se brisent. Mes tremblements redoublent. Soit l'heure de ma délivrance est arrivée, soit ce qui m'attend sera pire que tout ce que je viens d'endurer. Même si je ne vois pas vraiment ce qui peut être pire que ce qu'ils m'ont fait.

Je tente de me redresser, mais ma tête tourne. Je ne sais pas si je dois hurler pour me faire entendre, ou plutôt essayer de me recroqueviller dans le coin de la pièce et tenter une nouvelle fois de disparaître. N'arrivant plus à me lever, ma cheville me fait trop mal, je rampe sur le matelas poisseux, puis sur le sol glacé qui brûle ma peau. Chaque contact, chaque geste est douloureux. Les murs de l'angle dans lequel j'essaye de me fondre sont inégaux, abîmés, et déchirent mon épiderme à vif. Mais je me colle à eux, j'essaye de fusionner avec l'invisible. Et j'attends.

Au milieu du fracas de meubles et de paroles que je n'entends que faiblement, la porte de ma prison s'ouvre brusquement, et trois hommes font irruption dans mon enfer. Je remarque avec soulagement leurs uniformes. L'un d'entre eux me trouve et se précipite sur moi. Je sursaute et recule encore contre mon mur. Il range son arme en soupirant de soulagement.

– C'est bon, les gars, on l'a !

Ses collègues se tournent vers moi, l'un d'entre eux parle dans une radio accrochée à son épaule, mais je ne comprends pas ce qu'il dit. J'ai du mal à y croire. C'est réel ? Ils sont là pour me sauver ? Le cauchemar est vraiment terminé ?

Le premier homme s'approche de moi et glisse ses bras sous mes genoux et derrière mon dos pour me soulever. Je me blottis contre lui en pleurant. Je crois que je parle et qu'il me répond, mais je ne suis pas certaine. Une couverture est posée sur mon corps nu. Il m'enlace plus étroitement en murmurant des paroles douces. Que je ne comprends pas. Mes nerfs se détendent un à un, ma tête ne pense plus. Plus du tout. Je n'ai plus la force. J'espère qu'ils sont gentils. Mais sinon, je ne me débattrai pas. Si le destin s'acharne encore, je n'ai plus la force de résister. Je crois que l'histoire s'arrête là pour moi. Je m'évanouis. Je rends les armes. Je ne sais plus quoi faire d'autre. Je leur laisse le choix de la suite. Moi, je ne suis qu'impuissante face à tous les autres.

– Milie ! Milie, réveille-toi, tu trembles !

Des mains me secouent les épaules. J'ouvre les yeux et distingue ma sœur, penchée sur moi. Je prends un moment pour me stabiliser dans la réalité. Comme toujours après un rêve. La voix douce de ma sœur m'aide à revenir dans le présent.

– Ça va aller. C'était juste un cauchemar, Milie. Tu es là, maintenant. Tout va bien.

Je hoche la tête. Oui, on peut résumer ça comme ça. Toute cette histoire était « juste un cauchemar ». Sauf que pour moi, le cauchemar a été bien réel. Ce n'est qu'ensuite qu'il est devenu un mauvais rêve.

– Nous devrions nous lever, il est déjà presque huit heures. Encore cinq minutes, ma belle. Pas plus.

Elle se rallonge et je pose ma tête sur son épaule. Ses bras m'enlacent et me serrent contre elle pour me bercer.

***

Donc, m'y voilà. L'antre de Marek. J'ai longuement hésité, parce que ça ne me paraît pas honnête de l'approcher de cette manière. Mentir sur un CV, ce n'est pas ma politique. Et je n'ai pas envie non plus que cela se sache et que ma sœur ait des problèmes. Mais voilà, j'étais inscrite et donc attendue, et mon envie de retrouver l'ami le plus précieux de mon adolescence a été plus forte. Si je rajoute à cela les messages d'encouragement que j'ai reçus de Justin, mais aussi de Thomas et Vivian (forcément, Justin a été fidèle à lui-même et leur a annoncé mon retour dans la demi-heure qui a suivi nos retrouvailles), et ma curiosité aussi, face à cette grosse société dont Marek serait le propriétaire, alors je ne pouvais pas ne pas me présenter à ML Security ce matin.

Et plus les minutes passent, et plus je me prends au jeu. Fière d'intégrer une société aussi structurée, impressionnée par ce que cette matinée d'intégration m'apprend, je bois les paroles du petit ouragan qui nous a accueillis (d'autres nouveaux arrivants et moi) il y a quelques heures.

Pour résumer le long discours que cette Patricia vient de nous énoncer, et que j'ai soigneusement pris en note, ML Security emploie plus de huit mille personnes en France et quelques milliers également sur le plan international. Ce qui est déjà impressionnant en soi. De plus, ils gèrent une fondation, à propos de laquelle elle n'a pas donné plus de détails. Je suppose que ce n'est pas le sujet primordial. J'ai appris également qu'Aude a effectivement fait fort lorsqu'elle a proposé mon dossier, parce que je suis affectée au poste d'assistante de cette Patricia, qui d'après ce que j'ai compris, travaille elle-même directement avec Marek, patron charismatique très discret et qui ne se montre pas souvent, toujours d'après les dires de ma future supérieure hiérarchique.

L'angoisse commence à monter, je dois bien l'admettre. Je vais revoir Marek. Je n'arrive plus à décider si tout ça est une réelle bonne idée ou une sombre manigance inutile qui pourrait s'avérer douloureuse. Parce qu'après tout, il n'a jamais tenté de me recontacter. J'essaye de me rassurer en me disant que c'est moi la responsable de notre éloignement et que, donc, il n'a certainement pas osé… Enfin, je n'en sais rien, finalement, et c'est justement la raison pour laquelle je parcours les étages de l'immeuble depuis une bonne heure, buvant les paroles et les descriptions de Patricia sur chaque service. Et en essayant d'occulter la dernière information qu'elle nous a transmise et qui me broie le ventre d'appréhension. La société organise des cours d'autodéfense pour son personnel. Cours obligatoires et impossibles à contourner. Des cours que je vais détester, parce que je ne veux pas qu'on me touche. Je ne veux pas me trouver en situation, même fictive, d'agression. Une montagne infranchissable pour moi. Un réel problème. Tout ce que j'espère, et qui arrive à me rassurer partiellement, c'est que peut-être j'arriverai à retrouver Marek avant ce rendez-vous. Ce qui ne devrait pas poser de problème, logiquement, vu que je vais travailler à son étage et donc, vraisemblablement, à ses côtés. Non, pas de problème avec ces cours, j'arriverai à les éviter. Je dois m'en persuader et ne pas me focaliser dessus, et plutôt me concentrer sur cette matinée d'intégration qui me permet d'en apprendre plus sur Marek, indirectement.

Après avoir visité l'immense salle de pause, puis le réfectoire-cafétéria où notre guide nous a expliqué le système de points pour le repas, nous entrons dans ce fameux complexe sportif qu'elle nous présente une nouvelle fois comme le passage obligé chez MLS. Très bien. Je souhaite bon courage au prof, si jamais je dois en arriver à assister à ces fameux cours, parce que je ne compte pas me faire approcher par un homme ni aujourd'hui ni demain, même pour une simple démonstration ou un cours de défense. Il n'y a absolument pas moyen. Ils ont leurs règles, eh bien, j'ai les miennes aussi ! Et je sais être particulièrement bornée quand je m'y mets. Qu'on se le dise. Et pour le coup, s'il insiste, j'espère que le prof s'y connaît réellement en self-défense, parce qu'il en aura besoin contre moi !

Tu parles ! On me souffle dessus je tombe ! Bref !

Nous arrivons dans un grand couloir séparant les salles de sport. Tout est vitré, c'est magnifique. Patricia nous explique succinctement chaque pièce sans s'arrêter pour autant.

– Donc, ici, nous avons la salle de musculation, de l'autre côté celle de fitness. Ensuite, les salles de cours. Ah, tenez, regardez, dans celle-ci, un cours est commencé.

Nous observons quelques instants, et effectivement, une quinzaine de personnes en tenues de sport se font face en écoutant un prof leur expliquer une prise en montrant l'exemple. Il tient une femme par la taille qui essaye de se dégager. Un frisson me parcourt le dos. JAMAIS on ne me fera ça ! Impossible.

Je détourne les yeux et suis notre petit groupe toujours mené par Patricia, qui s'esclaffe en arrivant au niveau de la salle suivante.

– Eh bien, vous avez de la chance, M. Lisinski est en plein entraînement de MMA avec Franck, l'un de nos coachs d'autodéfense. Pour info, le patron c'est celui qui a des cheveux ! Profitez, vous ne le verrez pas souvent, c'est un boss très discret.

Je les rejoins et hésite à regarder à l'intérieur de la pièce. Puis je m'y résous, le cœur battant à tout rompre. J'ai l'impression de me retrouver sous cet arbre il y a si longtemps, alors qu'il me proposait de m'emmener à cette soirée. Mes yeux balayent la pièce derrière la baie vitrée.

Et il est là.

Vêtu d'un simple short de boxe, torse nu, les poings gantés levés devant le visage, concentré sur son adversaire. Je perds tous mes moyens. S'il était beau la dernière fois que je l'ai vu, maintenant, il est… sublime.

Le torse développé, le ventre strié d'abdos, les bras puissants. Tout en lui est tendu, luisant par l'effort, ses muscles roulent sous sa peau à chaque geste, il est tout simplement… à en baver. Et son visage… Ses mèches brunes se battent toujours en duel sur son front, jusqu'à la limite de ses yeux, sa mâchoire s'est affermie et semble plus virile, d'autant plus que maintenant elle est recouverte d'une barbe de trois jours qui lui assombrit le bas du visage.

Tout ça, c'est déjà à couper le souffle. Mais ce qui m'attire, ce sont ses yeux. Toujours aussi verts, mais encore plus expressifs. Durs, froids et déterminés, il semble en vouloir à la terre entière. Face à cet homme, s'entraînant simplement, il ne devrait pas y avoir de colère. Mais c'est pourtant le cas. Quelque chose au fond de ses rétines parle pour lui. Moi qui le connaissais avant, je remarque cette lueur vacillante qui lui donne un air fragile et déterminé.

Je n'arrive plus à détacher mes yeux de lui. J'observe son combat. Il esquive souplement, attaque son adversaire, n'arrête pas de bouger, de sautiller, alerte et hypnotique. Il dégage une aura de puissance et de maîtrise impressionnante.

Captivée, je ne remarque pas que mon petit groupe s'est éloigné jusqu'au bout du couloir. Patricia, elle, par contre, s'en aperçoit. Elle me rappelle à l'ordre depuis sa position.

– Émilie ?

Elle a crié. Apparemment suffisamment fort pour que Marek entende. Il se retourne vivement vers le couloir, et nos regards entrent littéralement en collision. Le jade captivant de ses yeux ensorcelle mes rétines en un instant. Trop d'émotions s'entrechoquent entre nous, comme un déluge après une trop longue sécheresse. Comme un barrage qui cède sous la pression trop forte des éléments. Tout ça, en un instant. Et l'instant d'après, un poing s'abat sur sa joue, celui de son adversaire, coupant court brutalement à notre échange muet et éclair. Son visage est projeté en arrière violemment, le contact visuel est rompu, il recule de deux pas, sonné, la main sur sa mâchoire, et s'adosse au mur alors que son coach s'approche de lui pour inspecter les dégâts.

Patricia me rejoint, son regard suit le mien, elle grimace d'un air détaché, absolument pas inquiète.

– Aïe ! Il va avoir une belle marque. Vous venez, on vous attend.

Elle pose une main dans mon dos et me pousse avec autorité vers notre destination. Je me laisse guider loin de lui.

***

Je fais acte de présence jusqu'à la fin de la visite. Je m'attendais à un choc au moment de le revoir. Mais pas ce genre de choc. Une grande joie, ou peut-être une immense peine. Mais je ne prévoyais pas que mon cœur se serre aussi douloureusement. Je ne pensais pas que les souvenirs des jours heureux ressurgiraient avec une telle force. Je ne pressentais pas non plus ce courant d'air glacial qui s'abattrait et resterait sur ma peau, ni cet état fébrile qui engourdit mon cerveau depuis que nos yeux se sont croisés.

Flottant presque au-dessus du sol, je ne sais pas trop comment je me retrouve au dernier étage de la société, dans le bureau aéré et plus qu'agréable de Patricia. Depuis la salle de sport, je ne dis pas un mot, me contentant de hocher la tête pour lui répondre. Elle contourne son bureau et m'invite à m'asseoir en face d'elle. J'essaye de me concentrer sur l'instant présent, d'oublier provisoirement Marek, ses yeux, son corps, les réactions du mien, et surtout cette flamme qui s'est ravivée en l'espace d'un quart de seconde en moi.

– Bon, alors, Émilie. Je dois vous avouer que vous êtes ma première assistante. Je gérais tout moi-même jusqu'à présent, mais avec le développement de certaines activités de MLS, je ne peux plus assurer sur tous les tableaux. Je ne sais pas exactement comment nous allons nous organiser, ni si je saurais vous laisser une place intéressante, mais dans tous les cas, nous allons essayer.

Je hoche la tête. Pour changer ! Elle me sourit.

– Parfait ! Donc, attendez une minute. Pour commencer une bonne collaboration que j'espère en toute transparence, je dois commencer par vous avouer que je n'ai pas eu le temps de consulter votre dossier, votre agence d'intérim vous ayant adressée à nous vendredi soir. Et étant donné que notre service ressources humaines leur fait entièrement confiance, j'ai décidé de faire de même. Nous aurons le temps de voir ensemble si notre collaboration fonctionne, n'est-ce pas ? Vous comprendrez donc par ce simple exemple que je suis effectivement débordée en ce moment…

Elle m'adresse un sourire auquel je réponds un peu timidement. Évidemment, c'était trop beau et trop facile. Je suis ici encore une fois grâce aux manipulations de dossiers de ma sœur. Pas parce que Marek a validé ma venue. Remarque, vu qu'il est le boss de cette boîte, je doute qu'il mette le nez dans les simples affaires de recrutement. Mon cœur se met à battre à tout rompre, parce que rien n'est encore fait en définitive. Je m'attends à me faire virer d'une minute à l'autre. Remarque, c'est me donner certainement trop d'importance. Pourquoi cette femme me virerait ? Elle n'a certainement jamais entendu parler de moi. Je deviens parano, c'est un fait. Du grand n'importe quoi.

Respire, Milie…

Ma supérieure fouille dans un tas de documents empilés devant elle et en brandit un fièrement devant mes yeux.

– Ah, voilà ! Donc, vous êtes Émilie Laur…

Elle marque une pause, réajuste ses lunettes et déglutit.

– Mademoiselle Émilie Laurent. Ah…

Une sueur froide glisse le long de ma colonne vertébrale… Peut-être qu'elle me connaît finalement. Ou serait-ce mon CV incroyablement faux qui la perturbe ? Je n'ai même pas eu l'occasion de le consulter moi-même.

– Il y a un problème, Patricia ?

Elle fronce les sourcils, parcourt rapidement le document du regard puis le repose et m'examine rêveusement. Je me sens minuscule. Mauvaise et menteuse. Je n'ai qu'une envie à cet instant précis, partir. Loin. Et surtout, oublier cette idée stupide de retrouver Marek de cette manière. Mais pourquoi ai-je suivi Aude dans ses plans bancals ? De toute manière, il est trop tard pour reculer. Au pire, demain, je ne reviens pas, et puis c'est tout. Rien de dramatique. En tout cas, j'essaye désespérément de m'en convaincre.

Patricia change d'air. D'accueillante, elle devient suspicieuse quand elle répond.

– Qu'en pensez-vous ? Y a-t-il un « problème » dont vous voudriez m'informer, mademoiselle Laurent ? Quelque chose que je devrais savoir absolument ?

Bon, clairement, c'est à cette minute que se termine mon aventure ML Security. C'est une évidence. Je ne sais même pas quoi lui répondre. Parce que, en tout état de cause, ce n'est certainement pas avec elle que je désire m'entretenir, tout aussi sympa qu'elle semble être. Je suis venue pour Marek, pas pour son assistante. De plus, même s'il est évident qu'elle sait pertinemment qui je suis, je n'ai aucune idée de ce qu'elle sait exactement, ni ce que je peux dire vis-à-vis de Marek, et encore moins ce que moi, j'ai envie de divulguer. Je ne suis pas du tout prête à ça. Donc, aucun mot ne me vient, je reste muette, sans doute rouge carmin et totalement perdue.

Patricia, qui semble être une femme d'action dynamique, ne laisse pas la gêne et l'indécision s'installer dans notre entretien et reprend la parole en fermant mon dossier.

– Bon, écoutez Émilie, on va faire une chose très simple. Maintenant que Marek est informé de votre présence ici, je dois en discuter avec lui. Je comprends beaucoup mieux son désappointement de tout à l'heure. Donc, pour le moment, je ne peux prendre aucune décision vous concernant. C'est au patron de décider pour ce point précis. Nous allons donc attendre qu'il se manifeste, et le connaissant, ça ne va pas tarder.

Elle coule un regard froid vers moi puis reprend.

– En attendant, j'ai des tâches à vous donner, et puisque votre journée sera payée de toute manière, autant rentabiliser tout ça. Toute Émilie Laurent que vous êtes, je pense que rien n'empêche un peu de classement. Suivez-moi.

4

Marek
Huit ans plus tôt

Le nez collé à la porte du car, j'attends qu'il daigne enfin s'arrêter. Le chauffeur s'égosille depuis que nous avons démarré pour que j'aille m'asseoir, mais c'est totalement impossible. Je ne peux pas attendre. Chaque seconde est trop longue, chaque battement de cœur loin d'elle, trop douloureux. Je prie depuis vingt minutes pour qu'il accélère, pour qu'il me conduise jusqu'à elle en grillant tous les stops et les priorités. Mes mains ont besoin de retrouver sa peau, mes yeux pleurent de ne pas l'avoir vue pendant ces deux jours, et mon âme cherche désespérément sa sœur.

Alors oui, je suis debout, devant la porte, et rien ni personne ne m'éloignera de là. Même pas ma cheville qui me fait un mal de chien, car normalement, je ne devrais même pas marcher. Cette satanée porte s'ouvre enfin. Je saute du car et m'élance à travers le parking qui me sépare de l'hôpital. Je sautille, boitille difficilement, mais c'est clairement le dernier de mes soucis. Je franchis les portes dès qu'elles s'entrouvrent, et ma course s'arrête là. Une armée de flics sécurise le secteur, quelques journalistes sont déjà sur place, des curieux discutent entre eux, jetant des regards vers les portes du service des urgences. J'essaye de me frayer un chemin discrètement, mais une main autoritaire se pose sur mon torse et m'empêche d'aller plus loin. Je lève les yeux sur le flic.

– Il faut que je la voie ! C'est ma… sœur !

Le type secoue la tête.

– Mlle Laurent n'a pas de frère. Je ne vous laisse pas passer.

J'insiste en poussant sur sa main toujours posée sur mon torse.

– Je vous dis que je suis son frère. Son meilleur ami. Son copain. Il faut que je la voie ! C'est important.

Il secoue la tête, implacable.

– Vous êtes son frère, son ami ou son copain ? Il faudrait vous décider !

Je m'apprête à répondre, mais je ne sais même pas quoi dire. Je suis réellement tout ça. Et je n'arrive pas à comprendre quelle place je veux prendre, puisqu'il n'en faut qu'une apparemment. Milie est avant tout ma sœur de cœur. Celle qui soigne mes maux sans avoir besoin de parler. Celle vers qui je me tourne depuis des années dès que l'atmosphère devient étouffante chez moi. Je ne compte pas les fois où je suis allé frapper à la fenêtre de sa chambre en pleine nuit pour m'allonger à côté d'elle, juste pour sentir sa présence. J'ai l'impression dans ces moments qu'elle est ma seule famille. Celle qui est toujours là pour moi, celle qui écoute et qui câline. Une sœur qui me montre la voie.

Elle est aussi mon amie, parce qu'elle est ma meilleure partenaire de fou rire. Parce que nous avons volé des œufs dans le poulailler de mon voisin un nombre incalculable de fois, parce qu'un jour elle a même fait pipi dans sa culotte quand le fermier nous courait après, parce que nous nous tapions un fou rire au pire moment qui soit. Parce que je lui vole son vélo tous les deux jours en été pour qu'elle vienne le rechercher chez moi, et que pour toute réponse, elle me vole le mien. Parce qu'on s'engueule souvent, et qu'ensuite on se saute au cou sans avoir besoin de s'expliquer. Parce que je me tape ses films à l'eau de rose sans jamais broncher, malgré mon aversion impressionnante pour son héros Patrick Dempsey.

Et elle est ma copine, ma petite amie, parce qu'elle est belle, et qu'elle a accepté de m'embrasser il y a quatre jours, et que je devais me rendre avec elle à une soirée, en couple, main dans la main, comme des amoureux. Parce qu'elle m'aime, je le sais, et que moi, j'ai l'impression d'avoir attendu ce moment depuis toujours.

Alors, oui, il faut qu'il me laisse passer, parce que je suis tout ça, et parce que ce moment, trois espèces de connards me l'ont volé. Ils lui ont fait du mal, je l'ai entendu à la radio, vu à la télé, et j'ai besoin d'être avec elle. De lui prendre la main et de lui dire que tout se reconstruit. Que je suis là pour elle, comme elle l'a toujours été pour moi. J'en ai besoin, et à travers toutes ces portes et ces murs qui nous séparent, j'entends son âme crier la même chose. Il faut que je la voie.

Le flic me pousse doucement.

– Je n'ai pas pour ordre de laisser passer les amis ni les petits amis. Appelez la famille pour qu'ils vous accordent un laissez-passer, si vous y tenez tant que ça. Désolé.

J'appelle Aude aussitôt. Elle ne répond pas. Normal, elle a sans doute autre chose à gérer. Agacé, parce que je les comprends tous, mais que j'ai l'impression que personne ne me comprend, je lui envoie un SMS :

[Je suis à la porte.
Je peux venir ?
Comment elle va ?]

Je m'éloigne de la foule de journalistes qui s'agglutinent de plus en plus devant la barrière de flics et commence à tourner en rond, les yeux rivés sur le portable. Qui ne reçoit aucun message.

Il reste désespérément muet. La pression monte en moi, l'attente est insupportable. Au bout de je ne sais combien de temps, il vibre enfin. Aude.

[Elle va. En tout cas, elle parle,
et elle respire. Pour le reste…
C'est trop… C'est affreux.
Ma pauvre petite sœur.]

Je relis le message plusieurs fois. Effondré. Je sais qu'il y a eu de la violence envers elle. C'est évident. Mais je ne sais pas plus. Je n'ose pas m'imaginer, de toute manière n'importe quelle sorte de violence qui m'apparaît à l'esprit est ignoble et c'est insupportable. Je dois savoir.

[Tu peux demander aux flics
de me laisser entrer ?
Ils barrent la route !]

Elle met encore une fois un temps infini pour répondre. Mais elle répond.

[Non. Ce n'est pas le moment,
Marek. Elle est fatiguée.]

Putain ! J'insiste. Elle ne comprend pas l'urgence qui me broie le bide !

[Je promets, je ne reste pas
longtemps. J'ai besoin de la voir,
Aude !]

[Non, Marek, pas tout de suite.
Désolée.]

Je supplie. Je quémande. Je mendie quelques instants avec elle, même infimes.

[Dis à tes parents que
je ne demande que 5 minutes !
Promis, pas + !]

[Ce n'est pas eux qui refusent.
C'est Milie. Rentre chez toi,
Marek, elle est trop secouée.
Il lui faut du temps.]

Mon monde s'écroule. Je résiste à l'envie de hurler et de m'effondrer. Un besoin de frapper n'importe quoi me chatouille les nerfs. J'ai besoin d'air. Je range mon téléphone. Harceler sa famille ne donnera rien, et elle a besoin d'eux. Mais elle a besoin de moi, aussi. Pourquoi ne veut-elle pas me voir ? Pourquoi me rejeter ? J'écarte de mon esprit ce que je redoute le plus. Depuis sa disparition, je me considère comme l'unique responsable. Si j'avais été présent à cet arrêt de car, rien ne se serait passé. Tout est ma faute. J'espérais qu'elle ne le verrait pas sous cet angle, mais à première vue, si. Et cette culpabilité m'étouffe depuis deux jours. J'ai besoin de son absolution. Je ne peux plus me regarder dans un miroir sans avoir envie de me défigurer et de me cracher à la gueule.

Je tire sur mes cheveux de rage et décide de sortir d'ici, puisque je ne suis pas le bienvenu, autant abréger la souffrance. Sur le perron, je tombe nez à nez avec les gars. Tous les trois. Comme depuis deux jours, je suis seul contre eux trois. Il y a eu des choses de dites. Des poings dans les bides. Des mollards envoyés dans les tronches. Notre fratrie de cœur n'a pas été assez forte. Mais je suis content de les voir, malgré tout. Eux aussi sont ma famille.

Ils me lancent un regard interrogateur. Je réponds en secouant la tête, dépité.

– Elle refuse de me voir. Et Aude a l'air effondrée.

Ils me toisent sans ajouter quoi que ce soit, puis, sans prévenir, Justin pète un câble. Il me hurle littéralement dessus, le poing en avant.

– Mais évidemment qu'elle ne veut pas te voir, connard ! Tout est de ta faute, espèce d'enfoiré ! Si tu…

Je m'avance vers lui en serrant les poings et m'arrête à deux centimètres de son visage.

– C'est votre faute ! Qui m'a dissuadé ? Qui m'a traité de tous les noms et menacé ? Qui m'a fait croire que je faisais la pire connerie de ma vie ?

Il crache ses paroles, plein de haine et de rage :

– Mais si tu avais été réglo, rien ne se serait produit ! Tu nous as poignardés dans le dos, et tu as abandonné Milie à ces types ! Tu ne vaux rien, Lisinski ! Tu n'es qu'une merde ! Dégage de là, et n'essaye plus de la revoir ! Tu ne la mérites pas !

Thomas et Vivian n'ajoutent rien. Mais ils ne le contredisent pas non plus. Je les examine les uns après les autres. Ce qu'ils me disent ne me touche plus. Tout simplement parce que je suis en partie d'accord avec eux. Mais surtout parce que comparé au drame qu'a vécu Milie, et à celui qu'elle doit encore porter sur ses épaules, ma culpabilité et leurs reproches ne sont rien. Nous devons nous concentrer sur son enfer à elle. Il n'y a que ça qui importe. Je refuse d'essayer de m'expliquer. Je refuse d'alimenter la haine qui s'installe entre nous. Je refuse de m'occuper d'autre chose que de son bonheur jusqu'à ce qu'elle me revienne guérie et souriante.

Ce que je ressens, le vide qui s'est créé autour de moi en un temps record, je le mérite. J'assume. Je ne peux rien effacer. Mais je trouverai un moyen pour réparer. D'une manière ou d'une autre.

Je recule d'un pas, les contourne et m'éloigne d'eux. Frères ou pas frères, ils sont le dernier de mes soucis.

***

De nos jours

– Dis-moi que je me trouve en plein cauchemar.

Patricia m'observe, les lèvres pincées, et laisse planer un silence significatif. Putain ! Mon cœur se met à battre la chamade pendant que je me dirige vers la fenêtre et l'ouvre le plus possible afin de trouver de l'oxygène. J'ai besoin d'air, d'urgence. Je grogne en me rappelant la conversation de ce matin et ajoute, avec une ironie plus qu'amère :

– Donc, tu maintiens que cette agence est 100 % digne de confiance et qu'un contrôle supplémentaire des candidats envoyés est superflu ? Je suppose qu'il est inutile de préciser qu'à partir de maintenant, toute personne qui rentre ici aura un CV validé par notre propre service de recrutement.

Mon bras droit soupire en s'affalant sur son siège et tente de me contredire.

– Dans ce cas précis, une vérification de CV n'aurait rien changé au problème. Il n'y serait inscrit nulle part « Ex-copine du boss, sujet sensible ! »

Je lui jette un œil furieux qui suffit à la faire changer de ton.

– Je peux toujours demander une autre personne à l'agence, Marek.

Elle rigole, j'espère ?

– Tu veux virer Milie de MA société ? Non, mais de mieux en mieux ! C'est trop tard ! Jamais je ne virerai Milie. Hors de question !

Et voilà. La situation est inextricable. Je ne peux pas la virer, c'est impossible. Mais je n'aime pas non plus la voir ici. Ce genre de flou dans les procédures a le don de me gonfler. Elle le sait, mais je ne peux m'empêcher de lui faire part de mon humeur qui se dégrade de minute en minute.

– Bon Dieu, Patricia, je t'avais dit que je voulais plus de contrôle dans l'entrée du personnel intérimaire !

– Il y a contrôle, Marek ! Casiers judiciaires, compétences, tout est fait, et bien fait pour l'agence. En plusieurs années, il n'y a eu aucune fausse note ! Ce cas est différent et tu le sais très bien ! Nous ne demandons pas encore dans les CV les parcours sentimentaux des candidats, à ce que je sache !

Elle n'insiste pas plus. Elle sait qu'elle n'a pas plus raison que ça. Si elle avait pris le temps de vérifier, ne serait-ce que l'identité du candidat, on n'en serait pas là ! Et comme elle me connaît trop, elle est tout à fait consciente que la moindre phrase de travers pourrait réellement me faire sortir de mes gonds. Tout simplement parce que je suis hors de moi. Comment peut-on s'insérer dans mon service aussi facilement ? Parce que c'est évident que sa présence ici n'est pas anodine. La raison, je ne la connais pas. Mais je sais discerner le hasard du but calculé, et je déteste que l'on me mette devant le fait accompli. Milie ou n'importe qui d'autre, c'est pareil. C'est ma boîte, on ne m'impose rien entre mes murs. Ni en dehors non plus, d'ailleurs. Personne ne le fait plus depuis longtemps, et ce n'est pas aujourd'hui que je vais accepter que la donne change.

Bon, en attendant, Milie est là, et bien là. Je pourrais en vouloir à toute la planète que ça ne changerait pas la situation. Donc, autant faire avec et trouver la bonne parade. Parce que, même si je n'ai aucune idée de la raison de sa présence ici, une seule chose est certaine en ce qui me concerne. Je ne suis pas prêt. Absolument pas disposé à la revoir. Encore moins d'accord pour une quelconque conversation, d'ailleurs. Parce que, de deux choses l'une. Soit elle est revenue dans un but bienveillant, soit c'est tout l'inverse. Et, si je peux espérer le premier cas, je ne pourrais pas supporter le second.

Patricia, qui me connaît un peu trop à mon goût, lit dans mes pensées et tente de calmer cette angoisse qui commence à m'envahir.

– Et si c'était un hasard ? Après tout, parfois, le monde est petit et…

Je laisse traîner mon regard sur elle, comme si, quelque part, je pouvais y trouver la vérité sur la raison de la présence de Milie ici. Oui, il y a la possibilité d'un hasard, à laquelle je ne crois absolument pas. Sa présence volontaire dans mes locaux a forcément un but. Et, à part venir remuer le passé, je ne vois pas ce qui la motive. Je crois qu'elle ne se rend pas compte. Elle ne comprend pas ce que ça m'a fait de la revoir. La droite que m'a balancée Franck n'est rien comparée à la douleur que j'ai ressentie en plongeant dans ses yeux. Le retour fracassant du passé m'a foudroyé. Je croyais avoir avancé. Foutaises ! J'en suis exactement au même point. Et je ne veux pas repartir dans l'enfer de la culpabilité. Je commençais à respirer de nouveau, et elle se repointe dans ma vie ! Je croyais que la situation était claire, pourtant. Elle a repoussé mon aide. Elle a voulu tourner la page. Elle m'a laissé seul avec mes remords, mes regrets et mes sentiments. Je n'étais pas en droit d'objecter et je ne l'ai pas fait. J'ai accepté et je l'ai laissée vivre la vie qu'elle voulait. C'est le moins que je pouvais faire pour elle.

Et maintenant, elle revient ? Après huit années de misère, après de multiples combats perdus ou très difficilement gagnés, alors que les cicatrices commencent à peine à disparaître, elle se fait embaucher dans ma boîte. Je ne comprends rien. Vraiment.

Patricia tente de relativiser… Je l'écoute, sans grand espoir que cela fonctionne, mais bon.

– J'ai essayé de jouer cartes sur table avec elle. Mais elle n'avait pas l'air à l'aise avec une simple question, alors je n'ai pas insisté. Alors je ne sais pas. À côté de ça, c'est une jeune fille qui me semble ouverte et relativement joyeuse, j'ai eu le temps de la découvrir un peu ce matin pendant le parcours d'intégration. L'impression qu'elle me donne est plutôt positive. Elle semble sympa.

– C'est déjà bien. J'espère honnêtement qu'elle va bien. Et évidemment qu'elle est sympa ! C'est Milie ! Une fille géniale !

– Une femme maintenant, Marek.

Je ferme les yeux. Oui, c'est une femme. Et je suis un homme. Nous ne sommes plus les gamins de l'époque. Et pourtant, quand nos yeux se sont croisés, rien n'avait changé. Enfin, si. C'était pire. Plus profond, plus douloureux, plus brûlant… Ce que veut dire Patricia, c'est qu'aujourd'hui, nous sommes adultes. Aujourd'hui, ce n'est plus innocent. Aujourd'hui, c'est sérieux. Aujourd'hui, si je craque, pour la seconde fois, je n'aurai plus l'innocence de croire que tout pourra se reconstruire.

La garder ici est un danger. Parce que si elle m'en veut pour ce rendez-vous manqué qui a tout engendré, si elle compte se venger de moi, je n'aurai aucune arme, et encore moins la volonté de m'en servir contre elle. Si elle le souhaite, elle a tout pouvoir. La plus grande de mes résistances est bien trop faible face à mon désir de réparer mes fautes.

– Il faut que je réfléchisse. Je devais partir dans une heure…

– J'appelle Serge pour qu'il prépare l'hélico. Dans vingt minutes ?

Veronica est allée chercher tes Sparco, au fait. Je les ai déposées dans ton bureau.

– OK. Merci. Je pense ne pas revenir après Beltoise. Prends mes messages et fais-moi un condensé pour demain. Et j'ai eu ESW au téléphone avant mon entraînement. Nous avons convenu d'un report du rendez-vous pour la semaine prochaine. Je te laisse recontacter la secrétaire de Gandin pour convenir d'une date. Bonne journée.

Je me dirige vers la porte, mais Patricia me connaît si bien qu'elle doit sentir toutes mes bases se barrer dans tous les sens et tente de me retenir pour ouvrir une nouvelle discussion sur mon enfer personnel. Un sujet qui n'a rien à faire au milieu de la journée dans un bureau. Chaque chose à sa place.

– Marek…

J'ouvre la porte.

– Merci, Patricia. Bonne journée.

Je suis encore sur les nerfs. Je ne supporte pas que les choses m'échappent. Peut-être que ce n'est, effectivement, la faute de personne si Milie se trouve ici. Ou peut-être que si. Dans tous les cas, le constat est là, Milie occupe le bureau en face du mien, et je n'ai rien vu venir. Il va falloir composer avec les faits maintenant. Même si je pense, au moins, demander quelques vérifications d'usage qui n'ont, semble-t-il, pas été faites…

Je me retrouve dans le hall et me dirige vers mon bureau dans lequel je m'enferme sans regarder derrière moi. Je n'ai pas envie de la voir. Et je n'ai pas non plus envie d'entendre Patricia supposer qu'il faut que j'affronte et que c'est peut-être un bien, finalement, qu'elle soit là. Pour le moment, je n'ai pas envie de faire face. Pour le moment, j'ai envie de me défouler en conduisant des bagnoles. Et c'est ce que je vais faire. Point final.

***

– Dernier tour, nous avons besoin du circuit, monsieur Lisinski.

– Entendu.

J'accélère dans la dernière ligne droite. Le moteur de la Maserati ronronne divinement et répond au quart de tour. Décélération, premier virage amorti sans souci, je balance toute la sauce et freine à peine dans la chicane. Je chasse dangereusement de l'arrière, mon pouls s'affole, je redresse puis chasse encore.

Ce n'est pas assez, il m'en faut plus. Je préviens la régie.

– J'en refais deux. Si ça pose un problème, je m'expliquerai avec vos clients.

– Très bien monsieur, je fais patienter.

– Merci.

À nous deux, petite Maserati. J'adore cette voiture.

D'elle ou de moi, finalement, je ne sais pas lequel a dompté l'autre. Elle m'a fait oublier la réalité un petit moment. Magique. Je caresse la carrosserie de ce petit bolide. Il est clair que c'est tentant.

– Alors, il semblerait que le charme ait opéré ? Je vous l'accorde, elle a tout d'une séductrice… Et nous pouvons la livrer dans les deux jours suivant la commande. Pour vous, je peux garantir le lendemain. Si vous vous décidez maintenant.

La représentante de mon fournisseur de flotte automobile m'observe en souriant, accoudée à la glissière de sécurité. Je la rejoins en retirant mes gants.

– Mademoiselle Sloane, il semblerait que vous sachiez très bien parler aux hommes.

Elle me sourit, attendant ma réponse. Je la laisse patienter encore un peu. Elle tente une manœuvre pour me pousser à l'achat.

– Nous avons aussi des modèles très convaincants de Ferrari que je pourrais vous faire essayer demain, si ça vous intéresse.

– Non, je préfère une carrosserie plus sobre. Celle-ci est parfaite. Je la prends.

J'ai droit à un nouveau sourire charmeur.

– La couleur ?

Je la dévisage un moment. Cette femme est très jolie. Et pour une fois, n'a pas l'air trop vide à l'intérieur. Je laisse mes yeux caresser sa peau mate et parfaitement lisse, de ses pommettes jusqu'à la naissance de ses seins mise en avant sans indécence, puis je remonte de la même manière, m'arrêtant sur son cou et ses lèvres, conscient qu'elle ne manque pas une miette de l'examen minutieux dont elle fait l'objet. Et surtout que ça lui plaît. Puis je replonge mon regard dans le sien.

– On va dire gris perle, comme vos yeux.

– Oh. Je suis flattée.

Je la rejoins du côté sécurisé de la piste et lui enjoins de me précéder jusqu'au bar. Avant, mon contact dans cette société était un papi prénommé Marc. Un pro des grosses motorisations, mais beaucoup moins agréable à regarder. Mlle Sloane se présente tout en finesse, tailleur cintré, décolleté classe et silhouette parfaite. Je commande deux cafés pendant qu'elle dégaine son PC pour enregistrer ma commande.

– Donc, nous disions, Maserati gris perle. Livraison habituelle à votre domicile ?

– Non, livraison en Pologne. Demandez l'adresse à mon assistante en lui envoyant le devis.

Le week-end dernier chez ma mère était tellement assommant que je projette de m'y faire livrer quelques jouets, afin de rendre le temps un peu moins long quand j'y vais. Pourquoi pas installer une hélisurface au fond du domaine, ça pourrait être sympa aussi.

– Et pour le reste ?

Je m'extirpe de mes projets d'aménagement pour revenir à ses yeux gris très tentants.

– Je prendrai le troisième modèle essayé. Avec l'option Phantom et le pack sécurité habituel. Quantité et couleur comme indiquées dans la commande d'origine.

Elle pianote quelques minutes sur son clavier puis referme son PC.

– Parfait.

Elle regarde sa montre et semble contrariée.

– Un problème, mademoiselle Sloane ?

– Lindsey. Non, aucun, simplement, j'avais prévu une longue bataille pour réussir à vous amadouer, et voilà que vous abdiquez sans vous battre. Il n'est que seize heures vingt, et je n'ai plus de rendez-vous pour ce soir. Je suis bloquée dans cette ville jusqu'à demain matin, mon avion pour Marseille ne décolle qu'à midi. Auriez-vous des adresses de lieux intéressants à visiter à me conseiller ? Ou des activités sympathiques à me suggérer ?

OK. Je laisse mes yeux se promener sur ce petit canon plus qu'aguicheur. Je ne la reverrai jamais. Ce qui ajoute un avantage non négligeable à l'affaire. Je pose mon menton dans ma main relevée en lui adressant un sourire entendu.

– Figurez-vous que j'avais moi aussi prévu de passer plus de temps sur ce circuit. Nous voilà donc tous les deux en manque de projet pour la soirée. Puis-je vous proposer de vous faire visiter moi-même quelques curiosités de cette ville magnifique, Lindsey ?

– Ce serait effectivement une très bonne idée. Dans ce cas, je propose de nous retrouver à mon hôtel dans une heure ? J'aimerais m'habiller plus confortablement.

– Je n'osais le suggérer.

Et voilà comment on remplit son planning pour éviter une soirée déprimante assurée. Je repousse tout dans un coin sombre de mon esprit, comme d'habitude dans ce cas, et m'applique à devenir l'homme gentleman et charmant qu'elle s'attend sans doute à avoir à ses côtés. Je me lève et lui tends un bras auquel elle enroule le sien. Je n'aurais au moins pas tout perdu. Et j'ai surtout trouvé une nouvelle voiture totalement bandante. Je pense multiplier fortement les visites à ma mère dans les semaines à venir.

***

Des lèvres déposent une série de baisers sur mon ventre et s'emparent de mon membre sans préavis. Ses caresses m'extirpent en douceur d'un sommeil fragile, et ça m'agace un peu.

– Il est quelle heure ?

J'attrape mon téléphone. Cinq heures vingt-cinq. Je n'ai dormi que deux petites heures. Je le repose et me laisse glisser entre les draps. Lindsey reste concentrée sur sa petite activité matinale et s'y applique du mieux qu'elle peut. Je lâche un soupir discret et lui caresse le dos pour lui signifier que j'apprécie. Mais en réalité, je m'en fous un peu. Depuis hier soir, et pendant une grande partie de la nuit, j'ai clairement eu ma dose.

Ses doigts s'arriment à ma queue qui ne réagit pas vraiment à cette pipe qu'elle s'évertue à rendre la plus agréable possible.

Ce n'est pas ce que je veux. Milie passe et repasse de plus en plus dans mon esprit, malgré ma volonté de ne pas lui laisser de place, malgré Lindsey, et malgré les activités intensives que nous avons pratiquées ces dernières heures.

Je n'arrive plus à bander. J'ai fait le tour de mon joli objet de plaisir. Très jolie, très agréable, mais pas pour moi. Comme d'habitude, j'ai envie de dire. Je me lasse vite. De tout. Enfin, de presque tout. Je suis persuadé que je ne me lasserais pas de Milie.

Cela fait déjà presque quatorze ans qu'elle occupe mon cerveau, et je n'en ai pas encore assez. Donc il subsiste un espoir. Je ne suis pas un éternel insatisfait.

En ce qui concerne mon érection, inutile de faire durer plus longtemps. J'attrape Lindsey par les aisselles et la ramène à moi.

– Bonjour, miss Maserati.

Les cheveux hirsutes lui tombant devant le visage, elle est vraiment jolie. Elle me sourit lascivement pendant que je replace rêveusement ses cheveux autour de son visage très mignon.

– Bonjour mon pilote merveilleux…

Je dépose un baiser sur son nez.

– Tu veux quoi pour le petit déjeuner ? Il va falloir que j'aille bosser. Tu m'as légèrement mis en retard dans mon planning.

Elle sourit, fière, je pense, d'avoir réussi à détourner un homme droit et sérieux de ses obligations. C'est le but. Ce n'est pas exactement la vérité, mais au moins, c'est une excuse qui a le mérite de ne pas la blesser, au contraire. Enfin, j'espère.

– Un café ?

J'embrasse son épaule.

– Parfait. Tu préfères croissants ou pains au chocolat ?

Air radieux et ravi.

– Tu vas chercher les croissants en plus ? Mais tu es réellement parfait !

Bon, en réalité je comptais demander à Roger d'envoyer quelqu'un les acheter, mais si ça peut lui faire plaisir. Et ça m'aérera les méninges.

– Ouaip. Un monstre de perfection. T'imagines même pas !

Si elle savait. Je dois être le mec le moins parfait qu'elle connaisse. Mais c'est ça aussi la petite magie de ce genre de relation. Je garderai d'elle une belle image, alors qu'elle doit cacher des secrets inavouables quelque part, et elle pensera que je suis un super mec équilibré et merveilleux… Tout le monde est content. En plus elle m'a vendu une super caisse, et elle, de son côté, va récupérer une super prime sur son chiffre d'affaires… Et voilà, tout le monde y gagne. Et en plus, elle a droit à ses viennoiseries… Que demande le peuple, franchement ?

Je la pousse doucement sur le côté pour me lever.

– Alors ? Un peu de tout ? Personnellement, j'ai une envie irrépressible de tarte à la framboise. Partante ?

Elle glousse.

– Allons-y pour la tarte à la framboise, alors !

– Génial ! Je passe sous la douche et j'y cours.

Et ensuite, je compte m'octroyer un moment avant le débriefing du matin au calme. J'ai besoin de retrouver ma solitude, mes pensées et ce tas de nœuds à démêler qui m'obnubile de plus en plus. Et son visage. Son visage de femme de 24 ans à admirer en pensées. Je n'avais qu'une image juvénile de ses traits depuis si longtemps. À présent, j'ai une nouvelle vision merveilleuse à détailler. Maintenant que j'ai pris un peu de distance par rapport à la nouvelle de son retour, j'ai envie de m'enfermer avec ce nouveau souvenir et de prendre le temps de le savourer dans tous les sens. Ses beaux yeux vert clair, ses cheveux bruns et bouclés, ses pommettes rebondies et son petit nez toujours autant à croquer. Et son corps qui semble toujours aussi menu. Milie a toujours été un petit gabarit. Très bien proportionné. Mais petit. Et j'adore. Bref, avant tout ça, les tartes à la framboise.

Je choisis un morceau qui me trotte dans la tête depuis que je l'ai revue. Notre groupe à nous. Celui qui nous a toujours accompagnés. Seether. J'ai besoin de l'entendre. C'est une partie d'elle qui me fait du bien. « Tied My Hands ». La musique se met à hurler dans la salle de bains alors que je suis déjà sous la douche.

« I can't understand
What you meant to me
You made me wild
Then you tied my hands »

(« Je ne comprends pas ce que tu représentes pour moi
Tu m'as rendu sauvage
ensuite tu m'as lié les mains »)

5

Émilie
Huit ans plus tôt

La porte s'ouvre brutalement. Je somnole depuis un long moment. J'effleure le secret espoir qu'ils m'apportent quelque chose à boire. J'ai la gorge atrocement sèche.

Je relève les yeux vers le nouvel entrant, mais ses mains sont vides. La terreur revient, plus forte, plus dévastatrice. Il se dirige vers moi d'un pas décidé. Il mesure au moins deux mètres. Et moi, nue sur ce matelas, blessée à la cheville, incapable de me lever pour lui échapper, je me sens toute petite. Minuscule et impuissante. Je n'ai jamais ressenti une telle peur de toute ma vie. D'habitude, j'ai des garçons qui me protègent toujours. Et là, ils m'ont abandonnée aux mains de ces types. Ces horribles bonshommes. Je suis seule, sans protection. Alors qu'ils m'avaient promis. Je déteste les quadruplés à cause de leur absence. Je les déteste et je prie pour qu'ils apparaissent pour m'éloigner des mains de ces types. Mais rien ne se passe. Depuis un nombre d'heures qui ressemble à l'éternité, je suis, là, seule, dans le noir, à la merci de mes kidnappeurs qui en profitent bien.

Je me recroqueville et protège mon visage de mon avant-bras alors qu'il arrive sur moi.

– Non, s'il vous plaît... Je vous en supplie, laissez-moi partir...

Mes larmes me brouillent la vue. Les sanglots retiennent ma voix. Il est même possible que j'imagine parler sans le faire vraiment, car il ne porte aucune attention à ma supplique. C'est Numéro 1. Le plus dangereux. C'est lui qui m'a brisé la cheville en marchant tout simplement dessus alors que j'essayais d'échapper à Numéro 3, le plus jeune.

Il se penche vers moi et attrape mon poignet pour dégager mon visage. Ses yeux noirs brûlent de désir et de haine. Je tente sans aucun espoir de me dégager, mais il referme sa poigne et me broie les os sans mal, avant de me retourner brusquement contre le matelas.

– Non ! Non... je vous en supplie...

Je trouve l'énergie quelque part en moi pour me débattre. Ce qui le surprend et me laisse une ou deux secondes d'espoir quand j'arrive à ramper de quelques centimètres pour m'éloigner de lui. Mais il se reprend et se jette sur moi. Il m'écrase contre ma couche moisie, enroule son bras autour de mon cou et resserre l'étreinte. Son haleine pestilentielle arrive jusqu'à moi et provoque en moi une nausée incontrôlable.

– Quand est-ce que tu vas comprendre, petite pute ? En plus, je suis certain que tu aimes ma queue... Hein que tu l'aimes ma queue ?

Je n'arrive plus à respirer. Son bras me maintient au sol et m'immobilise. Je gesticule comme je peux, sans force, épuisée, presque vaincue par la fatalité, prête à accepter sans essayer de m'y soustraire.

– Oh, oui, débats-toi. Tu la sens ma grosse bite contre ton cul ?

Je me cambre et tente de m'éloigner, mais il appuie encore plus contre mes fesses avec son membre écœurant.

– Ouii. Vas-y... continue, p'tit cul. Vas-y...

Il continue de se frotter, de plus en plus fort. Je n'arrive presque plus à respirer. Ma tête tourne. J'ai l'impression que la libération totale n'est pas si loin. Je veux qu'il resserre son emprise, encore plus fort. Je continue de me débattre pour le forcer à m'étrangler davantage, mais je n'ai plus de force. Ses gémissements arrivent à mes oreilles. Je m'en fous. Ma tête s'envole, je sens ma peur s'évanouir. Mes muscles se détendent. Le bruit d'une fermeture se fait entendre. Je ne réagis même pas. J'attends de partir.

Il relâche son bras et me laisse respirer. Et mon corps, ce traître, se gorge d'oxygène. Nooonnnnn !

Les bras de mon violeur me libèrent totalement, ses mains se posent sur mes hanches… Je ferme les yeux parce que je n'ai plus de larmes. Je veux simplement mourir.

***

De nos jours

Invisible. Je ne vois que ça. J'ai dû, à un moment donné, faire l'objet d'un sort que Marek aurait lancé contre moi. Parce que, clairement, il ne me voit pas. Hier, j'ai eu droit à un regard quand il est arrivé à l'étage, et c'est tout. Après son entretien avec Patricia dans le bureau de cette dernière, il n'est pas venu me voir, ne m'a même pas jeté un coup d'œil, rien. Puis il est parti. Et aujourd'hui, c'est à peu près la même chanson. Alors bien entendu, je ne m'attendais pas à ce qu'il me saute au cou. Ni même qu'il me sourie. Et heureusement parce que si je m'attendais à des retrouvailles larmoyantes, j'aurais été extrêmement déçue par son accueil. Cela dit je le suis. Déçue. Parce que… Merde, même pas un foutu regard dans ma direction, rien ! Je sais que je ne me suis pas montrée très correcte par le passé, mais quand même.

Nous avons, aussi, partagé beaucoup de choses. Stupidement, je m'attendais à une réaction, même minime… Enfin, je ne sais pas, quelque chose.

Je soupire malgré moi, m'attirant le regard inquiet de Patricia, debout devant l'assemblée de chefs de service, en pleine présentation des objectifs à court terme. Elle a tenu à me convier à cette réunion pour me présenter aux différents interlocuteurs que je serai certainement amenée à côtoyer à mon poste.

Je me sens rosir face à tous ces visages inconnus qui se tournent vers moi suite au coup d'œil que vient de me lancer ma supérieure. Je me rencogne dans mon siège avec le secret espoir de disparaître de cette salle de réunion, mais sans succès. Heureusement pour moi, Patricia met fin à ce grand moment de solitude en reprenant son discours.

– Le projet ESW semble bien parti, mais je ne peux le valider pour le moment. J'attends cependant une grande réactivité des services juridiques dès que nous donnerons notre feu vert. Nous allons agir au sol et dans les airs sur un terrain à forts risques, nous devons donc absolument border tous les aspects du projet très rapidement après l'accord verbal du client.

Un homme, immense et très intimidant, assis à deux places de moi autour de la table, hoche la tête en notant quelques lignes dans un calepin. Patricia valide d'un geste de tête également puis repart sur un autre sujet.

– J'ai préparé un dossier pour la chaîne d'hypermarchés visitée hier. Nous devons proposer un devis…

La porte de notre salle s'ouvre brusquement, interrompant son discours. Marek entre sans même s'excuser, les yeux froncés, visiblement dans un mauvais jour. Ce qui ne gâte rien de son charisme impressionnant. Je n'ai pas eu l'occasion de vraiment le contempler, hier, mais maintenant j'en ai tout le loisir. Et je ne suis pas déçue… Il se montre encore plus séduisant que dans mes souvenirs. Habillé classe, pantalon de costume marine et chemise dans les mêmes tons, col et manches relevés, cheveux décoiffés, rasé de près, son allure accroche mes yeux malgré moi. Comme ceux de toutes les femmes autour de moi, cela dit.

La responsable des achats, en face de moi, se redresse dans son siège, replace discrètement ses cheveux derrière son épaule et affiche un sourire carnassier. Une petite brune à ma gauche (rapport avec le service des ressources humaines, de mémoire) se racle la gorge en retirant ses lunettes d'un geste vif. Une troisième (totale inconnue, mais ce n'est pas grave, elle, je ne l'aime déjà pas) pose carrément son coude sur la table de réunion en se cambrant ostensiblement, mettant en avant son décolleté plus que plongeant. J'arrête là mon examen de l'assemblée, un brin agacée. Je sais que cette réaction est stupide. Marek est à tomber, encore plus que par le passé, il est donc normal que la gent féminine qui l'entoure se pâme devant lui.

Je me force également à garder les yeux loin de mon ex-ami, ex-petit copain, et nouvellement patron. Puisque lui agit comme si je n'existais pas, je ne vois pas pourquoi moi, je baverais devant lui, à l'instar du harem qu'il semble avoir regroupé dans cette société. Je me persuade donc que dessiner de jolies arabesques entourées de fleurs sur le coin de mon bloc-notes s'avère beaucoup plus constructif.

Je note toutefois ses salutations pour l'ensemble de notre tablée. Donc, j'ai finalement droit à mon bonjour. Même si c'est collectif, je considère que nous progressons.

Et en parlant de progrès, un second se produit dans la minute qui suit, lorsque l'homme que je suis venue redécouvrir contourne la table de réunion pour venir prendre un siège… à mes côtés. Mon cœur se met à battre, mon corps s'embrase de confusion et de surprise.

Contente, intimidée, déstabilisée, envoûtée par son parfum, le même qu'hier, qui m'emporte la tête ? Oui, je suis tout ça en même temps. Et plus du tout attentive à cette réunion. J'attends qu'il s'installe et ose un regard sur l'ensemble de la pièce. Déjà, je comprends que la place qu'il vient de prendre est la seule disponible dans la pièce. Ce n'est pas son choix, mais celui du hasard. Ce qui me déçoit un peu. Donc contente je ne le suis plus. Mais l'état fébrile qui me fait bourdonner le cerveau continue de parfaire son œuvre sur moi et il semblerait que je me liquéfie sur mon siège.

Quel est donc ce pouvoir que Marek détient encore sur moi ? Il est encore plus puissant, parce qu'avant nous avions la complicité, ce qui n'est clairement plus le cas. À la place, son charisme et son charme implacable me réduisent à l'état de la petite Milie peureuse ne retrouvant plus sa confiance en elle si longuement recherchée. Je pensais avoir retrouvé le courage de faire face à toute situation. Ce n'est clairement pas le cas, et cette constatation me désole. Je pensais que mon séjour à Paris ne serait qu'une étape, la dernière, vers la guérison. Que je retrouverais les quadruplés, et que tout finirait autour d'une bonne bouffe chez Aude à évoquer les bons moments du passé. Ce n'est plus le cas.

Je retiens un énième soupir, ce n'est clairement pas le moment.

Patricia reprend le cours de son allocution, en ce qui me concerne, j'ai totalement perdu le fil. Marek l'interrompt en fouillant dans le sac qu'il vient de déposer à ses pieds.

– En ce qui concerne ce dossier, je vous ferai suivre trois propositions. Merci de les présenter séparément, la stratégie étant de n'en présenter qu'une, selon mon ressenti le jour de la réunion finale en présence de nos concurrents.

Patricia confirme d'un signe de tête, à l'instar de la responsable de cette tâche qui prend note aussitôt. Et moi, j'étudie le son de la voix que je viens d'entendre. Douce et ferme, la même que dans mes souvenirs, l'assurance en plus. J'ai l'impression d'être dans la quatrième dimension. Je connais parfaitement l'homme assis à ma gauche. Et en même temps, je n'ai pas la moindre idée de ce qu'il est aujourd'hui. Et comme il ne semble pas enclin à vouloir me le faire savoir, je crois que je me trouve dans une impasse.

De mon point de vue, cette étape chez ML Security ne servira à rien. Je peux d'ores et déjà penser à donner ma démission. Demain. Ou à la fin de la semaine. Parce que je ne me vois pas faire plus de pas vers lui que je n'en ai déjà fait, et il ne semble pas décidé à en esquisser l'ombre d'un seul de son côté. Mon psy a été très clair, si je ne le sens pas, inutile d'insister, je risquerais de faire vaciller mon jeune équilibre encore précaire. Et ce n'est pas du tout le but de l'opération.

Marek pose son ordinateur devant lui et l'allume en balayant du regard les personnes nous entourant, en finissant par ma petite personne, recroquevillée. Nos regards se croisent un quart de seconde, finissant de m'enflammer totalement, puis le sien se pose sur mes notes. Des arabesques et des petites fleurs. Il fronce légèrement les sourcils pendant que Patricia aborde le point suivant de sa réunion. Il déporte son attention sur son écran, en la laissant parler, installant son oreillette et se concentrant sur une conférence vidéo, d'après ce que je perçois depuis ma place. Et moi, je tourne la page de mon calepin en me maudissant intérieurement d'être aussi stupide. Elle est belle l'image de l'assistante de l'assistante. Intimidée, oui, mais tête en l'air qui dessine pendant les réunions, je n'assume pas du tout. Je décide donc d'ignorer l'homme à mes côtés qui semble concentré sur tout autre chose que notre réunion en cours.

Patricia referme son dossier en souriant, ce qui, je l'espère, annonce la fin de ma lente et silencieuse agonie. Je me redresse et referme mon carnet également, prête à bondir le plus loin possible de cette pièce. J'ai besoin d'air, d'urgence.

– Et pour terminer, je suppose que vous avez remarqué ma nouvelle assistante, Émilie. Elle sera désormais présente à nos réunions, et j'aimerais que dorénavant, vos messages soient adressés à sa boîte mail directement, avec la mienne en copie. Émilie me les transférera dans l'ordre des priorités.

Quoi ? Pardon ? Cette fois, je panique. Elle est à moitié dingue ou complètement siphonnée ? Moi ? Trier les mails par ordre d'urgence ? Trier des éclairs au café et au chocolat, oui, mais des mails de haute importance ? Cette réunion est un calvaire de tout point de vue… Je vais forcément me planter, paraître ridicule et inutile, et l'image qu'aura Marek de moi sera encore plus ternie que ce qu'elle n'est déjà, sans parler des millions d'euros que je vais faire perdre à la société en ne comprenant pas les urgences et…

Marek relève la tête vers Patricia et interrompt mes pensées.

– Sur ce point, j'aimerais que nous y réfléchissions encore, Patricia.

MERCIIIII ! Marek, je t'adore !

Ma supérieure hausse un sourcil, surprise.

– Je pensais que nous étions d'accord ce matin ?

– Tu étais d'accord, oui. Pas moi. Mlle Laurent n'est ici que depuis deux jours et son poste n'est pas amené à perdurer dans le temps. Inutile donc de changer les procédures pour en adopter de nouvelles qui s'avéreront éphémères. De plus, ce genre de responsabilités exige un sens de l'organisation et du professionnalisme que nous n'avons pas encore évalué chez Mlle Laurent. Trop risqué. Je t'exposerai la nouvelle organisation après cette réunion.

Connard ! OK, il traduit exactement mes craintes. Mais c'est toujours très désagréable d'entendre vos capacités remises en question par le patron devant une assemblée conséquente de collègues qui ne manqueront pas de ne porter aucune confiance en moi par la suite. Bonjour la crédibilité après ça ! Marek est un con !

Patricia clôture la réunion, quelque peu embarrassée. Je n'attends rien de plus ni personne pour déguerpir de mon siège et me ruer dans le couloir. J'appuie nerveusement sur le bouton de l'ascenseur lorsque Patricia me rejoint.

– Émilie, je sais qu'il peut paraître un peu froid, parfois, mais…

Les yeux rivés sur les portes qui refusent de s'ouvrir, je grogne en répondant.

– Non, Patricia, il a raison. Personne ici ne peut affirmer que j'ai les capacités nécessaires pour cette tâche. C'est le patron, et il y a une chose que je sais : connard ou pas, le patron a toujours raison.

Marek surgit derrière nous au moment où les portes de l'ascenseur se décident enfin à s'ouvrir. Je lui jette un regard en biais, l'expression de son visage me confirme qu'il a bien entendu la dernière phrase. Il a raison de me traiter comme ça. Ma timidité vient de se transformer en colère sourde. Parce que je viens de comprendre quelque chose. Je ne suis pas invisible. Je suis pestiférée. C'est très clair maintenant.

Je m'engouffre dans la cabine, ils ne me suivent pas. À la place de ça, Marek retient Patricia par le bras.

– Je dois partir pour Londres dans vingt minutes, j'ai quelques points à revoir avec toi pour les deux jours de mon absence.

J'ai envie de lui hurler à la face : BON DÉBARRAS ! Les portes se referment sur moi. Heureusement pour lui !

***

– Il n'est pas méchant, Émilie. Je ne comprends même pas ce qui lui a pris.

J'avale la fin de mon sandwich en la toisant d'un air neutre. « Pas méchant », non. Mais condescendant, hautain, pédant, cassant, désagréable, ça oui ! Il a bien changé, c'est le moins que l'on puisse dire. Jamais le Marek que je connais n'aurait remis en cause la place de quelqu'un aussi ouvertement. C'est tout simplement nul.

Patricia semble réellement embarrassée.

– Écoutez. Je comprends que vous ne souhaitiez pas vous épancher sur cette histoire avec moi, puisque nous ne nous connaissons pas. Mais vous devez savoir que Marek et moi sommes collègues depuis des années. Et nos relations dépassent de loin le cadre professionnel. Je suis informée de votre histoire dans les grandes lignes.

Ça, je l'avais compris dès le premier jour. Ce qui ne m'a que partiellement étonnée, moi-même j'ai eu besoin de parler de cette histoire encore et encore pour exorciser pas mal de démons dès que je me suis « débloquée » sur mon vécu. Et quelque part, je suis contente que Marek ait trouvé une oreille pour y glisser ses propres émotions. Se confier est parfois la seule porte de sortie.

Mais même si elle est informée de beaucoup de détails, elle reste la confidente de Marek, pas la mienne. Je jette mon sandwich dans ma poubelle, écœurée. Je ne veux pas, effectivement, lui raconter ma vie. Certes, elle semble gentille et attentionnée. Certes, elle semble porter une grande affection à Marek. Mais je ne suis pas là pour tourner en rond avec de vieilles histoires poussiéreuses et malsaines, c'est justement tout le contraire. Je ne veux pas qu'elle me regarde avec pitié, ni qu'elle tente de me faire relater « l'effroyable histoire qui passionne ». Je considère que je ne me résume pas à ces deux jours infernaux de mon existence, et je préférerais, par exemple, être reconnue pour mon travail, puisque je suis ici pour ça, en principe. Enfin, c'est censé être le cas. Et quelque part, ça l'est vraiment. Même si ce n'est pas le plan initial, même si je projette de plus en plus de mettre fin à cette mascarade inutile, en attendant, je suis là, derrière un bureau, et on m'a confié des missions que je compte bien effectuer parfaitement. Si au moins mon passage ici peut m'apporter quelque chose, ce sera une expérience dans une grande société, à une très bonne place. Autant prendre le bon. Parce que, comme d'habitude, le bon se trouve partout. Même au milieu du désastre, il y a toujours un petit truc à quoi se raccrocher.

Elle continue son réquisitoire devant mon mutisme.

– Il a été très troublé par toute cette histoire, vous savez ? Et votre retour ici…

Elle soupire en s'adossant à son fauteuil.

– Je ne sais pas ce qu'il en pense, très honnêtement. Mais je pense pouvoir dire que comme d'habitude, il se retranche derrière son travail pour éviter de trop y penser lui-même.

Je mets fin à mon mutisme.

– Eh bien tant mieux. Si me faire perdre la face devant mes collègues lui permet de se sentir mieux, grand bien lui fasse. Mais en ce qui me concerne, vous comprendrez que je n'y trouve aucun réconfort, ni aucun confort d'ailleurs.

Elle secoue la tête, épuisée.

– Je vous comprends. Mais j'ai une simple question pour vous.

Elle pose son coude sur le bord de mon bureau et attend que je lui confirme que je suis disposée à l'écouter.

– Je vous écoute ?

– Merci. Je ne connais pas la raison de votre présence ici. Mais une chose est certaine, Émilie. Vous n'êtes pas venue pour vous mettre Marek à dos. J'ai vu votre regard sur lui ce matin. L'animosité ne vous guide pas. C'est tout autre chose. Beaucoup plus profond.

Je lève un sourcil, hypocritement.

– Ah ? Je ne vois pas de quoi vous parlez.

Et ce n'est pas si faux que ça. Oui, Marek produit un drôle d'effet sur moi. Oui, j'ai tremblé, j'ai eu chaud et froid. Oui, depuis hier, des images de son entraînement de MMA m'empoisonnent l'esprit. Mais non, je ne suis pas venue pour tomber sous l'emprise de mon ex-meilleur ami. Je suis venue dans un seul but, retrouver la paix avec mon passé pour pouvoir avancer et refaire ma vie au soleil. Reconstruire une nouvelle vie, loin de tous les démons que j'aurais réussi à dompter. Et, d'autre part, si elle pense que je nourris un sentiment « amoureux » pour notre patron, elle se trompe magistralement. Je ne connais plus l'amour, je ne suis pas comme toutes les femmes, je ne suis pas attirée par les hommes. Là où la majorité de la gent féminine voit de la sensualité dans le corps masculin, moi, j'y vois le danger. C'est comme ça depuis huit ans.

Patricia soupire en agitant les mains devant elle.

– Pour résumer, Émilie, depuis votre arrivée, Marek doit être troublé, et face à ce trouble, il réagit comme il sait le faire. Il prend des distances. Et, je vous l'accorde, c'est parfois un peu brut et difficile à avaler. Mais, n'a-t-il pas droit à quelques circonstances atténuantes ?

– Du genre ?

– Du genre, l'anniversaire de samedi. Du genre, votre retour non annoncé alors qu'il pensait ne jamais vous revoir. Du genre, sa place ici. Il est le boss et vous êtes son employée. Et quelque part, vous vous êtes imposée à lui, dans son propre bureau. Il a, je pense, le droit à quelques réactions excessives.

Bon, OK, elle marque un point. Mais un petit. Un minuscule petit point. Elle remarque que je ne trouve rien à rétorquer et s'engouffre dans la brèche.

– Et d'autre part, vous n'êtes pas venue pour déclencher une guerre, Émilie. Mais plutôt pour trouver la paix. C'est ce que je ressens en vous. Donc, si j'ai raison, vous braquer à la première déconvenue n'est pas une bonne stratégie. Parce que, si vous vous contentez de ce qu'il a bien voulu montrer depuis deux jours et repartez, parce que je suppose que c'est une éventualité que vous envisagez, alors vous repartirez sans avoir vos réponses. Ou en tout cas, cette paix que vous méritez tant. Tout autant que lui, d'ailleurs.

Je l'observe en me disant qu'elle m'agace, elle aussi. Parce qu'elle a raison sur toute la ligne. Je savais que tout ne serait pas simple en décidant de venir à Paris. Et pourtant, je m'emporte au premier couac. Partir ne résoudrait rien, c'est très clair. Et… Marek a le droit d'être sur la défensive. Une réponse normale à mon rejet d'il y a huit ans. Le juste retour des choses, quelque part.

Bon, ben, je crois qu'elle a réussi. Je ne le hais plus. Je le trouve toujours aussi nul et mal élevé, mais j'ai presque envie de me maudire, moi, pour avoir fait ressortir ce genre d'instinct chez lui. Patricia est réellement très forte dans le job d'avocat du diable. Et elle le sait.

Elle se lève en se frottant les mains.

– Bon, de toute manière, il n'est pas là pendant deux jours. Ce qui nous permettra de prendre nos marques toutes les deux, mais également calmera sans doute les rancœurs de tout le monde.

Elle se dirige vers la porte, mais se retourne vers moi avant de l'atteindre.

– Et, au fait, il va falloir vous inscrire au cours d'autodéfense pour cette semaine. C'est une obligation ici.

Je hoche la tête sans cacher une belle grimace. Elle esquisse un sourire compréhensif.

– Nous pouvons y aller toutes les deux, si ça peut aider.

J'observe cette femme qui présente, sans nul doute, un fond extrêmement gentil et attentionné. Je suis réellement contente qu'elle se trouve dans l'entourage proche de Marek, elle doit lui faire du bien. En ce qui concerne ce maudit cours, je n'ai qu'une réponse à donner.

– Oui, pourquoi pas. Merci Patricia.

Elle tourne les talons, il est treize heures, l'heure de reprendre le travail et de montrer à la terre entière, qui pour moi se résume à Marek, que je suis capable d'occuper ce poste.

***

– Les parents t'ont appelée au fait ?

Je fourre une paire de tennis dans le sac de sport que ma sœur m'a prêté en soupirant.

– D'après toi ?

Une paire de chaussettes. Le rire de ma sœur éclate depuis les toilettes.

– OK. Deux fois hier, c'est ça ?

Gel douche. Elle apparaît dans le couloir en petite culotte et disparaît dans la chambre.

– Oui, comme avant-hier, et encore avant avant-hier et encore…

Déodorant, ça peut toujours servir. Elle traverse le couloir en trottinant.

– C'est bon, j'ai compris. T'inquiète, ils vont se lasser. Enfin j'espère.

En réalité, je ne me plaindrai jamais de nos parents. Ils ont surmonté l'épreuve comme des chefs, se sont occupés de moi, et sans eux, je ne serais certainement pas là à faire n'importe quoi pour le « bien de ma santé psychologique », comme le dit mon psy. Il faut que je l'appelle, lui, d'ailleurs. Enfin, rien ne presse. J'ai plus préoccupant pour le moment. J'attrape un pantalon de yoga et un tee-shirt démesurément grand qui a appartenu, fut un temps, à un mec de passage chez ma sœur. De toute manière, pour Aude, tous les mecs sont « de passage ». Les hommes qui ont partagé son lit. Les hommes réellement de passage : les amis venus lui rendre visite, ceux qui sont trop alcoolisés pour rentrer chez eux après une beuverie digne de ce nom, et ceux qui passent simplement dire bonjour. Tous. Ils passent tous. J'ai d'ailleurs projeté de l'envoyer voir mon psy parce qu'à mon avis, un truc ne tourne pas rond chez elle non plus. Bref, l'un de ces « passants » a laissé son tee-shirt, alors je le prends.

Ma sœur sort de la salle de bains, comme d'habitude rayonnante. Elle m'assène une claque sur les fesses en passant derrière moi pour aller préparer nos cafés.

– Qu'est-ce qu'il t'arrive, Milie ? C'est quoi cette tête ?

– Sport. Autodéfense.

Pas besoin d'expliquer, je bloque sur cette épreuve depuis mon premier jour à MLS. Au début, je pensais pouvoir m'entretenir avec Marek avant la date fatidique, mais je n'en ai pas eu l'occasion. Je lui ai pardonné sa petite crise d'autorité, pour toutes les raisons que Patricia m'a énoncées, mais aussi parce que, à bien y réfléchir, Marek a toujours eu ce côté cash et direct pour se défendre, et c'est aussi ce qui me plaisait chez lui. Ça fait partie du personnage. Le truc, c'est que s'il reste refermé sur lui-même ou s'il m'évite, je n'aurai jamais cette conversation avec lui. Et ça m'a quand même l'air bien parti dans ce sens.

Donc, en toute objectivité, il serait préférable, sans doute, d'oublier Marek et tout ce qu'il représente, et respecter sa volonté de ne plus revoir personne. D'autant plus que cela m'éviterait d'avoir à passer cette épreuve de self-défense qui me fait froid dans le dos. Et c'est rien de le dire. J'en fais des cauchemars. J'imagine le coach avec le visage de Numéro 1. Chaque fois que j'y pense, c'est de pire en pire. Même Patricia l'a remarqué.

Mais voilà. Nous sommes jeudi, et ce matin, le cours aura bien lieu, et je ne vois pas comment m'y soustraire. Aude me tend mon café en soufflant sur le sien.

– Ça va bien se passer, Milie. Sinon, tu dis non et puis c'est tout.

– Ce cours est obligatoire, Aude.

– Obligatoire de rien du tout. Ils n'ont pas le droit de t'obliger à faire quelque chose qui n'est pas dans ta fiche de poste. Et, j'ai vérifié, ce n'est pas dans ta fiche de poste. Donc, il va se faire foutre. Dis non et puis c'est tout.

Je lève les yeux au ciel.

– Ben voyons ! Et pendant qu'on y est, je pourrais peut-être assiéger l'immeuble avec des pancartes et entraîner les syndicats dans la lutte anti patron abusif ? Convoque la radio, ma voix passe bien sur les ondes !

Elle éclate de rire.

– Au moins, comme ça, il ne pourra pas faire comme s'il n'était pas au courant de ton existence, le grand manitou ! Super idée, en fait ! Vas-y j'ai deux ou trois cartons dans le placard. Je vais te fabriquer des slogans mortels ! Tu préfères quoi ? « Le self-défense est une offense » ? Attends, j'ai plus parlant… « Lisinski, ton idée elle est pourrie ! »

Elle part réellement chercher ses cartons. Ma sœur est complètement folle ! Je récupère mon sac, passe devant le placard où elle se trouve, pliée en deux, les fesses en arrière, en train de déchirer ses fameux cartons. Sa position est trop tentante. Je la pousse et elle s'étale dans son bazar la tête en avant. J'éclate de rire en m'enfuyant de l'appartement, ses cris résonnant jusque dans la cage d'escalier.

– MMIIIIILLLLLIIIIIIIIIIIIIEEEEEE ! T'oublies ta pancarte !

Je reprends mon sérieux en croisant notre voisin de palier qui ne rit jamais.

– Bonjour.

Il hoche la tête. Ma sœur surgit et continue sur sa lancée, pieds nus sur le paillasson.

– Et qu'est-ce que tu penses de : « Lisinski touche à ton kik... » Bonjour, monsieur Turban.

Il hoche la tête et s'enferme chez lui. Je reprends ma descente des trois étages en riant. Vivre avec ma sœur m'apporte une bouffée d'oxygène dont je n'étais pas consciente d'avoir besoin.

***

Heureusement, les vestiaires sont individuels. Je m'y rends dès la fin de ma pause repas. En avance. Habillée, prête et concentrée, je pratique quelques exercices respiratoires censés me relaxer, mais qui n'ont jamais fonctionné sur moi. Je préfère allumer mon iPod et m'enivrer de musique. Depuis que je suis arrivée à Paris, et encore plus dans les locaux de Marek, j'ai besoin d'écouter Seether. Ce midi, j'ai envie d'un truc qui me réveille. « Rise Above This ».

« I'll mend myself before it gets me
Call your name everyday, when I feel so helpless
I've fallen down but I'll rise above this »

(« Je vais me réparer avant que ça me reprenne
J'appelle ton nom tous les jours, quand je me sens impuissante
Je suis tombée, mais je vais le surmonter »)

Ce titre a le mérite de me redonner la pêche. Je rejoins Patricia gonflée à bloc. Avec une nouvelle philosophie. Je vais surmonter. Je peux surmonter n'importe quoi. J'ai fait face à bien pire.

Nous entrons dans la salle, je colle aux fesses de ma supérieure, malgré ma volonté toute nouvelle de ne pas me laisser dépasser par une angoisse qui n'a pas lieu d'être. Le pouvoir de la musique sur moi est impressionnant. Bref, le coach, celui qui a frappé Marek, le chauve, entre dans la pièce, et nous demande de nous mettre en « couple » pour les exercices. Je me précipite contre ma responsable qui me sourit avec bienveillance. Elle va finir par me surnommer « super glu » si je continue, mais ce serait un moindre mal.

J'écoute sagement le coach lorsqu'il prend la parole.

– Bonjour à tous. Bienvenue. J'espère que vous allez bien. Aujourd'hui, nous allons traiter de l'agression sauvage dans la rue. Le plus souvent pour piquer un sac à main. Donc, le conseil ultime et qui vous sauvera à coup sûr dans ce cas, est… Attention, notez bien…

Il laisse passer quelques secondes de silence. Toute l'assemblée est pendue à ses lèvres lorsqu'il reprend :

– Achetez-vous un manteau avec de grandes poches, et oubliez le sac à main, de toute manière, c'est plus à la mode. Merci de votre participation, au revoir et bonne journée.

Il descend de l'estrade et sort de la pièce. Nous avons à peine le temps de réagir qu'il passe la porte à nouveau.

– Non, je déconne. Restez ici.

J'éclate de rire, comme la plupart des personnes autour de moi. Patricia, qui se tient de manière à me rassurer, très proche de moi, me lance un clin d'œil et je lui souris. Ce cours ne va peut-être pas s'avérer si compliqué finalement. Nous reprenons notre sérieux.

– Donc, j'ai besoin d'un volontaire. Et je vois une petite nouvelle parmi nous. Patricia, veux-tu bien lâcher un peu cette pauvre enfant, elle va étouffer à force. Tu l'allaites encore ?

J'éclate de rire nerveusement. Et j'agrippe comme une gamine le bras de Patricia. Je ne veux pas y aller. Cette dernière m'adresse un regard doux et rassurant.

Allez, Milie, tu surmontes !

Je lâche ma bonne fée et rejoins le coach sur l'estrade.

– Merci de votre participation. Vous vous prénommez ?

– Émilie.

Il se frotte les mains.

– Parfait, Émilie. Donc, je suis désolé, je vais devoir prendre le rôle de l'agresseur pour commencer, ensuite, vous pourrez vous venger en l'interprétant à votre tour. D'accord ?

Il me parle doucement, de façon claire, et je me concentre sur le son de sa voix. Mon pouls bat trop fort, je le sens, mais je dois surmonter cela. Je me pince les lèvres et hoche la tête à regret. Je veux partir d'ici. Très loin. Il se rapproche de moi. Je recule. Je fixe ses mains qui se lèvent et bougent dans tous les sens pendant qu'il explique quelque chose que je n'arrive même pas à comprendre. Il se rapproche encore, sans doute machinalement, et je recule toujours. Il ne semble pas s'en inquiéter, c'est parfait.

Mais après les explications, vient forcément la pratique. L'ambiance décontractée du cours est loin de moi, à présent. Je suis tendue comme un arc. Le coach s'adresse à moi.

– Nous allons commencer par l'attaque la plus courante. L'attaque surprise. Émilie, pouvez-vous me tourner le dos, s'il vous plaît ?

J'obtempère. Je ne sais même pas quel soupçon de courage j'ai pu trouver pour réussir à lui présenter mon dos. Mais j'y arrive. Je l'entends expliquer encore des choses. Je n'y prête pas attention. Les yeux fermés, je prie pour que ça se passe bien. Que tout aille bien. Tu peux surmonter, Émilie.

Tout à coup, un bras s'enroule autour de mon cou et un torse vient se presser contre mon dos. Cette fois, plus rien n'existe. Non, je ne surmonte pas. Ma volonté s'écroule. Des nuages sombres obscurcissent mes yeux, des larmes inondent mes joues. Une voix revient me hanter. « Tu aimes ma queue, hein, que tu l'aimes ma queue ? » Son corps se rapproche de moi, viole mon espace, vole ma liberté, dérobe mon âme. La sensation de suffoquer me reprend. Il ne m'étrangle pas, mais mon corps ne le comprend pas. Ma respiration s'alourdit, mon cœur s'emballe, ma vision devient floue au point que je ne vois plus rien, je tremble, je crois que je hurle, je me débats, et je m'effondre entre les bras qui me retiennent. Mon univers devient noir. Noir. Tout noir. Comme la chambre de mon enfer.

***

« 'Cause I'm broken when I'm open
And I don't feel like I am strong enough
'Cause I'm broken when I'm lonesome
And I don't feel right when you're gone away »

(« Parce que je suis cassé quand je suis ouvert
et je ne me sens pas assez fort
Parce que je suis cassé quand je suis seul
et je ne me sens pas bien lorsque tu es loin de moi »)

Seether joue « Broken » en sourdine depuis mon téléphone posé sur ma table de chevet.

– J'ai mal, Milie. Pourquoi je n'ai pas une famille normale comme la tienne ?

Ma main caresse sa joue et je savoure la douceur de sa peau. Je me love sous la couette, la tête à moitié engloutie dans l'oreiller.

Nous sommes allongés face à face dans mon petit lit. Nos nez se frôlent presque. J'entends son cœur qui bat. À moins que ce soit le mien. J'aimerais tellement que le sien batte aussi vite pour moi.

– Personne n'est parfait, Marek. Mais, aussi imparfaite que je puisse être, je serai toujours là pour toi. Tous mes petits défauts sont à ton service.

Il reste silencieux. Ses yeux couleur de l'eau de notre lac m'examinent affectueusement. Il est magnifique avec ses cheveux étalés sur l'oreiller que nous partageons. Un rêve. L'image de tout ce que je désire. Le visage de mon bonheur.

Une main caresse ma joue. Je sursaute en hurlant.

– Marek !

J'ouvre les yeux. Ce n'est pas lui. Et nous ne sommes pas dans mon ancienne chambre. « Broken » retentit toujours dans mes oreilles. J'arrache les écouteurs et m'assieds sur le banc sur lequel j'étais allongée.

– C'est moi qui vous ai mis votre musique. J'ai pensé que ça vous apaiserait, vous l'écoutez dès que vous avez un moment de libre.

Patricia est accroupie devant moi, un gobelet dans les mains. Je me trouve dans un vestiaire. Nous sommes seules. Je repose mes yeux sur elle, un peu perdue. Elle esquisse un sourire compatissant.

– Vous avez fait un malaise. Buvez ça, c'est de l'eau sucrée. Je ne pense pas que vous ayez besoin d'autre chose.

Je prends le gobelet d'une main tremblante et je bois. J'ai la gorge sèche, comme dans la chambre noire. Je retrouve la sensation du bras autour de mon cou, que je masse machinalement. Des larmes acides me brûlent les yeux. J'essaye de les retenir, mais c'est plus fort que moi. Ma chef se relève et s'installe sur le banc à mes côtés. Elle dirige ses mains vers moi, hésitante.

– Je peux ?

Les mains des femmes ne me dérangent pas trop. Elles ne peuvent pas me faire de mal. Je hoche la tête, incapable de parler. Elle m'enlace et me presse fort contre elle. Je laisse couler mes larmes, parce que pleurer nettoie la douleur. Je l'ai appris avec le temps. Elle me berce doucement en caressant mes cheveux. Sans parler. Et j'apprécie le silence.

Mon esprit reprend le cours des choses dans l'ordre et oublie Numéro 1. Il n'est plus. Il ne me fera plus jamais souffrir. Je sais que c'est mal de se réjouir de la mort des gens, mais pour lui et les deux autres, j'ai droit à une exception. Comme à chaque fois que j'ai besoin de me rassurer, mon cerveau va rechercher une image. Une seule. Celle de la pièce principale de ma prison, une maison presque délabrée, et tout ce sang. Leur sang. Je me rappelle être revenue à moi dans les bras de mon sauveur, alors qu'il traversait cette pièce, justement, pour m'emmener loin. Très loin de cet enfer. Je me souviens de sa voix rauque qui me disait que le cauchemar était fini, qu'ils avaient dû tirer sur les kidnappeurs qui se montraient menaçants. Je garde en mémoire chacun des trois corps étalés au pied d'un mur dont la tapisserie à fleurs tombait en lambeaux. Chacun de leurs visages, inerte, restera toujours l'image qui me soulage le mieux. La vengeance. La fin de mon enfer, et le début du leur. Ma seule pensée à ce moment a été d'espérer qu'il y ait un réel enfer quelque part, et j'ai prié de toutes mes forces pour qu'ils y restent pour l'éternité.

Ces images m'aident à retrouver le présent à chaque crise de panique. Et, encore une fois, j'échappe à l'horreur du passé pour revenir parmi les vivants. Dont je fais partie. Et je me rends compte uniquement à ce moment que je me suis donnée en spectacle. Je m'extirpe des bras qui me consolent.

– Mon Dieu, je ne vais pas pouvoir affronter le regard de tous ces gens, Patricia. Je dois démissionner.

Elle secoue la tête.

– Non. J'ai baratiné Franck. Je lui ai expliqué que vous aviez des angoisses parce que vous pensiez être enceinte.

Malgré la situation, je m'esclaffe. Quand on sait en quoi consiste ma vie, on ne peut que rire. C'est grotesque. Et en même temps, c'est adorable. En voyant ma réaction, elle se défend d'un air amusé.

– Oui, je sais, j'aurais pu inventer autre chose, mais j'ai sorti le premier truc qui me passait par la tête. Et puis, ça n'engage à rien, j'ai dit que vous pensiez, seulement. Demain, je fais courir le bruit que ce n'est pas le cas, et tout sera oublié.

– Merci, Patricia.

Elle m'observe en silence, toujours avec la bienveillance dont elle fait preuve envers moi depuis le départ.

– J'ai essayé, je vous promets. Mais… enfin… Vous savez beaucoup de choses sur moi. Alors, inutile de faire semblant. J'ai beaucoup de mal à accepter qu'on me touche, et quand il a posé son bras autour de mon cou, j'ai paniqué. Je voulais y arriver, mais c'était trop dur. Je suis désolée.

Elle secoue la tête d'un air dépité.

– C'est moi qui suis désolée. J'aurais dû y penser. C'était stupide de ma part de vous forcer à participer à ça. Je vais vous établir une dérogation dès demain. Vous n'entendrez plus parler de ces cours.

– Non ! Je veux y arriver. Ce coach est sympathique et je n'ai pas à avoir peur de lui. C'est à moi de reprendre mes marques et de contrôler mes réactions. Et pas l'inverse.

Elle fronce les sourcils.

– Vous savez que vous n'avez pas à faire tout ça ? Vous êtes une rescapée, Émilie, c'est déjà énorme tout ce que vous avez accompli. Beaucoup ne s'en remettent jamais.

Je crois que je rougis un peu. C'est toujours agréable d'entendre une personne me dire sincèrement que je peux être fière de moi.

Et je le suis, quelque part.

– Mais, dites-moi, que savez-vous exactement ?

– Je crois que je sais tout. Enfin, j'ai la version de Marek, et aussi celle des nombreux journaux que j'ai consultés.

Marek. Je ne veux pas qu'il soit informé de cette petite crise honteuse. Il risquerait d'avoir pitié. Et je ne veux pas. Surtout pas.

– Vous ne lui direz pas, n'est-ce pas ?

– Je vais être obligée de le faire, j'en ai bien peur.

Un tremblement nerveux me traverse. Elle reprend.

– Je le ferais pour n'importe quel employé, ce n'est pas parce que c'est vous. Il tient à être informé de ce genre de choses. C'est un patron très humain. Même s'il fuit justement les humains, il se préoccupe d'eux.

Je retrouve celui que j'ai connu dans ses paroles. Et ça me rassure, parce que ce que j'ai entrevu de lui laissait à mon imagination tout un tas de possibilités, dont celle, la plus plausible, qu'il ait perdu son cœur si grand et qu'il soit devenu insensible.

Elle coupe mes réflexions avec une simple question.

– Pourquoi ?

Je la regarde sans comprendre. Elle développe.

– Pourquoi être revenue ? Pourquoi avoir pris ce poste si proche de lui ? Après tout ce temps ? Après l'avoir rejeté ? J'avoue que je ne comprends pas. Cette question vous semble peut-être indiscrète, et c'est pour ça que je ne l'ai pas posée avant. Mais je commence à vous apprécier, Émilie, et j'aimerais comprendre.

Elle est directe. C'est ce que j'aime chez elle. Et j'ai appris à la connaître aussi depuis presque une semaine, et, j'ai peut-être tort, mais je lui fais confiance.

– Parce que c'est l'une des dernières étapes pour retrouver ma vie. Avant cette histoire, j'avais quatre amis. Je les ai abandonnés, parce que j'étais certaine qu'ils m'avaient abandonnée les premiers.

Je les ai haïs, détestés, pendant plusieurs mois, et ensuite, j'ai essayé de les oublier. Je voulais repartir à neuf, vous voyez ?

Elle hoche la tête. Je continue.

– Simplement, c'était une injustice. Parce qu'ils étaient d'autres victimes, en définitive. Je n'avais pas le droit de les laisser sans explications. Et pour réussir à mettre tout ça derrière moi, il faut que je lave mes dernières casseroles, comme on dit. Mon psy, qui est un peu particulier, rapproche ça d'une cuisine. Vous pouvez vous racheter toute une batterie de cuisine. Mais, les anciennes casseroles, même si vous les rangez au fond d'un placard, vous les nettoyez avant. Vous ne les écartez pas en les laissant sales. Et vous remarquerez que même si vous voulez les jeter, vous les laverez aussi. L'être humain est fait comme ça. Il doit nettoyer avant de passer à autre chose. Donc, mes casseroles à moi se prénomment Marek, Justin, Thomas et Vivian.

Elle hoche la tête.

– Je vois. C'est une démarche thérapeutique.

– Oui, au départ, ça l'était. C'était même très égoïste. Je voulais m'assurer qu'ils allaient bien pour trouver la paix. Enfin, ça, c'était au début. Mais, maintenant que je suis plongée de nouveau avec les quadruplés, je me sens attirée par eux. J'ai l'impression que je ne pourrai jamais les enfermer dans un placard. Et pourtant, les revoir ravive également une quantité impressionnante de souvenirs.

Elle replace une de mes mèches derrière mon oreille rêveusement.

– « Le passé doit conseiller l'avenir[2]. » Ce n'est pas moi qui le dis, c'est Sénèque, Émilie. Vous ne pouvez pas fermer la porte définitivement à ce passé. Tout ce que vous avez vécu reste en vous. Il est inutile d'essayer de l'oublier.

Je me force à prendre un ton plus léger.

– Patricia, vous ne me rassurez pas… Si ce sont les quadruplés qui doivent conseiller mon avenir, je crois que je suis mal barrée !

2. Citation de Sénèque ; *Lettres à Lucilius*, LXXXIII, env. 64 ap. J.-C.

Elle lève les yeux au ciel.

– Mon Dieu, je vous plains ! Mais plus sérieusement, ça peut s'avérer positif. Ce qui vous a rapprochée de vos amis existe sans doute toujours. Pourquoi vouloir absolument le rejeter ?

– Je suis d'accord avec vous, mais je ne suis pas la seule à décider dans cette histoire. La réaction de Marek est relativement explicite, je pense. Lui a réellement tourné la page.

Elle reste impassible.

– Qu'est-ce que vous en savez ?

Je lève un regard désabusé vers elle.

– Je vous en prie, Patricia. Si ça n'avait pas été le cas, il serait venu me voir, au lieu de m'afficher en pleine réunion.

Elle pince les lèvres, cogite quelques instants puis se lève.

– Marek n'est pas un homme simple. Il a besoin de peser chaque option avant d'agir. Laissez-lui le temps. Il viendra.

– Qu'en savez-vous ?

Elle reprend le gobelet que je triture depuis tout à l'heure et le jette dans une poubelle au coin de la pièce.

– Je le sais. Pardonnez-moi mais je ne m'étendrai pas sur le sujet Marek. Déjà parce qu'il me porte une confiance absolue dans tous les domaines et que je ne le trahirai jamais. Ensuite, parce que je le vois un peu comme mon fils, et donc j'ai énormément d'affection pour lui. Je ne ferai donc rien pour le forcer à quoi que ce soit. J'espère que vous comprenez ma position.

– Oui, très bien.

Même si je suis déçue de ne pas récupérer ne serait-ce qu'un minimum d'informations le concernant. Je me lève à mon tour.

– Mais je peux aussi lui donner à réfléchir de façon plus… poussée.

Je fronce les yeux, mais elle ne me laisse pas le temps de réfléchir ni de poser la moindre question et continue sur sa lancée :

– Bon, en attendant, Émilie, vous allez rentrer chez vous. Je vais vous signer un document autorisant votre départ anticipé. Vous savez ce que c'est… sécurité avant tout. J'ai toujours dit que la paperasse nous tuera tous…

– Mais je peux travailler !

– Oui, et vous pouvez aussi ne pas travailler, allez vous promener dans un parc, ou mieux, aller voir l'un de vos amis nouvellement retrouvés. Oubliez cet épisode, et on se voit demain, en pleine forme. Je remonte au bureau. Passez prendre votre autorisation, surtout, avant de vous envoler.

J'opine du chef et elle disparaît. Je ne sais pas quoi penser. À part que cette femme est adorable, et fiable, et que je ne lui en veux absolument pas de vouloir protéger Marek. Au contraire, je suis très heureuse pour lui. Sa famille n'a jamais été d'un très grand secours pour lui, mais au moins, il a Patricia.

Je remets en place mes écouteurs, la musique joue toujours, je ne l'avais pas éteinte. Je vais chercher mon sac, adresse un signe que j'espère rassurant au coach qui me sourit en retour, récupère mon autorisation, et je sors de l'immeuble avec Seether dans les oreilles. Et la tête en pleine révolution. Je n'y comprends encore pas grand-chose. Certaines choses me réjouissent, d'autres me font mal, mais il y a tellement d'éléments à analyser qu'il me faudrait des jours de réflexion pour tout mettre en ordre. Et je n'ai pas envie. Pas maintenant. J'ai simplement envie de marcher, sans but, parce que c'est une chose que je ne fais plus depuis longtemps, et parce qu'aujourd'hui, après avoir été replongée dans l'horreur, je savoure encore plus tout ce qui fait sourire la vie. Comme le soleil, la voix de Shaun Morgan[3], et ma liberté.

---

3. Chanteur et *frontman* du groupe Seether.

6

Marek
Huit ans plus tôt

Milie,

Je ne sais pas comment commencer cette lettre. C'est la quatrième que je commence et que je garde pour moi, peut-être qu'il y aura une cinquième, ou peut-être que je vais enfin trouver les mots. J'aimerais pouvoir te demander si tu vas bien. Mais malheureusement je pense déjà connaître la réponse.

Je sais que j'aurais dû être là, et que je n'y étais pas. Je sais que j'avais juré de te protéger, et que je ne l'ai pas fait. Je sais aussi que si je ne t'avais pas donné ce rendez-vous stupide, trente minutes avant l'arrivée du car, tu serais arrivée à l'heure normale, et tu aurais pris ce foutu car directement, et rien ne se serait passé.

Alors je comprends ton silence, et ta porte fermée pour moi. Je sais que ça ne change rien, mais sache que le remord, la culpabilité et tout un tas d'autres sentiments m'étouffent depuis que j'ai trouvé tes tongs et ton téléphone devant cet arrêt et que j'ai compris que quelque chose ne collait pas.

Je comprends tout ça, et en même temps je ne le supporte pas. Ça me tue, Milie.

Je t'en prie, dis-moi ce que je peux faire. Dis-moi où trouver la clé pour ouvrir cette porte que tu maintiens close. Dis-moi ce que tu attends. Dis-moi qu'il te faut du temps, que tu me détestes, que je ne suis qu'une merde, que tu ne veux plus me voir, je ne sais pas, mais dis-moi quelque chose. Ce silence est insupportable. J'ai envie de mourir si toi tu ne vis pas en moi. Depuis toutes ces années, c'est ton cœur qui battait à l'intérieur de moi, alors explique-moi comment je peux survivre si tu me le reprends ?

Milie, je t'aime, rien n'a plus d'importance que toi. Dès que j'avais besoin de me sentir exister, j'allais frapper à ta fenêtre, mais tu ne l'ouvres plus. Sans toi plus rien n'a de sens. Je me sens désarmé, vide de toi, vide sans toi.

Je sais que je devrais plutôt te dire que je serai là dans le cas où tu aurais besoin de moi, que je comprends tout simplement, et que je resterai toujours celui au pied de ta fenêtre, à attendre que tu trouves l'envie, quelque part, de m'accepter à nouveau. Parce que bien entendu, tu es la priorité. Si tu as besoin de parler de ce que tu as vécu, je peux t'écouter. Si au contraire, tu veux oublier et aller plonger dans le lac, je peux t'y accompagner et veiller sur toi. Si tu veux prendre un sac de fringues et t'enfuir loin de tout, je peux t'emporter à l'autre bout du monde. Partir aux USA, acheter un pick-up et des chapeaux de cow-boy, visiter toutes les villes que tu voulais voir, c'est possible. Je me tuerais à la tâche pour te rendre heureuse et te traiter comme une reine. Nous pouvons aussi acheter une maison et un chien, ou deux. N'importe quoi pour que ta vie continue.

Je ne peux pas imaginer une autre fin que nous deux réunis. C'est l'unique but de ma vie depuis cette première fois où j'ai grimpé le mur de ta maison pour te rejoindre dans ta chambre.

Mais tu ne m'ouvres pas. Tu ne m'ouvres pas, et je dois faire des choix. Je peux mettre mon avenir entre parenthèses si tu me le demandes, mais peut-être que ton silence signifie aussi que justement, tu ne veux pas que je t'attende. Et comme je ferai ce que tu veux, absolument tout ce qui pourra te redonner un peu de joie, je n'attends que tes directives.

Alors, je sais que je ne devrais rien te demander, que tu n'as pas à me répondre, mais j'ai besoin de savoir. Veux-tu que je t'attende ? Si une infime chance pour que soit le cas existe, je t'en prie, dis-le-moi. Et j'attendrai. Même si ça n'arrive jamais et que finalement tu décides que tu ne veux plus jamais me voir, ce n'est pas grave, c'est un risque que je prends sans hésiter. Je ne veux pas partir si tu penses qu'un jour tu pourrais avoir besoin de moi.

Et voilà, alors qu'après ton sauvetage je m'étais promis de ne jamais te quitter, aujourd'hui c'est différent. Je me sens de trop dans cette ville. J'ai l'impression que ma seule présence dans les parages pourrait te déranger.

J'ai peut-être une solution. J'ai travaillé cet été comme agent de sécurité pour une agence parisienne qui assurait le service d'ordre d'une série de concerts pour le festival à la fac. Le courant est bien passé avec le chef de la prestation, et il me propose de partir bosser avec lui. Tu sais que j'avais projeté de continuer mes études à Paris, justement, mais ces plans étaient basés sur une colocation avec les gars, parce que je n'ai pas les moyens de me loger seul. Il s'avère que ce plan de logement n'est plus d'actualité. Et de toute manière, je ne voulais plus partir et m'éloigner de toi. Mais je vois bien que je te serais peut-être plus utile en m'écartant significativement de ta vie, et je n'ai plus les moyens de le faire. Cependant, je peux arrêter mes études et partir bosser. Je serais logé puisqu'il me propose d'assurer la sécurité d'une manifestation itinérante pendant au moins six mois, pour commencer.

Ce n'était pas mon projet de carrière. Mais, étrangement, ou pas, après ce qu'il t'est arrivé, j'avais besoin de protéger quelqu'un, ou quelque chose. C'est pour ça que j'ai postulé à ce job. Et, il semblerait que j'avais vu juste, parce que quelque part, ça m'a fait du bien. J'ai eu l'impression de servir à quelque chose. Alors, c'est peut-être le « moins pire » des choix possibles que de continuer avec eux encore quelque temps. Peut-être que l'année prochaine tu accepteras de me voir, et je m'inscrirai à la fac en ville, et je te tiendrai la main pour t'aider à reprendre le cours de la vie ?

Voilà. Je dois répondre lundi prochain, ce qui me laisse quatre jours. Si tu pouvais ne serait-ce que me faire un signe. Même pour me dire de partir, au moins, je n'aurais pas à me demander si je commets encore une erreur. Je m'alignerai sur ta décision, sans jamais la remettre en cause.

Je veux juste que tu te sentes un peu mieux. Et comme je te l'ai dit, je suis prêt à tout pour t'aider et te soutenir. Même si tu me demandes de partir et de t'oublier, j'adorerai ne plus t'aimer si c'est toi qui me le demandes. Enfin, je ferai semblant, car toi comme moi savons que c'est impossible dans les faits.

Et comme le dirait notre ami Shaun :

« So break me down if it makes you feel right
And hate me now if it keeps you alright[4] »
(« Détruis-moi si ça te fait te sentir mieux
Et déteste-moi si ça t'aide à aller mieux »)

Je t'aime, Milie.

Prends soin de toi, et tente de retrouver le bonheur, il est fait pour toi.

Je t'embrasse (si tu m'y autorises)

Marek

4. « Breakdown », Seether.

***

De nos jours

Une ombre se projette sur l'eau. Je remonte à la surface pour trouver Roger et son habituel air pincé m'attendant sur le bord de la piscine. J'essuie mon visage d'une main puis le rejoins en quelques brasses.

– Oui, Roger ?

– J'ai eu du mal à vous trouver, monsieur Lisinski.

– Marek.

– Oui, monsieur, j'y songerai.

Je lève les yeux au ciel en soupirant pour lui signifier clairement qu'il me fatigue. Enfin, je suis déjà épuisé, je suis rentré au milieu de la nuit, mais avec lui, c'est encore autre chose, c'est ma patience qu'il titille. Et ça fait cinq ans que ça dure.

Il reste immobile, les mains croisées sur son costard austère. Je l'examine un moment.

– Roger, je peux vous poser une question ?

– Oui, monsieur ?

– Marek.

– Oui, monsieur.

Agaçant !

– Je me demandais... Il est à peine six heures du matin. Vous arrive-t-il de dormir, ou de vous habiller avec des vêtements... normaux ? Voire, pardonnez ma curiosité, dormir en pyjama ? En caleçon ? Enfin, je sais pas, un truc normal quand on dort ?

Il retient un rire. Il ne laisse rien paraître, mais je le connais assez pour savoir que j'ai touché le point sensible. Ça fait du bien de savoir qu'il lui arrive d'être humain, et pas impeccablement parfait à chaque minute de son existence.

– Il m'arrive de porter des pyjamas, monsieur.

– Marek.

– Oui, monsieur. Mais mes pyjamas sont taillés dans le même tissu que mes costumes, je m'y sens plus à l'aise. Et à la même forme, pour la même raison. Et par habitude, j'enfile une chemise en dessous.

Je ravale un rire.

– Oui, donc, vous dormez en costard, pour résumer.

– Non, monsieur. Mes pyjamas n'ont pas de poche revolver et je m'abstiens en ce qui concerne les chaussures et la cravate.

Cette fois, j'éclate de rire. Le monde de la sécurité est vraiment un monde à part. Je m'éloigne du bord pour patauger encore un peu.

– Et donc, vous me cherchiez ?

– Oui, monsieur. Mme Patricia a cherché à vous joindre. Elle m'a appelé directement en désespoir de cause.

Je redeviens sérieux. Patricia, appeler avant six heures du matin, c'est tout sauf normal.

– Et ?

– Elle voulait vous informer qu'elle était souffrante et qu'elle aimerait pouvoir s'octroyer quelques jours de repos.

– Quand ?

– Étant donné qu'elle est malade, je suppose que c'est à partir de maintenant, à moins qu'elle ait prévu de reporter sa maladie, monsieur.

Je me fige, au risque de couler, et garde mon air sérieux en le toisant.

– Seriez-vous en train de vous moquer, Roger ?

Pour ne pas dire « vous foutre clairement de ma gueule, Roger ? »

– Ce n'est pas impossible, en effet, monsieur.

– Marek !

– Oui, monsieur.

Je retiens un rire. J'en ai marre de cet homme ! En tout cas il est amusant et ça me fait du bien. Je nage jusqu'aux escaliers de la piscine et me presse de récupérer une serviette. Une piscine sur un toit, c'est bien. Mais faire trempette à six heures du matin sans avoir le courage de mettre en place le toit mobile, c'est nul. On a beau être au mois de juin, la température de l'air laisse clairement à désirer, à l'aube.

Bref, c'est un détail. Roger me tend ma serviette et reprend.

– Mme Patricia m'a chargé de vous dire qu'elle vous attend pour le point quotidien habituel.

Je m'essuie le visage en l'examinant.

– Le point quotidien ? Elle est malade et elle vient quand même au point quotidien ?

– À première vue, monsieur. Dois-je préparer un véhicule en particulier ?

Donc, je vais devoir travailler en binôme avec Milie, sans Patricia comme bouclier, ce que je comptais réellement faire. Ignorer Milie et continuer comme avant, à interagir avec Patricia. Parce que je ne me sens pas encore prêt à lui parler. Je sais, c'est un peu puéril. Elle a toujours eu le don de me faire ressentir des choses particulières et qui ne me ressemblent pas. Mais je dirige une société pesant des millions d'euros et des milliers d'employés. L'une d'entre eux ne devrait pas me poser de problème majeur, n'est-ce pas ?

Je tends la serviette à Roger.

– Celle que vous voulez.

Les affaires reprennent. Je descends dans mon appartement pour me préparer et rectifie un point avec Roger.

– Après réflexion… la Lotus ira très bien. C'est moi qui conduis. Prenez celle que vous voulez.

– Bien, monsieur.

– Marek !
– Oui, monsieur.
Irritant !

***

Sept heures trente-cinq. Je suis certain qu'elle le fait exprès.

Un ouragan ouvre la porte du salon de thé. Je ne relève même pas les yeux du mail que je consulte. Elle pose lourdement son dossier sur la table et pose tout aussi lourdement son fessier sur la banquette en face de moi.

– Désolée. Steeve a adopté un chiot, il a dévoré mes tennis. Du coup, je suis venue en chaussons.

Je relève un œil pour la considérer un moment puis pose mon téléphone devant moi.

– Et tu as également oublié de t'habiller, à première vue ?

Accoutrement incroyable. Une sorte de veste d'intérieur rose sur un débardeur vert, le tout enveloppé dans une sorte de châle en crochet de toutes les couleurs (nous sommes en juin et elle est habillée comme en plein décembre). Cheveux en pétard et pas de maquillage. Et comme elle est assise, je suis privé de la joie de découvrir le bas du déguisement. Je grimace.

– Tu t'es lavé les dents, au moins ?

Elle lève les yeux au ciel.

– Si tu veux tout savoir, j'ai vomi toute la nuit. Alors, oui, je me suis lavé les dents, au moins vingt-cinq fois entre hier et ce matin. Bon, déjà, je suis venue, alors la minute mode, on verra une autre fois, tu veux bien ?

Je hoche la tête devant son humeur massacrante, pendant qu'elle ouvre son dossier, en buvant son café. Patricia est multitâche.

– Donc. Suite à ton déplacement à Londres imprévu, j'ai

reporté ton rendez-vous avec le président de ESW (Extrem Sport Worldwide). Je me permets d'émettre la suggestion de ne pas repousser une nouvelle fois, sous peine de passer pour des amateurs. Tu as donc ta journée de jeudi bloquée avec eux. Ils t'attendent à treize heures, donc j'ai calculé un départ vers huit heures trente. Serge est prévenu, le rendez-vous est noté dans ton agenda, avec alarme de rappel.

– Patricia, tu es une mère pour moi.

– Si j'étais ta mère, je t'obligerai à aller chez le coiffeur ! Donc, on continue… J'ai deux points importants à voir avec toi. Le premier, que tu repousses tout le temps, mais qu'il va falloir résoudre… Le gala de bienfaisance pour l'association des femmes victimes de violences approche. Il me faut une réponse.

J'ouvre la bouche pour répondre, mais Patricia prend ce sujet très à cœur, et ne me laisse pas le temps d'objecter.

– Je n'irai pas avec Steeve. Déjà parce qu'il est allergique à ce genre de soirées. Ensuite parce qu'il est tout à fait envisageable que je retombe malade après guérison et vomir entre les petits fours me paraît mal venu. Jeanne n'apprécierait pas trop la blague. J'ai déjà répondu de toute manière. J'ai évidemment confirmé ta présence !

Je m'étouffe en avalant mon café de travers et manque de le recracher.

– Je te demande pardon ?

Je déteste quand elle m'impose des choses. Et à dire vrai, ça n'arrive que très rarement. Elle s'est mis dans la tête que c'est moi qui m'y présenterai, mais c'est hors de question. Il va falloir qu'elle le comprenne à un moment, parce que ça commence à ne plus m'amuser du tout.

Elle capte mon regard réprobateur et noie le poisson, comme elle sait si bien le faire.

– De toute manière, il nous reste du temps pour y réfléchir. Bon, passons, sur un sujet qui me dérange un peu plus, parce que j'ai dû faire ma propre enquête, pour découvrir au bout du compte que tu étais le seul et unique responsable de mon problème.

Je hausse un sourcil.

– C'est-à-dire ?

Elle croise les bras sur la table. Je suis tout ouïe.

– C'est-à-dire que Martin, le responsable de l'équipe chargée de notre section « protection rapprochée ministères et hautes délégations », enfin, ça, je suppose que tu es au courant, m'a appelée en panique mardi pour me demander combien de temps son meilleur homme, Luigi, serait missionné sur son nouveau dossier classé « prioritaire ».

Oups. J'ai peut-être omis de la prévenir, effectivement. Mais j'étais avec Lindsey ce jour-là, j'avais autre chose à faire que de lui écrire un mail. J'ai juste donné les ordres, et après j'ai oublié. Il était trois heures du matin, pour ma défense. Mais je n'ai pas à donner d'explications.

– Durée indéterminée.

Elle pince les lèvres en m'observant sérieusement.

– Marek. J'espère très franchement que Luigi n'est pas assigné à sa protection à elle. Tu n'as pas le droit de faire ça !

Mais de quoi se mêle-t-elle ?

– Ce n'est pas ton problème, Patricia ! Et de toute manière, il est absolument hors de question que Milie coure le moindre danger. Elle vient à pied le matin, seule dans la rue, et le soir pareil. C'est dangereux !

– Marek, tout le monde fait ça ! Tout le monde marche dans la rue et va bosser. Ce n'est pas dangereux, c'est la normalité. Elle ne risque rien !

Je secoue la tête.

– C'était censé être la normalité d'attendre un car à son arrêt ! Et pourtant…

Je n'arrive même pas à dire les mots. Ils sont toujours aussi acides, insupportables, et je n'y arrive pas. Je soupire en me prenant la tête entre les mains puis me reprends.

– Bon, fin du sujet. Autre chose ?

Elle adoucit le ton de sa voix.

– Marek. Ce n'est pas normal de réagir comme ça. Tu le réalises au moins ? De plus, tu es hors la loi, on ne peut pas faire suivre une personne de la sorte. Elle pourrait s'en trouver dérangée et se retourner contre toi.

– Non. Luigi est le meilleur de nos agents. Il a ordre d'agir avec une discrétion absolue. Et je ne la fais pas suivre. Je ne lui ai demandé aucun rapport sur les faits et gestes de Milie. Il assure sa protection, c'est tout. Ce qu'elle fait, ce n'est pas mon problème. Je veux simplement… avoir l'esprit tranquille. Si je ne missionne pas un de nos gars dessus, je me trouverai dans l'obligation de le faire moi-même. C'est plus fort que moi, j'ai besoin de ça. Et de toute manière, je m'occupe de ce point personnellement, il n'a donc aucune raison légitime d'apparaître dans notre point quotidien. Assigne un nouvel homme à Martin pour remplacer Luigi. Je ne veux plus entendre parler de cette question.

Elle se contente de me dévisager d'un air attristé, puis soupire lourdement avant de reprendre son dossier.

– Très bien. Je voulais également discuter avec toi de ton intervention pendant la réunion de service. Je crois utile de préciser qu'Émilie a été troublée, et peut-être même fortement vexée par ce que tu as supposé ouvertement.

Je m'en doutais de celle-là. Et pour le coup, je n'ai rien à répondre, je n'en suis pas très fier moi-même. D'un autre côté, je n'ai fait que protéger les intérêts de ma boîte. Parce que j'ai effectué quelques recherches dont les résultats m'ont amené à repousser l'idée de donner une telle responsabilité à Milie. Mais, par égard pour mon amie d'enfance, je ne discuterai pas non plus de ce point avec mon assistante qui s'avère être sa supérieure directe. Ce serait pire que cette petite mise au point publique. Donc...

– Je note. Autre chose ?

Elle m'adresse un regard d'incompréhension puis continue son tour des dossiers en cours. Je ne note rien, puisque je sais qu'elle m'a déjà tout envoyé par mail, que le travail est déjà mâché et que je n'aurai qu'à relire et valider ou non. Et pour le reste, cela fait plus de cinq ans que je dirige cette société. Elle est devenue une partie de moi, je n'ai pas besoin de débriefing. Et j'essaye de ne pas trop réfléchir à ce besoin que j'ai de savoir Milie en sécurité. Lorsqu'elle était loin, avec ses parents, je ne m'en souciais pas ou très peu. Parce qu'ils restent les personnes les plus aptes à veiller sur elle, alors que moi j'ai proprement été incapable de m'occuper d'elle. Mais ici, ils sont loin. Donc je dois faire mon possible. C'est comme ça.

La seule chose qui me dérange vraiment, c'est que dans cet espace direction, au dernier étage de l'immeuble, il y a Émilie. Et dans peu de temps, il y aura moi aussi. Et personne d'autre. Et ça, par contre, c'est quelque chose qui risque de me poser quelques problèmes. Je ne peux pas passer ma vie à l'ignorer non plus. Surtout si nous devons bosser ensemble. Le professionnalisme avant tout, même si celui-ci va s'avérer plus éprouvant que d'habitude.

Elle ferme son dossier. Nous sortons du cadre professionnel.

– Tu reviens quand ?

Elle tousse.

– Je pensais à jeudi. Ou mercredi. J'ai une bonne crève.

– Je croyais que tu vomissais ?

– Oui, ben c'est une crève qui fait vomir. Tellement je tousse, tu vois ?

Je fronce les sourcils, loin d'être absolument convaincu. Elle attrape un croissant et mord dedans à pleines dents.

– Tu vomis, t'as la crève et tu manges des croissants ?

Elle s'immobilise, la bouche pleine, et la main survolant déjà une seconde viennoiserie. Elle avale tranquillement puis hausse les épaules.

– Justement ! Quand on vomit, on a faim après. J'ai le ventre vide !

J'adore cette femme. Mais parfois, j'ai du mal à la suivre, vraiment. Mais là n'est pas le sujet.

– Je fais quoi de Milie ?

Elle plisse les yeux en attrapant un second croissant.

– Déjà, dis-lui bonjour, ça pourrait être sympa. Non ?

– Très drôle. Mais sinon, qu'est-ce que tu lui as donné à faire, que sait-elle faire ?

– Ah, ça ?

– Oui... « ça ». Le boulot. Ce pour quoi elle est embauchée. Pardon de paraître futile.

Elle glousse, toujours la bouche pleine.

– Pardon, je délire un peu, c'est la fièvre.

– Mais c'est quoi cette maladie ?

– Je sais pas, mais c'est douloureux, je peux te le dire ! Bref. Émilie range bien les bureaux.

J'attends la suite... qui ne vient pas.

– Et ?

– Ah. Et aussi, c'est une très bonne assistante.

– Parfait. Et elle t'assiste dans quoi ?

Elle le fait exprès, c'est pas possible !

– Vu que tu as posé ton véto concernant les responsabilités que je comptais lui attribuer, pour le moment elle n'a pas fait grand-chose, enfin si, mais, tu me connais, je suis un peu... enfin, disons que j'ai ma propre organisation et parfois je m'éparpille.

Donc elle a passé la semaine à ranger mes dossiers, et elle a aussi réorganisé notre dossier « divers » sur le réseau.

Ça, par contre, j'ai vu le changement. Ce qu'elle appelle le dossier « divers » c'est en réalité son seul et unique dossier de travail. Elle colle tout dans ce dossier, sans organiser, se repérant à la place qu'elle leur attribue visuellement dans le fichier. Légèrement archaïque et surtout totalement insupportable. En sachant le nombre de clients que nous avons, je suis obligé de faire comme elle et de mémoriser les emplacements des clients que je gère personnellement. Très pratique et pas du tout chronophage quand elle décide de changer de disposition. Bref, j'ai eu la bonne surprise cette nuit de trouver les trois quarts des dossiers classés en sous dossiers avec dates, noms et j'en passe. Et donc cette nouvelle organisation qui m'a fait sourire à quatre heures du matin était signée Milie. Je sais que c'est stupide, mais ça me fait plaisir… Milie qui touche à mes dossiers. Bref, c'est idiot.

Mais en attendant, ça ne résout pas mon problème.

– Et donc, tu as une idée de ce que je peux lui donner à faire ?

Elle répond simplement :

– Non. Enfin si, mais tu es contre l'idée, donc non.

OK. Merci…

– Bon, je vais rentrer, j'ai mal aux pieds. Vivement dans six jours que ça aille mieux. Je ne t'embrasse pas ?

– Euh, non. Une crève qui fait vomir et donne mal aux pieds, tu te la gardes.

– Ça marche toujours pour samedi ? Enfin, demain ? Tu dînes avec nous ?

– Tu seras guérie ?

– Je vais déjà mieux !

Elle glousse et tente de partir. Comme si j'allais me contenter de son cinéma ridicule. J'attrape son bras pour la retenir.

– Dis-moi, Patricia. Est-ce que j'ai l'air si stupide que ça, ce matin ? Quel est le réel problème ?

Elle m'examine puis se penche vers moi, l'air extrêmement sérieuse, tout à coup.

– Dis-moi, Marek, tu as confiance en moi, n'est-ce pas ?

Je hoche la tête. Bien entendu que j'ai confiance en elle. Elle connaît tout de moi. Je lui porte une confiance aveugle.

– Oui.

Elle m'adresse un rictus satisfait.

– Très bien. Alors continue. Pour une fois, laisse tomber le contrôle total et laisse-toi un peu porter. Si je dis que je suis malade, alors je suis malade. D'accord ?

Je hoche la tête. C'est tellement rare qu'elle me fasse ce genre de plan qu'elle me désarçonne un peu. Je vais faire un effort, et faire confiance. Mais c'est bien parce que c'est elle.

7

Émilie
Huit ans plus tôt

– Milie, tu as du courrier.

Recroquevillée sous ma couette, je ne bouge pas. Aude soupire depuis la porte de ma chambre, jette la lettre sur mon lit et va tirer les rideaux.

– Milie, si les parents rentrent et qu'ils voient que tu n'as pas bougé de la matinée, ils vont halluciner !

Je grogne en me blottissant contre mon oreiller.

– Me lever pour faire quoi ?

Elle s'assied au pied de mon lit.

– Te lever pour te laver, déjà. Il fait beau dehors, viens avec moi dans le jardin, un peu. Tu veux qu'on mange dehors ? J'ai préparé ta salade préférée. Tomates et œufs durs.

Je ne réponds pas. J'ai envie de lui dire que je n'ai pas faim. J'ai envie de lui avouer que je ne vois pas l'intérêt de manger. Mais depuis deux mois, elle fait tout pour moi. Bien plus que je ne le demande. Je n'ai besoin de rien, mais ils me donnent tout. Mes parents ont recommencé à travailler depuis trois jours, et ma sœur ne sort presque pas alors qu'avant, on ne la voyait jamais. Ce matin, elle est allée au lac avec la voisine, mais c'est la première fois depuis le début de la semaine. Je les aime tellement. J'aimerais ne pas être un fardeau pour eux. Mais je ne sais plus quoi faire. Ni quoi dire. Je parle un peu à un psy. J'ai été prise en charge dans une maison spécialisée pour les victimes, loin d'ici, pendant deux semaines, mais ma famille me manquait et j'étais incapable d'arrêter de pleurer.

Et maintenant que je suis là, je ne sais plus qui je suis, le rôle que je dois jouer, et surtout, je me sens inutile et sale.

Ma sœur se rapproche de moi et caresse ma joue.

– Tu sais ce qu'on va faire ? On va manger dehors dès que les parents seront là, et ensuite, je te propose une séance ciné dans le canapé. Véro m'a prêté des films, dont un nouveau avec ton acteur fétiche, Patrick machin. Qu'est-ce que tu en dis ?

Je hoche la tête. Même si d'habitude, Patrick, je le regarde avec Marek qui se plaint avant et après le film en me faisant mourir de rire avec ses répliques atrocement amères. Mais je n'ai plus envie de rire, ni de revoir Marek. Après leur en avoir voulu plus que tout, je me sens trop sale et méprisable pour oser les rappeler. Ma sœur attend toujours sa réponse à propos de son planning de la journée.

– Si tu veux.

– OK. Alors, en premier lieu, tu lis ton courrier. Ensuite, la douche.

Elle me présente la lettre une nouvelle fois. Je caresse mon nom écrit sur l'enveloppe, une écriture douce et nerveuse que je reconnais aussitôt. Je reprends ma main.

– Je ne veux pas la lire.

Elle penche la tête d'un air désolé.

– Milie.

Je secoue la tête.

– Non, je ne peux pas l'ouvrir, Aude. C'est au-dessus de mes forces. Tout ce que j'y lirai sera faux, forcément. Ils m'ont promis des choses qu'ils n'ont pas faites. Et celle-là vient de Marek, en plus. Je ne peux pas. Ils n'ont qu'à aller vivre leur vie sans moi. Je suis sale et triste. Ils n'ont pas besoin de moi.

Je repose ma tête dans l'oreiller. Elle n'insiste pas, cette discussion nous l'avons eue tellement de fois. Elle se lève en pinçant les lèvres, l'air triste.

– Marek m'envoie des messages très souvent. Je me dois de te le dire. Les autres viennent me voir, chacun leur tour. Ils s'inquiètent. Je ne sais plus quoi leur dire. Je ne suis pas fâchée que nous déménagions dans quinze jours. Mais, même si nous partons à l'autre bout du monde, sache, Milie, qu'ils sont tes amis. Je sais que ce n'est pas facile pour toi et je ne te juge pas. Mais mon conseil, à moi, c'est qu'ils ont au moins droit à une réponse. Même si c'est pour leur dire de ne pas insister. Si tu tardes trop, nous serons loin quand ça te titillera, et il sera trop tard. Réfléchis bien. Tu risques de t'en vouloir, un jour ou l'autre.

Je m'allonge sur le dos en observant la lettre de Marek alors qu'Aude sort de ma chambre. Je la caresse encore du bout du doigt. Je sais, au fond de moi, qu'elle a raison. Mais ce qu'elle ne comprend pas, c'est que j'ai honte. Envers eux tous, mais encore plus envers Marek. Qui voudrait m'embrasser après ce que j'ai vécu ? Je suis devenue immonde, pourrie à l'intérieur. Et lui, il est pur. Pas moi. Je ne veux pas qu'il se sente obligé, si un jour j'arrive à surmonter tout ça, et à le voir uniquement comme le premier à m'avoir embrassée, le seul à avoir tenu mon cœur entre ses mains, et pas comme celui que j'ai maudit pour m'avoir laissée avec ces types. Si un jour je me sens revivre, il me regardera sans doute avec dégoût. Il se sentira peut-être obligé… Et je ne veux pas que ça se termine comme ça.

Mes larmes ressurgissent. Je presse la lettre contre mon cœur pendant que de gros sanglots me secouent violemment. Je ne peux pas. Je l'aime tellement que je ne veux plus jamais qu'il me voie, maintenant que je suis souillée. Je veux qu'il garde cette image de moi, sous l'arbre, avec cette tendresse innocente que je ne ressentirai plus jamais. Je ne suis plus pour lui. Je ne veux même plus d'hommes dans ma vie de toute façon. Je ne veux plus personne. Et surtout pas lui.

Je déchire la lettre en deux. Puis encore. Et encore. Je m'acharne sur le papier, le réduit à néant. Comme ma vie. De minuscules morceaux arrachés, éparpillés, dissociés, qui ne représentent plus rien. Je suis comme cette lettre. Inutile. Je lance les petits morceaux en l'air et les regarde s'envoler, puis retomber, comme une pluie sur moi, sur mon lit, partout. J'attrape ma couette et la presse contre moi. Je ne veux plus le revoir. Jamais.

***

De nos jours

[Bonjour Émilie. Marek
revient au bureau aujourd'hui.
Je ne serai pas présente.
Et vous me devez un resto,
j'ai horreur de mentir.
Il n'a pas objecté,
c'est un miracle. Bonne journée.
Au passage, il n'est pas
au courant de votre crise d'hier.]

– Oh merde ! Là, ça craint !

Aude débarque en courant de la salle de bains, en soutien-gorge et jupe. Paniquée. Je réponds rapidement à Patricia pendant qu'elle s'inquiète.

– Quoi ?

Elle attrape mon téléphone et consulte rapidement l'échange.

– Génial !

Elle m'examine en un coup d'œil.

– Ah, non, pas génial ! Vire-moi ce jean et ce sweat moche. Attends, je vais te filer ma jupe.

Elle m'envoie mon téléphone et se déshabille sans même attendre ma réponse.

– Je viens de l'acheter. Elle est mortelle, et elle t'ira parfaitement. Et moi, je n'ai rien de passionnant de prévu aujourd'hui, tous mes clients sont vieux et soporifiques.

Elle récupère sa jupe et me la jette au visage.

– Voilà, tu mets ça, avec une chemise de mec, prends-en une dans mon armoire. Pour les pompes, tu gardes tes baskets, c'est tendance. Ton maquillage est parfait, change rien. Salut, j'suis en retard, maintenant !

Elle tourne les talons en faisant voler ses cheveux et retourne dans notre chambre en se dandinant. Je la rejoins.

– Non mais, les fringues, c'est un détail, Aude !

Elle me répond, le nez dans son armoire.

– C'est là que tu as tout faux, ma belle. Si tu vas le voir habillée en gueuse, il va avoir pitié, limite il ne va même pas t'écouter, trop occupé à se lamenter sur la pauvre fille terne que tu es devenue. Alors que si tu brilles, ton charme naturel va l'obliger à t'écouter. Milie, parfois, même souvent, tu t'habilles bien. Mais ce matin, on a l'impression que tu as dormi sous un pont. Pour l'occasion, mets le paquet. Si tu te sens belle, tu seras plus sûre de toi, et ça, ça se voit. Et ça change tout. Fais-moi confiance ! Il ne t'aurait peut-être pas ignorée les premiers jours si nous avions porté une plus grande attention à ton allure. Je ne dis pas qu'elle était moche, hein ? Juste un peu trop passe-partout, après réflexion.

Bon, un point pour elle. Je me déshabille en lui expliquant

quand même deux ou trois trucs.

– Oui, tout ça c'est bien beau, mais le vrai problème, c'est Marek, pas mes fringues !

J'en tremble rien qu'à l'idée. Elle se redresse, un pantalon beige à la main.

– Seconde erreur, miss Laurent. Marek est la solution. Pas le problème. Les trois autres, c'est presque réglé. Il ne reste plus que lui, et justement, il va forcément sortir de sa réserve, il n'aura pas le choix cette fois. Donc, tu atteins ton but. C'est génial, Milie. Après ça, tu auras l'esprit plus léger. Je suis fière de toi, sœurette. Et en prime, tu as bossé dans une grosse boîte, et tu t'es fait une amie. Qui sait, peut-être que tu vas rester bosser chez lui ? Ta mission est censée durer un mois, et tu n'as effectué qu'une semaine. Et peut-être aussi que vous allez retomber amoureux, et qu'il va t'épouser, et je serai tata, d'au moins quatre beaux mini Marek et Milie…

– Hein ?

Je la regarde comme si elle venait de se transformer en extraterrestre. Elle est folle ? Les hommes, pour le moment… j'ai envie de dire que je n'y accorde aucun intérêt. Et j'ai surtout une sacrée trouille. De me retrouver seule tout près d'eux, et aussi d'avoir l'air d'une cruche. De plus, je ne sais même pas ce que c'est que d'avoir « envie » d'un homme.

Elle grimace et cligne des yeux.

– Oui, c'est ça, fais ta maligne. L'amour, ma belle, tu y viendras, comme tout le monde. Prépare-toi, parce que ça va secouer !

Elle me tend une de ses super chemises que j'adore et lui envie en secret. Je l'enfile avant qu'elle ne change d'avis.

– En parlant de ça, grande sœur… Et toi, l'amour ? On en est où ?

Elle se fige et se gratte la tête avant de répondre.

– OK. Donc, sujets amour et bordel dans le genre, on oublie.

Pour toi, comme pour moi.

Je termine de boutonner ma chemise en riant, puis je me décide à plonger dans le vide. Direction MLS.

***

J'avais tellement peur d'arriver en retard que je suis en avance. J'allume mon ordinateur, transfère la ligne de Patricia sur la mienne, tourne en rond, me fais couler un café, et continue le rangement du dossier « divers », avec la ferme intention de tout reprendre à zéro.

Bonjour Marek, ça fait longtemps, oui, je suis revenue pour voir comment tu allais, et pour présenter des excuses aussi. Quoi ? Dîner ensemble pour faire table rase du passé, quelle excellente idée… OK, passe me prendre vers vingt heures.

Oui, je sais je rêve un peu. Cela ne se déroulera évidemment pas comme ça. Même si franchement, ce serait un pur bonheur si le destin se décidait enfin à rendre les choses un peu faciles.

La porte de l'ascenseur s'ouvre et calme mes ardeurs en provoquant une accélération intempestive de mon pouls, tout en engourdissant mon esprit qui se met une nouvelle fois à bourdonner. Depuis mon bureau, j'ai plein axe sur lui quand il sort d'un pas alerte de la cabine. Accélération du rythme cardiaque toujours en cours.

Il n'est pas seul. Accompagné d'une équipe de trois personnes que j'ai déjà croisées à la cafétéria, il est pourtant l'unique personne que je vois. Chino noir, chemise gris anthracite, manches relevées comme à son habitude sur des avant-bras bronzés et dégageant une aura de puissance, cheveux toujours aussi longs sur le front, en vrac, il est encore une fois à tomber. Je l'observe évoluer dans son espace, sûr de lui, donnant des directives aux employés qui le suivent, impérial. Mon cœur se met à battre plus vite, touchée brutalement par la timidité, l'embarras, mais également, une nouvelle fois, par une attirance que je distingue plus clairement aujourd'hui, une attirance que je n'ai ressentie qu'à une époque lointaine, dans une petite ville, alors que je croyais encore aux sentiments et à un avenir où l'amour régnerait. Et ce retour d'émotions, en particulier, n'était absolument pas prévu. Je ne le comprends même pas.

J'essaye de me reprendre alors qu'il congédie son équipe dans un « merci » significatif. Une fois seul au milieu du hall, il passe une main dans ses cheveux, soupire, et se tourne vers moi. Nos regards se croisent et se harponnent. Nous voilà enfin tous les deux. À plusieurs mètres l'un de l'autre, certes, mais nos yeux, eux, se moquent de la distance. Ils réveillent de vieux souvenirs, des émotions que j'ai toujours essayé d'oublier, des battements de cœur beaucoup plus forts, plus douloureux, plus savoureux. Des battements de cœur qui me ramènent réellement à la vie.

Nous ne bougeons toujours pas. Ma tête tourne et j'ai envie de me lever pour aller le rejoindre. J'ai envie que lui aussi vienne à moi. Tout ça n'est pas normal si je veux bien y réfléchir. Le truc, c'est que je ne crois pas que j'ai réellement envie de me pencher sur le problème. C'est agréable de ressentir des choses. Même si je ne suis absolument pas en mesure de comprendre et encore moins de gérer quoi que ce soit.

Il pose son sac à dos qu'il tenait à bout de bras, sans me lâcher du regard, puis s'apprête à me rejoindre. Son téléphone sonne. Il le sort de sa poche, consulte l'écran et répond. Tout en discutant, il reprend son sac, tourne les talons et s'enferme dans son bureau sans me jeter un regard supplémentaire. Mon cœur dégringole. Et en même temps, je respire à nouveau. Je crois que j'avais un peu oublié de le faire pendant notre face-à-face.

Je reprends mon activité en répondant aux divers appels destinés à Patricia, tente de me débrouiller comme je le peux avec les demandes de rendez-vous, les dossiers à classer, et j'en passe. J'ai envie de lui prouver qu'il s'est trompé. Je suis tout à fait capable de mener à bien les missions que Patricia comptait me confier. Je crois d'ailleurs que la mystérieuse maladie de cette dernière n'est pas tout à fait anodine. Étrangement, depuis deux jours, elle a tenu à m'apprendre une multitude de ficelles et de dossiers, puis elle a énoncé cette phrase mystérieuse hier : «…lui donner à réfléchir de façon plus… poussée. » Patricia est une bonne fée, c'est de plus en plus certain.

Au bout d'une heure, je dois bien admettre que je suis assez fière de moi. Certes, je n'ai pas répondu à toutes les demandes. J'en ai mis certaines en attente, mais pour la plupart, j'ai réussi à me débrouiller, en respectant les priorités. En réalité je crois que j'adore travailler.

En revanche, pas de nouvelles de Marek. Plus le temps passe, et plus je me dis qu'il va une fois encore me filer entre les doigts. Ce qui n'est pas envisageable. Je m'arme d'un maximum de courage et vais préparer un café. Un prétexte comme un autre pour approcher l'animal farouche. Je tremble, et manque de le renverser plusieurs fois avant de frapper à sa porte. Et j'entends sa voix. Chaude, éraillée, comme dans mes souvenirs. Mes tremblements redoublent. Il m'a dit d'entrer, mais j'en suis incapable.

Je prends une grande inspiration, tente de me calmer, mais la porte s'ouvre devant moi avant que je ne pose ma main sur la poignée. Il se dresse devant moi, une main dans la poche, l'autre tenant le battant. Mes yeux l'examinent. Et j'en reste sans voix. Le fait de le revoir, bien réel, si près de moi, je rougis, je bafouille, j'ai envie de partir en courant. Mes yeux passent sur son avant-bras tendu, s'y attardent. Je suis troublée par un avant-bras. De mieux en mieux. Je me force à relever les yeux, en passant par son torse massif juste devant mon nez, et je dois lever le regard pour admirer son visage qui pour moi est toujours autant le reflet de la perfection. Mâchoire virile, peau hâlée, lèvres pleines se recourbant naturellement en une sorte de sourire narquois, ses pupilles vert clair, ses cheveux qui m'ont toujours captivée.

– *Yes, she's supposed to be quite efficient, I confirm. Yes, Darell. I'll tell her to call you back…*

Une oreillette coincée sur l'oreille, il est en cours d'appel. Il tourne les talons et repart vers son bureau en riant avec son interlocuteur en laissant la porte ouverte, ce que je suppose être une invitation à entrer. Je me faufile à sa suite en écartant toute angoisse inutile loin de mes pensées, et pose sa tasse sur son bureau. J'attends quelques minutes qu'il termine son appel, plantée comme une cruche en face de lui qui, à l'inverse, semble parfaitement à l'aise, installé dans son fauteuil, tapant sur son ordinateur, souriant, et j'en passe. Et je focalise encore une fois sur ses avant-bras et sur ses mains. Je crois que j'ai un problème. Il pose les yeux sur moi, et pour changer, je tremble. J'ai un vrai problème, je confirme.

Je tourne les talons en urgence, mais il prononce les salutations d'usage à son interlocuteur.

– *OK, bye, Darell.*

Oh Seigneur, angoisse à son niveau maximal. Il faut que je déguerpisse, mon courage s'est déjà fait la belle et doit se planquer quelque part au fond de mon bureau, et je compte bien l'y rejoindre rapidement. Je ne suis pas de taille après réflexion. Marek est trop… charismatique, sûr de lui, serein… Alors que je suis morte de peur et totalement pas sereine. J'aurais l'air réellement ridicule. Je passe la porte, j'y suis presque.

– Émilie ?

Je me fige. Eh bien non, je n'y suis pas. C'est à mon tour de jouer, maintenant. Plus le choix. Je me retourne lentement vers lui.

– Merci pour le café. Mais ce n'est pas ton rôle. Mais c'est gentil.

Sa voix semble normale. Nous repartons dans un combat de regards, sans un mot, sans rien d'autre. J'ai l'impression d'y lire de la joie, de la retenue, de la douleur. Que dois-je prendre ? Que dois-je comprendre ? Que dois-je laisser ?

Je m'éclaircis la voix, parce que je suis là pour ça, après tout, et parce que… voilà. Il faut bien parler, parfois.

– De rien. Marek, il faut que…

Il pose ses avant-bras sur son bureau en joignant les mains, et m'écoute d'un air attentif. Je marque une pause, parce que c'est compliqué.

– J'ai besoin de…

Son téléphone sonne. Il consulte l'écran, soupire et le jette sur son bureau sans répondre, puis me porte une nouvelle fois toute son attention. Mais ne dit rien. Il m'écoute, c'est déjà beaucoup, si l'on compare aux premiers jours. Il faut que j'en profite.

– Est-ce que nous pourrions discuter un peu ?

Il se mordille la lèvre inférieure. Signe de stress chez lui. Ou de trouble. Son portable sonne à nouveau. Il soupire, ne jette même pas un regard à l'écran et coupe la sonnerie. Ce n'est clairement pas le moment. Si c'est pour parler entre deux sonneries, ça ne sert à rien.

– Mais c'est peut-être malvenu à l'instant. Plus tard, peut-être ? Au calme ?

Son téléphone de bureau se met à sonner. Le mien, dans mon bureau, aussi. Il passe ses doigts entre ses mèches pour les repousser en arrière et tend la main vers le combiné en arrachant son oreillette d'un geste agacé.

– OK. Plus tard.

Il décroche. Je retourne dans mon bureau en trottinant

autant que je le peux avec la jupe crayon de ma sœur. Je ne sais pas quoi en penser. Était-il agacé par ma demande ? Par le téléphone ? J'ai merdé, je le sens. Je suis nulle, à bafouiller, trembler, comme s'il allait me dévorer ou je ne sais quoi d'autre. Il va bien falloir que je lui parle, une bonne fois pour toutes. Qu'il soit d'accord ou pas. Je décroche mon téléphone en m'allongeant sur mon bureau pour aller plus vite. Je retiens Aude avec ses idées douteuses.

8

Émilie

– Très bien, monsieur, je décale le rendez-vous. Bonne journée.

Je ne sais honnêtement pas comment Patricia faisait pour assurer toute seule ce poste. Je ne fais que répondre au téléphone depuis ce matin, et c'est tout. Et elle, elle se paye en plus le luxe de se rendre aux rendez-vous que je ne fais que noter. Cette femme mérite la palme de la super nana. Je fais craquer mon cou pour me détendre lorsque la porte de l'ascenseur s'ouvre sur une armée d'hommes en costumes. Jeunes, beaux, et nombreux. Intimidants. Je les observe un moment alors que l'ascenseur se referme derrière eux et qu'ils semblent perdus au milieu du hall.

Donc je suppose que je suis censée les accueillir ? C'est ça ? Les rapports directs avec des inconnus. Tout ce que j'adore. Des hommes en plus. Je m'empresse de les rejoindre néanmoins. Le plus âgé de la troupe prend la parole après les salutations d'usage.

– Nous appartenons au comité ESW. Nous n'avons pas rendez-vous, mais nous aimerions nous entretenir quelques instants avec M. Lisinski, ou Patricia. Peuvent-ils nous recevoir ?

– Oh, euh… Patientez une minute.

Je m'éclipse, frappe au bureau de Marek et entre sans attendre. Il est en pleine conversation téléphonique, cette fois en haut-parleur.

Il relève la tête vers moi, surpris, et appuie prestement sur son téléphone. Pour couper le micro, je suppose.

– Oui ?

– Des personnes de… ASW, ou un truc comme ça, sont là pour toi. Vous. Toi. Enfin, ils sont là.

Il dégage tellement de sérieux et de respectabilité derrière son bureau, le col de la chemise ouvert, ses manches toujours relevées, que je ne sais même plus comment je m'appelle. Décidément. Bref. On verra plus tard pour l'introspection.

Il fronce les sourcils.

– ESW ?

Je hoche la tête.

– Oui, c'est ça.

– Ils n'étaient pas prévus ? Je suis en pleine conférence téléphonique.

– Je leur dis que tu… vous…

Il retient un rire.

– Tu, je t'en prie.

Ses yeux pétillent, comme quand il riait à l'époque. Je me rappelle tellement bien ces moments où nous faisions n'importe quoi, complices, légers, heureux. Je me détends aussitôt.

– Oui, pardon. Donc, je leur dis que tu es occupé ?

Il réfléchit en se triturant la lèvre inférieure.

– Non, j'ai déjà déplacé pas mal de rendez-vous avec eux, je dois les recevoir. Si tu peux les occuper en les emmenant à la *meeting room*. J'arrive dans vingt minutes.

La quoi ? Je reste un peu empruntée, n'osant pas le déranger avec ma question stupide. Une nouvelle fois amusé, et totalement craquant, il précise.

– Salle de réunion. La numéro un. C'est à l'étage inférieur, à côté de celle où… enfin, celle qu'utilise Patricia pour ses réunions de services. Et si tu peux également imprimer notre brochure sécurité aérienne, ils l'ont déjà lue, mais ça les occupera.

– Oui. Oui. OK.

– Merci, Milie.

Je lui souris, parce que lui aussi sourit. Puis il remet en route le haut-parleur et prend la parole. Je referme la porte. La brochure sur la sécurité aérienne. Bien, très bien. C'est quoi ? Non, mais dans quoi me suis-je fourrée ?

Je lisse ma jupe nerveusement en retrouvant les hommes d'affaires, essuyant tous leurs regards pointés sur moi. Ça met vraiment à l'aise, y a pas à dire.

Ils attendent une réponse, et je ne sais pas où sont ces brochures. L'idée de leur parler des alarmes anti-intrusion me passe par la tête, aussitôt écartée par le fait que je ne m'y connais pas plus sur le sujet que sur leur truc aérien. La seule chose que je connais bien, ici, ce sont les locaux. Alors… Alors on va faire ça. Je prends la parole en reproduisant les gestes que j'ai vu Patricia faire tant de fois. Dos droit, menton relevé en mode « je n'ai pas peur de vous ».

– Très bien. Monsieur Lisinski est actuellement en réunion, mais se joint à nous dans quelques minutes. Je pourrais vous proposer d'aller l'attendre dans la *meeting room*, mais j'ai pensé… voudriez-vous visiter nos locaux ? Afin de vous rendre compte du sérieux que MLS porte à la formation et au bien-être de son personnel ? Et, comme nous le savons tous, un personnel heureux est la clé du travail bien fait. N'est-ce pas ?

Je ne sais pas d'où je la sors, celle-là, mais ça claque ! Sourire, attente du verdict, sourire encore… Le chef du gang à cravate reprend la parole.

– Très bonne idée… Épatez-nous, mademoiselle.

Yes ! Trop forte !

***

Marek

Personne dans la salle numéro un, ni dans les autres. Il n'y avait personne non plus là-haut. C'est pas possible !

Une vieille angoisse, totalement injustifiée, me monte à la gorge. J'ai encore perdu Milie. Ça pourrait être drôle, sauf que ça ne l'est pas du tout. Mais alors, vraiment pas. Je l'ai envoyée seule au-devant d'hommes, et elle a disparu. Mon cœur s'emballe. Jolie comme elle est, elle pourrait… Non, c'est n'importe quoi ! L'immeuble est totalement sécurisé. Et l'équipe de ESW est sérieuse. Aucun risque de quoi que ce soit.

Mais alors où sont-ils ? C'est plus fort que moi, j'angoisse.

Je reprends l'ascenseur et descends au niveau inférieur. Toujours personne. Je vais devoir me taper les quinze étages comme ça ?

L'étage suivant n'est pas plus porteur de bonnes nouvelles.

Le suivant ? L'espace juridique. Je demande à la première personne venue.

– Excusez-moi, auriez-vous vu passer une délégation de costards avec l'assistante de Patricia ?

La jeune femme que je ne connais pas (je ne connais pas tout le monde ici) hoche la tête d'un air inspiré. *Alléluia !*

– Avec Émilie ?

– Oui.

Elle se recoiffe rapidement en répondant.

– Oui. Elle faisait visiter les locaux, apparemment. Ils sont passés il y a quinze bonnes minutes. Je suppose qu'ils doivent avoir atteint l'espace détente, maintenant.

Visiter la société ? Mais pour quoi faire ? Qu'est-ce qu'ils veulent, ces mecs ?

– Très bien. Merci.

Je reprends l'ascenseur et descends au sous-sol, le cœur battant à tout rompre. Je sais que c'est stupide. Mais c'est Milie. Je n'ai pas de retenue ni de sens logique quand il s'agit d'elle. Je me rue hors de la cabine dès que les portes s'ouvrent. Personne dans le couloir. Cette fois, c'est la panique. J'arpente les salles en les inspectant une à une. Personne dans la salle fitness ni dans celle de muscu. L'angoisse monte en moi. Personne dans les premières salles de cours. C'est un truc de fou cette histoire.

En réalité, je crois que le seul fou dans l'histoire, c'est moi.

Des éclats de rire jaillissent de l'une des deux salles que je n'ai pas encore atteintes. Je me précipite vers les rires pour les retrouver. Ils sont là. Les hommes du comité sont en plein cours d'autodéfense avec Franck. Mais ce n'est pas ça qui m'importe. Milie est là également. Je ne réfléchis pas. J'ouvre la porte et fonds sur elle pour la prendre dans mes bras. Elle me tourne le dos, en pleine discussion avec le président de ESW.

Je m'apprête à la prendre par la taille, tellement content de la retrouver, mais me reprends à la dernière minute et pose simplement mes mains sur ses épaules. Elle sursaute et s'écarte de moi en un temps record. Elle se retourne, son regard se pose sur moi, brillant de rage et de haine. J'ai l'impression que tout l'immeuble s'effondre sur moi au même instant. Son rejet est tellement… blessant. Elle m'en veut toujours, c'est une évidence, maintenant. Si j'avais un doute depuis ce matin, il est bel et bien réglé. Elle n'est pas là pour me retrouver. Reste à savoir la raison exacte de sa présence. Il va falloir que l'on ait cette discussion rapidement. Je soutiens son regard pour essayer de lire en elle. Elle rompt le contact, frottant nerveusement ses mains l'une contre l'autre.

– Bon, très bien, messieurs, je vous laisse avec… M. Lisinski. Peut-être à plus tard.

Elle prend la fuite sans attendre. M. Gandin, le responsable du comité ESW, me serre la main en me félicitant.

– Monsieur Lisinski, quelle bonne idée que vous avez eue là de nous faire participer à un cours d'autodéfense. Nous avons pu remarquer durant notre visite le sérieux de votre organisation. Nous avions un doute après le report de notre rendez-vous à la dernière minute. Mais je dois avouer qu'il est envolé. Je suis emballé par MLS. Pourrions-nous nous entretenir en privé ? Je vous félicite pour les employés de premier choix que vous embauchez.

Il continue de parler. Je l'écoute, mais je m'en fous. Mon regard reste bloqué sur le couloir à présent vide qu'elle vient d'emprunter. J'espère qu'elle réapparaisse, mais non. Je tente de reprendre une certaine contenance avec mon client.

– Allons à la *meeting room* si vous le voulez bien.

***

Émilie

J'aimerais être normale. Souvent je me demande pourquoi ça m'est arrivé à moi. Il m'arrive même de détester la planète entière, parce que j'ai l'impression d'être un électron dissocié du reste de l'univers. Pour tout le monde, monter dans cet ascenseur immense avec une poignée d'hommes n'aurait pas posé de problème. Mais pour moi, ce simple événement s'est avéré être une épreuve compliquée. Il m'a fallu prendre sur moi, me raisonner, et le tout en gardant une apparence détachée. Beaucoup de situations du quotidien ne sont pas simples, un combat secret se déroule en moi, pendant que la vie continue tranquillement autour de moi.

C'est ma vie. Ressembler à tout le monde tout en étant différente au fond de moi. J'ai appris à faire illusion. C'est même devenu une discipline parfaitement maîtrisée pour moi. Mais ça ne change rien finalement. La réalité c'est que mon existence est un combat constant. Et parfois, je fatigue.

La porte de l'ascenseur s'ouvre et Marek apparaît. Il ne me jette pas un regard et se dirige vers son bureau. Puis il s'arrête. De dos. Marque une pause et fait demi-tour pour traverser le hall dans l'autre sens, dans ma direction, d'un pas décidé. Assise derrière mon PC, je me crispe, plus à l'intérieur que physiquement, et attends la suite.

Il ferme la porte et cette fois n'attend pas une demi-seconde avant de s'exprimer. D'un air beaucoup moins amical que ce matin.

– J'aimerais comprendre pourquoi ?

Son regard s'est assombri. Il passe sa main dans ses mèches et agrippe ses cheveux, visiblement énervé. Je perds mes moyens, clairement, je n'aime pas les confrontations agressives. Dans ces cas-là, mon instinct de survie, et peut-être aussi mon caractère un peu virulent, me pousse à me refermer et à m'adapter au ton que l'on emploie avec moi. Je plonge mon regard dans le sien, peu encline à me laisser aboyer dessus sans faire face.

– Pourquoi quoi ?

– Pourquoi es-tu revenue ? Pourquoi avoir falsifié ton CV pour te faire embaucher ici, justement ? Je ne comprends pas. Désolé.

– Falsifié mon CV ? Mais…

Merci Aude au passage, je ne sais d'ailleurs pas ce qu'elle a inventé sur ce truc, ça va être facile d'expliquer cette entourloupe ridicule !

– Milie, je ne suis pas le dernier des abrutis, et vérifier les références présentées par mes employés n'est absolument pas un problème pour moi. De toute manière, je savais très bien que le seul job que tu as trouvé après ton diplôme s'est résumé en un emploi en boulangerie. Et pas du tout une dizaine de missions de toutes sortes en tant qu'assistante de direction.

Je penche la tête, intéressée par cette révélation.

– Comment ça ? Comment pouvais-tu savoir ça ?

Il pince imperceptiblement les lèvres avant de répondre.

– Ce n'est pas ton problème, je le sais, c'est tout. C'est d'ailleurs la raison pour laquelle je me suis opposé aux responsabilités que Patricia voulait te confier. Tu manques cruellement d'expérience, point dont elle ne se doute certainement pas. Je n'ai pas jugé nécessaire de l'en informer, encore moins en plein milieu d'une réunion de service.

Il me perturbe avec cette révélation. Et éclaire réellement ce qui m'avait blessée. Il a simplement agi en patron, tout en évitant de révéler à qui que ce soit que je suis un peu, légèrement, une menteuse. C'est, en fait, adorable. Un sourire s'échappe de mes lèvres, parce que je reconnais bien là le Marek qui me faisait clairement craquer.

– Merci. J'apprécie vraiment, et pour le CV, c'est…

Il me coupe sèchement, visiblement exaspéré et pressé d'en finir.

– Peu importe ce que c'est, Émilie. Je me fous de ce foutu CV. Ce que je voudrais réellement comprendre, c'est pourquoi tout ce cirque ?

Je soupire. Donc, c'est le moment. J'imaginais une discussion tranquille et courtoise, il ne semble pas le voir de la même manière, visiblement. Tant pis, je m'adapte. D'une façon ou d'une autre, il faut que les choses soient dites et la situation claire, une bonne fois pour toutes.

– Je voulais régler les derniers soucis.

Il hausse un sourcil.

– Les derniers soucis ? Je ne vois pas en quoi je suis un souci pour toi. Tu as voulu que je m'en aille, enfin, c'est ce que j'ai deviné, puisque tu ne m'as jamais dit les choses, pas plus que tu n'as répondu à mes lettres. Et maintenant, malgré ce fait, je reste malgré tout « un souci » ? Mais il te fallait quoi pour te sentir bien ? Que je me suicide ?

OK, je me suis mal exprimée, et il le prend très mal, ce que je comprends. Je m'empresse de calmer le jeu.

– Non. Tu n'es pas un souci. J'avais besoin de savoir si tu allais bien. Pour pouvoir aller bien moi-même.

Il ingurgite mes mots, les analyse, puis répond.

– Je vais bien. Enfin, j'allais bien. Jusqu'à ce que tu reviennes.

Une gifle. Je me retiens de m'affaisser dans mon siège. Au lieu de ça, je redresse les épaules.

– Parfait. Donc il me suffit de démissionner, et tout le monde sera content.

Son visage blêmit légèrement, mais il se reprend. Je comprends son problème et le rassure tout de suite.

– J'attendrai le retour de Patricia, ne t'inquiète pas. Je fais la différence entre le professionnel et le personnel. Mais dès qu'elle revient, je te promets que je disparais. J'ai ma réponse. C'est parfait. Je te laisserai vivre ta vie, vu qu'apparemment, c'est moi, le problème, finalement. C'est tout ce que je ne désire pas, justement. C'est même l'inverse.

Il hoche la tête.

– Très bien. Et de mon côté, si je t'ai permis de te sentir mieux, j'en suis ravi. Bonne fin de journée. J'ai une conférence téléphonique, merci de ne pas me déranger.

– Parfait.

– Merci.

– De rien.

Il reste un moment immobile, l'air légèrement perdu, puis reprend son allure de mec intouchable, tourne les talons et sort du bureau. Cette fois, je m'affale contre le dossier de mon fauteuil. Je ne voulais pas que cela se passe comme ça. Je voulais discuter, lui demander comment il allait vraiment, peut-être même qu'il me raconte sa vie… Mais il ne semble pas d'accord avec ma vision des choses. Une grande tristesse s'empare de moi. Il m'en veut, et ne veut plus me revoir. Je peux le comprendre. Entre les lettres jamais ouvertes, et donc mon absence de réponse, le silence de huit ans, et les petites magouilles de CV pour l'atteindre, mon dossier n'est pas ce que je qualifierais de très reluisant.

Je me déteste de ne jamais l'avoir contacté à l'époque. J'aurais dû me forcer. Nous n'en serions peut-être pas là. Depuis que je suis entrée dans son univers, je n'ai compris qu'une seule chose. Marek compte réellement pour moi. Depuis toujours. Mais justement, je dois le laisser vivre, maintenant que je l'ai perdu.

***

Marek

– Tu reviens quand ?

Patricia mâchouille un truc à l'autre bout de la ligne. C'est limite insupportable.

– Et tu manges quoi ?

– Du chocolat. Et je rentre jeudi.

– Non. C'est bon, tu n'es plus malade si tu manges du chocolat. Tu reviens sinon t'es virée.

– OK. J'appelle les prud'hommes. Pas de souci.

Elle mâchonne encore. Elle me fatigue. Si elle n'était pas mariée, j'arrangerais un truc entre elle et Roger. Entre casse-pieds, je suis certain qu'ils s'entendraient très bien.

– Bon, plus sérieusement, qu'est-ce qu'il se passe ?

Je soupire en tirant sur mes mèches.

– Rien. Enfin, si mais non. Bref.

Elle laisse échapper un rire.

– Ah ! Parfait tout ça !

Je m'emporte. Tant pis pour le professionnalisme, j'ai besoin d'elle et de ses conseils. J'ai horreur de l'admettre, mais avec Milie, je sors de la zone de confort que je m'étais construite. Nous ne sommes pas dans le professionnel, ni dans les relations arbitraires des femmes que je côtoie habituellement. Nous nous trouvons dans de l'amitié déformée par tout un tas de ressentiments qui se bousculent pour tenir la première place. La culpabilité, le regret, l'incompréhension, mais aussi la tendresse, une passion étouffée dans l'œuf par dépit, et je pense aussi que quelque part, je lui en veux de m'avoir abandonné. Bref, c'est le foutoir là-haut, plus que jamais, et j'ai besoin de parler avec Patricia, pour tenter d'éclaircir un minimum les faits.

– Mais non, ce n'est pas parfait ! C'est tout sauf parfait ! Elle veut juste tourner la page !

– Eh bien, c'est ce que tu veux aussi, non ?

– Mais je l'avais déjà fait, figure-toi !

– Bon, alors, encore mieux ! Vu qu'elle t'indiffère, ça ne te dérange pas qu'elle aussi tourne la page. Elle avait besoin de ça, toi, tu t'en voulais de ne pas avoir été là pour elle. Bon, ben c'est réglé. Tu as été là, elle t'a dit ce qu'elle avait besoin de te dire, parfait, on passe à autre chose. Te voilà soulagé.

Elle m'agace en faisant semblant de ne pas comprendre, c'est pas possible.

– Ce n'est pas aussi simple, Patricia.

– Ah ?

Je marque une pause. Je crois que je vais réellement me résoudre à la virer. Elle peut se montrer insupportable quand elle veut.

– Pourquoi est-ce que j'entends un sourire dans ta voix ?

– Quoi ? MA voix ? Jamais ! Qu'est-ce qui ne va pas, Marek ?

Je m'adosse à mon fauteuil.

– Je crois que j'ai été un peu con avec elle.

– Encore ?

– Comment ça, « encore » ?

– C'est ça, fais semblant de ne pas comprendre. Tu veux qu'on évoque une nouvelle fois la réunion de mardi ?

– Non, c'est bon. Donc, OK, si tu veux, je me suis encore conduit comme un con, ça te va comme ça ?

– En net progrès, effectivement. Mais con… c'est-à-dire ?

– C'est-à-dire, elle m'a jeté un regard de tueuse, genre « Ne m'approche pas ». Tu aurais vu ce regard… Bref, j'ai réagi…

– Comme un con ?

Elle commence à m'énerver, avec sa voix calme et posée, alors que je suis branché sur dix mille volts. Et ce bruit de mâchonnement, c'est tout simplement insupportable !

– Mais non !

– Je parie que si ! Tu as fait ton boss. Tu as gonflé le torse, en mode « C'est moi qui commande », tu as parlé fort et sèchement, de manière à couper court à toute explication éventuelle, tu as sorti des paroles que tu regrettes certainement, et ensuite tu es parti.

– Pourquoi aurais-je fait une chose pareille ?

– Parce que c'est ce que tu fais à chaque fois. Dès que quelqu'un te frustre, ou touche là où ça fait mal, tu te braques, et tu réagis comme je viens de le dire. Par exemple, là, je sens que tu vas bientôt me dire de me mêler de mes affaires et tu vas raccrocher en me rappelant que c'est comme ça et pas autrement.

Elle n'a pas tout à fait tort. Ce qui ne me calme pas, bien au contraire. Elle ne me laisse pas en placer une.

– Donc, ce que tu vas faire. Ce soir, c'est le week-end. Tu laisses ton ordinateur au bureau, tu te reposes, et tu viens manger demain soir à la maison. Repose-toi, Marek. Le retour d'Émilie, d'une manière ou d'une autre, est une bonne chose. Peut-être que vous

vous comprendrez, peut-être pas. Mais finalement, peu importe la tournure que prendront les choses. L'important c'est que ce qui t'empêche d'avancer disparaisse définitivement.

– Mais j'ai avancé. Je suis à la tête d'une société qui représente…

Cette fois, c'est elle qui hausse la voix. C'est tellement rare que je la laisse parler, surpris et un peu pris de court.

– Je ne parle pas de ça, Marek ! Je parle de ta vie. Je parle du fait que tu es un homme brillant, au physique sympathique, et qui a les moyens. Tu devrais avoir une liste longue comme le bras de femmes prêtes à te lécher les orteils pour rentrer dans ta vie, et logiquement, tu aurais dû trouver ton bonheur depuis longtemps ! Et on en est où, en réalité ? Nulle part ! Tu me demandes même de prendre tes rendez-vous avec elles, comme si c'était professionnel ! Mais ouvre les yeux, Marek ! Il est temps de faire ce qu'il faut et d'enfin vivre ! Merde !

Depuis quand me parle-t-elle comme ça ? C'est qui, le boss ?

– Patricia, tu me fais chier ! Tu n'es pas ma mère, et jamais je ne t'ai demandé de gérer ma vie. Sur ce, j'ai du boulot ! Salut !

Elle dit n'importe quoi ! Il ne se passe pas une semaine sans que je ne baise, les femmes ne sont pas un problème dans ma vie, c'est simplement que je ne juge pas utile de lui raconter mes soirées. Non mais, sérieusement !

Mon téléphone annonce un SMS.

[Tu vois ? Paroles cassantes
d'une voix ferme,
et tu raccroches. J'avais raison !]

Elle m'énerve.

[Je ne m'étendrai pas sur
le sujet. J'ai du boulot.]

[On se voit samedi ?]

[Tu as appelé Ludivine ?]

[Tu m'as demandé
d'appeler Lynda !]

[Ah oui ! Mais non,
c'était Lucy de mémoire.]

[Exact. Mais j'ai appelé
Lynda ce matin du coup !]

[Et ? C'est bon ?]

[Non, elle est malade.
Elle vomit et elle a mal
aux pieds ! À demain !]

Très drôle. Note pour moi-même : ne plus laisser aucune sorte de lien s'établir avec un employé à l'avenir. Jamais ! Sous aucun prétexte ! Et ça commence par Milie. Je me relâche une matinée, me laisse aller à penser que ma Milie est revenue, et vingt minutes plus tard, je me prends un retour de manivelle impressionnant. Donc, terminé, elle pourra me sourire divinement, me parler avec cette petite voix qui me chavire, m'en dire encore plus avec ses yeux, je ne craquerai plus. Fini ! Elle est là pour bosser, alors, elle va bosser. Et moi aussi. Aussi simple que ça !

9

Marek
Huit ans plus tôt

Je finis par lever les yeux vers le miroir. Je n'ai pas dormi, j'ai une tronche pas possible. Et je suis perdu. Quel chemin dois-je choisir ? D'un côté, il y a Milie. Ma petite Milie. Ses beaux yeux, son sourire, ses lèvres douces et adorables. Son cœur, son âme. Tout, je veux tout d'elle. Mais il y a aussi les gars. Ils ont toujours été là pour moi. Et j'ai donné ma parole. Ils sont comme mes frères. Et Milie aussi les aime. Si je fais un truc pareil, je vais foutre un beau bordel. C'est écrit. Ils n'ont pas totalement tort.

Je m'inspecte le visage dans le miroir. Et pourquoi voudrait-elle de moi ? Je n'ai rien à lui offrir. Si c'est juste un jeu pour elle, ça va m'anéantir. Il serait sans doute plus prudent de m'en tenir à notre amitié. Si jamais ça ne le fait pas, je la perds complètement.

On frappe à la porte de la salle de bains.

– Marek ! Viens m'aider, ton père est allongé dans le jardin ! Il faut qu'on le couche !

Et eux ! Putain !

– Laisse-le, ça lui apprendra ! Cette poche à vinasse !

– Marek, ne parle pas comme ça de ton père ! Avec tout ce qu'il fait pour toi, tu pourrais être un peu reconnaissant !

Bordel de merde. Et comme d'habitude, elle doit être dans le même état que lui, ou pas loin ! J'en ai marre de cette vie de merde. J'ouvre la porte. Ma mère, qui y était adossée, s'écroule sur le sol. À mes pieds. Merde ! Elle se met à rire. À se tordre de rire, même. Cette baraque me sort par les yeux. J'enjambe ma mère et descends dans la cuisine. Je n'ai rien mangé depuis ce matin. Elle n'a pas fait les courses, et je n'ai pas réussi à garder assez pour le faire moi-même. Le frigo est vide, les placards aussi.

– Putain ! Vous me faites tous chier !

Et comme d'habitude, quand j'en ai marre, quand j'ai envie de trouver ma véritable place, une seule personne apparaît dans mon esprit. Milie. C'est tellement évident. Celle que je dois suivre, c'est elle. C'est à elle seule que mon cœur obéit. Les gars peuvent tous aller se faire foutre.

L'horloge de la cuisine indique que le car passe dans dix minutes. Juste le temps pour la rejoindre. La suite, on verra bien. Mais je ne peux pas ne pas y aller.

Je sors de la maison, saute par-dessus mon père qui ronfle sur les marches du perron. Il a avancé, tout à l'heure ma mère a parlé du jardin. Il sera sans doute arrivé au salon quand je rentrerai, tout va bien. Je cours, je traverse les champs pour aller plus vite. Je saute par-dessus les clôtures, écrase les plantations sans égard pour les fermiers qui nous menacent toujours d'appeler les flics. J'arrive enfin à rejoindre la route. Tellement pressé, je m'élance pour la traverser, sans regarder. Un bruit de Klaxon retentit brusquement sur ma gauche. Je sursaute et recule précipitamment. Un bolide noir fait un écart mais ne ralentit même pas. Il fonce juste devant moi, me frôle et disparaît. J'ai cru clairement mourir. Je reprends mes esprits en quelques secondes. Mon cœur bat trop vite. Puis je traverse la route, tourne à l'angle de la boulangerie, et rejoins l'arrêt de car. Notre point de rendez-vous. Mais le véhicule de ramassage vient de passer, justement. Je n'ai le temps que de le voir tourner au bout de la rue pour prendre la direction de la ville. Et Milie n'est plus là.

– Merde !

J'attrape mon téléphone et l'appelle, essoufflé. Un bruit se fait entendre à quelques mètres de moi, sa sonnerie, le refrain d'« Immortality » de Seether. C'est quoi ce bordel ? Il me suffit de relever les yeux pour le voir s'illuminer au sol, à côté des tongs de Milie. Son téléphone.

– Putain !

10

Émilie
De nos jours

– MILIE !

Thomas s'avance vers moi, les bras ouverts. Je lui adresse un petit signe de la main. Il se reprend et me sourit. Aude saute sur lui et l'embrasse.

– Tom ! Tu es devenu super beau, dis-moi !

Il la prend dans ses bras.

– Aude, je ne suis plus un gosse ! Bientôt tu vas me pincer la joue en me demandant de faire risette ?

Ma sœur éclate de rire dans ses bras alors que Vivian se faufile entre eux et le mur. Sans me laisser le temps de réagir, il dépose un baiser timide et rapide sur ma joue et s'écarte. Ses yeux me disent : « Je suis désolé, mais je ne pouvais pas m'en empêcher. » Puis Aude se rue sur lui alors que Justin arrive derrière tout ce petit monde.

– Hello les filles ! Viv, Tom, dégagez, laissez-les entrer ! Le couloir, c'est bien, le salon c'est mieux !

Nous suivons donc le maître de cérémonie et je m'installe dans le canapé, aux côtés de ma sœur. Je les examine les uns après les autres. Un sentiment étrange me traverse. Comme si je récupérais des morceaux de moi. Et en même temps, une timidité irraisonnée s'empare de moi. Je me contente donc d'observer, pour l'instant. Aude se charge de faire la conversation. Elle est déjà en pleines explications à propos de son boulot, de son quartier, de son appart. Mes yeux se posent sur Thomas en face de moi. Toujours aussi beau, il a vraiment bien vieilli. Brun, le regard profond, ténébreux, grand, très grand, enfin, ils sont tous grands. C'est plutôt moi qui suis un format *pocket*.

Vivian, à côté de lui, est l'exact opposé. Blond, la peau claire, et maintenant, il porte des lunettes. Ses lèvres sourient naturellement, comme avant, il a cet air qui donne automatiquement envie de lui adresser la parole.

Juju ouvre les hostilités en attrapant une bouteille de champagne.

– On a pensé que nous allions fêter ton retour correctement, ma belle. Champagne ?

Ma sœur pousse un cri outré.

– Et moi, on fête mon retour avec quoi, les gars ?

Thomas penche la tête d'un air malicieux.

– Eau minérale, ça te va ?

Aude attrape un magazine traînant sur la table basse et lui envoie à la tronche.

– Enfoiré !

– Les enfants, allez jouer ailleurs ! Merci !

Je me tourne vers Justin qui me sert une flûte.

– Justin ? La voix de la sagesse ?

Il secoue la tête.

– Non, j'ai pas encore lu ce magazine, et je sais qu'il va lui renvoyer dans trois, deux…

La revue vole effectivement dans le sens du retour.

– Ah, ben maintenant !

Justin attrape le projectile alors que ma sœur s'apprête à le retourner à l'expéditeur.

– Ça suffit comme ça ! Viv, je t'avais dit de ne pas inviter les gosses, merde !

Il plie sa revue et la pose sur une étagère derrière lui.

– Bon, sur ce, raconte-nous, Milie... Comment se passe ton séjour ici ? Tu as visité des trucs ?

Aude s'esclaffe.

– Oui, elle a visité la boîte de votre pote ! Un vrai piège à touristes, ce truc ! Tellement sympa qu'elle a décidé de démissionner.

J'assassine ma sœur du regard. Je n'ai absolument pas envie de parler de ça avec eux. Ce soir, je veux tout savoir sur eux, ce qu'ils font, comment ils vont, s'ils m'en veulent encore, enfin, tout, mais rien à propos de Marek. C'est bon, mon avis sur le sujet est très clair, même si ça me tue et que ça fait mal, c'est un fait, Marek n'a rien à faire dans ma vie. Contrairement à eux trois, il n'a pas l'intention de m'ouvrir sa porte. Fin du sujet.

Heureusement, Vivian capte ma gêne et dévie le sujet adroitement en nous expliquant sa vie à lui. Et je plonge dans leur passé à eux, en sirotant du champagne. Puis je passe aux excuses, ils me disent que ce n'est pas grave, que je suis de retour et que c'est la seule chose qui compte. La soirée s'annonce merveilleuse, et surtout libératrice.

***

Alors, je récapitule. Ce soir, j'ai appris :

1. Vivian et Justin ont de bonnes adresses dans leur répertoire. Dont ce pub monumental, très accueillant, qui propose de très bons cocktails. Et les banquettes y sont hyper confortables. Et étrangement, je m'y sens très, très à l'aise, pas l'ombre d'une angoisse revenue du passé par rapport au fait que ce pub est bondé. Le dos collé au mur, je suis bien. Très bien.

2. Thomas aime beaucoup le whisky. Et aussi, il mange comme dix. Et il apprécie beaucoup la bière, à en juger par le nombre de verres qu'il a commandés au bar depuis notre arrivée dans ce bar de nuit.

3. Justin cuisine comme un pied. Une salade niçoise sans tomates, je veux bien, mais les remplacer par des radis et des concombres, c'est une expérience intéressante. Et lui, c'est le champagne qui le fait triper.

4. Vivian boit tout et n'importe quoi. Et il aime le bleu. Pourquoi on parlait de ça, déjà ? Je ne sais plus.

5. Aude est totalement saoule.

6. Je n'en suis pas loin non plus. Ou peut-être que je le suis plus, mais que je ne m'en rends pas compte. Ah oui, et aussi, je suis nulle au billard, et en ce qui concerne les fléchettes, je ne sais pas, parce qu'ils ont refusé de me laisser en lancer une. Je n'ai toujours pas très bien compris pourquoi.

7. J'aime bien ce bar. J'y reviendrai. Même si je ne sais pas comment on y vient. On est dans le onzième arrondissement. Ou peut-être le sixième. Bref, on s'en fout ! Parce qu'au bout du compte, on pourrait se trouver à Marseille que je ne m'en rendrais même pas compte. Je ne remettrai jamais les pieds dans cet endroit toute seule, de toute manière.

Depuis notre table, j'observe Aude et Thomas en pleine bagarre de craie pour queue de billard. Dubitative.

– Vous croyez qu'ils vont jouer, un jour ?

Justin lève un sourcil et se retourne pour faire un point de la situation.

– Rien n'est moins sûr.

Il se réinstalle sur son siège et attrape son verre de… aucune idée. Je le lui dérobe et en bois une gorgée. J'ai soif. Je me retiens de tout recracher.

– Non, mais c'est quoi ce truc ?

Juju ricane en reprenant son verre.

– Vodka !

– Eurk ! File-m'en encore !

Il éclate de rire et Vivian pose son verre devant mon nez.

– Coca, ça vaut mieux !

Je le termine.

– Merci. Bon, je crois que je vais avoir du mal demain matin. Je ne sors plus jamais avec vous, vous êtes des… des… je sais plus ce que vous êtes, mais c'est costaud !

Ils s'esclaffent et Justin se penche vers moi.

– On est tes amis, Milie.

Il me donne envie de pleurer… Je suis un peu émotive ce soir. J'enlace Vivian, parce que Justin est de l'autre côté de la table. Ce dernier grogne.

– Non, mais attends ! Pourquoi lui ?

Vivian répond.

– Parce qu'elle a bon goût !

Je m'esclaffe en le lâchant. Je ne sais absolument pas ce qui m'a pris. Il faut croire que l'alcool me fait du bien. Justin penche la tête en me souriant.

– Ça fait plaisir de te voir en forme, Milie. Merci d'être revenue nous chercher.

Je lui souris, attristée tout à coup. Parce que tout n'est pas rose, en réalité. Je pense à Marek non-stop depuis hier. Enfin, quand je n'ai pas bu. J'avoue que depuis deux bonnes heures, j'ai un peu changé de sujets de réflexion. Depuis deux bonnes heures, je ne réfléchis plus du tout. Et ça fait du bien. Sauf là. Allez savoir pourquoi. Et comme je ne gère pas encore très bien mon cerveau en mode éponge, je pense en parlant. Étrange phénomène, je dois bien le dire.

– Y en a certains qui auraient préféré que je m'abstienne, je crois. Je vais démissionner.

Ils m'interrogent du regard. Mais j'avais prévu de ne pas en parler avec eux, donc je me tais.

– Ça s'est mal passé avec Marek, il a clairement dit qu'il ne voulait plus me voir et qu'il se sentait mieux sans moi ! Enfoiré ! Alors que je venais en amie. Il est nul ! Même s'il est toujours… lui. En même temps, il n'est plus lui du tout ! Fais chier !

OK. Foutu cerveau qui mélange tout… bon, ben maintenant c'est dit. Mes deux amis se jettent un regard, puis se concentrent sur moi.

– Donc, tu bosses réellement pour lui ?

Je hausse les épaules.

– Ben oui !

– On croyait que vous déconniez !

Je m'esclaffe.

– Mais Justin, oui, je déconne ! Tout en moi déconne, je te rappelle ! Mais pas à ce sujet ! C'est très sérieux ! J'ai même appris plein de trucs sur les alarmes anti intrusion…

Vivian semble intéressé :

– Du genre ?

– Ah, ben je sais plus. Mais de toute manière, c'est pas important, puisque MONSIEUR Lissississinski ne veut plus me voir, je me barre ! Ciao !

Justin devient sérieux.

– Je vais aller lui casser la gueule à ce fumier !

Vivian pose une main sur son avant-bras.

– Je ne crois pas, non.

Il se tourne vers moi.

– C'est réellement ce qu'il t'a dit ?

Je hoche la tête. Et je réfléchis deux minutes, même méthode, avec la bouche.

– En fait, ça allait pas mal. Pas l'éclate, mais il souriait. Puis… Il m'a touchée, et j'ai pas vu que c'était lui, et je suis partie, et quand je l'ai revu, il était super énervé. Eh bien, qu'il aille se faire foutre ! De toute manière, il n'était pas à ce rendez-vous. Et ça… ça, les mecs… Ça aurait dû me mettre la puce à l'oreille. Parce que, même s'il ne voulait plus sortir avec moi, il aurait dû m'appeler, plutôt que de me laisser seule à attendre. Un véritable ami m'aurait respectée un minimum. Il serait venu. Hein, les gars ? Vous, vous seriez venus, n'est-ce pas ?

Silence. Regard entre les deux potes, et encore silence. Je tends mon oreille vers eux.

– Je vous demande pardon ? Vous disiez ?

Silence, encore et toujours. J'ouvre la bouche, exagérément outrée.

– QUOI ? Vous m'auriez laissée seule, vous aussi ? Sérieusement ?

Leurs têtes de gamins coupables d'un truc me font halluciner. C'est Vivian qui prend la parole le premier.

– C'est pas ça. Bien entendu qu'on serait venus, Milie. Mais…

Justin le coupe.

– Vivian, c'est bon, c'est de l'histoire ancienne.

Je lève mon index en l'agitant de droite à gauche.

– Non, non, non… Cette excuse ne marche pas ! Tout est vieux entre nous, les gars, et tout a son importance. Qu'est-ce que vous cachez ? Vivian : « Mais » quoi ?

J'ai dessaoulé tout à coup. Enfin, assez pour faire semblant que j'ai dessaoulé. Et de fait, je sais que celui qui parlera, ce n'est pas Justin. Mais bien Vivian. Il ne se fait pas prier, d'ailleurs.

– Écoute, Justin, ça suffit maintenant. Personnellement, je suis écœuré de ce que nous avons fait. Milie vient à nous, après tout ce qu'elle a enduré, on a perdu un pote dans la bataille, en ce qui me concerne, j'ai aussi perdu pas mal d'amour-propre, mais j'arrivais à vivre avec parce que, de toute manière, Milie ne nous avait jamais demandé d'explications. Mais maintenant, c'est différent.

Justin grimace. Je l'oublie et ferre mon poisson Vivian.

– Quoi ? Qu'est-ce qui est différent ? Vivian ?

Il soupire en regardant son pote. Je me tourne vers Justin qui abdique et prend la parole.

– S'il n'est pas venu ce soir-là, c'est parce que nous lui avions posé un ultimatum.

J'écarquille tellement les yeux que j'ai presque peur qu'ils sortent de leurs orbites. Sauf que je m'en fous.

– Quoi ? Quel ultimatum ? C'est quoi, cette histoire ?

C'est Vivian qui reprend.

– Nous avons fait un pacte l'année qui a suivi ton arrivée. En fait, à l'époque, nous avions tous, plus ou moins, des vues sur toi. Tu étais mignonne et marrante, alors… quand tu es arrivée au collège, nous, on était en pleine découverte des filles… Bref, tu vois l'idée.

Je hoche la tête.

– Je vois, mais je trouve ça complètement idiot !

– Nous avions 13 ans, Milie ! Évidemment que c'était idiot ! Nous étions tous des idiots.

Je réponds à Justin.

– D'accord, mais ensuite, c'était quoi, ce pacte ?

Il hausse les épaules.

– Un truc de gosses. Pour résumer, aucun d'entre nous n'avait le droit de te… enfin, tu vois… Tu devais rester notre amie, à tous les quatre. Pas plus à l'un qu'à l'autre.

Je croise les bras sur la table, totalement ahurie par ce que j'entends.

– Non mais attendez, là, j'étais quoi pour vous ? Un bout de viande ? Et si moi, j'avais eu envie de sortir avec l'un d'entre vous ?

– Nous t'avons dit que nous avions 13 ans, Milie.

Je me tourne vers Vivian.

– D'accord, donc, quel est le rapport avec Marek et ce fameux soir ?

Vivian jette un regard significatif à Justin qui soupire en portant ses mains à ses cheveux.

– OK, c'est bon. Marek est venu nous voir la veille. Il nous a tout déballé.

– C'est-à-dire ?

– Il nous a dit qu'il t'avait embrassée, et qu'il était amoureux de toi depuis des années, parce que d'après lui vous vous voyiez tous les deux en secret. J'ai vu rouge, Milie.

Je n'arrive pas à comprendre.

– Pourquoi ? On avait encore le droit de faire ce qu'on voulait, non ?

Il soupire, Vivian reprend.

– Oui et non. Le pacte courait toujours, même si personne n'en parlait plus.

Je m'emporte carrément. Heureusement que la musique dans ce pub est assez forte, parce que je ne me gêne absolument pas pour monter dans les octaves.

– Mais vous êtes tous à moitié malades ou quoi ? Ce pacte était complètement débile !

Justin me coupe.

– Nous étions d'accord ! Et lui, alors que, d'apparence, il était celui qui te parlait le moins, il se pointe un soir et nous annonce que c'est bon, emballé c'est pesé, tu es sa nana, et qu'il est, je cite, « le mec le plus heureux de la planète ». De plus, vous vous rencontriez dans notre dos régulièrement. Et ça, depuis des années. J'ai pris ça pour une trahison. Reconnais que ça peut agacer.

– Agacer ? Mais c'est vous qui m'agacez, là ! Déjà, je voyais

Marek presque tous les soirs parce que j'en avais envie, et lui aussi. Et nous n'étions pas obligés de tout vous raconter non plus. Ça s'appelle l'intimité. Et en ce qui concerne son invitation de ce soir-là… N'importe lequel d'entre vous aurait pu me proposer de l'accompagner à la soirée « en couple », je n'aurais jamais accepté, puisque c'était Marek le mec qui me plaisait ! T'y as pensé à celle-là ? Pour être en couple, il faut être deux, il me semble, même si je n'ai pas une expérience énorme, ça me paraît une évidence.

– Oui, aujourd'hui, oui, évidemment. Mais sur le coup, c'était différent. Je me suis senti trahi, tu comprends ?

Je secoue la tête.

– Non. Non, je ne comprends pas ! Me traiter comme un objet qui allait accepter qu'on lui dicte qui elle devait aimer ! C'est irrespectueux, et ça me dérange ! Vous n'étiez pas mes amis, en réalité.

Vivian s'insurge.

– Bien sûr que si.

– Non ! Des amis auraient été contents pour nous ! C'est tout simplement dégueulasse ce que vous avez fait ! Parce que je suppose que vous lui avez demandé de choisir, ou un truc dans le genre ? C'est bien ça ?

Ils ne répondent pas. Je suis totalement écœurée.

– Vous… vous me dégoûtez ! Et en plus, vous saviez très bien que Marek avait des soucis chez lui. De nous tous, il était le plus seul. Brisé par des parents alcooliques qui ne le calculaient jamais. Sa famille, c'était nous ! Toi, Justin, quand tu avais bien mangé le soir, et que tu te faisais une soirée vidéo avec ton frangin. Ou toi, Vivian, quand tu allais jouer au foot avec ton père le week-end. Vous savez ce qu'il faisait ? Il faisait les courses, et les comptes. Il volait la carte bleue de sa mère le premier du mois afin d'aller retirer une somme d'argent suffisante pour s'assurer à manger tout le mois. Parce que ses parents ne se rendaient compte de rien, et souvent picolaient tout leur salaire en quinze jours. Ils étaient bourrés dès qu'ils sortaient du boulot, et même pendant. Dans les fermes, ça tournait les bouteilles, nous le savions tous.

Je marque une pause, excédée, et réellement hors de moi.

– Donc, oui, Marek venait chez moi, parce qu'il se sentait seul. Et il vous aimait, parce que vous étiez son unique famille. Et vous ? Vous, vous lui avez demandé de choisir ? Vous saviez très bien qu'il lui était impossible de vous faire du mal, parce qu'il vivait grâce à vous. Vous êtes des pourris. Vraiment !

Ma sœur et Thomas nous rejoignent, certainement alertés par mes éclats de voix. Mais je n'ai pas terminé.

– Et comme si ce n'était pas assez, vous l'avez laissé croire qu'il était responsable, je suppose. S'il n'est jamais revenu vers vous, comme vous le dites, c'est qu'il y a bien une raison, non ?

Justin se prend la tête.

– Mais à l'époque, nous le tenions réellement pour responsable, Milie. C'était plus facile comme ça… Tout le monde était à cran. Et de notre point de vue, il nous avait trahis.

– Plus facile comme ça ? Non mais tu te fous de moi ? Plus facile pour qui ? Pour moi ? Qui en plus de… enfin, de ce qui m'est arrivé, ai cru dur comme fer qu'il avait changé d'avis ce jour-là ? Ou plus facile pour lui, qui se retrouvait seul, sans même pouvoir venir me voir ni parler à ses amis ?

Ma sœur pose sa main sur mon épaule pour me calmer, mais c'est impossible. Je suis réellement outrée.

– Moi, je comprends que vous ne soyez pas venus me voir, puisque c'est moi qui ne voulais voir personne ! Et franchement, j'avais d'autres soucis à régler. Mais lui ? Il devait avoir besoin d'amis. Il avait besoin de vous, c'est évident !

Thomas prend la parole.

– Il n'est jamais revenu nous voir après la nuit de ta libération, Milie.

– Et vous ne saviez pas où il habitait, peut-être ? Il vous aurait écoutés. Parce qu'il vous aimait ! C'est uniquement à cause de vous qu'il était en retard ! Vous avez joué avec ses sentiments, et après, vous l'avez accusé d'avoir hésité ? C'est dégueulasse, bordel !

Thomas lève les mains devant lui en guise d'apaisement.

– Ne me parle pas comme ça, Milie. C'est moi qui suis allé le trouver le premier, je n'étais pas d'accord avec ça. Mais…

– Mais quoi ?

Justin soupire une nouvelle fois.

– Mais nous lui avons suggéré de ne pas le faire.

– Au bout de deux mois, j'ai décidé de ne pas les écouter. J'étais parti bosser sur un chantier à l'autre bout de la France avec mon père presque tout l'été, alors il a fallu que j'attende de revenir. Mais il était parti.

Je le considère un moment pendant que Vivian confirme ses dires d'un hochement de tête. Justin reprend, visiblement épuisé.

– Nous étions cons, je ne trouve que ça à dire.

Et c'est tout. Une colère noire et profonde s'empare de moi. Je me lève et attrape mon sac.

– Eh bien, moi, je trouve autre chose à dire, figure-toi. Vous êtes minables, même encore aujourd'hui. Qu'est-ce qui vous a empêchés de le joindre depuis ? Je veux dire, ces derniers temps ? Parce que vous saviez où le trouver puisque c'est toi, Justin, qui me l'as dit. Et vous n'avez même pas jugé bon d'aller le voir pour vous excuser.

– Il ne voulait voir personne, Milie !

Je dévisage Justin avec dédain.

– Et moi, en deux jours, j'ai réussi à le voir, pourtant. Cherchez l'erreur. Maintenant, je suis désolée, mais savoir que je passe une soirée avec vous, ça me dérange. Parce qu'encore une fois, lui, est seul. Alors qu'il n'a fait que m'aimer, il a perdu ses amis, et il m'a perdue en prime. Tout ça parce que vous étiez trop stupides pour accepter que lui et moi avions envie d'être ensemble. Donc, sur ces bonnes paroles, le bout de viande vous salue. Aude, on peut y aller, s'il te plaît ?

Ma sœur adresse un sourire triste à Thomas, se lève et me suit hors du pub. Sans un mot. De toute manière, à part les traiter de tous les noms, il n'y a rien à dire.

11

Marek
Huit ans plus tôt

– Sérieusement ? Tu te fous de nos gueules ?

Justin est vert de rage. Vivian n'est pas mal non plus. Quant à Thomas… Il ne dit rien et se contente d'observer la scène. Justin reprend.

– Nous te faisions confiance, Marek ! Et toi, tu nous craches à la gueule ! Et tu te dis notre ami ?

Un peu déstabilisé par leur réaction qui me semble très excessive, j'essaye de me défendre.

– Ce n'était pas prévu. Rien n'était prévu, Justin ! C'est arrivé comme ça, et je n'arrive pas à l'oublier. Tu peux comprendre ça ?

– Oui, bien entendu que je peux le comprendre, puisque j'en suis au même point, figure-toi ! Milie est ma voisine. Depuis six ans, je fais le trajet avec elle matin et soir. Elle ne me laisse pas indifférent. Loin de là ! Et tout le monde se doute qu'un jour, il se passera un truc entre elle et moi ! Mais, parce qu'on avait ce pacte, je n'ai rien tenté, moi. Toi, par contre, t'en as rien à foutre apparemment. Alors que vous êtes loin d'être les plus proches d'entre nous !

Il m'énerve à croire que parce que sa baraque se trouve à côté de celle de Milie, il détient une sorte de « droit » sur elle. Et ça, depuis le début. Sauf qu'il ne sait pas tout.

– C'est là que tu te trompes ! Je vois souvent Milie. Très souvent.

– Quand ça ?

– Ça ne te regarde pas ! Tout ce que tu as à savoir, c'est qu'elle ne m'a pas repoussé. Au contraire. Et je ne l'ai pas forcée. C'est sérieux, Justin. Et je suis désolé si ça te froisse, vraiment. Mais…

Je sens qu'il a du mal à se retenir de me foutre son poing dans la tronche. Pour le moment, il se raisonne et se contente de me couper la parole, mais je nous sens proche de la limite. Parce que moi aussi il m'agace. Il n'a pas son mot à dire dans ce que je vis avec Milie.

– Donc, tu es en train de nous dire que Milie et toi, vous vous voyez en douce ? Dans notre dos ? J'aimerais savoir comment tu envisages l'amitié, Marek ? T'es un faux frère, en fait ! Un connard.

Je crispe mes poings pour m'empêcher de les abattre sur lui.

– Retire tout de suite ce que tu viens de dire !

Il secoue la tête, déterminé à me pousser à bout.

– Jamais ! Tu nous as tous trahis alors qu'on avait un pacte ! Tu sais quoi ? Vas-y, fais ton enfoiré, sors avec elle ! Et elle te jettera quand elle s'apercevra que t'es qu'une enflure à qui elle ne pourra pas faire confiance. Mais ce jour-là, ne viens pas chialer devant nous ! Il sera trop tard ! Si tu te rends avec elle à cette soirée, Marek, je considère que tu ne vaux pas la peine. Pour moi, si tu continues tes conneries, oublie-nous.

Mettre une croix sur eux est compliqué. Et tellement douloureux. J'inspecte leurs visages, les uns après les autres. Aucun ne le contredit. Aucun n'essaye de comprendre. Pourquoi est-ce que rien n'est simple ? Je me tourne vers Thomas qui paraît embarrassé.

– Écoute, Marek. Personnellement, je sens mal cette histoire.

Parce que tu n'as que 18 ans, et elle, 16 ! Ce n'est pas du sérieux. Et quand vous casserez, ça va détruire le groupe. C'est risqué, mec. Je tiens à vous tous. Et je ne peux pas cacher que si tu détruis tout, je t'en voudrai. C'est une certitude.

J'ai l'impression de naviguer chez les fous. Je ne m'attendais vraiment pas à une telle réaction. J'étais tellement heureux de partager ce truc génial que je débute avec Milie... J'ai du mal à y croire, franchement. Je me tourne vers Vivian, sans grand espoir d'un ralliement de dernière minute à ma cause. Il soutient mon regard et fait tomber le verdict.

– Je suis d'accord, Marek. Je trouve que tu aurais dû nous en parler, déjà. Ensuite, je pense que même si ça tient entre vous, ça changera forcément quelque chose. Dans ma tête, Milie nous appartient à tous. Si tu te l'appropries, rien ne sera plus pareil.

Cette fois, ils me gonflent tous.

– Et l'avis de Milie ? Il vous intéresse son avis ? Vous vous entendez parler d'elle ? Comme si elle n'avait aucune opinion à donner, comme si elle devait faire ce que vous avez décidé, et rien d'autre. Vous n'êtes pas ses amis ! Ni les miens ! Sinon, vous vous réjouiriez, parce que nous, on est bien, vous comprenez ?

Justin s'approche de moi, l'air réellement menaçant cette fois.

– Dans tes rêves ! Milie a besoin de nous quatre ! Et de moi !

Thomas, qui comprend que cette fois, je vais vraiment lui balancer mon poing où ça risque de le calmer, s'interpose entre nous.

– Écoute, Marek. Réfléchis. C'est tout ce qu'on te demande. Réfléchis aux conséquences, et décide tout seul. Nous ne pouvons pas vous empêcher de faire ce que vous voulez. Mais sache qu'il y aura obligatoirement des conséquences. C'est évident.

Nous nous toisons un moment. Il n'est pas dans l'attaque. Thomas est d'un tempérament raisonné et pondéré, contrairement à Justin. Il n'y a plus rien à dire. La solution la plus sage est de partir. Alors c'est ce que je fais. Je les laisse. Il faut, effectivement, que je réfléchisse. Parce que Thomas n'a pas totalement tort. Un couple dans la bande, ça change tout.

***

De nos jours

« A tortured soul have I become
It keep's me safe and leaves me numb, right ?
'Cause in this dream I'm wide awake
The one I love I did forsake, right ? »

(« Je suis devenu une âme torturée,
Ça me protège et me laisse engourdi, OK ?
Parce que dans ce rêve je suis bien éveillé,
et j'ai oublié celle que j'aime, OK ? »)

Assis sous ma douche, « Save Today » de Seether flottant autour de moi, j'ai l'impression que ma vie me file entre les doigts. Je suis là, à me planquer de la « presque inconnue » qui a partagé ma nuit, comme de si nombreuses fois. Mes draps ont vu passer un nombre incalculable de peaux, mes murs ont étouffé de multiples gémissements, mais n'ont jamais gardé le souvenir d'aucune. Elles viennent, plaisirs éphémères et futiles, belles, séduisantes, nos corps se promettent l'éternité, puis oublient à peine la porte refermée sur elles. Qui a envie d'une telle existence ?

Il semblerait que je me sois enfermé dans un monde où plus rien n'a d'importance. Dure pénitence que je m'impose, pour avoir tout fait de travers avec eux. Avec elle. Me punir d'avoir été minable. Supporter ma rédemption sans broncher, me suffire de nuits dissolues et d'une société dans laquelle je suis respecté. Ne pas chercher plus loin. Ne même pas essayer. Milie me déteste, et c'est normal. Comment ai-je pu penser, ou au moins espérer, que je représentais quelque chose pour elle ? Qu'elle avait parcouru ce chemin jusqu'à moi, juste pour moi, ou même pour nous ? Non. Elle voulait simplement se vider l'âme. Balayer les résidus du passé. Me jeter avec le reste de ses cauchemars, à la benne, pour ne plus jamais revenir sur mon sujet.

Avant, je me sentais coupable, mais j'avais espoir. L'espoir de l'incertitude. L'espoir que peut-être, j'avais encore une place en elle. J'avais raison quelque part, j'avais bien une place. Mais celle d'un boulet. Rien d'autre. Alors... alors elle vient de faire place nette, et je devrais m'estimer fier de lui avoir permis de résoudre ses petits tracas. C'est la moindre des choses. Mais ça fait mal. Voilà. Je n'ai rien à ajouter et encore moins à penser.

Je sors de la douche car une envie d'expulser cette rage qui m'étouffe de plus en plus me taraude trop fortement. J'attrape un jogging et un sweat dans mon dressing, enfile une paire de baskets et fais hurler mon MP3 dans mon cerveau avant de rejoindre ma chambre. Lucy dort paisiblement, enroulée dans mes draps. Je ne la réveille pas, me rends au salon puis dans la cuisine où Roger boit tranquillement son café devant le journal. Je mets mon iPod en pause et me prépare un café.

– Déjà debout ? Roger, il est cinq heures du matin !

– Le détecteur de mouvements m'a alerté, monsieur.

– Marek. Ce n'est pas une raison pour vous trouver déjà habillé et prêt à l'action. Nous sommes dimanche. Cool.

– Je ne suis pas habillé, monsieur. Ceci est un pyjama.

Je l'inspecte. Très bien imité.

– Un pyjama avec une chemise.

Il retient un rire et termine son café.

– Un pyjama avec une chemise, tout à fait, monsieur a l'œil avisé. Il arrive à me dérider. Mais…

– Marek.

– Oui, monsieur.

Je laisse tomber. Je bois mon café d'une traite et réinstalle mes écouteurs.

– Lucy dort encore. Je vais courir. Pouvez-vous lui faire comprendre de ne pas m'attendre ? Je ne sais pas quand je rentre, et je ne sais pas non plus si j'ai envie qu'elle soit là à mon retour. Envoyez quelqu'un acheter des viennoiseries, je ne sais plus ce qu'elle aime, je crois que la dernière fois elle avait demandé des… Mince, je ne sais plus.

– Des croissants, monsieur. Elle avait demandé des croissants. Je m'occupe de Mlle Lucy, monsieur. Bonne course, monsieur.

– Marek.

– Oui, monsieur.

***

C'est comme ça que passe, le dimanche d'un homme seul. Course à pied pendant des heures. Puis retour chez lui, déjeuner seul avec lui-même, puis tentative de s'abrutir l'esprit devant un film, sans résultat. Plongeon et longueurs dans une piscine plus grande que la municipale du quartier, toujours aussi seul. Et enfin, repli sur le boulot, la seule vraie solution, jusqu'à plus d'heures.

Et enfin quitter une nuit sans sommeil le lendemain matin pour rejoindre son bureau et attendre que la personne qu'il ne veut plus voir fasse son apparition. Totalement dévoué à sa personne, pantin sensible à la moindre de ses réactions, à ses genoux, lui demandant encore et encore une absolution qui n'arrive jamais.

Je crois que je ne vais pas bien du tout. Son retour a des effets catastrophiques sur le faible équilibre que j'avais construit depuis des années. Il faut que je m'arme de toutes les armures possibles. Il faut que je passe à autre chose. Il faut que je m'émancipe. Mon travail à ses côtés est définitivement terminé. Elle n'a plus besoin de moi. C'est bien ce qu'elle a affirmé.

La porte de l'ascenseur s'ouvre dans le hall, et ses talons résonnent jusqu'à mon bureau. Je retiens ma respiration. Juste pour entendre sa présence. Je suis définitivement foutu. Elle m'a bel et bien kidnappé l'âme, sans le vouloir, très certainement. Il faut que je m'extirpe de cet enfer. Il faut qu'elle parte. Qu'elle me laisse respirer. Une seule solution. Me fermer totalement. Lui donner la certitude qu'elle et moi, c'est impossible, sur tous les plans.

Elle frappe à ma porte. Ça commence bien. Je remonte mes manches et desserre le col de ma chemise.

– Entrez.

Elle pousse la porte puis s'y adosse. Jolie comme un cœur dans une jupe ajustée, portant encore une chemise d'homme qui la rend ultra sexy, et lui donne un aspect fragile et enfantin. Comme quand elle me piquait mon sweat à l'époque.

Je me perds dans l'observation de ce souvenir revenu à moi malgré mes efforts constants pour oublier. Elle avance jusqu'à moi, incertaine, et prend la parole.

– J'ai passé ma soirée avec les gars samedi.

Mon cœur manque un battement. Elle les voit encore. Et elle passe du temps avec eux. Mais jusqu'où va-t-elle aller dans la torture ? Elle veut vraiment me faire payer ce rendez-vous raté. Comment cet amour a-t-il pu se transformer en un tel rejet ? Je ne comprends pas. Je décroche mes yeux d'elle et reporte mon attention sur mon écran.

– Parfait. Je suis content pour toi, mais ce que font mes employés de leur temps libre n'est pas vraiment mon problème. Autre chose ?

Je sens son corps se tendre, même si je ne la regarde plus et qu'elle se trouve loin de moi.

– Marek ! J'ai besoin que tu m'écoutes !

– Et moi, j'ai besoin que mon assistante de direction consulte ses mails et se mette au boulot, j'attends trois rapports et deux PowerPoint pour dix heures, j'ai une *conf call* avec de nouveaux clients. Et il est déjà huit heures quarante-deux. À l'avenir, il serait intéressant également de respecter tes horaires de travail. Je pense autoriser beaucoup d'écarts, mais pas les retards.

Je relève les yeux vers elle, parti dans ce rôle que je maîtrise à la perfection. Elle tente de répliquer.

– Mais, Marek…

– Par ailleurs, j'ai remarqué que ton module de self-défense n'a pas été validé la semaine dernière. Il est obligatoire. Un par semaine. C'est la règle. Et je pense que toi, plus qu'une autre, devrais comprendre l'importance de ce cours.

Elle porte une main à sa bouche, blême, les yeux brillants. De rage peut-être, ou de tristesse. Parce que ce que je viens de dire est parfaitement dégueulasse. Mais elle ne m'épargne pas non plus. Je me bats avec les seules armes qui me restent : mon statut de patron et les quelques avantages qu'il me confère. Elle fait demi-tour sans rien ajouter. Et je m'en veux. Tellement. Je m'arrache les cheveux et la rappelle alors qu'elle atteint ma porte.

– Milie ?

Elle se retourne, toute trace de faiblesse effacée de son visage. Je n'y lis que froideur et désintérêt. Ce qui me fait changer de direction. M'excuser ? Mauvaise idée.

– Et j'aimerais ne pas être dérangé de la journée. Nous correspondrons par mail dorénavant. Je n'ai pas le temps de « discuter ». Et toi non plus, d'ailleurs.

Elle relève le menton avec défi.

– Discuter ? Mais de quoi ? Je crois que tout est dit, non ? Les mails suffiront amplement. Bonne journée.

Elle ferme la porte.

Je pose mon iPhone sur sa base son, me lève pour aller jusqu'à la fenêtre. « Driven Under » accompagne ma chute lente et définitive.

« Do you know that I am blind to everything you ever do?
Must be something on your mind
Something lost for me to find
Do you know I'm faking? »

(« Sais-tu que je suis aveugle à tout ce que tu fais ?
Il doit y avoir quelque chose dans ton âme,
quelque chose de perdu que je dois trouver.
Sais-tu que je fais semblant ? »)

***

Mercredi. Trois jours. J'ai tenu trois jours consécutifs de travail avec elle. Enfin, deux jours et demi pour être exact. Nous nous contentons de salutations, et ça s'arrête là. La tension à cet étage est insoutenable. J'ai envie, à chaque instant, d'aller la voir et de lui dire que je regrette. Je regrette mon attitude d'aujourd'hui, celle d'hier, et celle de ce fameux jour. J'ai douté de nous. Et la conséquence a été si dévastatrice… C'est ma punition pour avoir hésité entre elle et les gars. Et à présent, ils se retrouvent, et moi je reste seul. C'est ce qui me retient d'aller m'excuser. Je suis extrêmement vexé. Pourquoi leur pardonne-t-elle à eux ? Et pas à moi ?

J'ai reçu un mail de sa part m'avertissant qu'elle s'absentait pour son cours d'autodéfense. J'en profite pour appeler Patricia.

– Allô, Marek. Que me vaut le plaisir ?

– Salut.

Je m'enfonce dans mon fauteuil en passant une main sur mon visage. L'entendre me fait du bien. Elle s'esclaffe face au silence que je fais durer.

– Bon, alors, que me vaut cet appel ?

– Je voulais être certain que tu revenais bien demain. Tu n'as pas attrapé de grippe asiatique, ou de furoncles mal placés ?

– Ah, non, mais je note pour les prochaines fois. Non, je reviens bien demain. Ça a été avec Lucy, dimanche ?

– Parfait. Pour ce qu'on lui demande, c'était parfait. Tu as besoin de détails ?

– Non, merci, je n'ai pas envie de vomir, ça fait mal aux pieds.

Je m'esclaffe alors qu'elle reprend.

– Et comment va Émilie ? Elle s'en sort ?

– Oui, je dirais qu'elle s'en sort.

Et c'est vrai, tout ce que je demande est rendu à temps et parfaitement réalisé. Avec une touche d'originalité qui lui ressemble et qui suffit à me troubler. Par exemple, elle a travaillé l'harmonie et les tonalités de nos présentations. Elle a remplacé le bleu électrique par du marine et assombri le rouge qui, du coup, me paraît vraiment trop criard sur les anciens dossiers. Je répète rêveusement.

– Elle s'en sort.

– Super. Je savais que cette petite avait de l'avenir. Tu peux me la passer, j'ai besoin qu'elle me trouve l'adresse de ce super pâtissier que j'ai testé la semaine dernière. J'ai laissé la carte dans mon tiroir, mais Steeve est un peu insistant, il veut découvrir cette merveille. Ce mec est un estomac sur pattes.

– Qui se ressemble s'assemble, j'ai envie de dire. Mais désolé, il va falloir attendre cet après-midi, parce que Milie est à son cours d'autodéfense.

– Je te demande pardon ?

– Elle s'est absentée. Désolé. Mais si tu veux, je peux te trouver cette carte, je sais encore fouiller dans un tiroir, même l'un des tiens, je veux bien m'y risquer.

Je suis tellement content qu'elle revienne.

– Marek, je me fous royalement de cette adresse. Milie ne peut pas aller à ce cours.

– Bien sûr que si, c'est moi qui lui ai demandé. Pour une raison que j'ignore, elle ne s'est présentée à aucun de ceux de la semaine dernière. Elle n'a pas de dérogation, le fait que je la connaisse ne la dispense pas de…

– Marek ! Milie s'est présentée à un cours la semaine dernière ! Avec moi !

– Alors pourquoi ce n'est pas noté dans son suivi ? Écoute Patricia, j'ai bien compris que tu l'aimais beaucoup et que tu voulais arranger les choses, mais en l'occurrence, il n'y a rien à arranger du tout. C'est…

– Marek, cette fois, je ne mens pas. Elle est venue et a fait un malaise. Elle ne supporte pas qu'on la touche. C'est encore une chose qu'elle a du mal à combattre. Le contact direct avec les hommes.

Mon cœur se met à battre à tout rompre.

– Comment ça ?

– Franck l'a prise pour la démonstration, pour une attaque de dos. Elle ne supporte pas, et encore moins de dos. C'est logique, si on y réfléchit quelques minutes…

Tout devient clair. Je me souviens de son regard sur moi, de son sursaut quand je lui ai attrapé les épaules, alors qu'elle était de dos… Seigneur, je lui ai fait peur ! Ce jour-là, elle avait peur. Simplement peur. Une haine contre moi-même s'éveille en moi, parce que je n'ai pas compris, alors que ça aurait dû être évident.

– Mais pourquoi y retourne-t-elle ?

– Parce que tu lui as demandé, voyons ! Et parce que c'est une battante et qu'elle ne s'avoue pas vaincue. Mais mon opinion, c'est que c'est stupide.

Je suis totalement d'accord avec elle. Tout en moi se crispe à l'idée qu'elle se mette elle-même en danger émotionnel, et j'en suis en partie responsable. Juste parce que je suis trop con pour réfléchir et me mettre à sa place. Je ne peux pas laisser faire un truc pareil. Protéger Milie, c'est le but de ma vie. Déjà avant, je veillais sur elle du mieux que je le pouvais, et j'ai merdé. Et aujourd'hui, je fais encore n'importe quoi. Mais à quel moment vais-je faire ce qu'il faut ?

Tout de suite, par exemple, ce serait pas mal !

– Je te laisse.

– Voilà ! Laisse-moi. Arrange ça, Marek ! À dem…

J'ai déjà raccroché. En deux secondes je suis dans le hall et appuie comme un fou sur le bouton de l'ascenseur.

J'arrive alors que le cours commence à peine. Je repère Milie au fond de la salle, en duo avec un homme d'une cinquantaine d'années que je ne connais pas. Franck s'interrompt lorsque j'entre dans la pièce et me dirige directement sur elle. Elle est blême, la fragilité transparaît de tout son être, et l'envie de l'emporter loin de tous les troubles qui la rongent de l'intérieur, je le sais, s'empare de mon esprit. Comme un coup de poing, comme une évidence qui efface mes certitudes. Tout le reste n'a plus aucun poids sur moi, à part elle. La situation, Franck que je dérange au milieu de son cours, mes employés qui m'observent en attendant la suite, nos coups de gueule et mes ressentiments, tout ça… c'est trop loin pour que je m'en préoccupe. Elle. Il n'y a qu'elle. Elle et sa peur que je veux faire disparaître, elle et tout ce que je voudrais lui dire sans jamais y arriver, elle et nous, loin des autres, dans un univers qui me manque atrocement tous les jours que Dieu fait. Elle. Milie. Celle qui fait battre mon cœur de toutes les manières possibles.

Je lui enjoins sans chercher à comprendre :

– Viens avec moi.

Elle secoue la tête, encore cette lueur de défi dans le regard. Chaque cellule de son corps mène un combat compliqué. Son corps tremble, ses doigts se tortillent nerveusement entre eux, mais son regard, lui, est déterminé. Elle force sa nature, mais se fait mal en même temps. Et mon instinct naturel veut la protéger d'elle-même. L'envelopper dans un cocon pour qu'elle arrête définitivement de souffrir. Retirer définitivement ce mot de son vocabulaire et de ses pensées. Mais elle n'est pas d'accord avec moi.

– Je dois suivre ce cours, c'est la règle de la société. Et à moins d'être licenciée, je n'ai pas le choix.

Je soupire.

– Si, tu l'as. Patricia vient de m'expliquer. Ne suis pas ce cours. Ce n'est pas une bonne idée.

– Il faudrait savoir ce que tu veux. Je suis là, j'y reste.

– Non.

– Si !

Elle croise les bras sur sa poitrine. Très jolie, d'ailleurs, son petit top noir moulant la mettant très bien en valeur, d'autant plus que je suis plus grand qu'elle, du coup… Je reprends mon regard qui ne devrait pas se montrer si indiscret. Je rejoins ses yeux qui semblent vouloir me faire comprendre que rien ne la fera sortir de cette pièce pour l'instant. Ni ses peurs ni son passé, et encore moins moi, qui ne suis en définitive que son patron. Je ne suis plus que ça pour elle, et je devrais m'en contenter. Parce que c'est la solution la plus sage. Mais je ne peux pas. Je me fous encore une fois de tout le reste. Ici, maintenant, face à cette épreuve, je suis Marek, elle Milie, j'ai 18 ans, et je l'aime plus que ma vie. Je dois être là. Je dois l'aider à surmonter. Je dois la rendre heureuse.

– OK. Très bien. Je le fais avec toi.

Je jette un regard froid à l'homme qui était censé représenter son partenaire. Franck reprend la situation en main.

– Eh bien, Gilles, il semblerait que le hasard nous réunisse, venez avec moi, mon ami, que notre couple éclate au grand jour... Allez, pas de timidité mal placée, je vous prie. Marek, tu veux te changer avant de commencer ?

Je refuse d'un signe de tête et me tourne face à lui, en me plaçant à côté de Milie. Tous les employés participant à ce cours m'observent, intrigués. Je romps les multiples examens dont je fais l'objet en balayant la pièce d'un regard froid qui remet tout le monde en place. Ils détournent tous les yeux pour se concentrer sur Franck sans demander leur reste. Milie, elle, ne me jette pas un regard, les yeux dirigés vers le sol. Je suis impressionné par sa combativité. Beaucoup m'auraient supplié de ne pas insister à propos de ce cours, en invoquant les traumatismes évidents auxquels je n'avais même pas pensé. Mais pas elle.

Je me concentre sur le coach qui explique la technique du coup de coude dans le ventre pour se séparer d'un agresseur. Encore une attaque de dos. Milie ne bronche presque pas. Un simple tressaillement passe, presque indicible, puis disparaît. Son trouble intérieur devient le mien. J'ai la tête qui tourne, les mains moites, et je prie pour qu'elle arrive à vaincre ce démon qui la terrorise.

Franck nous invite à réaliser nous-mêmes l'exercice. Tous les élèves se mettent en position. Certains tentent une nouvelle fois de nous observer, mais sont rapidement remis à leur place par un haussement de sourcil peu amène. Une fois les importuns écartés, je me tourne vers Milie qui, elle, ne bouge pas. Je crois que je suis aussi angoissé qu'elle. Parce que je ne veux pas la voir souffrir. Je veux l'aider. Un simple regard m'indique qu'elle hésite à me faire confiance, et ça me tue. C'est à moi de lui montrer. De lui faire comprendre que je n'ai pas changé. Rien n'a changé. Tout en moi est d'ailleurs tellement semblable à notre adolescence que ça en est presque alarmant. Si elle savait, je crois qu'elle partirait en courant. Mais là n'est pas le problème du jour.

Je me penche vers elle, en tentant de masquer mes propres angoisses par un sourire et une voix rassurante. J'ai besoin qu'elle ne regrette rien. D'en être certain.

– Tu es certaine, Milie ? Tu n'as pas à le faire.

Elle tremble légèrement.

– Oui, Marek. Je dois le faire.

– Très bien. Alors on y va doucement. D'accord ? Tu veux faire l'agresseur ? Me piquer mon sac à main ?

Elle se détend légèrement.

– Non ! Tu n'as même pas de sac ! Et tu as vu ta taille ? Je n'arriverais même pas à t'attraper la nuque ! J'ai des petits bras !

Je lui souris. À ce moment précis, je retrouve ma Milie. Celle qui boit du lait à la fraise et qui pique les œufs en douce dans les poulaillers.

– OK, alors on y va.

Elle hoche la tête puis, après plusieurs hésitations, me tourne le dos. J'avance doucement jusqu'à elle. Ses cheveux sont remontés en queue-de-cheval, laissant apparaître sa délicieuse nuque que j'aurais plutôt envie de caresser, mais ce n'est pas le thème du jour. Et elle a besoin d'y arriver. Alors on va s'y employer. Je me colle à elle, à ce petit corps frêle secoué de tremblements douloureux. Je pose une main sur son épaule. Elle se dégage brusquement et se retourne. Sa lèvre inférieure tremble. Elle n'est pas prête.

– Milie, ce n'est pas une bonne idée. Tu peux revenir plus tard, si tu veux. Ou ne pas le faire, c'est…

Elle lève une main pour me faire taire.

– Non, Marek, je ne laisserai jamais ces hommes m'empêcher

de vivre. Ils n'ont pas gagné, tu comprends ? Ils n'ont pas gagné.

Je la dévisage, anéanti par sa force. Par cette petite partie de son enfer quotidien qu'elle partage avec moi. J'imagine ce qu'elle vit depuis huit ans. La terreur constante. Les remises en question, la paix si dure à gagner. J'ai tellement besoin de la soulager. Je le ressens comme la condition ultime à ma propre survie. Je tends la main vers elle.

– D'accord. Je comprends. Mais… Est-ce qu'on peut se battre tous les deux contre eux ? Nous serions plus forts, non ?

Elle penche la tête, et ses yeux m'inspectent un long moment. Autour de nous, les élèves s'exercent, discutent avec légèreté et ont définitivement oublié l'idée de s'intéresser à nous. Mais nous, elle et moi, nous sommes arrachés à cette réalité. Loin de tout, je prie pour qu'elle accepte de me prendre la main. Pour enfin réunir Marek et Milie. Pour enfin m'autoriser à faire quelque chose pour elle.

Et elle le fait. Ce pas vers moi. Elle tend sa main et ses doigts glissent contre ma paume, doucement. L'air crépite autour de moi. La joie m'envahit. Ma chance. Ma toute petite chance de réparer. Même un minuscule petit coup de main est déjà merveilleux. Je referme mes doigts sur les siens, et la tire doucement à moi. Nous nous observons, sans parler. Mon cœur ne tiendra jamais toute la séance, c'est écrit.

Elle frémit sous mon regard, et je me rends compte que je dois la dévorer des yeux, éventuellement lui faire peur avec mon désir de la protéger, trop puissant pour être refoulé complètement. Je reprends mes esprits.

– Donc… Retourne-toi, Milie. S'il te plaît.

Elle obtempère et se place une nouvelle fois dos à moi. Je me rapproche mais ne la touche pas. Je me penche sur son oreille.

– Milie. Ce n'est que moi, Marek. Tu me connais par cœur. Et tu sais que je ne te ferai jamais de mal. Respire.

Elle hoche la tête doucement et tente de se calmer. Je me rapproche encore, jusqu'à ce que nos corps s'emboîtent, que le parfum de sa peau m'enivre avec délicatesse, que sa chaleur réchauffe mon cœur bien trop froid. Elle a toujours été la seule à me faire cet effet. Je suis encore sacrément mordu. Je suis même étonné d'avoir cru le contraire.

Mes mains se posent sur ses bras nus. Elle sursaute. Je continue mon explication.

– Ferme les yeux. Imagine le cerisier dans le fond de ton jardin. Lorsque je te portais pour récupérer une poignée de cerises. Repense à ces moments où les monstres n'existaient pas. Où il n'y avait que toi et moi, Milie.

Elle déglutit. J'attends, toujours les mains posées sur elle, qu'elle me fasse un signe. Et c'est son corps qui me prévient. Les tremblements se changent peu à peu en frissons sur sa peau, et me transcendent au passage. Parce que je sais que ce n'est plus de la peur. Elle s'est envolée dans ce souvenir. Avec moi. Le soleil couchant, son envie de cerises, et moi qui la portait comme je le pouvais… Les trois quarts du temps, elle essayait de grimper trop haut, et nous finissions par tomber sur l'herbe, morts de rire. C'est un bon souvenir pour moi. Et elle s'en souvient aussi. Son corps également. Elle frissonne pour moi.

– Voilà… Détends-toi. C'est bien, Milie.

Elle ne répond pas, mais son corps est calme à présent. Je dois continuer, même si ça me tue d'être celui qui va la mettre à l'épreuve.

– Tu es prête ?

Elle hoche la tête.

– Parfait. Alors j'y vais.

Je n'attends pas sa réponse et enroule mon bras autour de sa gorge. Elle panique. Sa respiration s'emballe, ses mains attrapent mon bras, mais sans aucune force. Elle gémit discrètement, et ne fait rien des gestes de défense demandés par Franck. Elle panique. C'est tout.

Je lui explique doucement, pour la calmer avec ma voix, toujours à son oreille.

– Non, tu ne vas arriver à rien comme ça. Le secret, c'est la respiration. Concentre-toi dessus. Expire. Inspire. Vas-y, Milie. Redescends en pression.

Elle ne m'écoute pas.

– Milie. Tout va bien se passer. Au pire, tu perds ton sac à main. Au mieux, je perds mon service trois pièces.

Elle s'esclaffe.

– Voilà, on se détend. Expire. Voilà. Inspire.

Elle suit mes directives. Son corps se détend. Je hume le parfum de ses cheveux qui m'emporte sous notre arbre, ou sur son oreiller. Cette odeur de fleurs et de vanille. Cette brise qui rafraîchit mon cerveau en ébullition depuis si longtemps. Je pose ma main libre sur sa hanche. J'ai besoin de ce contact. Concentrée sur sa respiration, elle ne réagit pas. J'aimerais la serrer contre moi. La ressentir à nouveau. Ce moment, ces infimes secondes volées à mes heures de désespoir, me fait un bien inimaginable.

Je me reprends avec beaucoup de mal et retire ma main de sa hanche.

– Voilà. C'est bien, Milie. Maintenant, tu vas utiliser toute ta haine, et ta peur aussi. Ce sont des sentiments très forts. Bien canalisés, ils peuvent te sauver la vie. Écoute-les. Que te disent-ils ?

Je resserre mon bras autour de son cou parce que j'avais tout oublié. Surtout la situation et mon rôle de grand méchant.

– De partir ! Ils me hurlent de partir.

– Alors essaye.

Elle attrape brusquement mon bras mais je ne bouge pas. Elle se tortille, mais je referme ma prise davantage.

– À première vue cette option n'est pas la meilleure. Alors, on oublie. Quoi d'autre ? Quelles options s'offrent à toi ?

Elle réfléchit un moment. Je l'aide un peu.

– Tu le fais depuis huit ans, avec tes démons. Que faut-il faire quand on est attaqué, Milie ?

– Se battre !

– Voilà. Mais intelligemment. Tu as quelques options. Tu dois choisir ta riposte et concentrer toute ta volonté sur ton geste. Ce n'est pas du désespoir qui te guide, mais au contraire l'espoir de t'échapper. Du positif. Allez, concentre tout dans un seul geste.

– Je vais te faire mal !

Je ricane d'un air supérieur.

– Milie, je pratique le MMA avec Franck trois fois par semaine. Je ne crains…

Son coude atterrit sans prévenir dans mon ventre, et son talon sur mon pied. Je relâche ma prise, elle se faufile loin de moi, alors que je me mords la lèvre pour ne pas laisser échapper un cri de fillette ridicule. J'ai quelques employés autour de moi tout de même. Une fois à l'écart, elle se tourne vers moi en levant les bras au ciel, un sourire magnifique et lumineux aux lèvres !

– *Yes !*

Je lui rends son sourire en me redressant.

– Parfait ! Bravo, Milie !

Elle sautille partout, et aussi dans mes bras.

– Merci, Marek.

Je la presse contre moi, une nouvelle fois. J'en profite. Elle m'a bien dit qu'elle démissionnait dès le retour de Patricia, c'est-à-dire demain. Et je ne peux pas non plus considérer qu'une petite séance d'autodéfense résout tous les problèmes. Ce cours représente une belle parenthèse qui n'efface pas ma peur de retomber dans ses bras et qu'elle me rejette, et encore moins ma culpabilité, et surtout pas le fait qu'elle revoit les gars alors que je suis simplement son patron avec qui elle ne partage rien.

En attendant, je la retrouve. Elle pétille, sautille, sourit et en veut encore.

– On recommence ?

– D'accord. Mais je vais être un peu plus dur cette fois.

– Ah, OK. Alors moi aussi.

– Euh… après réflexion, on va rester au même niveau de difficulté que la première fois… C'était bien.

Elle s'esclaffe en me tournant le dos et j'enroule mon bras à son cou. Et ça recommence. Nos corps qui se rapprochent, son parfum, son angoisse maîtrisée rapidement, sa peau douce qui m'exalte, expiration, inspiration, ses cheveux qui me chatouillent le menton, coup de coude dans le bide, talon sur mes orteils. Aïe !

Malheureusement, parfois, les heures sont trop courtes. La fin du cours arrive rapidement. La magie s'éteint, trop vite. La réalité revient et s'impose entre nous. Lorsque Franck nous demande de reprendre nos activités normales, elle redevient mon employée. Son corps se rétracte et s'éloigne, son âme se referme, et elle se contente d'un simple merci avant de disparaître dans un vestiaire. Je confirme… La vie me file entre les doigts. Le temps, le bonheur, Milie… Ce qui reste, immuable, c'est la douleur. Et le rejet. Celui que je dois supporter. Tout le temps. Celui auquel je dois sourire si je ne veux pas définitivement m'enfoncer. Je ne remonte pas dans mon bureau. Je rejoins le parking avec un besoin d'oublier, de rester seul avec mes propres démons, et d'assimiler. « Here and now » résonnant dans l'habitacle de ma Porsche, je m'échappe de la ville pour une petite heure, histoire de me raccrocher à ce qui me garde en vie.

« Memories wear me down
And this seems so complicated
When all I want is just the truth
I'm wilted and faded after all
Too strung out and burnt out to be half the man that I could be
I'll never belong inside your world
Sot black out the sun and leave me to play out the same old tragedy »

(« Les souvenirs m'épuisent,
et ça semble si compliqué,
quand tout ce que je veux c'est juste la vérité,
Je suis flétri et fané au final,
trop tendu et épuisé pour être la moitié de l'homme que je pourrais être,
Je n'appartiendrai jamais à ton monde,
Alors noircis le soleil et laisse-moi jouer la même vieille tragédie »)

12

Émilie
Quelques mois plus tôt

– Émilie, je suis fier de vous. Le chemin a été long, et vous y êtes arrivée.

Je regarde mes doigts qui triturent nerveusement l'ourlet de ma jupe.

– Émilie. Ne faites pas cette tête-là. Cela fait bien longtemps que vous n'avez plus besoin de moi. J'ai accepté de vous recevoir encore régulièrement, mais vous l'avez sans doute remarqué, je n'encaisse plus vos chèques. Mon travail est terminé maintenant.

Pour être honnête, je ne regarde même pas mon compte en banque. C'est maman qui gère. Alors il peut bien me dire ce qu'il veut. En attendant, je ne suis pas du tout d'accord avec lui.

– Et qu'est-ce que je fais, maintenant ? Je ressens encore tellement ce vide en moi. J'ai peur de tout. Tout le temps. Et je sens qu'il me manque quelque chose au fond de moi, docteur Jean.

Il pince les lèvres en croisant les jambes, bien installé au fond de son fauteuil. Un vrai pacha !

– J'en suis conscient. Mais ce n'est pas ici que vous trouverez ce qui vous manque pour être heureuse. Nous avons reconstruit votre confiance. Trouvé les moyens d'avancer. À présent, vous avez toutes les cartes en main. À vous de bien jouer la partie.

Je soupire en lui adressant un regard de cocker désabusé. Ce qui ne marche pas avec lui. Au contraire, il se marre. Je déteste ce psy ! Sept ans que je le côtoie, je mérite la palme de la patience.

– Et quelle partie voulez-vous que je joue ? Je n'ai que des deux ou des trois entre les mains, en étant optimiste…

Il retient un rire.

– Vous avez surtout une tête de lard qui ne veut pas entendre raison. OK, OK, alors, pour la dernière fois, je vous aiguille. Après, vous me ferez le plaisir de trouver le chemin toute seule.

Je lui souris, contente d'avoir gagné, encore une fois. Et la prochaine, ce sera pareil. J'adore ce psy. Sept ans qu'on s'adore ! J'ai bien fait de virer le précédent qui ne ressemblait à rien, doc Jean est beaucoup mieux. Adorable ! Je me dandine dans mon fauteuil, les oreilles grandes ouvertes, pendant qu'il se penche vers moi, et m'explique, sur le ton de la confidence.

– Alors, je vais vous dire.

Il marque une pause, en mode « Je suis en train de pondre une vérité absolue, attention, génie en pleine création de chef-d'œuvre. » Je patiente. Il reprend.

– Vous avez accepté. Ces deux jours qui ont changé votre vie sont passés dans votre esprit de la place d'anomalie, à la place « faisons avec ». Parce que c'est un point que…

– Je ne pourrais pas changer, ce qui ne signifie pas que je suis sale ou perdue à vie. Ils m'ont salie, certes, mais j'ai nettoyé depuis longtemps.

Il hoche la tête.

– Voilà. Maintenant, tout reste à reconstruire. Mais c'est à vous de le faire. Pas à moi.

– C'est bien ça le problème. Que dois-je faire ?

– Je propose… plusieurs choix. Trouver un travail. Vous avez votre diplôme, il n'y a plus qu'à…

Je pince mes lèvres.

– Je ne me sens pas prête. Il me reste encore des choses à régler. J'ai l'impression d'être bancale.

Il hausse un sourcil, feignant de ne pas comprendre. Il m'énerve ! Sept ans que je le supporte. Mais je joue le jeu. Parce que ça fait également sept ans que son petit jeu me fait avancer.

– Déjà, je veux retrouver ma sœur. Et lui dire merci. Elle n'a pratiquement pas eu de vie depuis mon agression. Je veux qu'elle comprenne qu'il est temps pour elle de vivre sans se préoccuper de moi. Mais je sais qu'elle ne m'entendra pas. Elle a été obligée de partir, mais je sais qu'elle appelle les parents tous les jours et qu'elle s'inquiète encore. Il faut que je lui montre que je vais bien, et que je la retrouve.

Il hoche la tête. Je continue, partie dans ma lancée.

– Et j'ai besoin de voir les quadruplés. Il y a des trous dans notre histoire. Je veux y remédier. En fait, tout ça, ma sœur, eux, c'est la même chose pour moi. Je veux me réconcilier avec mon passé, parce qu'il n'y a pas que du mauvais. Et je n'ai pas été correcte. Mais je sais que ça va être difficile. Je ne sais même pas comment m'y prendre. Et si je n'y arrive pas ? Et s'ils me claquent la porte au nez ?

Je soupire. Il sourit. Mouais.

– Émilie. « *La vie est un combat, si par faiblesse il t'arrive de choir, reprends confiance sans te laisser abattre*[5]. » Retenez bien cet adage. Si vous chutez, ce n'est qu'une défaite. Jamais la fin de la lutte. Dans la vie, chaque jour est un combat. Et c'est ce qui la rend intéressante. Vous cacher et accepter le destin sans broncher n'est pas une solution. Nous nous définissons dans nos victoires et dans nos défaites. Pas dans l'immobilisme.

Je relève les yeux et trouve les siens. Ils pétillent de vérité et d'espoir. Sept ans qu'ils me montrent le chemin. Sept ans qu'ils me guident et me soutiennent. Sept ans qu'ils ont raison…

---

5. Henri-Frédéric Amiel, *Fragments d'un journal intime*.

***

De nos jours

– Thomas m'a contactée hier.

Je touille mon lait fraise sans considérer ma sœur qui se balade encore une fois en soutien-gorge et jupe. Elle tourne autour de moi et pose son menton sur mon épaule.

– J'ai dit…

Je la coupe.

– Je sais ce que tu as dit, Aude, mais je n'ai pas la tête à ça pour le moment. Et je te rappelle à titre d'indication qu'ils ont attendu huit ans pour avouer ce qu'ils ont fait… Il peut bien patienter quelques jours supplémentaires.

– Laisse-moi te rappeler deux choses, sœurette. Déjà, ils ont attendu parce qu'ils n'avaient pas le choix. Ensuite, Thomas n'est pas réellement responsable de cette histoire. Il veut simplement arranger les choses.

Je l'observe en buvant mon verre de lait. Elle prépare son café tranquillement, l'air absent.

– Aude ?

– Mmm ?

– J'ai l'impression que tu aimes beaucoup Thomas. Je me trompe ? Il t'appelle souvent ?

Elle marque une pause, touille son café et se garde bien de me faire face.

– Il était mon ami aussi, à l'époque. Et je le trouve sympa. Bref. Et toi, alors ? On démissionne ou on reste encore un peu ?

Je la pousse pour accéder à l'évier et laver mon verre.

– On démissionne. La séance d'hier ne change rien.

Enfin, si, ça change beaucoup. Et ça me fait peur plutôt qu'autre chose. Je ne peux pas nier que j'ai adoré ce moment. Retrouver Marek, son souffle, son parfum… Cette attirance presque irrésistible qu'il m'a fallu surmonter a été un supplice. De plus, je me suis sentie en sécurité dans ses bras. Je crois que la dernière fois que je me suis sentie aussi libérée de toute peur date du jour où ils sont venus me libérer, dans les bras de ce policier, qui, je l'ai appris par la suite, se nommait Bruno Dupuis. Le nom de mon sauveur. Et c'était encore différent. Mais pour résumer, hier, prise en charge par Marek, j'ai tout oublié. Il m'a offert une parenthèse merveilleuse où nous flottions entre le passé et le rêve, quelque part où tout est possible et où ce nous que nous avions imaginé avait un sens.

Mais il ne faut pas être devin pour savoir que tout ça ne peut être qu'une parenthèse. Il m'a tellement fait comprendre qu'il était mieux sans moi, que sa vie à lui a continué d'avancer depuis huit ans et que je ne suis qu'une particule de son passé sans importance. Il me l'a dit vendredi, et depuis le début de la semaine, il s'est évertué à me le faire bien comprendre. Je suis peut-être un peu novice dans certains rapports humains, mais ça, je l'ai plus que bien compris.

Et quelque part ça m'arrange. Parce que je ne sais absolument pas comment gérer le genre d'attirance qu'il m'inspire. Depuis mon agression, je n'ai jamais repensé aux hommes. À part une méfiance irraisonnée, ils ne m'ont jamais rien inspiré. Donc, frémir en attendant un contact, aussi infime soit-il, ce n'est pas normal. Et quand en plus, je suis tout à fait consciente que l'homme qui me fait cet effet ne me porte aucun intérêt, je ne peux que prendre les décisions qui s'imposent. Et urgemment. Je reprends donc, pour celle qui n'a très certainement pas dû entendre.

– Donc, je démissionne. Et après, peut-être que je chercherai du boulot ici… Est-ce que tu m'hébergerais encore quelque temps ?

Oui, j'ai changé d'avis. L'endroit ensoleillé loin du monde que je voulais trouver pour recommencer ma vie peut bien attendre quelque temps. Je me sens bien ici, et rien ne m'attend ailleurs. Les yeux de ma sœur s'illuminent, et son cerveau occulte le sermon ou du moins les conseils qu'elle s'apprêtait à me donner sur mon départ de MLS.

– Oh, mais ouiiii ! Bien entendu que je t'héberge ! La question est franchement stupide ! Tu régresses, Milie…

J'éclate de rire alors qu'elle m'enlace. Je pose mon front contre le sien. Nous deux. Ma sœur chérie et moi. Je veux lui rendre le bonheur et la sœur que je lui ai volée depuis si longtemps. Mais chaque chose en son temps. D'abord, je dois clôturer le dossier Marek. Et ça ne va pas être une mince affaire. Parce qu'au fond de moi, je n'ai pas envie de tourner la page. Mais je ne peux pas le forcer non plus. Et encore moins me faire des idées. La vie est trop courte pour perdre son temps à courir après l'impossible. Même si l'impossible semble tellement magnifique.

***

Enfermée dans mon bureau, je range mes effets personnels. En deux semaines, je n'ai pas amassé beaucoup de choses dans mes tiroirs. Une lettre de maman que je n'avais pas eu le temps de lire un matin, du vernis à ongles rouge cerise parce qu'Aude m'avait dit que toute bonne secrétaire trouvait toujours le temps de se vernir les ongles sur son temps de travail. Avec du dissolvant et du coton. Je trouvais ça ridicule, mais j'ai pris, pensant que si je m'ennuyais, je pourrais éventuellement tenter. Sauf qu'à aucun moment je n'ai eu le temps et que de plus, je ne suis pas une fille à ongles vernis. Surtout pas rouge cerise. Les cerises, je les pique dans un arbre et je les mange. Rien d'autre.

Il s'est avéré qu'en réalité, ce vernis était une manière de se moquer de moi. Elle a même halluciné quand je lui ai dit que je l'avais réellement emporté sur mon lieu de travail. Bref, direction mon sac pour l'attirail de secrétaire cliché.

C'est terrible comme je me suis rapidement habituée à cet endroit. Tout y est agréable. Patricia va me manquer. Ma plante verte qui touche le plafond aussi. Quant à la vue panoramique sur Paris, je n'en parle même pas. Même Marek et son caractère de cochon sont devenus une sorte d'habitude. J'aime l'entendre grogner son « bonjour » matinal accompagné du désormais traditionnel regard sur sa montre, même quand je suis en avance. Et ses mails ultra pro sont à ranger dans la même catégorie. Je ne cacherai pas que je suis très fière de lui. Le petit Polonais qui se battait parfois pour manger à la fin du mois et pour attirer désespérément l'attention de ses parents sur la vie misérable qu'ils menaient, est aujourd'hui à la tête d'une société immense et plus que réputée. Il est professionnel, respectable et respecté. Impressionnant et beau dans la maîtrise de ce monstre qu'est MLS. C'est réellement génial. C'est son truc, il est fait pour ça, et c'est aussi pour ça que je m'éclipse. Je ne veux pas arriver et lui gâcher la vie alors qu'il la réussit si bien.

Les portes de l'ascenseur se font entendre, et avec elles, les voix de Patricia et Marek. D'habitude, ma curiosité maladive fait que je laisse ma porte ouverte. Mais pas là. J'ai volontairement fermé cette porte. Je ne veux pas risquer de le voir. Je veux garder ce souvenir de Marek jeudi midi. Manches retroussées, ses avant-bras hypnotiques se rapprochant de moi, m'enlaçant, leur chaleur, le grain de sa peau. Col remonté, cheveux en bataille, sourire enfantin, yeux pénétrants et envoûtants, il était pour moi l'image même de la perfection faite homme. Beaucoup trop beau, beaucoup trop charismatique, beaucoup trop, tout simplement. Le genre de personne à qui une femme comme moi ne peut rien offrir, à part des remises en question constantes, des désillusions et des prises de tête à n'en plus finir.

Leurs voix résonnent quelques instants dans le hall, puis on frappe à ma porte. Je me fige, tremblante, en laissant tomber dans mon sac trois stylos de ML Security, pour le souvenir.

– Oui ?

La porte s'ouvre sur Patricia. En pleine forme. Elle ne s'embarrasse pas des convenances, contourne mon bureau et me prend dans ses bras.

– Je suis ravie de voir que vous avez survécu à la tête de cochon Lisinski ! Il m'a dit qu'il vous avait laissée tranquille, mais je ne le crois pas totalement. Sa version du « tranquille » n'est souvent pas la même que la mienne.

Inutile de rentrer dans les détails. Et pour être franche, oui, j'ai eu droit à une paix royale puisque nous n'interagissions que par mail. Je lui confirme d'un geste de la tête, puis elle jette un œil sur mon bureau, inhabituellement rangé.

– Que se passe-t-il, Émilie ? Je veux bien admettre que ma notion du rangement soit toute relative, mais la vôtre est un peu abusive, il me semble. Vous avez le droit de laisser traîner quelques stylos dans votre pot à crayons, par exemple.

Je prends une grande inspiration, en essayant de mettre de côté mon apitoiement. Partir est plus compliqué que je ne le pensais.

– Je voulais vous présenter ma démission, Patricia.

Elle fronce les sourcils alors que je lui tends le seul document qui se trouvait sur mon plan de travail. Elle le regarde avec dédain, mais ne prend pas la peine de le saisir.

– Je la refuse. Je suis satisfaite de vous, Émilie. Le travail que je vous confie ne convient pas ? Je suis consciente que mon absence a chargé votre emploi du temps considérablement, notamment avec ce téléphone qui n'arrête jamais de sonner. Mais je suis revenue, nous allons reprendre les choses plus calmement.

Je secoue la tête.

– Non, ce n'est pas du tout le problème, Patricia. J'ai adoré travailler ici. Et ces quelques jours seule ont été très formateurs. Et j'ai vraiment apprécié la liberté et la confiance que l'on m'a accordées. Ma décision n'a rien à voir avec ce point de mon expérience ici.

Elle soupire, retourne de l'autre côté de mon bureau et se laisse choir dans un fauteuil.

– Alors quoi ? Il a été insupportable, c'est ça ? J'ai posé un tas de questions, mais il ne veut rien me dire.

Je m'assieds en face d'elle. J'aimerais qu'on écourte, je ne me sens pas d'humeur à m'expliquer sur une décision qui me fait mal, quelque part. Je ne la prends pas pour moi, enfin pas directement, mais surtout pour que les choses soient les plus douces possible, pour tout le monde. Et c'est déjà assez compliqué comme ça.

– Non, non. Il a été parfait. Il m'a même aidée à surmonter l'épreuve du cours de self-défense. Non, vraiment, je n'ai rien à reprocher à Marek.

Elle sourit, soulagée, et heureuse.

– C'est vrai ? Vous avez réussi à faire les exercices ? Tous ?

Je hoche la tête, fière de moi. Au moins, ce point est une réussite, c'est vrai.

– Oui, et je m'y suis même amusée. Ce n'est pas tous les jours que l'on a l'occasion de frapper son patron, non ?

Elle retient un rire.

– Oui, effectivement. Mais alors, où est le problème ? Je ne comprends pas.

Je soupire en observant mes doigts posés sur le bois précieux du bureau. J'aime me confier à elle. Elle ressemble un peu à ma mère. En plus déjantée, et en jean. Mais la même lueur de compassion brille au fond de ses yeux. Alors, je me lance. Après tout, je ne la reverrai jamais. Et j'en ai besoin.

– C'est… Nous avons eu notre discussion. C'était ce que je voulais. Ma présence ici l'indispose plus qu'autre chose. Je ne veux pas le mettre mal à l'aise. Après tout, s'il est mieux comme ça, je n'ai pas le droit de m'imposer, simplement parce que moi, j'en ai besoin. J'ai largement assez pourri la vie de tout le monde avec mes problèmes. Il est temps que je laisse partir de mon esprit ceux qui veulent tourner la page.

Elle pince ses lèvres, songeuse.

– Et il vous a dit ça ? Qu'il voulait vous voir partir ?

– Oui. Enfin, quand je lui ai dit que je comptais partir à votre retour, il m'a répondu « Très bien ». Ou quelque chose qui s'en rapproche. Et il a aussi dit qu'il allait bien, avant mon retour. Je ne veux pas lui faire de mal, vous comprenez ?

Elle secoue la tête, agacée.

– Je comprends surtout que vous êtes deux véritables têtes de mules !

Je m'attendais à tout sauf à ce genre de réponse.

– Je vous demande pardon ?

– Oui. Marek se persuade qu'il va bien, alors que c'est loin d'être le cas. Il est obsédé par la sécurité et par les retards de quelque sorte. Et vous… vous, la seule façon dont vous venez de m'en parler prouve que vous n'avez pas envie de partir. Alors, j'ai une question, que je lui poserai également.

Elle se penche sur moi, affichant un air implacable et impérial qui n'autorise aucune réplique. Elle me ferait presque peur. Je réponds avec prudence.

– Allez-y ?

– J'aimerais savoir ce qu'il faut que je fasse pour que vous parliez vraiment. Marek ne s'ouvre que rarement. Et vous, vous ne savez pas comment vous y prendre non plus. Partis comme on est, ça va prendre au moins dix ans avant que l'un de vous deux déclare un truc profond et sincère à l'autre. Et je vous avoue que je n'oserais même pas prendre les paris sur qui se lancerait le premier. Si un jour ça arrive.

Elle me déstabilise. J'attrape mon sac, parce que je ne veux pas qu'on tente de me faire changer d'avis. C'est déjà assez compliqué, je ne le fais pas de gaieté de cœur, mais juste parce que c'est nécessaire. J'aurais préféré ne pas me faire embaucher ici, finalement. Tout est devenu trop douloureux, trop compliqué. Je n'ai pas envie de souffrir, je n'ai pas envie de le torturer non plus, mon but est d'avancer, pas d'aller chercher au fond du passé pour faire perdurer des espoirs perdus.

– Écoutez, je pense que vous vous trompez. J'ai tenté de lui parler. À plusieurs reprises. Et il a été très clair. Certes, mon avis sur lui a changé, parce que depuis j'ai appris qu'il a, à l'époque, été victime d'une terrible injustice. Et j'aurais aimé pouvoir en parler avec lui, et peut-être lui dire réellement que je le comprends, que je suis désolée d'avoir été la cause de tellement d'ennuis et que je lui souhaite le meilleur. Parce que pour moi, il mérite tout ce qu'il y a de mieux. Mais il n'a pas besoin de moi pour ça. Il a déjà construit sa vie, il possède tout ce qu'il lui faut pour être heureux. Et par ailleurs, il m'a clairement déclaré qu'il n'avait pas besoin de moi. Alors je veux bien faire preuve de détermination. Mais seulement quand c'est utile. Or, c'est loin d'être le cas pour Marek.

Elle s'esclaffe.

– Pardon de vous contredire, mais ça n'a *jamais* été autant le cas que pour Marek ! Vous croyez que parce qu'il n'a pas à s'inquiéter de son compte en banque, il a réussi sa vie ? Sincèrement, Émilie, vous qui le connaissiez bien, il vous paraît heureux ?

Je ne peux pas lui donner tort sur ce point, sauf que…

– Il n'est pas bien depuis que je suis là, il me l'a affirmé. Il a eu cette franchise, dont je lui suis reconnaissante, d'ailleurs.

Elle ricane en secouant la tête.

– Ah là là... La jeunesse est tellement aveugle que c'en est effarant... Émilie, restez, il ne le sait sans doute pas, mais vous lui faites du bien.

Je crispe mes mains sur mon bureau. Je ne veux pas me laisser embobiner. Pour une raison que j'ignore, Patricia joue à l'entremetteuse entre Marek et moi, ce qui est inutile et surtout dangereux. Je n'ai, de plus, vraiment pas besoin qu'on vienne ajouter à ma perplexité de nouveaux éléments. Je suis assez perdue comme ça. Je préfère écourter les explications. Rien ne me paraît bon dans le fait de rester ici. Je me lève de mon siège mais elle me devance en tendant les mains vers moi.

– Attendez une minute. Restez là, je reviens.

Je secoue la tête en passant l'anse de mon sac sur mon épaule. Elle hausse le ton.

– Émilie, attendez-moi ici !

Je ne sais pas comment font ces gens qui imposent leurs volontés, simplement en adaptant la tonalité de leurs paroles à leurs volontés. En attendant, ça marche super bien sur moi. J'attends donc, debout au milieu de mon bureau, qu'elle revienne. Ce qu'elle fait très rapidement, avant de poser un document sur la table.

– Pourriez-vous, je vous prie, consulter ce document avant de prendre votre décision.

Je hausse un sourcil, intriguée. Elle s'explique.

– Ceci est un document officiel et juridique. Y figure l'identité de cette société. Je vous demande d'en prendre connaissance.

Je ne bouge pas. Je ne comprends pas le but de la manœuvre. Elle insiste.

– Vous êtes-vous déjà demandé ce que le M et le L signifiaient dans ML Security ?

Je hausse les épaules, retenant un petit rire nerveux.

– Bon, écoutez, Patricia, je sais bien que je suis un peu naïve, parfois, mais quand même… Marek Lisinski Security, c'est un peu évident. Et je ne vois absolument pas le rapport. Je suis déjà tout à fait informée que cette société est la sienne, mais ça ne change absolument rien. Ce n'est pas l'argent qui m'intéresse, j'ai d'autres…

– Je vous demande simplement de lire ce document, Émilie ! Pas un discours sur votre désintérêt pour l'argent, puisque ce point saute aux yeux chez vous. Lisez.

Je saisis le document pour en prendre connaissance, et en finir.

– Lisez l'alinéa 2.1. Le reste n'a aucun intérêt.

Et je lis. Et je reste sans voix. Mes yeux repassent au moins trois fois sur les mots. Trois petits mots qui me font tourner la tête. Qui me plongent dans un océan d'incompréhension : Milie Laurent Security.

Voilà ce que ce document stipule. Le reste parle de décisions juridiques. Mais la société, elle, est nommée en toutes lettres. Elle porte mon nom. Je m'affale sur le premier siège venu. Désemparée.

– Pourquoi ?

Patricia soupire en s'adossant à mon bureau.

– Parce que, Émilie, il tente par tous les moyens de se faire pardonner. Parce qu'il a besoin de cette rédemption. Mais rien n'est assez fort. Rien n'est assez puissant pour le délivrer de sa culpabilité. Vous croyez que sa vie est merveilleuse ? Il n'est pas marié, je pense être sa seule véritable amie, et aussi sa mère, parce que la sienne ne semble pas s'en inquiéter. Émilie… Ouvrez les yeux ! Vous êtes venue pour savoir comment il allait. Je vous le dis tout net : mal. Il ne va pas bien. Alors, je sais que ça ne me regarde pas. Et je sais aussi que beaucoup de temps s'est écoulé, et que souvent, les sentiments s'émoussent avec les années. Mais avant d'être l'amoureux qui est arrivé un peu trop tard à un rendez-vous, il a été votre ami. Et au nom de cela, Émilie, je vous demande de repenser votre décision. Ne partez pas tout de suite. Parce que j'ai l'intime conviction que s'il y a bien quelqu'un qui peut l'aider, c'est vous. Je vous en prie.

Tout se mélange dans ma tête. Je ne comprends pas. Ce qu'elle me dit est très loin de ce que je pensais être la réalité. Dois-je lui faire confiance ? Ou rester sur mes certitudes ? Ma raison me conseille de partir sans chercher à comprendre. Mais le reste… en particulier mon cœur… dit tout autre chose. Mais pour résumer, tout en moi a peur. Atrocement peur de la suite. La raison doit donc être la plus forte.

– Mais, Patricia, à quoi bon essayer de le sauver, puisque visiblement, il ne veut pas d'aide ? Il m'a fermé la porte. Par deux fois. Que puis-je faire d'autre ? Je dois respecter son choix.

Elle se penche vers moi, déterminée.

– Essayez encore, Émilie.

Je ferme les yeux. Et s'il me repousse encore ? Et si je nourris des espoirs qu'il anéantira ? Suis-je assez forte ?

– Huit ans qu'il souffre, Émilie… Ne mérite-t-il pas, pour une fois, que quelqu'un se donne la peine, réellement ?

J'entends sa voix qui me brise le cœur. Le visage de l'ado réservé et tellement sensible s'impose à moi. Et cette phrase, celle qui me suit depuis des mois : « La vie est un combat, si par faiblesse il t'arrive de choir, reprends confiance sans te laisser abattre[6] », me hante une fois de plus.

Tout est dit. Rien à ajouter. Je me lève d'un bond.

– Je vais lui parler. Lui demander, vraiment. Et l'obliger à m'écouter.

Elle hoche la tête en souriant.

---

6. *Ibidem.*

– Alors dépêchez-vous. Il est sur le toit.

Je stoppe dans mon élan.

– Je vous demande pardon ?

– ESW… Il part dans cinq petites minutes pour les Alpes. Vous avez juste le temps. Ou attendez demain ?

Je secoue la tête.

– Non. Il va falloir qu'il m'écoute, et si j'attends, je n'aurai plus le courage. Donc, tant pis si je retarde son départ. Mais c'est maintenant. Pas plus tard !

Je tourne les talons et l'abandonne dans mon bureau, le document à la main, le sac à l'épaule, prête à le mettre devant quelques évidences.

13

Marek
Huit ans plus tôt

Les images défilent devant moi. Je crois que ça fait plus de trois heures que je ne cligne même plus des yeux. J'absorbe chaque visage, chaque détail, chaque mot, comme les éléments les plus précieux de ma vie. Mon père ronfle sur le canapé, et ma mère n'est pas rentrée, je n'ai aucune idée d'où elle est ni de ce qu'elle fait. Ce n'est d'ailleurs absolument pas ma préoccupation. Pour le moment, les infos qui passent en boucle sur la chaîne nationale me captivent. Je me dis que peut-être j'en apprendrai un peu plus. Et surtout j'attends de savoir où ils l'emmènent. Aude ne répond pas à son téléphone, je n'ai pas revu les gars, mais je me doute qu'ils n'ont pas plus d'infos que moi, inutile de les appeler. Le seul moyen d'apprendre des choses, c'est uniquement ces reportages qui se suivent sans discontinuer.

J'ai envie de tout casser. J'aimerais aller démolir la gueule de ces mecs, mais d'après l'un des flashs qui passent tous les quarts d'heure, ils sont déjà morts. Ce n'est même pas un soulagement, ce qu'annoncent les journalistes qui se suivent à l'écran est horrible. Et le pire, c'est de savoir que c'est de Milie dont ils parlent. En partie. Parce que, le comble, c'est qu'elle n'a pas été la seule à subir cet enfer.

« D'après nos informations, la bande à la Mercedes, comme les ont surnommés les autorités pendant la chasse à l'homme, qui nous le rappelons, a duré presque deux jours, n'en était pas à son coup d'essai. Nos sources évoquent d'autres victimes par le passé, dont les agressions, kidnappings et meurtres n'avaient jamais été élucidés.

Le mode opératoire a permis de rapprocher plusieurs affaires. Des victimes jeunes, à quelques années de l'âge adulte, réduites à la simple utilité d'esclave sexuelle, sous-alimentées, enfermées dans des caves, jusqu'à ce que mort s'ensuive. Pour le moment, nos sources parlent de cinq victimes par le passé. Le gang s'installait dans un bâtiment abandonné, isolé, et repartait dans un délai d'une semaine maximum, laissant là la victime, souvent décédée, ou en état alarmant, et qui finissait par succomber aux multiples blessures et mauvais traitements. »

L'interview d'un flic est ensuite intégrée au reportage. « Nous pouvons considérer que cette petite a eu beaucoup de chance dans son malheur. Il a suffi d'un témoin pour aiguiller nos recherches, ce qui a donné suite à une enquête plus ciblée, et donc nous a permis de remonter la piste, trop lentement à notre goût, mais elle est là, et bien vivante. C'est déjà une petite victoire. »

Je me repais de cette phrase à chaque fois que l'interview passe à l'écran. « Bien vivante ». C'est tout ce qui importe. Ma mère, qui semble vouloir nous faire l'honneur de sa présence, ouvre la porte de l'entrée et chancelle jusqu'au salon. Je ne lui porte aucune attention. Elle commence à bougonner à propos d'une émission qu'elle ne doit pas rater. Je la connais, elle va me prendre la tête. D'habitude je me barre. Mais pas ce soir. Donc, pour avoir la paix, je me lève, trouve une bouteille de gin dans un placard de la cuisine, et lui colle entre les mains. Puis je me réinstalle sur la moquette pendant qu'elle ronronne de plaisir.

– Oh, mais je ne savais pas qu'on avait ça ! Tu l'as achetée aujourd'hui, Marek ? Mon fils qui prend soin de sa maman…

J'augmente le son de la télé, parce qu'un nouveau reportage semble avoir été ajouté au fil de l'actualité. Le père de Milie. Je me redresse et me rapproche de l'écran alors que l'autre poche à vinasse roucoule avec sa bouteille.

« Nous remercions les enquêteurs et toutes les personnes qui ont contribué à nous ramener notre fille. Mais elle est très faible et a besoin de repos. C'est une épreuve pour elle et notre famille, et nous avons besoin de toutes nos forces pour la soutenir. Je vous demanderai donc de respecter notre vie privée. Je m'engage à vous donner des nouvelles de son état le plus régulièrement possible, si de votre côté, vous nous laissez respirer. »

En plus de l'écouter, j'observe l'endroit où il se trouve. La porte en verre derrière lui est siglée d'un logo que je reconnais, même si la chaîne info a pris soin de retourner la vidéo afin de brouiller les pistes. Je sais où ils sont. Mon cœur se met à tambouriner et le besoin de la voir m'étouffe littéralement. J'ai entendu toutes les atrocités qu'elle a dû endurer. Je n'entends que ça depuis qu'ils l'ont retrouvée. J'ai besoin de savoir si c'est vrai. J'ai besoin de soulager ce mal qui me prend les tripes et m'a fait vomir deux fois depuis le début de l'après-midi. Mon cœur a besoin d'être près d'elle.

Je ne réfléchis même pas. Je balance la télécommande à ma mère et me dirige vers la porte d'entrée.

– Mais tu vas où ? Marek ?

Je claque la porte et cours en claudiquant jusqu'à l'arrêt de car.

***

De nos jours

– Oui, monsieur Gandin. Dans trois heures. Je vous laisse, nous décollons dans quelques minutes.

J'éteins mon téléphone et Roger ouvre la porte qui nous sépare de la piste. Le bruit assourdissant des rotors emplit le petit sas et la porte menant à l'immeuble s'ouvre dernière moi. Milie surgit, échevelée, essoufflée. Mon cœur s'emballe à cette simple vision. Dès qu'elle est près de moi, je perds tous mes moyens, c'est atroce. J'imagine le pire. Pourquoi est-elle là ? Se passe-t-il quelque chose de grave ?

– Milie ? Qu'est-ce que tu fais là ?

Je fais signe à Roger de refermer la porte. Il sort et nous laisse tous les deux. Milie replace une de ses mèches.

– Marek, il faut que je te parle.

Je l'examine un moment. L'éclat de ses yeux montre une détermination sans faille. Mais, encore une fois, ce n'est pas le moment.

– Je dois partir maintenant. Demain, si tu veux.

– Ah non ! Ton hélico peut attendre cinq minutes ! J'ai des choses à te dire, ça fait huit ans que l'on doit avoir cette discussion, alors c'est maintenant. Je n'attendrai pas une minute de plus.

Elle se tient droite, déterminée, et je sais que m'échapper sera compliqué, cette fois. Pourtant, j'essaye.

– Mon hélico n'attendra pas. Je suis déjà en retard sur le planning. Demain, mon bureau, huit heures trente. Et ne sois pas en retard pour une fois.

Elle est trop près de moi, trop troublante, trop offensive pour que j'arrive à m'en sortir avec une simple réflexion sèche et désobligeante. J'ouvre la porte et m'extirpe de ce local trop tentant. Je grimpe l'escalier qui rejoint la piste, balayé par le souffle des hélices qui tournent en m'attendant. Je m'apprête à grimper dans l'hélico lorsqu'une main se pose sur mon bras et me retient dans mon élan. Milie. Elle est vraiment déterminée. Et mignonne, les cheveux au vent, la robe qu'elle retient difficilement sur ses cuisses gonflant sous les bourrasques provoquées par l'hélicoptère.

Elle me parle mais j'entends difficilement, le vacarme des rotors condamnant définitivement toute forme de communication. Je hausse les épaules et lui crie :

– DEMAIN !

Elle secoue la tête et me colle dans les mains un document. Je le parcours rapidement et ne comprends pas où elle veut en venir avec cet acte juridique sans importance. Jusqu'à ce qu'elle pose son doigt sur le nom de la société. Mon cœur manque une nouvelle fois quelques battements. Je relève le regard sur elle, cette fois dans une supplique. Pas maintenant. Pas en cinq minutes. Je désigne l'hélico du menton.

– Demain ?

Elle secoue la tête, reprend le document, me pousse et monte dans l'habitacle, s'assied sur le siège du fond en croisant les bras. Roger, installé aux côtés de Serge, se tourne vers moi, attendant les instructions. Une sorte de temps mort s'installe dans cet hélicoptère, le temps pour moi de trouver la meilleure manière de réagir. Milie glisse sur le siège jusqu'à moi et hurle à mon oreille.

– Et n'essaye même pas de jouer au patron acariâtre en menaçant de me virer, parce que j'ai déjà démissionné !

Elle m'adresse un sourire victorieux pour ponctuer sa tirade. Par contre, de mon côté, ça ne me convient pas du tout. Je ne veux pas ne plus la voir.

– Tu as fait quoi ?

– J'ai démissionné. Donc, c'est maintenant ou jamais. C'est toi qui vois !

Nos yeux se croisent. Son beau visage me pousse à abdiquer. Et… rien d'autre. Je n'ai aucune objection à lui opposer. Son obstination me réchauffe le cœur, et je n'ai pas envie de me battre contre elle. Et comme elle vient de me faire comprendre, si je la laisse partir maintenant, je ne la reverrai plus. J'adresse un signe à Roger.

– Très bien. Attache-toi.

Elle m'offre un sourire radieux et se replace sur son siège. Je grimpe à mon tour, vérifie qu'elle se harnache correctement, parce qu'elle est devenue en un instant le chargement le plus précieux de cette embarcation. Je lui donne un casque, en prends un pour moi et m'attache à mon tour avant de refermer la porte.

– C'est bon, Serge.

Elle se tourne vers moi et commence un monologue.

– Alors, j'aimerais comprendre. Pourquoi ta société porte-t-elle mon nom ? Et pourquoi m'aboies-tu dessus depuis deux semaines ? Et pourquoi…

Je la coupe.

– Milie, on peut en parler plus tard ?

Elle pointe son index dans ma direction, lancée dans son élan, imperturbable.

– Ah, mais non, je n'ai pas fini, monsieur le grand P.-D.G. ! Tu n'es plus mon supérieur hiérarchique, alors arrête d'essayer de couper court à la conversation, je parle si je veux ! OK ?

– OK. Mais je ne suis pas P.-D.G.

Elle hausse les épaules.

– Et ça change quoi ?

– Nous ne sommes pas cotés en Bourse, nous n'avons pas de comité de direction, et la société n'est pas répartie en actions ou parts, elle m'appartient entièrement.

Elle plisse les yeux.

– Serais-tu devenu un chouïa pédant ?

J'éclate de rire.

– Moi ? Pédant ? Alors ça, c'est la meilleure ! Non, je ne crois pas, enfin, je pense que Patricia ne m'aurait pas épargné si ça avait été le cas.

Elle penche la tête en souriant.

– Oui, non, pas pédant. Je te l'accorde. Bon, ceci étant dit, j'attends tes réponses.

Je jette un œil devant nous, alors que Serge termine les vérifications d'usage.

– Je te propose d'en parler une fois arrivés.

– Ah, mais non ! Maintenant !

Je soupire devant sa détermination abusive. Je préfère lui faire comprendre par l'exemple.

– Serge, Roger, vous connaissez Milie ?

Serge lui adresse un signe bref en répondant à travers le micro de son casque, concentré sur ses jauges.

– Bonjour, mademoiselle.

Roger se retourne vers elle et hoche la tête.

– Enchanté, mademoiselle.

Milie lui sourit, perdue.

– Bonjour. Mais… Tout le monde entend dans les casques ?

Je confirme d'un geste du menton. Son attitude offensive se dissout instantanément, et la timidité reprend le dessus.

– Oh… On en parle après ?

Je retiens un rire.

– C'est toi qui vois. Accroche-toi.

Elle hausse un sourcil. Je précise.

– On décolle.

– Ah !

Elle attrape la poignée la plus proche et déglutit. Je n'ose pas me tourner vers elle. J'adore qu'elle se trouve là, sans que j'aie eu à lui demander, c'est elle qui est venue à moi. Et c'est moi qui profite de sa délicieuse présence. Dès que nous prenons de la hauteur, elle pousse un cri de surprise mélangé à une sorte de panique et attrape mon bras en fermant les yeux. Sa voix se fait entendre dans nos casques.

– Oh mon Dieu, mais cet hélico vole vraiment !

Je retiens un rire.

– Ah oui, j'ai oublié de te prévenir… Le but était de voler ! Je m'excuse d'avoir omis ce détail…

Elle ouvre les yeux en se gardant bien de regarder à l'extérieur, se presse contre mon bras, toute tremblante, recherchant quelque chose à quoi s'accrocher.

– Tu parles d'un détail ! Seigneur, mais pourquoi ai-je un tel caractère de merde, aussi ?! Pardon, quand j'ai peur, je suis vulgaire. Habitue-toi, ce n'est qu'un début ! Quand je bois aussi, cela dit. Mon second moi est absolument infréquentable, j'ai l'impression ! Ah ben maintenant, je raconte n'importe quoi. On en a pour combien d'heures de vol ?

Roger s'esclaffe devant nous et je lui réponds.

– Presque quatre heures.

Elle ferme les yeux en soupirant.

– Seigneur… Et j'ai envie de faire pipi !

Cette fois, c'est Serge qui retient un rire. Moi aussi, cela dit. Elle est vraiment craquante. Elle ajoute, très sérieusement.

– Et je suppose qu'il n'y a pas… d'aire d'arrêt, enfin, tu sais, comme sur les autoroutes…

Je secoue la tête.

– Non, effectivement. Tu veux qu'on fasse demi-tour ?

– Ah non ! Je te tiens, je te garde.

Elle entoure ses bras plus fermement autour du mien. Une douce chaleur se répand depuis ce contact pour m'engourdir agréablement tout le corps. C'est tellement bon que j'oublie les deux hommes assis devant nous. Nous ne sommes plus que tous les deux. Je pose ma tête contre l'appui-tête et profite de l'instant. Il y a deux minutes, je m'apprêtais à me rendre au rendez-vous le plus assommant de l'année, et me voilà avec Milie accrochée à mon bras. J'ai dû louper un épisode. Mais ça n'a aucune importance, elle est là, elle m'a couru après, et ça me rend heureux. Pour une fois, elle ne me repousse pas. Et je n'ai rien fait pour. Je sais que ce n'est que passager, qu'elle a peur, et qu'elle veut une discussion, qui devrait m'effrayer, parce qu'à bien y réfléchir, je vais devoir expliquer des choses que j'aimerais garder pour moi, mais je prends ce bon moment quand même.

C'est l'instant que choisit Serge pour virer à droite. Elle pousse un nouveau cri en fermant les yeux.

– Mon Dieu, mais qu'est-ce que je fais dans cette galère ?

La pauvre. J'attrape sa main et la presse doucement.

– Tu ne risques rien. Je m'en porte garant. Si tu veux, si ça peut te rassurer, au retour, je piloterai.

Elle ouvre les yeux, étonnée.

– Tu sais conduire ce genre de machin ?

Je hausse les épaules.

– Non, mais ça peut être drôle, non ?

Elle écarquille les yeux, puis les lève au ciel.

– Pff… N'importe quoi ! Bon, OK, ma question était stupide, tu sais piloter. On arrive quand ?

Je m'esclaffe et remarque que nous survolons Paris, et que c'est quelque chose que je trouve toujours très impressionnant. Je désigne la vitre du menton.

– Regarde. Essaye d'apprécier le paysage, ça passera plus vite.

Elle se penche sur moi, littéralement allongée sur mes genoux, enfin, autant qu'on peut l'être en étant harnachée sur un siège.

– Oh. Effectivement, c'est pas mal. Et… On va où au fait ? On sera rentrés ce soir ? Il faut que je prévienne Aude ? Et… je ne dérange pas ? Tu vas voir des clients ? Tu me laisseras à une terrasse de café, je vais acheter un bouquin et…

– Certainement pas, tu restes avec moi. Nous allons déjeuner avec l'équipe de ESW que tu connais déjà, Serge doit faire un repérage avec leur équipe. Et nous, nous avons une table réservée à Megève avec Gandin.

Elle se redresse, embarrassée.

– Oh. Mais je ne vais jamais pouvoir être à la hauteur…

Je penche la tête d'un air surpris.

– Quelle hauteur ?

– Ben…

Elle s'explique à l'aide de grands gestes.

– Tu vois, ESW, le resto… Tu ne peux pas me déposer au McDo du coin ? Je ne suis même pas habillée en conséquence.

Je ravale un rire.

– Ça ira très bien. Gandin te connaît déjà et je sais qu'il t'apprécie. Et tu es très jolie comme ça.

Nos regards se rencontrent à nouveau et s'enlacent. Une petite mèche de cheveux, détachée depuis son arrivée dans l'hélico, chatouille sa joue. J'ai envie de la remettre en place. De caresser sa peau au passage. Sa proximité me perturbe de plus en plus. Je mentirais si je disais que seules des pensées chastes me passent par la tête. Elle était déjà tout à fait à mon goût à l'époque, et le temps n'a fait que l'embellir. Ses traits se sont affinés, ses formes amplifiées, et son regard est l'un des plus profonds qu'il m'ait été donné de contempler. Pour de mauvaises raisons, malheureusement. Elle a appris la vie d'une manière atroce, et ce que je trouve troublant est sans aucun doute le reflet des nombreuses fêlures qu'elle porte au fond d'elle. Ce qui me rappelle que mes pensées d'ordre sexuel la salissent, en un sens, et qu'elle a bien d'autres aspects passionnants que le simple plaisir de la chair. C'est Milie. Ma meilleure amie.

Je passe une main sur la sienne et la porte à mes lèvres.

– Très jolie. Tout ira bien. Profite plutôt du paysage. Pour le reste, je me charge de tout. Et après le départ de Gandin, nous pourrons parler. C'est promis.

Elle me sourit timidement et s'installe correctement dans son siège pour se tourner vers sa propre fenêtre. Sans lâcher ma main. Nous ne survolons plus Paris. Juste des champs, que nous apercevons entre deux nuages que nous traversons.

– C'est beau. J'ai l'impression d'être libre, et de voler comme un oiseau.

Un sourire enfantin et léger s'arrime à ses lèvres. Je pose ma tête contre mon dossier, tourné vers elle, et je profite de cette belle parenthèse offerte au milieu de mes angoisses constantes. J'admire mon paysage à moi. Elle.

***

– Alors, vous voyez, Émilie, ici, sont prévus les stands. Cette année, nous allons doubler la surface d'accueil, l'année dernière a été une telle réussite que nous devons voir plus grand. Vous notez bien, Lisinski ?

Je déteste ce mec. Quand il a vu qu'Émilie serait avec nous pour la journée, il a décidé de nous faire faire le tour du propriétaire. Et vas-y que je lance des sourires mièvres, que j'abuse de ronds de jambe et que mes yeux sont un peu perdus au milieu du décolleté de Milie qui ne capte absolument rien, émerveillée par le paysage.

Et moi, je fais office de boy, je dois noter les informations lancées au compte-gouttes par mon cher client. Ce qui va aller cinq minutes encore, après, le gentil prestataire de services que je suis va remettre un peu de sérieux dans cette séance de drague improvisée. Et pourquoi attendre cinq minutes, d'ailleurs ?

– Je note, je note. Roger, notez, merci. Bon, je crois que cette fois, nous avons fait le tour. Je propose que nous reprenions la route vers l'héliport. Il est tard et nous devons rentrer. Émilie n'avait pas prévu de s'absenter pour la nuit, et je tiens à la ramener chez elle à une heure raisonnable.

Oui, parce qu'au lieu de le quitter après le déjeuner, comme prévu, il est presque dix-huit heures, et nous y sommes toujours. Mon client hoche la tête.

– Oui, dans dix petites minutes.

Remonte tes yeux, bordel de merde ! Je retire mon pull. Cette fois, c'est bon. Hors de question qu'il la salisse une fois de plus avec ses œillades de vieux vicelard.

– Milie, tu trembles. La température tombe rapidement dans les hauteurs.

J'enroule mon pull autour de ses épaules et m'arrange pour nouer les manches du pull devant sa poitrine. *Voilà, un gros nœud qui cache tout.* Je relève les yeux sur ceux de Milie qui m'observe d'un air amusé. Elle se marre bien, apparemment. OK, je ne suis pas discret, mais c'est le dernier de mes soucis. Elle laisse un petit rire s'échapper de ses lèvres. Gandin nous coupe pour nous raconter n'importe quoi, pour changer.

– Oui, un orage se prépare, d'ailleurs. Vous êtes certains de vouloir repartir ce soir ? Cela me semble un peu imprudent, pour une société qui se dit numéro un dans la sécurité.

Ah, pour une fois, ce n'est pas n'importe quoi. Je jette un regard à Roger qui a déjà dégainé son portable. Gandin lève la main vers le dos de Milie qui s'écarte pour se réfugier contre moi. Et toc ! Je passe la main sur ses reins pour la guider vers le parking.

– Monsieur, je pense que nous devrions rentrer. Cette visite était passionnante, merci pour tout. Roger ?

Mon homme à tout faire, garde du corps multitâche, nous précède jusqu'à la voiture de location et nous ouvre la portière, en pleine discussion téléphonique. J'accélère les salutations à mon client, il fait traîner celles qu'il adresse à Milie, puis nous abandonne enfin. Une fois dans la voiture, je souffle de soulagement. Milie me sourit tendrement.

– Il n'est pas méchant, Marek.

Non, bien entendu, il n'est pas méchant. Il est juste insupportable. C'est tout. Je ne lui réponds pas, légèrement agacé qu'elle prenne sa défense, et me concentre sur Roger qui fait démarrer la voiture.

– Vous avez prévenu Serge ? Il est prêt à décoller ?

– Oui, monsieur. Mais il semblerait que M. Gandin n'ait pas menti. L'orage est à peine à quelques kilomètres et Serge émet de grosses réserves concernant la possibilité de partir ce soir.

– Ah ? Mais il fait encore beau… OK pour la sécurité, mais restons raisonnables.

– Permettez-moi de me ranger du côté de Serge pour cette fois, monsieur. Un orage en pleine montagne s'avère soudain, mais très puissant. Il serait peut-être plus sage d'attendre pour repartir.

– Marek. Attendre combien de temps ?

– Jusqu'à demain matin, monsieur. Serge ne conseille pas non plus un vol de nuit, toujours en raison des conditions climatiques.

– Marek.

– Oui, monsieur.

Je me tourne vers Milie, désolé.

– Tu crois que ça te poserait un problème de passer la nuit ici ? Je peux insister si tu veux, mais j'ai pour habitude d'écouter Serge. C'est un pro.

Et surtout, je n'ai pas envie de risquer quoi que ce soit quand elle m'accompagne. Tout seul, je serais reparti. Mais avec Milie… J'ajoute.

– Nous pourrons parler tranquillement, comme ça.

Elle hésite.

– Ou je demande à Roger de nous conduire à la gare la plus proche, et nous rentrons en train. Ou en voiture, dès maintenant ?

Le ciel s'assombrit en quelques secondes et un grondement violent résonne entre les pans de montagne que nous longeons. Elle frissonne puis secoue la tête.

– Franchement ? Je préférerais être au chaud et en sécurité.

J'ai envie de sauter partout. Je l'ai pour moi tout seul, pour toute la soirée. Ma Milie… J'ai même envie d'embrasser Roger et d'aller danser sous l'orage. Non, j'exagère. Un peu. Je prends les choses en main.

– Roger, vous…

– J'ai pris la liberté de vous réserver la suite présidentielle dans votre hôtel habituel, monsieur. Je n'ai malheureusement pas eu la possibilité d'en réserver une seconde, l'hôtel étant complet. Mais je me suis assuré que la suite comportait bien au minimum deux chambres, j'espère que cela conviendra, monsieur.

Je jette un œil à Milie qui répond positivement d'un signe de tête, les yeux rivés sur les flancs de la montagne s'obscurcissant sous les nuages menaçants de l'orage qui se prépare. Je confirme à Roger.

– Marek. Merci Roger.

– Oui, monsieur.

Milie porte sa main à sa bouche, détachant son attention du paysage, comprends la situation, adorablement effarée.

– La suite présidentielle ?

Roger répond à ma place, presque fier.

– Oui, mademoiselle Émilie. Nous y serons dans une bonne quinzaine de minutes.

– Oh… Merci Roger.

Je reprends Roger, dubitatif.

– Roger, peut-on savoir pourquoi vous appelez Milie Émilie, et moi, après toutes ces années, je n'ai le droit qu'à monsieur ? Ce n'est pas tout à fait équitable, Roger.

– Je vous l'accorde, monsieur.

– Donc, vous pourriez éventuellement réfléchir au problème, il me semble.

– Tout à fait, monsieur. J'y penserai.

Je lève les yeux au ciel alors que la femme à côté de moi se paye gentiment un fou rire à mes dépens. Roger est le garde du corps le plus insupportable que je connaisse. C'est aussi le seul que je connaisse vraiment, cela dit. J'attrape mon portable pour appeler Serge et lui donner mes instructions pendant que l'orage éclate sur nous et que Milie se saisit de ma main au premier éclair.

***

– Roger, je me posais une question. Comment allez-vous faire sans vos pyjamas sur mesure ? Ça va vous perturber, non ?

Mon homme de main, qui nous mène à notre suite à travers les couloirs de l'hôtel, répond à ma question, imperturbable.

– J'ai demandé à la couturière de l'établissement de remédier au problème, monsieur. Elle m'en avait déjà confectionné un lors de notre précédent séjour ici. L'histoire de quelques heures tout au plus.

Il s'arrête devant notre suite, passe la carte magnétique et nous maintient la porte ouverte. Je le congédie dès que nous passons le seuil.

– Merci Roger. À demain.

– J'ai pris la liberté de vous réserver une table au restaurant à partir de dix-neuf heures trente, monsieur. Et les effets personnels de Mlle Émilie ont déjà été livrés dans sa chambre, les vôtres également. Bonne soirée, monsieur.

– Marek. Merci, à vous aussi.

– Merci, monsieur.

Milie lui adresse un signe amical.

– Bonne nuit, Roger !

– Bonne nuit, mademoiselle Milie.

Je m'insurge, choqué :

– Vous l'appelez Milie maintenant… et moi ?

– Bonne nuit à vous également, monsieur.

Je grogne.

– Oui, merci, dégagez !

Je referme la porte sur lui et me tourne vers Milie qui semble émerveillée par le salon dans lequel nous nous trouvons. Et j'apprécie l'instant. Depuis huit ans, j'espérais revoir un jour ce sourire enfantin qui la caractérise. Ce regard pétillant de bonheur… Je n'ai jamais été aussi heureux d'avoir les moyens. J'ai l'impression que tous mes efforts et mon travail trouvent enfin leur but, juste maintenant, dans ce sourire franc et adorable, léger et troublant. J'ai l'impression de laver une toute petite partie de son malheur quand je la vois comme ça. Et ça me fait un bien fou. Tout mon monde pour ce sourire. Tout pour elle, sans aucune hésitation.

Je la laisse inspecter l'endroit un moment, jusqu'à ce qu'elle se tourne vers moi, me rendant compte que depuis quelques minutes je ne fais que la regarder. Ses joues adoptent une couleur rosée adorable pendant qu'elle se racle la gorge.

– C'est… beau… Tu sais, une chambre toute simple, ça marchait aussi.

Je hausse les épaules en avançant vers elle.

– Ce n'est pas la suite terrasse. Nous sommes dans le simple. Tu as entendu Roger, les autres suites n'étaient pas disponibles. Quant aux chambres, je pense que ça ne lui a même pas traversé l'esprit.

– Ah ! Eh bien… Ça me convient… Un peu de simplicité, c'est toujours rafraîchissant !

Elle retient un rire, provoquant le mien. Je me sens un peu nerveux enfermé avec elle ici. J'essaye de meubler le moment, parce que, même si j'ai l'impression de la connaître par cœur, il y a aussi une grande part d'elle qui m'est totalement inconnue. C'est étrange comme sensation. Je l'entraîne dans le couloir.

– Bon, je suppose que Roger a demandé qu'on t'installe dans la chambre principale.

J'ouvre la première porte. Effectivement, une multitude de boîtes provenant de la boutique femme de l'hôtel trônent au milieu du dressing de la pièce.

– Oui, voilà. Tu as tout ce qu'il faut ici pour…

– Oh mon Dieu, mais c'est magnifique !

Milie se dirige à travers sa chambre, vers le balcon, sans m'écouter.

– Non, mais tu as vu ça, Marek ?

Je la rejoins. Devant nous s'étend une chaîne de montagnes dont les sommets dentelés se détachent du ciel orangé d'un côté et orageux de l'autre.

– On se croirait en pleine apocalypse ! C'est impressionnant. Je suis vraiment contente que nous n'ayons pas décidé de repartir. Je me sens plus en sécurité ici !

Je me tiens juste derrière elle. Je pourrais passer un bras autour de sa taille et la serrer dans mes bras. Simplement parce que je suis heureux de la retrouver. Simplement parce que sa joie me fait un bien insoupçonné. Simplement parce que c'est elle, et que je l'ai toujours aimée, de toutes les manières qu'il soit possible d'aimer. Simplement parce que c'est tout mon univers qui a besoin du sien pour retrouver enfin les bases qu'elle a emportées avec elle il y a si longtemps.

Ma voix rauque perce le silence lorsque mon esprit décide de parler sans même me consulter.

– Milie ?

Elle se tourne vers moi, et je ne contrôle plus rien. Un flot d'émotions me submerge sans que je ne puisse reprendre mon souffle. Mon corps prend la direction du sien, sans que je n'arrive à le contenir.

– Milie, j'ai…

Mes mains attrapent ses hanches et l'attirent à moi. Et je la serre fort. Très fort. Si fort que j'ai l'impression qu'elle fusionne avec ma peau. Si fort que j'ai l'impression que je n'arriverai jamais à la lâcher. Si fort que mon cœur se met à pleurer, à enfin battre normalement, à ne plus souffrir. Si fort que mes yeux s'embuent. Si fort que je n'arrive plus à émettre quelque parole que ce soit. Si fort qu'elle n'ose même pas s'extraire de mes bras.

Au contraire, ses bras m'enlacent à leur tour, et ses mains me caressent doucement le dos, comme une mère le ferait à son enfant, comme une amie le ferait à son âme sœur qu'elle retrouverait enfin.

Je plonge mon nez dans ses boucles, elle pose sa tête contre mon torse, et nous ne bougeons plus. Nous profitons de l'instant. Et c'est bon. Je n'arrive toujours pas à me rendre compte que je l'ai retrouvée. Mon amie, ma confidente. Pour le moment, c'est cette Milie-là dont j'ai besoin. Mon cœur lui offre aussi un autre amour, mais celui-ci est timide et plus fragile. Celui-ci est impalpable et peut-être mal venu. Celui-ci me terrifie. Donc je l'oublie. L'avoir déjà contre moi, la sentir vivante et en sécurité, c'est tout ce qui m'importe. Le reste… Je saurai l'étouffer si ce n'est pas une bonne idée. Pour le moment, je profite.

Un éclair jaillit dans le ciel, accompagné d'un coup de tonnerre magistral. Elle se recroqueville au creux de mes bras dans un sursaut, accompagné d'un petit cri suraigu qui m'arrache un rire. Elle grogne contre ma chemise.

– Ah ah. Très drôle ! Tout le monde n'a pas la chance d'avoir une voix de camionneur !

Je caresse ses cheveux.

– Hein ? J'ai une voix de camionneur ?

Elle pouffe en resserrant son étreinte.

– Un peu. Mais de gentil camionneur un peu pédant.

– Je ne suis pas pédant !

– Non. Mais ta voix un peu quand même.

Elle éclate de rire en s'écartant de moi. Sans un mot. Nos silences ont déjà tout exprimé, rien n'est à ajouter. Je reprends mes esprits tant bien que mal alors qu'elle détache ses cheveux.

– Bon… Je squatte la douche la première.

Je hausse un sourcil.

– Mais nous pouvons squatter nos douches respectives en même temps, je te signale.

Elle hausse les épaules d'un air hautain.

– Ah, ben oui, c'est ce que je voulais dire… Le premier lavé a gagné. Ciao !

Et elle se précipite dans sa salle de bains en claquant la porte.

– Waouh ! Y a une méga baignoire… Bon, ben considère que j'ai déjà perdu ! Je vais rester trois jours dedans ! Appelle ma sœur, dis-lui que je ne reviens jamais !

Je m'esclaffe en quittant la chambre.

– OK. J'appelle la réception pour acheter la suite. Je mets l'acte de vente à ton nom ?

– Ouais, c'est cool, merci !

Un sourire un peu niais s'accroche à mes lèvres. Elle me fait tellement de bien. J'aime la voir heureuse. En quelques heures, je crois que c'est devenu mon nouvel objectif de vie. Son bonheur.

– Nous avons une table réservée au resto. Tu veux que je décale à demain soir ?

Elle s'esclaffe, toujours enfermée dans sa salle de bains.

– Non, j'ai super faim. Je ferai une pause baignoire.

– Super. Si tu me cherches, je suis dans la chambre de l'autre côté du salon. Ou tu cries.

– OK… Oh, génial, y a plein de gels moussants… Vanille, fraise ou myrtille ?

– Fraise !

– Va pour myrtille !

Je sors de la chambre et appelle la réception.

– Bonsoir, monsieur Lisinski.

– Faites monter une masseuse, s'il vous plaît.

– Oui, monsieur.

– Et j'ai bien dit… UNE masseuse. Pas UN. Dans vingt minutes environ.

Si elle n'est pas prête pour ça, elle saura me le dire. Sinon, je pense que ça peut être une bonne idée.

– Très bien, monsieur.

Je raccroche et jette un œil à mes mails en déboutonnant ma chemise. Encore une petite demi-heure avant ma propre douche.

***

Elle a roucoulé pendant presque une heure depuis sa chambre, entre les mains de la masseuse. Et moi, j'ai pu enfin me détendre en la sachant proche de l'extase et après avoir envoyé mes rapports à Patricia. Je sors de ma douche, plus léger, et enfile le pantalon commandé par Roger. J'attrape ma chemise lorsque Milie pousse un cri impressionnant depuis le salon.

Je la retrouve à genoux devant la télé, en peignoir, la tête entre les mains. Je jette ma chemise au hasard et me précipite sur elle.

– Milie, ça va ? Le massage était de trop ? Tu te sens…

Elle lève un visage radieux sur moi. À la limite de l'hystérie, même.

– *CAN'T BUY ME LOVE* !

Je l'observe sans comprendre. Elle désigne l'écran devant elle, presque fébrile.

– Ils ont le film *Can't Buy Me Love*, Marek ! Cet hôtel est incroyable ! J'ai perdu le DVD lors du déménagement...

Elle affiche un visage de merlan frit. Je consulte l'écran. C'est bien ça. Ne me dites pas que... Je fronce les sourcils, clairement exaspéré.

– Non. Non, non, non, Milie !

Je sais pertinemment ce qu'elle va me demander. Je le sais parce que, pour une raison que j'ignore, elle a toujours adoré m'obliger à regarder ce navet international. Je crois qu'au fond d'elle, un petit côté sadique s'en est toujours donné à cœur joie de me torturer avec ce genre de films. Elle attrape mon pantalon, comme une enfant qui quémande un bonbon à son père, sans oublier le fameux regard de cocker voulu attendrissant. Et qui marche très bien sur moi. Même pour ce film atroce.

– Allez, Marek... S'il te plaît... Tu te souviens ? Tu adorais ce film...

Telle qu'elle est là, elle n'est plus que celle de mon adolescence, celle qui peuple à elle seule tous mes plus beaux souvenirs. Alors bien sûr, j'ai cru qu'elle ne me portait plus aucun intérêt. Bien sûr, nous avons des choses à évoquer. Bien sûr, tout n'est pas réglé. Mais ce soir, tout ça me paraît loin. Ce soir, j'ai envie de m'asseoir à ses côtés, et de profiter. Dussé-je me coltiner son film insupportable. Parce que même ça, ça fait partie de nous.

Je m'esclaffe.

– Euh, non, pas exactement... Milie, ce film est le film le plus naze du monde ! Patrick Dempsey doit avoir 12 ans maximum là-dedans… Et je n'évoque même pas le tailleur en daim immonde qui fait mal aux yeux ! Non, Milie, non… On va manger, je croyais que tu avais faim !

Ses lèvres s'incurvent et se mettent à trembler… Très très fort.

– S'il te plaît… Marek… C'est juste une petite heure et quelques minutes…

Je soupire… Elle a gagné. Évidemment.

– Très bien, tête de mule. Je préviens le resto. Change-toi, ou reste comme ça, remarque, on mange devant ton chef-d'œuvre cinématographique. Enfin, s'il ne me coupe pas l'appétit, comme à chaque fois !

Elle saute sur ses pieds en poussant un cri de victoire.

– *Yes !*

Petite danse de la joie, et elle me saute dessus. Donc, j'oublie immédiatement que je vais devoir me coltiner cet affront au septième art dans très peu de temps. Je la presse contre moi, heureux au final de lui faire plaisir. Sa peau contre la mienne. Je suis toujours torse nu, juste en pantalon. Mes muscles se tendent et une chaleur plus qu'agréable monte en moi. Je me crispe dès que je m'en rends compte, et je pense qu'elle fait le même constat très rapidement, car elle s'écarte de moi, sans relever les yeux.

– Donc, je vais me changer…

– Oui, Roger a dû te faire livrer ce qu'il faut pour que tu sois à l'aise.

Elle hoche la tête en me contournant pour rejoindre sa chambre.

– Oui, j'ai vu… Il est très fort, ce Roger, c'est très joli.

– Cet homme a un sens inné de la tenue de nuit. Tu verrais les siennes !

Private joke[7], Roger si vous m'entendez, elle est pour vous, celle-là !

Je retourne dans ma chambre et appelle la réception. Encore. Après avoir reculé deux fois l'heure du repas, cette fois, je demande :

– Bonjour, monsieur Lisinski, je voudrais annuler notre table, mais demander si un chef pourrait venir cuisiner pour nous. Menu : Crêpes au sucre, chantilly, fraises, lait fraise en boisson. Ajoutez du champagne et des Dragibus. Et du pop-corn. Et une bouteille de whisky pour moi.

Tant qu'à se replonger dans le passé, autant le faire à fond et reprendre les bases de nos nuits à thème « films pourris choisis par Milie ». Et le whisky, c'est pour supporter Patrick Dempsey.

– Très bien, monsieur. Il sera là dans quinze minutes.

– Parfait, merci.

Je cherche ma chemise dans ma chambre sans la trouver. Je retourne la récupérer dans le salon, mais elle ne se trouve plus à l'endroit où je me souviens l'avoir laissée. Non. Elle est désormais sur les épaules de Milie, par-dessus sa nuisette. Elle s'est déjà changée et pianote fébrilement sur la télécommande pour préparer notre super film…

– Tu as froid, Milie ? Ce que Roger a choisi ne convient pas ?

Elle se tourne vers moi, et je dois admettre que, quelle qu'en soit la raison, je suis content qu'elle ait eu besoin de la porter. Elle est adorable dans ma chemise.

– Non, mais cette nuisette est… très décolletée. Je peux repasser le peignoir si tu veux ?

– Non, garde-la, pas de soucis. Je vais me changer.

Je retourne dans ma chambre et fouille dans les vêtements que Roger a fait livrer. J'enfile un tee-shirt et la rejoins dans le

---

7. *Private joke :* blague entre initiés.

salon, sur le tapis, et me pose sur un coussin, parce qu'un film ne peut pas être regardé autrement que sur un tapis, affalé sur des coussins. C'est comme ça depuis toujours entre nous, il n'y a même pas de question à se poser. Et elle lance le début de ma séance de torture. La musique des Beatles emplit la pièce et me ramène des années en arrière.

14

Émilie

Je passe une soirée merveilleuse. Une soirée comme avant, avec lui. Il est toujours aussi beau, toujours aussi drôle quand il boude, comme maintenant, parce qu'il déteste ce film. Et je n'ai pas perdu le DVD. Il est toujours rangé bien au chaud chez moi, même si je ne l'ai plus visionné depuis l'époque où nous le regardions ensemble. *Can't Buy Me Love* sans les grognements désapprobateurs de Marek, ce n'est plus réellement *Can't Buy Me Love* ! C'est aussi pour ça que ce soir, je ne pouvais résister à l'idée de le voir lever les yeux au ciel pendant au moins la moitié du film. Preuve qu'il n'a pas changé.

Adossé contre l'assise du canapé, les bras croisés sur son torse moulé dans son tee-shirt, les jambes allongées devant lui, chevilles croisées également, pieds nus, cheveux hirsutes, il ne bouge pas un cil. Ses seuls gestes se résument à attraper son whisky, le boire, et le reposer. C'est tout. Quant à moi, je bouge toutes les dix minutes, me régale de crêpes, de pop-corn, et abuse un peu du champagne délicieux qu'il a commandé (oui, OK, j'adore le lait fraise aussi, mais ce serait pécher que de résister à une telle tentation). Je lui laisse son mets favori. Ses fraises à la chantilly. Chacun son truc. Ce petit moment est typique des soirées que nous passions avant.

Sauf qu'à l'époque, le choix des plats était plus restreint. C'était souvent soit l'un soit l'autre, voire rien du tout, mais jamais tout d'un coup. Et d'une qualité médiocre comparée à ce qui nous est servi. Et sans alcool. Et sans tapis épais de quinze centimètres sous nos fesses. Et sans cette magie qu'il a su instaurer sans en avoir l'air. Dans la semi-pénombre du salon, j'ai l'impression que de minuscules étoiles scintillent autour de nous, comme dans le plus beau des rêves. Et c'est lui qui les a allumées.

Bref, si les contes de fées existent, ils appartiennent à Marek Lisinski. Il a ce pouvoir de me faire me sentir légère et libérée. J'ai l'impression que toutes mes angoisses, mes retenues, et même ma difficulté à trouver la vie qui me convient, sont restées sur le toit de son immeuble, sur la piste d'hélicoptère. Ici, je n'ai pas peur des autres. Parce qu'il veille. Ici, je n'ai pas peur de dire n'importe quoi. Parce qu'il me connaît et ne me trouvera pas stupide pour autant. Enfin, pas plus qu'avant. Ici, je n'ai pas peur de lui et me retrouve irrésistiblement attirée par ses bras, comme avant. Ici, nous sommes Marek et Milie, deux ados qui se connaissent et s'aiment dans tous les sens. Ici, avec lui, je viens de me retrouver. C'est lui qui détenait la véritable Milie. Il fallait juste qu'il ait envie de lui redonner vie.

J'attrape une fraise proprement découpée par le chef à domicile qui s'est activé une bonne heure en cuisine pour nous offrir ce festin, la trempe dans la chantilly maison et lui présente devant la bouche. Il l'ouvre et croque dans le fruit, les yeux rivés sur la télé. Parce que Marek a cette particularité exceptionnelle. Quoi que vous mettiez à jouer sur un écran, qu'il connaisse le truc par cœur, ou le déteste depuis toujours, ou encore qu'il l'adore, sa réaction sera la même. Entier dans tout ce qu'il entreprend, il ne lâche rien. Il n'a pas remarqué que notre cuisinier nous apportait à manger. Il n'a pas remarqué que ce dernier nous a demandé par trois fois si nous avions tout ce qu'il nous fallait. Et il n'a pas remarqué non plus lorsque j'ai libéré le brave homme en lui promettant de ne pas ranger la vaisselle éparpillée autour de nous car il appellera le service d'étage pour venir débarrasser plus tard.

Bref, une vie entière pourrait se dérouler autour de lui, il est captivé par Patrick Dempsey qu'il déteste et par la blonde qu'il trouvait bien roulée à l'époque mais, je le cite, beaucoup trop du style cruchette blonde. » Les seules paroles qu'il daigne formuler concernent le film. C'est tout. Donc je me nourris, et je le nourris. Je ne sais même pas s'il le remarque.

Lorsque le générique de fin débute à l'écran, il s'étire en bâillant.

– C'est pas trop tôt… J'espère que tu es vraiment contente, parce que c'était un calvaire. Je te déteste.

Je retiens un rire en lui tendant le bol de Dragibus.

– Oui, c'était pas mal. T'as envie de faire pipi ?

Il attrape deux bonbons, les jette dans sa bouche avant de redresser les genoux devant lui. Il pose ses bras dessus et se tourne vers moi, l'air étonné.

– Non, pourquoi ?

Je bats abusivement des mains.

– « Je ne suis plus Josie Grosse Truie depuis longtemps » !

Il secoue la tête, désabusé.

– Ah, non ! Tu ne m'auras pas deux fois, je ne regarderai pas un second film !

– Allez… *Collège Attitude*, ton préféré !

Il secoue la tête en levant les yeux au ciel.

– N'importe quoi ! Dans tes rêves ! Non !

Il a pris de l'assurance en huit ans, y a pas à dire. Mais je ne m'avoue pas vaincue. Option cocker dépressif. Le regard qui tue. Il me fixe un moment, imperturbable, puis soupire en se prenant la tête entre les mains.

– Non, mais sérieusement… T'es pas croyable ! Tu ne préfères pas… Je peux demander au cuisinier de nous flamber des crêpes à l'armagnac, ou, je sais pas, on sort, on va faire un tour ?

– Le chef est parti depuis presque une heure !

Il écarquille les yeux.

– Ah bon ? Il pourrait prévenir, quand même, c'est un peu limite comme attitude.

Je retiens un rire.

– Il a prévenu. Quant à la balade, sous l'orage, c'est sans moi. Allez, Marek… Tu l'aimais, Josie Grosse Truie…

J'attrape la bouteille de champagne.

– Une petite coupette ?

Il secoue la tête en riant.

– Tu m'agaces ! OK, c'est bon. Mais je demande dix minutes de répit, sinon tous mes neurones vont finir par se barrer pour aller voir ailleurs. Et j'en ai besoin demain.

Je me jette sur lui et enlace son cou.

– Oui ! Merci ! Tu es vraiment parfait !

Partie dans mon élan, j'embrasse sa joue. Et le temps s'arrête. Nos yeux se trouvent et ne se lâchent plus. Une chaleur ensorcelante descend le long de ma nuque, mais remonte aussi sur mes joues, et m'engourdit le cerveau. Sa main se pose sur mon bras pendant qu'il se mord la lèvre. Cette lèvre qui, je me rappelle, me faisait fantasmer à l'époque. Et je constate, presque avec effroi, qu'elle a exactement le même effet aujourd'hui. Mon ventre frissonne, et mon cœur s'emballe. Ses yeux parcourent mon visage lentement, son pouce caresse la peau de mon avant-bras, puis il se penche sur moi, je retiens ma respiration. Est-ce que… Oui ? Non ? Puis-je ? Comment ? Enfin, non, je ne suis plus dans la course pour ce genre de choses… Mais tout en moi me contredit… Je…

Il dépose un baiser sur mon front. Doucement. Affectueusement. Puis il retire mes bras de son cou avec précaution.

– Tu veux quelque chose ? Je vais me chercher un verre d'eau.

Oui, de l'eau, très bonne idée.

– Oui, de l'eau parfait.

Je me lève et le suis jusqu'à la cuisine, magnifique, pour changer. Je m'installe au petit comptoir pendant qu'il ouvre les placards, le frigo, comme s'il était chez lui, son pantalon tombant bas sur ses hanches le mettant horriblement en valeur. Je me souviens de son corps d'adolescent, et je me dis que les années ne lui ont rien enlevé. Loin de là. Ce qui est logique. Il m'a dit s'entraîner au MMA plusieurs fois par semaine. Et je pense que ce n'est pas le seul sport qu'il pratique, si j'en juge par son torse et ses bras très bien dessinés. Je refuse à mes yeux la tentation de jeter un œil à son fessier… Si ? Non !

Il se retourne et il me faut un moment pour détacher mes yeux de lui. Il m'observe en posant mon verre devant moi puis s'en sert un également.

Il fronce les sourcils puis sourit malicieusement.

– Ça va ? Tu es peut-être fatiguée ? Je te promets que je ne bouderai pas si tu annules au dernier moment notre second film…

Je m'esclaffe.

– Non, non, je vais très bien, je te rassure.

Il grimace en finissant son verre d'eau.

– Ah ! J'aurais tenté !

Je triture mon verre, songeuse.

– Je me demandais comment tu en es arrivé là. Je veux dire, je te laisse dans un trou paumé, dans une vie difficile, et je te retrouve huit ans plus tard entre un palace et un hélico privé, et dirigeant une entreprise plus que prospère le reste du temps. Quel est donc ton secret, Marek Lisinski ?

Il reste silencieux un moment, pose son verre dans l'évier et s'appuie sur le comptoir en face de moi. Ses mains et ses avant-bras juste sous mes petits yeux qui commencent à ne plus savoir quoi regarder. Il faut que je me reprenne. Et surtout que j'arrête le champagne. Le lait fraise était peut-être une meilleure solution. Heureusement, il me répond et recentre mon attention sur lui. Enfin, sur son discours.

– Je t'ai écrit des lettres. Tu ne les as pas lues ?

Je baisse les yeux en secouant la tête. Honteuse, clairement.

– Non. Je n'ai rien lu. De personne.

Il reprend aussitôt, comprenant mon malaise. Il a cette gentillesse. Ne pas planter la soirée dans le passé désagréable, alors que tout, jusqu'ici, était parfait.

– Eh bien, dans ces lettres, je t'expliquais que j'avais trouvé un petit job pour l'été dans une société de sécurité. Puis qu'ensuite, ils m'ont proposé de partir avec eux pour six mois. La suite est relativement simple. Au bout de mon premier contrat, ils m'ont proposé une place pour un an au siège. C'était une petite société, très mal gérée. Mais le patron était très sympa, et très vieux aussi. Il n'y comprenait rien en gestion, plan comptable et j'en passe. Et moi, je voulais reprendre des cours du soir. Je ne comptais pas passer ma vie à jouer les gardiens de nuit dans un centre commercial endormi. Donc, en accord avec lui, j'ai commencé des études de gestion. Ce n'était pas ce que je voulais faire, mais bon. Au bout du compte, je savais que ça me servirait vraiment puisque Jean-Luc avait un réel besoin.

Je pose mon menton sur mon poing et bois ses paroles pendant qu'il fouille encore les placards.

– Merde, j'avais envie de chocolat ! C'est vraiment chiant, les hôtels.

Il se retourne et s'adosse à l'évier.

– Bon, bref. Donc, j'ai eu mon diplôme, et je m'occupais de la gestion de Total Security. C'est comme ça que la société s'appelait à l'époque. Puis Jean-Luc a eu une attaque cardiaque. Il s'en est remis, mais après cela, il a vraiment levé le pied. Jusqu'au jour où il a décidé de vendre. La société commençait seulement à refaire surface financièrement. Donc son prix n'était pas très élevé. Et Patricia, qui était déjà présente à l'époque, m'a poussé à me lancer. Alors j'ai contracté un emprunt. Ça n'a pas été simple, et j'avoue que j'ai un peu triché sur quelques documents. Parce qu'un Polonais sans réel soutien familial, je parle au niveau financier, sans plus d'expérience que deux ou trois pauvres années, les banquiers étaient frileux. Mais Patricia est un peu têtue, et elle voulait maintenir la société à flot. Alors… elle a fait le nécessaire. Elle m'a préparé un dossier béton, m'a acheté un costard, m'a obligé à me couper les cheveux et le contenu du dossier, je ne le mentionnerais que sous la torture.

Il me sourit avant de reprendre.

– Et me voilà. Je te passe les heures de boulot à n'en plus finir et le reste.

Il m'adresse un sourire en guise de conclusion.

– Je suis très fière de toi, Marek. Vraiment. Mais je ne comprends pas pourquoi tu as donné mon nom à cette entreprise. C'est la tienne, c'est ton travail. Je n'ai rien à voir là-dedans.

Il secoue la tête puis la baisse. Ses doigts agrippés au bord de l'évier blanchissent, preuve qu'il se crispe et qu'un tas de choses remontent en lui. Et pas les meilleures, c'est évident. Sa voix est devenue grave et sourde lorsqu'il reprend, sans me regarder un seul instant.

– Beaucoup plus que tu ne le crois, Milie. J'avais besoin de protéger. Toute cette période, pour moi, c'était une sorte de thérapie. Depuis mon premier job, jusqu'à… Enfin bref. Tu ne peux pas savoir comme je m'en veux. Je voulais te le dire, au moins une fois. De vive voix. Je m'en veux, Milie. Je voulais être là. J'aurais dû être là, ce soir-là… Mais j'ai eu…

Je le coupe, parce qu'il me fait mal au cœur. Parce qu'il a tort. Parce que je sais des choses, beaucoup plus qu'il ne croit, et parce que de toutes les manières…

– Ça n'aurait rien changé, Marek. J'y ai longuement réfléchi. Et aussi, j'en ai parlé avec pas mal de monde. Oui, je ne vais pas te le cacher, au fond de ma terreur, dans cette cave, je t'ai maudit. Toi, en particulier, mais aussi les autres. Parce que l'ordre des choses, dans ma tête de fillette terrorisée, c'était que vous deviez être là pour moi. Mais je me trompais. Si ça n'avait pas été moi, à ce moment-là, ça aurait été une autre. Et même si j'avais été épargnée, il y aurait eu de la souffrance malgré tout.

Il redresse la tête, concentré sur mes paroles, les yeux plus brillants que d'habitude, peut-être un peu humides.

– Les vrais responsables, et les uniques personnes mauvaises dans cette histoire, ce n'est ni toi ni les autres quadruplés. C'est cette bande de porcs dégueulasses. Personne d'autre, Marek !

Il secoue la tête.

– Au risque de te paraître écœurant et égoïste, Milie, j'aurais préféré que ce soit une autre. J'aurais dû être là, et au lieu de ça…

Je me lève de mon tabouret, contourne le comptoir et le prends dans mes bras.

– Marek. Répète après moi. Ce n'est pas ma faute. C'est le destin.

Il secoue la tête et passe les bras autour de mon cou. Il me presse de toute sa force contre lui, le nez enfoui dans mes cheveux. Mais il reste muet. J'essaye de m'écarter de lui, pour trouver ses yeux. Mais il m'en empêche en me recollant à son torse.

– Reste là. S'il te plaît, Milie. Laisse-moi quelques minutes. Sans parler.

Je me love contre lui. Embrasse la peau de son bras en guise de réponse. Et je le laisse me bercer. Il tremble très légèrement et me cache sa peine, qui semble si profonde, avec une telle pudeur, qu'il me brise le cœur. Des larmes coulent de mes yeux pour lui. Mes doigts s'accrochent à son tee-shirt. Je me blottis encore plus près. Encore plus avec lui. Mon ami, mon frère, l'homme à qui j'ai fait tellement de mal, sans le vouloir. Moi, j'ai eu la chance d'être suivie et soutenue. Mais tellement d'autres autour de moi se sont tout pris en pleine face, sans avoir jamais été soignés par la suite. Je ne suis pas la plus à plaindre. Et les dégâts collatéraux sont énormes. Lui a tout pris, a tout gardé, et a essayé de lutter comme il a pu. Je l'aime tellement.

Il laisse échapper un soupir lourd de sens avant de se reprendre.

– Bon. Si tu veux ta Josie, c'est maintenant.

Je m'écarte de lui avec toute la joie qu'il m'est possible de réunir.

– *Yes !* On se le fait dans mon lit ? Comme avant ?

Il écarquille les yeux. Oups… Je crois que le champagne parle à ma place. J'ai vraiment 16 ans ce soir, et tout me semble réellement naturel avec lui. Je devrais me rétracter, je le sais, mais mon cerveau un peu enivré n'a pas la force de revenir en arrière, et encore moins envie… Advienne que pourra, l'invitation est lancée, rien de dramatique, c'est Marek après tout. Marek qui, lui, doit discerner l'aspect déplacé de cette proposition, et qui, peut-être, s'en trouve embarrassé.

– Non, mais si tu es fatiguée, il suffit de le dire, je te jure que…

– Non, mais le tapis et les coussins… voilà, quoi. J'ai mal aux fesses.

Il s'esclaffe et abdique. Génial !

– Oui, moi aussi, remarque. Allez, je te retrouve dans cinq minutes. Si ce n'est pas prêt quand j'arrive, je te préviens, tu le mates toute seule.

– Ben, tu vas où ?

– Je vais me laver les dents. Et envoyer un mail avec mon testament à Patricia. Je crois que je vais sortir de cette suite dans un état mental inquiétant. Je préfère prévoir.

Je le regarde partir puis me précipite dans ma chambre. J'allume la télé, retrouve le film sur le serveur de l'hôtel, tout en ouvrant le kit d'hygiène offert par l'hôtel, déballant la brosse à dents, luttant pour ouvrir ce dentifrice de malheur qui gagne la bataille.

Je trottine jusqu'à sa chambre, la télécommande dans une main, le dentifrice dans l'autre, et frappe à la porte. Il ouvre aussitôt, la brosse à dents dans la bouche.

Je présente le tube récalcitrant.

– Urgence dentifrice ?

Il soupire, tourne le bouchon sans aucun mal, soulève un sourcil amusé en me le rendant, je soupire et tourne les talons. Je cours dans l'autre sens, vide le tube sur ma brosse, et m'acharne sur l'écran et les boutons de la télécommande pour tout préparer. Parce que je sais que si ce n'est pas prêt, il repartira aussi sec. Hors de question que je lui laisse un seul prétexte pour s'évader de ma soirée « films pourris géniaux ».

Je me rince la bouche pendant que le film charge, crache pendant qu'il frappe, me précipite dans la chambre, saute sur mon lit XXXXXXXXL et adopte un air détendu.

– C'est bon, entre.

Ce qu'il fait. Il jette un œil à l'écran prêt à lancer les hostilités, puis me détaille avec un drôle d'air. Il me faut un moment pour comprendre que dans mon atterrissage impressionnant sur ce lit, ma nuisette et sa chemise m'ont lâchement découvert tout le bas du corps. En gros, j'ai la culotte apparente. Et le nombril aussi. Oups ! Grand moment de solitude. Étonnamment, mon état d'euphorie éloigne de moi toute gêne. Un peu trop, même.

Vraiment, je crois que l'option lait fraise aurait été plus judicieuse. J'ai l'impression d'avoir perdu tous mes filtres ce soir. À moins que ce soit simplement cet univers qu'il fait crépiter autour de moi. Je me sens détendue, bien, et loin de toutes mes peurs. J'en oublie toutes les contraintes qui paralysent ma vie habituellement.

Dans un geste que j'espère élégant, je tire sur la couette et glisse entre les draps. Ensuite, j'arbore l'air le plus détaché possible en souriant.

– C'est bon pour moi.

Il ravale un rire.

– Pas pour moi, mais je suppose que tu t'en fous !

– C'est un peu l'idée, oui...

Sourire niais et très satisfait. Il soupire et saute sur le lit. Il gonfle les oreillers sous son dos, se laisse glisser à mon niveau, croise les chevilles, un bras relevé derrière sa tête, l'autre passant sous mes épaules et me rapprochant de lui. Une position tellement familière que ni lui ni moi ne la trouvons déplacée. Je retrouve les battements de son cœur sous ma joue, sans aucune envie de reculer ou de me cloîtrer à l'autre bout du lit, j'accueille même la chaleur de son corps avec une grande satisfaction. Sa main s'enfouit dans mes cheveux et commence à tortiller une mèche. Je me sens chez moi. C'est tellement bon. Et tellement simple. C'est incroyable. J'appuie sur lecture. C'est parti.

***

« Cette chose, ce moment quand on embrasse quelqu'un et que tout devient flou autour de toi, sauf toi et cette personne. Tu t'aperçois alors que cette personne est la seule que tu es censée embrasser pour le reste de ta vie et pendant un instant, tu reçois ce cadeau magnifique. Et tu veux rire et pleurer parce que tu es tellement chanceuse de l'avoir trouvée mais tu as tellement peur qu'elle disparaisse[8]. »

Je sais pourquoi j'ai toujours adoré ce film. Parce que cette tirade de Josie, je la connais par cœur. Parce qu'avant qu'il me donne mon premier baiser, je prenais ces paroles pour moi, et je l'imaginais, lui, être cette fameuse personne. J'étais déjà persuadée qu'il me donnerait mon premier baiser. Et que je ressentirais à ce moment cette fameuse certitude qu'il serait celui que j'embrasserais pour le reste de ma vie. Seize ans sans avoir jamais embrassé, c'est un peu anormal, si l'on y réfléchit. Mais moi, depuis mes 13 ans, je n'attendais que lui. Et il a fini par venir.

Je me souviens de cet arbre, de cette journée. Toute ma vie. L'apogée de ma vie. Depuis lors, je n'ai jamais été aussi heureuse que lorsque ses lèvres se sont posées sur les miennes. Bonheur écrasé par l'injustice et par la folie de certains hommes à peine vingt-quatre heures plus tard. Pendant longtemps, je me suis refusé ces souvenirs dont le goût était trop amer pour moi. Mais aujourd'hui, alors que je me réveille dans ses bras, que son cœur bat contre mon oreille et que mes doigts effleurent le satin de sa peau sous son tee-shirt, j'autorise à mes souvenirs le droit de siéger. Il a tout rallumé. Ce que je croyais disparu n'était en fait qu'endormi. En attente. Les pièces du puzzle qu'est mon esprit sont en train de trouver leurs places petit à petit. Depuis huit ans, je me suis acharnée à assembler les bords. À placer les bornes et les bases dans l'ordre logique. Depuis que je suis à Paris, je trie en petits tas. Ce qui va ensemble, par couleur et catégorie. Les amis, lui, ma sœur mais aussi ma vie professionnelle, ce que je veux pour l'avenir, etc.

Et depuis hier, j'ai pris le tas des pièces Marek, et elles s'assemblent toutes seules devant mes yeux, sans que je ne fasse

8. *Collège Attitude*, film de Raja Gosnell, 1999.

aucun effort. C'est ça le plus impressionnant. Avec lui, tout est normal. Génial. Merveilleux. C'est un paradoxe, parce que par définition, ce qui est normal ne peut être merveilleux, justement. Mais Marek change les définitions. Il a ce pouvoir. Il est normal, comme avant, simple, généreux, marrant, parfait. Et donc, en étant juste normal, il est merveilleux. Bref, je me comprends.

Depuis une bonne demi-heure, je l'observe, la tête nichée sur son épaule. J'admire son beau visage endormi, ses lèvres pleines, ses traits qui paraissent sereins, a contrario de ceux, tendus, qu'il arbore au bureau, ses cheveux soit trop courts, soit trop longs, retombant légèrement sur l'oreiller. Mon cœur s'active anormalement depuis le début de ma contemplation, et j'avoue que j'avais oublié cette chaleur qu'il a toujours été le seul à provoquer en moi. Je sens que cette nuit a été déterminante. Nous n'avons pas tout dit. Parce que je crois que nous avions simplement envie de nous retrouver, nous. De recréer ce lien si fort qui a été rompu brutalement et nous a anéantis, d'une certaine manière. Le reste importe peu. Le plus important, c'est nous.

Je suis également troublée. Me retrouver dans les bras d'un homme un matin, c'est pour moi quelque chose de surréaliste. Jamais je ne me serais doutée que ça puisse se produire un jour. Même à l'époque, il repartait à l'aurore pour éviter des problèmes avec mes parents. Et avec tous les événements survenus par la suite, ça ne s'est évidemment jamais plus produit, avec personne. Je n'en éprouvais absolument pas le besoin ni l'envie, c'était même tout l'inverse. Mais ce matin, je me suis réveillée contre lui, un sourire aux lèvres, reposée et apaisée. Je peux même affirmer sans mal que j'ai passé l'une de mes meilleures nuits depuis des années.

Un besoin naturel urgent m'oblige pourtant à m'écarter de sa chaleur, à regret. Je glisse avec précaution hors du lit pour ne pas le réveiller, car il semble réellement dormir profondément, et m'enferme aux toilettes. Lorsque j'en ressors, je constate avec tristesse que le lit est vide. Mon rêve vient de s'échapper. La sensation de bien-être qui me portait depuis le réveil s'émousse grandement à cette simple constatation : fin du câlin. Et peut-être que je n'en aurai plus jamais. J'ai tout à fait conscience que ce petit séjour improvisé au paradis est susceptible de ne jamais se reproduire.

J'essaye de me persuader que c'est sans doute mieux comme ça et bifurque vers la salle de bains pour profiter de cette douche immense qui m'attire clairement depuis mon arrivée dans cette suite.

***

« *The same old feelings are taking over*
And I can't seem to make them go away
And I can't take all the pressure sober,
But I can't seem to make it go away »

(« Les mêmes vieux sentiments prennent le dessus,
et je n'arrive pas à les faire partir,
Et je ne peux pas supporter toute la pression en restant
sobre, mais je n'arrive pas à la faire disparaître »)

Seether, avec « Here and Now », résonne dans toute la suite lorsque je me décide à sortir de cette douche exceptionnelle. Trente-deux jets multidirectionnels, à utiliser en simultané ou un à un, deux par deux, dix par dix. J'ai testé toutes les combinaisons possibles. Ça fait un sacré paquet de possibilités. J'ai voté pour l'option massage dos rotatif à vitesse variable. Je crois que je suis devenue une experte en testage de jets…

La table de l'espace salle à manger jouxtant la cuisine est recouverte de plats et de viennoiseries quand j'émerge de ma chambre, en peignoir, l'esprit légèrement embrumé, comme voletant un bon kilomètre au-dessus de la réalité. Le conte de fées continuerait-il ? Je ne vois pas de Marek dans les environs et je ne le cherche pas. Je suppose qu'il prend sa douche… Je m'installe à table, bavant clairement devant cet étalage de douceurs sucrées et salées de toutes sortes. Heureusement que le séjour se termine, parce que, à ce rythme, ce n'est pas la citrouille qui va se transformer en carrosse, mais bien Cendrillon qui risque de ressembler à un potiron rond aux formes plus que généreuses en un temps record. J'hésite devant le plat de bacon. Ou alors le fromage ? Ou les croissants ? Viennoise au chocolat ? Pancakes avec confiture de fraise ? Thé ? Chocolat ? Le dilemme épineux du matin… C'est compliqué de vivre dans le luxe, en fait. Parce que je ne peux décemment pas laisser cette nourriture. Ce serait gâcher. Il va falloir que je me dévoue. C'est bien ma veine ! Parfaite excuse trouvée, je m'épate. Je dois tout manger, c'est une question de respect de son prochain.

J'attrape ma fourchette. Y a un ordre précis à suivre dans la dégustation ?

J'en suis là, à mes réflexions existentielles plus que sérieuses, lorsque la porte de Marek s'ouvre enfin. Prise en flagrant délit de gourmandise, trois tranches de bacon plantées au bout de ma fourchette, je m'immobilise en essayant de me rendre transparente, tout en affichant un sourire niais à l'idée de le revoir. Il me manquait déjà. C'est impressionnant comme une petite nuit peut tout changer. Il faut croire que je me suis trompée sur beaucoup de points, et ce, depuis pas mal d'années. Alors que je tentais de me persuader qu'il fallait que j'oublie les éléments de mon passé, un de ces éléments, en particulier, était vraisemblablement à garder précieusement. Parce qu'il me fait plus de bien à lui seul que toutes ces années de bla-bla avec le docteur Jean. Enfin, si je suis là, c'est quand même bien grâce à ce psy de pacotille tellement efficace (je ne lui dirai jamais que je viens de penser ça, il serait trop content d'avoir raison).

Marek fait irruption derrière la porte qu'il vient d'ouvrir, me faisant oublier en quelques secondes le bacon qui m'hypnotisait depuis deux bonnes minutes. Douché, rasé de près, vêtu d'un pantalon gris anthracite, chemise blanche avec col et manches remontées, et, le détail qui tue, le petit gilet de costard, assorti au pantalon, forcément. Cheveux encore humides, coiffés en arrière, il sent bon, il est beau, et… il parle à son oreillette. En allemand ? Russe ? Chinois ? Aucune idée, à part l'anglais et l'espagnol (enfin, uniquement des notions pour cette dernière, genre, je sais dire chat, robinet, toilettes, et évidemment, parapluie), je ne parle pas de langues étrangères. Je n'ai pas fait énormément d'études. Donc, je ne comprends rien à ce qu'il dit.

Il avance en attachant sa montre, attrape un croissant dans la panière devant moi, fait le tour de la table jusqu'à moi, dépose un baiser sur mon front, puis va se servir un café, tout en continuant son charabia. Je l'observe découper son croissant en morceau avant de l'ingurgiter, boire son café, le tout en restant debout, en tournant en rond dans le salon, revenant pour prendre un autre croissant, etc. Il en impose, y a pas à dire. J'aime ce côté sûr de lui, ce charisme tellement naturel qu'il n'en a pas conscience, j'en suis à peu près certaine. Cette partie de lui, je ne la connais pas. Je l'ai découverte depuis que je travaille pour lui, elle m'intimidait principalement, et je n'osais pas analyser l'effet que cela me faisait. Mais là, sous mon regard neuf et d'amie de toujours, ce n'est plus exactement la même mayonnaise.

Il raccroche enfin et retourne dans sa chambre. OK. Il revient. Ah ! Chaussures à la main. Il s'assied sur une chaise et se chausse tranquillement, sous mon regard rêveur. Il le remarque et ouvre la conversation.

– Bien dormi, Milie ?

Je lui souris.

– Parfaitement. Et toi ?

Il hoche la tête.

– Trop longtemps. Il est déjà dix heures trente. Je devais me trouver à un déjeuner important à Paris ce midi. Et hier, Patricia avait décalé deux rendez-vous importants de ce matin à cet après-midi, donc, c'est un peu le bordel. Tu…

Il pose enfin ses yeux sur moi. Il m'évite depuis tout à l'heure. Qu'est-ce que j'aime ces yeux, assortis à notre lac et à… notre premier baiser… Une promesse à eux tout seuls.

– Tu penses pouvoir être prête dans combien de temps ? En sachant que nous ne déjeunerons pas avant quatorze heures, et qu'il faut que tu manges bien tout de suite pour éviter de te trouver mal dans les airs. La faim ne fait pas bon ménage avec l'altitude. Au fait, c'était ma mère. Elle t'embrasse.

– Ah ! C'est un peu tard, mais je l'embrasse aussi.

Il sourit.

– Je me suis avancé en lui souhaitant de ta part.

– Tu as bien fait. Comment va-t-elle ? Tu t'es… réconcilié avec elle ?

Il hausse les épaules en finissant son lacet.

– Ma mère n'en a jamais été une. Alors, elle est là, je la respecte autant que je le peux. Elle a fait l'effort de se soigner, contrairement à mon père. Mais c'était évidemment trop tard. Nous faisons semblant. Je m'assure qu'elle ne manque de rien et elle prend des nouvelles. Ce n'est pas triste, ni gai, nous faisons de petits pas l'un vers l'autre, en essayant de récupérer par-ci, par-là des bribes de liens familiaux qui n'ont jamais existé. Tu sais, des années d'alcoolisme l'ont fortement diminuée. On va dire qu'elle a trouvé enfin la paix, et moi aussi.

Je penche la tête pour répondre. Quand on sait ce qu'il a traversé, à cause d'elle, et de son père, on comprend que le pas est énorme et très positif. Même si ça paraît vraiment triste. Je m'apprête à rebondir sur ce sujet, mais il ne compte visiblement pas s'étendre dessus.

– Tu ne m'as pas dit ? Tu veux prendre ton temps ? C'est possible, si tu veux. Je te laisse Serge et l'hélico, et j'emprunte celui de l'hôtel. Tu veux un autre massage ? Aller visiter la piscine ? La salle de muscu ? Regarder *Can't Buy Me Love* une nouvelle fois ?

Je secoue la tête vivement.

– Non, je rentre avec toi. Quinze minutes, c'est assez rapide ?

Il hoche la tête et se lève.

– Parfait. Je t'attends.

Il appuie sur son oreillette en se dirigeant vers sa chambre.

– Oui, Roger. Départ dans vingt minutes. Apportez une valise pour les effets personnels de Milie. Et un sac pour moi. Merci.

Il referme la porte derrière lui. Et je me retrouve seule face à mon bacon. Perplexe. Le ton a clairement changé, sans pour autant être désagréable. C'est… différent. Et je me demande bien ce que je dois en conclure. Rien, sans doute, à part que je dois m'enfiler un repas gargantuesque en cinq minutes top chrono. Ce qui n'est pas réellement un problème. Il suffit de savoir s'organiser !

15

Marek

Une main posée sur ses reins, je pousse doucement Milie hors de l'ascenseur. Patricia, fidèle au poste, comme d'habitude, nous sourit depuis son bureau. Il est quatorze heures dix. Notre prochain rendez-vous est prévu à quinze heures. Les dégâts sont limités. En ce qui concerne mon planning professionnel, en tout cas. Pour ce qui est de Milie, j'avoue, je suis beaucoup plus pessimiste. Je suis perdu. Complètement à côté de mes pompes. Hier, une sorte de brèche s'est ouverte sur le passé, et j'ai plongé. Elle en avait besoin, et je pense que moi aussi. Mais le retour à la réalité est compliqué. J'ai tout adoré. Chaque seconde a été un pur plaisir. Même Patrick Dempsey. Mais ce matin, je me suis réveillé dans son lit, et j'ai eu l'impression d'avoir profité d'elle.

Certes, il ne s'est rien passé. Mais Milie a besoin de réconfort, et je n'ai pas hésité à me mettre à sa disposition, pour assouvir mes besoins à moi. Je n'avais rien à faire dans ce lit. Pas que je n'en avais pas envie, bien au contraire. Justement. J'avais envie de beaucoup plus. Mais… c'est Milie. Elle a été abusée, violée, et il lui a fallu du temps pour revenir à la vie. Et moi, je lui saute dessus, la tripote, profite de la moindre occasion pour me rapprocher d'elle, pour sentir son corps contre le mien. Ce n'est pas correct, et indigne du meilleur ami que je devrais être.

Donc, ce matin, j'oscille entre repartir me terrer dans mon monde de patron, empli de froideur et dénué de sentiments, ou continuer à jouer l'ami désintéressé, ce qui n'est qu'en partie vrai. Je ne sais pas comment agir.

– Alors, comment ça va, vous deux ?

Mon assistante se rue sur nous, les bras grands ouverts. Je la laisse m'offrir une accolade maternelle, puis elle fait de même avec Milie. J'ai l'impression de revenir de lune de miel avec un accueil pareil. Je veux bien qu'elle se mêle, comme à son habitude, de ma vie privée, mais si on pouvait éviter les grands cris et les bras levés au ciel pour un simple retour de Megève, un voyage professionnel, ce serait assez sympa.

– Ça va. Tu peux commander un repas pour Milie ? On n'a pas eu le temps.

Elle se renfrogne discrètement.

– C'est déjà fait. Et pour toi aussi. Ils vous attendent sur vos bureaux. Et… Attendez avant d'aller plus loin !

Elle tourne les talons, s'engouffre dans son bureau et nous rejoint deux secondes plus tard, un document à la main, ne nous laissant pas le temps de bouger un cil.

– Avant toute chose, je voudrais savoir. Que fait-on de ça ?

J'attrape la feuille. La démission de Milie. Cette dernière y jette un œil également. Je ne lui laisse pas le temps de réagir. Je déchire le papier. En deux, en quatre, en vingt-cinq. Je fourre les confettis dans les mains de Patricia.

– Poubelle. Et qu'on ne me dérange plus avec ce genre d'idiotie sans intérêt. On a des sujets sérieux à traiter dans ce bureau. Milie est là, Milie reste là, point final.

Je ne leur jette plus un œil, me dirige vers mon bureau sans me retourner.

– Patricia, débriefing dans cinq minutes, dans mon bureau.

Je claque la porte. Voilà, ça, c'est fait. Laisser Milie démissionner ? La bonne blague. Jamais de la vie. J'ai besoin de temps pour y voir plus clair, d'accord, mais en attendant, elle ne disparaît pas une nouvelle fois. Il n'y a absolument pas moyen. J'appelle Roger.

– Monsieur ?

– Assurez-vous que Luigi a bien été informé de notre retour.

– Il est déjà en poste, monsieur. Au pied de l'immeuble.

– Parfait. Merci. Allez déjeuner.

– C'est en cours, monsieur. Mme Patricia a pensé à moi.

– Parfait. À plus tard.

– Au revoir, monsieur.

– Marek !

Je vais finir par lui faire bouffer son « monsieur » insupportable !

– Oui, monsieur !

AARRGGGHHHH ! Je préfère raccrocher.

Patricia frappe à ma porte et entre sans attendre la réponse. Elle s'installe en face de moi alors que j'inspecte le club-sandwich qu'elle m'a fait livrer.

– Bon, alors. Vu que tu as sorti le veston, j'en déduis que tu n'as pas oublié le cocktail dînatoire avec la société Rouflash. Parfait.

Je grimace en croquant dans mon sandwich. Elle s'occupe de gérer la conversation toute seule, comme d'habitude.

– Je sais, mais ça ne prendra qu'une petite heure et ils ne signeront pas si tu ne te montres pas. C'est tout le temps la même chose. Tous les fournisseurs au cocktail des fournisseurs. Si tu les snobes, ils te zappent. Donc, ça, c'est bon. Ensuite. J'ai tout préparé pour nos deux rendez-vous du jour. Nous ne revenons pas ici entre deux. Je laisse le téléphone à Émilie, elle est déjà opérationnelle.

Je hoche la tête en m'essuyant la bouche. Elle marque une pause et m'observe sans aucune discrétion. Quoi ? La bouche pleine, je me contente de lever un sourcil interrogateur, qu'elle comprend. C'est ce qu'elle attendait. Rien de plus. Le boulot, soyons honnête, elle s'en contrefiche. Elle sait que je connais notre planning, donc débriefer là-dessus, c'est une perte de temps. Par contre, s'occuper d'un truc qui ne la regarde absolument pas... Ça c'est intéressant. Peut-être même primordial à ses yeux. Et d'ailleurs, il va falloir que je lui touche deux mots à propos du document juridique que Milie avait entre les mains hier matin. Il n'est pas apparu sans aide. Il est plus qu'évident que ma chère assistante a quelque chose à voir avec cet heureux hasard. Bref. Je n'ai pas le temps de penser, elle comble le silence.

– Et, donc, cette petite nuit à l'hôtel ? J'ai senti une gêne quand vous êtes arrivés. Et Milie ne laisse rien paraître.

Heureusement ! Ou dommage, remarque. J'aimerais bien savoir ce qu'elle pense à ce moment précis. Je pose mon en-cas en me vidant la bouche.

– Rien de spécial. Professionnellement parlant, j'entends.

Je ne peux retenir un sourire devant sa mine désabusée. Mais je ne la laisse pas longtemps dans l'expectative. Parce qu'en y réfléchissant bien, si elle n'avait pas fourré son nez dans mes affaires, nous serions en statu quo avec Milie, et parce qu'un regard extérieur ne me fera pas de mal, je pense.

– Nous avons passé un bon moment. J'ai eu l'impression que tout était exactement comme avant.

Elle se frotte les mains en gesticulant sur son siège.

– Parfait, parfait. Donc, c'est une affaire qui roule.

– Désolé de jouer les rabat-joie, mais ce n'est pas si simple.

Elle se renfrogne.

– Quoi ? Comment ça ? Qu'est-ce qu'il y a, encore ? Vous vous êtes disputés ?

– Non.
– Tu t'es rendu compte qu'elle a trop changé ?
– Non.
– Elle t'a dit des choses désagréables ?
– Non plus.
– Elle cache une malformation congénitale grave et repoussante ?
Je m'esclaffe.
– Toujours pas !
Patricia perd patience.
– Alors quoi ?
Je soupire en maltraitant mes cheveux. Elle hurle.
– Mais ne touche pas cette coiffure ! Elle était parfaite !
Je retire mes doigts. Elle grimace.
– C'est bien ça. Elle était parfaite ! Tu es de nouveau… Marek ! Mince, moi qui pensais qu'on avançait sur le sujet coiffure de sale gosse ! Désespérant ! Vraiment ! Bon, bref, alors ? Où y a-t-il un problème avec Émilie ?
– Le problème, c'est que justement, tout est exactement comme avant, sans l'être.
Elle ferme un œil, dubitative.
– Mais bien sûr. C'est effectivement un problème.
Je m'adosse à mon siège.
– Voilà.
Elle secoue la tête.
– Mais, concrètement. Ça signifie quoi : « comme avant sans l'être » ?
– Ça signifie que la Milie d'hier soir avait besoin d'un ami. Ce que je suis. Sans souci. Mais… j'ai un peu grandi depuis, et si, à l'époque, elle me plaisait mais que j'étais un peu maladroit pour lui montrer, aujourd'hui, elle me plaît encore plus, et je n'ai pas que des pensées chastes à son égard, si tu vois ce que je veux dire.

Elle retient un rire.

– Non ? Sérieusement ? Toi, tu n'es pas chaste ? Quelle surprise désolante !

Son rire agaçant s'échappe quand même, et j'attends qu'elle se calme en la toisant méchamment. Il s'agirait d'arrêter de se foutre de moi cinq minutes. Elle se calme, tant bien que mal, devant mon manque d'engouement pour sa blague totalement nulle.

– Bon, OK. Mais je ne vois toujours pas où est le problème. Émilie est charmante, célibataire et t'apprécie beaucoup. Si j'ajoute à ça le fait qu'elle était tout à fait ouverte à une éventuelle aventure avec toi par le passé, d'après tes dires, bien entendu, je pense que tout va bien, au contraire.

Je me redresse vers elle, agacé.

– Mais non, justement… Elle croit que je suis son ami, elle me saute dans les bras, me fait des câlins, et j'ai même dormi dans son lit, à sa demande. Comme avant, en pote. Sauf que moi, je bande ! Pardon d'être cru.

Après tout, autant être honnête avec elle. Mon assistante me dévisage un moment, puis tente de rester sérieuse.

– Mais peut-être qu'elle aussi… Qui sait ?

Je hausse un sourcil.

– Si Milie bande aussi, alors on a un autre problème, et de taille !

Elle éclate de rire.

– Mais non ! Bon, arrête de faire l'enfant, tu m'as très bien comprise ! Peut-être qu'elle aussi ressent des choses. Tu m'as toujours dit que c'était loin d'être platonique entre vous. Pourquoi cela serait-il différent aujourd'hui ?

– Mais parce que… parce qu'il s'est passé ce qu'il s'est passé ! Milie a été maltraitée. Elle ne doit certainement pas avoir envie qu'un pauvre mec qui ne pense qu'au sexe la tripote sans vergogne. Elle doit avoir besoin de sincérité et de gentillesse, d'un ami qui se préoccupe uniquement de son bien-être et pas de ce qu'elle a sous la culotte ! Je suis dégueulasse, et j'ai l'impression de la salir !

Ma confidente soupire, légèrement amusée.

– Marek. Marek, Marek, Marek !

– Oui ? C'est bien moi ! Tu ne pourrais pas changer un peu, et m'appeler « monsieur » comme Roger ? C'est bien, en fait, « monsieur ».

Elle ne m'écoute pas et entre dans son analyse très poussée de la situation.

– Si je te suis bien, donc, Émilie ne devra plus jamais être touchée par un homme parce qu'elle a subi une expérience traumatisante, c'est ça ? Donc, on n'efface pas le passé, on reste en plein dedans et on l'inscrit au couvent ? C'est ça l'idée ?

– Mais non ! Arrête un peu de dire n'importe quoi. C'est juste que ça devra venir d'elle, quand elle se sentira prête. Pas quand moi, j'en aurai envie.

Elle se penche vers moi, d'un air conspirateur, et quelque peu moralisateur. Je me prête au jeu.

– C'est là que tu as tout faux, mon cher « monsieur ». Si Milie ne doit et ne veut d'ailleurs sans doute pas rester bloquée avec ce problème, il faut néanmoins prendre un élément en compte. Au niveau relations sentimentales, elle est sans doute restée à l'âge de 16 ans. Sans expérience, ou juste une affreuse expérience qu'elle tente d'oublier, plongée dans un monde d'adulte qui lui impose ses règles. Elle n'ira pas vers toi parce qu'elle ne sait sans doute pas comment faire. Ses seules bases, ce sont vos liens d'avant. Et d'après ce que tu me dis, elle les utilise. C'est à toi de la guider maintenant. Toi, tu sais. Toi, tu as appris ce qu'elle ne connaît pas. Donc, si tu veux avancer avec elle, tu dois prendre ce rôle, et lui montrer. Est-ce que c'est clair, monsieur ? Monsieur a-t-il besoin d'un dessin ?

– Oublie le « monsieur », en fait. Tu ne le maîtrises pas du tout, ça fait ringard dans ta bouche. Mais sinon. D'accord avec ta théorie, mais en pratique ? Si je ne suis pas celui qui convient ? Et si je vais trop vite ? Et si elle n'ose pas dire non ? Et si elle n'est pas prête ? Et si…

Elle frappe le bureau avec son poing.

– Et si tu arrêtais cinq minutes tes questions stupides ? Je ne te dis pas d'aller lui sauter dessus tout de suite et de lui arracher sa culotte avec les dents ! Séduis-la, sors-lui le grand jeu… Fais les choses comme il faut, doucement, et inspecte ses réactions. Tu verras rapidement si elle est réceptive ou pas ! Tu sais te montrer gentleman avec les nanas que tu ne reverras jamais, alors, fais pareil avec elle. En mieux. Défonce-toi, bordel ! Si tu tiens à elle, c'est le moment, Marek-monsieur ! Sors-nous tes tripes, bon Dieu !

– Et si…

– STOP ! Je ne veux plus rien entendre, tu me fatigues. Arrête de te poser des questions, fais ce que tu as envie de faire, et elle te montrera si oui, ou non, elle va dans le même sens que toi. Au moins, tu seras fixé.

Je ne réponds pas. Je ne sais pas. Je ne veux pas la brusquer. Et je ne veux pas non plus lui faire croire que je ne suis qu'un vieil ami. Patricia se lève en regardant sa montre.

– Bon, fin de la séance, nous allons être en retard, ce qui n'est pas dans les habitudes de la maison. On y va ?

Je me lève et la suis. Une fois que nous sommes dans le hall, j'entends des rires depuis le bureau de Milie. Des rires de Milie ET de Roger. De mieux en mieux. J'aboie littéralement, complètement jaloux.

– Roger ! Quand vous aurez terminé votre pause syndicale, on pourra peut-être aller bosser ?

Pour le coup, pas jaloux vis-à-vis de Milie. Mais vis-à-vis de mon homme de main qui m'appelle monsieur depuis des années et ne se permet jamais un écart avec moi, alors qu'il glousse comme une fillette dans le bureau de l'assistante de mon assistante. C'est clairement de la provocation. Il sort du bureau en tirant sur sa veste, droit comme un I. Je le laisse passer devant nous, appeler l'ascenseur, fermé comme une huître. Tant pis si ça ne lui plaît pas. C'est moi le boss, bordel !

L'ascenseur s'ouvre et je tourne la tête machinalement vers Milie avant de m'y engouffrer. Son regard croise le mien. Je lui souris timidement. Elle baisse les yeux alors que ses joues rosissent. C'est peut-être Patricia qui a raison, finalement.

Roger me sort de ma rêverie.

– Monsieur, l'ascenseur est avancé, monsieur. À moins que vous n'ayez décidé à votre tour d'une pause syndicale improvisée.

Je me tourne vers lui pour le fusiller du regard. Patricia retient un rire en assénant un coup de coude discret à Roger qui, lui aussi, semble avoir envie de rire. Je me racle la gorge en les rejoignant dans la cabine.

– Roger, vous frôlez l'insubordination.

– Oui, monsieur. Je demande pardon à monsieur pour cette liberté que je ne reprendrai pas.

– Et, bordel de merde, ARRÊTEZ avec vos « MONSIEUR » !

J'appuie sur la commande de fermeture des portes. Je jette un dernier coup d'œil à Milie qui ne se prive pas, elle, pour rigoler. Je crois que je suis le dirigeant de société le plus ridicule du pays.

– Patricia. Tu penseras à m'inscrire au premier stage que tu trouveras. Sujet : « comment gérer le personnel récalcitrant ».

Réponse de l'intéressée :

– Bien, monsieur.

Ricanements insupportables dans mon dos. C'est la fête aujourd'hui. Je retiens moi-même mon propre rire lorsque l'ascenseur s'arrête au niveau du parking.

16

Émilie

– Oui maman.

Mon sac sur l'épaule, ma valise dans une main et mon téléphone dans l'autre, je me plante devant la porte de notre appartement pour trouver mes clés.

– Tu sais que nous avons toujours bien aimé Marek, mais il a vieilli sans doute et je ne suis pas certaine que ce soit une bonne idée de partir en week-end avec lui, comme ça.

Je lâche ma valise au sol, clairement exaspérée. Où sont ces clés ?

– Oui, maman, mais je ne pars pas en week-end avec Marek, je rentre d'un déplacement professionnel.

– Oui, eh bien c'est pareil !

– Pas du tout, nous étions avec un client.

– Et après qu'as-tu fait ? Tu es restée dans ta chambre ou tu as passé ta soirée avec lui ?

Euh… Je plisse les paupières, par anticipation.

– Ben les deux en fait.

– QUOI !

J'écarte le téléphone de mon oreille.

– En réalité, il avait loué une suite, donc, techniquement, nous l'avons partagée. Donc j'étais en sécurité, enfermée, mais avec lui. Mais il avait sa chambre et j'avais la mienne.

– Il ne pouvait pas louer deux suites ? Tu aurais dû demander à conserver ton intimité ! Ce n'est pas très gentleman de faire ce genre de chose. Enfin, tu as dormi dans ta chambre. Seule, bien entendu ?

C'est une question ? Le silence qu'elle laisse suivre confirme, c'est bien une question. Mais pourquoi ne sais-je pas mentir à mes parents ? C'est un vrai problème.

– Oui, j'ai dormi dans ma chambre.

– Mais encore ?

Et pourquoi faut-il que ma mère me connaisse si bien et décèle systématiquement quand je lui cache quelque chose ?

– Il a dormi avec moi ! Mais on a simplement visionné un film. Il n'a pas sorti son engin, ni baladé ses mains partout… Maman, j'ai 24 ans, ce n'est pas un drame !

– Et qu'est-ce qui nous prouve qu'il n'est pas devenu un de ces hommes assoiffés de sexe ? Un homme qui joue avec les femmes et plonge son sexe dans tout ce qui bouge ? Tu n'aurais pas dû accepter de dormir dans cette suite.

Je lève les yeux au ciel en fouillant au fond de mon sac.

– Maman, c'est Marek ! Je l'imagine mal arriver dans ma chambre, la quéquette à la main en mode « Je vais te chevaucher, ma cocotte » !

Un bruit sur ma gauche me fait sursauter. M. Turban. Il est là depuis quand celui-là ? Je lui souris.

– Bonjour, monsieur Turban.

Il rougit, enfonce sa casquette de marin sur sa tête et se rue dans l'escalier. Je retiens un rire. Mais je ne trouve toujours pas mes clés.

– Bon, maman, je vais bien, pas de panique. Je dois te laisser, je cherche mes clés et…

La porte s'ouvre devant moi. Aude, en minishort et débardeur riquiqui, m'ouvre et repart, au téléphone elle aussi. J'attrape ma valise et pénètre dans notre chez-nous.

– Bon, alors je te laisse. Et fais attention à toi, ma chérie.

– Oui maman, bises à papa.

Je raccroche et m'approche de ma sœur, avachie sur le canapé, toujours au téléphone.

– Oui, papa. Mais tu sais, Milie est une grande fille, et si elle a besoin de partir en déplacement, je ne m'y opposerai pas… Oui, papa. Non. D'accord.

Elle lève les yeux au ciel pendant que je pose mon sac sur le comptoir et vais nous préparer du thé.

– D'accord. Je le dirai à Marek la prochaine fois qu'il viendra dormir à la maison.

Je me retourne vivement vers elle. Elle étouffe difficilement un fou rire.

– Mais non, papa, Marek ne dort pas à la maison, c'est une blague. Il ronfle trop.

J'éclate de rire. Elle se pince le nez, les yeux brillants, pendant que, à coup sûr, papa doit être comme un fou à l'autre bout du fil.

– Oui, papa. Je lui dirai de ne pas revenir. Pas de problème. Bonne fin de journée. Bise à maman.

Elle raccroche et éclate de rire.

– Aude, tu vas finir par lui provoquer une attaque ! Pauvre papa. Et pourquoi tu les as prévenus ?

Elle se lève et me rejoint dans la kitchenette. Après m'avoir embrassé le front, elle me pince les fesses.

– Parce que figure-toi que, quand tu ne réponds pas à ton téléphone et qu'il est vingt-deux heures, ils pensent, certainement stupidement, qu'en m'appelant, ils pourront te parler. Comme si le fait que tu vives ici suffisait à ce que tu sois là le soir.

Elle lève les yeux au ciel avec ironie. Je baisse les yeux sur les tasses que je remplis d'eau bouillante.

– Je suis désolée. Mais j'étais bien, et je n'ai pas pensé à prévenir la moitié de la planète. Toi, pour moi, ça suffisait.

Elle hausse les épaules.

– Ne t'excuse pas d'avoir passé un bon moment.

Elle m'inspecte, fait courir ses yeux sur ma valise, puis m'examine à nouveau.

– Bon, par contre, si je n'ai pas un rapport complet qui explique pourquoi ma sœur revient d'un déplacement professionnel avec une valise Gucci et une robe Dior sur le dos, je rappelle les parents pour leur dire que tu es enceinte.

Je m'étouffe avec mon thé.

– Hein ? C'est une robe Dior ?

Elle hoche la tête.

– Oui, m'dame. Collection prêt-à-porter de cette année. Et elle te va très bien. Bon, tu m'expliques ? C'est parce qu'il t'a arraché l'autre bestialement dans un télésiège qu'il s'est senti obligé de rembourser la casse ? Dommage, celle que tu portais hier, c'était MA robe. Donc, on va dire que tu me donnes celle de remplacement. Et la valise, c'est parce qu'ils n'avaient plus de sac dans la boutique ?

Je m'esclaffe en allant m'asseoir.

– Non. Ta robe est encore intacte dans cette valise. Avec une nuisette, une robe de soirée que je n'ai pas portée, de la lingerie pour quinze jours, des produits pour la peau que la masseuse m'a donnés, et tout un tas de savonnettes que j'ai piquées dans la salle de bains. Et un peignoir que Roger m'a ordonné de prendre. Il est pour toi, celui-là. Il paraît que dans ce genre d'hôtel, tout est à emporter. Roger m'a raconté que certains embarquaient la vaisselle. Et d'autres les coussins. Les gens riches sont des malades.

Elle reste interloquée, à l'entrée de la kitchenette.

– Roger. Masseuse. Lingerie pour quinze jours. Gucci, Dior… Mais tu t'es envolée dans une faille spatio-temporelle ou quoi ?

Elle pose ses fesses sur la table basse en face de moi, soufflant sur son thé.

– C'est un peu ça. J'ai retrouvé Marek, Aude. Je suis vraiment contente.

– Et vous avez fait quoi ? Comment ça s'est passé ? Raconte !

– On n'a rien fait. Enfin, on a regardé la télé. En mangeant des crêpes.

Elle grimace.

– Arrête, on dirait que tu me racontes une soirée chez les parents !

– Mais oui, justement. C'est justement ça, le truc, Aude. On a fait quelque chose de simple.

Elle hausse les épaules, désabusée.

– Attends, le mec, il possède son propre hélico. Et je passe sur le compte en banque et le poids financier de MLS. Et il te file des crêpes et un feuilleton de troisième zone ? Quel ringard !

Je fronce les sourcils, vexée, et surtout en colère. Critiquer Marek n'est absolument pas une bonne idée.

– Non, justement. Il a été génial. Marek n'a pas besoin d'un portefeuille de ministre pour être ce qu'il est.

Elle me regarde en souriant.

– Oh oh… J'ai l'impression qu'une certaine Émilie Laurent en pince un chouïa pour son amour de jeunesse.

– N'importe quoi !

– Oui, bien entendu.

Elle sifflote en se levant. Je l'interpelle.

– Je ne suis pas amoureuse de Marek. Je ne sais pas ce que ça veut dire, de toute manière.

Elle se penche sur la valise et passe son index sur les angles doublés de cuir. J'ai l'air débile si j'avoue que je ne savais même pas que c'était une Gucci ? Elle se relève en soupirant.

– Milie. L'amour pour Marek, tu l'as toujours eu au fond de toi. Ce n'est pas parce que tu as l'impression qu'il n'existe plus qu'il est effectivement parti. Regarde ta réaction quand les gars ont avoué ce qu'ils ont fait il y a huit ans.

– Ils ont été absolument immondes !

– Oui, je te l'accorde. Mais si tu regardes bien, toi aussi, tu les as abandonnés. Et ils t'ont pardonnée. Mais ils ont touché à Marek, alors évidemment, c'est différent. Tu veux que je te dise ? Tu leur as laissé Marek en garde, et ta colère envers eux, elle est en fait dirigée contre toi. Tu t'en veux parce que tu croyais qu'il allait bien, et en fait, tu viens de comprendre que ce n'était pas le cas. Et tu ne supportes pas cette idée. Parce que c'est Marek. Et qu'on ne touche pas à Marek. Regarde ta réaction quand je t'ai dit que c'était un goujat ! Absolument tordant.

– Ça n'a rien à voir. Marek est adorable, ultra gentil, et tellement touchant. Il a été parfait. J'ai passé un moment magique, j'étais bien, comme ça ne m'était pas arrivé depuis longtemps.

Elle penche la tête pour me dévisager avec tendresse.

– Mouais. Tu sais quoi ?

Je soupire en attrapant un coussin pour le serrer contre moi. Je n'ai pas envie de disséquer ma soirée d'hier, ni de lui expliquer que ce matin, ce n'était plus pareil et que je suis un peu perdue par rapport à tout ça. C'est mon histoire. Mon jardin secret. Il n'appartient qu'à moi. Et à Marek. Personne d'autre.

– Non, je ne sais pas « quoi ».

Elle retourne en cuisine pour poser son thé dans l'évier.

– Ton thé est immonde. Il va falloir que tu apprennes à le doser correctement, c'est trop fort.

Je souffle intérieurement. J'adore l'idée de parler dosage de thé plutôt que de tout le reste. Mais elle reprend. Forcément !

– Et je pense que pour le sujet Marek, tu n'as pas besoin de trop réfléchir. Ni de disserter pendant des heures dessus. Laisse-toi porter. Tu verras bien. Nommer les choses, c'est inutile et ça fait peur. Advienne que pourra. Courage fuyons. *Carpe diem*. Et je ne sais quoi d'autre. Enfin, t'as compris l'idée.

Oui, je l'ai comprise, et elle me va très bien. Je bois une gorgée de thé qui effectivement est beaucoup trop fort. Je me lève pour le jeter à mon tour.

– Bon, donc, le planning de ce week-end ?

Aude lève un sourcil malicieux.

– Tournée des bars. Ce soir, je t'embarque dans le Marais. Il y a un petit bar gay appelé le Banana Lips. Tu m'en diras des nouvelles.

– Un bar gay ? Mais, Aude… Nous ne sommes pas homos !

– Non, justement. On sera tranquilles comme ça. J'ai besoin que tu te sentes à l'aise, et dans ce genre de bar, tu n'intéresseras personne et tu ne seras pas sous pression à cause du monde qui ne te calculera absolument pas. Donc c'est parfait pour te garder concentrée. Parce que tu vas devoir m'expliquer chaque seconde de chaque minute de chaque heure de ton voyage au pays des fées. Et la raison pour laquelle un mec qui s'appelle Roger t'a acheté de la lingerie, certainement hors de prix, pour quinze jours. Allez, déjà, tu vas me montrer tout ça. Si mademoiselle Laurent veut bien se donner la peine ?

Elle s'efface dans une révérence en désignant la chambre. Je trottine jusqu'à ma valise et la porte jusque sur le lit.

– Et tu crois que je peux sortir en robe de soirée ? D'après ce que j'en ai vu, elle est assez décolletée. Mais elle est magnifique. Mais simple.

– Ben voyons ! Et oui, tu peux la porter. Justement parce que nous nous rendons dans un bar où personne ne te regardera.

– Génial ! J'adore le concept.

– Oui, bon, allez, déballe, ou c'est moi qui le fais !

J'ouvre la valise aux merveilles en levant les yeux au ciel pour feindre l'indifférence. Alors que je suis excitée, rien qu'à l'idée de porter un peu de Marek ce soir. Désespérant.

17

Marek

C'est affolant comme un téléphone tourne bien quand on le pince entre deux doigts. Ça marche aussi super bien quand on pose un angle sur une table et qu'on le tient juste d'un doigt sur l'angle opposé. Je me demande s'il y a un record du monde du nombre de tours enregistré quelque part.

« Oh God, I miss your touch! (Can you take it away?)
The way you keep me safe
I won't let you fade
Away my friend »

(« Oh mon Dieu, ton contact me manque !
(Peux-tu retirer ce manque ?)
La façon dont tu me protèges,
Je ne vais pas te laisser t'effacer, mon amie »)

« Pass Slowly », de Seether, qui passe en boucle dans mon salon, me rappelle que le temps ne passe pas, justement.

Roger passe dans le salon.

Je le regarde passer.

Je crois que je commence à devenir fou. Je n'arrive pas à me concentrer sur autre chose que Milie. Mais pourquoi ai-je raconté ma vie à Patricia ? Elle n'a fait que poser le doute en moi. Est-ce que je dois effectivement tenter de me rapprocher vraiment de mon amie de toujours ? Et si elle me repousse ? J'aurais l'air malin. Et cette fois, je n'aurais plus ce flou sur la situation, qui me permet de survivre parfois. Pendant huit ans, j'ai envisagé Milie de cette façon. La femme qui peut-être pensait encore à moi. Et ça suffisait pour me donner un espoir, une raison de me lever certains matins. Mais si je n'ai plus ça, je ne serai plus bon à rien.

Roger repasse dans le salon.

Je le regarde passer. Encore.

D'un autre côté, je ne suis plus bon à rien, déjà. J'ai ouvert un tableau de compta ce matin, enfin, à quatre heures du matin, parce que je n'arrive pas à dormir non plus, et je n'ai absolument pas compris une ligne de ce que j'ai lu. Rien. C'est un peu la catastrophe si mon exutoire préféré n'arrive plus à « m'exuter ». Oui, je sais ça ne se dit pas, mais moi je le dis.

Roger passe dans le salon. C'est un sketch !

– Bon, Roger, c'est quoi le problème ? Qu'est-ce que vous manigancez ? Habituellement, je ne vous vois jamais dans cette partie de l'appartement.

Il stoppe à mon niveau, absolument pas perturbé par mon éclat de nerf qui n'a d'ailleurs aucun sens. Roger a le droit de marcher. Bref.

– Je me disais que peut-être vous aimeriez savoir que Mlle Émilie est à l'heure actuelle seule chez elle, monsieur.

Je fronce les sourcils.

– Roger. Vous comme moi savons que je ne suis pas censé être informé de ce genre de chose. Luigi ne surveille pas Milie. Il assure sa sécurité.

– Tout à fait, monsieur. Vous n'êtes pas censé le savoir. Cependant, étant donné que vous m'avez confié le management de Luigi, je suis moi-même au courant. Alors, disons que je vous demande l'autorisation de donner un jour de congé à Luigi en vous affirmant que Mlle Émilie est tout à fait en sécurité dans son appartement.

– Luigi vous a demandé un jour de congé ?

– Non, monsieur. Mais je pense que ménager ses équipes est signe de sagesse.

– Et donc, nous laisserions Milie sans surveillance.

– Oui, monsieur. À moins que nous trouvions une personne qui se charge de l'affaire. Après tout, si vous vous trouvez à proximité de Mlle Émilie, je pourrai tout à fait assurer votre protection à tous les deux.

Je ravale un rire.

– Oui, ou alors, je pourrais éventuellement vous donner votre congé également et m'occuper moi-même de sa sécurité.

Il hausse les épaules en souriant avec classe.

– C'est une autre possibilité, monsieur. Mais sachez que je n'ai rien de spécial à faire ce dimanche, monsieur.

– Vous pourriez vous entraîner à prononcer mon prénom, par exemple.

– C'est une solution, effectivement. Je vous laisse seul juge, monsieur.

Il me salue d'un geste de la tête et tourne les talons. Et hop, un nouveau tour sur lui-même à mon téléphone. C'est passionnant.

18

Émilie

Je plonge à travers le lit en sortant de la douche, manquant de peu faire un grand écart sur le plancher mouillé. J'attrape mon portable à la troisième sonnerie.

– Oui, allô ?

– Milie ?

Marek ! Mon cœur fait un tour sur lui-même.

– Oui ?

– Tu as l'air essoufflée. Je dérange ?

– Non. Non, pas du tout… Je me faisais un thé.

Pourquoi est-ce que je dis un truc pareil ? Bonne question. Sortir de la douche n'est pas dégradant en soi. Enfin, je ne crois pas. Tout comme se faire un thé n'est pas vraiment l'activité intéressante par excellence non plus. J'aurais pu dire que je faisais une petite séance d'abdos, ou que je lisais un livre, c'est bien ça, ça pose tout de suite le personnage. Quand j'imagine quelqu'un lire un livre, je le vois sur un canapé, avec un chat sur les genoux, lunettes ultra sexy sur le nez, pull trop grand qui découvre une épaule pour les femmes, ou torse nu pour les hommes, enfin, un truc dans le genre photo de pub.

– Ah ? Comment vas-tu ?

Revenons à lui, c'est plus intéressant. Je m'installe sur le lit en récupérant ma serviette perdue dans ma course.

– Ça va. Et toi, tu fais quoi ?

– Je lisais un livre !

Ah, ben voilà ! Lunettes, torse nu sur un canapé à douze mille euros, gris masculin de préférence, jean tombant bas sur les hanches, pieds nus posés sur la table basse nonchalamment, chien avec plein de poils couché la tête sur ses genoux, feu dans la cheminée, même en juin. Lui, au moins, il sait rendre l'oisiveté sexy. D'un autre côté, c'est lui qui appelle, donc il a préparé les répliques. C'est presque moyennement fair-play. Bref. Je ne vois pas pourquoi je pense à ça. Il lit un livre, point. Et moi, je me fais un thé.

– On a des vies super passionnantes, c'est fou !

Il éclate de rire. J'adore quand il rit.

– On va dire ça. Je me demandais, après ton thé, tu as quelque chose de prévu ?

– Tu veux dire, à part m'en refaire un second ?

– Oui, je veux dire ça.

– Euh, non, pas vraiment. Je devais faire le ménage, mais comme Aude a passé son tour la semaine dernière, je crois que je vais passer le mien aussi.

Aïe, malheureuse ! Ça fait mauvais genre, il va croire que je vis dans une porcherie. Remarque, vu le tas de fringues d'Aude au sol, on n'en est pas loin.

– Je me demandais si tu avais quatre heures quarante-sept à me consacrer, en plus des trajets et du temps de se mettre en place, compte plutôt… cinq heures dix-huit. À peu près.

– Tout ça ?

– Oui. Et encore, ça aurait pu être deux heures quatorze de plus, mais je pense que ça fait un peu long.

– Mais, on peut savoir de quoi il s'agit ?

– Bien sûr que non !

Je m'esclaffe.

– Ah, ben évidemment, suis-je bête…

Je regarde autour de moi, histoire d'être absolument certaine que je n'ai pas mieux à faire. Mais même si j'avais d'autres choses à faire, rien ne pourrait m'intéresser plus que ces cinq heures dix-huit en sa compagnie. J'en jubile d'avance.

– Ben écoute, ça me paraît assez tentant. Tu passes me prendre ou on se retrouve quelque part ?

– Je passe. Je te bipe quand je suis dans ta rue. Dans… une demi-heure ?

– Oui, parfait, juste le temps de terminer mon thé.

Et de me maquiller, de m'enduire de crème hydratante parce que j'ai la peau sèche, de trouver quoi me mettre, de me lisser les cheveux… Mais qu'est-ce que je raconte, je ne me suis jamais lissé les cheveux de ma vie ! Faut que j'arrête les téléfilms américains le dimanche, ça me rend abrutie.

– Nickel. À plus.

Il raccroche. Il est quatorze heures douze. Et il est super ponctuel. C'est parti !

***

Cette voiture est simplement… jouissive. Marek se gare trop vite.

– On ne peut pas refaire un tour ?

Il retient un rire.

– On fera tous les tours que tu veux, mais après, si ça ne te dérange pas. Nous sommes attendus.

Il détache sa ceinture, et je m'affole.

– Comment ça, nous sommes attendus ? Nous allons où, Marek ? C'est quoi cette blague ?

Il sort de la voiture en riant. Je me détache à mon tour et le rejoins sur le trottoir.

– Marek, si tu ne craches pas le morceau tout de suite, c'est moi qui crache.

Il attrape ma main et m'entraîne le long des devantures de la rue.

– Et tu veux cracher où ?

– Sur le trottoir. Sur ta voiture. Sur toi. Partout.

Il s'arrête, étonné.

– Tu me cracherais dessus ?

J'examine ma cible. Jean slim parfait, baskets en cuir naturel, parfaites, et tee-shirt blanc cintré tout aussi parfait. Avant-bras découverts, plus que parfaits. Sacrilège de cracher sur quoi que ce soit. Et maman dirait que c'est mal élevé.

– Non. C'est une expression.

– Bon, de toute manière, nous sommes arrivés. Viens.

Je me retourne pour faire face à une entrée de cinéma. Je recule carrément.

– Non, Marek. Ça, je ne peux pas. Des gens, inconnus, autour de moi, dans le noir… Je suis désolée, mais je… non. Pardon.

Mon cœur palpite beaucoup trop fort. Mon corps tremble, et j'ai presque les larmes aux yeux. Le cinéma, je ne peux pas. Comme les boîtes de nuit, les bars trop bondés dans lesquels je ne peux pas m'asseoir contre un mur, enfin bref, j'ai une liste longue comme le bras de blocages honteux. Et évidemment, il faut qu'il tombe pile poil dessus, pour la première fois où nous sortons ensemble. Ah, mais oui, c'est vrai, c'est un premier rendez-vous ! Encore pire, je gâche notre premier rendez-vous ! Je me déteste. J'en ai marre de moi !

Marek me rejoint alors que j'essaye de reculer en lâchant sa main, mais il ne me laisse pas faire. Il se plante face à moi et entoure ma taille de son avant-bras magnifique. Je perds tous moyens. Sous la lumière du soleil, si près, habillé en cool, il est… pfiou…

– Je sais tout ça, Milie. Enfin, je m'en doute. Mais essaye quand même. J'ai trouvé une solution. Viens au moins inspecter sur place. Si c'est non, alors c'est pas grave, on ira manger des crêpes.

J'hésite. Il attrape ma main. Je pense au docteur Jean. Toujours aller de l'avant. Au moins, essayer. Il n'y a pas de petite victoire. Que des belles marches de franchies. Je ferme les yeux et pose ma tête sur son torse.

– OK. Mais je ne te garantis rien.

– Je sais. Mais c'est génial d'essayer, au moins.

Ses doigts glissent entre les miens, il m'adresse un sourire rassurant et m'entraîne dans le bâtiment. Nous passons la file devant les caisses. Un portier nous ouvre la porte en l'accueillant par son nom, ce qui reste impressionnant, c'est à noter quand même. Puis il nous guide à travers le hall, jusqu'à une salle et nous ouvre une nouvelle fois la porte.

– La séance débute dans cinq minutes, monsieur Lisinski.

Marek hoche la tête.

– Très bien, merci. Viens Milie.

Il m'emporte dans cette pièce que j'appréhende comme un purgatoire. J'ai envie de lui faire plaisir, mais franchement, je vais passer toute la durée du film à avoir la nausée, peut-être même que j'irai jusqu'à vomir, ça va être magnifique. J'aurai dû dire non ! Quelle cruche !

Nous entrons dans la salle, déserte. Il me lâche la main.

– Choisis ta place.

Je plisse les yeux, perdue.

– Mais… Nous sommes seuls ?

Il hoche la tête.

– Oui. J'ai loué la salle. Nous allons regarder deux films qui ne sont plus à l'affiche, de toute manière. Donc, tu es chez toi, choisis, mets-toi à l'aise.

– Tu te moques de moi ?

Il paraît surpris.

– Non, pourquoi ?

Il descend quelques marches et me désigne une place, au milieu.

– Ça te va, là ?

Je reste muette, hébétée.

– Mais, ça t'arrive souvent ? Je veux dire, de louer une salle de cinéma complète pour regarder un film ?

– Oui, toutes les semaines. Bon, tu crois que ça va t'aller, ou c'est quand même trop compliqué ?

Je jette un œil autour de nous.

– Ben, vu que nous sommes seuls, je dirais non, aucun souci.

Je me faufile dans la rangée et choisis un siège. Il n'a pas réservé le cinéma le plus minable, les sièges sont ultra larges et confortables. On se croirait presque dans un salon. Je ne peux m'empêcher de commenter.

– Mais, si tu loues souvent cette salle, ce ne serait pas plus simple et plus… économique, si je puis dire, de t'arranger une salle de visionnage chez toi ?

Il s'installe à mes côtés.

– Si. J'en ai une, pour tout dire. Mais je suis très déçu. L'acoustique est un peu minable.

– Ah ! Oui évidemment, dans ce cas. Autant louer un ciné ! Je me demande où j'ai la tête, parfois !

Il m'examine quelques secondes et éclate de rire.

– Non, mais en fait, d'habitude je me mélange au reste du public, je te fais marcher. Mais j'avais un doute, j'ai préféré m'assurer que tu passerais un bon moment.

Je reste sans voix. Son visage change d'expression.

– Milie, ça va ? Quelque chose te dérange ?

Je me reprends.

– Excuse-moi. C'est simplement que c'est tellement… irréel. Oui, c'est ça. Tu es presque irréel, Marek.

Il se penche vers moi, attrape ma main et y dépose un baiser.

– On en reparle dans quelques minutes. Tu veux quelque chose à manger ? À boire ?

– Euh, si toi tu veux, alors je veux bien. Et, j'irai même plus loin, c'est moi qui offre !

– Ah, ça, c'est impossible. La salle est fournie avec nourriture et boissons. Il suffit de demander.

– Oh ! Alors, je veux bien un cône au praliné et un jus de pomme.

– C'est comme si c'était fait. Je reviens.

Il me laisse quelques secondes, seule, donc, dans une salle de cinéma privatisée. C'est… bref, c'est… Marek. J'adore. C'est tellement mignon. C'est surtout complètement dingue.

Il revient rapidement, alors que la lumière baisse autour de nous. J'attrape ma glace, en ayant l'impression de me retrouver, encore une fois, en plein milieu de notre adolescence.

– Au fait, on regarde quoi ?

– Ta sœur va bien ? Elle ne m'en veut pas de te monopoliser toute la journée ?

Je secoue la tête en léchant ma glace. J'adore le praliné.

– Non, elle est de sortie avec ses collègues de l'agence d'intérim. Une sortie un peu obligatoire. Mais ce n'est pas le sujet. Quel film va-t-on regarder ?

Il retient un rire alors que la lumière s'éteint totalement.

– Eh bien. Tu te souviens de jeudi soir ? Tes films cultes, à toi, que j'ai accepté de visionner avec la meilleure volonté du monde ?

J'ai peur de la suite. Franchement. Je hoche la tête timidement.

– Oui, vaguement…

Plus mauvaise foi que moi, tu meurs ! J'en rigole moi-même. Il continue.

– Donc, comme je suis certain que tu ne les as pas vus, puisque je n'étais pas là pour t'y pousser quand ils sont sortis, tu vas découvrir les deux derniers épisodes de *Star Wars*. T'es contente ?

Je me décompose. Son sourire de victoire est tellement énorme que j'arrive même à le percevoir dans l'obscurité ! C'est un coup bas, purement et simplement. Une vengeance mesquine. Indigne de lui. Enfin, pas vraiment étonnant non plus, il a toujours été un peu soupe au lait avec mes films à l'eau de rose. Et il est fan de *Star Wars*. Je déteste ce truc. Les bestioles qu'on y voit sont hideuses et le coup de la super planète maléfique, je n'arrive pas à comprendre le concept. Faut vraiment avoir l'esprit tordu pour être fan de ce truc. (Oui, je sais pertinemment que je me fais un tas d'ennemis en affirmant ça. Mais ce n'est pas grave.) Ma seule réponse est instinctive.

– Tu déconnes ?

Il secoue la tête, fier comme un premier de la classe.

– Absolument pas. Je suis hyper sérieux. Je te souhaite un excellent film, Milie Jolie.

– Tu sais que tu mériterais de recevoir un cône praliné en plein visage, ou dans la nuque. C'est bien aussi, la nuque.

Il retient un rire et s'enfonce dans son fauteuil alors que le film commence.

– Combien de temps tu as dit que ça durait ?

C'est inquiétant cette histoire.

– Quatre heures quarante-sept. Mais on fera une pause entre les deux, si tu as envie d'aller faire pipi…

Petit. Très petit de reprendre mes propres mots pour se foutre de moi.

– Marek, tu sais que ton sarcasme est insupportable ? Si je vais aux toilettes, je m'échappe par la fenêtre.

– Elles ont des barreaux.

– J'ai une lime à ongles. Je les scierai.

– OK, Ma Dalton. Maintenant, si tu permets, le film commence.

Je me tais, il attrape ma main, sans doute pour s'assurer que je ne m'échappe pas pendant sa fusion totale et complète avec le film, et s'enfonce dans son siège. Moi, je ressens la chaleur de sa paume, mon cœur bat trop fort dès que son pouce caresse le dos de ma main, je savoure sa présence, et je le maudis alors que des vaisseaux spatiaux improbables se lancent des jets laser de toutes les couleurs au milieu d'un univers étoilé peu crédible juste devant mes yeux.

Lobotomisée. Je n'ai plus un neurone opérationnel après ces quatre heures quarante-sept de torture intersidérale. La pizza qu'il m'offre en sortant n'arrange rien, je ressors du restaurant le ventre à terre en voyant des vaisseaux voleter partout autour de nous. Je suis encore à l'état de zombie lorsqu'il me raccompagne jusqu'à la porte de mon immeuble. Même le petit trajet en voiture ne m'a pas fait atterrir de ce cauchemar. Je me tourne vers lui après avoir tapé le code de l'Interphone. J'entrouvre la porte et lui adresse mon plus beau sourire.

– J'aimerais te dire que j'ai adoré cette journée, mais nous savons pertinemment tous les deux que ce n'est pas le cas.

Il retient un rire charmant.

– Alors ça fait mon bonheur.

Je glousse. Il s'approche de moi. Mon organe vital s'emballe un peu trop. Son visage très près du mien, il termine le travail de déstabilisation avec classe. Je m'incline. Intérieurement, bien entendu. Et surtout, je me retrouve sous cet arbre, où il m'a embrassée pour la première fois. Je ne suis pas plus raisonnée dans mes pensées, ni pondérée dans mon envie. À cet instant précis, ce désir que j'ai si longtemps entretenu pour lui se réveille, plus fort, plus intense, et tellement dévastateur. Je retiens ma respiration, mes bras qui ne rêvent que d'aller vers lui, et mes lèvres de plonger sur lui.

Il pointe l'index vers moi.

– Maintenant, Milie Jolie, répète après moi : « Je ne forcerai plus jamais Marek à regarder Patrick Dempsey. »

Je ne réponds pas. Il fronce les sourcils.

– Milie ?

Il ferait presque peur. Je déglutis, croise les doigts dans mon dos et prononce lentement, en le maudissant intérieurement.

– Je ne forcerai plus jamais Marek à regarder Patrick Dempsey.

Il soupire, passe ses bras autour de moi, trouve mes mains, et mes doigts croisés que je n'ai pas la jugeote de décroiser en urgence (merci *Star Wars* et les neurones exterminés par les rayons laser). Ses doigts glissent entre les miens, nos mains jointes derrière moi. Nous sommes si proches. Mes yeux s'ancrent sur ses lèvres, j'ai tellement envie de l'embrasser que c'est inquiétant. Et je ne parle pas de mon ventre qui s'échauffe anormalement.

– Maintenant, sans les doigts croisés, répète. En y mettant un peu plus de conviction.

Je me mords la lèvre.

– Et si je ne le fais pas ?

– Si tu ne le fais pas, j'instaure le visionnage d'un film de science-fiction toutes les semaines pour les membres de mon équipe de direction. Et je t'inscris à l'entraînement de MMA avec Franck.

– C'est de l'abus de pouvoir ! Tu n'as pas le droit !

– Non, absolument pas le droit, effectivement. Mais je m'en fous. J'ai des contacts aux prud'hommes.

Sourire arrogant, insupportablement mignon. Je soupire dans ma défaite.

– Je ne forcerai plus jamais Marek à regarder les magnifiques films de Patrick Dempsey.

– Ni celui de Josie Grosse Truie !

– Mais elle n'est plus « Josie Grosse Truie » depuis longtemps !

– C'est pareil. Dis-le.

Ses doigts se resserrent sur les miens. Re-soupir de défaite cuisante.

– Ni celui de Josie Grosse Truie.

Il semble heureux. C'est déjà ça. Moi ? Je suis dégoûtée ! Je projetais déjà de me venger de *Star Wars* en lui imposant la saison un de *Grey's Anatomy* la prochaine fois. Et une promesse est une promesse. Même énoncée sous la torture. Ses doigts se séparent des miens, à mon grand regret. Ses mains remontent le long de mes bras, ses yeux restant plongés dans les miens. Tout mon corps est pris de frissons, ma tête s'embrume peu à peu, jusqu'à ce que ses doigts trouvent mon cou. J'ai chaud tout à coup. Ses paumes encadrent mon visage, ses pouces caressent mes joues. Tout mon être prie pour qu'il me donne ce second baiser que je suis certaine de désirer plus que tout, maintenant. Il est trop… celui que j'aime. Cette attraction que j'ai pour lui est tellement ancrée en moi que je ne la remarquais même plus, pendant toutes ces années loin de lui.

Mais à cet instant, et depuis que j'ai mis le pied dans cet hélico, je sais qu'il sera éternellement celui qui me fera vibrer comme personne. Il s'approche de moi. Je n'arrive plus à trouver l'air. Il hésite un instant, son regard embrasant chaque petite parcelle de mon visage, puis se décide à m'embrasser. Le front. Puis la tempe. J'ai à ce moment l'espoir impressionnant qu'il continue la descente de ses lèvres, mais il n'en fait rien. Il laisse ses mains redescendre le long de mon cou puis s'écarter de moi en douceur. Seul point positif, je respire à nouveau. Mais tout le reste n'est que négatif. Un nouveau sentiment, le désespoir, s'empare de mon cœur et le transperce dans tous les sens.

Il me sourit d'un air navré en reculant d'un pas.

– Bonne nuit, Milie. À demain.

Je bafouille. Je ne sais plus sur quelle planète je vis.

– Ah, parce qu'on se voit demain ?

Il me répond en reculant significativement vers son bolide de rêve.

– Oui, au bureau. À moins que tu ne comptes démissionner une nouvelle fois ?

– Euh, non, pas dans l'immédiat. Enfin, c'est pas prévu.

– Alors parfait. Tu rentres, que je puisse partir ?

Je hoche la tête et m'engouffre dans l'immeuble. Je le maudis de ne pas m'avoir embrassée. Et je le vénère de m'avoir fait passer une nouvelle journée au paradis. Même avec *Star Wars*, je recommencerais tous les jours. Parce que j'ai eu sa main. Là. Tout contre la mienne. Pendant quatre heures quarante-sept. Je ne l'ai pas lâchée. Et elle non plus. Soudées. Je laisse un frisson de bonheur me parcourir avant d'affronter les escaliers qui mènent chez Aude.

19

Marek

Elle est en train de se transformer en obsession. Je me suis morfondu la nuit entière, puis le lundi. Puis une nouvelle nuit. Pourquoi je ne l'ai pas embrassée ? Aucune idée. Enfin si. Elle tremblait. Je n'étais pas certain que ce soit le bon moment. Je n'étais même pas certain qu'il y ait, un jour, un bon moment. Milie. Milie que j'adore et que je ne veux pas perdre. Milie que j'aime et qui m'attire beaucoup trop. Milie si forte et si fragile en même temps. Milie que j'ai abandonnée à un sort tragique il y a des années. Je ne sais pas si c'est d'elle dont j'ai peur ou de moi. Parce qu'un baiser engage. Parce que, si elle m'accepte, alors je n'aurai plus le droit à l'erreur. Si d'aventure elle m'accorde une nouvelle fois sa confiance, aucun faux pas ne me sera permis. Suis-je capable de relever le défi ?

Nous sommes mardi, et depuis deux jours je ressasse, prends une décision, puis me dégonfle, avant de me conforter dans la solution inverse. C'est terrible. Moi qui d'habitude n'hésite jamais, sur rien, là, je suis paumé.

Milie, justement, arrive dans l'encadrement de la porte (je ne la ferme plus depuis hier, j'aime entendre le son de sa voix, même quand ce n'est pas à moi qu'elle parle).

– Coucou, boss. Puis-je demander audience ?

Je lève un sourcil en lui faisant signe de s'installer en face de moi. Encore une fois très jolie, dans une jupe beige et une chemise trop large qui… ressemble beaucoup à celle que je devais porter à Megève et qui a finalement atterri sur ses épaules, et vraisemblablement dans sa valise. Ce détail me tue littéralement. Elle porte ma chemise. J'en suis certain, je reconnais la trame du tissu bien particulière. Je me mords la lèvre, fiévreux, et déstabilisé par cette chemise.

Elle rejoint le fauteuil tranquillement, un sourire malicieux aux lèvres. Un sourire que je devrais craindre, je le sais. Je la connais trop, et certains signes ne mentent pas. Mon côté mièvre et amoureux disparaît, au profit du joueur lorsqu'elle s'installe sur le fauteuil en face de mon bureau.

– Tout va bien ?

Elle me sourit, légère et mystérieuse.

– Oui, très bien… Enfin…

Ses yeux s'assombrissent.

– J'ai un petit souci, pour être tout à fait honnête.

– Je t'écoute.

Milie est extrêmement douée pour jouer la comédie, quand elle est motivée. À l'époque, je me faisais avoir une fois sur deux, même si je m'arrangeais toujours pour qu'elle ne s'en aperçoive pas. Elle déglutit puis se lance.

– Voilà. J'ai un projet pour l'anniversaire de maman. C'est en novembre, je sais, mais j'aimerais lui offrir quelque chose de très particulier.

– Et ?

– Et, je dois me rendre dans un endroit qui pourra beaucoup m'y aider. Vraiment, c'est très important pour moi. Mais voilà, c'est dans un arrondissement que je ne connais pas, et Aude a un rendez-vous mystérieux qu'elle ne peut pas repousser. Enfin, en tout cas c'est ce qu'elle affirme. Je… je suis encore un peu peureuse sur certains points, et j'avoue que me retrouver seule parmi des étrangers, ça m'angoisse un peu.

C'est donc sérieux. Je dois normalement m'envoler pour Marseille ce soir vers dix-sept heures, mais si je peux l'aider, évidemment que Serge et son engin peuvent attendre.

– Quelle heure ?

Ses yeux s'illuminent.

– C'est vrai, ça ne te dérange pas ?

– Non, enfin, ça dépend de l'heure.

– De dix-huit heures à vingt heures.

Aucun problème pour moi. Même vingt-deux heures si elle veut. Oui, en fait, elle aurait pu me dire n'importe quoi, j'aurais dit oui.

– Parfait. Nous nous y rendons en sortant d'ici, ou tu préfères repasser chez toi entre deux pour te changer ? Il faudra que tu me donnes l'adresse.

Elle se lève en trépignant de joie et, dans un réflexe naturel, se jette par-dessus mon bureau pour m'enlacer le cou.

– Merci, merci Marek ! C'est vraiment trop gentil.

– Marek, je…

Nous relevons la tête simultanément. Patricia entre dans la pièce, alors que Milie est donc à plat ventre sur mes dossiers, accrochée à mon cou, les cuisses comprimées dans sa magnifique jupe crayon, les pieds ballottant en l'air. Bref, un moment d'anthologie je pense. Tout comme le rouge vermillon qui s'installe en un temps record sur les joues de Patricia. Elle tourne les talons sans un mot, attrape la porte qui était restée ouverte et la referme avec distinction en sortant.

Milie éclate de rire.

– Ben, elle n'a jamais vu un employé remercier son patron ?

Je lui adresse un sourire taquin.

– Si, mais habituellement, l'employé ne pelote pas son boss pour lui dire merci. Et il ne nage pas non plus le crawl sur son bureau.

– Non, mais, je ne te pelote pas, déjà, je te remercie, et pour ce qui est de ton bureau… bon OK.

Elle tente de retirer ses mains de mes épaules, mais je la retiens. L'occasion est trop belle, et le désir trop fort. Je me lève rapidement en l'emportant avec moi. Elle se laisse glisser vers moi et hisser sur les genoux, puis je passe une main dans son dos et derrière ses genoux pour la prendre dans mes bras. Elle garde les bras autour de mon cou. Et je ne la lâche pas. Au contraire, je la presse contre moi. Nos visages proches l'un de l'autre, son petit corps parfait enveloppé dans mes bras. Elle est légère, sent bon, et son sourire me fascine. Encore une fois, j'hésite. Les pulsions qui m'attirent vers elle sont de plus en plus incontrôlables, et je sais que ce moment est inéluctable. Mais…

Les yeux fixés sur mes lèvres, elle murmure doucement.

– Alors, c'est vrai, tu veux bien m'accompagner ce soir ?

Je hoche la tête et la repose à regret. Refuser de l'embrasser en fin de rendez-vous pour lui sauter dessus dans mon bureau, je trouve ça… moyen.

– Oui.

Elle réajuste sa jupe.

– Tu me le promets ?

– Oui.

Elle m'offre un sourire satisfait.

– Super, merci. Rendez-vous à dix-huit heures alors.

Mes yeux ne la quittent pas pendant qu'elle rejoint la porte. Je reprends mes esprits avant qu'elle ne disparaisse.

– Nous allons où, au fait ?

Elle se tourne vers moi avec un sourire malicieux.

– Je ne me rappelle pas l'adresse. Elle est notée sur un Post-it dans mon bureau. Je te dis ça tout à l'heure ?

Elle n'attend pas la réponse et disparaît. Dois-je m'inquiéter ? Oh que oui. Est-ce que ça me fera revenir sur ma promesse ? Certainement pas.

***

Une maison de retraite. Un club de crochet. Voilà où je me trouve. Au milieu d'une horde de septuagénaires à lunettes et déambulateurs aux airs féroces. Assis devant une pelote de laine, un crochet et une multitude de modèles pour débutant, je reste plus que dubitatif. Milie me pousse doucement du coude, l'air triomphal.

– Ben, alors, tu ne tentes pas ?

Faisant semblant d'étudier quelques gabarits gentiment prêtés par sa voisine de droite, elle se retient très difficilement d'éclater de rire. Une petite grand-mère à ma gauche me tend un truc. Ne me demandez pas d'expliquer ce que c'est.

– Tenez, Marelle. Vous aurez besoin de ça. Et ça aussi.

Elle pose une pelote rose fuchsia dans mes mains. Je tourne la tête vers Milie qui va se décrocher la mâchoire si elle continue à sourire comme une bécasse. Je retourne la tête vers la grand-mère et lui souris rapidement.

– Merci.

– De rien, Marcel.

– Marek.

Elle tend son oreille vers moi.

– Je vous demande pardon ?

– Non, rien.

Je soupire, dépité. J'observe les machins censés m'inspirer.

Sérieusement ? Du crochet ? Cette nana est tarée. Je soupire encore. Et je supplie des yeux Milie alors que la présidente du club, et très certainement la doyenne aussi, me propose une assiette de biscuits.

– Tenez, Mabrouk.

Milie ne se retient plus cette fois, et éclate de rire. Elle en pleure. Je refuse poliment l'assiette.

– Merci. Et moi, c'est Marek.

– Je vous demande pardon ?

– Laissez tomber.

Je supplie une nouvelle fois Milie du regard alors qu'elle s'essuie les yeux. Elle se penche vers moi.

– Bon, alors, qu'as-tu choisi comme modèle ? Le plaid vert et rose en rosaces ? Ou le dessous de verre en lin ?

J'ai envie de l'étrangler.

– Rien du tout ! Milie, tu veux vraiment faire une housse de coussin en crochet pour ta mère ?

Elle hausse les épaules.

– Pourquoi pas ? Je passe un très bon moment. Pas toi, Mabrouk ?

Elle repart dans un fou rire. La grand-mère, ma voisine, se penche sur moi.

– Voyez, Averel, on fait comme ça.

Milie éructe de rire.

– Oh mon Dieu, je crois que je vais me faire pipi dessus si tu ne changes pas de tête, Marek ! Seigneur, je vais mourir de rire.

Je perds le sang-froid que je m'efforçais à garder depuis la bonne demi-heure de torture qu'elle m'inflige et éclate de rire au nez de ma charmante voisine qui, au passage, ne se rend compte de rien. Et, simplement pour fermer son bec à mon autre charmante voisine qui se croit maline, j'attrape un crochet, souris à ma prof improvisée et change de tactique.

– Oui, alors, Raymonde, montrez-moi.

La grand-mère me sourit et se lance dans des explications. Milie se penche sur mon dos et murmure.

– Elle ne s'appelle pas Raymonde.

Je lui réponds sur le même ton, tout en gardant mon sourire charmeur.

– On s'en fout. Arrête d'essayer de me dissiper et concentre-toi sur ton crochet.

Elle éclate de rire, et je me concentre sur Raymonde, ou peu importe son nom, qui continue ses explications, à grand renfort de démonstrations :

– … Donc, vous faites comme ça…

– Merci, Ginette.

Je jette un œil à Milie qui se concentre, elle aussi, sur son cours… Elle veut du crochet, elle va avoir du crochet. Et vu comment elle s'y prend, en y mettant du mien, je pourrais même faire un truc plus beau que le sien.

Ex aequo, nos créations, au bout d'une heure, sont affreuses. Nous nous toisons, amusés, et surtout résignés.

– Bon, Milie Jolie… On arrête là ?

Ce n'est pas que je m'ennuie, mais bon. Je crois que ma copine Francine s'est lâchée dans sa couche. Et, franchement, je préférerais offrir un resto à Émilie plutôt que de rester une heure de plus dans cette salle de réfectoire transformée en club de grands-mères fanatiques d'aiguilles. Elle réfléchit un moment puis se penche vers moi en ricanant.

– Répète après moi : « J'annule la promesse que j'ai forcé Milie à faire à propos des films de Patrick D. ET de Josie Grosse Truie ».

Nous nous fixons un long moment. Non, mais sérieusement ? Elle croit m'avoir aussi simplement ?

– Jamais de la vie ! On reste.

Je reprends mon crochet, et mon œuvre absolument navrante. Elle hausse les épaules.

– Comme tu veux.

Nous reprenons notre activité. La doyenne tape dans ses mains à ce moment.

– Très bien, je propose une pause soupe. Émilie, Marlboro, vous prendrez des croûtons dans votre potage ?

Nous nous regardons. Cette fois, nous sommes d'accord. D'un même geste, nous posons notre matériel. J'attrape sa main et nous nous levons.

– Merci, mais nous venons de nous souvenir que nous avons un rendez-vous. Bonne fin de soirée.

Nous adressons un rapide salut à la petite troupe qui nous sourit, et nous éclipsons. Je regarde ma montre, il me reste tout un tas de minutes à lui consacrer. J'ai reporté notre départ assez largement.

– J'ai un hélico dans deux heures… En attendant, je t'offre à manger ?

Elle accueille l'offre avec un nouveau sourire radieux.

– Avec plaisir…

Je passe un bras autour de ses épaules en l'embarquant loin de cet endroit.

– J'ai quand même une question. Où nous as-tu déniché un endroit pareil ? Le crochet ? Sérieusement ?

Elle glousse.

– C'est la grand-mère de la demi-sœur de la collègue de travail d'Aude qui est membre de ce club. Aude me racontait des anecdotes, parce que sa collègue y passe de temps en temps. Ça m'a franchement semblé merveilleux. J'ai tout de suite pensé à toi !

– Je ne sais pas comment je dois le prendre ! En tout cas, je te félicite. Ça aurait pu marcher. Mais Julienne était trop mignonne, c'est dommage, ça a joué en ta défaveur.

– Je ne m'avoue pas vaincue !

– Je sais. Bon courage, parce que je ne compte pas lâcher le morceau non plus.

Je lui ouvre sa portière. Elle me sourit et s'installe sur son siège.

– Oh, alors ça va s'intensifier sérieusement.

Je l'espère, Milie Jolie. Je l'espère.

20

Émilie

Une journée sans Marek au bureau, ce n'est pas génial. L'étage est calme, Patricia très occupée avec les appels et les résolutions de problèmes qu'ils sont habituellement deux à gérer. Et moi, je récupère son boulot. Et, grande question… Qui récupère le mien ? Eh bien moi, bien entendu. Et en ce moment même, je galère avec la remise en forme des visuels de présentation. Je ne sais pas où ils ont trouvé que j'étais la personne idéale pour moderniser leurs plaquettes personnalisées, mais en tout cas, ils en sont tous les deux convaincus, je suis la femme de la situation.

En attendant, je dois bien admettre que leurs PowerPoint avaient bien besoin de dépoussiérage. Certains sont urgents, tout comme les appels aux clients pour les prises de rendez-vous trimestriels, et les réponses ponctuelles aux interminables questions de ces mêmes clients. C'est donc avec le cerveau en miette que j'éteins mon PC à… je n'ose même pas regarder ma montre. J'ai profité du fait que Patricia reste plus longtemps ce soir pour « m'avancer sur mon retard ». Oui, je sais, c'est un nouveau concept. Breveté par ML Security.

Nous nous embrassons donc sur le parvis de notre immeuble avant de prendre chacune des directions différentes. Il est au moins vingt heures. J'envoie un SMS à Aude pour la prévenir que je rentre, mais elle me répond qu'elle n'est pas chez nous. Pas plus d'info, elle est avec « quelqu'un ». Je me demande ce qu'elle me cache. En ce moment, je la trouve soucieuse, rêveuse, parfois euphorique, mais parfois maussade. Je lui ai demandé s'il était temps que je lui rende sa liberté, que, peut-être, ma présence chez elle était de trop. Elle m'a évidemment répondu par la négative, et même si habituellement je me serais quand même posé des questions sur la véracité de sa réponse, pour cette fois, je ne sais pas. Je dirais plutôt que ses mystérieux rendez-vous sont la cause de tout. Je finirai par savoir. Je laisse les choses prendre un peu d'ampleur, et j'agirai.

Je traverse la rue encore bondée de véhicules, malgré l'heure tardive. Ici, il y a des heures d'affluence. Toutes les heures. Cette ville ne dort jamais. Mais je préfère la population de dix-huit heures à celle de vingt heures. Je me sens plus observée. Moins en sécurité. Surtout ce soir. J'ai beau me retourner plusieurs fois, m'arrêter pour renouer mes lacets, m'assurer que personne ne me suit, j'ai pourtant cette impression qu'il y a quelqu'un. J'arrive devant mon arrêt de bus (j'évite le métro le plus possible). Encore une fois, cette impression d'être observée ne me quitte pas. Une angoisse ridicule prend peu à peu le dessus sur moi. J'imagine déjà que ma sœur ne remarquerait pas mon absence avant des heures, puisqu'elle ne m'attend pas. J'affabule sur Numéro 1 posté à un angle de rue, prêt à m'emporter très loin.

Il est mort, Milie. Mort !

J'ai envie de devenir transparente. Alors que le bus tarde à arriver, je scrute autour de moi, pour trouver un endroit familier, réconfortant. Quelque part où je serai rassurée. Loin de cette rue qui me dérange ce soir. Mes doigts s'agrippent à mon sac. Puis l'une de mes mains plonge au fond de celui-ci pour trouver le spray au poivre qui ne me quitte jamais. Peu à peu, l'imaginaire devient réel. La simple impression d'être suivie devient une réalité évidente, une angoisse perverse qui efface tout sens commun en moi. Une vieille dame qui promène son chien s'approche dans mon dos. Je sursaute en brandissant mon arme. Elle pousse un cri, son chien se met à m'aboyer dessus.

– Oh. Pardon. Je suis désolée.

Elle tâte sa poitrine un moment, en tentant de se calmer, puis marmonne quelques jurons, m'enjoignant d'aller consulter, puis s'éloigne. Je ferme les yeux une demi-seconde. *Milie, tout va bien. Calme.*

Une main agrippe mon poignet. Je hurle et manque de m'évanouir. Comme dans le cours d'autodéfense, je pivote pour tourner le dos à l'agresseur et lui assène un coup de coude bien placé. Il hurle :

– Merde, Milie ! Qu'est-ce qu'il te prend ?

Justin ! Je me tourne vers lui. Il est plié en deux. Je passe mes nerfs sur lui. Il faut que mon angoisse s'exprime.

– Mais… Qu'est-ce qu'il te prend à toi de m'attraper comme ça ? T'es pas un peu malade ? Et d'ailleurs, pourquoi es-tu là ? C'est toi qui me suivais ? Qu'est-ce que tu veux ?

Il se redresse tranquillement en se frottant les côtes.

– Oui, je te suivais parce que je n'osais pas venir te parler. Mais j'ai eu l'impression que tu faisais un malaise, alors je me suis précipité. Et je voulais prendre des nouvelles. Tu ne réponds plus aux SMS.

– Et ça ne t'a pas mis la puce à l'oreille ? Peut-être que je n'ai pas envie d'y répondre justement.

Je suis fâchée. Toujours autant. Il est très clair que dans cette histoire, je me suis rangée dans la *team* Marek. C'est bien dommage, parce que je préférerais qu'il n'y ait pas de *team* à choisir. Mais comme c'est le cas, je n'ai pas hésité, et ne le regrette pas. Certes, ils me manquent, parce que j'étais venue à Paris aussi pour eux. Mais tant pis. Leur attitude s'est avérée inqualifiable envers lui.

Justin soupire et tente de calmer mon agressivité.

– Milie. Tu ne veux pas qu'on aille prendre un verre quelque part pour en discuter ?

Je secoue la tête.

– Il n'y a rien à dire. Je suis très déçue, Justin. Pour le moment, rien de ce que tu pourras dire ne me fera changer d'avis.

– Milie, c'était il y a huit ans ! Aujourd'hui, les choses ont changé, il y a prescription.

Je ricane ironiquement.

– Ah oui ? Tu crois ? Et d'après toi, cette obsession qu'entretient Marek pour la ponctualité, tu crois qu'elle vient d'où ? Tu crois qu'il va suffire de lui dire qu'il y a prescription pour qu'il ne pense plus à la fin du monde dès que la personne qu'il attend arrive avec deux minutes de retard ? Et tu veux qu'on parle de ses multiples séances de MMA ? Ou des cours d'autodéfense qu'il impose à tout son personnel ? Tu crois que si on lui explique que c'est du passé et que rien n'est grave, il va passer à autre chose ?

– Enfin, Milie, je ne suis pas responsable non plus des traumatismes que ton enlèvement a engendrés chez Marek !

– Non, bien entendu. Mais s'il y avait eu une personne, une seule, qui avait pris le temps de lui expliquer que ce n'était pas sa faute, il n'en serait pas là, aujourd'hui. Et, de mon point de vue, une bande de potes, soudés comme les doigts de la main, aurait dû être le parfait soutien pour lui. Mais non ! Et non content de ne pas l'avoir écouté, vous l'avez rejeté et accusé.

Il pince les lèvres, mais n'ajoute rien. Par contre, moi, j'en ai à dire.

– Alors, oui, tu dois penser que je suis un peu culottée de vous reprocher ce que j'ai moi-même fait. Mais vous n'aviez pas le même traumatisme. Vous, vous avez eu peur. Et moi, j'ai cru mourir. J'ai voulu mourir. On m'a volé mon corps, mon âme et mon esprit. Alors, oui, quand je me suis retrouvée seule, je n'avais qu'une envie, y rester. Parce que je me sentais sale, parce que je n'avais plus confiance en personne, et parce que le moindre souffle trop proche de moi me faisait vomir. Et aussi parce que je vous imaginais soudés et vous serrant les coudes de votre côté. Assez matures et raisonnés pour faire face à la situation. Et j'apprends des années après que non, l'un d'entre nous a été ignoré et méprisé comme un excrément dans le caniveau !

Il hausse la voix.

– Milie, je ne t'ai jamais reproché de t'être exclue, je savais, et nous savions tous que tu n'avais pas forcément le choix pour te reconstruire. Quant à Marek…

– Quoi, Marek ?

– J'aimerais m'entretenir avec lui. C'est pour ça que j'essaye de te joindre. Je lui ai encore envoyé plusieurs mails depuis ton arrivée, et surtout depuis ton coup de nerf. Parce que, oui, je suis d'accord avec toi, il mérite des excuses. Mais il ne me répond pas. Rien. Je suis simplement venu te demander si tu pouvais lui en toucher deux mots. Parce que…

– Parce que quoi ?

Il hausse les épaules.

– Parce que je dois le faire. Je dois m'excuser pour tout ce que je lui ai dit. Mais aussi pour toutes ces années où je l'ai laissé seul face à tout ça. Je te promets que c'est vrai, Milie. Donne-moi son numéro de téléphone. Que je puisse au moins essayer.

Je n'ai pas à réfléchir longtemps. C'est à Marek de décider si oui ou non, il veut reprendre contact avec eux. Et je sais aussi qu'il a largement les moyens de les retrouver. Et d'ailleurs, Justin vient à peine de me révéler qu'il ne répond pas à ses mails. Donc, c'est qu'il ne juge pas opportun de le faire. Ce n'est pas à moi de le trahir en donnant son numéro de téléphone. Mais…

– Je ne peux pas faire ça. Ce n'est pas à moi de décider. Par contre, je peux tenter de lui en parler. Parce que j'aimerais vraiment qu'il reçoive tes excuses. Ça ne pourrait que lui faire du bien.

Un sourire éclaire le visage de Justin.

– Merci, Milie.

– Ne me remercie pas. Pour le moment, rien n'est fait. Mais je peux essayer. Et dis-toi bien, Justin, que, de mon point de vue, Marek s'est assez battu contre tout le monde. Je me rangerai de son côté, quoi qu'il décide. Simplement parce qu'il mérite de ne plus connaître la solitude.

Il hoche la tête. Mon bus se gare derrière lui.

– Je dois te laisser maintenant. Je te tiendrai au courant. Bonne fin de journée, Justin.

Je pénètre dans le véhicule et lui adresse un petit signe de main alors que les portes se referment sur moi. Il reste immobile à me regarder m'éloigner, et je fais de même. Il se prend la tête dans les mains et shoote dans un arbre à côté de lui. Oui, je sais. La vie est difficile. Pour tout le monde. Pour moi aussi. J'espère que je trouverai les mots pour convaincre Marek de faire un pas vers eux. J'aimerais qu'il retrouve un peu la paix qu'il mérite tellement.

***

Jeudi. Normalement, il revient aujourd'hui. Mais je ne sais pas quand. Je pourrais demander à Patricia. Je pourrais également lui envoyer un SMS. Mais puis-je faire ce genre de chose ? Clairement, je n'ose pas. C'est un peu… intrusif. Enfin, je trouve. En attendant, je scrute depuis mon arrivée le hall dès que l'ascenseur s'ouvre à notre étage. Je suis arrivée vingt minutes en avance, aussi. Bref, pas de commentaires. Mais il n'est pas là. Donc, PowerPoint, refonte des masques de présentation et j'en passe. Passionnant. D'un autre côté, si on veut rester pragmatique, je n'ai jamais autant bossé que depuis qu'il s'est absenté. Et comme c'est un peu pour ça qu'il me paye… Donc, PowerPoint. Bleu nuit pour la page de présentation ? Ou plutôt rouge agressif ?

– Milie, je vais y aller, tu viens ?

Je redresse la tête, déphasée par mon écran, pour faire face à Patricia, qui me tutoie apparemment. Je préfère.

– Oui ? Comment ? Où ?

– Self-défense ! Je t'ai inscrite au même cours que moi, j'ai vu que tu avais oublié.

– Ah ? Oui, je viens. J'avais vu, j'ai reçu une notification de rappel hier. J'ai même pris mon sac.

– Parfait. Allez, décroche, tu as une tête de cinglée.

Je hoche la tête, verrouille mon ordinateur et la rattrape alors qu'elle a déjà atteint l'ascenseur.

Nous traversons le couloir de l'espace forme. Et… il est là. En pleine séance de MMA avec Franck. Encore une fois, je m'arrête pour l'admirer. La dernière fois, j'étais éberluée de le revoir. Aujourd'hui, je suis en totale admiration devant l'homme qui se tient devant moi, ne portant en tout et pour tout qu'un bermuda de sport, encore une fois attaché bas sur ses hanches, les poings serrés devant son visage, concentré, en mouvements constants. Son entraîneur fait un tour sur lui-même et tente de le frapper avec son pied. Marek esquive avec souplesse, puis renvoie exactement le même coup à son adversaire. Celui-ci qui se replaçait à peine à la suite de sa prise, ne réagit pas assez rapidement et a juste le temps de se protéger d'un bras. Le coup arrive quand même sur sa joue. En douceur. Ce n'est pas le but de se blesser, je pense. Franck éclate de rire en repoussant la cheville de notre boss.

Patricia attrape mon bras et me tire plus loin.

– La dernière fois que tu l'as regardé comme ça, Franck l'a mis K.-O. Il serait préférable que ça ne devienne pas une habitude. Tu vas finir par nous le défigurer. Et nous ne voulons pas ça. N'est-ce pas ?

Je hoche la tête en la suivant dans les vestiaires.

– Oui, enfin, il n'a pas eu l'air trop « défiguré » la dernière fois non plus. Le terme est un peu fort.

– Autant que la droite de Franck si tu veux mon avis. Et je pense que Marek se passerait sans problème d'une seconde expérience.

Nous gloussons avant d'aller nous changer. Puis l'angoisse me reprend. Je rejoins malgré tout la salle de cours et me rapproche de Patricia en pleine conversation avec deux hommes d'une quarantaine d'années. Elle me présente, puis Franck entre dans la pièce. Mais il est partout cet homme ! Je me demande évidemment où est passé Marek.

La réponse arrive rapidement en sa propre personne pénétrant dans la salle quelques secondes après le coach. Un sourire irrépressible s'accroche à mes lèvres. Il a revêtu un tee-shirt et une paire de baskets et s'essuie le visage avec une serviette posée sur son épaule. Il laisse planer son regard quelques secondes sur l'assemblée puis me trouve, et me sourit. Je suis ravie d'être ce qu'il cherchait. Il traverse la pièce en saluant distraitement ses employés de quelques signes de tête, s'épongeant le front, puis s'installe entre Patricia et moi. Comme la semaine dernière, les têtes de l'assemblée se retournent avec curiosité, mais un seul regard froid et autoritaire de Marek remet les choses immédiatement en place, et tous les regards nous quittent pour se concentrer sur le coach. Impressionnant. Je me sens réellement particulièrement chanceuse, et un peu embarrassée d'être traitée de manière aussi spéciale par le grand patron. C'est troublant. Et atrocement flatteur. Tellement qu'un sourire s'accroche à mes lèvres sans que je n'arrive à l'effacer.

Il se penche sur mon épaule.

– Tu comptais t'entraîner sans moi ? Tu m'as trop tabassé, je ne t'amuse plus ?

Je glousse et me tourne vers lui.

– Je ne savais pas que tu étais rentré.

– Et louper ta self-défense ? Impossible.

Franck prend la parole pour expliquer le thème du jour. Mais Marek ne semble pas très intéressé. Il continue à s'éponger le front en me parlant à voix basse.

– Je suis désolé, je n'ai pas eu le temps de prendre une douche. Mais je me suis dit que ça t'irriterait encore plus et que tu redoublerais d'envie de me foutre des baffes. C'est bon aussi, le côté repoussant.

Je me tourne vers lui. « Repoussant » ? Avec ses cheveux humides, son tee-shirt moulant et son sourire lumineux, il est à l'opposé du concept. Au contraire, il est encore plus craquant naturel et totalement détendu. Je ne vais même pas oser effleurer sa joue, parce que d'après ce que j'arrive à entendre de l'explication de Franck, le cours du jour concerne les gifles qui refroidissent les potentiels agresseurs.

Il se penche à nouveau sur moi, tout joyeux.

– Alors, il s'est passé quoi hier au bureau ? Tu sais que j'ai mangé dans un endroit complètement improbable qui…

– MAREK !

Il se redresse comme un soldat et répond à Franck qui nous toise sans aucune sympathie.

– Oui ?

– Si c'est pour foutre le bordel dans les cours que tu imposes toi-même à tout le monde, la porte est là, tu peux la prendre.

Marek passe une main dans ses cheveux alors que toute l'assistance se tourne vers lui, amusée.

– Non, mais c'est bon, je me tais.

– Mouais. Encore un mot et je vous sépare. C'est bien clair ?

Il hoche la tête d'un air docile, adresse un de ses regards de tueur à l'assemblée qui réagit encore une fois en faisant profil bas, puis se penche vers moi dès que Franck reprend ses explications.

– Il l'a mauvaise parce que je lui ai foutu la misère à l'entraînement. Il est mauvais perdant.

Je glousse. Franck se tourne vers nous, Marek se redresse une nouvelle fois et regarde innocemment le plafond. Le prof lève les yeux au ciel et reprend, pour la troisième fois, son explication. Puis nous commençons les exercices. Donc, la gifle qui tue. Je me place face à lui, il attrape mon poignet pour la mise en situation. Le contact de cette main, et la vision de ces avant-bras, encore une fois, me font tourner la tête. L'effet qu'il a sur moi me fait de plus en plus délirer. J'ai chaud, froid, je sens mon cœur s'engourdir dans des battements puissants et délicieux, et mon esprit crépiter dans tous les sens. Je crois que je suis malade. Malade de lui. C'est possible ça ?

Il m'attire à lui, toujours pour la mise en situation demandée par Franck. Contre son torse large et musclé, je me sens toute petite. C'est surtout que je suis toute petite. Je dois lever la tête pour lui faire face. Sa main libre s'accroche à ma hanche. Ses yeux verts se posent avec tendresse dans les miens. Je vais mourir, je sens la maladie grave me terrasser. Vraiment. Le virus a maintenant atteint mes jambes qui flageolent, incapables de mener leur job à bien une seconde de plus. Il le sent, je pense, parce que ses doigts s'agrippent plus fermement à moi et me maintiennent en position verticale.

J'essaye de reprendre mes esprits. Nous sommes en plein cours, alors la concentration est de mise. J'expulse toutes les pensées frivoles de ma tête. Défense. Agression. Je retombe sur terre. Voilà. Ma main me démange, la gifle se prépare. Attention…

Il choisit ce moment pour parler.

– On mange ensemble ce midi ?

Pam ! La gifle est partie. Je m'esclaffe devant son air ahuri. Il était censé l'esquiver ! Mais il n'a pas bougé. Il me lâche en couinant, mi-amusé mi-sonné. Il porte une main sur sa joue déjà rouge.

– Ça veut dire oui ou non ? J'ai peur de ne pas très bien décoder le Milie !

– Oups, pardon, Marek !

Je me précipite sur lui et retire sa main de la zone incriminée.

– Mince, je ne t'ai pas loupé ! Ça va ?

Patricia, qui n'a pas loupé une miette de la scène, est pliée de rire derrière lui. Et Franck, sur son estrade, n'est pas mieux. Marek s'en moque.

– Bon, on mange ensemble ou pas ?

Je hoche la tête.

– Je te dois au moins ça !

Il me sourit sincèrement.

– Cool.

Puis il se tourne vers son assistante.

– Toi, par contre, tu es virée. Prépare tes cartons dès que tu rejoins l'étage.

Patricia reprend un semblant de sérieux.

– Cool, depuis le temps que je tente tout et n'importe quoi pour que tu me foutes dehors… Libérée… Délivrée…

Il hausse les épaules et reporte son attention sur moi.

– Donc, ta gifle était pas mal, mais elle manquait clairement de visée. À mon avis, tu t'es fait mal sur ma pommette. N'est-ce pas ?

Il a raison en plus. Et ça fait un mal de chien. Il est solide, mine de rien. Et nous continuons le cours sur l'art et la manière de foutre des baffes. Et le mieux, c'est que je suis payée pour ça !

***

Un déjeuner sur l'herbe. Magique. Roger nous a apporté une couverture, et nous nous sommes assis sous un arbre. Marek a pris une douche, revêtu un jean et un polo bleu marine, et moi, mon jean et mon débardeur. Il dévore son sandwich adossé au tronc d'arbre, les jambes allongées devant lui, chevilles croisées. Relax. Autour de nous, le soleil brille, les oiseaux chantent, et des enfants jouent en riant au ballon un peu plus loin. J'écoute l'expérience inédite qu'il a vécue hier.

– Un déjeuner dans un arbre. Ces clients sont un peu barges, mais franchement, je retiens l'idée. Une cabane accrochée aux branches, avec un monte-plat équipé de cordes montées sur des poulies… Un jour, je t'emmènerai, tu vas halluciner. Tu fais quoi ce week-end ? Ça te dit de manger dans un arbre ?

Je pouffe en attrapant une bouteille d'eau.

– Tu veux m'emmener à cinq cents kilomètres d'ici simplement pour manger dans un arbre ?

Il écarquille les yeux, incrédule.

– « Simplement » manger dans un arbre ? Mais t'es vraiment blasée ! T'es franchement trop gâtée, je ne vois que ça ! C'est génial ! Ah, merde, j'ai un truc de prévu ce week-end. Bon, je vais étudier mon planning cet après-midi, on en reparle. Sinon, ta journée d'hier ?

Il tend la main vers ma bouteille d'eau qu'évidemment je lui donne. Et je commence l'explication de ma pauvre journée sans intérêt, qu'il écoute avec attention. Et je trouve que ce moment de détente est peut-être le parfait moment pour amorcer ce qui m'angoisse un peu.

– Et… Justin m'attendait à la sortie du bureau.

Il se renfrogne aussitôt. C'est un sujet que nous n'avons jamais abordé, donc je suis un peu réticente et surtout stressée en imaginant sa réaction. Il se contente de rester détaché du sujet.

– Très bien.

Il faut que j'insiste. Même si je préfère continuer à planifier un déjeuner dans une forêt.

– Il… il m'a demandé ton numéro.

Il se fige en refermant la bouteille d'eau.

– Et ?

– Je ne lui ai pas donné. Mais j'ai promis de t'en parler. Alors, voilà.

Il pose la bouteille sur la couverture en se mordant la lèvre inférieure.

– Écoute, Milie. Il s'est passé des choses qui ne te regardent pas. Je ne comprends même pas pourquoi il vient t'importuner avec ça.

– Je suis au courant, Marek. Ils m'ont tout dit.

Ses yeux se posent sur moi. Des yeux froids et distants. Des yeux qui ont retrouvé toute leur armure.

– Ça ne te regarde pas. Point final.

– Mais, Marek, ils s'en veulent. Tous. Ils ont été nuls et ils le savent. Ça te ferait sans doute du bien de…

Il hausse le ton, reprenant son charisme de chef qui ne supporte pas qu'on lui tienne tête.

– Du bien ? Comment pourraient-ils me faire du bien ? Je n'ai pas besoin d'eux. Point final. C'est un peu facile de venir me lécher le cul maintenant que j'ai retrouvé une vie plus sympa que la leur, alors qu'à l'époque, ils se moquaient bien de ma condition. Si tu sais déjà tout, je n'ai pas besoin de m'étendre sur le sujet. Enfin, tout. Je suppose que certaines choses n'ont pas été dites. Forcément.

– Quelles choses ?

Il hausse les épaules en portant son regard au loin.

– Rien d'important. Si tu veux savoir, demande à ton ami Justin. Tout ça ne me concerne plus.

Je l'observe un moment. En silence. J'examine cet homme si fort qui se réfugie derrière les remparts qu'il a érigés depuis si longtemps qu'ils font partie de lui maintenant. C'est tellement triste. Rejeter en bloc l'idée de se rapprocher de ceux qui lui ont fait du mal, parce que justement, il les a tellement aimés que leur rejet l'a détruit. J'attrape sa main, et il me laisse faire, sans me porter un seul regard. Il ajoute cependant :

– Si ton but est de réconcilier tout le monde, Milie, je te préviens tout de suite, c'est non pour moi. Je n'ai pas besoin d'eux. Je ne veux même plus en entendre parler.

Ses yeux s'assombrissent, son corps s'est tendu depuis un bon moment. J'embrasse sa main, parce que je sens qu'il a besoin de tellement d'amour que je me sens débordée par la situation.

– Marek. Ne te ferme pas. Je t'en prie. Je suis tellement désolée que tu le prennes comme ça. J'aurais dû me forcer à l'époque. J'aurais dû m'assurer que tu allais bien avant de partir. J'ai été tellement égoïste.

Mes yeux s'humidifient un peu trop à mon goût. J'évalue encore une fois les ravages de mon refus de les revoir à l'époque. Si j'avais su… Vraiment, si j'avais agi autrement…

Il reporte son regard sur moi et s'aperçoit de ce que je veux cacher. Ce n'est pas à moi d'être triste. Je l'ai déjà été assez longtemps, alors qu'eux ne se sont pas accordé cette étape. Je dois me montrer forte et résoudre le problème, parce que oui, même si Marek refuse de l'admettre, il y a bel et bien un problème. Je reprends une mine normale pour ne pas reporter l'attention sur moi. Mais Marek me connaît presque trop bien. Il tire sur son bras, et comme je tiens toujours sa main, m'attire contre lui.

– Milie, tu n'as pas à être triste pour ça. Ce n'est pas ton histoire.

Je secoue la tête alors qu'il la plaque contre son épaule et embrasse mes cheveux.

– Si, Marek. Je réalise que j'ai très mal géré. Si j'avais su… Mais au lieu de ça, j'ai empiré les choses. Non seulement je vous ai abandonnés, mais en plus, je vous ai séparés.

Il me caresse la joue doucement.

– Sans te manquer de respect, Milie Jolie, nous étions assez grands pour nous prendre la tête sans toi. Tu n'es pas la fautive. La situation, peut-être. Mais c'est tout. Pas toi.

– Oui, mais si j'avais été là, Marek, si je t'avais épaulé, comme j'aurais dû le faire, tu ne serais pas aussi remonté contre eux. Tu vois ? Tu n'aurais pas souffert, et tu n'aurais pas tout abandonné. Quelque part, tout aurait été différent. Simplement, je n'ai pensé qu'à ma petite personne.

– Et tu as bien fait ! Milie, regarde-moi !

Il secoue son épaule pour me forcer à relever la tête. Ses mains attrapent mes joues avec douceur. Son visage, en face de moi, est très sérieux.

– Milie. Je ne t'ai pas demandé comment tu allais quand je t'ai revue. Je n'en ai pas eu besoin. Parce que tu rayonnes. Je me demande évidemment tout ce qui s'est passé pendant ces huit ans, et j'ai peur de l'entendre, pour être honnête. Mais le résultat est là. Il te reste sans doute des peurs. Des angoisses insurmontables. J'imagine que parfois tu dors mal la nuit, et que tu repenses à ces connards à certains moments. Et pour ça, sache que si un jour tu as besoin d'en parler, je suis là.

Ses pouces caressent mes joues avec tendresse.

– Voilà, déjà, ça, je voulais te le dire, Milie. Je suis fier et plus heureux que jamais de te voir comme tu es. Tu te bats sur tous les plans et tu ne lâches rien, c'est génial. Et tu maîtrises la gifle comme une pro maintenant.

Je m'esclaffe doucement, le cœur gros de tout ce qu'il me dit. Il me réchauffe l'âme et caresse l'amour que je lui porte, l'augmentant encore alors que je pensais déjà l'aimer à m'en exploser le cœur.

Il continue.

– Si tu en es arrivée là, c'est grâce aux choix que tu as faits. Ils t'ont fait du bien. C'est le principal.

Il embrasse mon front avec affection.

– Le reste, Milie, ne doit pas t'ébranler. D'autant plus que tu te trompes. Personne ne sait ce qui se serait passé si tu avais agi différemment. Alors peut-être que j'ai quelques névroses. Peut-être que vu de l'extérieur, je peux effrayer. Mais ce n'est pas la vérité. Si tu étais revenue et avais arrangé les choses, je ne serais jamais parti pour venir bosser ici. Peut-être que je serais encore là-bas, à supporter ma mère, dans le taudis où nous vivions. Peut-être même que je serais alcoolique aujourd'hui. C'était sans doute ce à quoi j'étais destiné. Je n'aurais jamais pu me payer tout un cycle d'études comme je rêvais de le faire.

Je bois ses paroles. Je n'avais jamais songé à la situation comme ça. Il dégage une mèche qui tombe sur mon front en continuant.

– Et tu ne sais pas tout, Milie Jolie. Le plus beau, tu ne l'as pas vu.

– Qu'est-ce que c'est ?

Il me sourit mystérieusement.

– Je t'enlève ce week-end. Pas pour manger dans les arbres. J'ai quelque chose à te montrer.

– Quoi ?

– C'est trop long à t'expliquer. Je préfère que tu le voies directement.

– Je n'aime pas les surprises, surtout quand elles viennent de toi.

– Oui, mais moi, j'accepte les tiennes, donc, tu n'as pas trop le choix.

Il embrasse une nouvelle fois mon front, en caressant toujours mes joues, avant d'ajouter :

– Il va falloir que nous fassions quelques emplettes avant

demain soir. Ce soir, nous quittons plus tôt, je bloque ton emploi du temps pour deux ou trois heures.

– Mais, et que va dire Patricia ?

– J'ai viré Patricia ce matin, je te rappelle. Elle ne dira donc rien.

Je glousse et il ajoute, plus sérieusement.

– Patricia sera ravie, crois-moi, et d'autre part, avec tout le respect que je lui dois, c'est encore moi le patron.

Tout ça est très mystérieux. Mais je me laisse glisser dans son univers. Quand il est aux commandes, je me sens parfaitement heureuse. À ma place. Comme en ce moment, alors qu'il m'installe contre son épaule et m'encercle de son bras. Nous restons à regarder les enfants jouer devant nous, sans parler, blottis l'un contre l'autre. Ses lèvres posées sur mes cheveux, nos mains rejointes et enlacées, plus forts ensemble, plus beaux, plus sereins. Il resserre son bras encore un peu et je n'ai qu'une seule envie, fondre totalement dans cette étreinte et ne plus jamais le quitter.

21

Marek

J'aurais pensé que Milie me traînerait dans des essayages à n'en plus finir. Je m'attendais à avoir mal aux pieds, à remplir le coffre de la voiture de sacs et de boîtes de diverses boutiques. Mais non. C'est Milie, justement. Elle m'a épargné le shopping intensif. Elle a trouvé son bonheur dans le premier magasin où je l'ai emmenée, et dans lequel elle ne voulait pas entrer, d'ailleurs. Le simple nom sur la devanture l'a effrayée. Un nom qui commence par V, et qui se termine par « ersace ». Je ne connais pas d'autres boutiques dans les parages, alors je l'ai conduite là où je vais pour moi. Plus simple.

Une charmante hôtesse l'a prise en main dès notre arrivée, elle m'a banni de la salle d'essayage bien proprement, et j'en ai profité pour aller dénicher deux ou trois petites babioles pour moi. Mais dans tout ça, à part la couleur de la tenue que la charmante hôtesse a bien voulu me révéler (moyennant un bon billet, bien entendu), je ne sais pas ce qu'elle me réserve.

C'est pour cette raison que je suis légèrement impatient, adossé à la Lincoln Cosmopolitan de 1951 que je viens d'acquérir. Une voiture avec un petit côté rétro qui m'a séduit et qui a surtout fait briller les yeux de Roger quand il l'a vue chez ce passionné de voitures anciennes qui vendait une partie de ses trésors. Une découverte imprévue lors d'un déplacement. Le moteur a été remis à neuf, et Roger est heureux. Bref, ce n'est pas très important, mais je me sens légèrement nerveux, il faut que j'occupe mon esprit avec des pensées futiles. Et quoi de plus futile que les voitures ?

Je suis nerveux parce que j'ai un doute. Est-ce que notre petite soirée va plaire à Milie ? C'est quitte ou double. J'aurais peut-être dû ne pas lui faire la surprise et lui expliquer où elle allait mettre les pieds. Et surtout lui laisser le choix. Mais maintenant, c'est trop tard. Je me suis lancé dans cette idée, retour en arrière impossible.

Roger, qui attendait devant l'Interphone, se met en mouvement et pousse sur la porte de l'immeuble. Mon cœur arrête sa course, intimidé, impatient, et effrayé.

L'apparition de Milie sur le trottoir me coupe tout simplement le souffle. Elle est à tomber. Et encore, tomber n'est pas un terme assez fort. Elle a choisi une robe ajustée en dentelle bleu marine, courte, col bateau dégageant son buste et ses épaules, des escarpins assortis à la hauteur impressionnante, affinant ses jambes déjà parfaites, et un simple collier de perles s'enroule autour de son cou. Et je ne parle même pas de son visage, radieux, encadré de quelques mèches échappées volontairement de son chignon flou. Le symbole même de la sensualité absolue. Tout mon corps réagit violemment, se tend, l'appelle désespérément. Ma tête abandonne le combat et mon cœur prend le relais. Ses battements secouent chacun de mes muscles avec détresse. Je sens la soirée compliquée. Voire insurmontable. J'inspire douloureusement puis m'avance vers elle. Elle me sourit timidement en posant sa main dans la mienne. Un frisson s'empare de moi à son contact.

Roger passe près de nous alors que nos yeux se sont trouvés et n'arrivent plus à se détacher. Il ouvre la portière derrière moi.

– Si vous voulez bien vous donner la peine ?

Je sursaute, revenant au monde réel, en quittant à regret celui de mes fantasmes, et passe un bras autour de la taille de ma merveilleuse cavalière. Son parfum effleure mes narines, doux, sucré, envoûtant. J'ai simplement envie de dire à Roger de repartir avec sa bagnole d'occasion et d'emporter la femme merveilleuse qui m'accompagne de force chez elle pour passer ma soirée à la dévorer. Tout. Chaque petite particule d'elle me transcende. Je veux la totalité de Milie Laurent, pour moi, et pour toujours.

Mais la réalité est tout autre. Roger se racle la gorge, parce que nous sommes en retard. Ce qui arrive à me raisonner. Partiellement. Je plonge mon visage dans le creux de son cou pour lui murmurer :

– Merveilleuse… Tu es… tout ce que j'attendais.

Un frisson parcourt sa peau. Je passe mon index le long de son cou délicat, tout simplement parce que je ne peux plus me retenir. Sa respiration se saccade imperceptiblement avant qu'elle ne me réponde.

– J'essaye de ne pas te faire honte. Tu es tout autant ce que j'attendais. Depuis très longtemps. Je crois que Roger s'impatiente.

Je. Ne. Vais. Jamais. Tenir ! Je reprends sa main et la guide jusqu'à la voiture. Qu'elle adore au passage.

***

Émilie

J'ai l'impression d'évoluer en plein conte de fées. Dans cette voiture d'un autre siècle, habillée comme une princesse, assise aux côtés d'un homme beau à couper le souffle, portant un ensemble pantalon veston bleu marine, ouvert sur une chemise blanche et mettant en valeur le teint de sa peau et la musculature qui se cache sous le tissu, et qui me parle avec douceur depuis le début du trajet. Nos doigts se mêlent sur la banquette, et je suis perdue au milieu de mes sentiments.

L'émerveillement. Depuis le fond de ma petite ville de province, je n'aurais jamais imaginé qu'un jour je me ferais conduire à travers les rues de la capitale dans un carrosse magnifique, au bras d'un homme merveilleux, vêtue d'une robe si belle que je n'ai plus jamais envie de la quitter.

L'angoisse. Je redoute l'endroit vers lequel nous filons dans la lumière du crépuscule, parce que je n'ai aucune idée de ce dont il s'agit, et si je considère ma tenue et celle de Marek, j'ai un peu peur de ne pas être à la hauteur.

L'appréhension. Parce que je ne sais pas où mes sentiments pour lui m'emmènent, et je suis effrayée. Je n'ai jamais ressenti tout ce qui se passe en moi en ce moment, et depuis plusieurs jours, je me trouve en terrain totalement inconnu. Oui, bien entendu, je me doute bien de ce dont il s'agit, je ne suis plus assez naïve pour ne pas savoir nommer ce qui me transporte. Mais autant j'avais envie de me laisser flotter lors de mon adolescence, autant aujourd'hui, j'ai peur de naviguer dans ce que je ne maîtrise pas. J'ai encore cette peur indicible de tout ce que représentent les rapprochements intimes. Cette fameuse dernière épreuve est en train d'arriver, je pense, plus tôt que prévu. Enfin, je n'avais en réalité rien prévu sur ce sujet. Je pensais avoir le temps. Mais ça, c'était avant de revoir Marek.

Roger arrête la voiture devant un grand bâtiment ancien, se dressant au milieu d'un parc arboré. Marek se penche en avant et s'adresse à Roger.

– Faites le tour du parc, voulez-vous ? J'ai besoin de parler à Milie.

Le chauffeur hoche la tête et bifurque sur la gauche, un petit chemin qui semble s'enfoncer dans l'immensité arborée du parc.

Et moi, je m'inquiète parce que je ne sais vraiment pas où il m'emmène. Aussi bien géographiquement que dans tous les sens du terme.

Marek s'installe de biais sur son siège et attrape ma main. Je commence à sérieusement paniquer. J'ai peur de la suite, vraiment. Il ne fait pas traîner, heureusement.

– Je pense qu'il faut que je te prévienne, Milie. C'était une erreur de t'amener ici sans t'expliquer ni te demander ton avis.

Je ricane nerveusement. De plus en plus perturbant tout ça.

– C'est-à-dire ?

Il soupire et embrasse mes doigts pour reprendre une contenance.

– Milie. Ce soir, je voulais t'emmener à un gala de bienfaisance pour le bénéfice de ML Fondation.

– Ah ! Oui, j'en ai entendu parler lors du parcours d'intégration. C'est bien, je trouve, de t'occuper de ce genre de chose, j'ai toujours su que tu avais un grand cœur, je suis fière de toi et...

– Milie, connais-tu au moins le but de cette fondation ?

– Non, c'est quoi ?

Il se mordille la lèvre inférieure quelques instants avant de répondre.

– Ici, nous venons en aide aux femmes victimes de violence.

Je tressaille. Que dis-je, je me prends une avalanche de sentiments de plein fouet, en pleine tête. Mon premier réflexe est de sonder les yeux de Marek pour y trouver la preuve qu'il blague. Mais il reste atrocement sérieux et ses pupilles ne font que confirmer ce qu'il vient d'annoncer.

J'ai froid tout à coup. Et chaud. Un maelström d'émotions se bouscule en moi. L'effroi, parce qu'imaginer que mon passé est exposé au public depuis je ne sais combien de temps me perturbe vraiment. Mais aussi la fierté de me voir associée à un geste si pur, si désintéressé, si bon pour les femmes qui souffrent. Je suis touchée aussi, parce qu'il l'a évidemment fait pour moi. En mémoire de moi, je suppose. Pour soulager cette injustice que j'ai toujours ressentie au fond de moi.

Tout ce que je saisis à ce moment précis, c'est qu'il me comprend. Il a compris mon drame et mes angoisses. Il a compris et s'est sans doute mis à ma place, a ressenti ma douleur, loin de moi, sans même que j'aie besoin de lui confier. Mais quel est cet homme que je croyais déjà bon et qui, en fait, s'avère exceptionnel ? Mes doigts se resserrent autour des siens, parce qu'au plus profond du désarroi dans lequel il vient de me plonger, il est le seul qui puisse me maintenir à flot. Mon cœur éclate devant lui, se soumet aux battements du sien, parce qu'il n'y a plus aucun doute à avoir, Marek représente à lui seul tout ce pour quoi j'existe. Tout ce pour quoi je me suis battue. Tout ce qui a fait survivre mon cœur dans cette cave il y a des années, et ce qui le fait battre encore aujourd'hui, plus fort, plus intensément, de manière plus belle et plus addictive. Mon bonheur se trouve emprisonné entre ses mains, et je n'ai même pas envie de lutter pour lui reprendre. Il sait tellement bien l'entretenir.

Je déglutis en plongeant dans ses yeux, perdue dans cet univers qu'il m'offre humblement, alors que je ne le mérite même pas. Je l'ai abandonné il y a des années.

Il coupe le silence d'une voix douce et inquiète.

– Milie, pour la fondation, ton nom n'est pas associé. Ce sont simplement deux lettres côte à côte. Pas de nom. Je suis désolé, quand j'ai eu l'idée de ce projet, je n'ai pas pensé qu'un jour tu reviendrais. J'ai simplement accolé le nom MLS à la fondation, sans me douter de la suite. Tu… tu me détestes ?

Je tends ma main libre vers lui et caresse sa joue, mes yeux perdus sur ses traits, l'admirant sans limite, adorant chaque relief de ce visage parfait, chaque étoile dans ses pupilles, chaque mèche tombant sur son front. Mais je suis incapable de parler. Il m'a mise K.-O.

Il penche la tête, de plus en plus inquiet.

– Milie ? Dis quelque chose, je t'en prie…

Que veut-il que je dise exactement ? Qu'il est parfait ? Son geste est tellement engagé, tellement beau, que je ne peux absolument pas objecter quoi que ce soit. Je n'éprouve que fierté, au contraire, d'avoir joué un petit rôle dans ce projet destiné au bien et au soulagement de nombreuses âmes en peine. Je ne peux faire qu'une chose.

Je détache ma ceinture, et me jette sur lui, mes bras s'enroulent autour de sa nuque et mon visage plonge dans le creux de son cou. Ses bras me serrent contre lui, et je sens son cœur battre contre le mien. Vite. Fort. Passionnément. Tout comme le mien.

Un soupir de soulagement s'échappe de ses lèvres alors que sa main caresse doucement mon dos.

– Ça signifie que tu ne m'en veux pas ?

Je m'esclaffe alors que je fais mon possible pour refouler les larmes qui menacent mon maquillage.

– Mais non, idiot ! Tu es merveilleux ! Merci, Marek !

Un petit rire le secoue avant qu'il s'adresse à Roger.

– Roger, on y va.

– Très bien, monsieur.

Marek grogne contre mon oreille.

– Je vais finir par lui faire bouffer son « monsieur » à la con !

J'éclate de rire et m'éloigne de lui en essuyant les quelques larmes qui ont réussi à se trouver un chemin jusqu'à mes joues.

Une fois notre voiture arrêtée devant le perron de la bâtisse, Marek sort rapidement de son côté pour venir m'accueillir du mien. Il tend la main pour m'aider à sortir. Je lui confie la mienne avec une petite pincée d'hésitation. C'est quand même perturbant ce genre de situation. Non ?

***

J'examine le presque château devant nous. De grandes baies vitrées, une façade majestueuse, illuminée depuis l'intérieur tout autant que par des spots extérieurs. J'agrippe le bras de Marek. Même s'il est au centre de mes troubles, il représente également le seul à qui j'ai envie d'abandonner toutes mes craintes et de confier mon destin. Il est un roc puissant et stable qui n'inspire que la confiance. Il est tout simplement éblouissant.

Il m'entraîne sur les escaliers en pierre qui mènent au perron.

– Donc, tu te trouves au siège de ML Fondation.

Une femme d'un certain âge s'avance vers nous, bras grands ouverts.

– Marek ! Tu as enfin consenti à te montrer. Cette soirée s'annonce vraiment hors du commun ! Et qui nous amènes-tu ?

La femme embrasse Marek avec entrain, puis fait de même avec moi. Je dois dire que c'est assez troublant, se faire accueillir aussi amicalement, sans convenances, alors que tout ici semble hautement guindé. Marek remarque mon désarroi et m'explique d'un air amusé.

– Jeanne est la directrice de ce centre. Si tu viens ici un autre jour, tu la trouveras en jean et baskets. Une Patricia numéro deux en gros.

La fameuse Jeanne s'esclaffe.

– Quel flatteur, le jour où j'égalerai la prestance de Patricia, je veux bien qu'on m'empale sur un bûcher… Je n'aurai plus rien à attendre de la vie ! Bon, alors, tu nous présentes ?

Marek attrape ma main et l'embrasse avant de répondre à ses attentes.

– Émilie Laurent, je te présente Jeanne Dumont, la responsable de la fondation.

– Oh, Seigneur !

Jeanne semble frappée par l'annonce. Marek m'explique, un peu embarrassé.

– Jeanne est… au courant. Avant de travailler ensemble, j'ai dû lui expliquer mes motivations. C'est une femme dure en affaires, il m'a fallu montrer patte blanche. Je suis désolé.

Il n'a pas à l'être. Il est tellement… Bon, bref, je suis subjuguée, on l'aura compris, inutile de tourner en boucle. Je me lève sur la pointe des pieds et embrasse sa joue avant de me concentrer sur Jeanne, qui semble abasourdie.

– Marek, quelle surprise de taille. Seigneur ! Excusez mon côté pragmatique, mais cette apparition dans la soirée va ouvrir les portefeuilles de nos donateurs ! Je suis réellement ravie de vous rencontrer, Émilie.

Je lui offre mon plus beau sourire en laissant mon regard étudier la bâtisse impressionnante devant nous. Une femme se présente à la porte à cet instant et appelle Jeanne qui s'excuse et nous abandonne quelques minutes, selon ses dires.

Marek se penche à mon oreille.

– Tu vois ce que je voulais dire quand je te disais qu'il n'y a pas que du négatif. Nous sommes ici ce soir pour l'inauguration d'une succursale à Marseille. C'est la troisième que nous ouvrons.

Trois centres comme celui-ci ? C'est encore plus impressionnant que je ne le pensais. Incroyable ! Je me jette sur lui et l'enlace le plus fort que je le peux, les larmes aux yeux, le cœur en pleurs, tellement reconnaissante.

– Tu es un ange, Marek…

Il m'enlace et me presse contre lui.

– Milie, je ne voulais pas que tu pleures.

Je relève le visage pour l'observer. Pour admirer ce cadeau du ciel, cet homme au cœur si profondément beau, cet ami à l'âme tellement proche de la mienne. Je caresse son visage alors que nos yeux se trouvent et s'enlacent avec tendresse. Il m'ouvre tous ses secrets dans ce regard. Tous ses sentiments, ses regrets, ses espoirs, dont celui, plus puissant que les autres, de recevoir mon approbation.

Mes doigts s'aventurent une nouvelle fois sur ses joues. Il ferme les yeux un instant, l'air apaisé, en offrant le visage à ma caresse. Je l'aime à m'en tordre le cœur. C'est une telle évidence. Ses bras se resserrent sur moi, mon corps réagit puissamment dans un frisson qui me secoue violemment.

– C'est bon, je suis toute à vous.

Jeanne nous a rejoints sans que je ne l'entende approcher. Marek détache ses bras de moi et je souris à Jeanne.

– Allons-y, nous avons à peine un petit quart d'heure avant l'allocution de bienvenue. Marek, c'est toi qui t'en charges, d'après ce que m'a expliqué Patricia ?

Il grogne au lieu de répondre. Jeanne s'esclaffe mais ne rajoute rien. Je la suis dans le bâtiment alors que Marek se dirige vers le jardin qui semble l'endroit prévu pour la soirée. Jeanne marche vite et m'explique le fonctionnement de la maison et le but du repas de ce soir en me faisant visiter l'étage, comprenant une multitude de chambres et d'aménagements simples mais agréables.

– Ce soir, nous accueillons du beau monde. MLS nous finance pour une partie importante des investissements de fond. Mais Marek a été malin. Dès l'ouverture de ce foyer, il a organisé plusieurs soirées où il permettait à ses clients d'en rencontrer d'autres. Les deux premières années, nos soirées de charité ressemblaient plus à des rendez-vous d'affaires entre gros bonnets. Des contrats se concluaient très souvent à l'issue des soirées. Certains managers préféraient même y venir accompagnés de leurs avocats plutôt que de leurs femmes. Maintenant, nous avons une liste énorme de donateurs « habitués », qui nous apportent toujours plus de financements et de nouveaux présidents de sociétés soucieux de faire partie du club. Ce qui fait que MLS n'est plus le seul à supporter le coût de tout ça. Ce qui décuple très fortement nos moyens et donc notre capacité d'accueil. Même si malheureusement ce n'est jamais assez. J'aimerais tellement pouvoir annoncer un quatrième, voire un cinquième centre, très bientôt. La douleur est partout. Il y a tellement de femmes. Tellement de vies et d'âmes brisées. C'est pour cette raison que tous ces dons sont importants. L'argent est malheureusement le nerf de la guerre.

Puis elle m'explique le fonctionnement du centre, me dévoile les « coulisses », me montre les différentes activités proposées aux femmes recueillies, ainsi que les programmes des consultations médicales disponibles pour elles, et surtout gratuites... Tout est vraiment bien pensé et réconfortant. C'est impressionnant.

Nous redescendons dans le jardin alors que tous les invités, très nombreux, sont installés autour d'immenses tables éparpillées sur une terrasse en bois devant une petite scène. Nous rejoignons Marek qui nous attend en discutant avec une jeune femme habillée sobrement. Très jeune. Je reconnais tout de suite à son regard cette peur insidieuse qui ne lâche pas sa proie, résultant d'un traitement intolérable et pourtant supporté. Marek attrape ma main alors qu'encore une fois, Jeanne prend la direction des opérations et nous guide vers l'estrade. Ses doigts se resserrent sur les miens. Il murmure pour lui-même.

– J'ai horreur des discours. Je vais assassiner Patricia.

Je retiens un rire alors que nous montons sur l'estrade. Je jette un œil à l'assemblée, impressionnante, dont tous les regards sont braqués sur nous. Waouh ! Là, c'est un peu l'angoisse, effectivement. Et en même temps, ces gens sont venus pour aider Marek. Et parmi eux, se trouvent les pensionnaires du centre, comme me l'a expliqué Jeanne. Des femmes fragiles et détruites. Des femmes que je connais, quelque part.

Marek m'avance un siège derrière le pupitre où se trouve Jeanne, pendant que cette dernière annonce le président de la fondation.

***

Marek

– Cela fait des années que nous l'attendions. Mais vous savez ce que c'est, un homme d'affaires n'a de temps que pour ses affaires. Ce qui ne nous dérange pas, avouons-le, puisque plus il travaille, plus ML Fondation progresse. Donc, j'ai envie de dire, Marek, viens nous faire ton petit discours, mange un petit truc vite fait, et retourne bosser, on se débrouillera sans toi !

L'assemblée rit. Ce qui devrait me détendre. Assis à côté de Milie, sa main dans la mienne, je triture ses doigts nerveusement. Je n'aime pas ces moments. J'essaye de me dire que ce sera rapide et indolore. Quelques mots, un merci, et on passe à autre chose. Mais je n'aime pas… C'est plus fort que moi. Jeanne termine son discours.

– Je vous laisse accueillir comme il se doit notre bienfaiteur, Marek Lisinski, de la société ML Security.

Je lâche Milie pour me lever, mais elle me retient en posant une main sur mon épaule.

– Je vais y aller à ta place.

Elle semble sérieuse.

– Milie, tu n'as pas besoin de faire ça !

Elle hoche la tête.

– Si, Marek. D'une certaine façon, j'ai besoin, justement, de le faire. Je réalise que tu as pris sur tes épaules tous mes malheurs, et que je n'ai pas levé le petit doigt. J'ai même toujours refusé de témoigner devant les journalistes. Je n'ai JAMAIS rien fait. Pour personne. Alors, si ça ne te dérange pas, je veux remercier ces gens. Tu me donnes l'envie de le faire. Maintenant. Demain, je n'en aurai plus le courage.

Je valide d'un geste de la tête. Milie est une femme qui sait ce qu'elle veut, et si elle affirme qu'elle veut parler et faire cette allocution à ma place, c'est que c'est le cas. Je la laisse donc se lever et se diriger vers Jeanne qui s'écarte en lui laissant le micro.

La femme qui m'épate tous les jours un peu plus s'installe devant le pupitre et se lance, sans notes, au hasard des mots.

– Bonsoir. Donc, pour ceux qui se poseraient des questions, je ne suis pas Marek Lisinski.

Éclats de rire dans l'auditoire. Elle sourit et reprend.

– Je me nomme Émilie Laurent.

Un silence lourd de sens accueille cette annonce. Émilie a fait parler d'elle lorsqu'elle a été retrouvée, même si elle a fui tout média, eux, de leur côté, ont commenté, enquêté et j'en passe. Ce nom parle forcément aux gens. D'autant plus ici, ce soir, au sein de la fondation qui porte son nom. Même si ce n'est pas officiellement le cas, la fondation étant gérée par MLS, le rapprochement est quand même simple et relativement évident. Je surveille Milie, pour m'assurer qu'elle ne soit pas trop troublée par tout ça. Je n'ose pas imaginer ce qui se passe dans sa tête depuis notre arrivée. Je n'aurais peut-être pas dû l'emmener. J'ai peur du retour de flammes.

En attendant, pour le moment, elle s'en sort à merveille. Elle reste imperturbable en reprenant.

– J'ai vécu moi-même la violence de certaines personnes. Et je peux affirmer que sortir des griffes des agresseurs n'est pas du tout la fin. C'est plutôt le début d'autre chose. Peut-être quelque chose d'encore plus compliqué. De plus douloureux. Supporter les mauvais traitements, les humiliations, les viols et les tortures est déjà dur en soi. Je parle en connaissance de cause. Mais supporter la vie après ces atrocités nécessite beaucoup de courage. Plusieurs fois, j'ai eu envie d'en finir. Plusieurs fois, j'ai brisé des miroirs qui reflétaient la femme souillée que j'étais devenue. Plusieurs fois, j'ai rejeté mon entourage et j'ai maudit la terre entière pour m'avoir choisie moi comme victime de mes bourreaux. J'ai haï les gens qui vivaient normalement pendant que moi je ne vivais même plus.

Elle marque une pause et baisse la tête. Me laissant, sans le vouloir, le temps d'assimiler ce que j'ai toujours refusé de penser. Sa douleur, tout ce par quoi elle est passée… Ses paroles ont écorché mon âme. Une envie presque irrépressible de me lever et de la prendre dans mes bras me chatouille les membres, et c'est très difficilement que je parviens à rester assis. Jusqu'à un léger tremblement de ses bras agrippés au pupitre, qui a raison de ma réserve. Mon cœur se fend pour elle, et ma raison abdique. Ma seule et unique place est près d'elle, pas sur cette chaise. Je m'apprête à me lever, pour la soutenir. Mais elle se redresse, des sanglots dans la voix.

– Mais aujourd'hui, je suis là. Je travaille, je ris, je vis. Certes, il m'a fallu huit ans. Il en faudra peut-être dix à certaines. Ou trois à d'autres. Chacune de nous a son histoire qu'il ne nous appartient pas de juger. Mais, en tant qu'être humain, il nous appartient de soutenir autant que nous le pouvons les gens qui se battent. Je ne l'ai pas fait jusqu'à présent, et je le regrette amèrement. Heureusement, Marek Lisinski a eu la bonté d'âme de le faire à ma place. Je le remercie infiniment pour cette attention. Je pense que nous pouvons l'applaudir, même si je suis certaine qu'il n'en a absolument pas envie.

Elle arrive à me rendre mon sourire. Cette femme est fantastique. Des applaudissements s'élèvent de la foule, pendant que Milie se tourne vers moi en riant, contente d'elle. Je rougis en me mordant la lèvre et salue d'un geste les invités tournés vers moi. Puis les yeux de Milie s'illuminent, elle souffle un mot dans le micro.

– Excusez-moi une petite seconde.

Elle se rue vers moi et chuchote.

– Si tu ne veux pas prendre la parole, répète après moi : « J'annule la promesse de Milie concernant Patrick Dempsey ! »

Ses pupilles brillent de joie. La maline ! Je secoue la tête.

– Non !

Elle semble surprise.

– Certain ?

Je hoche la tête.

– Totalement.

– OK. Parfait.

Elle se redresse et retourne vers le pupitre. Elle va le faire, je sais qu'elle va le faire. Je la déteste ! Mais je ne lâcherai rien !

Elle le fait. Bourrique !

– Je voulais juste vous dire merci. Merci de prendre le temps d'aider celles qui en ont besoin. Je vous laisse donc avec Marek Lisinski qui, je pense, a des choses à dire, lui aussi.

Je me lève à mon tour, redresse les épaules et la rejoins devant le micro que je cache en me penchant vers elle.

– Tu n'y arriveras jamais. Cette promesse durera pour l'éternité. Tu es foutue.

Je lui souris, elle fronce les sourcils puis ricane.

– Nous verrons bien.

Elle tourne les talons et retourne s'asseoir.

***

Émilie

Je passe une excellente soirée. J'ai l'impression d'être une autre personne, au milieu de ces gens. Et tout ça, c'est grâce à Marek. Il m'a ouvert les yeux sur ce que je suis. Une femme qui a survécu. Une femme qui aujourd'hui n'a plus rien à voir avec ce qu'elle était en sortant de ce cauchemar. Certes, je ne suis certainement pas non plus celle que j'aurais dû être. Avant, j'étais légère et insouciante. La vie me paraissait merveilleuse et l'avenir sans nuage. Mes principales préoccupations se résumaient en Marek et mon premier baiser qui tardait à arriver, mes parents qui supportaient tant bien que mal mes crises d'adolescence insupportables, et mes amis, les quadruplés. Rien d'autre. Les études ? Aucun intérêt. Mon avenir ? Peu importait. Aujourd'hui, je connais les dangers que dissimulent les apparences. Je me méfie, j'analyse, je réfléchis. Et je tâtonne dans la vie en assurant chacun de mes pas.

C'est autour de notre table, en discutant avec les autres convives, que je fais ce constat. En face de moi se trouvent un manager multimilliardaire et sa femme. À mes côtés, Marek. À notre droite, un autre couple certainement influent, si j'en juge aux cailloux accrochés aux doigts de la femme. Mais s'y trouvent aussi des pensionnaires du centre. Simples, gentilles, timides, et torturées. L'une d'entre elles vient d'arriver dans le centre. Son mari la battait. Elle m'impressionne parce qu'elle en parle ouvertement, sans faux-semblants. Une autre est ici depuis longtemps et compte bientôt partir. Victime du harcèlement d'un collègue de travail qu'elle a supporté pendant des années. Et un jour, il est allé plus loin, il l'a frappée dans les locaux du personnel. Aujourd'hui, elle a décroché un emploi depuis deux semaines, et le centre lui a trouvé un studio en périphérie de la capitale. Elle sourit et semble heureuse. Apaisée. J'ai en face de moi, avec ces deux femmes, le début de ma lutte et la fin. Un monde entier les sépare alors qu'elles ont vécu les mêmes choses.

Et je suis encore une autre femme qu'elles deux. Ma vie a réellement repris son cours. J'ai un emploi, je me débrouille sans personne, et j'ai de nouveau le sang qui bout lorsqu'un homme en particulier se trouve dans les parages. Ou simplement quand je pense à lui. J'envisage, timidement, de me rapprocher d'un homme. C'est un énorme pas en avant. Et c'est un sentiment délicieux.

Cet homme, justement, se penche vers moi au milieu du repas.

– Tu passes une bonne soirée ? Si tu veux, nous pouvons « aller aux sanitaires » et nous enfuir par la fenêtre. Tu as toujours ta lime à ongles à portée de main ?

Je m'esclaffe en lui montrant ma pochette (assortie aux escarpins, s'il vous plaît).

– Non, j'ai changé de sac. Nous sommes coincés.

Il soupire en s'avachissant sur sa chaise.

– Tu es vraiment navrante ! Milie, la lime à ongles, c'est la base de tout sac féminin !

– J'essayerai de m'en souvenir.

– Oui, s'il te plaît ! Bon, ben on reste alors. Moi qui me faisais une joie de t'emmener manger dans les arbres.

Je pouffe en me concentrant sur mon assiette. Mais je sens toujours son regard sur moi, alors je relève les yeux vers les siens. D'un vert intense et profond, encore une fois, ils m'envoient un amour tellement sincère et pur que mon ventre me brûle juste en le recevant. J'attrape sa main sur la table et enlace mes doigts aux siens. Il les serre avec passion, soutenant mon regard. Je fonds littéralement pour cet homme, et j'aime cette sensation. Me consumer d'amour pour lui. Me sentir exister sous son regard. Me sentir belle dans ses yeux. Me sentir libre en m'enchaînant à lui. Me sentir respirer ce nouvel air rempli de passion et d'éternité. Me sentir vraie.

Un convive m'effleure la main. La dame aux bagouses.

– Et dites-moi, Émilie, de quelle région venez-vous ? Vous avez cet accent provincial charmant qui fait chanter les mots.

Fin de la récréation. Nous gardons nos mains enlacées, mais retournons aux conversations qui nous entourent.

***

Marek

Le repas est terminé depuis longtemps. Un groupe de musique acoustique a pris place depuis une bonne heure sur la scène. La nuit est définitivement tombée sur notre terrasse, laissant l'obscurité nous envelopper partiellement. Un toit de guirlandes lumineuses servant d'éclairage doux et chaleureux. Je dois admettre que Jeanne a réellement organisé parfaitement l'événement. Elle m'appelle à l'écart pour me faire part du montant des dons promis ce soir. Lorsque je retourne à notre table, Milie s'y trouve seule, le menton dans les mains, battant rêveusement la mesure du morceau que joue le groupe. Sous les étoiles artificielles de l'éclairage, elle semble presque irréelle. Comme un doux rêve que ce soir je semble pouvoir atteindre.

Je traverse la terrasse, la rejoins et lui tends la main. Elle se redresse sans comprendre.

– Viens danser.

Elle rougit.

– Mais… non !

Elle semble amusée. J'insiste.

– Allez !

Elle secoue la tête.

– Non, je ne sais pas danser.

Je me penche vers elle.

– Je t'apprendrai.

– Non… Personne ne danse, Marek !

– Et ?

Elle s'esclaffe.

– Et c'est très gênant !

– Et ?

Elle pouffe.

– Et je ne sais pas danser !

– Tu l'as déjà dite celle-là !

J'attrape sa main et la soulève sans mal pour l'attirer à moi. Mais, évidemment, elle riposte.

– Je vais avoir l'air ridicule !

Je soupire.

– Si tu le fais, je renonce à ta promesse pour Patrick Dempsey.

Elle se fige.

– Et Josie ?

– N'abuse pas, s'il te plaît.

– C'est tout ou rien du tout !

Je grogne et abdique.

– D'accord.

Elle rougit une fois de plus.

– Oh. Il faut vraiment que ça te tienne à cœur !

– Oui. Allez, viens.

Nous nous faufilons entre les tables jusque sur le côté de la scène. Le but n'étant pas de nous donner en spectacle, mais bien de la presser contre moi, parce que j'en ai besoin, et la soirée m'a paru trop longue, avec cette distance artificielle que nous avons entretenue pour les convenances.

Je la lâche quelques secondes et vais toucher deux mots au groupe avant de la rejoindre. J'attrape sa main tremblante alors que la musique commence. Juste une guitare. « Perfect » d'Ed Sheeran. Tout ce qu'elle représente pour moi.

– Suis simplement mon cœur.

Je pose sa paume contre ma poitrine. Et l'enlace. Elle laisse aller sa tête contre mon torse et me laisse la bercer. Mon corps s'enflamme. Je ferme les yeux pour mieux la ressentir.

« I found a love for me
Darling, just dive right in, and follow my lead »

(« J'ai trouvé l'amour,
Chérie, plonges-y et laisse-moi te guider »)

Mes doigts s'agrippent à sa robe. J'essaye de ne pas trembler, submergé par ces paroles qui nous ressemblent. Qui nous racontent. Qu'elle ressent tout autant que moi, j'en suis persuadé.

« 'Cause we were just kids when we fell in love
Not knowing what it was, I will not give you up this time
Darling, just kiss me slow, your heart is all I own
And in your eyes you're holding mine »

(« Parce que nous n'étions que des enfants quand nous sommes tombés amoureux,
sans savoir ce que c'était, cette fois je n'abandonnerai pas,
Chérie, embrasse-moi lentement, ton cœur est la seule chose que je possède,
et dans tes yeux tu tiens le mien »)

Je penche simplement la tête vers elle. Les yeux toujours fermés. Ses lèvres retrouvent les miennes. Parce qu'il n'y a rien d'autre de possible. Parce que nous ne sommes qu'un baiser qui attend depuis trop longtemps pour s'épanouir. Parce que tout ce que nous sommes n'existe que dans notre amour. Parce que je suis à elle. Parce qu'elle se donne à moi. Parce que ce nous ne peut qu'exister.

Le satin de ses lèvres s'ouvre sous les miennes et nous nous rejoignons enfin. Elle m'emporte dans nos rêves. Sous ce ciel étoilé dans lequel plus rien d'autre n'existe. Son corps s'abandonne, et je le retiens contre moi. Sa main libre glisse sur ma nuque. Mon esprit tournoie au milieu du paradis qui s'ouvre à nous, alors que je m'agrippe à ses hanches, que j'entoure son cou pour la rapprocher encore, pour l'emprisonner dans mon cœur, au milieu de tout ce que je suis, cet homme fou d'elle, dédié à son bonheur, à sa douceur, au moindre de ses soupirs.

« Baby, I'm dancing in the dark, with you between my arms
Barefoot on the grass, listening to our favorite song
When you said you looked a mess, I whispered underneath my breath
But you heard it, darling, you look perfect tonight »

(« Bébé, je danse dans le noir avec toi dans mes bras,
Pieds nus sur l'herbe, écoutant notre chanson préférée,
quand tu as dit que tu ne te trouvais pas jolie, j'ai murmuré dans un souffle,
mais tu l'as entendu, "chérie, tu es parfaite ce soir" »)

Ses doigts se crispent sur mon cœur. Elle s'écarte de moi et murmure.

– Il bat tellement vite…

Je la presse contre moi.

– C'est simplement qu'il t'aime.

***

Émilie

Je manque de défaillir et pose ma tête contre son torse.

– Je parlais du mien.

Il lève mon menton pour retrouver mes yeux remplis de larmes. J'ai la gorge nouée par trop d'émotions. Je vis le plus beau moment de mon existence. Je réponds à sa question silencieuse.

– C'est simplement qu'il t'aime aussi.

Il retrouve mes lèvres et m'offre un nouveau baiser. Renversant toute la réalité sur son passage. Je n'existe plus. Lui non plus. Nous ne sommes que deux âmes qui se retrouvent après une trop longue course au bonheur, subjuguées par ces liens qui se tressent autour de nous. Encore plus puissants que notre première fois, plus troublants que sous cet arbre. S'aimer à nouveau. Recommencer et ressentir encore les premiers frémissements. Se redécouvrir. Déloger les souvenirs pour les rendre réels et vivants. Laisser les frissons terrasser les vestiges du passé qui subsistaient, émoussés par le passé. Je l'aime plus fort, plus intensément, et je le ressens au tréfonds de mon âme, plus présent que jamais, s'approprier tout ce qui l'attendait depuis toujours. Me donner à lui autant qu'il se donne à moi.

« We are still kids, but we're so in love
Fighting against all odds
I know we'll be alright this time

Darling, just hold my hand
Be my girl, I'll be your man
I see my future in your eyes[9] »

(« Nous sommes toujours des enfants, mais nous sommes tellement amoureux,
Nous nous battons contre vents et marées,
Je sais que tout ira bien cette fois-ci,
Chérie, tiens ma main,
Sois ma femme, je serai ton homme,
Je vois mon avenir dans tes yeux »)

***

Marek

Je crois que je n'arrêterai plus jamais de l'embrasser. Plus jamais je ne la perdrai. Plus jamais. La laisser devant chez elle après cette soirée est un supplice. Nos lèvres se dévorent, ses gémissements traversent nos baisers et me transcendent, je la serre dans mes bras, emporté par notre passion. Protégés des regards dans le petit hall de son immeuble, j'interromps nos baisers pour lui réciter les mots que me dicte mon cœur. En m'embrassant, elle a déchaîné une multitude de sentiments que je ne contrôle plus. Je lui murmure que je l'aime, au risque de l'effrayer, que je l'adore, et que je l'aime encore. J'en tremble, tellement ce qu'elle m'accorde est précieux.

– J'ai peur de me réveiller et que tu te sois envolée, Milie. Rentre avec moi.

J'ai pensé que j'arriverai à la laisser partir. Mais je ne peux pas.

---

9. « Perfect », Ed Sheeran.

C'est plus fort que moi. Ses bras ne me lâchent pas non plus, elle s'accroche à mon cou, en demande encore, les yeux flous, les lèvres en attente, frémissant dès que je la touche. J'enfouis mon visage dans son cou.

– Dis-moi oui, Milie, s'il te plaît. Je veux simplement te garder contre moi et te regarder dormir. Rien de plus.

Je caresse sa joue, elle embrasse ma paume avant de murmurer.

– Mais Aude va s'inquiéter, et il est trop tard pour l'appeler.

Hors de question qu'un simple problème de communication me prive d'elle.

– Ne bouge pas.

Je m'écarte d'elle, puis change d'avis.

– Non, en fait, tu viens.

Je la soulève en passant mes bras sous ses genoux et son dos, appuie comme je peux sur la commande pour déverrouiller l'entrée et pousse la porte de l'immeuble avec mon dos pour atteindre l'Interphone. Accrochée à mon cou, elle glousse.

– Mais qu'est-ce que tu fais ?

– Appuie sur ton Interphone !

– Quoi ? Mais t'es fou ? Elle dort, il est trois heures du matin.

– Appuie !

– Mais non !

J'emprunte un ton agacé.

– Milie, appuie ou j'annule ma promesse annulant la tienne.

Elle s'insurge.

– Mais ! T'as pas le droit de faire ça !

– Ah oui ? J'vais me gêner !

– C'est totalement déloyal !

– Oui, eh bien, aux grands maux les grands remèdes. Je ne suis pas arrivé où j'en suis en restant loyal à 100 %, figure-toi. Et je suis prêt à remettre ça pour dormir avec toi ce soir.

Elle mime une expression choquée, puis appuie sur l'Interphone, amusée. Pas de réponse.

– Appuie encore. Réveille-la !

– Oh ! Elle va me tuer !

– Milie, appuie !

Elle s'exécute en insistant lourdement cette fois. La voix endormie de sa sœur se fait entendre.

– Oui ?

– Aude, c'est Marek.

– Oh, salut Marek. Qu'est-ce qu'il se passe ?

– Elle ne rentre pas. Je l'embarque.

– Ah ? Ben c'est pas trop tôt. Amusez-vous bien. Salut !

La communication se coupe. Milie tourne la tête vers moi en plissant les yeux.

– Pourquoi dit-elle que ce n'est pas trop tôt ?

Je retiens un rire.

– Parce que ta sœur est une personne pleine de bon sens. Allez, à la maison, miss Laurent.

Je l'emmène jusqu'à la voiture, heureux. Roger nous ouvre une portière en souriant, et je l'emporte avec moi. Loin de la réalité. Et elle montre clairement qu'elle est totalement d'accord avec moi. Le plus dur maintenant va être de rester sage et respectueux au fond d'un lit avec elle. Mais je ne précipiterai rien. Jamais.

22

Marek

Je n'arrive pas à dormir. Mon attention est totalement monopolisée par la femme qui partage mon lit. J'ai passé le week-end à la regarder dormir. Puis à la regarder manger, parler, rire. Je l'ai emmenée partout. Nous avons fait quelques boutiques, pour qu'elle puisse avoir de quoi s'habiller ici. Je ne voulais pas qu'elle retourne chez elle, de peur qu'elle se rende compte qu'elle pourrait y dormir, et me dire « à demain ». Puis, je l'ai baladée. Partout où j'avais envie de la voir évoluer. Dans un parc pour le déjeuner du samedi. Puis en forêt. Au resto, au bar, je lui ai appris à jouer au billard, aux fléchettes, et à chaque fois nous nous sommes couchés fatigués. J'ai aussi passé mon temps à l'embrasser, mais… rien de plus. J'aimerais qu'elle me fasse un signe qui me libère de mon anxiété. J'ai envie d'elle. Ça, c'est le moins que l'on puisse dire. Mais j'ai peur d'abuser, qu'elle ne soit pas prête, ou tout simplement pas intéressée.

Je peux attendre, tout le temps qu'elle veut. Mais mon corps commence à me faire comprendre qu'il faut que j'expulse, d'une manière ou d'une autre. Il est quatre heures du matin et dans quelques heures, nous nous lèverons et le week-end sera définitivement terminé.

Elle dort, allongée sur le ventre, la tête enfouie dans l'oreiller, recouverte par ses cheveux magnifiques. Elle porte l'une de mes chemises, parce qu'elle n'a pas voulu de nuisette et parce que je n'ai pas voulu la mettre mal à l'aise en ne lui offrant rien pour la nuit. J'avoue que je suis un peu déstabilisé par la situation. C'est la première femme qui dort dans ce lit habillée. Mais c'est aussi la seule que j'aimerais y voir nue réellement. C'est surtout Milie, et pour elle, je m'adapterai à tout. Mais… bref. Je suis un homme quand même. Et j'aime le sexe. Beaucoup. Et ce corps tellement parfait allongé sous ma couette, contre moi, c'est un supplice.

J'écarte ses cheveux de sa clavicule et me faufile sous le col de la chemise trop grande pour embrasser sa peau. Je ne me lasse pas de son épiderme délicat, fragile, fait pour mes lèvres. Elle penche la tête pour me laisser libre accès, et j'en profite. J'écarte le tissu qui recouvre son épaule et la dévore lentement. Très lentement. Dans un demi-sommeil, elle se laisse faire, un sourire accroché aux lèvres. Je fais courir ma langue en remontant vers son cou. Sa peau frémit à mon passage, m'encourageant à plus. Je ne sais pas où poser mes mains, jusqu'où aller, où m'arrêter.

Comme en réponse à mon dilemme, elle se retourne, les yeux flous, les mèches dans tous les sens, magnifique sans aucun artifice. Elle tend un bras vers moi et m'attire à elle. Je m'exécute, me rapproche, me colle à son corps ensommeillé, et la laisse faire ce qu'elle veut. J'ai du mal à voir si elle est réveillée ou non. Langoureusement, elle se décale légèrement et ma jambe se retrouve, comme par magie, entre ses cuisses. Son intimité collée à mes muscles. Je me fige, ne sachant pas trop quoi faire de cette situation. Je pourrais en profiter. Ou ne rien faire. La première option me plaît assez, mais me paraît un peu déplacée, d'autant plus qu'elle semble endormie malgré tout. La seconde possibilité est beaucoup plus raisonnable, mais ne me satisfait que très moyennement.

Je n'ai pas le temps de tergiverser. Accompagnant son geste d'un soupir lascif, Milie se rapproche de mon torse, pose sa tête dans le creux de mon cou et entame une série d'ondulations absolument affolantes pour mon état déjà critique. Je suis en feu depuis deux jours et elle est tellement attirante que je ne me résous pas à retirer cette cuisse trop bien placée, ni à refréner ses mouvements qui semblent lui faire un bien fou.

Je passe mes bras autour d'elle et la presse davantage contre moi, tire avec un peu plus de virulence sur la chemise en gardant une réserve essentielle. J'embrasse son épaule, la naissance de son buste, mes mains attrapent ses hanches et la remontent contre moi. La tête rejetée en arrière, elle m'offre l'accès à son cou, agrippe mes épaules puis enlace ma nuque en accélérant ses mouvements de bassin sur ma cuisse. Fondu contre elle, dans ses bras, je bande comme un dément, sentant sa poitrine durcir conte la mienne, son souffle perdre son rythme et sa gorge s'emplir de gémissements discrets.

J'ondule contre elle, l'aidant à trouver son point d'ancrage contre son intimité. La tête plongée dans son cou, je reste à l'affût de sa réaction. Tout ça n'est rien. Je ne la touche pas, mon sexe, qui selon moi est le point critique de tout ça, n'entre à aucun moment en contact avec elle, et d'ailleurs, c'est elle qui a pris toutes les initiatives. Sage et respectueux, je veux bien. Mais qu'on ne me demande pas de la repousser. Ma bonne éducation a tout de même des limites. Je me mets tout simplement à sa disposition et lui offre un peu de plaisir, moi-même en fusion devant ce corps qui se tend peu à peu, frissonne, se laisse aller au creux de mes bras.

Je mordille son menton pendant que ses ongles s'accrochent à la peau de mon dos. Ses gémissements prennent de l'ampleur, ses hanches trouvent leur rythme. Elle ondule, se dandine, se rapproche davantage de ma cuisse, la presse entre ses jambes, pendant que je la dévore avec de plus en plus d'empressement, grisé par l'extase qui l'emporte peu à peu. J'ai envie de la voir jouir, d'entendre son plaisir, de sentir son orgasme au plus profond de moi. Exalté par la situation, je remonte plus fermement ma cuisse, des sueurs d'excitation longent mon dos auquel elle se retient toujours.

Je bande comme un dingue, ma tête tourne, le souffle me manque. Elle accélère en tremblant, ses bras se crispent autour de moi, elle devient brûlante, ses seins encore plus durs contre mon torse. J'ai envie de jouir de l'orgasme qui menace de l'emporter très vite. J'ai envie de le ressentir moi-même, d'en vibrer, d'en crier, d'en pleurer, parce que je n'attends que ça… ressentir son plaisir.

Je m'écarte pour l'admirer lorsque je la sens sur le point de non-retour. Ses fesses se crispent, elle se cambre dans un geste brutal, puis me presse contre elle en cachant son visage entre l'oreiller et le creux de mon cou. Le souffle de plaisir qu'elle expulse à mon oreille manque de me faire réellement jouir moi-même.

Elle sursaute tout à coup et s'écarte de moi, ses yeux brillant d'une lueur étrange au milieu de l'obscurité. Une lueur qui me glace entièrement. Je caresse sa joue.

– Milie ? Ça va ?

Elle met un temps à me répondre, le corps et la voix tendus.

– Marek ? C'est toi ?

– Oui, ma puce.

Elle laisse fuser un soupir de soulagement et son corps se détend aussitôt.

– J'ai cru… j'ai rêvé. J'ai cru… enfin, c'est toi. Ça va. C'était un rêve.

Elle se love contre moi, le visage blotti entre l'oreiller et mon cou. Je caresse ses cheveux.

– Oui, ma puce. Dors.

Merde, je crois que j'ai opté pour la mauvaise solution. J'aurais dû la repousser. C'était peut-être de trop, ou trop tôt. Est-ce que je dois m'excuser ? Ai-je profité d'elle ?

– En tout cas c'était un beau rêve.

Son corps frémit alors qu'elle murmure cette phrase, à moitié endormie. Je l'enlace fortement, au plus près d'elle, et m'abreuve de ses tremblements de bien-être.

J'embrasse une dernière fois son épaule. Il faudra néanmoins que je redouble de précautions avec elle. Ce sujet ne doit pas être simple pour elle. Il y a beaucoup de chemin à parcourir. Certainement beaucoup de vieilles barrières érigées à abattre. Nous verrons bien.

Je la lâche et m'écarte d'elle. J'ai besoin d'expulser, moi aussi, mon trop-plein de nervosité. Et pour ça, rien de tel que quelques longueurs sur un toit.

***

Il m'a fallu plus d'une heure dans l'eau pour me calmer. Et lorsque je reviens dans la chambre et que je la vois allongée sur la couette, ses longues jambes dénudées contrastant avec les draps bleu marine, je suis bon pour une autre heure, parce que je suis de nouveau au bord de l'explosion. Il va réellement falloir que je fasse quelque chose.

J'allume la salle de bains pour me préparer une douche froide, mais elle se retourne en souriant.

– Tu étais où ? Il se passe quelque chose ?

Sa voix ensommeillée m'attire à elle plus sûrement qu'un chant des sirènes. Je pose mes mains de chaque côté de son corps et embrasse son nez, en m'interdisant de m'allonger à ses côtés.

Mes cheveux gouttent sur son front. Ce qui la réveille totalement.

– Marek ? Tu as des fuites !

Je retiens un rire.

– Je suis allé nager.

J'enfouis mon visage trempé au creux de son cou. Elle frissonne en poussant des cris de désapprobation et en essayant de m'échapper. Je la retiens, elle se tortille sous moi, et finit par m'enlacer et me faire tomber sur elle. Je l'emporte avec moi en roulant sur le dos.

– Mais t'es mouillé de partout !

– Oui ! Viens faire câlin.

– Mais non !

Elle éclate de rire et se débat encore. Son corps contre le mien m'embrase dangereusement. Mes mains n'arrivent plus à la lâcher. Elle est tellement jolie au réveil. Notre combat s'adoucit pour se terminer en câlin. Elle s'allonge sur moi, je m'enroule à elle et lui vole ses lèvres. Elle me laisse faire, s'abandonne dans notre baiser, la respiration courte, les mains fouillant mes cheveux avec douceur. J'effleure son dos, hume le parfum de sa peau, picore ses joues, son nez, ses tempes. Nous avons tellement d'années de baisers à rattraper. Je maudis le destin pour m'avoir privé d'elle si longtemps.

Comme un rappel à l'ordre, mon téléphone se met à sonner quelque part dans la chambre.

Elle se fige.

– C'est quoi, ça ?

Je m'esclaffe.

– Donc, techniquement, c'est un téléphone. Mais à ce moment précis, c'est un réveil. Parfois, il peut aussi servir d'ordinateur, de console de jeux, de calculatrice, de MP3, de…

Elle glousse.

– Oui, c'est bon, j'ai compris ! Mais pourquoi sonne-t-il ? Il est quelle heure ?

Je soupire.

– L'heure que je me lève. J'ai débriefing avec Patricia dans une heure.

Je l'enlace et ses bras se resserrent autour de moi. La quitter est quasiment insupportable. Inenvisageable. Mais ça fait deux jours que nous ne nous quittons pas. C'est beau, mais malheureusement pas éternel. J'embrasse encore et encore son cou.

– Cette parenthèse a été trop longue, j'ai tant à te donner qu'une vie ne sera jamais suffisante. Alors me retirer huit ans, en plus ? C'est inhumain. Je suis à la bourre maintenant… Il va falloir que je t'aime plus vite pour rattraper le temps perdu…

Elle redresse le visage et s'empare de mes lèvres. Son baiser est doux, sincère, atrocement profond. Elle m'emporte sur une autre planète. Elle murmure entre deux baisers.

– Et si nous prenions le temps, justement ? Ne courons pas après ce qu'on nous a volé, mais allons vers ce qui nous attend. Je ne veux me souvenir que du futur. Alors construis-le avec moi.

Ses doigts frôlent mes joues. Ses yeux me racontent une histoire. Et son cœur accélère sa cadence. Je pose une main sur sa poitrine pour mieux le sentir. Elle me laisse faire et répond à mon regard amoureux :

– C'est simplement qu'il t'aime.

J'attrape sa main et la pose sur le mien.

– Il t'aime aussi.

Nous nous enroulons l'un à l'autre et, pour la première fois depuis huit ans, je laisse le téléphone sonner, je ne l'entends plus, je l'oublie. J'oublie ma vie pour me consacrer à la nôtre.

***

Patricia regarde sa montre.

– Sept heures trente-trois.

Je lève les yeux au ciel en prenant place en face d'elle.

– Patricia. Trois minutes, c'est un feu rouge, ou un lacet à refaire. Pas de quoi alerter Interpol.

Elle m'examine du regard puis grimace.

– Mouais. Bon. Alors. Cette soirée à la fondation ? Jeanne m'a appelée samedi pour me dire que tu t'y étais présenté en bonne compagnie ? Comment va Émilie ?

Je me mords la lèvre.

– Puisqu'elle a l'air si bien renseignée, tu poseras également cette question à Jeanne. Bande de commères !

C'est incroyable de se mêler autant des affaires des autres ! Je soupçonne ces deux-là d'éditer en douce un journal pirate intitulé « les dessous de MLS ». Qui couche avec qui ? Machine a pris du poids, serait-elle enceinte ? Jean-Louis met-il des chaussettes dans son slip ou a-t-il réellement une grosse paire de burnes ? Voilà le genre de discussions qu'elles affectionnent. Je sais, elles ne sont pas discrètes quand Jeanne passe nous voir, et moi, forcément, j'écoute leurs discussions sans intérêt.

Elle ouvre son dossier en gloussant.

– OK OK… Donc, j'en déduis qu'il y a des choses à cacher vu que tu prends ton air grognon.

– Je n'ai pas d'air grognon.

– Non, bien sûr. Tu es d'un naturel avenant et souriant, c'est bien connu.

Je lève un sourcil, cette fois en adoptant cet air grognon dont elle parle.

– C'est bon, là ? C'est ma fête ou quoi ?

Elle s'esclaffe.

– Oh ! Ambiance, ambiance… Bon, alors, on va détendre

l'atmosphère. On parle boulot ? Un truc qui t'excite habituellement.

Je repense à mon lit. À Milie qui s'y prélassait encore à mon départ.

– C'est chiant de bosser en fait !

Elle s'étouffe avec son café puis m'observe un moment.

– T'as trouvé ça tout seul, Einstein ?

Elle éclate de rire avant d'ajouter.

– Bon, donc, Milie doit très bien aller, à mon avis, si le boulot te gonfle tout à coup c'est que tu as mieux à faire.

Je n'ai qu'une réponse à donner à ça.

– Mmmm.

Grognon, OK, je le reconnais.

Elle retient un rire et commence le débrief.

– Donc. Pas grand-chose de spécial, à part : rendez-vous confirmé avec le chasseur de têtes que tu as missionné en Pologne. Départ demain matin, retour jeudi dans la journée. J'ai réservé un aller-retour en classe affaires, Serge est en congés cette semaine.

– Je pouvais très bien piloter l'hélico moi-même.

– Oui, mais non. Je ne veux pas que tu prennes de risques, et avec Milie dans les parages, tu risquais de repartir mercredi soir de nuit. Donc, non. Avion, tes billets sont réservés, profites-en pour te détendre.

Nouveau grognement. Je sais qu'elle a raison, mais ça m'énerve, et en même temps… je crois que je m'en fous. Ça ne me paraît pas si important.

– OK.

– Bien. Sinon, je voulais savoir ce que nous faisons du contrat d'Émilie. Il arrive à son terme à la fin de la semaine.

– On l'embauche. Et tu l'augmentes.

Elle écarquille les yeux et reste immobile.

– Quoi ? Il y a quelque chose que tu n'as pas compris ?

– Si, c'est bon. Simplement, tu sais que dans un mois, l'activité reprend son rythme de croisière, et nous n'aurons plus besoin de personnel intérimaire. Enfin, pas dans l'immédiat.

Je croque dans un croissant en la toisant durement.

– Serais-tu en train de suggérer que nous renvoyions Milie de la société qui porte son nom ?

Elle se renfrogne légèrement.

– Non, bien entendu. Simplement, la politique de la société a toujours été de ne pas favoriser les embauches par affinité…

– Je sais tout ça, Patricia. Mais là, c'est différent. Je m'occupe personnellement de ce point, mais dans tous les cas, je ne vire pas Milie. Envoie-moi son contrat. Je vais le remodeler.

– Très bien. Bon, je crois qu'on a fait le tour.

– Parfait.

Nous finissons notre déjeuner en discutant de sujets sans intérêt. J'ai la tête ailleurs. Et surtout avec quelqu'un d'autre.

***

Il est onze heures et je rêvasse dans mon bureau lorsque Milie débarque sans s'annoncer. Mon sourire s'efface aussitôt lorsque je vois son visage tendu.

– Tu as deux minutes ?

Je hoche la tête. Elle ferme la porte et s'installe en face de moi. Elle pose un document sur mon bureau.

– Un contrat d'embauche à durée indéterminée ?

Ah ! On parle de ça. OK, mode boulot enclenché. Je hoche la tête. Elle reprend.

– Je ne comprends pas. Pourquoi, Marek ?

Je l'observe sans dire un mot. Pourquoi ? Parce que ça me paraît logique et la meilleure chose à faire pour ML Security.

– MLS devait créer ce poste, tu fais ton job correctement, tu as donc la place.

Elle secoue la tête.

– Sauf que ce n'était pas ce qui était convenu. Un à deux mois, il n'a jamais été question de plus.

– Si tu as bien lu l'intitulé du contrat, tu sais que nous ne parlons pas de ta fonction actuelle.

– Justement. Je n'ai aucune légitimité pour occuper ce poste que tu proposes. Je ne peux pas avoir le même grade que Patricia qui bosse avec toi depuis des années.

Elle veut un combat ? Pas de problème. Mais je gagne souvent à ce jeu-là. Je me redresse dans mon siège.

– Je ne te file pas non plus le poste de Patricia, Émilie.

Elle marque une pause, surprise par le fait que je n'utilise pas son surnom. Mais elle reprend.

– Non, j'ai vu ça aussi. Mais jusqu'à présent, c'était quand même le boulot de Patricia.

– Non, c'était le mien. Patricia me donne un coup de main, mais je m'occupe de la quasi-totalité de la fondation au quotidien. Et plus elle prend de l'ampleur, plus c'est compliqué et lourd à gérer. Donc, j'ai besoin d'une assistante à ce sujet, ce qui me permettrait de me concentrer sur mon vrai boulot.

– Et tu n'as trouvé personne d'autre ?

Je soupire et me penche vers elle.

– Milie. Cette fondation, c'est la tienne. Le nom qu'elle porte, même s'il est légèrement camouflé, est assez significatif, je pense. Bien plus que celui de MLS, qui est plus une anecdote, pour être honnête. Je veux que ce soit toi qui gères cette partie de notre activité. C'est tout.

Elle se prend la tête entre les mains.

– Mais Marek... Nous ne savons même pas ce que nous, nous allons devenir.

J'écarquille les yeux, choqué. Déjà parce que je sais ce que nous allons devenir, notre avenir est obligatoirement lié, c'est une évidence. Et je suis fortement vexé qu'elle ne l'envisage pas de la même manière. Ensuite, parce qu'elle mélange tout.

– Ce que NOUS allons devenir ? Mais attends, Milie, cela n'a absolument rien à voir avec nous ! Je n'ai pas pour habitude de mélanger mes histoires sentimentales avec mon boulot, figure-toi. Si ça avait été le cas, j'aurais fait faillite depuis longtemps.

À son tour d'être choquée. J'ai envie de dire tant pis. Je n'aime pas qu'on me prenne pour un poussin sorti de son œuf. Et oui, je suis désolé, Milie, mais j'ai eu une vie aussi. Je suis un homme, et j'ai des besoins.

Bon, je crois que je suis un peu à fleur de peau. Il va falloir que j'évacue réellement. Je prends une grande inspiration et tente de me calmer.

– Donc, pour en revenir à notre sujet. Le fait qu'il existe ce lien entre nous n'entre pas en ligne de compte. J'ai besoin de quelqu'un qui comprenne la fondation, qui en soit le porte-parole et qui la développe. Jeanne est trop impliquée dans le quotidien du centre de Paris pour avoir le temps et le recul nécessaire. Je suis débordé et je suis un homme. Patricia a aussi beaucoup de travail. Nous reportons beaucoup d'actions à plus tard pour cette cause parce qu'elle ne peut pas être notre priorité absolue, et ce n'est pas une bonne gestion.

Je marque une pause, calculée, pour lui laisser le temps d'intégrer les faits. Ses traits se détendent. Voilà. Je reprends.

– D'autre part, je t'ai entendue parler vendredi, et les invités aussi. Nous avons doublé les recettes du gala de l'année dernière. Ce qui signifie que tu as trouvé les mots. Il est donc évident, pour ma part, que la fondation a besoin de toi. Et je suis plus que disposé à créer dans cette société un poste destiné à la simple gestion et au développement de MLF. Est-ce que je suis assez clair ?

Elle hoche la tête.

– Et si ce poste ne t'intéresse pas, il suffit de me le dire, je trouverai quelqu'un d'autre, c'est aussi simple que ça. Ce qui ne change évidemment rien au reste de nos relations. En tout cas en ce qui me concerne. Je trouve simplement dommage de ne pas donner l'occasion à MLF d'être gérée par la personne la plus qualifiée pour le faire.

Elle récupère le contrat de travail et le parcourt des yeux. Puis le repose.

– Je ne sais pas, Marek. Est-ce que je peux y réfléchir ?

Je marque un temps de réflexion.

– Le contrat inclut une période d'essai de deux mois. Ce qui laisse un laps de temps suffisant pour entrevoir si ça pourra le faire ou pas. Je peux la rallonger à trois mois, si tu préfères.

Elle hoche la tête.

– J'ai peur que cela soit un peu dur, émotionnellement parlant. C'est mon souci majeur concernant ce poste. Ensuite, je ne sais pas gérer ce genre de choses.

– Pour les émotions, je ne peux pas décider à ta place. Pour la gestion, tu auras Jeanne en interlocutrice directe. Et ici, Patricia et moi connaissons tout ce qu'il y a à savoir. Tu seras formée sur ce que tu ignores, et une fois que tu maîtriseras le job, tu auras carte blanche, selon le budget que tu auras toi-même gagné. Horaires libres, déplacements payés selon tes besoins, hélico, même, si tu veux. Nous ne serons pas collés l'un à l'autre si c'est ce qui te fait peur. J'ai mon emploi du temps, tu auras le tien. Ton bureau, par contre, restera celui que tu occupes. Je préfère que les organes de direction restent à l'étage direction. Pour le reste, ce « nous » qui n'a apparemment pas d'avenir certain, selon tes dires, nous verrons bien. Mais l'un n'empêche pas l'autre de mon point de vue.

Je plonge mes yeux dans les siens.

– Marek, je ne voulais pas…

– Tu as quatre jours avant la fin de ton contrat intérim. Réfléchis-y, et nous en reparlons en fin de semaine.

– Marek ! Je ne voulais pas te vexer.

– Tu ne m'as pas vexé, Émilie. Je tiens simplement à mettre des barrières, pour que tout soit clair. Tu veux parler boulot, alors on parle boulot. Rien d'autre. Pour le reste…

Elle hausse un sourcil, en attendant la suite. Donc je conclus.

– Nous avons terminé le sujet contrat ?

Elle hoche la tête. Je me lève et fais le tour du bureau qui nous sépare. Je pose mes mains sur les accoudoirs de son fauteuil et m'approche d'elle. Près. Très près de son visage.

– Donc, pour le reste, j'ai bien entendu ta réserve, et sache que j'ai la même, ce qui semble assez logique. Mais je n'ai pas envie d'y penser. J'ai vécu des années emprisonné dans un passé noir et compliqué. J'ai simplement envie de croire que l'avenir sera tout l'inverse, et je ferai tout pour que ce soit le cas. Et ça commence par y croire et me laisser porter par ce que je ressens. Est-ce que c'est si fou que ça ? Est-ce que je m'égare en prenant cette direction, Milie ?

Je m'approche davantage. Mes lèvres à quelques centimètres des siennes.

– Cela fait des années que tu occupes mes pensées, et je ne pouvais me raccrocher qu'à un espoir. Avant de t'inviter à ce bal des terminales, j'espérais que tu me dirais oui un jour. Quand tu as disparu, j'espérais que tu serais toujours en vie et que je te reverrais. Et quand tu as été libérée, j'ai espéré que tu reviennes. Et enfin, quand tu es revenue, j'espérais que tu me laisserais t'approcher de nouveau. Alors, j'ai une question simple. M'autorises-tu à arrêter d'espérer pour enfin vivre mon rêve ? J'en ai marre d'attendre pour être heureux. Et en ce qui me concerne, je n'ai plus à le faire. On verra bien ce qui arrive ensuite.

Ses yeux s'humidifient. Elle souffle une réponse.

– Embrasse-moi, Marek.

Je l'enlace et m'empare de sa bouche. Doucement. Nos langues se rejoignent langoureusement et ses bras retrouvent mon cou. C'est elle qui m'embrasse au final. Avec tendresse. Avec abandon. Avec amour.

Mon téléphone se met à sonner. Je ne l'entends pas. Je reste à écouter nos cœurs qui battent l'un pour l'autre, presque douloureusement. Je ne me suis jamais senti aussi vivant avec cet organe qui m'ordonne si fort d'enfin respirer, d'enfin oser m'autoriser à l'aimer. Elle pose ses mains sur nos poitrines, les larmes aux yeux. J'embrasse ses larmes.

– C'est simplement qu'ils s'aiment, Milie.

Elle hoche la tête. Je l'enlace à nouveau, elle s'enroule autour de moi, et je la serre le plus fort que je peux. Je n'ai pas menti. Je ferai tout pour qu'elle reste avec moi. Qu'enfin nous soyons heureux. Qu'elle soit heureuse, elle. Et forcément, mon bonheur en découlera naturellement.

J'enroule une de ses mèches autour de mon poing et lui redresse la tête en la tirant en arrière avec douceur.

– Tu dors chez moi ce soir ?

Elle hésite. Je sors la carte chance.

– Avant de répondre, j'ai deux éléments importants à mentionner. Je pars demain matin pour deux jours. J'aimerais pouvoir annuler, mais c'est important. Donc, si tu en as marre de moi, je t'annonce que tu auras deux nuits sans moi très bientôt.

Elle resserre ses bras autour de moi, ce qui, avouons-le, me fait plaisir.

– Et, seconde information d'une importance capitale, comme

tu as eu la garde de Roger ce matin, sache que j'ai pris une moto pour venir. Si ça te dit, on part d'ici à une heure raisonnable, et je t'embarque pour aller passer la soirée où tu veux. On peut sortir de Paris. Tu connais la vallée de Chevreuse ?

– Non.

– Alors, je te propose Chevreuse. Je connais un petit resto là-bas, en pleine nature, merveilleux.

Elle hoche la tête en souriant.

– D'accord si c'est moi qui t'invite.

– Va pour l'invitation. Donc, tu partages encore mon lit ce soir ?

Elle me sourit et dépose un baiser sur mes lèvres.

– Je ne vois pas comment refuser une telle offre. Je squatte ton lit de ministre ce soir.

– Génial.

Mes deux téléphones se mettent à sonner. Je lève les yeux au ciel et elle éclate de rire.

– Allez, au boulot, monsieur Lisinski.

– *Yes* !

***

Je crois que la natation va définitivement devenir ma discipline de prédilection. Une heure et demie au compteur pour ce matin. Il va réellement falloir que je fasse quelque chose. Milie est levée lorsque je retrouve ma chambre. Je passe sous la douche et la rejoins dans la cuisine. Elle prend son petit déjeuner en discutant avec Roger qui semble désapprouver notre escapade d'hier. Je l'ai embarquée à moto, nous avons roulé une bonne heure avant de nous enfoncer au cœur de la nature, seuls, au paradis. Et Roger, ça, il n'adore pas. Mais, honnêtement, je m'en fous un peu. Je n'ai pas besoin de chaperon.

J'enlace Milie qui termine son café. Je me rapproche de son dos, passe mes bras autour de ses hanches et pose la tête sur son épaule. J'embrasse sa joue, son cou, son oreille. Je ne veux pas partir. Déjà parce que je ne veux pas être loin d'elle, et ensuite, j'angoisse de la savoir livrée à elle-même. Bien entendu, il y a Luigi qui veille, mais de loin. Quand elle prend le bus, qu'elle se balade dans la rue, même quand elle est enfermée chez elle, Luigi ne peut pas grand-chose. La discrétion absolue implique une certaine distance, et même si c'est mon meilleur agent, il reste un homme contraint par un anonymat ridicule. Il faut que la sécurité de Milie soit mieux assurée.

Je murmure à son oreille.

– Tu veux dormir là ce soir ?

Elle secoue la tête.

– Non, j'ai envie de passer un peu de temps avec Aude.

– Eh bien, Aude peut venir aussi. J'ai trois chambres d'amis. Elle peut même dormir avec toi. Vous avez la piscine, et comme je ne suis pas là, tu pourras te mettre en maillot, faire bronzette et même manger sur la terrasse.

Oui, parce que cette piscine, Milie l'a vue, Milie l'a dévorée des yeux, mais Milie n'a pas voulu y plonger. J'imagine que se mettre en maillot devant un homme est encore compliqué pour elle. Ce qui ne fait que m'encourager un peu plus à lui laisser du temps et à rester sur ma réserve.

Elle sourit tendrement et dépose un baiser sur mes lèvres.

– C'est gentil, mais ce n'est pas nécessaire, Marek. Je vais rentrer chez moi. J'ai tout ce qu'il faut là-bas.

– Allez, Milie. Reste là.

Elle se tourne vers moi, perplexe.

– Pourquoi insistes-tu, Marek ? Quel est le problème ?

– Aucun. C'est simplement qu'ici il y a Roger. Je n'ai pas besoin de lui en Pologne, alors si tu restes, il reste aussi et il veille sur toi.

Elle saisit mon visage en coupe, amusée.

– Garde Roger avec toi, Marek. Je peux veiller sur moi toute seule. Tout ira très bien.

Je secoue la tête.

– Alors, laisse-moi poster un homme à moi pour ta sécurité.

Ce qui permettrait de rendre Luigi réel à ses yeux et de me dédouaner de ce secret dont je ne suis pas très fier. Mais elle refuse d'un geste de tête.

– Marek. Ça fait presque un mois que je suis à Paris. Je ne sors pas seule la nuit, je me débrouille pas mal dans les transports en commun, et tout va bien. Je n'ai jusqu'à maintenant pas eu besoin d'un quelconque agent de sécurité, et ce n'est pas maintenant que ça va changer. Tu peux partir tranquille.

Je croise le regard désapprobateur de Roger derrière elle. Je sais qu'il n'est pas trop d'accord avec le poste de Luigi. Mais ce n'est pas mon problème. Par contre, ce qui me dérange, c'est que je ne vois pas trop comment expliquer à Milie qu'elle a toujours été sous surveillance depuis son arrivée à MLS.

– Milie, c'est simplement une question de sécurité. Reste ici, ou laisse-moi…

– Non, Marek, je ne ferai ni l'un ni l'autre. Je vais rentrer chez moi et y passer deux jours comme d'habitude. Et il ne se passera rien. Je comprends que tu puisses être un peu angoissé par ce fait, mais je t'assure que ça va. Je ne serai pas seule, je serai avec Aude.

– Alors je ne pars pas ! Je ne te laisse pas seule.

Elle me dévisage, interloquée.

– Mais pourquoi ferais-tu une chose pareille ? Je peux vivre seule quelques jours, Marek !

– Mais ce n'est absolument pas la question, Milie. Je sais que tu n'as besoin de personne pour vivre. Mais moi, j'ai besoin de te savoir en sécurité pour survivre. Tu comprends ?

Elle se lève, visiblement agacée.

– Oui, je comprends. Mais je ne me laisserai pas avoir par ton obsession de la sécurité. Je regrette, Marek, mais je ne suis pas une pierre précieuse rare et convoitée. Je suis simplement une femme qui vit normalement. Et normalement, ça n'implique pas de garde du corps.

– Mais tu ne le remarqueras même pas et…

– STOP ! Arrête ! Tout va bien, Marek ! Je sais de quoi tu as peur, mais ce n'est absolument pas fondé. La foudre ne tombe jamais deux fois au même endroit. Les probabilités pour que l'on s'en prenne à moi une nouvelle fois sont quasiment proches du zéro absolu. Donc, tout va bien, on respire, et si tu veux, je t'enverrai des SMS régulièrement pour te rassurer. C'est bon comme ça ? La solution te convient ?

– Des SMS ? Grande idée, on va activer le suivi GPS de ton portable. Là, je serais rassuré. Partiellement.

– C'est une blague ?

Elle me toise, immobile face à moi, essayant de déceler si je suis sérieux ou pas. Mais je le suis. Je ne vais pas survivre sans la savoir à l'abri. Je le sais. Je ne veux pas risquer de la perdre à nouveau. Si elle souffre, pour le moindre pépin, juste parce que je n'ai pas assuré sa protection, je me suicide. C'est clair, net et sans bavure. Je ne faillirai pas deux fois. Pas après avoir monté ma propre société de sécurité et être passé numéro un de la surveillance. J'ai les moyens d'empêcher un second désastre, et je ne me priverai pas de le faire.

Elle soupire de découragement devant mon absence de réponse.

– Non, ce n'est apparemment pas une blague. Écoute, Marek, il va falloir que tu te calmes à ce niveau. Je ne suis plus l'adolescente que tu as connue. Je suis assez grande pour faire taire mes angoisses et marcher dans la rue toute seule, je sais me défendre, je suis une femme, dans son intégralité. J'ai l'impression que tu me vois encore comme la gamine prépubère qui ne connaît rien à rien. C'est presque vexant et un peu condescendant. Et je ne te parle même pas du sentiment d'étouffement qui englobe le tout. Donc, tu as le choix. Soit tu me laisses gérer ma vie et tu me considères comme une adulte, soit, ça ne va pas marcher longtemps. Moi, je respecte ce que tu es devenu. Et je te regarde comme un homme. Merci de faire de même avec moi.

Elle se décale et pose sa tasse dans l'évier derrière moi.

– Quoi ? Tu insinues que je ne te respecte pas ? Milie, tu es sérieuse, là ? Mais je ne fais que ça, te respecter, justement !

– Non ! En ce moment même, par exemple, tu essayes de m'imposer quelque chose que je ne désire pas. Quand tu es là, vivre à ta manière ne me dérange pas. Mais quand je suis seule, je mène mon existence comme je l'entends. Ne m'étouffe pas, Marek, c'est un conseil.

– Je t'étouffe ? Parce que je veux simplement te protéger ? C'est n'importe quoi, Milie ! Je croyais que tu avais compris que parfois, le danger rôde et que…

Elle secoue la tête, clairement exaspérée.

– Et que quoi, bordel, Marek ? Donc tu es comme les autres, en fait ? Parce que j'ai vécu un kidnapping, je n'ai plus le droit de simplement vivre, c'est ça ? Mais je vais te dire une bonne chose. Je me suis engueulée avec mes parents qui ne voulaient pas que je vienne ici. Je me suis pris la tête avec mon ancien psy qui me conseillait de vivre recluse, et je suis prête à renoncer à tout ce que tu représentes si tu t'y mets aussi ! J'apprécie que tu t'inquiètes pour moi, seulement, c'est *ma* vie ! Je ne cherche pas à changer ta manière de vivre, alors laisse la mienne tranquille !

Je refuse de l'écouter davantage. Parce qu'elle ne comprend pas. Je ne le fais pas de gaieté de cœur, mais simplement parce que je ne peux pas faire autrement. Il faut que j'aie l'esprit tranquille à son sujet. Paris est une ville dangereuse.

– Non, Milie, je ne peux pas partir ! C'est…

– Oh que si tu vas partir ! Et moi aussi d'ailleurs, tout de suite ! Et toute seule, sans surveillance. Sur ce, bonne journée, bon voyage !

Elle tourne les talons, attrape son sac et fait claquer la porte en partant.

Je m'affale sur le comptoir, la tête dans les mains. J'attrape l'assiette de croissants et la balance contre le mur.

– Putain, fait chier !

Je sors de la cuisine pour préparer ma valise. Je ne sais pas si je suis plus en colère contre elle ou contre moi. Elle ne m'écoute pas, et moi, j'entretiens maladivement une obsession pour la sécurité d'une femme qui s'en fout. Ça me fout les boules.

Roger me suit jusqu'à mon dressing.

– Doit-on congédier Luigi, monsieur ?

J'attrape une paire de pompes et la fourre dans mon sac.

– Luigi ? Pourquoi changerait-on sa mission ?

Il fronce les sourcils pendant que je choisis deux polos que je jette sur mes chaussures.

– Mais, monsieur, il me semble que Mlle Milie a dit que…

Je me tourne vers lui, à bout de patience.

– Je sais ce que Milie a dit. Mais moi, je demande l'inverse. Or, il me semble, peut-être à tort, remarquez, que c'est bien moi qui effectue des virements mensuels sur votre compte. Et aux dernières nouvelles, ce genre de transfert d'argent s'appelle bel et bien un salaire. Ce qui fait de vous mon employé. Pas celui de Milie. Ai-je tort ?

Il secoue la tête. Je continue.

– Ce qui implique deux choses, qui pour moi étaient évidentes, mais si vous avez besoin de précision, je n'y vois pas d'inconvénient. Donc, la première. Quand je vous demande quelque chose, vous êtes censé le faire. Jusque-là, sommes-nous d'accord ?

– Oui, monsieur.

– Parfait. Ce qui m'amène à la seconde chose importante. Vu que les ordres vont de moi vers vous, il me semble impossible que la réciproque soit vraie. Donc, de ce fait, gardez vos conseils quand je ne vous les demande pas, et ne me dites surtout pas ce que j'ai à faire ou non. Sommes-nous toujours d'accord ?

– Oui, monsieur.

– Alors c'est parfait ! Vous pouvez disposer. Nous partons dans vingt minutes. Vous me déposez à l'aéroport, et ensuite vous faites ce que vous voulez. Je n'ai pas envie de vous avoir dans les pattes à Varsovie. Considérez que vous vous trouvez en repos forcé pendant mon séjour en Pologne.

Je jette deux paires de chaussettes dans mon paquetage en guise de conclusion.

– Bien, Marek.

Je me retourne vivement vers lui. Il se fout de moi ou quoi ? Il tourne les talons tranquillement, apparemment pas du tout ébranlé par mon coup de nerf, et me laisse seul. Je ne sais pas si je dois rire ou pleurer. J'ai peut-être une réaction un chouïa excessive. Je crois que j'ai besoin d'air, d'urgence. Je n'envisageais pas le retour de Milie comme ça. Je ne me reconnais presque plus. Ce voyage ne pourra être que bénéfique.

23

Émilie

– Tu comptes faire la gueule comme ça jusqu'à quand ? C'est juste histoire de situer les choses, t'inquiète !

Aude me scrute par-dessus le magazine qu'elle feuillette depuis une bonne heure. Je verse de l'eau dans un mug gigantesque en me rendant compte qu'effectivement je n'ai pas ouvert la bouche depuis mon retour du boulot. Cette journée est pourrie depuis mon réveil. Je passe l'épisode du petit déjeuner chez Marek, ça me fait assez mal au cœur comme ça. Patricia était également d'une humeur de dogue, rien n'allait comme elle voulait, bref, un vrai bonheur. Et pour couronner le tout, une panne d'électricité surprise (remarque, ce n'est pas non plus le genre de chose qu'on planifie, n'est-ce pas ?) a effacé tous mes dossiers en cours, parce que, à force d'écouter Patricia bougonner dans son coin et de penser à Marek, je n'ai pas pensé à appuyer régulièrement sur la petite disquette en haut à gauche de l'écran. Quant aux sauvegardes automatiques, on se demande bien à quoi elles servent. Bref, une pure journée comme on les aime.

Je consulte mon téléphone posé bien en évidence sur le comptoir. Précaution inutile puisque je l'ai réglé sur vibreur ET sonnerie, volume maximum et répétée toutes les minutes jusqu'à ouverture du message. Enfin, si message il y a. Ce qui n'est pas le cas. J'ai envie de frapper quelqu'un. Ou quelque chose.

Mes yeux se posent sur Aude qui attend toujours sa réponse. Je soupire, abandonne mon portable qui ne sonnera pas, j'en suis persuadée, et me laisse tomber à côté d'elle sur le canapé. Je retire mes chaussures d'un coup de talon et me recroqueville contre elle. Sans quitter sa revue des yeux, elle passe un bras autour de moi pour me laisser me blottir dans sa chaleur.

Sa main caresse mes cheveux.

– Qu'est-ce qui ne va pas, Milie ?

– Ce serait plus simple de me demander ce qui va, en réalité. Tout me gonfle.

Elle soupire en jetant sa revue sur la table devant nous.

– Ce qui va. Alors voyons. Par où commencer. Tu as trouvé un boulot, et d'après ce que tu m'as dit hier par SMS, un super job !

Je hausse les épaules.

– Je ne sais pas si je serais capable de prendre assez de recul avec ce poste que Marek me propose. J'ai peur de ne jamais réussir à avancer si je pars dans une aventure qui me ramène sans cesse à mon vécu.

Elle soupire en me frictionnant le bras.

– Milie, ton vécu, il sera toujours en toi, dans tous les cas. Tu peux essayer d'avancer, en regardant vers l'avenir, comme tu le fais là. Mais n'oublie pas que tout ce que tu fais maintenant est dicté par ce que tu as déjà surmonté. C'est en toi, et ça le sera toujours. Croire qu'il suffit de fermer les yeux pour que l'enfer disparaisse est une erreur. Oui, il a bel et bien existé, ce diable qui a essayé de te voler ta vie, mais tu t'es battue, et ça t'a ouvert de nouvelles perspectives. Si on t'enlève ton passé, tu n'es plus qu'un sac vide, sœurette. Et c'est vrai pour tout le monde.

J'ai l'impression d'entendre Marek. Contre la fatalité, voir le bien qui en résulte. Même la pire des situations peut donner de bonnes choses si on est assez intelligent pour se servir correctement des armes que nous laisse le destin.

Ma sœur continue son énumération.

– Donc, pour le boulot, même si c'est compliqué, en attendant tu as un peu de temps pour essayer, c'est déjà bien. Ensuite, Marek. Tu as retrouvé Marek. C'est la plus belle chose que tu aies réalisé, ma belle. Depuis qu'il est revenu dans ta vie, tu irradies de bonheur, Milie.

Je lève un sourcil, perplexe. Elle retient un rire.

– Oui, bon, en temps normal, je veux dire. On va dire que nous sommes en phase de crise grave. Raconte, après on fait le tri.

L'image de Marek au gala, beau comme un dieu, me revient en tête. Et celle de son visage trempé au-dessus de moi au réveil, ses cheveux gouttant sur mon front, et ce moment entre ses bras au milieu de la nuit, et ce pique-nique dans le parc, et nos soirées…

– Je suis ridicule tellement je l'aime, je crois.

– Oui, eh bien, si l'amour rendait intelligent, ça se saurait, ma grande ! Nous présentons tous un quotient intellectuel proche de celui d'une huître au bord de l'asphyxie lorsqu'on aime. S'il n'y a que ça qui te dérange, pas de panique, ton air de nunuche sur le retour est une étape normale.

Je me redresse pour la toiser, outrée.

– Non, mais, je n'ai pas l'air d'une nunuche sur le retour ! Et d'ailleurs, ça veut dire quoi, cette phrase ?

Elle éclate de rire et tente de m'imiter. Papillonnant des cils, la bouche entrouverte, le regard niais. Je lui frappe le bras avant de reprendre ma place contre elle.

– De toute manière tu m'énerves. Mais, OK, si tu veux, je ne nie pas qu'il m'a retourné le cerveau. Mais ce n'est pas si simple.

– Raconte.

Je ne me fais pas prier.

– Il veut me coller un garde du corps sur le dos. Il ne voulait même pas partir deux jours, simplement parce qu'il ne veut pas me laisser seule. Du coup, je me suis barrée, parce que ça m'énerve !

– C'est une blague ? Milie, tu l'as viré parce qu'il s'inquiète pour toi ?

Je m'insurge.

– Non ! Ce n'est pas comme ça qu'il faut voir le problème, Aude !

– Bon, alors dis-moi. Comment dois-je voir le problème ? Si vraiment problème il y a, bien entendu.

– Oui ! Oui il y a un problème. Je n'ai pas envie d'être épiée. Je n'ai pas envie qu'on prenne soin de moi à ce point. Je ne suis pas en sucre !

– Mais Milie, est-ce que tu t'es mise deux minutes à sa place ?

Je me redresse et lui lance un nouveau regard de désaccord.

– Mais enfin, Aude, de quel côté es-tu ?

Elle me tient tête. Évidemment, c'est une véritable tête de mule.

– Du vôtre ! Bien entendu que je suis pour votre bonheur ! Mais Milie, je comprends trop ce que Marek ressent ! Et pour lui, ce doit être autrement plus puissant que pour moi ! Merde, ouvre les yeux un peu ! Tout le monde a vécu ton enlèvement dans la douleur, et chacun s'en sort comme il peut ! Si Marek a besoin de te savoir en sécurité, ce n'est pas non plus un crime ! Ça prouve seulement que c'est un mec bien. De toute manière, ça a toujours été le cas. Simplement, là où moi et les parents étions près de toi lorsque tu remontais la pente, Marek, lui, n'a pas assisté à tout ça. La dernière fois qu'il t'a vue, c'était certainement à la télé, en plein choc traumatique. Et tu reviens dans sa vie des années après, sans explication, et tu veux reprendre exactement là où vous vous étiez laissés, c'est-à-dire à la veille du bal de lycée ? Mais c'est plus qu'évident que ça ne peut pas se passer comme ça, Milie !

Je ferme les yeux pour faire le point. Pas sur la situation. Non. Le point sur mon niveau vertigineux de stupidité. Évidemment que je suis ridicule. Bien entendu qu'il ne fait que réagir à ses propres traumatismes.

– T'as raison, je ne suis qu'une huître privée d'oxygène. Quelle conne !

Elle hoche la tête.

– Tout à fait d'accord.

Je fronce les sourcils.

– C'est à ce moment que tu es censée me dire que non, que je suis géniale et que j'ai simplement eu un petit bug de rien du tout.

Elle secoue la tête, sérieuse.

– Non, je ne te dirai pas ça, Milie. Parce qu'il y a des choses que tu n'as pas vues à l'époque. Moi, par contre, j'étais aux premières loges. Et je n'accepterai pas que tu gères mal les choses avec lui.

Elle se lève pour se préparer un thé. Ah, mais non, la discussion ne s'arrête absolument pas là !

Je la suis et la questionne.

– Qu'est-ce que tu veux dire ?

Elle secoue la tête.

– Tu n'as pas besoin de tout savoir. Tout ce que je peux te dire, c'est que Marek a réellement souffert. Simplement, je pensais comme toi, à l'époque. Qu'il n'était pas seul. Et tu étais vraiment très mal, donc mon choix a été rapide. Tu étais prioritaire. Nous étions tous perturbés. Moi, les parents. Et il y avait aussi les journalistes, les regards des gens au lycée, dans la rue… Bref, j'ai croisé Marek quelques fois, puisqu'il se servait de moi pour essayer de te joindre. Mais il n'était pas mon ami, c'était le tien. Donc, pas forcément le centre de mon monde à moi. Même si je l'ai toujours bien aimé.

Je ne comprends rien.

– Mais… De quoi tu parles ? Que Marek était troublé, tu me l'as dit, ça, à l'époque. Tu insistais pour que j'ouvre ses lettres.

– Oui, et tu ne le faisais pas.

– Non.

Elle soupire en trempant son sachet de thé.

– Peut-être que tu aurais dû les lire ces lettres, Milie. Peut-être l'aurais-tu mieux compris aujourd'hui. Peut-être que tu trouverais les mots plus facilement pour le rassurer.

Elle fait volte-face pour retourner au salon. Je la suis toujours.

– Mais de quoi parles-tu ? Aude, ce n'est pas un jeu !

– Je ne joue pas, Milie. Simplement, le lendemain de ton retour, Marek est venu m'apporter une lettre. Et je l'ai lue devant lui, avant de l'accepter. Je sais, je n'aurais pas dû, mais les parents m'avaient demandé de filtrer tes visites et de ne pas te mettre dans une situation que tu n'aurais pas pu gérer. Donc, j'ai jugé bon de lire cette lettre avant toi. Et devant lui, parce que je ne voulais pas faire ça dans son dos. Pour moi, elle était tellement belle que je n'y voyais que du bon. Et… bref, il disait des choses importantes dans ce courrier. Sauf qu'il me l'a prise des mains avant que je la termine, et il m'a demandé de l'oublier.

– Et donc, de quoi parlait cette lettre, à la fin ?

– Ce n'est pas à moi de te le dire, Milie !

– Mais pourquoi ne m'en as-tu pas parlé aussitôt ? Et pourquoi toujours pas maintenant ?

– Parce que, sur le coup, selon Marek, ce n'était pas une bonne idée. Et je n'avais pas assez de recul pour en juger moi-même. Et ensuite, les jours passant, je ne voyais plus l'intérêt de remuer le couteau dans la plaie. Je voulais juste que tu ailles mieux, pas que tu ressasses encore. Tu voulais partir, nous sommes partis, et de mon point de vue, les détails du passé devaient rester dans notre vie passée.

– Et maintenant ? Si tu sais des choses pour m'aider à le comprendre, alors pourquoi ne pas me le dire ?

– Parce que maintenant, vous vous êtes retrouvés. Je ne sais pas s'il a plus envie de t'en parler qu'à l'époque. Dans tous les cas, ce n'est pas à moi d'en décider.

Je m'affale sur le canapé en face d'elle.

– Mais je suis ta sœur ! Aude !

Elle lève les yeux au ciel.

– Bon sang, pourquoi t'ai-je parlé de cette lettre ? Justement maintenant ? Quelle cruche je fais parfois !

Je lui adresse un regard que j'essaye de rendre désarmant. Mais elle refuse d'un signe de tête.

– N'insiste pas, Milie. Je peux simplement te donner un indice.

Je me redresse d'un bond.

– Vas-y ?

– Bruno Dupuis.

Je fronce le nez.

– Ah, mais non, tu ne vas pas remettre ça ! Je t'ai dit que c'était un processus normal pour moi de rechercher l'attention de cet homme. Le docteur Jean me l'a confirmé.

– Oui, je ne parle pas de ça. Je dis simplement que lui aussi t'a dit des choses. C'est tout.

– Non, mais, tu nous la joues à Columbo ou quoi ? C'est du grand n'importe quoi, Aude !

Elle secoue la tête.

– Non. Au contraire. Je respecte simplement la volonté de Marek. Peut-être que j'ai tort, peut-être que la seconde lettre qu'il m'a donnée était en définitive la même, et qu'il voulait que tu le saches. Mais si effectivement il le voulait, alors je pense qu'il t'en aurait déjà parlé. Point final. Je suis déjà sympa de te donner un indice, ne me demande pas, en plus, d'être une balance. Je te l'ai dit, j'aime beaucoup Marek et j'ai énormément de respect pour lui.

Ce qui signifie clairement que je n'obtiendrai rien de plus de sa part. Il va falloir que je me replonge dans le passé, que j'y retrouve mes entretiens avec Bruno, qui doivent bien se trouver quelque part dans mon cerveau. Je soupire en me prenant la tête entre les mains. Cette sœur est insupportable. Et elle n'a pas fini. Elle me pousse du pied, amusée.

– Et sinon, tu ne m'as pas raconté… Vous avez fait quoi de toutes ces nuits ? Il est torride, le Marek, ou c'est juste un mythe ?

Il ne manquait plus que ça !

– Ah, ben là, c'est clairement un autre sujet d'angoisse !

Elle glousse en terminant son thé.

– *Yes !* Attends, on va passer à plus fort ! Tu prends l'apéro ?

– Oui !

– Tu veux quoi ?

– N'importe quoi, mais en double !

Elle s'esclaffe et va nous servir.

***

Ma sœur est marrante. Elle et ses conseils. J'y pense depuis deux jours. C'est tellement simple pour des gens normaux de parler ouvertement de sexe. Mais je ne suis pas ce que l'on peut appeler « normale » sur ce sujet. Donc, c'est bien gentil, mais aller voir Marek pour lui dire : « Euh, pardon, mais mon expérience sexuelle se résume à quelques viols, et deux ou trois plaisirs personnels que pendant longtemps j'ai pris pour de la perversion, donc, vas-y bonhomme, rame et répare tout ça, merci. Et en souriant, s'il te plaît, parce que c'est censé être cool, hein ? », ce n'est pas ce que j'appellerais une idée lumineuse, et encore moins une épreuve facile. C'est même très loin de l'être.

D'autant plus que pour le moment, il n'y a même plus de Marek dans mon paysage. Il est parti mardi matin, enfin, techniquement c'est moi qui suis partie, mais lui aussi quand même un peu. Et nous sommes jeudi, et je n'ai eu aucune nouvelle. Je n'ai rien envoyé non plus, je ne sais pas quoi dire. Que je suis une abrutie ? Il doit déjà le savoir, merci pour le scoop, Milie !

J'augmente le volume de mon iPhone sur lequel je passe « Broken » de Seether en boucle depuis que je suis arrivée dans ce vestiaire.

« The worst is over now and we can breath again
I want to hold you high, and steal my pain away
There's so much left to learn, and no one left to fight »

(« Le pire est passé maintenant et nous pouvons respirer à nouveau.
Je veux t'élever haut, et dérober ma peine.
Il reste tellement de choses à apprendre et plus personne à combattre »)

Il me manque, c'est fou. J'ai vécu des années sans lui, et je suis anéantie par deux petits jours sans nouvelles. C'est encore une découverte. L'amour me rend pathétique. C'était à prévoir, me connaissant, mais un doute me permettait d'espérer un minimum de classe et de maîtrise du couple. Que nenni, comme dirait M. Turban, notre cher voisin. Je suis une pauvre nana puérile et dépendante de mes sentiments. Ou plutôt, de celui qui les fait naître.

« Cause I'm broken when I'm lonesome
And I don't feel right when you're gone away »

(« Parce que je suis cassée quand je suis seule,
et je ne me sens pas bien lorsque tu es loin de moi »)

Voilà, c'est tout à fait ça, merci Shaun[10]*, tu m'ôtes les mots de la bouche !* Mon cœur se sent très très mal. Mais mon incroyable tête de pioche refuse de faire le premier pas. Je n'y arrive pas.

Aude m'a conseillé, tout simplement : « Envoie-lui un message pour lui dire que tu es désolée. » Oui, en théorie c'est ce que je devrais faire. Mais en pratique, je n'arrive pas à écrire ce SMS. C'est quand même impressionnant ces multiples voix en moi qui tentent chacune de m'imposer leur volonté. Il y a celle qui pleure et m'implore de faire un pas vers lui. Il y a celle qui rêve au grand amour, ou plus précisément à Marek, ce qui revient au même, et qui me supplie, elle aussi, de le contacter et de m'excuser d'être aussi chiante à suivre. Mais il y a cette troisième petite voix. Celle qui hurle sans aucun égard pour les deux autres que non, je ne dois rien lâcher parce que j'ai eu raison de lui dire de se détendre. Et encore plus d'avoir montré que j'avais du caractère.

Laquelle suivre ? Je n'en sais rien. D'autant plus que, le temps passant ajoute pas mal d'éléments au problème. Il va rentrer, et encore une fois, j'ai une envie folle de le revoir, de l'embrasser, de sentir ses avant-bras contre moi, de ses mains, de… bref, on tient l'idée, je pense. Mais en même temps, j'ai aussi envie de ne pas paraître faible en lui sautant dessus dès qu'il passera la porte.

Donc, concrètement : qu'est-ce que je fais, moi, quand il arrive au bureau ? Il est censé rentrer cet après-midi, donc il serait plus que temps de statuer.

On frappe à la porte.

– Milie, Franck va commencer dans quelques minutes. Nous t'attendons.

---

10. Shaun Morgan : chanteur de Seether.

Patricia. Et ce cours de self-défense. C'est fou comme j'ai envie d'y aller. Bref, c'est une volonté du grand chef, donc…

Je me lève et ouvre la porte.

– C'est parti ?

Patricia me sourit. Donc, c'est parti.

Patricia me colle un homme nommé Richard comme partenaire. Une petite cinquantaine, il est tout petit, un peu rondouillard, mais très avenant. Toujours perdu dans mon dilemme épineux, je n'écoute rien à ce que Franck explique. Tout ce que je comprends, c'est qu'on va encore foutre des mandales. Ça me va. Je me tourne vers mon partenaire en me disant qu'avec lui, je devrais retenir mes coups, il n'a pas tout à fait la même carrure que notre vénéré grand chef. Je me mets en position, il pose sa main sur mon épaule comme dans la démonstration.

Et la porte s'ouvre derrière moi. La classe entière se retourne pour observer le retardataire, mais moi, non. Je sais de qui il s'agit. Et le silence qui suit son entrée me le confirme. Tous les regards se détournent du nouvel arrivant et mes collègues reprennent leurs activités. J'imagine le regard de tueur habituel qu'il vient de leur adresser. Je retiens très difficilement un sourire et surtout un élan puissant qui m'encourage à me jeter dans ses bras. Je reste difficilement stoïque alors que ses pas se dirigent vers moi. Nous ne sommes pas seuls, donc aucune effusion possible, déjà. Et puis, nous sommes en froid, me précise ma petite voix anti-réconciliation. Donc, aucun geste, aucun signe de joie ne trahit l'état de surexcitation qui s'empare de moi lorsqu'il congédie le pauvre Richard d'un nouveau regard dont il a le secret et se place en face de moi, sans un mot.

Je prends néanmoins le temps de le détailler des pieds à la tête. Il est encore une fois envoûtant. Un pantalon gris foncé, chemise bleu ciel épousant son torse sculpté, portée comme toujours col ouvert et manches retroussées. Il ne s'est pas rasé et ses cheveux courent dans tous les sens sur sa tête. Il donne toujours cette impression qu'il a dompté ses fringues. Normalement, un mec rebelle dans un costard, même sans veste, change tout de suite d'image et devient sélect. Non ? Ben pas lui. Dans le duel tenue de travail sérieuse versus Marek, c'est toujours mon homme qui gagne et dévergonde ses fringues. Le résultat ? Un mec qui fait ses propres lois et qui met tout le monde à ses pieds, même ses costumes de boulot. Alors, moi, dans tout ça, je n'ai clairement aucune chance d'y échapper, je dois bien le comprendre à un moment.

Enfin, j'ai dit « mon homme ». Peut-être qu'il ne l'est même plus, parce que son regard n'est pas ce que j'appellerais tendre. Loin de là. Les étincelles de ses yeux sont froides et détachées. Ses sublimes mains sur les hanches, face à moi, il reste de marbre. Donc, moi aussi.

Il jette un œil à nos petits camarades de classe, hoche la tête et pose la main sur mon épaule. Sans un mot, rien. Je devrai donc me contenter de ce simple contact froid et impersonnel. Je pourrais imaginer que, parce qu'il se trouve là, cela signifie beaucoup. Mais ce serait une erreur. Marek est une tête de mule ultra bornée. Il s'est promis (même pas à moi, juste à lui) de m'aider pour ces cours. Alors il le fait. C'est tout. Rien de plus à déclarer.

Quant à moi, il me faut recourir à tout mon sang-froid pour paraître à son image, détachée et sûre de moi. Parce qu'il ne faudrait pas grand-chose pour que je me mette à genoux devant lui en pleurnichant, le suppliant d'oublier cet épisode navrant. Mais non. Je préfère souffrir en silence.

Et pendant que je cogite, il reste là, la main posée sur mon épaule, en se mordant la lèvre inférieure. Je me reprends et mets en pratique les explications du jour. J'enroule un bras autour du sien comme Franck l'a montré, tire un coup sec et lui balance une gifle de ma main libre. Bingo ! Il ne bronche pas d'un cil mais me libère. Et j'ai affreusement mal à la paume. Foutue pommette aussi dure que son caractère !

On recommence.

***

Il s'est éclipsé à la fin de la séance. Sans un mot. Je crois que nous n'avons pas échangé une seule phrase. Absolument rien. C'est déprimant. Je rejoins Patricia dans l'ascenseur.

– Tu manges avec nous ce midi ? Nous déjeunons à la brasserie avec Lola du juridique. Tu es la bienvenue.

Un élan de jalousie me tord le ventre. Donc, il va manger avec Patricia et une employée du département juridique, alors qu'il vient à peine de rentrer, que nous ne nous sommes ni vus ni parlé depuis cette altercation stupide et qu'accessoirement, sauf erreur de ma part, c'est mon mec, et donc je devrais être celle qui déjeune avec lui. En tête à tête. Et en privé. Je ne connais même pas cette Lola, mais avec un nom pareil, je suppose que c'est une bombe à gros seins, ultra expérimentée en tout. Flirts, sourires enjôleurs, et sexe. Tout le contraire de moi pour résumer.

Je secoue la tête en regardant mes pieds. J'ai envie d'aller m'enfermer dans mon bureau et de manger mon pauvre sandwich jambon en pleurant sur Seether. Et j'ai besoin de réfléchir à cet autre problème dont m'a parlé Aude. Il faut que je me souvienne de mes entrevues avec Bruno, puisque ma sœur est une bourrique qui ne lâche que la moitié des informations importantes. Bref, j'ai du pain sur la planche.

– Non, merci Patricia. J'ai du travail en retard.

Elle me sourit tristement, mais n'insiste pas.

– Très bien. Mais tu n'es pas obligée de travailler pendant ta pause, Émilie.

– Je sais, mais j'ai envie.

Rien n'est plus faux, mais tant pis. Je ne souhaite pas me lancer dans de grandes explications. L'ascenseur s'arrête au rez-de-chaussée, elle en sort après m'avoir adressé un petit signe de la main, puis les portes se referment sur elle et la cabine reprend sa route.

Je suis presque heureuse de retrouver le silence de l'étage de direction. Cette heure passée avec Marek m'a fait battre le cœur un peu trop fort, j'ai la tête qui bourdonne et le spleen me guette. Tout m'agace en résumé, et en particulier moi-même.

Cependant, je ne suis pas toute seule à l'étage. Je découvre Marek installé à un siège en face de mon bureau. À moitié avachi dans sa position favorite, nonchalant, les jambes tendues devant lui, chevilles croisées, mains dans les poches, il tourne le dos à l'entrée et ne tressaille pas d'un millimètre lorsque je referme la porte derrière moi, le cœur battant à trop vive allure. J'admire un instant son dos, sa nuque, la naissance de ses cheveux, attendant qu'il fasse un geste le premier, mais non. Donc… Il va bien falloir à un moment donné que l'un de nous deux bouge, ou parle, ou chante, ou hurle. Enfin, n'importe quoi… Mais c'est lui qui est là, dans MON bureau, donc…

J'inspire profondément, redresse le dos et me décide à m'asseoir à MON bureau, pour agir comme je l'aurais fait s'il n'avait pas été là. Après tout, s'il ne parle pas, c'est qu'il n'a rien à dire. Donc autant manger. Je contourne mon plan de travail et m'assieds sur mon fauteuil en prenant grand soin de ne pas lui prêter attention. Parce que si je fais ça, je vais rougir, et bonjour la crédibilité. Je sens néanmoins son regard sur moi à chacun de mes gestes. Je pose mon sac contre le mur derrière moi, ouvre mon tiroir et en sors tranquillement le kit déjeuner acheté à la boulangerie du coin, et le pose sur mon bureau. Mon regard tombe sur un paquet posé devant moi. Un petit paquet de la taille d'un livre, enveloppé dans du papier kraft. Je lève les yeux sur Marek qui ne cille pas, le regard toujours concentré sur moi. Imperturbable. Qu'est-ce qu'il est beau quand il fait la tronche ! C'est terrible !

J'ai envie de sauter de joie et de déchirer le papier comme une gosse. Mais non. Je prends mon temps, et déballe tranquillement un Blu-ray. Un Blu-ray de Patrick Dempsey. J'éclate de rire.

– *Loverboy* ?

Il se contente de hocher la tête. Nos yeux se trouvent et s'enlacent. Il laisse enfin passer ses émotions à travers ses pupilles. Elles sont similaires aux miennes. Du regret, une envie de s'excuser, et un ego démesuré qui refuse de capituler. Et il bouge. Il fait un tout petit geste qui a raison de moi. Il penche légèrement la tête sur son épaule droite en esquissant un sourire si tendre qu'il m'est impossible de résister. J'ai besoin de le retrouver. Tout de suite. Je pousse un tas de papier qui jonche mon bureau d'un geste, mon sandwich et le film accompagnant le tout par terre, et je grimpe dessus pour le rejoindre.

J'avoue, c'est un peu impulsif. Mais faire le tour de cet immense machin me paraît trop long. Il se lève, amusé, et me rejoint alors que je suis à genoux sur le bois précieux.

– C'est une manie chez toi de grimper sur les bureaux ?

Ses bras m'enlacent, j'attrape son visage, ses lèvres rejoignent les miennes, je me colle à lui, ses mains remontent dans mon dos et détachent la barrette qui retient mon chignon pour mieux s'emmêler dans mes cheveux. Je sens son cœur battre éperdument contre ma poitrine, son torse se soulevant sans cadence précise, son envie pressant contre le bas de mon ventre. Une vague de chaleur s'empare de moi. J'oublie toutes ces peurs qui me paraissent idiotes sur le moment et me souviens de la voix d'Aude qui m'enjoint de montrer mes attentes si je n'arrive pas à en parler. Et j'ai envie de frissons. J'en ai même atrocement besoin.

Je presse mon bas-ventre contre son pénis. Puis encore. Il réagit aussitôt. Sa main attrape ma nuque avec empressement. Ses lèvres deviennent exigeantes. Furieuses. Sa langue me visite avec frénésie. Son bras libre se place dans mon dos et il se penche délicatement sur moi, s'arrangeant pour me faire glisser dans une position confortable sur mon bureau. En deux gestes, je suis allongée, les jambes écartées autour des siennes, et il me surplombe de son corps magnifique, penché très proche de moi. Collé, même. Il est très fort, je n'ai rien compris. En attendant, je m'en fiche un peu, son baiser qu'il n'a pas interrompu est en train de me consumer totalement, et son sexe se plaque avec fermeté contre le mien. Oh mon Dieu. Un sexe d'homme. Je ferme les yeux un moment. Ce n'est pas ce que j'ai connu. *Non, Milie, ça n'a rien à voir.*

Il entame une danse langoureuse en déplaçant ses lèvres vers mon menton. Et me prouve sans le savoir, qu'effectivement, ça n'a rien à voir. Je n'ai rien à rapprocher de près ou de loin à ce qui m'a fait tant de mal il y a longtemps. Tout n'est que douceur et passion. Je sais pertinemment que j'ai autant le contrôle que lui dans cette situation. Il n'oblige pas mais offre. Et mon Dieu, quelle offre ! Le fait que rien ne soit « direct » me rassure également. À travers mon jean, je me sens protégée, et il n'émet aucun geste pour me déshabiller, ni pour retirer son pantalon non plus d'ailleurs. J'ai l'impression d'un simple jeu pudique et léger, aucune intimité de dévoilée, et pour le moment, je dirais que ça me convient. Je n'ai pas à avoir peur de quoi que ce soit dans ces conditions.

Son pénis, dur et imposant sous son pantalon, masse mon clitoris, me faisant me sentir précieuse et adorée. Son souffle sur ma peau moite m'ensorcelle. Ses mains qui descendent sur mes hanches pour me maintenir contre lui me donnent chaud. Trop chaud. J'écarte les cuisses, il laisse échapper un soupir lourd de sens, et je me mords la langue pour ne pas hurler d'extase. Il accentue ses mouvements de bassin, ses dents mordillent mon cou, je défaille, attrape ses épaules, sentant l'immeuble bouger dans tous les sens autour de moi. Une sensation de bien-être inouï se propage en moi, je n'analyse rien, ne réfléchis même plus et préfère consacrer mes dernières fonctions vitales aux sensations que sa petite danse improvisée fait courir en moi.

Je ne contrôle plus rien alors qu'il m'offre la vision magnifique de son dos ondulant sensuellement, toute la puissance de son corps se mettant au service de notre plaisir. J'ai l'impression de me liquéfier dans ses mains, j'attrape ses cheveux en urgence alors qu'un tremblement incontrôlé menace de m'anéantir. Un gémissement puissant s'échappe de mes lèvres, il accélère encore, survolté, et tout en moi se laisse envahir par un plaisir incroyable et brutal. Tout disparaît autour de moi. J'ai l'impression d'éclater. De me répandre en milliers de particules dans l'atmosphère. Il pousse un râle rauque et pénétrant qui finit de me réduire en femme folle d'amour pour lui. Il redresse le visage en urgence.

– Milie.

Ses lèvres s'écrasent sur moi et m'imposent un baiser fiévreux, déraisonné, furieux, pendant que son corps se met à trembler contre le mien. Je reçois tout son amour, incommensurable, terrassant, incroyablement beau. Et je lui donne le mien avec ferveur. Jusqu'à ce que toute énergie me quitte et que je me laisse aller contre le bureau, sans vie. Je le crois aussi épuisé que moi. Il halète contre mon oreille, sans énergie, puis dépose une multitude de baisers légers et sincères un peu partout sur ma peau.

– Pardonne-moi, Milie. J'ai été con.

Je l'enlace doucement.

– C'est vrai.

Il se fige, et j'éclate de rire.

– Mais moi aussi, j'ai été nulle. Je te demande pardon également.

– D'accord.

Il attrape ma main et la pose sur son cœur en trouvant mon regard. Le sien m'implore réellement de le pardonner.

– C'est simplement qu'il t'aime, Milie.

Je caresse sa joue.

– Je sais. Ne restons pas là-dessus. Je pense que nous avons mieux à faire.

Il hoche la tête avant de se redresser.

– Manger par exemple ? Pique-nique au parc ça te dit ?

– Oui…

Il grimace une fois relevé totalement.

– Super. Maintenant, si tu permets, je te laisse ranger ton bureau… Je reviens, je vais prendre une douche. Et changer de caleçon.

Il n'attend pas ma réaction et sort de mon bureau. J'éclate de rire, et je rougis proprement. C'est… étrange de partager ce genre de chose avec un homme. Et en même temps c'est… excitant ? Réjouissant ? Sexy ? Je sens que je risque d'aimer entrer dans l'intimité de Marek. Après réflexion, je trouvais ça bien qu'il n'aille pas plus loin que ce que nous avons fait, mais si cette seule expérience me fait un effet pareil, je n'ose imaginer comment ça pourrait se passer sans lesdites protections qu'il a jugé bon de garder entre nous. Il n'y a pas à dire, il a ouvert une sorte d'envie de plus en moi qui n'est pas près de se faire oublier.

Mes yeux se posent sur le *Blu-ray* au sol. Je crie à son intention.

– Et Patrick D, c'est pour ce soir ?

Il me répond depuis son bureau (il y a un cabinet de douche dans celui-ci, et certainement des fringues de rechange).

– Ça m'aurait étonné que tu ne demandes pas ! Oui, si tu veux !

– *Yes* !

– Quoi ?

– Rien ! Merci.

– Ouais, tu peux, ça me coûte énormément ce truc, t'as pas idée !

Oh si, j'en ai une idée assez précise, oui, de l'effort qu'il fait pour moi. Et ça ne le rend qu'encore plus magnifique à mes yeux. J'attrape le Blu-ray et le presse contre mon cœur. Pas pour Patrick D. Enfin, pas que. Surtout pour cet homme qui me connaît si bien et qui tape dans le mille à chaque fois.

24

Marek

Parfois, je me demande ce qui me passe par la tête. La simple vision de la pochette de ce film me donne la nausée. Posé à côté de Milie sur le comptoir, Patrick D. me nargue avec son bouquet de fleurs. Je reporte mon attention sur Milie, en face de moi, juchée sur un siège de bar, en train de picorer dans des plats de mini sandwichs que Julie, l'aide de maison, nous a préparés avant de partir. Les cheveux encore humides de sa douche, une de mes chemises sur le dos, elle semble rêveuse. Elle est sublime comme ça. Je termine mon whisky, quelque peu inquiet de son silence.

– Tu m'en veux encore ?

Elle secoue la tête.

– Non. J'ai… tu permets que je te pose une question un peu… étrange ?

Je hausse un sourcil, intrigué.

– Je t'écoute ?

Elle pose son sandwich et frotte ses mains l'une contre l'autre.

– Tu avais écrit quoi dans la lettre que tu as reprise à Aude ?

Sa question me frappe de plein fouet. J'étais réellement très loin de tout ça ce soir. Un peu déstabilisé, je tarde à répondre. Elle insiste avec douceur.

– Tu te souviens de cette lettre ?

Bien entendu que je m'en souviens. Même si j'aimerais ne plus y repenser. De ce courrier, des autres, de ce qui s'est passé avant, et après, tout ça, j'ai simplement envie de l'enterrer profondément et de reconstruire une nouvelle histoire. Mais je savais qu'un jour ou l'autre, elle voudrait savoir certaines choses. Je suis même étonné qu'elle ne soit pas au courant de ce que je ne voulais pas lui dire.

– Est-ce que nous sommes obligés d'en parler ce soir, Milie ? Je suis crevé, nous venons de nous retrouver, et pour le moment, je t'avoue que j'aimerais simplement ne plus penser à rien.

Elle penche la tête et tend la main vers moi. Je ferme les yeux et laisse ses doigts fouiller les poils de ma barbe de trois jours. J'aime tellement la sentir proche de moi. Chaque petite attention est un réel bonheur.

– Oui, je te demande pardon. C'est seulement un sujet qui me trotte dans la tête.

Je fronce les sourcils.

– Mais, dis-moi, comment connais-tu l'existence de cette lettre, puisqu'elle n'est jamais arrivée jusqu'à toi ?

J'espère qu'Aude a tenu parole, ce qui devait être compliqué pour elle. Mais pourtant, il semble que oui.

– Aude m'en a parlé mardi. Mais elle n'est pas entrée dans les détails. Elle m'a simplement dit que si quelque chose devait être expliqué à ce sujet, ce devait être toi qui le fasses. Pas elle.

J'embrasse sa paume.

– Et elle a raison. Simplement, ça n'a aucun intérêt de reparler de ça.

– Que contenait cette lettre, Marek ? Tu ne penses pas qu'il serait intéressant de lever le voile sur toute cette histoire ?

Elle trouve mes yeux et ne les lâche plus.

– Oui, si tu en ressens le besoin, je te l'ai dit, je veux bien parler de tout ce que tu veux. Mais pas de ça, parce que ça ne sert à rien.

– Oh. Tu en es certain ? Parce que ma sœur avait l'air de dire que ça avait son importance, justement.

Je soupire en me levant.

– Oui, évidemment que ça avait de l'importance. À l'époque tout était important. Tout était à vif. Nous avions tous des réactions brutales, sanguines, et tout se mélangeait. Le primordial, le futile. Par exemple, j'ai gardé pendant longtemps tes tongs, que j'avais trouvées ce soir-là à côté de l'arrêt de car. J'ai gardé aussi des lettres que je ne t'ai jamais envoyées. Dans une boîte, avec les bouchons de bouteilles de mes parents que je comptabilisais tous les soirs quand j'étais gosse, dans l'espoir de voir baisser ce nombre un jour. C'est comme ça. On s'accroche à des trucs stupides parfois. Et visiblement Aude a donné de l'importance à quelque chose qui n'en avait pas.

Je récupère sur le comptoir le plat et le range dans le frigo pendant qu'elle termine son verre de vin. J'espère simplement que l'explication est suffisante. J'ai envie de passer à autre chose.

– Tu as gardé mes tongs ?

Dommage. Je m'adosse au frigo en croisant les bras.

– Oui. Mais je ne les ai plus. J'ai réalisé que tout ce que je gardais dans cette fameuse boîte était porteur de négatif. Le symbole de ma vie de merde avec mes parents, celui de ton enlèvement, et des lettres qui relataient le pauvre mec que j'étais en sortant de tout ça. Rien de bon.

Elle se laisse glisser au pied de son tabouret et me rejoint. Elle pose ses mains sur mes bras et son oreille contre mon cœur.

– Je suis désolée, Marek.

J'écarte les bras pour la laisser se blottir contre moi. Ça c'est important. Beaucoup plus qu'une boîte à chaussures renfermant le souvenir du malheur.

– Tu n'y es pour rien, Milie Jolie. C'est la vie. On ne contrôle pas toujours tout. Je suis également content que tu n'aies pas lu les lettres que je me décidais à te faire parvenir. Elles n'étaient pas plus drôles.

Elle secoue la tête.

– J'aurais dû les lire. C'était égoïste de ma part. Mais je ne pouvais pas.

– Et c'est très bien comme ça. Tu en as fait quoi ?

– Poubelle pour certaines, et j'ai déchiré les autres.

– Donc il semblerait que plus aucun élément du passé ne puisse venir nous troubler. Parfait.

Il reste les autres quadruplés. Mais je n'ai pas envie de les mentionner. J'ai programmé un filtre automatique sur ma boîte mail qui archive leurs courriers dans un dossier Q-1 (quadruplés moins un). Et pendant ces quelques jours à Varsovie, j'ai séjourné chez ma mère et donc j'ai eu du temps pour les lire. J'en ai eu besoin tout à coup. Ils ne lâchent pas l'affaire. J'ai été surpris du nombre de mails qui m'attendaient dans ce dossier. Sans lire tout leur contenu, ça m'a fait du bien de savoir que même si moi je les avais rayés de ma vie, eux, par contre, ne m'ont pas oublié. Mais ça ne change rien. Je ne souhaite pas renouer avec eux. Quand la confiance est partie, elle est partie, point final. Si c'est pour faire semblant, ça n'a aucun intérêt.

Je frotte le dos de Milie doucement, toujours adossé au frigo. Elle ne parle plus, me laissant dans mes pensées. Qui ont assez duré.

– Milie, si tu veux m'imposer ton Patrick, c'est maintenant. Je me suis levé tôt ce matin, et j'ai piloté, du coup, je me sens un peu naze. Ça t'embête si on le regarde dans la chambre ?

Oui, comme le prévoyait Patricia, j'ai voulu rentrer le plus vite possible. Je savais que Milie avait son cours de self-défense et il était hors de question que je n'y sois pas. J'ai donc annulé mon billet d'avion et loué un hélico.

Elle hoche la tête.

– Parfait !

***

Finalement, c'est Milie qui s'est endormie. Blottie contre moi, le visage sur mon torse, elle a lâché l'affaire à un moment. Et moi, j'ai tout regardé. Parce que j'ai ce bug dans mes fusibles. Mettez-moi n'importe quoi sur un écran, je scotche. Nul, bien, soporifique, peu importe. Dès que j'entends un générique, mon cerveau se met en mode concentration extrême. Je ne m'endors jamais devant la télé. C'est tout bonnement impossible.

Pourtant, j'aurais franchement préféré. Parce que mon envie pour Milie devient ingérable. Si j'avais pu tomber de sommeil, ça aurait été parfait. Sa position actuelle est un supplice. Je suis en bas de jogging par respect pour sa pudeur et pour limiter les contacts, mais torse nu, parce que le début de l'été atteint des sommets en température depuis quelques jours. Et elle, elle porte une simple chemise et une culotte. C'est tout. De là où je suis, je vois ses jambes enroulées à la mienne. Longues, fines, envoûtantes. Sa main est posée sur mon ventre, juste au-dessus de la ceinture de mon jogging. Très proche de cette ceinture. Elle me brûle la peau et fait bouillir mes sens. Je suis content qu'elle dorme parce que mon érection est très clairement visible. C'en est presque indécent. Et ça va sans aucun doute m'empêcher une nouvelle fois de dormir. Donc, solution de repli, je dois m'épuiser.

Tout d'abord dans la piscine. J'évite d'aller me réfugier sous la douche pour évacuer tout seul comme un grand avec ma main, car je trouve que c'est un peu pathétique.

Je la repousse doucement sur le matelas, la recouvre de la couette, même si la température dans cette pièce est bien trop élevée. J'allume la climatisation, éteins la télé, attrape mon téléphone et monte sur le toit. Il est deux heures du matin. Je laisse tomber mon bas de jogging, pose mon téléphone et plonge dans l'eau fraîche. Nu, aucune importance, je suis chez moi et je n'ai pas de vis-à-vis. Et j'enchaîne les longueurs.

Je dois nager une bonne heure avant de sentir la fatigue physique engourdir mes membres. Mais il me reste encore du boulot avant de m'anéantir. J'engage une énième longueur lorsque j'aperçois une ombre s'installer sur le bord de la piscine. Seules quelques lampes solaires éclairent la terrasse. Mais c'est suffisant pour reconnaître la silhouette fine et ultra féminine de Milie. J'interromps mon avancée.

– Hello. Que me vaut cette visite ?

Elle bâille en s'étirant.

– Je te cherchais. J'ai eu peur que tu déprimes un peu trop après ce film. On ne sait jamais, ce genre de chose peut provoquer des réactions violentes…

– J'y ai pensé. J'ai tenté de me noyer, mais je me suis mis à nager.

J'entends un sourire dans sa voix quand elle me répond d'une voix douce.

– Je préfère nettement.

– Alors si ça te fait plaisir, ça me va. Je ne te propose pas de me rejoindre ?

– Et si c'était plutôt toi qui venais me rejoindre ? En bas ?

Je laisse passer un silence. Si je redescends avec elle, alors que je ne suis pas complètement hors d'état de nuire, ça risque d'être compliqué. J'ai envie d'elle comme jamais. La petite séance dans son bureau ce midi m'a ouvert l'appétit sans vraiment me rassasier. J'ai besoin de plus. De beaucoup plus. Mais je pense que c'est trop tôt. Un orgasme par jour, c'est une bonne moyenne pour commencer sa vie sexuelle, non ? Plus, c'est sans doute un peu abuser en ce qui la concerne. Et d'autre part, pour le moment, je ne l'ai jamais touchée, et j'avoue que je ne sais pas trop comment amener la chose. Donc, à la question : « Tu ne veux pas venir me réchauffer les pieds sous la couette ? », pour le moment, la réponse est :

– Je nage encore un peu et je te rejoins. Pas longtemps, promis.

Elle secoue la tête et se laisse glisser dans l'eau. Habillée. Et nage vers moi.

– Non, Marek. Pas cette fois.

Je recule au même rythme qu'elle approche. Elle grogne de désapprobation.

– Marek, ne me fuis pas ! Reste où tu es.

Je continue de reculer jusqu'au rebord.

– Milie, je ne porte pas de maillot.

Elle lève un sourcil et me rejoint en deux brasses. Mon cœur accélère et je bande comme un beau diable.

– Milie.

Elle pose une main sur mon épaule et se laisse flotter jusqu'à moi.

– Marek. Tu ne me facilites pas la tâche.

Elle colle son corps au mien. Je vais faire un arrêt cardiaque, c'est pas possible autrement.

– Milie. Ce n'est pas…

Elle passe ses bras et ses jambes autour de moi, son visage à quelques centimètres du mien. Je la retiens machinalement. J'ai pied, mais elle, je ne pense pas.

– Ce n'est pas quoi, Marek ?

Elle retire une main de mon épaule et la fait glisser sur mon torse.

– Ce n'est pas…

Sa main descend toujours entre nous et atteint mon ventre.

– Milie, si tu fais ça…

Elle esquisse un petit sourire sensuel.

– Mais je vais le faire, Marek. J'ai peut-être du retard sur certaines choses. Mais justement…

Ses doigts atteignent mon pénis et l'effleurent timidement. Je jure que si elle continue à m'allumer, ma température corporelle va suffire à faire bouillir l'intégralité de l'eau de cette piscine.

Elle murmure doucement en laissant le bout de ses doigts continuer leur exploration. Je m'agrippe à ses hanches en essayant de rester concentré sur ses paroles.

– Justement, Marek. Avec toi, j'ai envie de tout découvrir. Je ne dis pas que je serai toujours une élève parfaite. Mais très très motivée, ça, je te le confirme.

Sa main s'enroule autour de mon membre d'un seul coup. Je déglutis, en tentant d'assimiler ses paroles, et de m'assurer qu'elle n'a pas un peu trop bu ce soir. Mais elle effleure mes lèvres des siennes en resserrant sa poigne sur ma queue et me demande, tout simplement :

– Montre-moi, Marek. Tout. Maintenant.

Sa main entame un aller et retour le long de mon érection déjà prête à exploser. Je fonds sur ses lèvres. Je la dévore en essayant de garder le maximum de douceur dans mes gestes. Je passe ma main sous sa chemise et caresse la peau de son dos pendant qu'elle laisse sa main se balader sur moi. Doucement. Trop doucement. J'ai envie de plus, sans quoi je ne réponds plus de rien. L'une de mes mains va rejoindre la sienne, j'interromps notre baiser en haletant, le cerveau en warning.

– Plus fort, Milie.

Je resserre mes doigts sur les siens et lui indique une allure plus soutenue. Elle inspecte mon visage en suivant mes gestes. Je déglutis, en feu, et lui laisse le loisir d'observer l'effet qu'elle me fait. Je ferme les yeux et souffle pour garder une certaine contenance.

– Oui, voilà. L'amour c'est que du bonheur, Milie. Rien de mal. Jamais.

Je lâche sa main et la laisse choisir son rythme. J'ai l'impression de m'envoler. Je gémis doucement, ne cachant rien de ce qu'elle provoque chez moi. Je retrouve ses lèvres et l'embrasse doucement. Elle tremble autant que moi. J'aventure ma main entre la chemise et son ventre. Il est plat, ferme, appétissant. J'y appuie ma paume. Elle accélère sa cadence. Je laisse échapper un soupir de bien-être et ferme les yeux un moment. Je tâtonne sur son ventre et remonte doucement sur sa poitrine. Mais ce n'est pas pratique, j'ai envie de la voir. Et je vais bientôt craquer si elle continue de me branler.

– Attends, Milie. Accroche-toi à mon cou, ma puce.

Je me retourne sans attendre, elle se presse contre mon dos, enroule ses bras à moi. Je nage vers les escaliers de la piscine en la traînant. Elle détache un de ses bras de mon cou et le tend vers mon ventre pour retrouver mon pénis et s'en emparer. Surpris, je perds mes moyens et bois la tasse en nous laissant couler un court instant. Je me retourne sur le dos et l'attire contre moi. Je l'emporte dans un baiser, oublie de nager, l'enlace, elle fait de même, et notre baiser se termine sous l'eau. Je crois que je vis le plus beau moment de ma vie.

Nous finissons par rejoindre les marches et sortons de l'eau, main dans la main. Je la soulève, elle enroule ses jambes à ma taille, nos lèvres se retrouvent et je monte les dernières marches pour atteindre la terrasse. Je nous dirige vers le coussin XXL le plus proche et l'y allonge. Elle frissonne.

– Tu as froid ? Tu veux redescendre ?

Alanguie et offerte, elle tend la main et effleure mon torse.

– Non.

Je prends le temps de marquer ce moment au fond de mon esprit. Au milieu de la nuit, éclairée simplement par les étoiles et les quelques lampes discrètes installées autour de nous, j'ai l'impression de naviguer au milieu d'un rêve merveilleux. J'attrape mon téléphone et trouve sa musique. Celle qui la faisait rêver à l'époque. Celle que j'écoute depuis quelque temps quand j'ai envie d'elle, car c'est la sienne. « Take my breath away » (de Berlin). Je veux que tout ne soit qu'un bon souvenir pour elle. Que tous ses sens s'en souviennent.

Elle me sourit quand elle entend les premières notes. Je balance le téléphone sur un autre coussin. À genoux entre ses jambes, je me penche sur elle et dépose un baiser sur ses lèvres. Mes mains trouvent les boutons de sa chemise trempée.

– Tu permets ?

Elle hoche la tête. J'embrasse son menton pendant que je détache ses boutons un à un. Mes lèvres découvrent chaque parcelle de sa peau au fur et à mesure que les pans de sa chemise s'écartent. Elles s'aventurent sur son buste, descendent entre ses seins puis plus bas, jusqu'à son ventre. Sa peau frémit à leur passage. Je me redresse et écarte la chemise de son corps lorsque j'en ai terminé. Je l'aide à la retirer et la balance au hasard derrière moi. Je prends le temps de l'admirer. Ma main effleure son grain de peau. Je laisse le bout de mes doigts caresser avec légèreté l'un de ses seins, puis l'autre. Je me penche et retrace le même chemin avec ma langue. L'un de ses tétons érigés, puis l'autre. Je la goûte, la mordille, la caresse, pendant que mes mains parcourent son ventre tendu.

J'arrive au niveau de son ventre, embrasse son nombril. J'essaye de me calmer, elle est tellement sensuelle que je ne maîtrise que très difficilement mes gestes. J'attrape les côtés de sa culotte, me soulève pour la laisser refermer les jambes, et la déleste de sa lingerie. Je reprends ma place entre ses jambes, frôle ses abdominaux avec mon nez, hume le parfum de sa peau humide, puis me laisse glisser plus bas.

Mes mains caressent l'intérieur de ses cuisses et je prends mon temps pour atteindre mon but. Je survole son intimité en la surveillant du regard. Le visage tourné vers les étoiles, elle se concentre sur sa respiration, s'accrochant nerveusement au coussin. Mes mains rejoignent les siennes et nos doigts s'enlacent. Elle redresse le visage, cherchant mes yeux, et me sourit avec timidité quand elle les trouve. J'ai conscience de ce qu'elle me demande et de ce qui doit se passer dans son esprit. Elle me donne ce rôle d'effacer ce qu'ils lui ont fait, de la réconcilier avec les hommes et leur intimité. Mon cœur s'emballe comme jamais devant cette confiance qu'elle m'offre si simplement. J'ai envie de lui promettre que je ne lui donnerai que de l'amour et qu'elle ne risque rien avec moi. Que je ferai tout pour virer définitivement ces monstres de son esprit.

Je maintiens notre échange visuel en baissant mon visage vers son clitoris. Je tends la langue et le trouve presque aussitôt. Ses doigts se crispent, mon cœur s'emballe d'appréhension, ses yeux se ferment et ses cuisses s'écartent doucement. Je ferme les yeux à mon tour, plus que soulagé et atrocement enflammé, et embrasse son intimité.

Elle réagit merveilleusement. Je la suce, la lèche, l'embrasse, et son corps m'accompagne, me montrant comment le faire vibrer, en réclamant encore, ondulant sous ma langue, m'étourdissant d'une passion féroce et démesurée. Elle gémit une fois, puis deux, me broie les doigts en se crispant, se met bientôt à haleter au rythme de ma langue. Je trouve ce qui l'emporte très haut et en joue. Je lui offre, puis lui reprends, avant de lui offrir à nouveau. Ses traits se tendent, sa voix n'est plus qu'un murmure suppliant.

– Marek.

J'active mes baisers. Elle écarte encore les cuisses, soulève le bassin, se dandine, hoquette d'extase et lâche un cri lorsque je m'arrête volontairement alors qu'elle semblait au bord du gouffre.

– Nom de D…

Je veux l'emmener haut. Très haut. Dans le ciel au-dessus de nous. Je veux lui donner le plaisir qu'elle mérite. Le plaisir inoubliable et dévastateur de l'orgasme parfait. Je joue avec ses sens encore quelques minutes. La rapprochant toujours plus près sans la laisser glisser. Puis lorsque son corps est plus tendu qu'un arc, je souffle sur son clitoris, elle se cambre, et je roule une pelle monumentale à ce bouton magique. Son orgasme la renverse littéralement. Elle crie sans aucune retenue, magnifique, abandonnée aux mains du plaisir.

– Marek, oh mon Dieu.

Je crois que je vais jouir avec elle. Je me pince le prépuce au dernier moment et me retiens comme je peux. Je remonte sur elle et l'enlace, elle s'enroule à moi et cherche mes lèvres. Je recule et ne la laisse pas m'atteindre. Nous avons le temps pour ce genre de découverte. Je trouve son cou et embrasse avec avidité son corps dépourvu de toute énergie. J'attends qu'elle reprenne pied avec la réalité.

– Tout va bien, ma puce ?

Elle hoche la tête. Je mordille le lobe de son oreille, ses mains caressent mes épaules. Je murmure à ses oreilles.

– Prête pour la suite ? J'ai envie de recommencer…

Elle pousse un cri de surprise.

– Hein ? Mais je vais mourir, mon cœur va lâcher, Marek !

Je mordille son menton.

– Mais non… C'est simplement qu'il m'aime.

Elle glousse.

– Tu n'imagines pas à quel point. Tu es merveilleux, Marek.

Elle ne pouvait pas me faire plus plaisir. Si j'avais loupé ça, je sautais du toit.

Je retrouve ses seins, parfaits, comme je les avais imaginés sous ses chemises amples. Ronds, fermes, un peu plus gros que la moyenne, ce qui n'est pas pour me déplaire, loin de là. Je suce l'un de ses tétons en prenant mon temps. Son souffle se saccade à nouveau.

Je suis en train de réfléchir au problème majeur, auquel je n'avais franchement pas pensé avant, la fameuse capote qui se trouve dans ma chambre, malheureusement, et pas du tout sur cette terrasse, lorsqu'un bruit se fait entendre du côté de la porte qui mène à l'appartement, de l'autre côté de la piscine. Je redresse la tête et aperçois une silhouette, de dos. Cela ne peut être qu'une seule personne.

– Roger ?

Il se racle la gorge. Je m'allonge sur Milie pour la protéger des regards.

– Je prie monsieur de m'excuser pour cette intrusion, mais nous avons une urgence.

Le timbre de sa voix semble le même que d'habitude. À une nuance près, que je décèle car je le connais très bien. Ce qui me confirme clairement qu'il se passe quelque chose de grave.

– Je vous écoute ?

– Il semblerait que nous ayons essuyé une attaque à main armée dans l'une des boîtes de nuit où nous assurons la sécurité, à Toulouse, monsieur.

Je me redresse.

– Dégâts ?

– Pour le moment, les agents sur place indiquent cinq blessés, monsieur, mais cela vient de se passer, et il semblerait que le chiffre ne cesse d'augmenter. Je pense qu'il serait préférable que vous vous déplaciez, monsieur. Ne serait-ce que pour calmer la presse.

– Très bien. Vous avez prévenu Serge ?

– Oui, monsieur, il sera prêt à décoller dans trente minutes.

– Parfait. Merci Roger. J'arrive.

– Je vous ai apporté deux peignoirs. Je les dépose ici.

Il s'exécute et quitte la terrasse. Je soupire et baisse la tête vers Milie. Un peu perturbé.

– Désolé, ma puce, mais…

Elle caresse ma joue.

– Ne t'inquiète pas pour moi. Je comprends, bien évidemment. Vas-y. Tu veux que je vienne avec toi ?

Je secoue la tête fermement.

– Certainement pas ! Je te veux loin de ce genre de choses. Toi, tu restes là, dans mon lit, et tu vis ta vie. Je devrais revenir très vite. Je te laisse Roger.

Elle s'insurge.

– Je n'ai pas besoin de…

Je pose un index sur ses lèvres.

– Je sais. C'est simplement pour qu'il ferme l'appartement derrière toi et t'emmène au boulot demain. Ensuite, il prendra le train et me rejoindra. Que tu vives ta vie, oui, mais tu ne sais même pas où s'éteignent les lumières dans cet appartement, ni le code de l'ascenseur. Tu lui demanderas de te montrer si tu veux, pour la prochaine fois. Mais ce soir, c'est mieux comme ça. D'accord ?

Elle hoche la tête. J'embrasse son nez.

– Je vais chercher les peignoirs. Ne bouge pas un cil, Milie Jolie.

Je l'abandonne en maudissant ce destin qui commence franchement à me porter sur le système. Pas moyen d'être tranquilles ! Une nouvelle angoisse m'assaille également. Je connais Roger, il a certainement minimisé les détails pour préserver Milie. J'appréhende de connaître exactement l'étendue du désastre.

25

Émilie
Huit ans plus tôt

– Milie, l'agent Dupuis est là.

Je saute de mon lit et vérifie mon allure dans le miroir de ma coiffeuse. Mes hématomes sont presque résorbés, et avec le fond de teint ultra couvrant que j'ai piqué à maman, il n'y paraît plus rien. Si on ne regarde pas de trop près. Je réajuste quelques mèches et rejoins ma sœur à la porte. Je boite encore un peu, mais presque plus. Je pense que cette fois, je suis présentable. Il doit avoir une image affreuse de moi, il est temps d'y remédier. Aude reste immobile, les yeux froncés, et m'observe un moment.

– Quoi ?

Son air désapprobateur ne m'échappe pas et me dérange.

– Milie. Tu t'es maquillée ? Cela fait presque deux mois que tu ne quittes pas ton pyjama, et là, tu te maquilles et portes tes habits du dimanche ?

– J'essaye simplement de me remettre à vivre. Où est le problème ?

Elle hausse un sourcil, loin d'être dupe de mon petit jeu.

– Milie, cet homme a au moins 30 ans, il est marié, et…

Je la fusille du regard. Je ne veux pas entendre ça. Bruno Dupuis est mon sauveur. Il s'est passé un truc entre nous, j'en suis certaine. J'en ai touché deux mots à Aude au début, mais j'aurais mieux fait de me mordre la langue ce jour-là. Elle me trouve ridicule, mais moi je sais ce que je dis. J'aime cet homme, je rêve de lui la nuit et ça m'évite beaucoup de cauchemars.

– Et quoi ? On a vu plus bizarre. On y va, il attend.

Je la devance dans le couloir pour aller le retrouver. Il est là, debout au milieu des canapés du salon, en polo bleu marine, et mon cœur bat dans tous les sens. Il est grand, beau, musclé. Dès que je le vois, chaque fois je me sens bien. Sa simple présence suffit à chasser mes démons.

Je le salue timidement pendant qu'Aude s'incruste dans la pièce. Je tente de lui faire comprendre que je n'ai pas besoin d'elle.

– Merci, Aude, nous pouvons rester seuls un moment.

Ma sœur me lance un regard de tueuse et Bruno prend la parole.

– Je préférerais qu'elle reste dans la pièce. Nous avons des instructions. Pas de tête-à-tête. Et encore moins avec les victimes. Je ne devrais même pas être là.

– Et moi aussi j'ai des instructions, sœurette. Les parents ont été très clairs.

Elle propose un siège à Bruno et m'impose de m'installer loin de lui. J'obtempère, fascinée par cet homme qui m'inspire par sa simple présence une paix si rare en ce moment. Aude lui propose un café qu'il décline. Dommage, je l'aurais eu quelques minutes pour moi le temps qu'elle lui prépare.

Je n'arrive pas à détacher mes yeux de lui. C'est ce qu'on appelle un coup de foudre, non ?

Il se racle la gorge, embarrassé, puis prend la parole.

– Écoutez, Émilie, je suis venu parce que je vous apprécie beaucoup…

– Moi aussi !

Il me sourit avec empathie puis reprend.

– Merci. Mais c'est la dernière fois, je dois vous le dire.

Mon monde s'écroule.

– Mais… non !

Il tente de faire preuve du maximum de douceur dont il est capable, et c'est encore pire, parce qu'il est trop gentil quand il parle doucement.

– Émilie. Je n'ai fait que mon travail. Je suis très flatté de votre reconnaissance, mais…

– Mais ce n'est pas de la reconnaissance ! Je sais qu'il se passe quelque chose !

Mes larmes éclatent. J'ai l'impression de sombrer encore plus profondément qu'avant. Parce qu'avant, j'avais mon sauveur qui s'arrangeait pour venir me voir de temps en temps, nous discutions un peu, et c'était bien. Mais s'il ne vient plus, qu'est-ce que je vais devenir ? Un nuage noir et menaçant s'empare de mon esprit. Je me prends la tête entre les mains, perdue, effrayée, le cœur en miettes.

Ma sœur se lève de son fauteuil et s'assied à mes côtés pour me prendre dans ses bras.

– Milie, l'agent Dupuis a une vie lui aussi. Tu ne peux pas…

Je secoue la tête, le trop-plein de sanglots dans ma gorge m'empêchant de parler. Mon sauveur reprend.

– Émilie, tout ça n'est que pure imagination de votre part. Je vous apprécie beaucoup, vous êtes une jeune fille très courageuse, et j'ai confiance en vous, vous vous en sortirez. Mais sans moi. Mon travail s'est arrêté à la porte de l'hôpital où l'ambulance vous a emmenée ce fameux jour.

Ma sœur me tend un Kleenex, je tente d'essuyer mes yeux. Je suis ridicule, il va me prendre pour une gamine, et en plus, mes larmes font couler mon fond de teint. Cette entrevue est une catastrophe. J'expire et inspire en tentant de me calmer. Mais c'est presque impossible. Chaque fois que nous avons parlé, il était gentil, et attentionné, et je pensais que… enfin qu'il se passait quelque chose. Je ne veux pas qu'il disparaisse de ma vie.

– Mais vous pourriez venir me voir de temps en temps. Je ne demande pas grand-chose, vous n'êtes venu que trois fois depuis mon retour ici, et ça m'allait très bien. On peut encore diminuer les visites, si vous voulez. Je ferais n'importe quoi pour que nous continuions à nous voir.

– Non. Ce n'est pas raisonnable. Vous pensez que mes visites vous font du bien, mais ce n'est pas le cas. Je ne suis qu'un petit point dans votre vie. Il faut que vous le compreniez. C'est moi qui vous ai trouvée derrière cette porte, c'est vrai. Mais ça aurait pu être mon collègue Kevin, ou Sarah, ma supérieure. Votre envie de me revoir ne tient qu'à ça, Émilie.

Il marque une pause en passant une main dans ses cheveux courts. Peut-être que c'est un hasard, effectivement, c'est possible. Mais ça n'empêche pas le fait que je me sente bien avec lui, que je pense souvent à lui, et uniquement ce fait m'aide beaucoup. Je sais ce que je ressens, malgré tout ce qu'ils peuvent dire. Malgré la différence d'âge, je l'aime. Voilà, c'est dit.

Il reprend.

– Ce genre de chose est courant. Vous devriez en parler à votre psy, il vous expliquera mieux que moi. Dans tous les cas, je ne peux pas continuer à venir vous voir, cela ne ferait qu'encourager des sentiments malsains. Je suis désolé, Émilie. Mais je prends cette précaution pour votre bien.

Je m'étouffe dans mes sanglots que je n'arrive plus à refouler pendant qu'Aude tente de me consoler en me frottant le dos.

Il se lève et reprend.

– D'autant plus que, comme je vous l'ai déjà dit, la réelle personne à remercier, ce n'est pas moi. Nous avons été aiguillés dans nos recherches par des témoignages. Sans cela, je ne sais pas si nous vous aurions retrouvée aussi vite, pour être honnête.

Je ne veux pas l'entendre. Je n'écoute plus rien. Il m'a sauvée, point final ! Je me lève précipitamment et me réfugie en urgence dans ma chambre, dans mon lit, sous ma couette. Tout mon petit univers s'écroule une deuxième fois, et cette impression atroce d'être seule et vulnérable reprend le pas sur tous mes efforts pour la chasser. J'allais mieux après ses visites. C'est injuste.

***

De nos jours

Je passe et repasse cette scène dans ma tête depuis des jours, mais rien. Je n'arrive pas à faire le lien entre la seule conversation à laquelle Aude a assisté et Marek. Est-ce que c'est lui qui est allé voir Bruno à l'époque pour lui demander de lâcher l'affaire ? Ça ne colle pas. Déjà parce que sa première lettre date forcément du tout début de mon retour, puisque j'en ai reçu d'autres par la suite et ça, avant que Bruno ne vienne m'annoncer qu'il ne viendrait plus.

Par contre, il y a une chose dont je suis certaine. C'est la honte. La honte d'avoir dérangé cet homme avec mes tourments, la honte d'avoir tout reporté sur lui à l'époque, et de m'être persuadée que j'étais raide dingue de lui. Avec le recul, je comprends qu'évidemment il avait raison, que je ne faisais que m'accrocher à ce souvenir de son sauvetage pour me persuader qu'il y avait quelqu'un sur cette terre capable de m'arracher des griffes des monstres.

J'avoue que, peu de temps après, nous sommes partis de cette ville, et je n'y ai plus jamais repensé. C'est Aude et ses énigmes qui ont fait ressurgir Bruno Dupuis du passé. C'est tout. Mais ça me donne une idée. Cet homme a toujours été gentil avec moi, et il mériterait un petit courrier de ma part, le remerciant d'avoir été là, présent, et si patient.

Un sourire me monte aux lèvres en imaginant sa tête en recevant ce courrier, se disant certainement : « Encore elle ! » Oui, il faut que j'étudie les pour et les contre de cette idée. Mais je pense que je le ferai. Un merci, c'est toujours agréable à recevoir.

Je m'affale dans le fauteuil de Marek, perdue dans la contemplation de la ville depuis son bureau. Nous sommes lundi, je suis en pause, Patricia déjeune à l'extérieur, et je n'ai pas pu résister à l'envie de venir me plonger dans son univers, à défaut de me plonger dans ses bras, ou dans sa piscine. Depuis jeudi, je voue un culte irraisonné à cette piscine. J'en rêve la nuit. Et pas uniquement de la piscine, bien entendu… Il me manque atrocement. Et je m'en fais pour lui. Il m'a appelée tous les soirs depuis son départ. Il ne s'étend pas sur le sujet de l'incident, comme il l'appelle, mais je sens que cela ne se passe pas bien du tout. Enfin, pour lui.

Les infos ont relayé pas mal de choses à ce sujet. Il s'agirait d'un règlement de compte entre gangs d'un quartier chaud de la ville. Le bilan définitif est un mort et sept blessés. Aujourd'hui, cela fait quatre jours que les événements se sont déroulés, plus personne n'en parle. Oubliés. C'est malheureux comme tout s'oublie vite. Il s'agit quand même de la vie des gens, et les infos traitent ça comme une promotion à la boucherie du coin. On fait le buzz, on rabâche pendant trois jours, et on passe à autre chose. Je connais ça par cœur, ils ont fait la même chose lors de mon enlèvement. Investigations poussées à l'extrême, puis, sujet clos, on en trouve un autre.

Sauf que l'histoire n'est pas terminée en réalité. Loin de là. Une enquête a été ouverte. Une foule de formalités administratives engagées. Et surtout, des familles à consoler, des explications à donner, des réponses à trouver. Pourquoi ces gens avaient-ils des armes alors que MLS était censé assurer la sécurité et bloquer les armes à l'entrée justement ? Pourquoi ont-ils tiré dans la foule sans sommation ? Et pourquoi de pauvres jeunes adultes se sont-ils trouvés là, en face des balles, sans véritable raison ?

Je connais la réponse à cette dernière question. Le destin. J'ai appris que parfois il n'y a aucune explication à trouver. C'est comme ça, et c'est tout. C'est atroce, injuste et déprimant. Mais c'est la réalité. Celle que l'on doit affronter, sans avoir le choix. La vie n'est pas que belle. Elle est aussi dure et compliquée. Une fois qu'on a dit ça, on a tout dit.

Donc, pour en revenir à Marek. Pour les faits, je les connais dans les grandes lignes, et même si j'en suis attristée, je ne m'en inquiète pas. Par contre, en ce qui le concerne lui, c'est une autre histoire. Au fil des jours, sa voix s'éteint. Je sais que la sécurité des personnes est sa priorité, et j'imagine qu'il s'en veut atrocement de ne pas avoir assuré comme il se doit. Je suppose qu'il rejette toutes les conséquences de ce règlement de compte sur lui, sans même essayer de trouver les véritables coupables ou au moins de prendre tous les éléments en compte avant de s'autoflageller mentalement.

Le téléphone de son bureau sonne et me sort de mes réflexions. Je décroche machinalement.

– ML Security, bureau de Marek Lisinski bonjour.

– Milie ? Qu'est-ce que tu fais dans mon bureau ?

Mon cœur se met à battre uniquement au son de sa voix. Je me redresse instinctivement.

– Marek ! Et toi, pourquoi tu t'appelles alors qu'en plus tu sais que tu n'es pas là puisque t'es là-bas ?

Il laisse fuser un petit rire avant de s'expliquer.

– Mon portable est déchargé. J'ai besoin d'un document juridique, je voulais joindre Patricia mais je ne connais que le numéro de mon bureau. Je comptais laisser un message, je sais qu'elle les écoute deux fois par jour. Et toi, alors ? La raison de ta présence dans mon antre professionnel ?

Je caresse doucement le bois de son bureau.

– Ben… euh…

Oh, et puis zut.

– J'avais besoin d'un peu de toi. Tu me manques, Marek.

Il laisse passer une petite seconde de silence avant de me répondre.

– Toi aussi, Milie Jolie. Je te promets que je préférerais être avec toi dans ce bureau.

– Comment ça se passe ?

– Ça se passe. Les interrogatoires préliminaires de l'enquête devraient bientôt se terminer. Je préfère rester jusqu'au bout. Cet après-midi, je dois assister à l'enterrement de la victime. Et demain matin, j'accompagne mon client en visite aux blessés. Et après, normalement, je rentre.

Sa voix trahit son épuisement. J'aimerais pouvoir le prendre dans mes bras et le réconforter.

– Tu veux que je vienne pour t'épauler ? Les coupables ont été arrêtés maintenant, il n'y a plus de danger.

– C'est gentil, Milie, mais je ne préfère pas. Ce n'est pas une situation agréable, et je n'ai pas besoin de t'emmener là-dedans. Et puis, qui répondra à mon téléphone si tu pars ?

– Bien vu.

– Milie, il faut que je te laisse. Je t'appelle ce soir ?

– J'espère bien.

– Super. Passe une bonne journée, Milie Jolie.

– Merci… eh, Marek ?

– Oui ?

– Je t'aime.

Il laisse passer un nouveau silence et me répond d'une voix terne dans laquelle transparaissent sa lassitude et son envie de se trouver loin de toute cette histoire.

– Moi aussi, Milie. Tellement. Prends soin de toi, surtout.

– Promis. Et toi aussi.

– Promis. À ce soir.

Il raccroche. Une vague de solitude déprimante s'empare de moi. Et je la laisse me miner le moral jusqu'au retour de Patricia. Et je me rends compte qu'il ne m'a même pas dit ce dont il avait besoin, à la base. Un document juridique, c'est un peu vague comme indication. Je suis vraiment une secrétaire médiocre.

***

Il n'a pas appelé. J'ai passé une bonne partie de la soirée à attendre son coup de fil, mais rien. J'ai tenté de le contacter moi-même, mais je suis tombée sur la messagerie. C'était hier soir. Et depuis, j'attends toujours. Ça fait presque vingt-quatre heures. Je ne sais pas si je dois m'agacer ou m'inquiéter. Patricia ne l'a pas eu au téléphone non plus, mais elle semble plus raisonnée et ne s'inquiète apparemment pas. Moi, si.

C'est donc un peu irritée que je rentre chez moi plus tôt que prévu, parce que je n'arrivais pas à travailler de toute manière. Si je n'ai pas de nouvelles ce soir, je prends l'avion pour Toulouse dès demain. J'ai fouillé dans les mails de Patricia pendant qu'elle était aux toilettes, et j'ai trouvé la réservation de l'hôtel, avec le numéro de chambre, etc. Donc, il a plutôt intérêt à me donner des nouvelles, parce que sinon il va me voir débarquer, et ça risque de lui faire bizarre. Il sait qu'il peut tout me dire. Il n'y a aucune raison valable pour ne pas m'appeler. Même si c'est pour dire qu'il est fatigué et qu'il raccroche, ça me va.

Je fonce en plein dans une personne en déboulant sur notre palier.

– Pardon madame.

Je relève les yeux pour me rendre compte qu'il s'agit de M. Turban. Il grogne en guise de réponse et s'enferme chez lui avant que je ne puisse rectifier le tir. Tant pis. J'ouvre ma porte en vérifiant pour la énième fois mon téléphone, et tombe nez à nez avec… Thomas. Torse nu, jean ouvert.

Lui comme moi restons bouche bée. Je ne sais pas qui est le plus gêné des deux. Aude déboule dans le couloir, affolée, en peignoir (celui que j'ai rapporté de l'hôtel de Megève) et le pousse dans notre chambre.

– Salut Milie, qu'est-ce que tu fais là ? Tu es malade ?

Je secoue la tête, l'observant alors qu'elle referme la porte violemment derrière Thomas qui semble surpris du traitement. Tu m'étonnes.

Elle s'adosse à la porte et tente un sourire.

– Alors, comment s'est passée ta journée ?

Je hausse les épaules et me rends dans le salon.

– Tu sais, Aude, je l'ai vu. Pas besoin de faire semblant, c'est ridicule à ce stade.

– Vu quoi ?

Je balance mon sac sur le canapé en levant les yeux au ciel.

– Ce n'est pas parce que je suis novice en certaines choses que je n'y connais rien. S'il te plaît Aude, n'insulte pas mon intelligence.

Elle pousse un soupir d'impuissance.

– Ce n'est pas ce que tu crois, Milie.

Je n'ai pas envie de me prendre la tête ce soir. Vraiment pas. D'un autre côté, c'est ma sœur et l'un des quadruplés. Ce n'est pas du tout anodin.

– Écoute, je ne crois rien, je constate. Et si je me souviens bien, il me semble que Thomas est marié. Donc, même si je mets mes ressentiments personnels de côté en ce qui concerne son cas, il reste ce gros point qui en dit long sur la moralité de cet homme.

Je la pousse pour rejoindre la cuisine et ouvrir le frigo pour prendre une brique de lait.

– Il n'est pas marié, Milie. En couple, je te l'accorde. Mais pas marié.

– Et ? Ils habitent ensemble, il me semble ? C'est pareil !

Je sors un verre du placard et me mets à hurler en direction de la chambre, pour bien qu'il m'entende.

– TU M'ENTENDS ? C'EST PAREIL !

Puis je m'adresse à Aude.

– C'est exactement comme le fait de ne pas appuyer Justin et Vivian dans ce qu'ils ont fait à Marek, mais de ne pas non plus se ranger du côté de Marek ! Le cul entre deux chaises, c'est plus pratique. J'essaye de prendre le bon partout et dès qu'il y a un problème, dès que ça pue sur l'une, je me réfugie sur l'autre. SUPER HONNÊTE ET VACHEMENT COURAGEUX !

La porte de la chambre s'ouvre avec fracas, et un Thomas en furie, méconnaissable, en sort et se dirige directement vers moi, l'index pointé dans ma direction.

– Je ne te permets pas de me juger, Émilie ! Non, mais pour qui tu te prends à la fin ? Toi, toi, toi, tu ne parles que de toi ! Mais ta sœur, tu y penses ? Elle a le droit d'être heureuse, elle aussi ? Ça fait huit ans qu'elle te soutient dans tout ce que tu fais, elle t'accueille chez elle, partage son lit avec toi, et toi tu la juges sans savoir ? C'est ça tes mercis ?

Je pose ma brique de lait sur le comptoir et me dirige vers lui, pas du tout intimidée par son éclat de voix.

– Justement, j'y pense à ma sœur ! Je ne fais que ça ! Et toi ?

Son bonheur, tu lui offres à mi-temps quand Bobonne roupille ?

Il lève les yeux au ciel et tourne les talons. Cette fois c'est moi qui le suis.

– Réponds-moi ! Tu penses à qui, Thomas ? À ta femme ? À Aude ?

Il ne se retourne pas et attrape son tee-shirt sur le lit défait.

– Je ne suis pas marié. Et je n'ai aucun compte à te rendre.

Il fait volte-face et continue.

– Tu nous as virés de ta vie sans nous écouter deux fois, Milie, donc, franchement, ta vision des choses en ce qui concerne ma vie, tu peux te la garder ! Et ton jugement aussi, par la même occasion. Tu devrais être la première à comprendre que parfois, tout n'est pas tout blanc ou tout noir. Que parfois, on a envie mais on ne peut pas. Ou l'inverse. Tu comprends ? Ni Aude ni moi n'avons eu le choix ! Et ce n'est pas simple. Ça ne l'a jamais été. Tu devrais plutôt essayer de comprendre avant de juger. Quant aux quadruplés, je ne côtoie plus les gars quotidiennement depuis des années à cause de tout ce que tu nous reproches, justement. Mais encore une fois, tu ne connais pas les détails, et tu te permets de donner des conseils. Donc, une bonne fois pour toutes, Milie, FERME TA GUEULE et arrête avec tes jugements. Nous, on a tous essayé de te comprendre et d'être patients. La réciproque est loin d'être vraie apparemment.

Il enfile son tee-shirt alors qu'Aude pénètre dans la chambre et s'interpose entre nous. Mais elle n'a pas besoin de le faire. Il vient de me gifler avec ses mots, d'une force incroyable. Je suis sonnée. Totalement abasourdie. Et il me laisse sans voix, parce que quelque part… il a raison.

Aude tente de m'attraper par l'épaule alors que je recule pour sortir. Je repousse sa main.

– Non, Aude. C'est bon.

Thomas termine de reboutonner son jean en soupirant.

– Pardon, Milie. Je suis désolé, je ne voulais pas te parler comme ça. Mais j'ai assez de soucis en ce moment sans me prendre tes réflexions en plus en pleine tronche. Et je n'aime pas la manière dont tu t'adresses à ta sœur. Tu lui dois le respect pour tellement de choses que tu n'as absolument pas le droit de la juger si durement. Elle ne le mérite pas.

Il se penche et attrape ses chaussures avant de s'asseoir sur le lit. Il tend une main vers Aude et l'attire à lui. Elle tremble et semble sonnée elle aussi. Elle n'a pas dit un mot depuis que Thomas s'est mêlé à notre conversation. Il la force à s'asseoir sur ses genoux et embrasse son cou affectueusement.

– Je m'excuse, bébé. Calme-toi. Milie et moi, on s'est toujours engueulés comme ça. Ce n'est pas grave. Pas vrai, Milie ?

Il lui parle doucement et l'enlace. Très clairement amoureux. Je me sens nulle. Et oui, il a raison, Thomas a toujours eu un tempérament calme, mais qu'il ne faut pas pousser à bout. Parce que dans ce cas, il passe à l'extrême opposé. Et moi, à l'époque, je le poussais à bout. Toujours.

Je bafouille, me sentant de trop en voyant Aude enlacer mon ancien ami avec affection. Ils sont beaux tous les deux. Thomas le ténébreux, brun et costaud, et ma sœur, fluette et féminine, jolie comme un cœur. Il la tient dans ses bras avec tendresse et affection, et quelque part, j'aime voir que quelqu'un est là pour elle. Qu'un homme comme Thomas, un homme foncièrement bon, prenne soin de ma sœur, c'est tout ce que j'espérais. Mais, malheureusement, la situation ne doit pas être simple. Ce qui ne les empêche pas de sembler soudés et amoureux. Les sentiments sautent aux yeux entre eux, c'est indéniable. J'ai vraiment loupé un truc dans la vie de ma sœur. Quelque chose d'important que je n'ai pas vu, trop penchée sur mes petits problèmes.

– Je… oui, on s'engueule souvent. C'est pas grave, Aude. Je vous laisse, je vais me servir un lait fraise. Pardon.

Je m'enfuis de cette chambre en refermant la porte derrière moi. Je ne sais pas quoi penser. Ma sœur et Thomas ? Mais depuis quand ? J'essaye de me souvenir de notre soirée chez Justin à mon arrivée. Le courant est passé tout de suite entre eux, c'est vrai. Mais de là à penser qu'ils s'entendaient bien à ce point… Il va falloir que nous ayons une réelle conversation toutes les deux. Et il va falloir que je m'excuse pour avoir été un tyran avec elle. Thomas a raison là-dessus aussi. Je n'ai pas à lui donner des conseils. Elle fait elle aussi partie des dommages collatéraux. Même si elle le cache très bien.

Mon téléphone sonne. Je me rue dessus. Patricia. Je décroche, surprise.

– Oui ?

– Émilie, excuse-moi de te déranger, mais je voulais te prévenir. Il est rentré.

Un sourire apparaît dans mon cœur, puis disparaît aussitôt.

– Pourquoi c'est toi qui me préviens ? Il va bien ?

– Il semble un peu secoué. C'est pour ça que je me permets de te prévenir. Je pense qu'il ne t'appellera pas. Roger vient de m'appeler pour me dire qu'il s'est enfermé dans sa chambre en demandant qu'on ne le dérange pas. Ce qui n'augure rien de bon, tu peux me croire. Et il allait bien depuis quelque temps. Je ne veux pas que son moral décline à nouveau.

– Très bien. J'y vais.

– Tu n'es pas obligée, Émilie. Il est assez noir et désagréable dans « ces moments-là ».

– Patricia, je sais tout ça. J'ai passé ma jeunesse dans ces moments-là, avec lui, justement. Et de toute manière, ma place est là-bas. Sinon, tu ne m'aurais pas appelée.

– Pas faux. Alors, prends bien soin de lui. Tiens-moi informée surtout.

– Compte sur moi.

Je lance mon téléphone dans mon sac et frappe à la porte de la chambre. Aude m'invite à l'ouvrir.

– Je dois partir. Je pense que je ne dors pas là. Je vous laisse. Mais Aude, il va falloir que nous discutions.

Elle hoche la tête. Thomas ajoute, le nez blotti dans les cheveux de ma sœur.

– Et nous aussi, Milie.

– Pas pour le moment. Tu te souviens, je n'écoute personne. Sauf moi, bien entendu.

– Milie !

S'il croit que je vais effacer son « ferme ta gueule » comme ça, il rêve. Il est peut-être baraqué, beau comme un demi-dieu (le dieu c'est Marek, lui, il reste bien en dessous, forcément. Mais à moitié dieu, c'est déjà pas mal), et super impressionnant quand il ouvre sa grande bouche, je m'en fous, moi aussi je sais crier. Et surtout, je fais très bien la gueule. Une pro. Et il le sait.

Je l'ignore, relève le menton et m'adresse à ma sœur, et uniquement à elle.

– Je vais chez Marek et je ne suis absolument pas disponible pour autre chose. Donc, faites comme si je n'avais rien vu, et continuez votre petite affaire, je ne suis au courant de rien. Je suis juste… pas là. Ciao.

Je tourne les talons et les laisse à leur adultère, en priant pour qu'Aude n'en souffre pas plus tard.

26

Émilie

Roger m'attendait apparemment. Le portier de l'immeuble me salue et m'ouvre immédiatement en avertissant de mon arrivée. L'ascenseur s'ouvre également dès mon arrivée dans le hall.

Roger m'accueille sans ne laisser paraître aucune émotion. Il indique d'un geste l'appartement.

– Monsieur se trouve dans sa chambre. Il ne sait pas que vous vous trouvez ici.

– Je me doute, sinon il m'aurait certainement appelée pour me dissuader de venir.

Il hoche la tête et m'invite à entrer.

– Voulez-vous que…

– Merci, Roger, j'arrive à me repérer maintenant. J'ai fait un plan de l'appartement et j'ai marqué mon chemin avec des cailloux la dernière fois !

Il sourit discrètement alors que je lui adresse un clin d'œil. Je traverse le salon silencieux, immense et magnifique. J'adore cette pièce. Bleu marine. Comme pratiquement tout cet appartement. Un canapé qui appelle à l'oisiveté, des poufs disposés partout, un mur recouvert d'une bibliothèque immense, dont la moitié des livres sont en polonais (ceux du grand-père de Marek). Je passe par la cuisine dans les mêmes tons bleus, agrémentés de touches de gris clair. J'y dépose mon sac, attrape un verre pour me désaltérer. Aucun bruit ne vient troubler le silence pesant qui règne depuis mon arrivée. J'ai un peu d'appréhension à le retrouver. D'autant plus que depuis que je n'ai plus de nouvelles, mon esprit navigue dans toutes les directions. Je suis loin d'être sereine. Mais j'ai tellement envie d'être à ses côtés que mon propre état n'est qu'un détail. Je me sens mal de ne pas savoir ce qui se passe dans sa tête, et la raison pour laquelle il ne m'a pas appelée.

Je traverse le couloir et ouvre sa porte sans frapper. Les volets sont fermés. Alors que nous sommes en fin d'une après-midi ensoleillée et qu'il fait plus frais que depuis plusieurs jours. Cela n'augure rien de bon. La pièce n'est pas plongée dans l'obscurité, néanmoins, il a allumé quelques lampes d'appoint dans le coin « salon ». Oui, la chambre de Marek possède son propre petit salon, composé de quelques fauteuils et d'une autre bibliothèque contenant principalement des comics. Bref, ce n'est pas le sujet. Marek est allongé sur son lit, dans sa position favorite, jambes étirées, chevilles croisées, en bas de jogging coupé en bermuda, ne portant rien d'autre, à part un verre de whisky posé sur ses abdos. Il se tourne vers moi.

– Milie ? Qu'est-ce que tu fais là ?

Il plisse les yeux, comme s'il n'était pas certain de me reconnaître. Je monte sur son lit et dépose un baiser sur ses lèvres avant de prendre son verre et de le poser sur son chevet.

– Milie, ce n'est pas que je ne veux pas te voir, mais je préférerais rester seul.

Le vert de ses yeux est troublé. Ses traits tendus. À genoux à ses côtés, je caresse sa joue.

– Ça, j'avais bien compris, monsieur Lisinski. Sauf que moi, j'ai envie de te voir. Je m'attendais à ce que tu envoies des petits cailloux sur ma fenêtre, mais rien. Alors, je me suis dit… Il doit avoir un problème matériel, je ne vois que ça.

Il soulève un sourcil pendant que je fouille dans la poche de mon jean. J'en sors une poignée de graviers que j'ai piqués au pied d'un arbre dans la rue, et lui présente sous les yeux.

– Tu devais manquer de cailloux.

Il m'observe avant d'esquisser un léger rictus.

– Oui, ça doit être ça.

Je pose les cailloux à côté de son verre sur le chevet.

– Donc voilà, problème réglé pour la prochaine fois. Et pour tout de suite…

Je m'allonge à ses côtés, joue contre l'oreiller, tournée vers lui.

– Vas-y. Je t'écoute.

Il soupire lourdement.

– Milie. Ce n'est pas ton problème. C'est…

– C'est quoi ? Viens, allonge-toi. Explique-moi, Marek. Tu l'as toujours fait, non ? Partager mon oreiller et me confier ce qui étouffait ton cœur.

Il penche la tête légèrement dans ma direction, m'observe puis laisse filer un petit rire entre ses lèvres. Puis, à mon grand bonheur, il roule sur le côté et pose sa tête sur le même oreiller que moi. J'attrape sa main et ses doigts en profitent pour se mêler aux miens.

– Alors, qu'est-ce que tu veux que je te raconte, Milie Jolie ? Et comment as-tu su que j'étais rentré ?

– J'ai un réseau d'informateurs très perfectionné. Je travaille dans la sécurité figure-toi. Rien ne m'échappe.

– Oh. J'ai intérêt à rester sur mes gardes, alors.

– Tout à fait. Et tu as surtout intérêt à ne plus jamais rentrer sans me prévenir.

Il se rembrunit légèrement.

– Je te demande pardon. Mais je ne suis pas d'une humeur très agréable, tu vois ? Je ne voulais pas t'infester avec mes états d'âme un peu toxiques. Une nuit à ruminer, et je serais revenu à tes côtés en pleine forme dès demain.

Je caresse le dos de sa main avec mon pouce.

– Je vais t'avouer quelque chose.

– Oh ! Je t'écoute ?

– Tu sais, les souvenirs que je garde de toi. Les meilleurs, ceux qui ne quitteront jamais mon esprit, et encore moins mon cœur, sont ceux où tu venais me rejoindre la nuit. J'adorais ces moments rien qu'à nous. Nous sommes aussi ça, Marek. Deux âmes au milieu de la nuit, seules au monde. Ne nous enlève pas ça.

Son visage glisse jusqu'au mien, nos lèvres se rejoignent dans un baiser rempli de tendresse. Les yeux fermés, il prend son temps pour glisser sa langue en moi, pour trouver la mienne, jouer avec elle, m'allumant à une vitesse incroyable, juste avec ce baiser. J'aime tellement cette tendresse dont il fait preuve à chaque instant, cette profondeur de sentiments qu'il m'expose simplement, presque timidement.

Il s'écarte trop tôt de moi, pour murmurer.

– Merci Milie.

– De rien.

Nous restons silencieux, puis il se décide à se lancer.

– Je n'ai pas assuré. Il y a eu un mort. Et tout un tas de blessés. On m'a confié la sécurité de ces gens, et je n'ai pas fait ce qu'il fallait.

– Tu es certain que c'est de ta faute ? Comment ça s'est passé ?

– Personne ne sait vraiment, et les tireurs n'avouent rien. Tout ce dont nous sommes certains, c'est qu'avant l'ouverture, le bâtiment a été inspecté par mon équipe, comme tous les soirs, et qu'ils n'ont pas trouvé d'armes. Ensuite, il y avait des armes. Voilà. Le seul filtre existant, c'est encore une fois mon équipe. Nous avons des hommes à chaque issue. Principale et de secours. Et malgré ça, à un moment ou à un autre, quelqu'un a pénétré l'établissement, et donc est forcément passé devant l'un de mes gars, avec les armes planquées d'une manière ou d'une autre sur lui. Donc, il y a eu un manquement à la procédure. Et ce manquement a tué un homme. Une enquête est en cours, ça va certainement prendre des semaines, mais en attendant, il y a des évidences qu'on ne peut pas ignorer.

– Il y a peut-être une autre explication, non ?

Il secoue la tête en soupirant.

– Non. L'erreur vient forcément de moi. Encore une fois, ma négligence a des conséquences dévastatrices. Et cette fois, ça a tué un homme, Milie. Tu comprends ? Je n'ai même pas osé me présenter à l'enterrement. Je me suis contenté de rester à la porte de l'église, puis à la grille du cimetière. Je ne pouvais pas, je… merde, j'ai vu les parents du gosse. Il avait à peine 18 ans ! Ils étaient anéantis, Milie. À cause de mes conneries.

Ses yeux brillent de rage. Je lâche sa main et enlace son cou précipitamment.

– Non, Marek, tu te trompes. Tu n'y es pour rien. Même si l'un de tes employés n'a pas respecté la procédure, ce n'est pas de ton fait ! Tu ne peux pas être derrière tout le monde.

– Je suis responsable, Milie. Aux yeux de la loi, aux yeux des gens, aux yeux de tous. Et aux miens également. Me confier la sécurité des gens, c'est une erreur monumentale, il faut voir comment je t'ai poussée dans la Mercedes de ces enfoirés, à l'époque !

Je resserre mes bras autour de lui.

– Non, Marek, tu as simplement eu un peu de retard. Ça arrive.

– Pas du retard, Milie. Justin m'avait posé un ultimatum et j'ai hésité. Tu te rends compte, j'ai hésité entre toi et ce connard !

Comment est-ce que j'ai pu faire ça, Milie ? Comment ai-je pu douter ? Je me déteste tellement.

Les muscles de sa mâchoire se tendent significativement. Je me redresse et le presse contre ma poitrine.

– Marek, c'est normal que tu aies hésité. Les gars étaient tout pour toi. Et pour moi aussi. Et de toute manière, ça ne change rien.

L'agacement prend le pas sur le calme qu'il tente de garder, l'espace d'un instant, et résonne dans sa voix et dans ses gestes lorsqu'il m'explique :

– Mais si, Milie, ça change tout ! Quelques minutes plus tôt, il ne se serait rien passé. Je les ai croisés, bordel de merde ! Croisé, tu comprends ? Ils ont failli m'écraser, et tu étais dans cette voiture noire comme l'enfer, à ce moment-là… Si je n'avais pas autant attendu pour te rejoindre, il ne se serait rien passé.

J'assimile ce qu'il vient de m'expliquer. Les mots de ma sœur reviennent en moi. Ainsi que ceux de Bruno. Je sens qu'il manque juste une petite pièce pour que je comprenne.

– Marek ?

– Oui ?

– Comment sais-tu que tu as croisé leur voiture ?

Il ne répond pas aussitôt.

– Parce qu'une bagnole a failli me rouler dessus quand j'ai traversé la grande rue, ils roulaient comme des malades, alors je suppose que c'était eux…

– Non, Marek. Tu viens de me dire que tu les avais croisés. Pas que tu supposais les avoir croisés. Tu me l'as affirmé.

– Et ? Ça change quoi ?

– Je pense que ça change énormément de choses.

– La presse les appelait la bande à la Mercedes. Et la voiture qui m'a foncé dessus était une Mercedes.

– Oui, enfin, des Mercedes, c'est courant, Marek.

Il se redresse, agacé.

– Qu'essayes-tu de me faire dire, Milie ?

Je soutiens son regard.

– Tu sais, Marek, il y a des choses qui me perturbent. Ces types ont été surnommés « la bande à la Mercedes » avant qu'on me retrouve. Je le sais de source sûre, mes parents m'ont expliqué ces deux jours de recherche dans tous les sens. Et le détail sur la marque de la voiture a été révélé par un témoin qui n'a jamais tenu à se faire connaître. D'autre part… il n'a jamais été question de la couleur de la voiture. Juste de la marque. Donc, je me demande simplement… Comment sais-tu que la voiture que tu as croisée était la leur ?

Il se rassied et attrape son verre.

– Je ne tiens réellement pas à parler de ça maintenant, Milie. J'ai d'autres problèmes à régler, plus importants je pense, qu'un problème de couleur de bagnole.

Il termine son verre cul sec et le pose sèchement. Je continue néanmoins.

– Justement, non, Marek ! Tout le problème est là. Il va falloir nettoyer ce passé qui te mine de trop. Tout découle de là. Il faut que tu comprennes que certaines choses arrivent, et que ce n'est pas parce que tu es dans les parages que c'est forcément de ta faute. Et donc, je voudrais savoir ce que tu me caches. Parce que je suis certaine que c'est important !

Il se mord nerveusement la lèvre inférieure et explose de colère.

– Merde, tu me fais chier, Émilie ! Je ne voulais pas que tu viennes, et tu te pointes quand même. OK, je fais avec et j'accepte ta présence alors que je voulais simplement être seul ! Et ça ne te suffit pas ! Tu viens me parler d'une voiture que j'ai croisée il y a huit putains d'années ! J'ai d'autres soucis, merde ! Putain !

Il se lève d'un bond et sort de la chambre. Je reste à ma place. Sans bouger. Parce que je sais qu'il a besoin d'exploser. Je préfère encore le voir hors de lui plutôt qu'allongé, un verre à la main. Et je sais aussi qu'il va se calmer. Tout seul. Inutile de lui courir après, de toute manière je suis chez lui, dans sa chambre, il va bien revenir à un moment ou à un autre.

J'en profite pour remettre les éléments en place. Parce qu'une phrase de Bruno m'est revenue en tête quand il a mentionné avoir « vu » la voiture des agresseurs. Il n'y avait personne dans le bourg ce soir-là. Comment aurait-il pu y avoir un témoin ? Sauf lui, qui vient d'avouer avoir croisé une Mercedes noire. Et Bruno a déclaré, à la télé et en face de moi, que c'était un témoin qui les avait aidés. Donc, selon toute déduction logique, il n'y a pas de doute possible. Le témoin, c'est lui. C'est évident. Mais alors, pourquoi le cacher ? Je ne comprends pas.

Je suis interrompue dans mes réflexions par Marek, qui revient d'un pas décidé et se plante au bord du lit, les poings sur les hanches.

– Et puis d'abord, tu dis que ça changerait tout, mais qu'est-ce que tu crois que ça changerait ? Pas le passé, en tout cas. Je peux prendre des heures à te raconter tout ce que j'ai fait depuis huit ans, ma taille de pompes, comment j'ai rencontré Roger, la raison de la couleur verte de la piscine, la raison pour laquelle tout cet appart est bleu marine, ou même le nombre de nanas que j'ai ramenées ici pour les baiser dans tous les sens et tenter d'avoir une vie, est-ce que tu crois que ça changera quoi que ce soit du passé ? Non. Et ça ne changera pas non plus le vrai problème du jour qui n'a rien à voir avec toi, mais bien avec moi et ma société.

Je me suis arrêtée au passage « nanas ». Le reste, je n'y ai pas prêté la moindre attention.

– Si tu veux me faire du mal, Marek, pour que j'arrête mes questions, je te préviens que ça risque de marcher. Mais dans ce cas, je n'arrête pas uniquement mes questions. Si tu veux me faire partir parce que tu ne supportes pas certains sujets, très bien. Mais sache que selon moi, ce sont des sujets primordiaux, et nous ne pourrons pas avancer sans les avoir épurés. Donc vas-y, continue si tu veux… Raconte-moi dans les détails ces fameuses nanas, je t'en prie. Maintenant tu es prévenu.

Nous nous toisons un moment. Puis il soupire et revient sur le lit en avançant vers moi, tel un félin. Il me surplombe rapidement, son visage face au mien.

– Excuse-moi, Milie.

Il s'empare de mes lèvres et m'embrasse fougueusement.

– Je suis un connard.

Il met fin à son baiser et s'assied sur ses talons en soupirant.

– Tu veux savoir ?

Je hoche la tête. Il baisse la sienne, comme abattu, vaincu.

– OK. Tu as faim ? Je n'ai pas déjeuné ce midi. Et surtout…

Il se penche à nouveau sur moi, passe un bras sous mon dos pour me coller à lui et dévore mon cou. Je m'accroche à sa nuque. Il mime un geste du bassin suggestif pour presser son pénis contre mon ventre. Mon corps y répond en frissonnant allégrement, sans aucune pudeur. Ses lèvres, toujours contre ma peau, s'étirent dans un sourire satisfait avant qu'il murmure :

– Et surtout, avec toi dans mon lit, je n'ai pas vraiment envie de parler, si tu veux tout savoir…

Il me rapproche encore de lui en mordillant mon épaule. Je passe ma main dans ses cheveux pendant que son bassin s'anime lentement. Ma température corporelle grimpe malgré moi, mes seins se tendent, attisés par le frottement régulier de son torse musclé et mortellement sexy. Il redresse le visage pour m'observer en jouant avec sa lèvre inférieure puis m'embrasse le nez.

– Et j'ai envie de manger des pâtes.

Je valide, amusée.

– Alors allons manger des pâtes.

Il me vole un baiser avant d'attraper ma main pour m'entraîner dans la cuisine.

– Quel genre de pâtes ? Tu mets des trucs dans tes pâtes ? Genre, des lardons, du jambon, ou des lardons ?

Il s'esclaffe.

– Alors ce sera des carbonaras.

– *Yes !*

Il me tend un tabouret.

– Je m'occupe de tout.

Je m'installe au comptoir pendant qu'il évolue dans sa cuisine. J'adore le regarder cuisiner dans sa cuisine high-tech. Julie prépare des plats tous les jours et les conserve dans le réfrigérateur, mais parfois, il préfère faire lui-même. Il cuisine depuis qu'il est gosse puisque ses parents ont été rapidement incapables de lui préparer ses repas. Et d'ailleurs, il m'avait confié une fois qu'il coupait le gaz quand il ne s'en servait pas lui-même, car il avait trop peur que l'un d'entre eux fasse exploser leur maison. Donc, pour lui, cuisiner est une évidence, et pas du tout une contrainte, même s'il pourrait largement s'en passer. Moi, à sa place, je bannirais définitivement les mots casseroles et vaisselles de mon vocabulaire et de mon esprit, mais pas lui. J'adore cette simplicité qu'il a gardée en lui. Je pense même que vivre normalement le calme. Et moi, ça me calme de le regarder. Surtout quand il ne porte qu'un bermuda, bas sur les hanches pour changer, et que j'ai tout le loisir d'observer ses muscles rouler sous sa peau à chaque mouvement. J'ai de plus en plus envie de le croquer partout. J'ose espérer que c'est un désir « normal » de femme mortellement amoureuse, et pas un truc tordu dont je dois m'inquiéter.

Il pose une casserole sur le gaz.

– Donc… Tu voulais savoir… la couleur de cette voiture. Très bien. Alors c'est parti.

***

Marek
Huit ans plus tôt

– Monsieur Lisinski, vous êtes certain que vous ne vous souvenez de rien d'autre ?

J'observe la foule de gendarmes et d'enquêteurs autour de moi, un peu perdu. J'aperçois au loin les parents de Milie eux-mêmes interrogés par d'autres enquêteurs. Tout ce monde, c'est étourdissant. J'essaye de suivre, mais j'ai du mal. Parce qu'en plus de devoir répéter la raison de mon retard (j'ai menti, j'ai dit que j'avais traîné dans la douche), ainsi que tout ce que j'ai remarqué ou non ce soir, j'ai cette angoisse qui m'étouffe. Où est Milie ?

Le flic claque des doigts devant mon nez pour reporter mon attention sur lui.

– Hein ? Quoi ?

– Vous ne vous souvenez de rien d'autre ?

– Euh non. Il n'y avait personne devant cet arrêt, et quand je l'ai appelée, son téléphone se trouvait par terre. C'est tout.

Il hoche la tête.

– Très bien. Je vous demanderais de rester disponible en cas de besoin de nos services, et surtout de nous contacter si un élément, même anodin, vous revenait en mémoire.

– Oui, oui.

– Parfait. Signez ici je vous prie.

Il me tend un document, je gribouille un truc à l'endroit qu'il me désigne et m'écarte de lui. Je cherche les parents de Milie des yeux, mais je ne les trouve plus. Il y a trop de monde sur cette place, il est tard, je ne sais même pas ce que je dois faire, mon estomac se tord dans tous les sens et une nouvelle nausée me reprend. Je m'écarte pour traverser la route afin de trouver un peu de calme et d'arriver à faire le point.

Mon estomac se retourne complètement cette fois, et j'arrive difficilement à enjamber la clôture du champ avant de vomir une nouvelle fois. Je me laisse tomber dans l'herbe un peu plus loin, après m'être totalement vidé. J'observe les étoiles et écoute le silence. Et je laisse toutes les émotions, que je garde difficilement au fond de moi depuis que j'ai appelé les flics, s'en donner à cœur joie. Je réalise que Milie a vraiment disparu, que c'est réel et très grave. J'imagine que peut-être, elle est déjà morte ou agonisant quelque part, et qu'il faut absolument que je la trouve. Mais où ? Comment ? Je ne sais même pas quoi faire. Mon corps se met à trembler de rage, d'angoisse et d'un besoin de faire quelque chose sans savoir exactement quoi.

J'ouvre mon sac à dos et en sors les tongs de Milie. Je les presse contre moi et m'allonge à nouveau dans l'herbe. J'aurais dû les donner aux flics. Mais je ne pouvais pas. J'ai besoin de l'avoir avec moi. Les larmes brouillent mes yeux et s'écoulent douloureusement sur mes joues. Des sanglots encombrent ma gorge et me font suffoquer. Je me recroqueville, épuisé, m'agrippant à ses tongs, la seule chose qu'elle m'ait laissée.

– Je suis tellement désolé, Milie. Tellement… Dis-moi quoi faire…

Je me suis endormi. Ce sont les premiers rayons du soleil qui me tirent des cauchemars qui ont peuplé mes rêves. Malheureusement pour moi, la réalité est encore pire. Les tongs de Milie toujours entre mes doigts me remémorent qu'elle a bien été enlevée. Ma tête bat trop fort, je n'arrive toujours pas à réaliser. J'ai mal partout. J'ai froid, et je crois que j'ai de la fièvre. Et j'ai faim. Mon dernier repas doit remonter à hier matin. Entre mon engueulade avec les mecs, cette foutue décision que je n'ai pas été capable de prendre assez vite et tout ce qui a suivi, j'ai simplement oublié de manger. Je tâte mes poches, mais je n'ai pas un centime sur moi. Et je sais que rien ne m'attend à la maison. Je retourne sur la grande route et la longe jusqu'à la première intersection. Je bifurque dans le petit chemin qui mène à l'ancienne épicerie. Ancienne parce qu'une autre s'est ouverte récemment en plein bourg, alors que celle-ci est ouverte depuis toujours, et n'a jamais été rénovée. Elle fait tout. Bar, épicerie, dépôt de pain, tabac, elle vend même des pneus et du gaz. Et elle reste ouverte quasiment 24h/24. Et le plus intéressant pour moi, elle fait crédit. La patronne me connaît très bien, j'y vais souvent en fin de mois, quand l'argent commence à manquer.

Il n'est que six heures quand j'y arrive, mais elle est déjà ouverte pour les habitués du bar. Je pénètre dans la pièce presque insalubre, trouve Nicole à son endroit habituel, derrière le bar. J'attrape le premier paquet de biscuits venu dans les rayons de l'épicerie, vérifie sa date de péremption et le pose sur le zinc.

– Je peux faire une note, Nicole ?

Elle hoche la tête.

– Ouais, mon gars. Qu'est-ce que tu fous là à cette heure ? Ça dort pas jusqu'à midi, les morpions comme toi ?

Elle dépose un café devant un petit vieux qui mâchouille son mégot éteint.

– Tu veux un chocolat chaud, gamin ?

J'hésite. J'avoue que l'état de propreté de ce bar laisse franchement à désirer, je ne porte qu'une confiance toute relative à ce qu'ils servent aux clients si ce n'est pas proprement emballé.

– C'est moi qui offre.

J'avoue que je préférerais un café. Mais si c'est offert... Et de plus, j'ai besoin de réfléchir. Un truc chaud ne me fera pas de mal.

– Oui, merci.

Je m'installe au bar lorsqu'une voiture se gare en face de la devanture dans un dérapage qui alerte tous les clients du bar, moi y compris. J'observe le fou du volant sortir de sa voiture d'un air conquérant, et mes yeux restent scotchés audit véhicule. La bagnole qui a failli me foncer dessus hier soir. J'avais complètement oublié cet épisode. Je ne sais comment l'expliquer, mais une sueur froide s'abat sur mon front dès que je remarque le regard hostile de l'homme qui entre dans la boutique. Je sors mon sweat de mon sac et l'enfile en remontant la capuche sur ma tête. Nicole me sert mon chocolat vers lequel je baisse la tête et ne bouge plus.

Le mec se dirige vers le coin épicerie, attrape un sac et le remplit de tout ce qu'il trouve. Boîtes de conserve, paquets de café, biscuits, chips. En deux minutes, il est posté juste à côté de moi, et pose lourdement son sac de courses sur le comptoir. J'ose un œil sur le lascar. Des bras énormes, une sale gueule, un bide impressionnant, et des fringues dégueulasses.

Même sa voix est répugnante lorsqu'il interpelle Nicole qui ne vient pas assez vite.

– Eh ! J'me barre sans payer ou quoi ?

Les clients le dévisagent. Pas moi. Je ne peux pas. Je suis pétrifié. Quelque chose en moi me dit qu'il sait, lui, où est Milie. C'est une évidence. Mais je ne me sens pas de taille à lutter contre un mec pareil. Et de toute manière, lutter pour quoi ? J'abandonne mon chocolat et sors de la boutique pour aller zoner autour de la voiture aussi discrètement que possible. C'est bien celle qui m'a foncé dessus. De toute manière, il n'y a pas des centaines de voitures dans le genre dans le coin. J'ai le réflexe de sortir mon téléphone et de prendre quelques photos du véhicule. Mais j'ai peur que cela ne soit pas assez. Dans les films, d'habitude, les voitures sont volées ou « maquillées » pour ne pas trahir les mecs qui la conduisent. Je ne sais pas si ça se fait « en vrai », mais si c'est le cas, mes photos ne serviront à rien. Le mec sort de la boutique en ronchonnant, son sac de courses à la main. Il me jette un regard mauvais, je regarde mes pompes et reviens vers la boutique. Il démarre en faisant crisser ses pneus dans un nuage de poussière. Une montée d'adrénaline fait battre mon cœur plus fort. Il va sans doute rejoindre Milie. Je ne peux pas le laisser partir. J'attrape le vélo du vieux au mégot qui traîne contre l'épicerie, et je pédale. Comme un fou.

Évidemment, il m'a semé en moins d'une minute. Mais je continue. La seule et unique route qui sort de la ville n'est presque pas coupée d'intersections pendant plusieurs kilomètres. Avec un peu de chance… Je ne sais pas ce que j'espère, mais je l'espère tellement fort que je ne sens même plus mes jambes qui pédalent à en faire dérailler la chaîne du vélo pourri qui me porte. Heureusement, elle résiste au traitement que je lui inflige. Et le destin me prouve que j'ai raison d'insister. Je retrouve la voiture à la station-service, quelques kilomètres après la sortie du bourg. Je freine comme je peux et me cache derrière une haie séparant la route d'un champ. Et j'attends, hors d'haleine. J'ai la tête qui tourne, je ne sens plus mes jambes, et mon cœur bat à tout rompre.

Le mec ne me donne que quelques minutes de répit et repasse devant moi en accélérant. J'enfourche à nouveau le vélo et recommence à pédaler. Heureusement pour moi, il tourne rapidement sur un chemin de terre, un raccourci menant à un autre village, tout aussi perdu au milieu des champs que le nôtre, à une bonne dizaine de kilomètres. Je tourne pour emprunter le chemin, mais il est tellement défoncé que, malgré mes efforts pour slalomer entre les nids-de-poule, je roule sur une énorme pierre, perds le contrôle du vélo et m'étale dans le fossé. Résultat de l'opération, la roue du vélo est tordue, tout comme ma cheville, et mon sac à dos est éventré.

Après quelques minutes à reprendre mes esprits, j'abandonne mon véhicule de fortune là où il est tombé, et je retourne vers le bourg en claudiquant. Au bout d'un kilomètre, une voiture s'arrête, un voisin que je connais depuis longtemps. Je grimpe à côté de lui, la cheville en feu et l'esprit de plus en plus préoccupé.

– Merci, Jean-Luc.

– De rien. Qu'est-ce que tu fous par là, Marek ?

J'attache ma ceinture.

– Rien.

Il laisse passer un silence.

– C'est à propos de votre copine ? J'ai entendu ça ce matin aux infos régionales. C'était la petite Émilie Laurent, c'est ça ? Celle que tu connaissais bien ?

Je le fusille du regard, mais il est concentré sur la route et ne prête aucune attention à moi.

– C'est toujours Émilie et je la connais toujours. Pas besoin de parler au passé !

– Ouais. T'as raison. Il faut garder espoir. Les flics ont intérêt à se bouger le cul ! Mais ils déclaraient ce matin que le dossier était mince. C'est mal barré, si tu veux mon avis.

Je me crispe, j'ai mal au crâne, j'ai l'impression de vivre dans le pire des cauchemars depuis hier, il n'a franchement pas besoin d'en rajouter. Et des éléments, j'en ai, moi. Même si ce n'est pas grand-chose, et une simple supposition. C'est au moins une piste.

Il n'insiste pas et regarde ma cheville que je n'arrive pas à soulager. Ma petite marche ne m'a clairement pas fait du bien.

– J'ai vu que tu boitais. Ça va ?

– Oui.

– Tu veux que je t'emmène en ville ? Je dois repasser chez moi, mais après j'ai quelques courses à faire. Je te dépose à l'hôpital ?

– Non, pas l'hôpital. J'ai besoin d'aller chez les flics.
Il me jette un coup d'œil, mais n'insiste pas.
– OK.

***

De nos jours

Je dépose une assiette de carbonara devant Milie qui n'y prête aucune attention. J'en pose une seconde sur le comptoir et m'installe sur un tabouret sans qu'elle ne dise un mot, perdue dans ses pensées. Ce silence est insupportable. Je conclus donc mon récit.

– Donc tu vois. Je n'ai rien de spécial à ajouter à l'histoire en réalité. J'ai voulu jouer les sauveurs, j'ai perdu la trace du mec et je me suis foulé la cheville. En plus, j'ai cassé le vélo du vieux Claude qui l'a cherché pendant des mois après ça. J'avais prévu d'aller le rechercher et d'essayer de le réparer, mais la suite des événements m'a un peu fait oublier tout le reste.

J'ai faim, et elle ne parle toujours pas. Donc, je mange en attendant qu'elle se décide. J'appréhende un peu ce moment. Et me plonger dans ces souvenirs me perturbe plus que je ne l'avais prévu. Je me sens nul d'avoir lâché l'affaire. Si j'avais insisté. Si j'avais piqué une bagnole au lieu de ce vélo ridicule. Si j'avais évité cette pierre. Elle n'aurait pas attendu vingt-quatre heures de plus avant qu'on la retrouve.

Je repousse mon assiette. Je n'ai plus faim. Ce silence me mine. Je n'ai pas envie qu'elle me prenne pour un pauvre mec. Ce que je suis en réalité. Comme pour cette histoire de boîte de nuit à Toulouse. Je ne suis qu'une illusion. Derrière l'image, tout est creux. Constat terrible, en réalité. J'ai ramé pendant des années pour devenir un homme digne de confiance, sur lequel on pouvait s'appuyer, et en fin de compte, rien n'a changé. Je suis toujours le mec qui arrive trop tard au rendez-vous ou qui chute sur la première ornière venue. Pas fiable du tout finalement.

Et elle ne parle toujours pas. Je n'ai même pas envie d'entendre ce qu'elle dira lorsqu'elle sera arrivée au bout de sa réflexion. Je me lève sans rien ajouter et retourne dans ma chambre. J'en ai marre, c'est tout. Je ne la mérite même pas. J'allume mon iPod sur sa base, le silence me martèle le cerveau, et je ne veux plus l'entendre. N'importe quoi fera l'affaire, j'envoie la première playlist venue et me laisse tomber sur mon lit. Dépité. J'enfouis ma tête dans l'oreiller pour oublier que j'existe. J'en ai marre.

Une main vient bientôt effleurer mon dos. La main de Milie, forcément. Ses doigts glissent avec hésitation le long de ma colonne. Je tourne le visage vers elle. Dans la faible lueur des lampes d'appoint, je la discerne à peine, mais les larmes qui strient ses joues, elles, brillent très distinctement. Je me redresse et la prends dans mes bras.

– Milie ! Ne pleure pas, je t'en prie. Je ne voulais pas t'en parler, je suis désolé. Pardon.

J'embrasse ses larmes, contenant ma colère, encore une fois, contre la fatalité.

– Je suis tellement désolé de les avoir laissés te faire du mal. Tu ne peux pas savoir combien ça me ronge, c'est atroce de se dire tous les matins que si j'avais fait les bons choix, tu n'aurais pas souffert autant.

Elle relève ses yeux rougis et cette vision me perce le cœur de toute part.

– Mais, Marek. De quoi t'excuses-tu exactement ? Sans toi, je serais sans doute morte à l'heure actuelle ! Je ne comprends rien ! Pourquoi vois-tu tout si noir alors que tu m'as sauvé la vie ?

Je nie d'un geste de la tête.

– Non, je suis arrivé trop tard, je n'ai pas réagi assez vite, je t'ai abandonnée aux mains de ces types deux fois !

Elle attrape mes joues et me force à la regarder.

– Mais tu as fait la seule chose à faire. Imagine, si tu avais réussi à le suivre, qu'aurais-tu fait ensuite ? Tu te serais battu seul contre trois mecs armés et dangereux ?

– J'aurais trouvé une manière de te sortir de là.

– Tu n'étais même pas certain que c'était bien ce type qui m'avait kidnappée. Tu as prévenu la police, et elle est arrivée. Qu'est-ce qu'il te faut de plus ?

Elle me sourit, l'air réellement heureux. Je ne peux pas croire qu'elle me remercie de l'avoir laissée dans les griffes de ces monstres.

– Mais tu y es restée une journée de plus, Milie.

Elle secoue la tête.

– Et alors ? Je n'y suis restée QU'UNE journée de plus, et pas deux, ou trois, et pas jusqu'à en succomber. Marek, écoute-moi et comprends mes mots : TU M'AS SAUVÉ LA VIE. Je te dois la vie, Marek.

– Mais si j'étais arrivé plus tôt à ce putain de rendez-vous, Milie, tu n'aurais jamais vécu une seule seconde de cet enfer.

Elle relâche mon visage, visiblement perdue.

– Mais… je ne comprends pas pourquoi tu insistes pour te désigner coupable. Tu n'y es pour rien, c'est un coup de malchance, du destin, mais rien qui ne découle de toi. J'aurais pu tout aussi bien être en avance et toi à l'heure, le résultat aurait été le même.

Je secoue la tête. Je n'arrive plus à réfléchir. Elle bouscule tout ce qui pèse sur ma vie depuis une éternité.

– Marek. Dis-moi franchement. Qu'est-ce qui te bloque à ce point ? Dis-moi.

Je regarde le corps de ma Milie Jolie, et ma gorge se serre.

J'effleure ses joues, ses épaules. Je savoure la sensation de sa peau satinée. Une déchirure vieille de huit ans se rappelle à moi, béante à nouveau, et j'ai l'impression que l'ado en moi reprend sa place, dégageant proprement et très loin l'homme sûr de lui que je suis devenu. Les sentiments et les émotions qui me terrassaient à l'époque reprennent le pas sur tout le reste, et mes défenses abdiquent, tout simplement. Des larmes me montent aux yeux. Des larmes acides et amères. Des larmes que j'ai en moi depuis si longtemps. Des larmes que je n'ai jamais voulu laisser aller. Des larmes de défaite. Je déglutis pour faire disparaître ce nœud qui gonfle dans ma gorge. J'attrape ses joues et les embrasse.

– Ils t'ont volée à moi, Milie. Je devais t'aimer toute cette nuit-là. Et les jours suivants. Je voulais être ton premier, te montrer l'amour. Et ils ont tout pris. Ils ont tout cassé. Ils t'ont fait mal. Ils t'ont fait pleurer. Alors que j'avais prévu de te rendre heureuse. Milie. Ils t'ont prise. Je t'ai perdue pour toujours cette nuit-là. Je t'aimais tellement. Et c'est encore pire maintenant.

Elle embrasse mes lèvres lentement.

– Ils m'ont volée, c'est ça qui te dérange ?

Je ne réponds pas. Je n'y arrive pas. Elle continue.

– Mais tu m'as retrouvée, Marek. Je suis à toi maintenant. Et en ce qui me concerne, ces hommes ne m'ont jamais montré l'amour. Personne ne me l'a montré. Alors… Fais-le. Sois mon premier, Marek… Efface définitivement ce qu'ils m'ont fait. Recouvre mes cicatrices de cet amour que tu voulais m'offrir. Guéris-moi définitivement. Efface tout. Sauve-moi encore. Tu m'as déjà sauvée tellement de fois.

***

Émilie

Il ne répond pas. Ses yeux parcourent mon visage, ses mains glissent sur mon cou, délicatement. Il m'embrasse la joue, ses doigts s'enroulent aux bretelles de mon débardeur et les font descendre le long de mes bras. Ses lèvres dévorent ma peau sensuellement. Il se penche sur moi et m'incite à m'allonger. Un nouveau morceau de musique démarre et Sade nous emporte dans son « No Ordinary Love ».

Je me laisse enlever dans la pénombre, par ses mains qui me caressent avec langueur, par ses lèvres qui me recouvrent de son amour en prenant leur temps. Il se débarrasse de mon débardeur en le faisant glisser sur mes cuisses, puis retire d'un geste mon soutien-gorge. Il embrasse ma poitrine avec amour, enroule sa langue à mes tétons, joue avec eux pendant que ses mains caressent mon ventre. Je ferme les yeux, sentant mon corps s'embraser comme jamais. Il déboutonne mon jean et s'en débarrasse, sans arrêter de me recouvrir de ses attentions. Il fait de même avec ma culotte.

J'ai envie qu'il me fasse sienne, de me donner à lui. Entièrement. Il remonte jusqu'à mon cou en s'allongeant sur moi.

– Je t'aime, Émilie. Je t'aime tellement.

J'enroule mes bras à son cou lorsqu'il commence à onduler sur mon corps. Son bras s'enroule à mes reins, et il m'emporte avec lui dans sa sensualité. Les basses de la musique rythment ma respiration et ses mouvements. Nous dansons l'un contre l'autre. Je caresse son dos. Mes doigts frôlent sa peau luisant sous les lueurs qui nous entourent. Son pénis retrouve mon intimité par-dessus son short. Je suis ses mouvements, nos corps ne font plus qu'un, unis dans le plaisir qui s'épaissit entre nous. Mes mains descendent au bas de son dos et passent sous sa ceinture timidement.

Il gémit à mon oreille.

– Retire-le, Milie. Déshabille-moi.

Ses lèvres retrouvent les miennes. Il m'offre le baiser le plus sensuel de ma vie. Mon ventre se consume de désir, mes seins deviennent hyper sensibles, et tout mon corps tremble dans l'attente de plus. Il dégage une telle maîtrise de tout ce que je ne connais pas encore que le simple fait de le sentir dans mes bras fait déborder mes fantasmes dans tous les sens. J'ai envie de le toucher pour m'assurer qu'il est bien réel, que c'est réellement lui, cet homme que j'aime et qui est le seul capable d'effacer les restes de mes démons. J'ai envie qu'il me montre tout, car l'amour semble magnifique entre ses mains. J'ai envie qu'il joue avec moi et qu'il m'emporte au paradis. Je sais déjà qu'il fera tout d'une manière absolument parfaite, et ça m'excite encore plus. Marek, son corps, ses mains, son regard, ses lèvres… tout ce qu'il est n'est que promesse de moments magiques.

Mes doigts attrapent l'élastique de son short et le font glisser sur ses fesses nues. Je caresse cette peau douce pour la découvrir, apprécie ses muscles tendus, l'encourage dans ses mouvements contre moi. Il s'adapte à ma demande et accélère ses ondulations. J'écarte les cuisses et son bassin s'impose entre elles. Je n'ai baissé que partiellement son short. Il s'interrompt et s'en sépare en tirant dessus urgemment, libérant son sexe qui me paraît immense. Il reprend sa position sans aucune précipitation. Ses lèvres reviennent dans mon cou. Son pénis se pose sur mon clitoris. Ce contact brûlant électrise chacun de mes sens. Il soupire à mon oreille. Une vague de chaleur remonte de mon ventre et embrase mon cœur. J'appuie sur ses fesses que je tiens toujours. Il me suit. Je me régale de ce corps magnifique sur le mien, bougeant harmonieusement, activant sensuellement un désir que je ne soupçonnais même pas.

Mon clitoris devient d'une sensibilité extrême. Je soulève mon bassin pour venir à sa rencontre. Ses mains retrouvent ma peau. Me caressent dans tous les sens et descendent entre nous. Ses doigts atteignent mon intimité et y plongent doucement. Ils s'attachent au point sensible qui se gorge aussitôt de plaisir. C'est trop. J'ai l'impression de me liquéfier d'extase. Mon cœur s'accélère. Mes doigts glissent sur ses fesses, puis ses hanches, timidement. J'ai envie de le toucher. De le découvrir réellement. Ce que j'ai entamé à la piscine est loin de m'avoir suffi. Il y avait l'eau, l'angoisse que je tentais de maîtriser, la peur qu'il me repousse aussi. Ce soir, c'est différent. Il ne me repoussera pas, et le plaisir qu'il m'a donné au bord de cette fameuse piscine était tel que j'en veux encore. Et je veux également lui en donner. Apprendre à rendre tout ce qu'il donne.

Mes doigts trouvent son pénis. Je suis surprise par la douceur de sa peau. Par sa taille aussi. Je tâtonne un peu puis me souviens de ce qu'il m'avait montré. J'enroule mes doigts à son membre imposant et commence quelques va-et-vient en inspectant son visage. Il délaisse la peau qu'il embrassait, relève la tête pour me surplomber, active ses doigts sur moi et me fixe, son regard au fond du mien. Il m'offre son émotion. En balançant son bassin pour s'activer entre mes doigts, il laisse le plaisir se dessiner sur ses traits et le soumet à mon inspection curieuse et enflammée. Il accentue ses mouvements, se mord la lèvre en fermant les yeux, emporté. Il est tellement beau à cet instant, vibrant sous mes doigts. Je perds pied. Je halète contre son oreille. Il laisse échapper des gémissements presque douloureux, et déplace quelques doigts pour explorer mon vagin, laissant juste à son pouce le soin de malmener divinement mon clitoris. Des étincelles éclatent devant mes yeux, dans mon cerveau. Un gémissement libérateur éclate au fond de ma gorge. Mon corps reçoit de plein fouet un orgasme incroyable. Je m'étouffe dans le plaisir, lâche ma prise sur son membre et l'enlace de toutes mes forces.

Il me laisse à peine le temps de retrouver la réalité puis roule sur le dos en m'emportant avec lui. Il tend le bras précipitamment vers sa table de nuit, ouvre un tiroir et en sort un préservatif qu'il extirpe de son emballage rapidement. Il pose sa main libre sur ma nuque et attire mes lèvres contre les siennes pendant qu'il enfile la protection. Il s'écarte, haletant.

– Viens, Milie. Viens.

Je me sens un peu perdue. Il le devine et attrape mes hanches en s'asseyant contre la tête de lit.

– C'est toi qui diriges, à ton rythme.

Je comprends qu'il ne veut pas s'imposer à moi. Je hoche légèrement la tête, clairement intimidée, mais grisée par cette attention visant à me mettre à l'aise et m'aider à éloigner mes appréhensions. Ses mains me guident sur lui. Il tend ses jambes derrière moi. Ses yeux plongent dans les miens. Flous, brillants de passion, en alerte, observant chacune de mes réactions. Je me sens en confiance, plus que jamais. Il ne me demande pas de tout faire, il me laisse tous les choix. Je ne risque absolument rien. Je me laisse donc guider, et me redresse sur les genoux. Il lâche une de mes hanches pour tenir son sexe. Sa main toujours sur moi m'encourage à descendre sur son pénis dressé. Je la suis. Je sens son gland me pénétrer au rythme de ma descente sur lui. Il s'enfonce peu à peu, me remplissant en douceur. J'aime cette sensation. S'offrir l'un à l'autre, créer un lien plus fort que jamais, le laisser me posséder, tout autant qu'il se donne à moi. Mon corps devient hyper réceptif à son invasion délicieuse. Je le sens en moi, je ressens ce contact intime comme la plus belle chose de mon univers, m'unissant à lui définitivement, enfin.

Ses yeux m'embrasent, toujours concentrés sur mon visage. Il mord sa lèvre nerveusement et ferme les yeux, la bouche entrouverte. Il est magnifique. Je pose mes mains sur son torse, le découvre, ses mains reprennent la direction des opérations. Il maintient mon bassin et bouge le sien. Doucement. Ses avant-bras tendus m'hypnotisent. Il est tellement masculin, tout en lui dégage une puissance sensuelle qui me fait chavirer. Son sexe en moi me masse d'abord doucement, puis plus vite. Il souffle, gémit, transpire. Mon corps s'engourdit peu à peu. Ma tête, à peine remise de son orgasme, perd à nouveau le sens de la réalité. Je ferme les yeux pour mieux ressentir. Ses doigts m'imposent un mouvement nouveau et me frottent contre son ventre en attisant de nouveau mon clitoris hyper sensible. Je m'accroche à son torse.

Je frémis au moindre de ses mouvements qui s'intensifient toujours plus. Il pousse son bassin par à-coups endiablés, stimule mon bouton, repart, revient, me frotte, m'attire contre lui et m'enlace, pose son front sur mon épaule et me remplit toujours plus fort, plus vite. Ses mains quittent mes hanches et s'enroulent autour de mon dos pour me tenir serrée contre lui. Je sens ses muscles bandés s'agiter sous sa peau, son ventre tendu, et son cœur perdre le contrôle. Et, sans prévenir, un nouvel orgasme s'abat sur moi dans un spasme puissant. Tout mon corps se fige, picote, explose de jouissance. Je crois que je crie, je ne sais plus, je ne comprends plus rien. Il se fige à son tour, puis est parcouru de spasmes puissants. Il croque ma peau et s'y agrippe en étouffant un cri libérateur qui résonne partout en moi. Il me lâche, haletant.

– Putain, Milie… merde.

Il rit avec légèreté en m'enlaçant tendrement. Il dépose un petit baiser sur mon menton.

– Ça va ma puce ?

Je suis totalement shootée à l'extase. Je me concentre pour lui donner un simple :

– Oui.

Il se laisse tomber sur le côté en m'entraînant avec lui, puis se retire avec délicatesse. Il se débarrasse et revient dans mes bras, ou moi dans les siens, je ne sais plus très bien qui fait quoi. Tout ce que je sais, c'est qu'il est là, et moi aussi, et que nous venons de nous unir d'une manière fabuleuse. Je sens son corps enfin réellement détendu. Je ne reviens sur aucun sujet. Parce que je crois que nous venons de faire exactement ce qu'il fallait pour trouver la meilleure réponse à beaucoup de nos démons. Nous avons rendu justice à notre amour, tout simplement. Et c'était réellement merveilleux.

27

Marek

Une douce odeur me chatouille les narines. J'ouvre un œil puis le referme. Milie a actionné les volets roulants qui laissent apparaître les rayons d'un soleil d'été à travers les baies de ma chambre.

– Mais non !

Je sens le matelas s'affaisser légèrement à côté de moi. Un baiser recouvrir ma joue. Mes lèvres s'étirent en un sourire. J'ai l'impression que mon rêve continue. Elle quitte le lit et allume la musique. Sade, « Is it a Crime ».

– Allez, monsieur Lisinski, il est l'heure d'ouvrir les yeux…

Je me retourne pour la trouver du regard. Elle se tient au bout du lit, vêtue de ma chemise de la veille, ouverte, les pans cachant pudiquement sa poitrine, une culotte et c'est tout. La chevelure hirsute, le sourire aux lèvres, elle tient une assiette dans la main et m'explique, dans une expression taquine.

– Il est très tard, monsieur le P.-D.G… Vous avez dormi jusqu'à quatorze heures…

Je me redresse.

– Quoi ?

Elle hoche la tête.

– Pas de panique, j'ai appelé Patricia… Elle avait déjà appelé les services secrets et lancé un avis de recherche, mais, t'inquiète… j'ai tout arrangé… Donc…

Elle pose un genou sur le lit, puis le second, et trottine comme ça jusqu'à moi.

– Donc, je t'ai préparé le petit déjeuner.

Elle pose à côté de moi l'assiette qu'elle tenait depuis le début.

– Pour commencer…

Elle attrape une fraise qui se trouve sur la fameuse assiette et la plonge dans une montagne de chantilly puis la porte à mes lèvres. Je croque, amusé par son petit jeu.

– Voilà… il vous faut des fruits, monsieur le grand dirigeant. C'est important. Les produits laitiers aussi, d'ailleurs… J'ai monté la chantilly moi-même. Bon, Roger m'a aidée un peu.

Je m'esclaffe.

– Roger a cuisiné ?

– Oui ! À quoi ça sert d'avoir des bras tout pleins de muscles si c'est pas pour monter une chantilly ?

– Tu sais que j'ai un robot pour ça ?

Elle écarquille les yeux.

– Ah ? Ben non, je n'ai pas fouillé. Pas grave. Roger a fait office de robot ménager. Une nouvelle corde à son arc !

Elle plonge une nouvelle fraise dans la chantilly de Roger et la frotte contre mes lèvres. Elle s'approche et m'embrasse, me léchant les lèvres sensuellement.

– Ah oui, effectivement, il se débrouille pas mal.

Elle s'écarte de moi et se relève.

– Mais comme je veux que tu sois réellement en forme, je suis aussi allée acheter des… chouquettes.

Elle attrape un petit saladier posé sur la table du boudoir et me l'apporte. De la même manière qu'elle l'a fait pour les fraises, elle se dandine jusqu'à moi et me fait manger. Je me sens le plus heureux des hommes. Le soleil de ce matin me paraît plus beau, plus lumineux, plus chaud… Mais je crois surtout que c'est parce que ce matin, j'ai deux soleils qui brillent pour moi. Il y a celui que je partage avec l'ensemble de la planète. Celui-ci, pas de problème, je peux même le laisser aux autres. Et il y a mon soleil personnel, Milie, celui qui a chassé les nuages de mon âme, celui auquel je suis accro depuis des années, et, depuis cette nuit, celui dont je suis totalement dépendant. Celui qui me sourit en ce moment même et qui prend soin de moi, alimentant mon corps mais aussi mon cœur et mon bonheur.

Je croque dans une chouquette qu'elle porte à ses lèvres ensuite puis la laisse une nouvelle fois s'échapper du lit pour qu'elle continue sa petite mise en scène sans réussir à effacer un sourire heureux sur mes lèvres. Personne n'a jamais fait ça pour moi. Je n'ai jamais vécu un si beau réveil.

Elle dépose un verre de jus d'orange sur le chevet ainsi qu'un café.

– Et voilà pour les vitamines, la caféine, et j'en passe.

Je l'attrape et l'attire vers moi.

– Merci bien, mademoiselle… Ce petit déjeuner était presque parfait.

Elle me laisse l'allonger sur les oreillers en prenant un air surpris.

– Presque ?

Je me penche sur elle pour la surplomber.

– Oui. Presque. Il manque quelque chose pour que ma journée commence parfaitement.

Elle esquisse un sourire.

– Ah ?

Je hoche la tête en admirant son visage souriant et tellement lumineux.

– Ma dose de toi… Je viens enfin de comprendre pourquoi mes journées étaient si merdiques depuis huit ans… Je n'ai jamais pu profiter d'un petit déjeuner équilibré au réveil…

Elle glousse pendant que je tends la main jusqu'à l'assiette de chantilly.

– Et j'ai envie de mélanger les plaisirs.

Je dépose de la crème sur ses lèvres que je m'applique à sucer.

– C'est bien meilleur comme ça… T'en penses quoi ?

Je replonge mon doigt dans la chantilly et lui présente devant la bouche. Elle entrouvre ses lèvres et sort sa langue pour lécher mon index. Inutile de préciser l'état de mon entrejambe à partir de ce moment. Ses yeux fixent les miens, une lueur sensuelle irrésistible brûlant au fond de ses pupilles.

– Effectivement… J'aime beaucoup.

Je ronronne de désir.

– Je crois que je vais prolonger le petit déjeuner… qui est officiellement devenu mon repas préféré.

Je prélève une bonne dose de chantilly et la dépose sur son cou. Elle rejette la tête en arrière et me laisse la dévorer…

***

– Je suis toute collante… Regarde…

Elle se glisse contre moi, et effectivement, notre petite séance dégustation a laissé des traces. Je l'enlace et l'installe sur moi.

– Encore mieux, nous voilà collés l'un à l'autre par la magie de la chantilly. Roger va devoir en faire tous les matins.

Elle laisse fuser un petit rire et pose sa tête sur mon torse. Qu'est-ce que j'aime être avec elle ! Plus proche de moi elle se trouve, plus je suis heureux. Mes doigts effleurent son dos, j'embrasse ses cheveux devant moi. Je jette malgré moi un œil à mon téléphone. Quinze heures quarante-cinq. Seigneur, pas encore levé à cette heure ! Je ne me reconnais absolument pas. Mais ça fait un bien fou de se moquer de tout le reste du monde. Je me sens léger, heureux, pour la première fois depuis longtemps, et je considère, peut-être égoïstement, que j'en ai le droit. Aussi bien personnellement que professionnellement. Le plus important, personnellement. Elle m'a dit et répété que je n'étais pas coupable de quoi que ce soit, et j'ai envie d'y croire. Si elle, la principale intéressée, me confirme que je ne dois plus m'excuser pour quelque chose dont je ne suis pas le responsable, alors il est probablement temps d'effectivement passer à autre chose. Et professionnellement, parce que je n'ai pas pris de vacances depuis des années, j'ai toujours tout donné à MLS, et pour une fois j'ai envie de mettre la boîte de côté. Patricia sait très bien gérer de toute manière, donc…

Sauf que, je ne dois pas penser qu'à moi. Milie a également un poste au sein de MLS et nous devons en tenir compte. À moins que…

– Milie ? Tu as signé le contrat de travail au fait ?

Elle somnole à moitié. Je crois que ses deux orgasmes ont eu raison d'elle, ce dont, avouons-le, je ne suis pas peu fier.

– Hmm ?

– Le contrat ? Pour la gestion de la fondation ? Nous n'avons même pas eu le temps d'en reparler.

– Ah, oui… Non, je n'ai rien signé.

Je me fige légèrement. Je ne veux pas la forcer à accepter ce poste, mais j'aimerais quand même beaucoup qu'elle le fasse. Même si, quelque part, le fait qu'elle n'ait rien signé m'arrange pour mes projets immédiats. Elle précise.

– Je voulais le faire avec toi. Je t'attendais, simplement. Je ne sais pas pourquoi, je voulais partager ce moment. Une manière de te dire qu'en fait, je suis vraiment heureuse que tu me fasses confiance, mais aussi de pouvoir contribuer réellement à tout ça.

Elle dépose un simple baiser sur mon torse mais je sais pertinemment que la signification est plus profonde pour elle. Et je me réjouis doublement. Déjà, de lui faire plaisir, mais aussi…

– Donc, techniquement… Tu n'es plus sous contrat intérim avec nous.

– Oui, mais j'ai quand même bossé cette semaine. Ce contrat n'est qu'un détail administratif.

– Oh mais non, justement ! C'est tout sauf un détail ! Je t'interdis de te présenter à MLS sans contrat ! Je vais bloquer tes accès !

Elle redresse la tête pour examiner mon visage, inquiète.

– Mais je pourrais signer le nouveau contrat !

– Oui, sauf que là non plus, ce n'est pas possible.

Elle fronce les sourcils. Je tends les lèvres pour embrasser son petit nez.

– Impossible, parce qu'effectivement, tu dois le signer avec moi. Mais moi… je suis en vacances. Pour une durée indéterminée. Et je ne compte signer aucun contrat pendant cette période.

Elle esquisse une grimace.

– Ah !

– Oui, « ah ! ». Donc il semblerait que tu aies, toi aussi, quelques jours libres devant toi…

Elle pose son coude sur ma poitrine et sa joue dans sa main en dardant un sourire entendu.

– Ben voyons. Et je suppose que tu as très envie de t'occuper de l'organisation de ces quelques jours… Je me trompe ?

Sourire plus que satisfait de ma part.

– Pile dans le mille ! Tu préfères quoi ? Visite touristique à Rome, safari au Kenya ? Ou plutôt shopping à New York ? Ou peut-être… Un peu de tout en Californie ? Ou mieux… On se fait un *road trip* à travers les États-Unis. On loue un pick-up, tu t'achètes des santiags et un short en jean trop court, une chemise à carreaux sexy, et youpi la vie ? Je suis certain que tu serais torride en *cowgirl*. Je te ferais des nattes !

Elle s'esclaffe.

– N'importe quoi !

– Mais je suis très sérieux, Milie Jolie. J'attends le retour d'enquête pour la boîte de Toulouse, et si je suis déclaré hors de cause, on se barre.

– Et si, au contraire, ils déclarent l'inverse ?

– Dans ce cas, je serai en fuite. Donc on peut quand même envisager le *road trip*. Mais sous une fausse identité. Fais-moi penser à demander à Roger de contacter mon faussaire pour de nouveaux papiers.

Elle s'esclaffe et se rallonge sur moi.

– Je suis certaine que tout va s'arranger. Tu n'es coupable de rien dans cette histoire.

Je la presse contre moi. J'aimerais qu'elle ait raison. J'en ris là, maintenant, mais dans cette histoire je risque quand même la prison. Ce n'est pas du tout anodin. Et le temps d'attente peut s'avérer long, les enquêtes durent parfois des mois… Sauf si… Je ne vois pas pourquoi j'attendrais leur bon vouloir. Et après réflexion, ma discussion avec Milie m'a remis les idées en place. MLS n'emploie que des pros. Laisser passer des armes lors de contrôles de sécurité est juste absolument illogique et impensable. L'erreur vient d'ailleurs, c'est presque une évidence. Et je n'ai pas l'intention d'attendre six mois pour qu'un inspecteur bourré de beignets et de caféine se décide à disculper la société.

J'embrasse le front de Milie qui somnole de plus en plus et attrape mon téléphone sur le chevet.

– Une minute, ma puce.

Elle fredonne un oui lointain, à moitié partie dans ses rêves. Je plonge une main dans sa chevelure et enroule mes doigts à l'une de ses mèches en appelant Stephen, mon responsable d'équipe à Toulouse. Il me répond aussitôt.

– Monsieur Lisinski ?

– Stephen. Je sais que j'ai mis à pied l'équipe de surveillance incriminée dans l'attaque. Vous allez les rappeler.

– Pour ?

– J'ai décidé de leur faire confiance. Faites-leur savoir que s'ils ont fait leur boulot correctement, ils ont carte blanche pour me le prouver. Qu'ils fassent leurs recherches et leur propre enquête. Nous n'allons pas attendre l'administration pour décider de notre sort. Démêlez-moi ce bordel, vous avez quatre jours.

Il accueille l'ordre dans un silence. Ce qui m'agace aussitôt.

– Stephen ? Vous doutez de votre équipe ?

– Non, bien sûr que non. Je me porte garant de leur professionnalisme.

– Très bien. Pour ma part, je n'attends que les preuves de ce que vous avancez. Je n'embauche que les meilleurs, prouvez-le-moi.

Cette fois, il répond aussitôt.

– Je m'y attelle tout de suite, monsieur.

– J'espère bien. Tenez-moi au courant.

Je raccroche et jette mon téléphone sur le lit et me concentre de nouveau sur Milie. Cette fois, mes vacances commencent.

Je n'ai simplement pas du tout envie de gâcher mon bonheur en m'angoissant pour un résultat d'enquête. J'ai longtemps été pourri par mon passé, ce n'est pas pour, maintenant, me laisser pourrir l'esprit par le futur. On verra bien. J'espère simplement que la poisse va enfin nous quitter.

***

– Stephen nous a fait parvenir les résultats de notre enquête interne. C'est apparemment positif, mais il préférerait te les exposer de vive voix. Il a pris sur lui de convoquer l'inspecteur en charge du dossier demain midi.

Je m'appuie contre la rambarde de notre cabane dans les arbres, satisfait de l'efficacité de mon équipe. Ils n'ont mis que deux jours. Et je suis pressé de tourner la page, donc je n'hésite pas à me rendre disponible.

– Non, c'est bon, j'y serai. Demande à Serge de se tenir prêt pour un départ demain matin.

– Déjà fait. Départ à sept heures.

– T'es une championne.

– Je sais. Sinon, comment se passe le petit séjour au paradis ?

Je me tourne vers la chambre et laisse mes yeux caresser Milie, allongée sur le lit de notre nid d'amour. Deux jours que nous sommes perchés dans cet arbre, au milieu d'une forêt, loin de tout, même de nos portables que nous venons de rallumer. Recouverte d'un simple drap, elle discute elle aussi, avec sa sœur. Mon regard longe ses jambes divines jusqu'au satané drap posé sur ses fesses, puis passe à la chute de ses reins, en remontant son dos bronzé, jusqu'à ses épaules délicates. Ses boucles brunes y retombant en cascade. Je passe sur sa poitrine que j'entraperçois entre ses bras, sa position me cachant savamment les éléments essentiels de son corps irrésistible. Je replace mon érection dans mon jean.

– Parfait. Au paradis. Jusqu'à ce que tu appelles.

– Ah, Ah ! Merci, ça me touche. Bon, alors je te laisse profiter des derniers moments, dans ma grande mansuétude. Soyez prudents sur la route, hein ? Au risque de passer pour la rabat-joie de service, je tiens à préciser que je ne suis pas rassurée lorsque tu pars loin à moto.

– Ne t'en fais pas, Patricia, je suis toujours prudent.

– Mouais.

Milie éclate de rire à quelques mètres de moi. J'adore quand elle rit. Je me rends compte combien ma vie a changé, en si peu de temps.

– Patricia ?

Je me tourne à nouveau vers les arbres.

– Quoi ?

– Je voulais te remercier.

– De ?

– Je sais que certains hasards ces derniers temps sont un peu provoqués. Et je sais aussi que tu n'y es pas étrangère. Jusqu'à l'arrivée de Milie chez moi l'autre nuit. Alors, je ne veux pas savoir si tu es ou non la responsable de tout ce qui m'arrive ces derniers temps, mais merci. C'est tout.

Elle laisse passer un silence avant de me répondre.

– On va dire que j'ai toujours aimé les contes de fées. C'est mon rêve de tenir la baguette magique, figure-toi. Mais ne pense pas à tout ça. Profite plutôt de ce que tu as. Si tu es heureux, c'est pour moi la plus belle réponse. Tes mercis, tu peux te les garder. Ils me font rougir, ou pleurer, dans tous les cas, c'est mauvais pour mon fond de teint. Allez, bouge maintenant, tu as de la route.

– Oui, m'man.

– Tais-toi, sale gosse ! Et rentre avec prudence.

Elle raccroche. Je reporte mon attention sur Milie et saute sur le lit pour tirer sur ce drap qui m'agace. Elle cache comme elle peut son corps d'un bras, son autre main étant occupée avec son téléphone. J'embrasse son genou gauche. Puis le droit.

– Oui… Je les ai eus, t'inquiète. Non, comme d'hab, je leur ai dit que tu étais enceinte de triplés. De trois pères différents, bien entendu !

Elle éclate de rire pendant que mes lèvres remontent à l'intérieur de sa cuisse. Elle écarte subrepticement les jambes, un sourire naissant sur son visage.

– Bien entendu qu'elle m'a crue. Avant de me demander comment c'était gynécologiquement possible.

Je remonte dangereusement vers le point névralgique de son intimité. Sa main libre se perd dans mes cheveux.

– Oui, moi aussi. Je suis tellement désolée, Aude.

Je ne sais pas ce qui se passe entre elle et sa sœur, mais depuis des jours, elle passe son temps à s'excuser pour quelque chose auprès d'elle. Et, évidemment, elle ne veut pas m'en dire plus. Cette femme est une tête de mule de compétition. Mais là n'est pas le sujet. Je titille son bouton déjà fiévreux. Elle se cambre en se mordant la lèvre.

– Oui, très vite. Je t'embrasse. Bonne journée.

Elle raccroche et lance son téléphone au bout du lit.

– Dites-moi, monsieur Lisinski… J'étais au téléphone !

– Et ?

Sans attendre sa réponse, je glisse plus bas en écartant ses cuisses, et je m'empare de ce petit espace divin qui m'appelle sans cesse. Elle se cambre en gémissant avant de se reprendre.

– Non ! Attends !

Je redresse le visage.

– Un problème ?

– Oui ! Un très gros problème. Viens par ici.

Je remonte à son niveau, inquiet.

– Oui ?

Elle pointe son index sur mon nez.

– J'aimerais comprendre pourquoi, toi, tu fais tout ce que tu veux de moi, alors que moi, je n'ai jamais l'opportunité de faire pareil.

– Je ne t'empêche pas de faire ce que tu veux, Milie Jolie.

J'embrasse l'un de ses seins. Elle soulève le bassin en soupirant de bien-être.

– Oui, mais le combat est inégal. Tu dis ça, et derrière tu me donnes envie de te laisser faire… Tu le fais trop bien…

Je bande quand elle me parle comme ça. Mais j'entends bien le souhait. Je relâche sa poitrine et me laisse tomber à côté d'elle. Je l'attrape et la juche sur moi.

– Alors je te laisse prendre l'avantage. Fais de moi ce que tu veux.

Elle se fige, tout à coup timide. J'ai peut-être mal amené les choses. Mais maintenant qu'elle a avancé l'idée, hors de question qu'elle se rétracte. J'ai envie de la sentir me découvrir. De me mettre à son service. Totalement. Je la laisse attraper son portable et choisir la musique sur laquelle elle veut me torturer. Milie adore que la musique accompagne nos plus beaux moments et je ne peux qu'approuver. Elle choisit « Thinking out Loud », de celui qui semble être devenu l'un de nos chanteurs fétiches, Ed Sheeran… Elle pose son téléphone sur le lit. J'attrape sa nuque et attire son visage contre le mien. Je l'embrasse avec un désir non dissimulé. Elle y répond doucement, puis plus avidement.

« Will your mouth still remember the taste of my love? »

(« Ta bouche se souviendra-t-elle toujours
du goût de mon amour ? »)

Je caresse son flanc de ma main libre en m'empêchant de faire plus. Elle est malheureusement trop tentante, et c'est un supplice de devoir me contenir. Mais l'idée de lui être dévoué corps et âme a un je-ne-sais-quoi d'atrocement prometteur qui me convainc de rester sage.

Ses mains trouvent et effleurent mon torse. Elle semble relativement sûre d'elle, parce que je n'ai plus rien de secret pour elle depuis pas mal de jours maintenant. Elle embrasse mon cou en prenant son temps, son corps recouvrant le mien. Ses seins se pressent contre mon ventre, et son ventre à elle, contre mon érection. Il suffit de ces quelques contacts pour faire naître un désir brûlant partout en moi. Elle promène ses lèvres sur ma peau, retrouvant ma poitrine, mordillant mes tétons. Elle souffle sur les petites morsures puis les lèche avec langueur. Son ventre ondule contre ma queue, encore cachée sous mon jean. Elle descend plus bas, embrasse mon ventre, faisant courir le bout de son nez entre mes abdos. Elle prend son temps, me fait languir, m'allume avec une facilité déconcertante. J'attrape ses épaules pour la ramener à moi et lui voler un baiser qu'elle rend atrocement sensuel. Mes mains la frôlent, la caressent, contournent ses formes, aussi belles au toucher qu'au regard. La découvrir de cette manière me transcende. Je ressens son souffle qui accélère, la moiteur de son épiderme, le moindre frisson qui la fait trembler… Je la ressens, elle et son amour, d'une nouvelle manière. Nos cœurs se parlent, je lui donne mon corps et m'en remets à ses soins. Je lui offre tout de moi.

Ses mains chatouillent sensuellement mes côtes puis se dirigent entre mes jambes. Elle se soulève et laisse place à ses doigts sur mon membre, toujours par-dessus mon jean. Sa langue joue avec la mienne sensuellement, ses cheveux retombant sur mes joues, son corps magnifique me surplombant, je suis en train de sombrer dans les prémices d'un bonheur intense. J'ai envie qu'elle s'empare de moi et qu'elle s'occupe de mon plaisir.

Ses doigts sur mon pénis me narguent atrocement, embrasant mes sens, me laissant entrevoir le merveilleux sans me le donner complètement. Les miens la parcourent toujours et apprennent son corps par cœur. Le creux de ses hanches, l'arrondi de ses fesses parfaites, la douceur de sa peau, les frémissements de son cœur.

J'ai envie que ce jean disparaisse. Mais je la laisse diriger. Son baiser s'intensifie, sa main devient plus ferme. *Et mon jean, Milie, je t'en prie…* Ma supplique doit être tellement palpable qu'elle la comprend. Ses doigts me délaissent pour s'occuper de ma braguette. Elle oublie mes lèvres et reprend son chemin jusqu'à mon ventre.

Je commence à avoir chaud. Même très chaud. Ses doigts viennent à bout de mon pantalon. Elle tire dessus, je soulève les fesses pour l'aider, puis elle se décale sur le côté pour le retirer totalement. À genoux à côté de moi, nue, elle est tout simplement ultra bandante, concentrée sur mon corps. Et ce qu'elle m'offre en ce moment même est d'une valeur inestimable. Une femme comme Milie qui passe au-dessus de toutes ses appréhensions et de son passé pour se concentrer sur mon plaisir, qui désire me découvrir, en toute confiance, c'est… incroyable. Je suis le plus chanceux des hommes d'avoir réussi à intéresser cette femme exceptionnelle. Je caresse son dos, je ne me lasse pas de la texture de sa peau. Elle fait remonter doucement ses paumes sur mes chevilles, passe mes genoux et caresse l'intérieur de mes cuisses, toujours dans la direction qui m'intéresse. Je crois que j'ai rarement autant bandé que maintenant. Je n'attends qu'une chose, ses mains. Sur mon pénis.

Elle stoppe son ascension, se penche sur moi, embrasse mes paupières doucement.

– Ferme les yeux, s'il te plaît.

– Hein ?

Elle retient un rire devant mon désaccord évident. Ne plus profiter du paysage exceptionnel qu'elle m'offre ? C'est un appel au blasphème. Cependant, c'est Milie. Et je suis déjà en sueur, désireux de ses mains sur moi, fortement tendu et dans l'attente. Je me résous donc à lui obéir et baisse mes paupières. Je reçois pour la peine un baiser sur les lèvres. Puis plus rien. Plus de lèvres, plus de mains. Je me mords la lèvre, pour m'empêcher de tricher. J'attends. Impatient, en essayant de me perdre dans les paroles qui nous accompagnent.

« So honey now
Take me into your loving arms
Kiss me under the light of a thousand stars
Place your head on my beating heart
I'm thinking out loud
Maybe we found love right where we are »

(« Alors chérie maintenant,
Prends-moi dans tes bras aimants,
Embrasse-moi sous la lumière de mille étoiles,
Place ta tête sur mon cœur qui bat,
Je pense à voix haute : Peut-être avons-nous trouvé l'amour juste là où nous sommes »)

L'une de ses mains trouve la mienne, et nos doigts en profitent pour s'enlacer. C'est sa langue qui revient sur moi et me fait oublier tout le reste. Juste sa langue. Sur mon gland.

– Milie !

La sensation est divine. Elle s'enroule sur mon membre, lentement. Me visite, hésite, puis prend de la hardiesse. Ses doigts libres lui viennent en aide rapidement, me saisissent et me redressent, et ses lèvres entrent également dans la danse. Je resserre l'étreinte de nos mains pendant que celle dont je dispose encore tâtonne sur le matelas et trouve ses fesses. Je les caresse nerveusement, me concentrant sur les sensations qu'elle fait naître avec ses baisers. Je soulève le bassin pour aller à sa rencontre. Elle recule. Un gémissement de frustration s'échappe de ma bouche. Mes doigts se crispent sur ses fesses. Je recommence, elle recule encore. J'abandonne en riant. Son rire cristallin m'indique qu'elle s'amuse beaucoup elle aussi. Bourrique !

Sa poigne se resserre sur ma base, et ses lèvres reprennent leur place. Elle m'enfonce avec précaution dans sa bouche. Merveilleux.

– Putain, Milie… C'est trop bon.

Elle recommence, ses doigts me branlant doucement. Tout est trop doux, trop tendre, et ça me fait perdre la tête. Je la supplie en essayant de ne pas trop bouger puisque, apparemment, dès que je remue, elle ralentit.

– Milie, plus vite. S'il te plaît.

Elle glousse. Elle ne perd rien pour attendre. Je lui pince les fesses gentiment et envoie un nouveau coup de bassin. Mais cette fois, elle l'accepte et me laisse m'imposer davantage dans sa bouche. Je gémis de bonheur en relâchant mes muscles avant de revenir dans un nouvel élan. Et je recommence. Elle s'adapte à mon rythme, resserre ses lèvres, ses doigts, et sa langue continue de me lécher de plus en plus avidement. Trop bon. Mes doigts sur ses fesses lisses se crispent, s'y accrochent et tentent de la rapprocher de moi, mais elle ne bouge pas. Nos doigts enlacés accentuent la pression entre eux. Étroitement emmêlés, inséparables, unis plus fortement que jamais. Ce moment est réellement pour moi et moi seul, apparemment. Un pur bonheur ! Je retire ma main de ses fesses et la pose sur mes yeux avant de me laisser aller complètement, maintenant notre union entre nos paumes pressées l'une contre l'autre.

Mon bassin va et vient, mon sexe remplit sa bouche, ses doigts me font un bien fou et je ne parle même pas de sa langue. C'est un peu maladroit, hésitant, mais passionné et justement follement étourdissant du fait que ce soit nouveau pour elle. Je suis le premier homme pour lequel elle se donne comme ça. Un orgasme se prépare au fond de mon ventre, tendant mes muscles, allant renverser mon cerveau qui se focalise désormais sur le plaisir que Milie concentre sur ma queue. J'ai de plus en plus chaud. Mes testicules se contractent, elle s'adapte de mieux en mieux à ma longueur, me prend plus profondément, en harmonie avec mes mouvements, et nous ne faisons plus qu'un. J'ai l'impression qu'elle comprend mon corps et son besoin, y répond et me donne même plus. Je me déhanche contre elle comme un fou, attrape ses cheveux dans un mouvement impulsif, y enroule mon poing, ne sais plus quoi faire de mon corps qui a besoin d'expulser très vite. Je halète, retiens mon orgasme qui me pousse sans compassion vers ce puits sans fond que promet d'être cette jouissance.

Je me fige, brusquement, tire sur ses cheveux pour qu'elle me lâche.

– Je veux te prendre, Milie… S'il te plaît !

Sa voix douce me répond aussitôt.

– Non, c'est tout pour toi…

Je ronronne alors que ses doigts s'emparent de mon phallus doucement. Trop doucement. Un gémissement m'échappe. Elle me met à l'agonie comme jamais.

– Branle-moi, Milie ! Plus fort !

Elle m'empoigne énergiquement. Tout en moi menace de lâcher. Je la supplie, ordonne, rugit :

– Plus vite !

Elle s'exécute et m'emporte près, si près de…

– Milie… Oui, putain !

Tout explose en moi. Je me cambre en me laissant ensevelir de ce bonheur par saccades dévastatrices. Je sombre et je m'envole, geins et soupire, me tends et relâche tout. Je me répands sur mon ventre avec toute la force de cet orgasme puis m'abandonne, sans forces, au milieu des draps.

Elle se penche sur mon visage et dépose un baiser rempli d'amour sur mes lèvres entrouvertes. J'attrape ses joues, plonge ma langue dans cette bouche magique et la remercie avec toute la ferveur qu'il me reste.

Dans un geste impulsif, je la fais basculer sur le matelas. J'attrape un bout de drap, essuie rapidement mon ventre et le rejette au pied du lit avant d'enjamber ma magnifique maîtresse.

– À mon tour maintenant, déesse du sexe ! Tu as été merveilleuse… Il va falloir que je me surpasse…

Je plonge sur elle, elle glousse en m'enlaçant. Second round.

28

Émilie

J'ouvre la porte de l'appartement avec le plus de précautions possible, encore sur mon petit nuage, l'esprit perdu dans les arbres où se cachait notre cabane… Le cœur déchiré d'avoir dû quitter Marek et de savoir qu'il part loin de moi dans quelques heures… Et en même temps pressée de retrouver ma sœur, j'ai tellement de choses à lui dire… Déjà lui rappeler que je l'aime, et plein d'autres choses…

Tout est silencieux et plongé dans l'obscurité, il doit être plus de minuit, Aude doit dormir. Je dépose mon sac dans l'entrée, retire mon cuir qui me tient horriblement chaud. Cadeau de Marek qui a refusé de me faire monter sur sa moto en veste en jean. Sécurité. Pour changer. Je caresse la veste en repensant à notre petite escapade si belle, la pose sur le canapé et me dirige vers la cuisine pour me servir un verre d'eau. J'allume la lumière et hurle en sursautant. Ma sœur, une poêle levée au-dessus de sa tête, prête à frapper, m'imite et hurle même plus fort.

– MILIE ! Mais t'es folle ?

Je m'adosse au mur une main sur le cœur.

– Qui, moi ? Tu te balades dans la cuisine en brandissant une poêle au milieu de la nuit, dans le noir, et c'est moi qui suis folle ?

– Mais je croyais que tu étais un cambrioleur ! Et je connais cet appart par cœur, pas besoin de lumière, je ne voulais pas me réveiller totalement. J'avais simplement besoin de boire un truc !

Je hausse les épaules.

– Alcoolique !

Elle pouffe en reposant son arme acérée.

– Je voulais boire de l'eau ! T'es nulle ! Et… c'est à cette heure-là que tu rentres ?

Je lui adresse une belle grimace.

– Oui, m'man !

Je l'enlace et la serre fort contre mon cœur. Elle fait de même.

– Je suis désolée, Aude.

– Alors, soit tu t'excuses de m'avoir foutu la trouille de ma vie, et là, ça passe, soit tu t'excuses encore pour cette histoire avec Thomas, mais si c'est la seconde solution, je préfère te prévenir que tu vas réellement te prendre cette poêle en pleine tête. Je t'ai dit que c'était bon. On ne va pas rester là-dessus toute l'année !

– Non, j'ai plein de…

Je suis coupée par la sonnette de la porte. Aude me jette un œil surpris.

– Marek ?

Je secoue la tête. Je l'ai regardé partir, et il ne connaît pas le code de la porte. Il n'est même jamais venu ici. La sonnette retentit à nouveau. Aude soupire et reprend son arme, fouille dans le placard et me trouve une casserole aussi grande qu'un bol. Un petit bol.

– Pourquoi c'est moi qui prends l'arme ridicule ?

Elle soupire et échange nos outils.

– Tu sais qu'un couteau ça ferait plus d'effet ?

– Oui, mais c'est plus dangereux aussi.

Troisième coup de sonnette. Je laisse là ma réflexion sur son choix d'armes non dangereuses pour se défendre d'un éventuel agresseur qui lui serait, par définition, dangereux, et la suis jusqu'à la porte. Je me cache derrière elle, poêle en l'air, prête à frapper. Elle fait de même et ouvre la porte brusquement. Monsieur Turban, en caleçon vert, chaussettes marron remontées jusqu'aux genoux et débardeur jaune, se tient sur notre paillasson, lui aussi en position d'attaque, un balai à la main. Nous mettons tous un moment avant de réagir. Jusqu'à ce fameux moment où je note ses claquettes de piscine bleu turquoise, en parfaite harmonie avec les chaussettes. J'éclate de rire tellement fort que j'en lâche mon arme. Aude tente de rester sérieuse.

– Monsieur Turban ? Qu'est-ce que vous faites là ?

– J'ai entendu des cris !

– Ah ! Mais non, ne vous inquiétez pas. Tout va bien. D'un autre côté, si nous avions eu un visiteur importun, il n'aurait pas ouvert la porte non plus.

Il réplique, en baissant son balai.

– Certes, mais je peux vous renvoyer la réflexion. Un voleur ne sonne pas à la porte avant de braquer un appartement.

Je me gratte le menton.

– Certes. Aude, t'as vraiment des idées lumineuses. C'est débile !

Ma sœur se retourne, atterrée.

– Tu ne manques pas d'air, Milie, qui m'a fait une scène pour avoir la poêle ?

– D'abord, je ne t'ai pas fait « une scène », ensuite, il me semble logique que je sois la mieux armée. J'ai des notions de self-défense.

– Du self-défense avec une poêle ?

Notre voisin interrompt, à raison, cette discussion qui ne mène à rien.

– Bon, j'ai autre chose à faire que de rester sur ce palier. Je vous laisse. Et pour l'amour de Dieu, arrêtez de crier à une heure pareille !

Il tourne les talons et repart chez lui. Aude referme la porte, verrouille à double tour et éclate de rire.

– Milie, dis-moi qu'il ne dort pas en chaussettes marron.

J'éclate de rire.

– Non. Non, je ne dis rien. Promis.

Je retourne dans la cuisine pour nous servir deux verres d'eau. Elle s'installe sur le plan de travail en tirant sur sa nuisette.

– Bon, puisque je suis définitivement réveillée, raconte.

Je lui colle son verre d'eau dans les mains.

– Que je raconte quoi ?

– Fais ta maline, Émilie Laurent. Marek, une semaine de disparition programmée, un retour à une heure du mat avec des étoiles dans les yeux.

Je hausse les épaules.

– Ben voilà, t'as très bien résumé.

– Ah, ah, ah… Accouche mémère, j'ai encore la casserole à proximité… Tu… sembles amoureuse. Beaucoup… Dois-je en déduire ce que je dois en déduire ?

Je souris niaisement à mon verre d'eau.

– Oui. Enfin, non, tu veux en déduire quoi exactement ?

– Ben… OK, réponds à une seule question et ça résumera assez bien… Il a un gros machin ?

Je recrache l'eau que j'étais en train de boire.

– Aude !

Elle éclate de rire.

– Tu rougis ! Donc c'est oui ! Oui pour l'intimité avancée, et oui pour… la taille ! Je le savais ! Je le savais ! Ne t'ai-je pas toujours dit que Marek était « la seule attraction touristique intéressante…

– … de notre patelin », oui, je l'ai entendu quelques fois. Mais en l'occurrence, il semblerait que tu ne disais pas exactement la vérité. Je me trompe ?

Je lui lance un regard de biais. Inutile de lui préciser que j'évoque le sujet Thomas. Elle soupire en reposant son verre.

– Milie. Je sais que j'aurais dû t'en parler, mais en même temps, il n'y avait rien à en dire. Enfin, si, il y a beaucoup. Mais… tu l'as dit toi-même. Marié, en couple, c'est pareil. Et tout ça, c'est de l'histoire ancienne. C'est stupide.

Je m'adosse au frigo pour lui faire face.

– Tu l'aimes ? Depuis quand ? Qu'est-ce que j'ai loupé ? Dis-moi, je me sens tellement nulle comme sœur…

Elle soupire en recoiffant comme elle le peut ses cheveux en vrac.

– Je l'aime. Bonne question. Tu sais… enfin, je ne sais pas… Ce qui nous lie est vieux. Ça date de si longtemps…

Elle marque un temps, perdue dans ses pensées, puis reprend.

– Oui, je crois que je lui porte beaucoup d'affection, et sans doute plus, mais je ne veux pas le nommer. Après tout, tu l'as dit toi-même… Ce n'est pas sain, et encore moins simple.

– Tu dis que c'est vieux, mais ça date de quand exactement ?

Elle joue machinalement avec la casserole, pensive.

– Depuis toujours, je crois. Ils étaient tes amis, mais Thomas a toujours représenté plus. Mais tout était sous-entendu, rien de précis, quelques regards simplement. C'est… c'est à partir du moment où tu t'es refermée sur toi-même que tout s'est précipité. Puis coupé en plein vol par notre déménagement. Je pensais que c'était parti. Mais visiblement, ce n'était pas exactement le cas. Je ne sais pas pourquoi je ne t'en ai jamais parlé. C'était juste… impossible, tu vois ? Et je suis désolée qu'il t'ait parlé de cette façon. Il n'avait pas à se comporter comme ça, dans tous les cas.

Elle soupire en s'adossant au mur en face de moi.

– Je comprends. Et tu as raison, vu mon attitude idiote, je ne suis pas digne d'entrer dans cette confidence. Mais ce qui me dérange, c'est que Thomas avait raison.

Elle penche la tête en fronçant les sourcils.

– Comment ça ? Thomas est un quadruplé, ma chérie. Par définition, il a toujours tort.

Je retiens un rire puis retrouve mon sérieux.

– Pas faux. Mais pour le coup, je suis d'accord avec lui sur deux choses. La première, c'est que tu as mis ta vie de côté pendant huit ans. Tu as été une sœur parfaite, même bien plus que ça. Ce que tu as fait pour retrouver Justin, et ensuite pour me faire entrer chez MLS, au risque de perdre ton boulot en falsifiant mon CV, c'est génial, Aude.

– Je t'avoue que je n'ai même pas pensé que je pouvais perdre mon job.

– Ben voyons. Oui, tu y as pensé. Et tu n'as pas hésité à le faire. Mais, des exemples, Aude, j'en ai des centaines. Et je réalise que je ne t'ai jamais réellement remerciée pour tout ça. Et pour être encore là, aujourd'hui. Tu aurais pu partir et tourner la page de la pauvre sœur à qui tu avais déjà consacré six ans de ta vie. Mais non. Encore là, prête à m'aider. Tu es une personne bien, avec un cœur énorme. Et je t'aime. Ce mot me brûle depuis une semaine, Aude. Je t'aime.

Elle essuie une larme et saute du plan de travail pour m'enlacer. Nous restons un moment à sangloter au milieu de la cuisine. Puis elle reprend ses esprits en s'essuyant les yeux.

– Et le reste ?

– Quel reste ?

– Tu as dit que Thomas avait raison sur deux points.

– Oui, en fait, il avait raison sur trois choses, après réflexion.

– Waouh ! Je pense qu'il serait abasourdi d'entendre un truc pareil !

Je la menace de l'index.

– Ne lui répète jamais !

Elle secoue la tête dans un sourire un peu triste.

– Non.

– Bon. Alors, la seconde chose, c'est qu'il a raison de t'aimer, parce que je ne connais personne qui mérite plus qu'on l'aime que toi.

Ses yeux se remettent à briller. J'enchaîne.

– Et enfin, il a eu encore raison en me demandant de fermer ma gueule. Je n'ai rien à dire. Et encore moins à juger. L'amour ne se commande pas. Si demain on me disait de quitter Marek parce qu'il est marié avec Roger, je ne sais pas si je le ferais.

– Marek est marié avec Roger ?

– Mais non ! C'est un exemple. Remarque, après réflexion, ils sont super proches. Et Roger boude quand on part sans lui. Un vrai gosse.

Elle pouffe en passant un bras sur mes épaules.

– Je sens que tu en as des choses à me raconter. Viens, on va se coucher, parce que Turban a raison.

– Quoi ? Sur l'association turquoise/marron ?

Elle s'esclaffe.

– Non. Il est l'heure d'aller se coucher. Besoin d'une couette. Je bosse demain, mais tant pis. Je veux tout savoir. En tout cas, merci ma sœur. Ce que tu m'as dit me touche. Mais, tu sais… J'ai une sœur géniale, et je suis contente d'avoir parfois oublié un peu ma vie pour me rapprocher de toi. Si je devais le refaire, je n'hésiterais pas.

J'embrasse sa joue. Elle sourit et se glisse sous la couette. J'attrape mon téléphone et envoie un SMS rempli d'autant de cœurs que je peux à Marek. Il ne m'en renvoie qu'un. Ce qui a la même signification en définitive. Le côté nunuche rose guimauve en moins. C'est un homme, pas un fan de Patrick Dempsey ! Ne lui en demandons pas trop quand même. Je pose mon téléphone et me lave les dents avant d'enfiler une chemise que j'ai piquée à Marek, et rejoins ma sœur pour ce qui s'annonce comme une nuit blanche de confidences.

***

– Milie… Milie… Réveille-toi.

J'ouvre un œil, ne sachant même pas où je me trouve. Aude me tend mon téléphone.

– Je suis désolée, il était sur le lavabo. Il a vibré pendant que je me lavais les dents. Il est tombé dans l'eau.

Je ne comprends rien à ce qu'elle raconte.

– Hein ? Marek a glissé dans le lavabo ?

Elle pouffe en jetant le téléphone devant mon nez.

– Mais non ! Arrête un peu de ne penser qu'à lui ! Tu vas devenir cucul ! Je parle de ton téléphone. Il s'est noyé.

– Quoi ? Mais pourquoi t'as fait ça ?

Je me redresse en inspectant l'appareil trempé qui ne s'allume plus.

– Techniquement, je n'ai rien fait. Il a vibré et glissé. On n'a pas idée de poser un téléphone sur un lavabo aussi !

Je suis complètement affolée.

– Mais pourquoi il a sonné ? C'était qui ?

– Aucune idée. Puisqu'il est éteint.

– Je vais aller en acheter un autre.

J'écarte la couette pour me précipiter dans la salle de bains, mais elle me repousse sur le lit.

– Il est à peine sept heures, Milie. Tu peux te rendormir deux bonnes heures, tu ne trouveras rien d'ouvert.

– Ah. OK.

– J'ai un déjeuner ce midi avec un client. Je ne rentre pas manger. Je te dis à ce soir.

– OK. Bonne nuit.

Je ne cherche pas à comprendre. Après tout, ce n'est qu'un téléphone, et je suis nase. Nous nous sommes endormies à l'aube et mon petit séjour avec Marek n'a pas été ce que je pourrais qualifier de reposant. Mes yeux se referment aussitôt.

Il est treize heures quarante-cinq quand j'émerge. Je fonce sous la douche en me maudissant d'avoir dormi si tard et m'habille en quatrième vitesse.

Je me précipite dans l'escalier, sors dans la rue et me heurte à un torse dur comme du béton. Je recule de deux pas, sonnée.

– Milie, ça va ?

Je reconnais cette voix. Justin.

– Qu'est-ce que tu fais là ?

Il hausse les épaules nonchalamment.

– Je venais te déposer une lettre, justement.

– Une lettre ?

– Tu ne réponds plus au téléphone.

Je marque une pause puis repense au mobile dans ma main. Marek va certainement tenter de me joindre, et je ne veux pas louper son appel. Déjà parce qu'il risquerait de s'inquiéter, mais aussi parce que je veux connaître l'issue de cette réunion à laquelle il se rendait.

– Non, je ne te réponds plus, et il y a bien une raison. Je n'ai pas le temps, Justin. Laisse ta lettre dans la boîte, je verrai plus tard. Désolée.

– Attends, je peux peut-être m'expliquer de vive voix, non ?

– Je suis pressée, mon téléphone ne fonctionne plus, il est tombé dans l'eau et j'attends un appel.

Il l'attrape sans me demander mon avis et l'inspecte.

– Est-ce que tu as essayé d'essuyer les composants ?

– Est-ce que j'ai fait quoi ?

Il retient un rire.

– Viens, ça m'est déjà arrivé. C'est solide, ces trucs-là. Je te paye un verre, et je vois ce que je peux faire. Et comme ça, je t'explique en long, en large et en travers que faire la gueule est totalement stupide.

Je réfléchis, mais c'est vite vu. Entre dépenser je ne sais pas combien d'euros pour remplacer un téléphone presque neuf et très bien et passer une heure avec Justin, et peut-être retrouver mon téléphone en prime, mon choix est fait. Je hoche la tête.

– Si tu ne le répares pas, par contre, je te considère comme l'unique responsable et te demanderai de le rembourser.

– Hein ?

Il éclate de rire.

– Mais je vais le réparer. Allez, amène-toi, je connais un bar de jour qui ne craint pas trop dans le coin.

Il passe sa main sur mes épaules, je m'écarte, il grimace, et je le suis jusqu'à son bar.

***

– Voilà. Tous les composants sont secs. On va attendre un peu avant de le réassembler.

Bon, en gros, il a simplement ouvert mon téléphone en deux, essuyé trois trucs et la batterie, j'aurais pu le faire. Si j'y avais pensé. Bref. Il porte son demi à ses lèvres en me scrutant intensément. Je me racle la gorge avant d'en venir au fait. Tout ce que je veux, moi, c'est appeler Marek.

– Bon, alors, tu voulais me dire ?

Il repose son verre.

– Ne me parle pas aussi froidement, Milie. Je ne suis pas ton ennemi et je ne l'ai jamais été. Très con, fort probable. Ton ennemi, jamais.

– Pardon de te contredire, mais il me semble que tu as fait ton possible pour que Marek ne donne pas suite à notre rendez-vous en le mettant devant un ultimatum minable. Et je ne parle pas de la suite des événements. Tu connais mon point de vue à ce sujet.

Il se gratte la barbe un moment en regardant par la fenêtre avant de me répondre.

– Qu'est-ce que je peux te dire là-dessus ? Que je m'en veux ? Tu le sais déjà.

– Non, justement. Si Vivian n'avait pas mis les pieds dans le plat l'autre soir, tu n'aurais rien dit.

– Effectivement. Et tu crois que ça signifie forcément que je l'assume ? Je ne m'en suis peut-être pas vanté parce que, justement, je n'en suis pas fier. Mets-toi à ma place, Milie. Nous ne te voyons pas pendant huit ans, nous nous inquiétons tous pour toi, et tu reviens un jour, en voulant tout reprendre à zéro. Tu crois que j'avais envie de t'avouer que j'avais été tellement con que Marek nous avait tous rejetés, et que nous l'avons laissé faire parce que sur le moment nous étions trop stupides pour comprendre sa détresse ?

Je croise les bras en le fixant durement.

– Oui, ça aurait été plus franc, effectivement.

Il soupire en se grattant la tête.

– Écoute, Milie, je suis désolé. Mais… tout ça, c'est en grande partie de ma faute. Marek s'est senti coupable à cause de son retard, mais moi, je me suis tout autant senti fautif, parce que… s'il a pris son temps, c'est bien parce que je l'avais mis au pied du mur. Et de plus, j'avais plus ou moins monté la tête aux gars à cause de ce pacte stupide. Je n'en suis réellement pas fier. Mais à l'époque…

Il soupire en regardant par la fenêtre.

– C'était compliqué. Nous étions proches, tous. Mais dans un groupe, il y a toujours des affinités qui se créent. Toi et Marek, par exemple. Mais pas uniquement. J'étais paumé. J'avais pas mal de questions qui tournaient dans ma tête. Bref.

– Non, pas bref. Quelles questions ? Tu as voulu me voir et m'expliquer. Alors vas-y. J'aimerais que tu me convainques que l'un de mes meilleurs amis n'est pas l'enfoiré que j'ai cru déceler l'autre soir. Je n'attends que ça, Justin. Dis-moi ce que je dois savoir, que je comprenne et que je l'explique aussi à Marek.

Je suis très sérieuse. Parce que maintenant qu'il a ouvert la porte, j'ai envie de tout savoir, et pourquoi pas, en finir, en bien ou en mal, avec cette histoire. Il fronce les sourcils.

– Lui et toi, vous…

– Si tu sous-entends que nous sommes ensemble, la réponse est oui. Et comme je te l'ai déjà dit, je me rangerai toujours à son choix vous concernant. Quel qu'il soit. Mais je peux quand même plaider la cause que je pense juste. J'espère simplement qu'elle l'est vraiment. J'ai réellement envie de croire que tu es un homme bien, Justin.

Il sourit en regardant son verre.

– Merci, ça me touche. Alors je vais simplement te raconter la vérité. Cela n'excuse rien, je te l'ai dit, je sais que j'ai fait preuve d'une connerie monumentale. Mais peut-être qu'au moins, tu comprendras ce qui se passait dans ma tête à ce moment.

Je le laisse continuer.

– Donc, comme je te disais, la proximité faisait beaucoup de choses. Toi et Marek aviez votre monde à vous, devant notre nez, et nous n'avons rien vu. Il y a aussi Thomas. Lui… enfin bref, Thomas n'est pas le sujet. Et je ne suis pas certain qu'il aimerait que je te parle de son cas.

– Si tu évoques Aude, je suis au courant.

Il hoche la tête.

– Bon, donc, si tu sais, tu comprends ce que je veux dire. Et donc, moi, je n'ai pas échappé à toutes ces hormones qui chatouillent tout mec normalement constitué en pleine adolescence. Sauf que ce n'était pas simple du tout. Et nous étions proches, tous les deux, Milie. Je ne l'ai pas rêvée celle-là, n'est-ce pas ?

Je plisse les yeux, inquiète.

– Qu'essayes-tu de me dire, Justin ? Tu… tu avais des vues sur moi ?

Il secoue la tête en évitant mon regard.

– Non. Enfin, si… Merde, c'est compliqué. Oui, dans un certain sens, oui. Oui, en fait, j'avais des vues sur toi. Mais pas comme tu le crois.

– C'est-à-dire ?

Il soupire.

– Je t'aimais, bien entendu. Nous t'aimions tous, et tu le sais. D'amitié. Sauf Marek, visiblement. Lui, c'était autre chose. Et moi… j'ai voulu me persuader que je t'aimais aussi, beaucoup plus qu'une simple amie. Et je pense que j'y ai cru.

Je lève un sourcil, perplexe.

– Tu y as cru ? Ça veut dire quoi cette phrase ?

– Ça veut dire que ça m'aurait vraiment arrangé que ce soit le cas. Et du coup, quand Marek s'est pointé en nous racontant que vous aviez rendez-vous, je suis tombé de haut, et j'ai été jaloux. Pas comme tu le crois. J'ai été jaloux que ce soit si simple. Encore une fois, je suis d'accord, c'était nul de ma part, et ça, je ne peux pas l'enlever. Mais de mon point de vue, nous galérions tous. Ce qui me rassurait. Thomas bavait sur ta sœur depuis une bonne année, Vivian et moi, c'était… du grand n'importe quoi. Et vous deux, vous vous mettiez ensemble ? Ça m'a foutu les boules.

– Non mais, Justin, c'est nul comme excuse ! Tu devrais arrêter d'essayer de m'expliquer les choses, parce que c'est de pire en pire. Au début c'était un pacte stupide, et maintenant de la jalousie parce que Marek et moi voulions essayer un truc, et parce qu'aussi, tu essayais d'être amoureux de moi. Non, mais, sérieusement, Justin, est-ce que tu réalises que ce que tu dis n'a pas de sens ?

– Merde, Milie, bien entendu que je m'en rends compte. Déjà, à l'époque, j'étais paumé. Mais c'est la vérité. C'était plus simple de t'aimer toi. Tu étais ce qui se rapprochait le plus d'une fille dans mon entourage proche et…

– Je te remercie de me confirmer que je ressemblais bien à une fille, ça a un certain côté rassurant.

Il s'esclaffe et me prend les mains.

– Tu avais effectivement un côté féminin beaucoup plus prononcé que… Vivian par exemple…

– J'espère bien !

– Milie, tu ne comprends pas. Si j'étais jaloux de votre normalité à toi et à Marek, si j'essayais de me persuader que j'étais dingue de toi, c'était parce qu'en réalité le seul à qui je pensais tous les soirs, c'était Vivian !

Je reste bouche bée.

– Quoi ?

– Voyons, c'était tellement gros, je me suis toujours demandé comment personne ne remarquait rien. Je le faisais chier dès qu'il avait une touche avec une fille. Et moi-même, je ramenais ma tronche, mais je ne sortais jamais avec personne en définitive. Parce que les filles ne me faisaient ni chaud ni froid, à part toi parce que nous étions proches. Le seul qui m'intéressait à l'époque, il était très proche aussi, mais il ne regardait que les filles. Alors j'ai fait comme lui. Avec toi. En quelque sorte, tu étais ma dernière chance d'être « normal ». Tu vois l'idée ? Tu étais la seule fille avec qui j'aimais partager des moments. T'aimer toi était la solution. Alors quand Marek m'a annoncé qu'il t'avait embrassée et que tu étais d'accord, je l'ai détesté, et toi aussi.

Parce qu'à cause de vous, je n'avais plus rien à quoi me retenir. Bref, je sais, c'est débile, mais à 18 ans, dans un village où rien n'a changé depuis un siècle, s'apercevoir qu'on est sans doute gay, ça ne se passe pas super bien, tu vois ? Le regard des autres, de mes parents, et même de moi-même… L'homosexualité était loin de notre vie, et je n'y étais pas préparé. Je n'arrivais pas à m'imaginer avec un mec, parce que ce n'était tout simplement pas possible dans l'univers étriqué dans lequel nous vivions. Je pensais qu'il y avait une solution logique, et que ce n'était qu'une passe un peu honteuse de ma vie. Le problème, c'est que la passe durait de plus en plus. Je n'osais en parler à personne, ça me monopolisait la tête, je crois que je devais être un peu barge à force. Enfin, voilà. Tu sais tout.

J'attrape sa main qu'il tente de reprendre et me penche vers lui. Parce que je comprends qu'il a dû souffrir, lui aussi. Autrement que moi. Je lui caresse la joue avec affection.

– Je ne savais pas tout ça, Justin. Pourquoi n'es-tu pas venu m'en parler ? Tu savais très bien que je t'aurais écouté.

– C'est justement ça qui était vicieux dans l'histoire, Milie. Nous rentrions tous les soirs ensemble. Je me disais que nous avions ce petit truc tous les deux et que c'était sans doute de l'amour. Mais j'avais aussi envie de te parler de Vivian. Mais si je le faisais, j'anéantissais mes chances de te plaire, tu vois ?

Je lui pince le nez en riant.

– T'es encore plus tordu que moi, Justin ! Et c'est pas peu dire. Et donc, aujourd'hui ? Tu en es où ? Dis-moi que l'histoire se finit bien pour toi…

Il me sourit.

– Disons que…

Il s' interrompt et blêmit d'un coup, le regard braqué derrière moi.

– Oh, putain, merde !

Je n'ai pas le temps de réagir qu'une silhouette arrivant dans mon dos se rue sur lui, et lui décoche un poing puissant en pleine tête. Justin est projeté en arrière sous la violence du coup et semble sonné. Il saigne aussitôt du nez.

– Depuis le temps que j'avais envie de faire ça, espèce d'enfoiré !

Je hoquette de surprise et de colère.

– Marek !

Il se tourne vers moi, hors de lui, et me jette un regard glacial.

29

Marek
Quelques heures plus tôt

– Monsieur Lisinski, vous avez de la chance que mon emploi du temps ait été relativement libre. Nous ne vous attendions pas si tôt.

– Les conditions de vol ont été favorables.

Et surtout, j'ai avancé le départ de l'hélico d'une heure, parce que je tournais en rond, et ai demandé à Stephen d'avancer le rendez-vous avec l'inspecteur Leblond.

– Bon, puisque tout le monde est présent, je pense que nous pouvons en venir au fait.

Stephen m'a confirmé par téléphone que ses découvertes étaient plus que favorables, mais je n'ai aucun détail. J'espère qu'il a bouclé le dossier et que ce qu'il va nous expliquer tient la route.

Nous nous installons dans une salle de réunion de l'hôtel de police pendant que mon responsable d'équipe ouvre un dossier conséquent devant lui. C'est un homme un peu fruste, mais qui va droit au but. Il ne s'embarrasse pas de ronds de jambe ou autre et rentre dans le vif du sujet. J'aime ça !

– Donc, après quelques investigations plus que fructueuses, nous avons distingué les vraies pistes des fausses. Un employé de l'établissement nous a guidés dans l'enquête, et nous pouvons en conclure, de source sûre, ce qui suit.

Il nous jette un regard concentré pour s'assurer qu'il a toute notre attention, ce qui est le cas.

– Donc. Les armes ont bien été introduites dans l'établissement, c'est un point indéniable. Mais c'est le seul à retenir. Parce qu'elles y étaient déjà bien avant notre prise de poste.

L'inspecteur Leblond lui coupe la parole.

– Très bien, mais vous étiez en charge de la fouille quotidienne des locaux avant l'ouverture des portes.

Mon employé le contre avec froideur et professionnalisme. Je jubile.

– Certes, mais nous n'étions pas en charge de la fouille des lieux dans lesquels elles étaient entreposées, justement. Pour la simple et bonne raison que la personne qui a introduit ces armes connaissait par cœur notre routine de contrôle, et a donc voulu déjouer nos procédures en les dissimulant là où, contractuellement, nous n'avions rien à faire. Les locaux du personnel. Les armes étaient dissimulées dans le faux plafond de la douche. Ce qui nous retire de la liste des suspects, ou tout au moins, nous dégage de toute responsabilité quant à cet événement fâcheux.

Je retiens un sourire plus que satisfait parce que le fait que nous soyons reconnus hors de cause n'enlève en rien le caractère tragique de la situation. Mais je dois admettre que je suis fier de mon personnel et du sérieux de ma société. J'ai presque honte d'en avoir douté. Nous sommes les meilleurs. C'est tout.

Stephen ne laisse pas l'inspecteur en placer une et fait glisser une enveloppe sur la table à son attention.

– Vous trouverez ici la liste des potentiels coupables, ainsi que des photos des armes trouvées sur place, parce qu'il en reste quelques-unes. J'ai également deux membres du personnel prêts à témoigner de la véracité de nos propos et le directeur de l'établissement qui a assisté en direct à notre découverte. Tout est consigné dans ces documents.

L'inspecteur examine consciencieusement les documents pendant que j'observe mon homme de main, concentré, imperturbable. Cet homme mérite une augmentation.

Leblond repose le dossier sur la table en soupirant.

– Parfait. Tout me semble correct. Je retire officiellement toute suspicion vous concernant sur le dossier. Sous réserve évidemment de confirmation par les témoins et le directeur de l'établissement. Ce qui, je suppose, n'est qu'une formalité. Je vous ferai suivre les documents et rapports officiels dès que j'aurai vérifié tout ça. Bravo pour votre travail.

Il se lève, nous faisons de même. Nous lui serrons la main, sortons de la pièce. Stephen me jette un regard satisfait empreint de fierté. Je lui serre de nouveau la main.

– Bravo. Du bon boulot.

– Un jeu d'enfant. Je contacte notre client ce jour pour revoir les procédures que nous appliquerons dès la réouverture de l'établissement.

Parfait. Je n'ai rien à ajouter. Sauf… Retour à Paris. Milie. Vacances.

Je consulte mon téléphone. Milie n'a pas répondu à mon SMS de ce matin. Elle ne l'a d'ailleurs pas consulté. Pas plus que celui que je lui ai envoyé à notre arrivée. Et celui que je viens de lui envoyer ne semble pas non plus provoquer de réaction de sa part.

Marek, calme-toi. Elle est sans doute occupée. Avec Aude, très certainement.

***

Presque une heure après, elle n'a toujours pas donné de signe de vie. J'ai beau faire des efforts pour rester pragmatique et contrôler mon angoisse, c'est plus fort que moi, je panique. Mais cette panique est stupide, je le sais. Tout le monde n'est pas pendu à son téléphone non-stop. Elle doit être occupée, c'est tout. Mais un petit contrôle n'est pas non plus impossible. Non ?

Mettant Serge et son hélico en attente, je demande le numéro de l'agence d'Aude à Patricia pour tenter d'avoir des infos par un biais détourné.

La standardiste me répond aussitôt.

– Mlle Laurent est en déjeuner d'affaires. Puis-je prendre un message ?

– Non. Non, merci, c'est bon. Je rappellerai.

Je raccroche et jette un œil à Roger qui m'observe d'un air neutre. Je lui souris en essayant de réagir comme quelqu'un de normal. Milie est occupée, c'est tout. Le mieux, c'est de retourner vers elle le plus vite possible. Elle finira bien par répondre, il suffit d'être patient.

– Bon, on y va.

J'ai confiance en Milie, j'ai confiance dans le destin, tout va bien. Pas de panique.

C'est le mantra que je me répète pendant presque tout le vol. Je n'ai toujours pas de réponse de Milie. Mon premier message datant de sept heures du matin, il est actuellement quatorze heures, le délai commence à être un peu trop long à mon goût. Mais j'essaye. J'essaye de me dire que la fatalité ne reprend pas ses vieilles habitudes, et que tout va bien. Il faut que j'arrête de penser au pire à la moindre déconvenue.

Mais c'est Milie. Et ce n'est pas normal. Elle répond quasiment aussitôt à mes messages habituellement.

Je soupire et me prends la tête entre les mains. Je lâche prise. L'angoisse qui me taraudait depuis plusieurs heures prend le pas sur mes bonnes résolutions et je laisse les pires scénarios se créer dans ma tête. Un cambriolage chez elle. Non, Aude est au travail, donc la nuit s'est bien passée. Un kidnapping dans un bus ? Un chauffard qui la renverse ? Elle me quitte ? Non. Pas ça. Elle ne paraissait pas vouloir partir du tout hier soir. Et pour les deux autres possibilités…

Ma patience est mise à trop rude épreuve. Je vais devenir fou, c'est certain. Je ne vois qu'une solution pour calmer mon esprit qui s'embrume de minute en minute.

– Roger ? Luigi est toujours en poste auprès de Milie, n'est-ce pas ? Vous n'auriez pas pris la liberté de le détourner de sa mission, par hasard ?

La voix de Roger résonne dans le casque.

– Vous n'avez pas évoqué le sujet, monsieur. Le dernier ordre que j'ai reçu à ce sujet date de votre altercation avec Mlle Émilie. Vous m'aviez rappelé, à juste titre, que c'est vous qui me versiez mon salaire, monsieur, ce à quoi vous aviez ajouté…

– Oui, c'est bon… Bref… Donc, Luigi, techniquement ?

– Techniquement, il est toujours posté à la sécurité de Mlle Émilie, monsieur.

Merci mon Dieu !

– Et a pas alerté sur quoi que ce soit ?

– Non, monsieur. Je n'ai pas eu de nouvelles depuis notre rapport hebdomadaire de lundi. Voulez-vous que je le contacte ?

Normalement, je devrais refuser. La présence de Luigi auprès d'elle n'a jamais eu pour but de la pister. Mais là… C'est plus fort que moi, j'ai besoin de savoir.

– Oui.

– Très bien, monsieur.

***

Justin ! Elle est avec Justin ! Lorsque Luigi a répondu à Roger, je suis devenu complètement hors de contrôle. Le constat est simple. Elle ne répond pas depuis sept heures du matin, elle ne m'a jamais parlé de lui, comme si c'était un secret, mais par contre, à peine suis-je loin d'elle qu'elle prend un verre avec lui, et je ne sais quoi d'autre encore. Depuis la rue, j'observe le cinéma du petit couple à travers la fenêtre d'un bar de quartier minable. Il lui prend la main, elle caresse sa joue. Putain ! Il me fera chier jusqu'au bout ! Il en a toujours pincé pour elle, et c'est d'ailleurs pour cette raison qu'il m'a posé cet ultimatum à l'époque.

Et apparemment, il n'est toujours pas soigné. J'ai confiance en Milie. Mais… je ne peux pas oublier qu'avant tout ça, j'étais déjà à moitié jaloux de leurs trajets quotidiens en tête à tête. Ils étaient proches tous les deux. Et lui aussi l'aimait. Il me l'a même avoué. Et le revoilà en piste. Je ne supporte pas. Pourquoi ne m'en a-t-elle pas parlé ? Si tout était clair, elle m'aurait dit qu'elle voulait le voir, plutôt que de me raconter cette histoire de conversation qu'elle devait avoir avec Aude.

Je ne comprends rien, ou plutôt si, j'ai peur de trop bien comprendre, justement. Je suis en train de me faire avoir en beauté, par le même mec qui a foutu sa merde il y a longtemps. Et elle… elle, je ne sais pas. Je suis certain qu'elle était sincère, mais je n'écarte pas non plus l'idée qu'elle soit faible sur certains points et peut-être influençable. Et lui, il se pose là comme manipulateur, j'en sais quelque chose. Il n'y a qu'à voir la manière dont il a tourné Vivian et Thomas contre moi, pour une simple question de jalousie.

Mes yeux n'arrivent pas à les lâcher. Ils rient maintenant. C'est trop !

Je traverse la rue, Roger et Luigi m'emboîtent le pas. Je ne suis plus qu'une machine, toutes mes rancœurs envers celui que j'ai pris pour un ami fut un temps se bousculent dans ma tête. Je ne vois plus rien, ne pense plus à rien, à part à leurs mains liées et à leur complicité qui m'écœure à un point inimaginable, et cette pointe dans le cœur qui me fait de plus en plus souffrir.

J'ouvre la porte du bar, me dirige directement sur Justin, et laisse éclater ma rage. C'est tout ce dont je suis capable à ce moment précis.

30

Émilie

– Marek !

Son regard me paralyse. Une telle rage s'échappe de lui qu'il en est terrorisant. Il ferme les poings, Justin tente de répliquer.

– Non mais, sérieux, Marek ! T'es vraiment un connard, c'est pas ce que tu crois, merde, tu m'as pété le pif !

Marek se tourne vers lui, toujours aussi menaçant.

– Toi, je ne te conseille qu'une seule chose, c'est de fermer ta gueule !

Le patron du bar se met à nous interpeller depuis le zinc.

– C'est quoi ce bordel ? Dégagez de chez moi, ou j'appelle les flics !

Je me tourne pour apercevoir Roger et un autre type que je ne connais pas se pencher vers le tenancier d'un air froid et menaçant. Je reporte mon attention sur Marek, et sur Justin qui geint, une main ensanglantée sur le nez.

– Mais enfin, Marek, t'es fou ou quoi ? C'est Justin !

Il me toise toujours aussi méchamment.

– Oui, justement, c'est Justin ! Il la mérite depuis quelques années celle-là !

J'attrape un paquet de Kleenex dans mon sac et me lève pour me pencher vers Justin qui semble vraiment mal en point.

– Demande à Roger d'appeler les urgences, au lieu de faire n'importe quoi, Marek !

Il attrape le paquet de Kleenex et le lance dans la pièce.

– Et tu le soignes, en plus ? Mais c'est quoi ton problème ? Ce mec est un enfoiré, je pensais que tu l'avais compris !

J'essaye de calmer mon homme. J'attrape sa main en lui parlant d'un ton calme.

– Marek. Il y a eu une grosse méprise. Vous devriez parler tous les deux. La violence ne résoudra rien.

Il dégage sa main de la mienne.

– Ben voyons ! Ce mec est amoureux de toi, Milie ! Il a essayé de nous séparer à l'époque, et je suis certain qu'il recommencera. Mais apparemment ça ne te pose pas de souci majeur. Très bien. Fais ce que tu veux, ce n'est plus mon problème !

Il tourne les talons et sort du bar. Je récupère mon paquet de mouchoirs et le pose sur la table.

– Justin, je…

– Vas-y, Milie. Va lui expliquer. Je me débrouille. Résous son problème, ça ne peut plus durer.

Je prends mon sac et rattrape Marek alors qu'il arrive à sa voiture, toujours accompagné des deux hommes, dont Roger.

J'attrape son épaule pour lui ordonner de me faire face. Ce qu'il fait. Il a les yeux rouges, débordant de rage et de tristesse.

– Marek, c'est un concours de circonstances, calme-toi !

– Tu ne répondais pas au téléphone, Milie ! Où étais-tu ? Avec qui ? Avec lui ? Tu rejettes mes appels pour lui ? À quel jeu joues-tu, exactement ?

Je reste bouche bée. Par son air horriblement défait, et par ses propos complètement hallucinants qu'il continue.

– Pourquoi ne m'as-tu jamais dit que tu le revoyais ? Tu m'as même affirmé le contraire. Qu'est-ce qui se passe entre vous, bordel de merde ?

– Mais Marek, comment peux-tu penser une seule minute que je t'ai fait un coup pareil ? Justin n'a rien à voir avec nous ! Et je ne le voyais pas dans ton dos, je l'ai simplement croisé en allant faire réparer mon téléphone !

Il grimace amèrement.

– Mais bien sûr. Le hasard fait bien les choses, n'est-ce pas ? Comme celui qui m'a libéré plus vite de ma réunion. Comme celui qui t'a également mise à ce poste dans ma boîte… Tout ça…

Il secoue la tête en essayant de faire le point.

– Rien n'est clair dans cette histoire. Et je n'ai pas pour habitude de laisser les gens me prendre pour un con. J'ai peut-être mal envisagé la situation, finalement.

Je me fige devant son air distant et furieux.

– Comment ça ? Qu'est-ce que tu veux dire ?

Son masque d'homme intouchable s'installe sur son visage et je le sens s'éloigner de moi à une vitesse impressionnante. Pas physiquement, mais bien affectivement. Il referme toutes les portes. Ce qui n'a rien d'étonnant, Marek a toujours eu un caractère compliqué en cas de déception.

– Je te rappelle, pour mémoire, que tu m'as largué comme une vieille merde il y a des années, comme eux l'ont fait également. Ce point, je me le cache à moi-même depuis toujours, mais je me demande si je ne devrais pas en tenir compte, finalement, et prendre les résolutions qui s'imposent.

Il me cloue sur place.

– Quoi ? Mais qu'est-ce que tu racontes ? Tu as bu ou quoi ? Depuis quand penses-tu un truc pareil ? Tu penses que je t'ai abandonné ? Marek ?

Ses yeux me détaillent, dissimulant à peine une haine froide et implacable, me faisant froid dans le dos.

– Tu as très bien compris. Je crois que tu n'es peut-être pas si bien intentionnée que ça. Mais je vais te dire une bonne chose. Je ne me ferai pas avoir une nouvelle fois. Je ne te laisserai pas jouer avec moi une nouvelle fois. Je peux être très gentil, Milie, mais ne t'y trompe pas. Le Marek qui ne comprend rien à la vie a disparu depuis des années. Je ne suis plus ton jouet !

– Quoi ? Mais, Marek… Je ne joue pas ! Comment est-ce que tu peux penser une chose pareille ?

Il s'approche de moi, de plus en plus impassible. Presque effrayant dans le détachement qu'il laisse paraître. L'homme habitué à se protéger reprend du service. Ce qui n'augure rien de bon, parce que lui comme moi sommes de sacrées têtes de mules, il faut le savoir. Et son attitude fait monter ma propre exaspération. Même si j'essaye de le comprendre et de rester calme.

– Qu'est-ce que tu crois que ça m'a fait quand j'ai appris que tu prenais un verre avec ce type qui nous a fait du mal ? J'y pense depuis que nous avons atterri, et ça ne peut que remettre en cause toutes mes certitudes. Je ne sais plus si tu es ce que je crois que tu es. Et si je me trompais complètement ? Tu peux comprendre, ça ?

J'ai bloqué sur une phrase. Oui, j'ai bien entendu qu'il se pose des questions, qui peuvent tout à fait s'avérer légitimes, et je pourrais passer ma vie à le rassurer, à lui expliquer, à répéter les choses. Parce qu'il est troublé, c'est un homme qui a perdu beaucoup de choses dans son passé, et que ce sont des stigmates qui ne s'effacent pas aussi simplement. Tout, je peux tout comprendre. Sauf une seule chose.

– Qui t'a appris que je prenais un verre avec Justin ? Comment nous as-tu trouvés ?

Il se fige et relève le visage vers moi, sans montrer quoi que ce soit de ce qui se déroule dans sa tête.

– Ce n'est qu'un détail. Si tu ne me cachais rien…

– Un détail ? Je ne trouve pas, moi, que c'est un détail, justement. Alors, dis-moi… Comment as-tu su où je me trouvais ?

Il ne répond pas et préfère se mordre la lèvre inférieure. Devant cette absence de réponse, je me tourne vers Roger et le mystérieux inconnu qui, après réflexion, ne l'est pas tant que ça. Je tends un doigt vers lui.

– Vous… Je me trompe ou je vous croise souvent dans le bus ?

Pas de réponse. Un silence lourd et trop pesant s'installe entre nous. Je reviens sur Marek. Il était en colère ? Eh bien maintenant nous sommes deux.

– Je te conseille de me répondre, Marek. Parce que tu te permets de venir me faire la morale, voire un scandale absolument injustifié sans prendre la peine de me demander ma version des faits au préalable. Tu frappes sans savoir et tu joues les mecs outrés, mais je commence fortement à croire que la seule personne qui ait des raisons de l'être vraiment, c'est moi. Qui est cet homme Marek, et pourquoi l'ai-je déjà vu ? Réponds, bordel !

Il répond d'une voix blanche.

– Il s'appelle Luigi. Et il est attaché à ta sécurité depuis ton premier jour chez MLS.

– Attaché à ma sécurité ? C'est un terme pompeux pour dire qu'il m'espionne ?

Il secoue la tête.

– Non, il te protège. Il n'a aucun rapport à effectuer sur tes activités.

– Ah oui ? Alors pourquoi t'a-t-il informé de mon entretien avec Justin ?

– Milie, je flippais !

– Ah, donc, tu flippes, et ça excuse tout, c'est ça ? Mais moi aussi, je flippe, Marek ! Tu crois que j'aime te savoir en train de survoler le pays en hélico ? Tu crois que ça me fait plaisir de savoir que parfois tu dors dans un hôtel, et que tu peux rencontrer n'importe qui, qu'il peut se passer n'importe quoi ? Tu crois quoi ? Que je t'ai laissé partir en toute confiance ?

Il se renfrogne.

– Qu'est-ce que tu insinues ?

Je plonge mes yeux dans les siens.

– J'insinue que nous sommes loin de nous trouver sur un pied d'égalité. Moi, je te fais confiance. Tu me dis que tu pars pour le boulot, et je te crois. Parce que je considère que la confiance fait partie intégrante d'un couple. Je t'ai choisi toi, et je t'ai fait confiance. Et j'ai eu tort. Parce que je t'avais interdit de me faire suivre. Et tu l'as fait quand même. Parce que, a contrario, toi, tu ne me fais pas confiance. Et pour couronner le tout, tu m'accuses moi, d'avoir trahi TA confiance ! C'est le monde à l'envers !

Il ricane d'un air hautain.

– Mais il me semble, que justement, j'ai bien fait de douter, puis que tu manigances des trucs dans mon dos avec Justin !

Je ne supporte plus ses accusations infondées. Et je n'arrive même pas à croire qu'il m'ait fait suivre. C'est… écœurant. Réducteur. Horripilant. Je lève les mains en guise de conclusion.

– Écoute, tout ça me dépasse. Franchement. Je n'ai rien caché, et même si je peux entendre que les apparences supposent autre chose, la moindre des corrections aurait été de me demander des explications avant de réagir comme tu l'as fait. Je vais te dire, Marek. Cela fait huit ans que je me bats pour vivre normalement. Huit ans que tout le monde, y compris moi-même, m'exhorte à faire attention, à me complaire dans la peur de tout ce qui m'entoure, et huit ans que je refuse cette solution. Ce n'est pas aujourd'hui que je vais abandonner mon combat, alors que justement je considérais que tout ça était derrière moi. Alors, je t'aime, et si tu ouvrais un peu les yeux, tu ne verrais que ça et n'oserais même pas remettre ce point en doute. Mais, je ne suis pas prête à perdre cette liberté trop durement gagnée. Même pour toi. Soit tu l'acceptes et vas dans mon sens, soit ce n'est pas la peine de continuer. Même toi, Marek, n'as pas le choix sur ce chapitre. C'est MA vie. Je la mène et la mènerai toujours comme je l'entends, moi.

Je marque une pause, les yeux plongés dans les siens. Ils ne trahissent aucune émotion, rien. Parfait, donc, s'il reste buté, on va être deux.

– La balle est dans ton camp. Soit tu me comprends, soit nous n'avons rien à faire ensemble. Ciao.

Je me tourne vers Roger et lui lance le dernier sourire dont je suis capable.

– Roger, c'était un réel plaisir de vous rencontrer. Bonne chance pour la suite.

– À vous également, Émilie.

Je traverse la route et tourne à la première intersection. Il ne tente pas de me rappeler. Il me laisse m'éloigner. Et en faisant ça, il termine le massacre qu'il avait bien entamé au fond de mon cœur. J'aurais aimé qu'il tente au moins. Mais non.

Je tourne au hasard des rues encore et encore pour essayer de semer mon désespoir, et au final, c'est moi que je sème. Je ne sais plus qui je suis, ce que je fais dans cette ville, et ce que je vais bien pouvoir faire à partir de maintenant. Perdue dans la foule autant que dans l'univers, je trouve une impasse, m'y engouffre et me laisse tomber contre un mur d'immeuble. Et je fonds en larmes parce que, tout simplement, ça fait mal. Très très mal.

31

Marek

Mon téléphone sonne. Puis mon portable. Devant moi, la liste de mes mails est plus qu'effrayante. J'ai du boulot par-dessus la tête, et ça me va très bien. La vie est ainsi faite. Une semaine que nous nous sommes jeté des horreurs au visage, et même si la douleur persiste et me broie les organes vitaux tous les jours un peu plus, en apparence, rien ne filtre. Les choses reprennent leur cours, même si je sais au fond de moi que rien ne sera plus jamais pareil. Cette fois, l'histoire est close. Plus rien n'est en suspens. Je devrais me sentir soulagé de ne plus avoir à supporter ce poids de l'incertitude quant à Milie, mais ce n'est évidemment pas le cas. Maintenant, l'espoir est mort. Incompatibilité. Je ne peux pas me résoudre à oublier leurs petits jeux de mains auxquels ils s'adonnaient au bar. Pas plus que je ne trouve logique de me faire traiter de tous les noms pour avoir jugé plus prudent de la faire suivre. Elle m'a dit qu'elle ne changerait pas ? Moi non plus. Fin du sujet. Même si ça creuse autour de moi un vide quasiment insupportable. J'ai déjà survécu à beaucoup, ce n'est qu'une épreuve de plus.

On frappe à ma porte.

– Oui !

Patricia montre sa tête.

– Tu as de la visite.

Je jette un coup d'œil rapide à mon planning.

– Je n'ai pas de rendez-vous prévu aujourd'hui.

– Maintenant si. J'ai pris la liberté de leur autoriser l'accès.

– À qui ? Et franchement, je n'ai pas le temps. Je suis indisponible pour qui que ce soit.

Elle ne m'écoute pas et ouvre la porte en grand, sur… *Putain de merde !* Justin, Vivian, Thomas et Aude.

– Patricia, c'est quoi ce bordel ?

Elle hausse les épaules sans répondre et s'enfuit de mon bureau, pendant que mes anciens amis y entrent. Justin porte un pansement sur le nez et me fixe sans ciller. Vivian semble embarrassé et regarde ses pompes. Thomas, les mains dans les poches, reste en retrait et Aude prend la parole alors que je suis déjà debout, prêt à attraper Justin par la peau du cul pour terminer le travail déjà bien commencé au bar la semaine dernière.

– Je sais ce que tu vas dire, Marek.

– Non, tu ne sais pas. Parce que je ne vais absolument rien prononcer de plus. Je vais simplement appeler mon service de sécurité pour qu'il vous foute dehors. Estimez-vous heureux que je me contente de ça, parce que franchement, expliquer à certaines personnes ma vision des choses me tente assez.

Je toise froidement Justin et Vivian, parce que pour moi ces deux-là sont à mettre dans le même sac. Thomas, moins. Je l'ai toujours considéré comme le plus pondéré de tous, même si finalement il n'a pas non plus abondé dans mon sens à l'époque. Je retiens mon instinct primitif qui me pousse à sauter par-dessus mon bureau pour me calmer les poings et attrape mon téléphone en pestant intérieurement contre Patricia, mais Aude attrape le combiné et raccroche.

– Non, tu ne vas pas faire ça.

– Aude, je te promets qu'il vaut mieux que je le fasse. Il y va de la survie de certains.

Elle secoue la tête, déterminée.

– Et moi je te dis que non, tu ne vas rien faire du tout, à part t'asseoir dans ton fauteuil de ministre et écouter. Il est temps d'en finir une bonne fois pour toutes. Ensuite, tu feras ce que tu voudras. Mais pas tout de suite.

Aude est définitivement la sœur de Milie, même dans le caractère, elle soutient mon regard sans ciller. *Et puis merde !* Elle a raison, autant en finir. Je me laisse tomber dans mon fauteuil en levant une main vers mes fauteuils invités.

– Dix minutes.

Ils s'installent tous, Justin ne me quitte pas des yeux, méfiant. Il a raison, putain. Le moindre mot de travers et il repart sur une civière.

Aude prend la parole, j'écoute sans pour autant relâcher mon attention concentrée sur Justin, en plein duel virtuel avec l'autre enfoiré qui veut Milie et qui est la cause de notre rupture.

– Y en a marre de vos conneries, on n'a plus 18 ans, vous n'êtes plus des gosses, mais des adultes responsables, il serait temps d'agir comme tel. Maintenant, tout le monde s'explique. Justin, tu commences.

Il se rebiffe.

– Eh ! Pourquoi moi ?

– Parce que tu es le maillon faible ! Tu as bien foutu la merde, alors tu t'expliques, et c'est tout.

Il soupire et je me concentre sur lui. Je dois avouer que je suis curieux d'entendre les conneries qu'il compte essayer de me faire avaler. Et je me réjouis presque de l'air qu'il affiche. Il a la moitié du visage bleuie par mon attaque de la semaine dernière.

Il prend son temps pour trouver ses mots, ce qui me permet de jeter un coup d'œil à leur petite troupe. C'est étrange de me retrouver avec eux et me plonge dans une sorte de nostalgie que je n'ai pas vu venir. Comme moi, ils ont tous vieilli, n'ont plus ces airs frais et insouciants que nous arborions tous à l'époque. Le temps et le passé ont laissé des traces, sans doute indélébiles, sur nos visages et sur nos âmes. C'est un triste tableau que de nous voir tous réunis, si proches avant, et de sombres inconnus aujourd'hui. Je ne sais pas à quel moment nous avons laissé la situation se détériorer à ce point. Est-ce uniquement le kidnapping de Milie qui en est la cause ? Ou le mal était-il déjà entre nous ? Ai-je moi-même provoqué cette cassure qui m'a séparé d'eux ? J'ai bien peur que oui. Enfin, je ne sais pas. Je constate simplement que le résultat n'est pas beau à voir, et je n'en suis pas si fier.

Justin se dandine sur sa chaise et prend la parole. De toute manière, vu le regard qu'Aude darde sur lui, en plus du mien, il n'a pas réellement le choix.

– Bon. Alors. Par où je commence… Ah, oui. Aude m'a expliqué ce que tu reproches à Milie. Donc, je voulais te dire que nous n'avions pas de rendez-vous prévu.

Ça, je le sais, Luigi me l'a confirmé presque aussitôt après le départ de Milie. Mais je ne le précise pas. J'ai envie de voir ce qu'il a dans les tripes, et si je me suis trompé ou non sur lui.

– Et c'est moi qui voulais la voir. Parce que c'est peut-être ta… femme, mais elle reste mon amie. Elle ne voulait pas, mais j'ai réussi à la convaincre. Il faut que tu saches que…

Je le coupe, parce que déjà, il m'exaspère.

– Arrête ton cinéma, Justin. Tu ne considères pas Milie comme une amie. Nous le savons tous. Tu l'as toujours adorée et tu ne pouvais pas supporter qu'elle en aime un autre, moi, en l'occurrence. Et c'est simplement pour ça que tu t'en es donné à cœur joie dès que tu en as eu l'occasion. On voit le résultat !

– C'est faux, Marek ! Totalement faux ! Oui, j'adore Milie, et je l'adorerai toute ma vie. Déjà parce qu'elle a été comme une sœur pour moi pendant des années, et ensuite, parce que quand elle est revenue, j'ai admiré sa force de caractère. Mais pas plus.

Je plisse les yeux, faisant tourner mon fauteuil de gauche à droite. Il va falloir qu'il fasse plus fort pour me convaincre. Ce ne sont que des mots, noyés dans une multitude de faits beaucoup plus parlants.

– Mmm. Donc, pourquoi m'avoir dit le contraire à l'époque ?

– Il y avait ce pacte.

Je m'esclaffe.

– Arrête tes conneries. Tu voulais Milie, et si elle t'avait montré un tant soit peu d'intérêt, tu aurais bien proprement balancé ce pacte aux oubliettes. Ne me prends pas pour un crétin, Justin, s'il te plaît.

Il soupire en se grattant la tête, avant de jeter un regard désespéré à Vivian.

– Ne va pas te défiler, Justin. Vivian n'a rien à voir dans cette histoire.

C'est Thomas qui répond.

– Marek, laisse-le parler, s'il te plaît.

Je lui balance un regard méprisant avant de me concentrer sur Justin qui attrape la main de Vivian avant de se lancer.

– Si, justement, Marek. Oui, si j'en avais eu l'occasion, je me serais ouvertement foutu de ce pacte à la con, mais pas pour Milie. Pour un mec. Pour Vivian. Et je sais que je t'ai dit que j'étais amoureux de Milie à l'époque, mais en réalité, j'essayais de m'en persuader moi-même. Parce que ça aurait tout arrangé si ça avait été le cas. Mais au fond de moi, je savais que ce n'était pas plus qu'une amitié très forte. Et je me suis simplement appuyé sur ça pour me dire que peut-être, entre amitié et amour, le pas était simple. Je l'espérais, tu peux me croire. Mais ce n'était pas le cas. Loin de là. Pour tout te dire, je n'ai même jamais eu aucune femme entre mes bras. Uniquement des hommes.

Thomas s'esclaffe.

– Sans déconner ? T'es puceau, en fait !

Justin le rembarre.

– Ta gueule, trou du cul, parce que si tu me gonfles, je pourrais encore bien te dépuceler un truc ! Le puceau des deux n'est pas celui qu'on pense !

Aude retient un rire, pendant que Vivian lance un regard furieux à Justin. Lequel hausse les épaules d'un air désolé.

– Je déconne. Je déconne.

Et moi dans tout ça, j'assimile la nouvelle. Justin est gay ? Et à première vue, en couple avec Vivian ? Qui, par déduction, est probablement gay aussi. J'arrête de me balancer dans mon fauteuil pour me pencher sur mon bureau, essayant de déceler l'entourloupe.

– C'est une blague ?

Vivian répond.

– Non, pas du tout. C'est au contraire très sérieux. Et je peux te dire que vue l'énergie qu'il a mise à me convaincre, il était loin de rigoler, déjà à l'époque.

Je les observe tous les deux. Un couple. C'est… étrange. Et en même temps, c'est encore plus dégueulasse pour moi.

– Content pour vous. Donc, pour résumer, moi, je n'avais pas le droit de flirter avec Milie. Par contre, pour vous deux, c'était autorisé. Cool, merci les mecs pour le traitement de faveur ! Et quoi, Thomas, toi, tu sortais avec Aude pendant qu'on y est ?

Personne ne répond. Cette fois, ça ne me fait plus rire du tout.

– Vous vous foutez de ma gueule, là, c'est pas possible autrement ! Tout ce que nous sommes aujourd'hui, Milie et moi, a découlé de ce putain d'ultimatum que vous m'avez balancé dans la tronche, alors que tous autant que vous étiez, vous étiez en couple ? Dites-moi que je rêve ! Je vais tous vous démonter la gueule, bande de connards !

Aude m'interrompt.

– Non, Thomas et moi n'avons jamais été en couple.

Vivian ajoute.

– Et moi à l'époque, j'étais branché nanas. Non, Marek, à ce moment-là, nous pensions réellement que Milie et toi, c'était une mauvaise idée. Et Justin pensait réellement être amoureux de moi ET de Milie. Oui, je sais, il était déjà très con à l'époque. Et nous aussi. Mais nous ne pensions pas qu'un si petit conflit, qui aurait sans doute été anodin dans des conditions normales, prenne une ampleur aussi dramatique. Nous ne savions pas, tu ne savais pas. Personne n'est responsable. Et tout le monde a réagi comme il le pouvait.

– Oui, bien entendu. C'est tellement facile de venir me dire ça après huit ans.

Je m'interromps. Depuis le temps que je porte ce fardeau sur le cœur, je ne sais même pas si ça me ferait du bien de m'en délester enfin, ou si ça ne changerait rien. Est-ce qu'on peut effacer de si vieilles cicatrices ? Parce qu'après les avoir ignorées depuis le début, depuis Milie, je les considère comme bien réelles. Je sais qu'ils m'ont fait du mal et que j'ai souffert aussi à cause d'eux. Il est temps qu'ils le sachent. Que les choses soient dites, au moins une fois. Et puisque nous en sommes aux révélations… Ils veulent de la sincérité ? Ils vont en avoir. Et je ne le fais pas pour eux, mais pour moi. Pour mon bien-être personnel.

Je me racle la gorge.

– Vous arrivez chez moi, dans ma société, pour me dire qu'il faut passer à autre chose, que c'est bon, tout va bien. Mais est-ce que vous avez la moindre idée de ce que j'ai vécu, me retrouvant seul du jour au lendemain ? Je n'avais même pas de parents dignes de ce nom, putain ! Je n'avais que vous ! Je n'ai jamais dit à personne combien elle me manquait. Je n'ai jamais entendu personne me dire que je n'y étais pour rien. Personne n'est venu me prendre dans ses bras pour me dire que ça s'arrangerait. Et personne ne m'a jamais dit non plus ce que je devais faire lorsqu'elle nous a tous virés de sa vie. Personne. Je n'avais personne. Même pas vous, mes potes, que je considérais comme ma famille. Et vous voulez qu'aujourd'hui, je vous sourie et vous dise que tout va bien ? Non, mais vous réalisez ce que vous me demandez ?

J'ai eu le temps d'y réfléchir depuis une semaine. Ce n'est pas simplement la culpabilité qui a fait de moi ce que je suis devenu. Mais la douleur aussi. Au-delà de ce que mes parents m'ont infligé, celle que mes amis de toujours se sont efforcés à enfoncer dans mon cœur a été terriblement dévastatrice. Je ravale mon amertume, et comprends que ces mots, je les porte en moi depuis ce soir-là, à l'hôpital. Cette nuit-là où j'ai compris que plus rien ne serait comme avant.

– Tout ça, je l'ai traîné pendant huit ans. Jusqu'à ce qu'elle revienne et me dise ces mots que je ne voulais même pas croire. CE N'ÉTAIT PAS DE MA FAUTE ! Ce n'était pas ma faute, et vous me l'avez fait payer quand même !

Je fais tourner mon fauteuil d'un quart de tour pour me poster face à la baie. J'ai besoin de reprendre mon calme. Aude se déplace jusqu'à moi et me prend dans ses bras, en pleurs.

– Marek, je suis tellement désolée. J'aurais dû voir ta détresse.

– Ce n'était pas ta faute, Aude. Tu ne m'as rien promis, toi. Et tu t'occupais de Milie. C'était plus important.

Et c'est tellement vrai. Mon esprit oublie tout le reste un instant et se focalise sur Milie. Elle qui me manque atrocement, toujours un peu plus chaque jour. Elle, qui me fait peur, parce que l'aimer c'est sauter dans le vide, et que je ne l'ai jamais fait avant, et ça me fout le vertige. J'ai envie et j'ai peur de l'altitude que nous risquons de prendre si nous nous autorisons à nous aimer.

Justin se rappelle à nous.

– Nous savons tout ça, Marek. Et nous comprenons. Mais à part nous excuser, que veux-tu que nous fassions d'autre ? Il t'appartient de savoir s'il est utile de nourrir les ressentiments du passé.

« Nourrir les ressentiments », belle formule pour dire plus simplement s'en prendre plein la gueule gratuitement. Cela dit, je ne dois pas non plus oublier que je me suis aussi reconstruit pendant cette période. Peut-être mal, peut-être difficilement, mais une bonne chose en est ressortie. Après tout, si on cherche un peu, ils sont aussi une des raisons pour lesquelles je me suis lancé dans MLS. Parce que je voulais leur montrer que j'étais capable de protéger. Je voulais pouvoir un jour les toiser d'un air hautain avant de leur adresser un sublime doigt d'honneur. Leur montrer qu'ils se trompaient. Que je savais protéger, malgré leurs accusations.

Et maintenant, je pourrais tout à fait leur envoyer ce *« fuck »* en pleine tronche. Ce serait le parfait moment. Mais je n'en éprouve pas l'envie. J'en ai marre d'essayer de prouver des trucs à tout le monde.

Ils me toisent tous, et Justin reprend.

– Nous comprenons que ça puisse être trop tard, Marek. Et nous nous en voulons réellement. Et nous comprenons ton rejet. Nous ne pouvons pas rejouer le passé. Mais… nous pouvons améliorer l'avenir. Donc, je parle au nom de tous en te disant que nous, nous t'aimons, Marek. Même si ça ne va que dans un sens. Ta présence nous manque et, depuis ton départ, rien n'est plus pareil. Les quadruplés ne veulent plus rien dire à trois. Alors… Si un jour tu en éprouves le besoin, sache que nous sommes là.

Je les observe tous. Leur geste me touche. C'est vrai. Recevoir l'amour de ceux qui comptent pour vous, c'est très fort et troublant. Sauf qu'ils ne comblent pas le vide qu'elle a creusé. Leur retour à eux c'est bien, même si je pense rester sur la défensive un sacré bout de temps, mais son absence à elle est toujours aussi insupportable. Rien ne remplace Milie. Et maintenant qu'ils me proposent de nettoyer le passé, et que je suis peut-être prêt à envisager d'y réfléchir, c'est encore pire. Si les quadruplés doivent être effectivement quatre, sans Milie Laurent, ils n'ont presque plus de raison d'être.

Justin semble lire en moi comme dans un livre ouvert et ponctue la fin de ma pensée.

– Elle veut repartir chez ses parents en province, Marek. Dès demain. D'après Aude, son passage à Paris n'était qu'une étape. Ses plans avaient changé, suite à votre… rapprochement, c'est ça, Aude ?

La sœur de Milie opine du chef.

– C'est ça. Mais aujourd'hui, elle a accepté un petit boulot là-bas et compte reprendre ses anciens projets. Partir loin de tout, se trouver une petite vie au soleil et tout recommencer. Je dois la conduire chez les parents, dès qu'elle aura fait ses valises.

Justin se penche vers moi, le regard déterminé alors que mon cœur s'emballe et qu'une panique s'empare totalement de moi.

– Va la chercher. Boucle la boucle. On nous l'a volée sous cet arrêt de car. Rapporte-la-nous. Une bonne fois pour toutes. Tu es le seul à pouvoir le faire. Même Aude n'a pas réussi.

Je les observe un par un. Ils font de même. Reportant tous sur mes épaules le retour de Milie. Sur moi. Moi qu'ils ont accusé d'être la cause de sa disparition. Aujourd'hui, ils me demandent de la faire revenir. Ils me rendent leur confiance. Je ferme les yeux. Rasséréné. Comme si la boucle se refermait, véritablement. Ça fait du bien à l'ego, je dois bien le dire. Mais qu'ils ne s'y trompent pas. Pour le moment, ils sont justes en probation. Si je vais puiser au fond de moi le courage pour aller me jeter à ses pieds et lui offrir mon corps, mon âme et mon cœur, ce n'est pas pour qu'eux la retrouvent. C'est parce que je ne peux plus respirer sans elle. C'est pour moi, c'est pour elle, c'est simplement parce que nos cœurs s'aiment. Et rien n'est encore fait. OK, Justin et elle n'ont pas joué double jeu dans mon dos. Mais il reste un autre point qui lui, reste entier. Son caractère de merde.

***

Assis sur le bord de ma piscine, les pieds dans l'eau, je n'ai même pas le courage de nager. Je passe et repasse les événements en boucle. La puissance de ce que j'ai vécu avec elle est vertigineuse. Mais plus c'est haut, plus la chute est rude. J'ai beaucoup de mal à m'en remettre. Milie s'avère être le plus doux pansement à mes blessures, mais aussi celle qui m'inflige les plus douloureuses. Et je comprends que je ne suis pas de taille à les supporter. Elle est plus forte. Et plus dangereuse. Elle est capable de me porter tellement haut, puis de me laisser chuter tellement bas. Je ne lui en veux même pas pour ça. Je l'aime, et je sais qu'elle ne joue pas. C'est un simple pouvoir qu'elle détient sur moi. Un pouvoir que JE lui ai laissé entre les mains.

Je ne sais pas quoi faire. Elle est tellement précieuse que je ne peux pas lui promettre de ne plus flipper dès qu'elle sera loin de moi. C'est en moi, et elle ne veut pas le comprendre. C'est terrible d'être aussi butée.

Peut-être que le mieux à faire serait de passer à autre chose. Passer réellement à autre chose. Je suis resté bloqué dans mon enfance assez longtemps. J'étais resté en attente de la fin de l'histoire. Maintenant, je l'ai. Milie renouera sans doute avec les quadruplés moins un, et moi, je dois trouver mon propre chemin et les oublier. Arrêter de nourrir du ressentiment et des remords, et penser à demain. Un demain sans elle. C'est encore une autre étape. Jusqu'à présent, je me battais contre son souvenir. Maintenant, il faut tout simplement que ce souvenir s'évapore. Que je le laisse partir en fumée. Ce serait la meilleure solution.

Simplement, pour le moment, j'en suis tout bonnement incapable.

Roger se racle la gorge derrière moi. Sans lui jeter un regard, je lui réponds.

– Oui ?

Il s'approche et s'arrête à côté de moi, toujours aussi guindé.

– Mme Patricia a demandé si elle pouvait passer.

J'ai quitté le bureau après la visite des quadruplés, sans expliquer quoi que ce soit à mon assistante. Je m'attendais à son appel.

– Non. Elle va vouloir me faire la morale, ou alors me le remonter, mais dans tous les cas, je n'ai pas envie de l'entendre. Je sais que je suis un connard, je sais que j'ai fait n'importe quoi. Pas besoin de me le rabâcher encore une fois.

– Elle se doutait de votre réponse, et demande également si elle doit vous attendre pour le débriefing, demain matin.

– Non plus.

– Très bien, monsieur. Elle se doutait également de cette réponse. Elle vous souhaite un bon repos.

– Marek.

Il ne répond pas et reste à regarder droit devant lui.

– Autre chose, Roger ?

– Oui, Marek.

Je lève la tête vers lui, plus qu'étonné. Il reprend la parole.

– J'ai connu une femme pendant mes études. Elle s'appelait Anaïs. Elle était très jolie.

Il laisse passer un silence puis continue, alors que je ne reviens pas de son besoin subit de discuter.

– Trop jolie. Moi, j'étais amoureux. Et je crois qu'elle aussi. Mais nous étions différents. Moi, je vivais dans le contrôle constant. De tout. Et elle, elle ne planifiait jamais rien. Elle vivait au jour le jour. On lui proposait une soirée en dernière minute, elle s'y rendait. Elle avait décidé d'aller voir un film au cinéma le matin, le midi elle changeait d'avis et allait au cirque. Je trouvais ça formidable. Mais j'étais incapable de faire comme elle. Et plus notre relation devenait sérieuse, plus j'essayais, malgré moi, de la calmer sur ce point. Et elle l'a fait. Au bout d'un an, nous ne faisions plus rien. Elle s'est fanée, et l'amour aussi. J'ai tué ce qui m'avait attiré chez elle.

Il se tait. Je n'ai pas très bien compris le but de cette histoire, même si je suis ravi qu'il partage quelque chose avec moi.

– Et ?

Il soupire.

– Et nous nous sommes séparés. Et l'année d'après, j'ai rencontré une autre femme. Marion. Un peu dans le même genre qu'Anaïs. Tout marchait bien, jusqu'à ce qu'elle me propose de s'installer avec moi. J'ai paniqué. Je ne voulais pas commettre les mêmes erreurs et la faner elle aussi.

– Et donc ? Qu'avez-vous fait ?

– J'ai dit oui, et je me suis engagé dans l'armée. J'étais tout le temps en déplacement. Et elle a fini par partir. Je n'ai plus jamais approché sérieusement de femme après elle.

J'observe rêveusement mes pieds remuer au milieu de l'eau.

– Que dois-je comprendre, Roger ?

– Rien.

OK, merci.

– Si ce n'est… Parfois, on s'effraye soi-même. Parfois, les expériences passées nous marquent tellement qu'on n'arrive pas à les oublier. Et quand on se retrouve dans une situation qui y ressemble, on panique. On ne veut pas revivre la souffrance, et on ne veut pas en causer non plus. Mais d'un autre côté, on n'arrive pas à refuser ce que le destin nous offre, parce que c'est trop tentant. Alors on trouve des subterfuges pour que la solution vienne d'ailleurs. Pour que l'autre personne fasse ce que l'on n'arrive pas à faire nous-même. Je me suis engagé dans l'armée pour qu'elle se lasse. Parce que je ne voulais pas lui dire non.

– Vous considérez que j'ai volontairement fait fuir Milie ?

Cette idée n'est pas idiote, je l'admets.

– J'ai entendu ce que vous lui avez dit sur le trottoir. Vous auriez voulu la faire fuir que vous n'auriez pas fait autrement. Concernant le sujet Luigi, qui justement, représente votre problème majeur de contrôle, la solution logique aurait été de vous excuser pour ce point, et de promettre d'essayer de le corriger. Elle n'a rien demandé de plus, finalement. Mais cela aurait engendré une possibilité de bonheur. Peut-être que c'est ce que vous essayiez de rejeter. Quand on possède beaucoup, on a beaucoup plus peur de le perdre, n'est-ce pas ?

Il regarde toujours au loin, au-dessus des immeubles qui nous entourent. Et moi, je l'observe pendant qu'il conclut.

– Il est parfois plus simple de ne pas aimer. Simplement pour ne pas souffrir. Et je pense que vous avez tellement souffert que quand le doute s'est installé dans votre esprit, devant ce bar où elle discutait avec votre ami, vous avez pris peur. Peur de connaître à nouveau la douleur si un jour vous la perdiez encore. Mais laissez-moi vous avouer, Marek. Je regrette encore d'être parti. À part vous, et je précise que c'est déjà un grand bonheur, je n'ai personne dans ma vie et je partirai un jour sans que personne ne se souvienne de moi. J'ai fait le mauvais choix. Simplement parce que j'ai eu peur. Et aussi parce que je suis une sacrée tête de bois et que je ne concevais pas le changement, qui, pourtant, aurait été moindre.

Je fronce les sourcils.

– Donc, vous sous-entendez que tout est ma faute avec Milie.

– Je sous-entends que, parfois, il faut oser, et peut-être, essayer de corriger certains défauts.

Je ne réponds pas. Oui, j'ai peur de la perdre. Mais de là à imaginer que j'ai eu des mots forts simplement pour la faire fuir, il y a quelques pas à faire. De toute manière, cela ne dépend pas de moi. Il fait volte-face et se dirige vers la porte.

– Je vais prévenir Mme Patricia de ne pas vous attendre demain matin.

– Merci, Roger.

– À votre service, monsieur.

– Marek.

– J'y songerai, monsieur.

Et il me laisse seul. Encore et toujours seul. Je finis par attraper mon téléphone.

– Aude ?

– Oui ?

– Je vais avoir besoin de toi…

32

Émilie

– Bon, tu es certaine que tu n'as rien oublié ?

Je regarde autour de moi. Je suis venue avec une valise et je repars avec deux, dont une remplie de souvenirs. Une somptueuse valise Gucci qui transporte des biens encore plus précieux est venue s'ajouter à mes bagages. J'en caresse le cuir en me demandant si je dois réellement l'emporter avec moi. Il serait plus raisonnable de la laisser là. Tout ce qu'elle comporte ne m'appartient même pas. Des chemises d'homme, des souvenirs et de l'amour. Tout ceci n'a plus de raison d'être entre mes mains. Mais je ne peux me résoudre à m'en séparer.

Ma gorge s'encombre malgré moi de toutes ces larmes que je n'ai toujours pas versées. Je hoche la tête pour répondre à ma sœur. Elle attrape ma valise la plus précieuse et me prend la main.

– Alors, c'est parti. Nous avons un peu de route.

– Je pouvais prendre le train !

– Oui, pour que les parents me fassent encore tout un sketch parce que je ne descends jamais les voir, que je suis devenue snob et j'en passe. Non. Et de plus, nous avons raconté tellement d'âneries à maman sur des grossesses et des opérations pour faire gonfler mes seins que je suis certaine qu'elle n'ose même plus se demander à quoi je ressemble. N'insiste pas, je t'emmène, c'est non négociable.

– OK.

Je passe le pas de la porte qu'elle tient ouverte et jette un dernier coup d'œil à cet appartement dans lequel j'ai vécu un mois exceptionnel en sa compagnie. Elle ne porte même pas attention à mon élan nostalgique et claque la porte.

– Bon, la seule chose de positive dans cette histoire, c'est que je vais de nouveau pouvoir baiser dans mon appart ! Oh, bonjour, monsieur Turban !

Je me tourne pour apercevoir notre voisin, immobile sur son paillasson, avant qu'il ne reparte se cacher dans son appartement en claquant sa porte derrière lui. Un coup d'œil vers Aude suffit pour que nous éclations de rire. Puis elle attrape mon bras et m'entraîne dans l'escalier.

***

Je me suis endormie. Nous venions à peine de sortir de Paris. Je n'avais pas envie de voir défiler la route qui m'emmenait loin de lui. Je n'avais pas envie de repenser encore une fois à tout ce que je laissais derrière moi, ni au fait que je le quittais sans doute pour toujours. Alors j'ai fermé les yeux et j'ai demandé au sommeil de me rendre le trajet plus doux.

C'est ma sœur qui me réveille en me secouant sans aucune douceur.

– Eh, réveille-toi, Milie. Nous y sommes.

J'émerge difficilement et redresse mon siège. Le temps que mes yeux fassent le point, je me rends compte que nous ne sommes pas du tout chez les parents. Nous ne sommes même pas dans la bonne ville. D'ailleurs, nous ne sommes pas en ville, mais au beau milieu de la campagne. Une campagne que je connaissais bien. Une campagne qui s'endort sous les rayons d'un soleil couchant. Comme une image du bonheur que j'aurais oubliée. Un frisson me traverse le dos en découvrant cet endroit qui n'a absolument pas changé. Un brutal saut dans le passé. Je tourne les yeux vers Aude, accoudée à son volant, qui regarde devant elle.

– Qu'est-ce que nous faisons ici, Aude ? Si c'est une plaisanterie, elle n'est pas drôle !

Elle se contente de repousser les cheveux qui lui tombent sur le front.

– Tu voulais rentrer à la maison. Nous y sommes.

– Ce n'est pas chez nous, ici, Aude. Au cas où tu aurais subi une lobotomie, je te rappelle que nous avons déménagé d'ici il y a des années.

Elle désigne du menton le lac devant lequel elle s'est garée.

– Chez toi, Milie, c'est ici. Nulle part ailleurs. L'endroit où tu habites n'a rien à voir là-dedans. Ton cœur, il est resté sous cet arbre. Va le récupérer. Maintenant.

– Mais…

Elle me tend un regard épuisé.

– Ne pose pas de questions. Va le chercher. Allez… bouge-toi !

Je ne comprends rien. Cependant, elle a l'air tellement partie dans son délire que je n'ose même pas la contredire. Et comme je me sens un peu courbaturée par le voyage, je n'ai rien contre un peu de marche. Et de plus, aller retrouver ce lac, et cet arbre, peut-être que ça me fera du bien.

Je sors de la voiture et enjambe la petite clôture qui me sépare du lac. Aude fait démarrer aussitôt la voiture et disparaît dans un nuage de poussière. Je la regarde partir, sans comprendre.

Puis je comprends. Je comprends que c'est forcément lui qui m'attend sous cet arbre. Lui, ce cœur resté sous cet arbre, c'est lui, évidemment. Toute notre histoire est effectivement restée en attente sous cet arbre. Et nos disputes, nos désaccords, n'ont aucun poids face à ça. Face à nos cœurs qui attendent que nous leur autorisions enfin à battre comme il se doit.

Je dévale la petite pente qui mène jusqu'à lui. Je slalome entre les arbres, pour retrouver le nôtre, au bout, en face du ponton. Je le rejoins en quelques pas, tremblante, impatiente, fébrile. Mon cœur bat de plus en plus, à chaque pas, mon impatience m'étouffe, et je n'arrive plus à contenir ma joie. Je suis certaine qu'il m'attend.

Mais une fois que j'y arrive, je n'y trouve rien. À part le tronc, bien entendu. Tout est désert. J'inspecte le vieux ponton toujours en place, la surface du lac, mais rien ne bouge, tout est silencieux. Il n'y a que moi. Je fais le tour du tronc immense, mais personne ne m'y attend. Cette fois, les larmes si longtemps contenues affluent, plus fortes, plus lourdes, insupportables. Je me laisse glisser au sol contre ce tronc et déverse toute la tristesse qui me broie le cœur depuis tant de jours. Je ne comprends rien. Pourquoi Aude m'a-t-elle abandonnée là ?

– Hé, pourquoi tu pleures, Milie Jolie ?

La voix vient de l'arbre. Au-dessus de moi. J'ai à peine le temps de redresser la tête que Marek atterrit devant moi, comme un ange arrivant du ciel, éclairant la pénombre d'un seul sourire. Je le regarde, bouche bée. Il me sourit et me tend la main. Que je prends. Une fois que je suis debout, il prend son temps pour m'observer, tout autant que je l'examine sous toutes les coutures. En jean, tee-shirt marine, il est comme à son habitude, à tomber. Il me sourit, et j'oublie tout.

Il garde ma main dans la sienne, son pouce caressant ma peau avec tendresse.

– Je voulais te demander, Milie Jolie. Ça te dirait de venir avec moi ? Tu sais… un peu comme… sortir ensemble ?

J'ai l'impression de me retrouver des années en arrière. Mon cœur bat de la même manière. Je tremble tout autant, en attente de mon baiser magique. Il se mord la lèvre en me dévorant du regard.

– Qu'est-ce que tu en penses ? On repart à zéro ? Comme si ces huit ans ne nous avaient jamais séparés ?

Je n'arrive pas à parler. Ni à bouger. Les deux seules choses que je suis capable de faire sont : sourire et pleurer. Et hocher la tête aussi. Il se rapproche de moi et essuie mes larmes.

– Alors ? Tu pleures ou tu souris ?

J'arrive à lui répondre, d'une voix rauque.

– Les deux, je crois.

Il observe ses doigts qui parcourent mon visage.

– C'est peut-être que c'est parce que ça fait ça, l'amour. Ça fait du bien et ça fait mal. Ça m'a fait très très mal, Milie. Je ne veux plus jamais souffrir sans toi. Ça a été si long… Un véritable enfer.

Je sais qu'il parle de ces quelques jours, mais aussi de toute mon absence. De toutes ces années. Ses doigts descendent vers mon cou.

– Tu es si belle, Milie Jolie… Plus belle qu'un rêve.

Il se tait, inspire et reprend.

– J'ai compris. J'ai compris plein de choses. J'ai compris qu'en fait, je n'avais pas peur que tu partes. Je n'avais pas peur que tu me mentes parce que je savais que tu ne me ferais jamais de mal. J'ai compris que c'était de moi que j'avais peur. Mais j'ai aussi compris que je n'avais pas à être effrayé. Parce que nous avons surmonté le pire. Plus rien ne peut nous séparer. À part nous-mêmes. Alors…

Il s'approche de moi jusqu'à ce que je sente son souffle sur ma peau, son parfum, et sa chaleur. Il ne lâche pas ma main et enlace nos doigts. Et relève mon menton avec celle qui lui reste libre.

– Si je promets de ne plus jamais être ton pire cauchemar…

Est-ce que tu veux bien devenir mon plus joli rêve ? Genre, pour toujours ?

Je reste abasourdie. Sans voix. Il me sourit, intimidé.

– Je t'aurais bien invitée au bal, mais ça ne nous a pas trop réussi, il me semble, la dernière fois. Et je préfère largement te demander ta main. Je ne veux plus jamais être séparé de toi. J'ai passé des années à t'aimer sans te voir, et ce n'est pas drôle, tu peux me croire. Alors… Si tu voulais bien rester cette fois, pour qu'on puisse s'aimer à deux ?

Je continue de pleurer, incapable de répondre. Il fronce les sourcils.

– Est-ce que tu peux répondre quelque chose, Milie ?

Je secoue la tête et porte nos mains sur mon cœur. Et j'arrive à dire cette simple phrase.

– C'est simplement qu'il t'aime trop…

Il m'observe, incertain.

– Ça veut dire oui cette réponse ?

Je hoche la tête. Il attrape mes joues délicatement et se rapproche encore de moi.

– Est-ce que tu m'accordes ce baiser ?

Je ferme les yeux et ses lèvres retrouvent les miennes dans un baiser promettant l'éternité. Il m'enlace, et m'emporte dans notre paradis. Le seul et l'unique homme qui touchera mes lèvres. Il s'écarte et me vole un autre baiser. Puis il me sourit, heureux.

– En vrai, tu m'as vraiment dit oui. On va réellement se marier ?

Mes larmes ont cessé, mais mon sourire est resté. Je hoche la tête.

– Oui !

Ses yeux pétillent de joie.

– Dis-le encore !

– Oui !

– Encore !

– Ouiiiii !

Il pousse un cri de joie et me soulève. Et, sans prévenir, il se dirige vers le ponton et prend tout son élan pour le traverser en direction de l'eau certainement glaciale du lac. Je m'accroche à ses épaules en le suppliant.

– Non, Marek, noooonnnnnn !

Il prend appui une dernière fois sur le bois de la jetée et s'élance au-dessus de l'eau en hurlant :

– BOOOOOMMMMMMMBBBBBBEEEEE !!

Nous plongeons dans l'eau brutalement, revenons à la surface, il m'attrape et m'attire à lui pour un nouveau baiser renversant, et très mouillé. Il prend ma main et la pose sur son cœur.

– Il faut m'excuser, Milie Jolie… C'est simplement parce qu'il t'aime trop !

Et sans que je me rende compte, il glisse une bague sur mon annulaire.

– Je t'aime, Milie Jolie.

J'admire la bague dont il vient d'habiller mon doigt. Simple et magnifique, comme notre amour. Deux anneaux qui s'enlacent, de l'or blanc, et rien d'autre. Pas besoin d'artifices, juste un symbole, une image de nous. Juste deux cœurs qui s'aiment. Nos lèvres se rejoignent une nouvelle fois, nos corps se soudent l'un à l'autre et nous effaçons les derniers démons qui nous suivaient encore. Tout le passé et les déchirements, toutes les douleurs et les frustrations, tout, nous laissons l'eau de ce lac laver définitivement les résidus de nos peurs. Il s'interrompt un instant, en fouillant dans l'une de ses poches.

– Attends.

Il ressort sa main de son jean et glisse une nouvelle bague au-dessus de celle déjà en place. Un anneau plus large serti de diamants. Je m'esclaffe.

– Non, mais…

– Chut…

Il reprend mon doigt et y fait glisser une troisième. Une émeraude scandaleusement énorme. J'éclate de rire, sous le choc.

– Mais, Marek !

– Chut, Milie…

Il recommence et laisse glisser un solitaire magnifique le long de mon annulaire.

Je retiens un rire devant son air enfantin, attendant de savoir s'il a bon ou non.

– Il y en a encore beaucoup ?

– Je n'arrivais pas à me décider. Alors j'ai préféré tout prendre.

Je suis en plein rêve… Il est incroyable. J'inspecte les anneaux, tous plus beaux les uns que les autres. Il est fou. Et si je dois choisir… C'est tout simplement impossible, il a raison.

– Est-ce que je dois choisir tout de suite ou j'ai le droit à un temps de réflexion ?

Il fronce les sourcils.

– Choisir ?

– Ben… la bague ?

– Jamais tu ne choisis… On va bientôt devoir faire face à un vrai problème pour ton alliance déjà. J'en ai repéré pas moins de douze magnifiques, et franchement, la complexité du choix me rend malade d'angoisse… Alors, en ce qui concerne celles-ci… Tu les gardes toutes ! Déjà, j'en avais apporté une autre, mais elle a dû tomber au fond du lac, je ne la retrouve plus dans ma poche.

– Oh ! Attends, il faut qu'on la cherche, je…

Je m'écarte de lui pour plonger mais il me retient.

– Tu n'as pas trouvé ton bonheur dans celles-là ? Elles ne te plaisent pas ?

Il m'attire à lui pendant que j'admire la ribambelle de bijoux étincelants et magnifiques sur mon doigt.

– Si… Elles sont toutes trop belles, Marek…

Il plonge la tête dans mon cou.

– Alors c'est parfait. On s'en fout de la bague du lac… Un couple d'amoureux la trouvera peut-être un jour.

Ses mains me remontent contre lui et il s'adonne à embrasser la naissance de ma poitrine en écartant tant bien que mal les bretelles mouillées de ma robe.

Il grogne de frustration devant l'ampleur de la tâche et m'entraîne vers la rive, les lèvres collées à ma peau, les miennes dévorant la sienne.

Ce n'est que lorsque nous rejoignons la rive que je remarque la couverture, les bougies, et le panier installés sous notre arbre.

– Mais… qu'est-ce que…

Marek me sourit en me déposant au milieu de ce petit cocon ultra romantique avec une délicatesse incroyable.

– Je tiens à te prévenir… Nous avons des tas d'anges gardiens autour de nous. Certains poussent le destin en s'inventant des maladies improbables, d'autres se trompent de route quand ils conduisent, et certains montent la chantilly comme personne et adorent préparer des pique-niques…

Je souris alors qu'il déboutonne le devant de ma robe trempée.

– Ils sont fantastiques.

Il écarte le tissu de ma peau et embrasse ma poitrine avec passion.

– C'est toi qui es fantastique, Milie Jolie. Tu m'as tellement manqué.

En quelques gestes, il se déleste de ses vêtements et les jette au loin, dans l'obscurité. Ses baisers retrouvent ma peau, ses mains reprennent leur droit sur mon corps. Je caresse ses bras, son dos, son torse, m'abreuve de ce que je pensais ne jamais revoir et encore moins toucher. Sa présence à nouveau près de moi me grise, et je me perds dans la nuit, avec lui, à la lueur des bougies, flottant au milieu de notre univers retrouvé. Nos corps ondulent ensemble, se rejoignent pour ne plus jamais se quitter.

Haletants et en fièvre, embrasés comme jamais, nous unissons nos mains lorsque nous fusionnons totalement, qu'il me pénètre et fait exploser en nous tout cet amour qui nous étouffe. Son souffle me caresse, son rythme nous fait monter plus haut, toujours plus haut. Je ne vois que lui, ne ressens que lui, et n'ai besoin que de lui, encore et encore. Accrochée à ses épaules, je laisse l'orgasme me dévorer, retourner tous mes sens, m'achever et m'emporter dans les limbes du bonheur. Il gémit puis ferme les yeux, me rejoignant dans mon orgasme, m'enlaçant, frissonnant, me donnant tout de son bonheur. Les lèvres posées sur les miennes, il souffle dans un soupir d'extase :

– Je t'aime.

Les larmes reviennent au bord de mes yeux, je pose mes mains sur ses joues pour lui promettre mon cœur, dans une voix chamboulée par l'émotion :

– Je t'aime.

Il n'y a rien à ajouter. Nous n'arrivons plus à nous détacher l'un de l'autre et restons enlacés, sans bouger. Ces quelques jours sans lui ont été tellement compliqués, et trop douloureux. Il nous fallait peut-être toutes ces étapes pour réaliser vraiment. Pour comprendre l'importance que nous avons l'un pour l'autre. Pour comprendre à quel point notre amour est puissant, et à quel point il fait partie de nous. Milie et Marek. Marek et Milie. Tout a tenté de nous séparer. Les amis, les démons, le temps. Mais c'est nous qui avons gagné. Il a raison quand il dit qu'il ne faut pas avoir peur. Parce que nous avons déjà tout surmonté. Maintenant, nous n'avons plus qu'à nous aimer.

Je tourne légèrement la tête vers son beau visage qui me regarde avec affection et dévouement. Ses pupilles étincellent sous les lueurs qui nous entourent, mais aussi de bien d'autres choses, des choses que je comprends et me font vibrer. Je l'enlace et l'embrasse, encore et encore, parce que les mots ne signifient rien en comparaison des sentiments que je lui porte. Tout est trop faible, trop plat, trop banal. Tout le contraire de notre amour.

Je l'aime.

Depuis toujours.

Et encore pour toujours.

ÉPILOGUE

Marek

– Moi, je dis l'Aveyron. C'est top, l'Aveyron !

Vivian observe sérieusement Justin, allongé sur un coussin.

– T'as vraiment un souci, Justin. L'Aveyron ? Et pourquoi pas le Larzac ? On peut aussi imaginer Milie arriver jusqu'à l'autel à dos de chèvre pendant qu'on y est !

Justin lève un doigt vers le ciel.

– Super idée ! MILIE ! Tu sais monter à dos de chèvre ?

Ma fiancée s'esclaffe sans bouger pour autant, le visage tendu vers le soleil, elle aussi allongée sur un coussin. Sur notre coussin pour être exact. Je dépose une bière dans les mains de Vivian et en dépose une à côté de Justin avant d'aller m'allonger aux côtés de ma douce.

– Tu voulais boire quelque chose ?

Elle secoue la tête.

– Je te rappelle que je viens de boire la tasse une demi-douzaine de fois. C'est bon, je suis suffisamment hydratée.

Je me mords la lèvre en prenant un air désolé alors qu'elle relève ses lunettes de soleil pour me jeter un regard faussement fâché.

– Ne fais pas cette tête-là, je t'en prie. Nous savons tous les deux que tu le payeras très prochainement… Je suis simplement en train de décider si je préfère *Wayne's World* ou *Dirty Dancing*… Ou… peut-être *Jersey Girl*. J'hésite.

Mon cœur fait un bond.

– *Wayne's World* ! Là, je dis oui ! Mais pas *Jersey Girl*, mon Dieu ! Pas ce truc infâme… Quant à l'autre guimauve…

– Ah mais, je crois qu'il y a un malentendu flagrant, Marek Lisinski. Je n'ai jamais prétendu que tu avais le choix !

Je soupire en m'allongeant sur elle. J'attrape la peau de son cou avec mes lèvres et la pince légèrement.

– Allez, Milie Jolie, j'ai pas fait exprès ! Je te jure !

Elle s'esclaffe.

– Ah oui ?

– Oui… C'est Justin !

Elle secoue la tête, amusée.

– Oui, bien sûr. TU as appelé Justin à la rescousse lorsque tu as vu que je prenais l'avantage…

Je l'enlace en me blottissant contre elle.

– Totalement faux, je ne suis qu'une victime de ces mecs, au même titre que toi.

Justin s'esclaffe derrière nous.

– Non mais vous l'entendez ? N'importe quoi ! Thomas ! Tu l'entends ?

Thomas n'entend pas. Thomas est planqué au bout de ma piscine, dans un renfoncement, depuis une bonne demi-heure, avec… Aude, qui d'autre ?

– Je ne comprends pas pourquoi ils se cachent de nous. Après tout, il a quitté Violette, non ? Il n'y a plus de secret à garder…

Milie soupire et lui balance une de ses tongs.

– Laisse-les tranquilles. Non, ils n'ont plus rien à cacher et ils en profitent, justement. Alors on les laisse batifoler, on est compréhensifs, ils se joindront à nous quand ils le jugeront nécessaire.

Ma fiancée a raison. Les quadruplés ont un nouveau pacte. Plus personne ne juge personne. C'est la condition de notre réunion. J'ai abdiqué, j'avoue. Parce que si c'est merveilleux de retrouver l'amour dans les bras de ma magnifique future femme, c'est tout aussi grisant de retrouver ses amis. Et je pense que j'ai eu raison. Cela fait à peine deux mois que je les ai rappelés pour aller prendre un verre, et depuis, il ne se passe pas un week-end sans que nous nous regroupions. Au pub, chez l'un, chez l'autre.

J'embrasse sa joue une nouvelle fois et me tourne vers Justin qui… se fait embrasser par Vivian. Je pense que c'était censé être discret. Il s'avère que leur couple n'est pas si vieux et que Vivian n'est pas encore très démonstratif. D'après ce qu'ils nous ont raconté, il leur a fallu une éternité pour se trouver. Justin en demande, Vivian en panique, mais incapable de s'éloigner de lui. Il a fini par céder, mais il prend son temps pour avancer. Se découvrir attiré par les hommes, ce n'est pas forcément évident. Mais je crois qu'à présent qu'il y a goûté, il se révèle incapable de résister à Justin qui le dévore des yeux sans arrêt, mourant d'envie de lui sauter dessus, mais respectant la discrétion dont Viv a besoin pour le moment. C'est étonnant, la vie. Tous autant que nous sommes, nous avons tous attendu huit ans. Le retour de Milie parmi nous a remis en marche les aiguilles du temps, et nous avons retrouvé le chemin de la vie, tous ensemble. Comme si nous étions dans un vieux dessin animé, mis en pause, recouverts de poussière et de toiles d'araignées. Notre conte de fées à tous est un peu différent cela dit. C'est la princesse qui a réveillé tout le monde en retrouvant son prince, pour nous. Je devrais même dire SES princes. Et nous avons tous repris forme humaine.

Vivian s'écarte de Justin, mais ce dernier attrape sa nuque et l'attire à lui sans douceur. La proie perd l'équilibre et échoue sur le torse du chasseur, qui l'enlace en riant. L'animal farouche est dompté pour cette fois et se contente de laisser son homme le couvrir de baisers.

Je tourne la tête vers Milie qui les observe également en souriant.

– Ils sont mignons. Et surtout, ça fait du bien de ne pas entendre Justin claironner quelques minutes.

Ce dernier l'entend, cependant.

– Ne pense pas que j'oublie votre mariage, Milie ! Je peux faire deux choses à la fois. Je vote pour la Finlande !

Vivian se débat comme il peut pour se relever, emprisonné dans les bras de son homme.

– Non mais, t'as vraiment des idées à deux balles ! Il faut du soleil ! L'Alaska !

Les deux mecs éclatent de rire. Je me tourne vers Milie et me love contre elle.

– Et toi ? Ton avis sur la question ?

Elle hausse les épaules, souriante, et m'enlace pour me presser fortement contre elle.

– Je veux… toi. Sous la neige ou le soleil, ici ou à l'autre bout du monde, je m'en fous. Je veux juste toi. Et moi aussi, bien entendu.

J'embrasse la naissance de sa poitrine et ronronne dans son étreinte, les rayons du soleil parfaisant cette impression de bien être qui ne me quitte plus depuis qu'elle m'a dit oui.

– Très bien. Je m'en occupe.

J'embrasse son cœur qui va trop vite puis pose mon oreille pour écouter sa course effrénée en souriant. Elle enlace ses doigts aux miens.

– Tu entends comme il t'aime ?

– Oui.

Oui je l'entends. Tellement bien. Je suis heureux.

***

Émilie

– Bon… Tu es prête ? Calme-toi, Émilie !

Euh… Je suis calme, Aude… Ce qui n'est pas ton cas…

Ma sœur est une véritable pile électrique depuis deux jours, c'est une catastrophe. Je jette un dernier coup d'œil à ma robe. Courte, dentelle, crème… Elle est magnifique pour une robe dite « de plage ». Et ces chaussures. Mon Dieu, ces chaussures. Je crois que je vais passer ma nuit de noce avec. C'est pas interdit, ça, si ? Bon, en réalité, ce sont des tongs. Mais de très belles tongs ! Des tongs Prada.

– MILIE ! Tu réponds ? Tu es prête ?

Je lève les yeux au ciel devant la tête de ma sœur au bord de l'apoplexie.

– Oui, je suis prête. C'est bon. On peut y aller ! Et, Aude, calme-toi. Ce n'est qu'une redite.

– Oui, oui, je sais, mais bon.

Oui, une redite. Nous nous sommes mariés samedi dernier à la mairie en grande pompe. Pour faire plaisir aux parents, les miens et la mère de Marek, aux clients, aux employés de MLS et MLF et aux journalistes à potins. À Paris, grande robe pour moi et smoking pour Marek, buffet de remerciements à n'en plus finir, bref, nous avons donné à tous ce qu'ils voulaient. Maintenant, je considère que nous célébrons notre véritable mariage, en petit comité, sans convenances, pieds nus pour Marek et sans maquillage pour moi…

Marek a loué (je le soupçonne de l'avoir acheté, mais il ne veut rien lâcher à ce sujet) un yacht immense, et depuis deux jours, nous voguons sur la mer des Caraïbes avec une poignée d'amis. Les quadruplés, Patricia et Steeve, Jeanne, Roger et deux ou trois agents de sécurité (on ne peut pas demander à Marek l'impossible, n'est-ce pas ?).

– L'officiant de cérémonie est arrivé. Tout le monde est en place, il ne reste plus que toi, Milie.

J'attrape mon bouquet.

– Alors, allons-y…

Ma sœur embrasse ma joue et nous rejoignons le pont où la cérémonie est censée avoir lieu. Tous nos amis sont assis sur les pourtours du bateau, souriants, rayonnants de bien-être. Quel beau spectacle. Thomas nous rejoint et me vole Aude en la prenant dans ses bras. Ma sœur se laisse emporter et je me retrouve seule, à quelques pas de lui, mon mari, l'homme de ma vie. En bermuda beige, chemise blanche décontractée, pieds nus, bronzé, les cheveux volant au vent, souriant comme jamais, il kidnappe mes yeux et les empêche de se détacher de lui. Comme poussés par le destin et par tout ce qui bat en moi, mes pas effacent la distance qui nous sépare et, sans m'en rendre compte, je me retrouve dans ses bras, enlacée, embrassée, vénérée.

Il me presse contre lui, et je pense qu'il a tout autant oublié la raison pour laquelle nous étions là. Son baiser en appelle un autre, puis un autre, et je n'ai qu'une envie, retrouver notre cabine et accrocher un panneau « *Sorry we're closed* » sur la porte. J'aime ses mains qui me font siennes, ses avant-bras qui m'interdisent de m'écarter, ses lèvres qui me donnent des ailes et font éclore un tas de papillons dans mon ventre… Mon Dieu, c'est impossible d'être aussi amoureuse !

Un raclement de gorge nous rappelle à la réalité. Les bras de Marek me laissent respirer et il recule son visage pour m'offrir un merveilleux sourire.

– Milie. Je crois que j'ai oublié de te présenter celui qui a accepté de célébrer notre mariage… Je crois que tu connais Patrick ?

Hein, quoi, pardon ?

Je me tourne vers l'homme devant nous. Je vous le donne en mille : PATRICK DEMPSEY !

Heureusement que les bras de Marek me soutiennent parce que je manque de m'étaler comme une crotte, là, devant tout le monde. Patrick, MON Patrick, me sourit en baragouinant deux phrases en français.

– Enchanté Émilie. Je suis ravi de vous unir…

Bordel de merde ! J'inspecte Marek qui a du mal à garder son sérieux. Puis les invités, mes soi-disant amis qui n'ont, à aucun moment, vendu la mèche. J'éclate de rire, enfin, je glousse comme une gamine devant la star dont elle est super archi fan.

– Bonjour, euh, *hello ! Cool !*

Voilà. Apparemment je fais rire tout le monde. Même Patrick. Sérieusement, personne n'aurait pu me prévenir ? C'est quand même Patrick, quoi ! Docteur Mamour pour les intimes. Ronald de *Can't Buy Me Love*. Bon, il a quand même un peu vieilli, certes, mais… Waouh ! Je dois avoir l'air d'une sombre cruche à le fixer comme une ahurie. Je sais qu'il faut que je me reprenne, l'assemblée m'attend pour la suite des événements. Lui-même attend pour commencer son discours. Les cheveux au vent, l'air cool… Waouh… Quand je vais raconter ça à… Ben à qui d'ailleurs, les personnes comptant le plus pour moi sont toutes là ? Sauf le docteur Jean. Je vais raconter ça au docteur Jean, voilà ! Un truc pareil ça se raconte au plus grand nombre ! Pas à ma mère… Je laisse Aude se faire plaisir en lui annonçant la nouvelle. Bref, le mariage…

Toujours accrochée au bras de mon mari, je me penche vers lui.

– Tu sais que je t'aime, mais tu dois savoir que s'il me demande de l'épouser à ta place, je dis oui direct.

Mon mari reste sérieux, les yeux pétillant d'amusement.

– Je prends le risque. Ton bonheur avant tout, princesse.

Il embrasse mon front et nous nous tournons vers Patrick qui nous remarie… Patrick ! Patrick D. ! Ronald Miller avec sa casquette et ses pantalons à bretelle ! Je n'en reviens pas. Marek est un mec incroyable ! Le jour le plus hallucinant de ma vie vient d'arriver. Mon mariage est totalement parfait. Et, j'ai menti, même Patrick D n'a aucune chance face à lui. *Sorry* Pat !

Ce dernier nous déclare solennellement mari et femme, en anglais, sur un yacht, au milieu d'une mer turquoise, sous un soleil magnifique… J'ai mal aux joues tellement je souris. Le moment des alliances arrive. Moi, j'ai choisi celle de Marek avec Aude. Mais lui l'a choisie sans moi, parce que ma mère a décrété que je ne devais pas la voir avant le moment de l'échange. Qui se trouve être tout de suite. Justin, Vivian, Thomas ET Roger nous rejoignent, chacun un écrin à la main. Je jette un coup d'œil à Marek qui m'adresse un regard navré.

– Tu n'as pas réussi à arrêter ton choix ?

Il secoue la tête, désolé.

– Non.

Je soupire en riant. Il reprend.

– Donc, c'est toi qui choisis un écrin, et un seul. Comme ça, si ça ne te convient pas, tu ne pourras t'en vouloir qu'à toi-même.

Je m'insurge clairement.

– Mais, c'est de l'antijeu ! Pourquoi serait-ce à moi de…

Patrick éclate de rire derrière nous. Je me tourne vers lui, choquée.

– *It's NOT funny*, Patoche !

Justin éclate de rire, suivi des autres. Le seul qui reste sérieux, c'est Roger. Voilà, le choix est fait. J'attrape la boîte qu'il tient entre ses mains. Parce qu'il n'y a que lui qui me comprend, finalement. C'est bien la peine de se trimballer une ribambelle de mecs débiles, puisqu'ils ne servent absolument à rien. Et j'inclus Marek dans le lot.

Enfin, non, je retire ce que je viens de dire. Pour Marek uniquement. Il me prend l'écrin des mains et l'ouvre sur une magnifique alliance en or blanc sertie de diamants discrets en forme de gouttes. C'est simplement étourdissant de beauté. Je n'ai plus du tout envie de rire lorsqu'il se saisit de ma main en cherchant mon regard, le plus sérieusement du monde, avant de se mettre à genoux.

– Émilie Laurent, tu fais de moi l'homme le plus heureux du monde, peu importe le nombre d'alliances que je te proposerais, il n'y en aura jamais assez pour te dire combien je t'aime et combien tu représentes le meilleur de ma vie. Mon cœur t'aime depuis toujours, et moi aussi. Les mots sont presque trop faibles, alors je promets de passer ma vie à te prouver que rien n'est plus précieux que notre amour, à mes yeux. Merci de m'accepter auprès de toi.

Alliance glissant à mon annulaire. Larmes aux yeux. Envie de le croquer, de l'embrasser, de fusionner avec lui. Il se redresse et je l'enlace, l'embrasse, le couvre de tout mon amour. Il dit que les mots sont trop faibles. J'ajouterais que les gestes aussi… Rien n'arrive à la cheville de nos sentiments. Il n'y a rien de plus beau que notre amour…

Nous sommes interrompus par Patrick. Jaloux ? Non. Dommage ! Il m'adresse un sourire désarmant.

– Le bouquet ?

Ah oui ! Je ferme les yeux et tourne trois fois sur moi-même avant de l'envoyer derrière mon épaule. J'entends un gros « Plouf ». Marek éclate de rire.

– Bon, ben : « Un bouquet à la mer ! »

J'ai à peine le temps d'ouvrir les yeux pour voir Justin s'élancer par-dessus bord.

– BOMMMBBBEEEE !

Aude, Thomas et Vivian le suivent en plongeant tout habillés. Patricia éclate de rire lorsque Steeve retire sa chemise (un homme bien, lui au moins) et plonge à leur suite. Marek attrape ma main. Pas besoin d'en rajouter. Nous plongeons dans l'eau du bonheur avec nos amis qui se battent pour un bouquet. Mon mari m'enlace, je m'accroche à lui, et nous nous embrassons, au milieu du bonheur. Je l'aime tellement.

***

Roger

Il n'a fallu que quelques mois pour que la vie leur redonne ce qu'ils avaient perdu. J'aime mon patron, parce que c'est un homme bon qui mérite le bonheur. Et j'aime ce petit bout de femme si forte qui lui a rendu son sourire.

Je dois néanmoins admettre une chose. Ces deux-là sont épuisants. Avant, mon boss était super boss. Maintenant, il est super-pas-boss. Plonger en pleine mer au milieu des Caraïbes, non mais je me demande s'il se rend compte que je ne le protège de rien du tout à cette minute. Tant pis pour lui.

Je m'installe sur un banc à l'ombre, sur le pont, pendant que Patricia discute avec la star hollywoodienne qui se prépare à nous quitter. Son propre yacht étant amarré non loin de là. Jeanne, la jolie et adorable Jeanne, vient s'asseoir à mes côtés.

– Ils sont épuisants, n'est-ce pas ?

Je hausse la tête.

– C'est rien de le dire. J'ai parfois l'impression d'être un moniteur de colo. Mais ils sont heureux, alors…

– Je n'ai jamais vu Marek aussi rayonnant. Émilie lui fait un bien fou. Je suis pressée de travailler avec elle, je suis certaine qu'elle est un amour de femme.

Je confirme d'un geste de la tête.

– C'est tout à fait exact.

Jeanne penche la tête en me scrutant avec insistance. Une douce chaleur se répand en moi alors qu'elle tortille ses doigts sur ses genoux.

– Je me demandais, Roger. Maintenant que Marek semble très occupé. Auriez-vous une soirée de libre dans la semaine, ou…

Ses joues prennent une adorable teinte de rose tout à fait charmante. Et j'ai l'impression que les miennes aussi. Cependant, je ne suis tellement plus habitué à ce genre de chose que je me perds un peu dans les réponses adéquates à une telle demande. Elle pince les lèvres en se relevant prestement.

– Je suis désolée. Simplement… J'avais l'impression que… Laissez tomber, et disons que c'est l'effet champagne sous le soleil…

Elle tourne les talons et s'enfuit dans le salon, en direction des cabines. Ah, mais non ! Je me lève à mon tour et la rejoins avant qu'elle n'ouvre la porte de sa chambre.

– Pourriez-vous me laisser le temps de vous répondre avant de vous échapper ?

Elle se retourne, surprise, et encore plus embarrassée.

– Euh… oui… enfin, il ne faut pas vous sentir obligé, c'est…

Elle ouvre sa porte en inspirant.

– Je suis ridicule. Cela fait longtemps que je n'ai pas osé une telle chose.

– Dans ce cas, nous sommes deux. Prenons le temps, discutons un peu.

Elle entre dans sa cabine et la maintient ouverte.

– Oui, du temps… Ou pas. Vous entrez ?

Fin

NOTES DE L'AUTEURE ET PLAYLIST

Inspiration

Ce roman a été inspiré, entre autres, par le répertoire du groupe Seether dont plusieurs morceaux se sont insérés dans les pages qui précèdent.

Merci au groupe de toujours me faire rêver, même après tant d'années, certains titres restent toujours aussi empreints d'émotion.

« Against the Wall »
« Tied My Hands »
« Rise Above This »
« Breakdown »
« Immortality »
« Save Today »
« Driven Under »
« Here and Now »
« Pass Slowly »
« Broken »

Ed Sheeran – « Perfect », « Thinking Out Loud »

Berlin – « Take My Breath Away »

Sade – « No Ordinary Love », « Is It a Crime? »

Retrouvez cette playlist et tous les titres ayant inspiré cette romance sur YouTube : « The Boss. Erin Graham », ou sur le lien suivant :

https://www.youtube.com/playlist?list=PLxLcpSUs7hnT0pww97nVy2o_WDKE53qLY

Les films cultes de Milie

Ils sont nombreux, et passionnants, bien entendu. Même si Marek n'est que très peu convaincu, pour ma part, je me range du côté de Milie et recommande les titres suivants :

Can't Buy Me Love

Mettez un loser comme on en a tous connu au lycée, collège, etc. Lunettes recollées avec du scotch, look catastrophique, humour improbable et des potes du club d'échecs… En face de ça, imaginez une bombe, star du campus, blonde, et à la mode (des années 1980, je précise… voyez veste avec épaulettes surdimensionnées et tignasse gaufrée à outrance).

Ronald et Cindy… Il rêve d'elle, et elle ne le connaît même pas. Elle l'appelle Donald… bref… Cindy « emprunte » un jour un tailleur en daim blanc (épaulettes et franges sur les manches, porté avec santiags blanches, de mémoire, si si, je vous jure !) à sa mère pour se rendre à une soirée, et, ce qui doit arriver arrive forcément. Le précieux tailleur super tendance est aspergé de vin rouge… Catastrophe… La seule solution pour elle, racheter le même ensemble, séance tenante… Et qui va prêter l'argent ? Je vous le donne en mille… Ronald Miller… En échange d'un mois en compagnie de Cindy…

Et après ? Ah ah... C'est trop bien !
Première sortie : 14 août 1987 (États-Unis)
Réalisateur : Steve Rash
Titre original : *Can't Buy Me Love*

Collège Attitude
Josie est journaliste. Enfin, elle bosse dans un journal, mais plutôt du côté de la cafetière... Elle est timide et légèrement maladroite, mais sympa quand même... Un jour, elle prend sur elle et s'impose dans une enquête dans un lycée. Se faire passer pour une élève pour pondre un article, quoi de plus simple ? Exact. Simple. Mais pas quand on s'appelle Josie Geller. Josie « Grosse Truie » pour les intimes... Mais ce point un peu important, elle ne le comprend que trop tard, et refuse de se défiler... Elle entre donc en classe peu de temps après, habillée d'un truc à la mode (de son époque de lycéenne, la tenue comporte un magnifique boa blanc...).
Et le spectacle commence... un pur bonheur...
Première sortie : 9 avril 1999 (États-Unis)
Réalisateur : Raja Gosnell
Titre original : *Never Been Kissed*

Dirty Dancing
Pour la forme, on le présente... Mais bon, je ne pense rien vous apprendre, n'est-ce pas ?
Non, on ne le présente plus... Bébé et Johnny, c'est Bébé et Johnny. On ne laisse pas Bébé dans un coin, Johnny court le monde après son destin comme un cheval sauvage, ils ont chacun un espace de danse et ils ne doivent pas envahir celui de l'autre, Johnny préférerait encore apprendre à danser à un éléphant, et y en a un qui veut porter l'autre, c'est le suspense absolu à ce

sujet, d'ailleurs… voilà, je crois qu'on a fait le tour…

Date de sortie : 23 décembre 1987 (France)

Réalisateur : Emile Ardolino

Titre musical associé : « (I've Had) The Time of My Life »

Jersey Girl

Ah ! Là par contre, je pense qu'un peu de détails pourraient être intéressants. *Big up* pour ce film qui a (à tort ou à raison) bercé mon adolescence !

Donc… Nous avons une petite nana d'origine italienne vivant dans le New Jersey. Elle porte des bijoux en plastique et des fringues « de pouf » (vraiment désolée pour l'expression, mais après vingt minutes de réflexion, je ne trouve pas d'autre mot pour résumer l'allure de la jeune femme). Un jour qu'elle zone en bronzant sur un toit du quartier avec ses copines, l'une d'entre elles lui propose d'aller draguer chez Mercedes pour se trouver un vrai beau mec bien sous tous rapports…

C'était une blague… Mais elle y va quand même… Genre hyper désespérée, quand même, la miss… Et c'est effectivement là qu'elle trouve Sal. Enfin, pour être exact, elle fonce dans la voiture flambant neuve qu'il vient d'acheter avec son tacot en fin de vie. Et pour réparer, elle lui propose de lui donner cinq dollars par mois… Bref, une histoire qui commence super bien…

J'ai ADORÉ !!!!

Date de sortie : 1992

Réalisateur : David Burton Morris

Acteurs : Jami Gertz, Dylan McDermott, Sheryl Lee

Les *must-have* de Marek

Oui, bon, OK, on les cite, pour faire plaisir à monsieur, pas du tout envie d'avoir ses hommes sur le dos, pour être honnête.

Star Wars

Est-ce réellement nécessaire de développer ? Qui s'intéresse à des batailles de rayons laser dans l'espace, sérieusement ? Bon, allez, pour faire plaisir à Marek :

Science-fiction, au milieu des étoiles, les méchants (vraiment vraiment machiavéliques) tentent d'anéantir les gentils (adorablement sympas). Et puis il y a une histoire de force, bonne ou mauvaise. Des vaisseaux, Harrison Ford, un grand truc avec des poils qui parle et qui bouge, des robots qui discutent tout le temps, un chef des méchants et des sabres laser… Le pied ! Et tout ça, entre deux planètes, au milieu de l'espace, entre les étoiles (d'où le nom de la saga d'ailleurs)… (non mais sérieusement, j'adore).

Année de création : depuis 1977

Réalisateur : George Lucas

Wayne's World

Ils ne l'ont pas regardé, mais ils auraient franchement dû… Ce film est terrible…

Wayne et Garth sont deux paumés fans de hard rock. Ils animent une émission pirate dans le garage de Wayne… *Wayne's World* (nous noterons la recherche intense pour le titre du film). Et c'est à ce moment qu'il se passe… Rien. Enfin, si, mais non. Wayne rêve de s'acheter une guitare, ils jouent au hockey sur la route en face de la maison de leurs parents, et Wayne tombe amoureux d'une méga bombe… Mais leur vie n'est pas simple ni calme, et ces deux mecs sont juste… excellents. Nous devons à ce film, entre autres, la réplique qui, à tort, n'est pas culte : « Benjamin n'est l'ami de personne, si Benjamin était le nom d'un médicament, ce serait un suppositoire. » (Désolée pour tous les Benjamin de la planète[11].)

Ce film est un bijou… Ne pas le connaître, c'est une insulte au septième art…

Date de sortie : 28 octobre 1992 (France)

Réalisatrice : Penelope Spheeris

Titre musical associé : « Bohemian Rhapsody »

11. Isa T, elle est pour toi celle-là !

REMERCIEMENTS

Sonia G. Que puis-je dire à part « je suis désolée » ? Ce roman a la particularité d'avoir révélé mon côté super insupportable, et tu as tenu le coup. Moi la première, je me serais bien attaché les jambes à plusieurs parpaings et jetée dans la Seine, ou au large des côtes normandes. Heureusement pour moi, tu étais trop loin pour réaliser ton rêve du moment ! Merci pour ta patience ! Palme spéciale « sang-froid » décernée à toi, sans aucun doute possible.

Maud. Oui, Maud, tu as bien fait d'insister, cette aventure avec Milie et Marek a été compliquée, mais tellement agréable finalement… Merci pour ta patience à toi aussi.

Laurence… Brainstorming qui a tout déclenché un vendredi matin, alors que nous étions censées élaborer totalement autre chose. Merci à toi également d'avoir rompu ta promesse de ne plus lire mes divagations et d'avoir donné de ton temps à mes deux têtes de pioches.

Isabelle. Ce livre a augmenté significativement notre tabagisme, et j'en suis désolée. Ou pas… Merci de ne jamais dormir et de répondre toujours présente.

Pendant l'écriture de ce roman, au-delà des embûches particulières que ce texte m'a réservées, une équipe ne m'a jamais lâchée, comme d'habitude, et ce fut encore une fois un pur bonheur de travailler avec vous. Sonia N., Rachel T., et encore Sonia G., Nadège, Isabelle T. Désolée pour le manque de sommeil. Et bienvenue également à Séverine qui a montré un enthousiasme très motivant pour Marek en particulier, et qui a admirablement su s'adapter à mes caprices horaires. Je vous adore toutes, merci, merci…

Topie… Tu as bien voulu te pencher sur mon épreuve non corrigée, et je sais que pour toi, ça signifie beaucoup. Merci pour ta gentillesse et ta disponibilité.

Je crois que j'ai fait le tour.

Ah, non. Merci à Patrick Dempsey également pour son soutien inconditionnel ! Qu'auraient fait nos deux amoureux sans vous ?

Merci également à ma famille toujours présente, vaille que vaille, la petite troupe s'est unie pour me laisser bosser et m'énerver toute seule comme une grande, sans broncher. Je vous aime tellement…

Merci également aux Éditions Addictives qui, comme d'habitude, se sont montrées parfaites dans l'accompagnement de ce roman.

Merci également aux lectrices et amis Facebook qui ont « soufflé » sur le manuscrit pour lui souhaiter bon voyage, en espérant que ça lui porte chance.

Merci aux lectrices de tous horizons pour s'être plongées dans ce roman. J'espère que l'expérience a été bonne…

Je vous laisse et vous embrasse tous, et vous dis à très vite.

Erin

Extrait

Sarina Cassint

INSOLENT BOSS

1

Maddie

Un téléphone se met à vibrer dans l'appartement et je relève lentement les yeux de mes fiches de révision. Angie soupire, regarde le message puis grimace en s'installant à côté de moi. Mes feuilles s'étalent sur plus de la moitié de la table de la salle à manger et je fais craquer ma nuque avant de jeter un coup d'œil à ma colocataire.

– C'est encore lui, souffle-t-elle, agacée.

Pas besoin de lui demander des précisions.

– Il doit être dur d'oreille, ricané-je. Tu as pourtant été très claire il y a deux jours.

Un sourire étire mes lèvres à ce souvenir. Le lendemain de cette soirée désastreuse, nous avons eu une grande explication toutes les deux. Ses souvenirs étaient un peu flous et je me suis fait un plaisir de lui relater ce que j'avais vu, en insistant sur les détails sordides pour bien la faire flipper. Blême, Angie a réalisé que cette façon de vivre ne lui correspondait pas, en plus d'être dangereuse.

Du coup, elle a tout de suite appelé Brett pour mettre un terme à leur drôle de relation. A priori, ce dernier n'a toujours pas compris.

– Un vrai pot de colle, râle mon amie en reposant le téléphone sans répondre. Il m'énerve à t'accuser ! Comme si je ne pouvais pas prendre de décision toute seule.

Je me détourne pour ne pas affronter son regard. Je ne lui ai rien dit de mon altercation avec son soi-disant petit copain et je ne compte pas le faire. Elle s'en veut déjà de m'avoir laissée toute seule une bonne partie de la soirée, inutile de la faire culpabiliser plus. Après ce que j'ai vécu il y a trois ans, elle flipperait complètement. Une nouvelle vibration se fait entendre.

– Ah ! Ce n'est pas le mien, cette fois-ci, fait remarquer Angie en désignant mon téléphone de l'index.

Je regarde le nom de l'appelant, soupire et retourne l'appareil sans répondre non plus. Mon amie hausse un sourcil, se permet de regarder l'écran puis me lance un regard peiné.

– Tu vas refuser longtemps ses appels ? me demande-t-elle.

– Je suis occupée, grogné-je pour clore le sujet.

C'est mal connaître Angie… mais je n'ai aucune envie de parler de ma mère maintenant.

– Il va falloir que vous en parliez, non ?

– Moi, je gère, maintenant, répliqué-je, agacée. Mais on dirait que c'est elle qui s'est fait violer.

Angie pince les lèvres et je me dis que j'y suis peut-être allée un peu fort. Je peux en parler plus facilement aujourd'hui, mais ça fait toujours un choc à mes proches quand je m'exprime aussi crûment, surtout sur un sujet comme celui-ci. C'est pourtant une façon de dédramatiser la situation pour moi. Aucune envie que cette merde prenne toute la place dans ma vie. Je veux avancer. Sans minimiser pour autant mais je ne souhaite pas être définie par ce drame.

– Elle ne me fait pas confiance, dis-je, radoucie.

– Elle a peur pour toi, réplique Angie. C'est normal, c'est ta mère et vous vivez sur deux continents différents.

– Je sais. Mais… à chaque fois que j'entends sa voix angoissée, j'y repense.

Sa main se pose sur la mienne et serre tendrement mes doigts. Mon cœur bat plus vite parce que je bloque mes souvenirs et que cet effort me coûte malgré tout. Je baisse les yeux pour éviter son regard compatissant.

– Je te promets d'essayer de lui parler, mais après mes examens.

– OK, capitule mon amie. Alors, au boulot ! Révise !

Je lève le pouce avec un sourire avant d'attraper un surligneur et de me replonger dans mes fiches. Angie se dirige vers le canapé et attrape son livre au passage.

Je l'envie d'avoir terminé ses études. Elle a l'air heureuse de bosser dans un bar le soir et de tenir la caisse dans une petite librairie non loin de notre appartement quelques jours par semaine. C'est elle qui m'a forcée à pratiquer le Gracie jiu-jitsu après mon agression. J'ai un peu honte de m'être laissé avoir par Brett il y a quelques jours mais mon coach m'avait prévenue. Peu importe le nombre d'entraînements ou les heures de pratique, la panique peut tout me faire oublier. Et c'est clairement ce qui s'est passé. Je me suis laissé happer par mes souvenirs au lieu de rester concentrée sur le présent.

Je frissonne car mes pensées me renvoient subitement le regard troublé de Geoffrey. Ce n'est pas ça qui va m'aider à me concentrer. Il faut que je chasse de mon esprit ses yeux perturbés. Je ne le verrai plus. Nous n'évoluons pas dans le même monde et il fait clairement partie de ceux que je veux absolument éviter ! Ceux pour qui le sexe se fait sans partage, sans sentiments. Ce n'est pas ce que je recherche, ce n'est pas ce dont j'ai besoin.

Je m'étire et accueille avec soulagement la distraction causée par la porte d'entrée qui s'ouvre avec fracas. Briana entre dans la pièce, jette son sac sur la commode du couloir et balance ses chaussures sans se préoccuper du bazar qu'elle a réussi à mettre en quelques secondes.

– Salut les *Frenchies* ! lance-t-elle.

Paroles accompagnées d'un mouvement de poignet pour faire passer ses longs cheveux blonds dans son dos. Je me force à sourire et échange un regard avec Angie. Nous partageons ce trois-pièces avec ma cousine américaine et parfois, la cohabitation n'est pas évidente. Mais ça fait partie des engagements que j'ai pris pour rassurer ma mère. Malgré des modes de vie complètement différents, nous réussissons à vivre en harmonie, du moins la plupart du temps. Briana est très fêtarde, a abandonné plusieurs fois ses études mais s'en moque car ses parents paient pour tout. Alors que Angie et moi devons travailler pour payer le loyer, la jolie blonde sulfureuse fait à peu près ce qu'elle veut. D'où quelques grincements de dents, parfois.

– Encore à bosser, Maddie ? remarque-t-elle en haussant un sourcil parfaitement dessiné.

– Plus que quelques jours, répond Angie à ma place. Vacances dans dix jours !

– Vacances, vacances, marmonné-je, pas vraiment. J'ai prévu de trouver un boulot.

– Tu veux pas décompresser un peu ? rétorque Briana, affalée sur le fauteuil, une bière ouverte à la main.

– Je veux bien mais je ne peux pas. J'ai prévu de payer les billets d'avion à mes parents ainsi que leur hôtel.

Silence quasiment religieux dans l'appartement. Briana acquiesce sans rien dire et avale une longue gorgée de son liquide ambré. Elle sait très bien que mes relations sont tendues avec mes parents, même si elle ignore le vrai fond du problème. Je veux montrer à ma mère que je me débrouille très bien, même à plusieurs milliers de kilomètres d'eux. Je compte les inviter pour les vacances de la

Toussaint. Ça me laisse le temps de trouver un job pendant l'été pour financer l'intégralité de leur voyage.

Je veux leur prouver que je suis beaucoup moins naïve qu'avant.

Les lettres dansent devant mes yeux. J'ai bien du mal à retrouver ma concentration et finis par abandonner pour prendre une bière à mon tour. Je m'assois en tailleur sur le sol, le dos appuyé contre le canapé.

– Tu vas recontacter l'agence d'intérim ? me demande Angie après avoir posé son livre.

– Oui. Les boulots qu'ils proposent sont sérieux. Mais j'espère que pour l'été, il y aura un peu plus d'offres intéressantes financièrement.

Briana sort son téléphone et enfile des écouteurs, très peu concernée par nos soucis d'argent. Je lève les yeux au ciel avec une moue dépitée. Y en a qui ont vraiment moins de soucis que d'autres.

– Tu sais que Fred serait prêt à t'embaucher, continue ma meilleure amie.

– Pour qu'on me reluque les fesses toute la soirée ? Non, merci.

Angie glousse mais ne conteste pas. Je suis déjà allée prendre un verre dans le bar où elle travaille. L'ambiance est vraiment sympa et le patron, Fred, respecte et fait respecter ses employées. Seulement, il est déjà arrivé que la situation dérape, sans jamais aller trop loin non plus mais le regard pervers des gars bourrés me dérange. Je préfère de loin faire le ménage, les courses ou veiller sur des personnes âgées plutôt que de risquer ma santé mentale dans ce genre de job. Trop d'hommes concentrés au même endroit, ça me fout les jetons.

– Sauf que t'as un cul trop petit pour qu'on le remarque, de toute façon !

– Hé ! râlé-je pour la forme. Laisse la taille de mon postérieur en dehors de cette conversation.

Angie se marre et j'attrape le coussin au-dessus de moi pour le lui envoyer en pleine tête. C'est vrai que mes hanches sont assez étroites mais je fais avec ! J'assume de ne pas avoir le derrière de Beyoncé et de ne pas aimanter le regard des hommes sur cette partie de mon anatomie, et je vis très bien avec.

Ce n'est même pas un complexe… ou un tout petit… ridicule…

– Tu n'as pas besoin d'avoir de grosses fesses de toute façon, se marre Angie. C'est ton regard qui les attire.

Je grogne, mécontente. Tout ce que je veux, moi, c'est passer inaperçue. Mais j'ai les mêmes yeux bleus que ma mère et c'est vrai qu'ils sont jolis, entourés de longs cils noirs qui rendent mes amies jalouses.

– Affirmatif, confirme Briana en rejoignant subitement la conversation. Tes yeux, c'est de la bombe !

Je cache mon visage dans mes mains pour endiguer l'envie subite de les étrangler alors qu'elles se marrent, en parfaite connivence. Un coussin rencontre le haut de mon crâne et Angie glousse de plus belle. Elles sont infernales, ces deux-là !

– Mais vous avez fini, oui ? m'écrié-je, exaspérée.

– Ça sert à rien de te cacher avec tes cheveux courts et tes vêtements de mec, ricane Briana. T'es jolie malgré tout.

Je me lève, attrape les deux bouteilles de bière vides pour les jeter dans la poubelle de la cuisine avant de m'enfermer dans ma chambre. Je m'allonge sur le dos et fixe le plafond un moment, perdue dans mes pensées. Je passe distraitement mes doigts dans mes courtes mèches et me mords la lèvre. J'aimais bien mes cheveux longs. Avant.

Avant que ce connard ne les empoigne et ne les respire.

***

Je fais craquer mon cou en reposant mon stylo. Ça y est. Partiels terminés ! Une ambiance de soulagement règne dans l'amphi et les étudiants se lèvent avec le sourire. Même si les résultats ne seront connus que dans un mois, je me sens libre. Je rends ma copie avec enthousiasme et me faufile à travers les petits groupes qui discutent de la dernière épreuve pour sortir de l'université. Je récupère mon vélo et, sac sur le dos, pédale dans les rues de Boston en direction de l'agence d'intérim qui m'a déjà embauchée à plusieurs reprises cette année. J'ai envoyé un mail à ma conseillère et nous devons faire un bilan des offres aujourd'hui. Je suis sûre qu'on va trouver quelque chose de sympa pour ces deux mois et demi de vacances d'été.

Je déniche facilement une place pour garer mon vélo et verrouille l'antivol avant de faire les quelques mètres qui me restent à pied. D'un pas pressé, je me dirige vers le petit bâtiment qui abrite l'agence d'intérim au rez-de-chaussée. Je suis contente de bosser pour elle : la boîte a bonne réputation et des clients généralement de haut standing. Les petits boulots proposés sont donc bien rémunérés, la plupart du temps. Même pour faire du ménage. Et même si c'est loin de mes ambitions professionnelles, puisque je compte bosser dans l'informatique, ce n'est que pour quelques mois.

Je ralentis en apercevant ce que je crois être une Bugatti noire, en tout cas rutilante, garée près du trottoir. Juste en face de l'agence. Les vitres foncées ne me permettent pas de voir s'il y a quelqu'un à l'intérieur. J'avoue être curieuse, ce n'est pas tous les jours que je croise ce genre de voiture. Mais je me détourne et avance vers la porte d'entrée du petit immeuble, j'ai des choses à faire.

Au moment où je pose la main sur la poignée, le véhicule derrière moi démarre et la porte s'ouvre toute seule. Je fais un pas en arrière pour éviter d'être percutée mais suis bousculée par un homme qui sort du bâtiment.

– Hé !

Le cri est parti tout seul et je fusille du regard le fautif à qui il faut bien trois pas avant de s'arrêter. Quand même !

Et pardon, c'est pas possible ?

L'inconnu malpoli se retourne et c'est la douche froide. Je crois que mon cœur a cessé de battre quand ses iris clairs se sont posés sur moi.

Geoffrey.

Et moi qui croyais ne jamais le revoir ! Sauf que lui, il n'a pas l'air de me reconnaître. Son visage est complètement impassible et ses yeux me détaillent froidement. Je déglutis, mal à l'aise, et reste ensuite la bouche entrouverte, sans savoir quoi dire. En pleine lumière, il est encore plus beau que dans mon souvenir. Cheveux châtains, presque blonds, coiffés en bataille. Rasé de près, ses mâchoires n'en sont que mieux dessinées. Mais j'ai l'impression de ne pas avoir affaire à la même personne. Il semble bien moins torturé que lors de notre première rencontre, bien plus sûr de lui. Limite arrogant et supérieur dans son costume gris foncé. Aucune douleur n'est visible dans son regard qui croise le mien un instant avant de se détourner. Je le vois froncer les sourcils puis pincer l'arête de son nez tout en fermant très fort ses paupières. Geoffrey secoue la tête puis s'engouffre dans la Bugatti qui l'attendait. La voiture a disparu au bout de la rue et je n'ai toujours pas bougé.

Il ne m'a même pas reconnue.

J'ai un pincement au cœur alors que je devrais être soulagée. Mon but n'est-il pas de passer inaperçue ? Et puis, beau comme il est, les filles doivent défiler devant lui. Il était d'ailleurs en très bonne compagnie à cette soirée. Je dois paraître bien insignifiante à un type aussi séduisant et ce constat me rend bizarrement morose. Je grimace à la pensée de mes contradictions. Je n'ai aucun intérêt à attirer son attention. Surtout la sienne.

– Mademoiselle ?

Je tressaille et réalise que je tiens toujours la porte ouverte. Gênée, j'adresse un sourire d'excuse à l'hôtesse d'accueil et m'engouffre à l'intérieur de l'agence.

– Je peux vous aider ?

– Oui, je suis Madeleine Beauchamps, j'ai rendez-vous avec Mme Powell.

– Très bien, je vais la prévenir.

J'attends patiemment devant une vitrine où sont affichées des petites annonces et triture la manche de mon gilet sans y faire attention. Mes pensées sont loin d'ici, vers un étrange regard vert qui me bouleverse plus que de raison.

Qu'est-ce qu'il faisait là ? Ne me dites pas qu'il a passé une annonce ici ?

Je sursaute quand ma conseillère m'appelle et la suit jusque dans son bureau, le rouge aux joues. Une fois que nous sommes installées de part et d'autre de son bureau, Mme Powell m'adresse un grand sourire.

– Je crois que j'ai exactement ce qu'il vous faut. L'annonce a été déposée aujourd'hui.

Je me retiens de grimacer. Hors de question que je bosse pour lui.

– Deux mois en tant que femme de ménage dans la villa de M. Dureyi.

– M. Dureyi ?

Mes yeux doivent ressembler à deux soucoupes géantes. J'ai du mal à réaliser qu'on m'offre du travail dans la maison d'un des milliardaires les plus connus du pays ! Le fondateur de la marque de voitures de luxe Dureyi !

Le petit rire de ma conseillère me fait redescendre sur terre.

– Votre profil correspond tout à fait, enchaîne-t-elle. Vous avez déjà effectué ce genre de travail et nous connaissons votre sérieux. Vous avez de très bonnes appréciations de la part de vos anciens patrons.

– Je… mais… c'est… hum. Désolée, je crois que je suis sous le choc.

Nouveau gloussement satisfait. J'inspire profondément.

– Où se trouve cette villa ? Vous savez que je n'ai pas de voiture.

– Moins d'une heure en transports en commun.

– OK, c'est jouable.

– La gouvernante que vous allez remplacer veut d'abord vous rencontrer. C'est elle qui prendra la décision finale. Et voici le salaire proposé.

Oh purée !

Voilà encore une information qui me fait bugger. Je crois que je n'aurai jamais autant fait rire ma conseillère. Elle est complètement surexcitée par l'affaire ! Je serais dans le même état si j'arrivais à aligner deux pensées cohérentes. Mais le nom de Dureyi ne cesse de tourner en boucle dans mes oreilles. C'est complètement fou ! Et inespéré.

Lorsque je ressors de l'agence, mon cœur bat un peu trop vite et cette nouvelle m'a presque fait oublier ma rencontre inattendue avec Geoffrey.

Presque.

***Extrait dans la collection* addictives**

Megan Harold

INITIATION WITH MY BOSS

1

EMMÉNAGEMENT CHAOTIQUE

Ça y est, j'y suis !

Mon cœur bat à tout rompre dans ma poitrine. Un peu à cause du stress occasionné par le déménagement (et parce que je n'ai plus aucune nouvelle des déménageurs depuis hier soir !) mais surtout parce qu'aujourd'hui, je signe le début de ma nouvelle vie.

Dès que j'aurai remis la main sur mes affaires…

Les déménageurs sont censés avoir roulé toute la nuit depuis Saint Cloud dans le Minnesota pour rallier New York. J'ai opté de mon côté pour le confort de l'avion. Mais depuis mon atterrissage, je n'ai aucune nouvelle de mes cartons. J'essaie de ne pas trop paniquer, de me dire que tout va bien. C'est leur job. Je refuse que mon arrivée soit ternie par ce problème matériel. Et surtout, je veux savourer mon entrée dans Manhattan. Je tiens à ne voir que l'essentiel et laisser la place à la joie qui m'envahit. Si je m'écoutais, je baisserais la vitre du taxi pour crier ! Je suis enfin arrivée à New York, je vais démarrer une autre existence, oublier tout le reste pour ne plus penser qu'à l'avenir. Pas question de faire machine arrière. Pas question de reprendre la route en sens inverse. Je ne regrette rien de mon choix, bien au contraire ! J'ai tellement hâte, tellement envie, de m'acclimater à la vie new-yorkaise ! Sous les klaxons hurlants des New-Yorkais parce que le taxi vient de changer brusquement de voie…

Vivement que je ne prenne plus que le métro !

Après avoir évité les quartiers les plus encombrés, nous avoir fait passer par des petites rues insoupçonnables, le taxi finit enfin par me déposer devant l'immeuble de ma cousine.

Mon immeuble, désormais.

L'endroit où je vais partager une colocation avec elle, dans un appartement sublime qu'elle a hérité de sa grand-mère maternelle.

Si cet appart avait été dans le Bronx, jamais ma mère ne m'aurait laissée partir !

Une colocation dans l'Upper East Side, dans un quartier très sélect, et sûr aussi, c'est une chance que je ne manque pas d'apprécier. Je n'ai pas encore eu l'occasion de sincèrement remercier Liana de sa proposition de m'héberger. Elle a refusé lorsque je lui ai offert de lui verser un loyer, mais il est hors de question que je ne participe pas. Dès que possible, dès que je suis installée ici, je me cherche un job.

À mon grand soulagement, le camion de déménagement est là. Sur le trottoir s'entassent déjà mes cartons et le peu de meubles que j'ai emportés avec moi.

– Désolée de vous avoir fait attendre, m'excusé-je auprès du chef de l'équipe. J'ai eu un problème à l'aéroport et…

– Tenez, voilà le bon de livraison, il faut qu'on parte, nous !

Le déménageur me colle son papier dans les mains. J'avais déjà remarqué qu'il n'était pas aimable, mais visiblement, le trajet ne l'a pas déridé.

Mais…

– Vous n'allez pas laisser tout ça en vrac dans la rue ?

J'essaie de prendre une voix assurée, mais je sens la panique monter. Il ne va quand même pas me planter comme ça !

– Vous n'avez pas pris l'option installation, se contente-t-il de me répondre, complètement indifférent à mon sort.

– Mais quelle option ?! Vous devez me monter mes cartons, je ne peux pas le faire toute seule !

– Désolé, mademoiselle, mais sans l'option, on ne s'engage pas plus loin ! On a déjà perdu assez de temps comme ça à vous attendre !

– Mais enfin ! Vous ne…

Je riposte mais l'homme est déjà dans son camion.

– Je fais quoi moi maintenant ? lui crié-je par la vitre.

– Eh bien… Vous portez vos cartons toute seule !

Je m'écarte du camion et le regarde s'éloigner, abasourdie, avant de me retourner vers mes affaires qui encombrent le trottoir. Dans un tel quartier, je dénote complètement et je le ressens aux regards noirs que les passants me lancent.

OK, ce n'est pas si grave. Je vais trouver une solution !

Ma cousine ! Elle pourra me donner un coup de main, appeler quelques-uns de ses amis, et voilà !

Je me félicite d'avoir conservé suffisamment de batterie pour la joindre. Sauf que ma poisse du jour semble bien installée et je tombe sur son répondeur.

– Salut Liana, c'est Kirsten. Je suis en bas de l'immeuble avec mes affaires… Les déménageurs m'ont plantée donc, si tu es là… J'ai besoin d'aide !

Peut-être qu'elle est loin de son téléphone, qu'elle est sous la douche, que son téléphone est au fond de son sac ? Le mieux peut-être, c'est de sonner à la porte. Elle m'avait assuré qu'elle serait là pour m'accueillir ! Parce que… je n'ai pas les clés non plus !

Pas de panique. Je refuse que mon arrivée ici ressemble à une lente descente aux enfers.

Je laisse mes cartons sans surveillance et tape le code que j'ai mémorisé depuis des semaines tellement il me tardait d'emménager. Quand j'entre dans le hall de l'immeuble, j'ai la surprise de tomber sur un réceptionniste. Au regard suspicieux qu'il me lance, je me sens obligée de lui rendre des comptes.

– Bonjour, lui dis-je gaiement. Je suis Kirsten Lake, j'emménage dans l'appartement de Liana Sinclair et je…

– Ah oui, mademoiselle Lake ! Melle Sinclair m'a justement demandé de vous laisser un trousseau de clés. C'est au…

– Dixième étage ! l'interromps-je.

Cette information-là aussi, je l'ai apprise par cœur !

Mon enthousiasme est éphémère. Je saisis soudain pourquoi il me tend une paire de clés.

Ce n'est pas possible…

– Vous voulez dire que…

Le poids de ce début de journée commence à peser lourd sur mes épaules. Liana n'est pas là, je suis seule avec mes affaires…

– Bien, merci, soufflé-je en lui adressant un triste sourire.

Je ressors de l'immeuble, regarde mes cartons et soupire. Je n'ai plus le choix, il va falloir que je m'y colle moi-même.

Haut les cœurs, je ne vais pas me laisser abattre ni y voir un mauvais signe !

Alors que j'enlève mon sweat, anticipant l'effort physique, je sens une présence à mes côtés. Je sens surtout une odeur de parfum frais mais viril, quelque chose de très agréable, de très… envoûtant. La source de cet enivrement soudain ? Un homme, en tenue de sport, un joggeur certainement, brun… Il s'est arrêté à côté de moi, le temps de faire quelques réglages sur sa montre. Et le temps pour moi de jeter un œil à son profil… et d'être transpercée par des yeux verts, lumineux, indéchiffrables mais tellement… perçants !

L'inconnu se contente de me faire un signe de la tête et part à petites foulées. Je reste plantée sur ce trottoir à le regarder. Si tous mes nouveaux voisins sont comme lui, je vais adorer vivre ici !

Je prends cette rencontre comme un signe du destin. Revigorée par cette apparition, je noue mon pull autour de mes hanches et commence mes nombreux allers et retours, sous le regard apitoyé du réceptionniste. Mais je sifflote, je chantonne… Les muscles de mes bras me tirent un peu au bout du cinquième voyage… mais, petit à petit, je débarrasse le trottoir new-yorkais.

Pour déplacer mon problème dans le hall de l'immeuble.

Perdue dans mes pensées, j'oublie complètement la douleur et les regards agacés des voisins que je croise, moins agréables que celui entraperçu il y a une heure. Je ne pense qu'à cet emménagement, à mon émancipation. Je n'ai plus mes parents sur le dos, je démarre mon stage lundi, ma nouvelle vie m'attend. J'ai tellement hâte d'écrire cette nouvelle page, de m'épanouir enfin, de sortir de mon cocon. Je n'ai plus envie d'être la petite étudiante aux trois années d'avance, le bébé de la promo, le bébé de ses parents. J'ai envie d'être moi, d'être la femme que j'ai dû étouffer ces derniers mois. De mûrir, faire des rencontres, découvrir de nouveaux amis.

Enfin… Quand je dis nouveaux… Des amis tout court…

Et pourquoi pas flirter un peu, comme toutes les filles de mon âge ? Commencer à profiter de cet aspect de la vie aussi ? Je me suis tellement oubliée entre les rumeurs, les plans de mes parents me concernant et… le reste !

Quand les portes de l'ascenseur s'ouvrent et que je m'envole avec mes premiers cartons dans mon nouveau chez-moi, je manque encore une fois de laisser exploser ma joie.

Nouvelle ville, nouvelle Kirsten !

Je ne prends même pas le temps de visiter l'appart. Il faut absolument que je désencombre le hall.

Un petit plaisir n'arrivant jamais seul, le voisin sexy refait son apparition. Son magnétisme n'a même pas souffert de l'effort physique. Ses cheveux bruns, un peu humides, retombent sur son front. Il a un look un peu plus sauvage, un peu plus animal. Quelque chose de très… perturbant ! Quand il se place devant les portes de l'ascenseur, je croise à nouveau son regard. Je ne sais pas pourquoi, je suis incapable de le soutenir, et je me retourne rapidement. Un peu trop sans doute, il va certainement comprendre qu'il m'intimide.

Je jette un regard dans le miroir, celui derrière le comptoir du réceptionniste. Si je pensais être discrète, c'est raté. Je baisse les yeux quand je m'aperçois que mon voisin m'observe aussi. Mon cœur se met à tambouriner dans ma poitrine, je me sens rougir. J'essaie de ne pas être maladroite et d'agir normalement. Si j'étais un peu plus sûre de moi, je me redresserais et je plongerais mon regard dans le sien !

Sauf que je ne le suis pas. Pas du tout, même.

J'ose à peine jeter un nouveau coup d'œil à son reflet.

Il me fixe toujours… J'ai soudain très chaud, et ce n'est pas dû à mes allers et retours avec mes affaires ! Je reste plantée là, à farfouiller dans les sacs et cartons. Et puis soudain retentit le bruit de l'ascenseur et des portes qui s'ouvrent.

– Bon courage, me lance-t-il d'une voix claire.

J'ai tout juste le temps de me retourner pour le remercier que les portes se referment sur lui. Je pousse un profond soupir. J'ai envie de me laisser tomber pour me remettre de mes émotions. Ce n'était peut-être rien pour lui, mais pour moi… Jamais personne ne m'avait regardée avec autant d'intensité dans le regard. À quoi est-ce qu'il pouvait bien penser en m'observant de cette façon ? Et si je l'avais suivi dans l'ascenseur ? Lui et moi, coincés dans un espace clos…

Nouvelle bouffée de chaleur.

Je suis tellement heureuse de commencer une nouvelle vie que je serais prête à sauter dans les bras du premier venu ? Un regard un peu appuyé et mon imagination s'affole ? On croirait que je suis en manque ! En manque de quoi, puisque je n'ai jamais goûté à rien ?

Hormis à la déception…

Je me secoue, mes cartons ne se porteront pas tout seuls et je n'ai pas très envie de m'éterniser.

Et une bonne douche froide pourrait aussi me faire du bien ! C'est d'ailleurs ce qu'est peut-être en train de prendre mon nouveau voisin ?

J'ignore le frisson que je ressens une nouvelle fois en imaginant cet inconnu, seul avec moi (sous une douche en plus), pour reprendre mon job de déménageuse. Si je ne fais pas carrière dans la publicité, je pourrai penser à une reconversion !

Je cumule les montées et les descentes, les chargements, et je commence enfin à en voir le bout ! La grande majorité de mes affaires se trouvent désormais en haut. Un nouvel élan de motivation à l'idée d'en avoir bientôt fini me fait accélérer le rythme.

– Attention !

Dans le hall, un homme m'esquive. Enfin, *nous* esquive, mon carton et moi, d'un bond très félin. Le voisin est de retour, en jean et sweat bleu marine cette fois. Impossible de me contrôler. Je m'empourpre, confuse.

– Oh, pardon ! Je suis désolée, j'ai failli…

– Vous n'avez personne pour vous aider ? me demande-t-il, sans faire attention à mon trouble.

– Eh non…

J'essaie de sourire, de donner le change, mais cette discussion transforme mes jambes en coton.

– Mais j'ai bientôt terminé, ajouté-je rapidement pour tenter de ne pas donner l'image de la pauvre fille abandonnée par tous.

Il se contente de hocher la tête et m'adresse un rapide sourire avant de se diriger vers la sortie de l'immeuble. C'est son habitude de multiplier les allées et venues ?

Non, voyons, il ne fait ça que pour essayer de me croiser le plus possible, de savoir où j'emménage, d'en savoir plus sur moi et il finira pas m'inviter à prendre un verre chez lui pour fêter mon arrivée à New York, et il me proposera de prendre une douche, me fera un massage pour détendre mes muscles et après ça, nous…

STOP !

C'est New York qui rend mon imagination incontrôlable ?! Il faut que je retrouve le bouton d'arrêt d'urgence, et vite !

Je sens la fatigue me tomber dessus. Mes muscles sont endoloris, je peine à faire le dernier voyage. J'en suis à un stade où je ne peux plus que faire glisser mes affaires sur le sol. Et on dirait que les sacs les plus lourds se sont donné le mot pour n'apparaître qu'à la fin !

Quand enfin je me redresse dans l'ascenseur, essoufflée, pour appuyer sur le bouton du dixième étage, un profond soulagement m'envahit. Mais au moment où les portes se ferment, une main se faufile entre les battants pour les en empêcher. Je me redresse d'un coup, jusqu'à ce que…

Le sort s'acharne !

À son air agacé, je comprends que mon cher voisin a dû apprendre une mauvaise nouvelle depuis notre échange. Ou qu'il a perdu patience avec mes voyages incessants. Avec mes cartons qui occupent les trois-quarts de l'ascenseur, on ne peut pas dire que je lui laisse beaucoup d'espace vital. Par contre, mon imagination s'en donne à cœur joie.

J'ai déjà pensé à cette scène, non ? Mais l'ambiance y était un peu moins glaciale…

– Vous avez terminé ? finit-il par me demander sans un sourire, en appuyant sur le bouton du dernier étage.

– Oui, c'est… fini.

Ma voix est un peu enrouée. Je ne suis pas très à l'aise à quelques centimètres de lui. Si je n'avais pas eu toutes ces idées idiotes de douche et de massage, cette proximité serait anodine ! Enfin, pas sûr, avec ce parfum agréablement entêtant. Il ne faudrait pas que je me souvienne de la façon dont il m'a regardée pour…

Trop tard. Ses yeux sur moi. De la tête aux pieds.

Mon cœur s'emballe à nouveau, j'ai chaud avec mon simple débardeur, je perds complètement la raison et…

Je chute. Littéralement. Pour de vrai. Après un arrêt brutal, l'ascenseur tombe brusquement comme s'il n'était plus retenu. Nous sommes plongés dans le noir, je crie, je ne veux pas mourir, pas maintenant, pas alors que je viens tout juste d'arriver. Une main m'agrippe avant que l'ascenseur n'arrête violemment sa chute et que les lumières de secours se rallument.

Et puis le silence…

– Est-ce que ça va ? me demande doucement l'inconnu.

Il me faut du temps pour retrouver mon calme et mes esprits. Je me rends compte que je me suis blottie contre lui, qu'un de ses bras m'entoure et l'autre… L'autre retient des cartons dans mon dos pour qu'ils ne tombent pas sur moi.

– Je crois que ça ira mieux quand on sera sortis d'ici, dis-je faiblement.

– Vous tremblez…

Je ne sais pas si c'est de peur ou parce qu'il continue de me serrer contre lui. Ses yeux s'accrochent aux miens, ses lèvres sont à quelques centimètres des miennes, mon corps est pressé contre le sien. Des images se bousculent : la douche, la chute, les cartons, son torse nu, les massages, l'accident…

Je ne sais pas si c'est lui qui m'embrasse en premier ou si c'est moi. Si nous répondons à une pulsion, à une attirance, ou au besoin de profiter de la vie avant de connaître une seconde chute qui pourrait nous être fatale cette fois. Ce baiser est une invitation à la survie, le sang n'a jamais autant pulsé dans mes veines, mon ventre ne s'est jamais autant enflammé. Ses mains se crispent dans mon dos, il fait un pas pour me plaquer contre mes cartons. Il me domine de toute sa hauteur, de sa force et de ce magnétisme qui vrille complètement mes pensées. Je m'accroche à lui comme une damnée, comme s'il était mon seul lien avec la terre ferme, le seul capable de me sortir de là. Mes oreilles bourdonnent, mon cœur tambourine dans ma poitrine. Et lui… Il m'apporte un autre vertige, me fait défaillir encore plus… J'ai soudain envie qu'il me prenne, sur mes cartons, avec sa force qu'il semble parfaitement maîtriser, qu'il laisse s'exprimer cette virilité que je sens contre moi. Je ne suis plus dans l'ascenseur, je suis juste dans ses bras, dans une dimension terriblement érotique où les seules images de moi, totalement nue contre lui, mes jambes entourant sa taille, emportée par ses coups de bassin, me font frémir encore plus qu'une chute dans le vide.

Les lumières se rallument. L'ascenseur est pris d'une soudaine impulsion et remonte, cette fois-ci plus doucement. Mais ça ne m'intéresse pas autant que ça le devrait. Je suis dans les bras de mon voisin sexy, il m'offre un baiser volcanique et je ne souhaite plus qu'une seule chose : que ça dure le plus longtemps possible.

Sauf que la bulle explose au moment où retentit la sonnette de l'ascenseur, annonçant l'arrivée à l'étage et l'ouverture des portes. D'un pas vif, mon voisin se recule. J'ai un millième de seconde pour revenir à la vie, reprendre le dessus sur un flot de sentiments qui m'assaillent. J'ai besoin de bondir hors de cet endroit.

– Je suis arrivée, murmuré-je en me tournant vers mes cartons.

Je croise son regard. Si je suis complètement perdue, il a l'air complètement maître de lui-même. Il ne s'excuse pas, ne dit pas un mot. Il se contente de me regarder.

Est-ce qu'il est en train de penser à ce qu'on vient de faire ?

Est-ce que j'embrasse si mal ?

S'il savait que de mon côté c'est le meilleur baiser de toute ma vie !

Je suis à la fois consternée, mortifiée, honteuse, confuse… et choquée par la réaction plus qu'enthousiaste de mon corps et par mes idées plus qu'audacieuses. Franchement, qu'est-ce qui m'a pris de me jeter sur lui ? De me laisser embrasser comme ça ? Personne ne fait ça. Jamais ! Et lui ? Il se rend compte que c'est bizarre ? C'est peut-être un psychopathe qui erre dans les immeubles à la recherche de jeunes filles à embrasser ?

addictives

Romans déjà parus et à paraître

Rose Becker
Le Bébé, mon milliardaire et moi (aussi en poche)
Torride, sexy & dangereux
Forever You – saisons 1 et 2
Dangerous

Phoebe Campbell
Tes ordres sont mes désirs – volumes 1 à 3 (aussi en poche)
Lui résister… ou pas – volumes 1 et 2
Lui résister… ou pas – l'intégrale
You Again
Single Daddy. Try Me if You Can

Mia Carre
Bad for You
Teach Me Everything
Charmant connard !

Mélodie Chavin
Campus Rules

Olivia Dean
À lui, corps et âme – volumes 1 et 2 – poche

Stuart Evans
Roméo & Jules

Ann Fox
Spring Break – l'intégrale

Emma Green
Toi + Moi : L'un contre l'autre (aussi en poche)
Toi + Moi : Envers et contre tout (aussi en poche)
Toi + Moi : Seuls contre tous (aussi en poche)
Call Me Baby – volumes 1 et 2
Call Me Bitch
Love Me if You Can
Kiss Me if You Can
Bliss. Le faux journal d'une vraie romantique – volumes 1 et 2
Jeux interdits
Jeux insolents
Jeux imprudents
Une toute dernière fois
Fallait pas me chercher ! – volumes 1 et 2

Corps impatients (aussi en poche)
Cœurs insoumis
Âmes indociles
Cent facettes de Mr Diamonds – l'intégrale
Bliss. Le faux journal d'une vraie romantique – l'intégrale
(Im)parfait
Love Me if You Can – l'intégrale
Kiss Me if You Can – l'intégrale
It's Raining Love!
The Boy Next Room
Call Me Baby – l'intégrale
Call Me Bitch – l'intégrale
PS: Oublie-moi !
Fallait pas me chercher ! – l'intégrale
Recherche coloc: emmerdeurs, râleurs, lovers… s'abstenir!
10 bonnes raisons de te détester !
Just 17

Kim Grey
Insolent Bastard

Megan Harold
Tout pour lui – volumes 1 et 2 – poche
Sublime-moi! – poche
Juste toi et moi – volumes 1 et 2
Breaking the Rules
Initiation with my Boss

Amy Hopper
Gone Boy

Julie Huleux
Alpha Player

Kate Jacobson
Révèle-moi – volumes 1 et 2

Amber James
Contrôle-moi ! – poche

Lucy Jones
Perfect Lover. Envoûte-moi – poche

Charlie Lazlo
Mon insupportable boss

Sienna Lloyd
Mords-moi!

Nina Marx
Soumets-moi ! – volumes 1 à 3
Escort Girl. Diamonds Private Club – poche
Rock You – l'intégrale de la trilogie *Soumets-moi !*

Caroline Mongas
Mariage forcé. Un contrat indécent

June Moore
Étreinte – volumes 1 à 3

Zoé Murat
Stepbrother Love

Clara Oz
Arrogant
Te séduire, te trahir

Heather Powell
Je te veux – volumes 1 et 2

Lise Robin
Infiltrée. Sex, Drugs & Danger
Love Scandal

Alex Roussel
The Casting

Ana Scott
Dark Ride
Last Ride
Vicious Ride

Camilla Simon
Le voisin parfait est un enfoiré

Mina Shepard
Mon milliardaire, mon mariage et moi

Ève Souliac
Sexy Mistake

Liv Stone
Love Lessons

Lisa Swann
Adore-moi ! – l'intégrale

Louise Valmont
Toi & moi, c'est compliqué !
Mine Again

Chloe Wilkox
Ordonne-moi ! – volumes 1 à 3
Ordonne-moi ! – l'intégrale
Wild Love. Bad Boy & Secret Girl – saisons 1 et 2
Extreme Lover – l'intégrale
Immoral
Your Game, My Rules (en poche)
Dominant Boss – Apprends-moi

Luv

Romans déjà parus et à paraître

Ana K. Anderson
Indompté
Scottish Bastard

Sophie Auger
Be with Me

Laura Black
Dark Initiation
Games of Desire

Margot D. Bortoli
Too Young

Juliette Brunel
Delicious

Anne Cantore
On the Road with You
Promets-moi. Louise et Marco

Sarina Cassint
Avec toi… peut-être
Insolent Boss

Mary Ann Davis
Coach Me Love !

Nora Davy
Absolute Boss
Don't Resist

Gwen Delmas
Noël, toi & moi
Perfect Boss

Cléa Dorian & Ninon Vars
Dark Love

Laurie Eschard
Love Naked

Lil Evans
Savage Rider
Crash & Burn
Boss Affair

Alexandra Gonzalez
Shades of You

Erin Graham
Teach Me Love
The Boss
Secret Stepbrother

Joh Harper
Crazy Love

Iris Julliard
Prends-moi contre toi
Catch & Shoot

Lucie F. June
Fight with Darkness

Sara June
Rider in the Dark
Sexy Wild Rider

Lena Jung
Mon coloc, mes désirs & moi

Emily Jurius
Love to Hate You

Pauline Libersart
Tiger. Entre ses griffes

Ella Lores
Mariée par accident à un connard arrogant rencontré la veille…

Jessica Lumbroso
Emma X. Secrète et insoumise

Mila Mirelli
Dark Man in Love

Mag Maury
Fast Games
No Love, No Limits
My Hipster Christmas

Jeanne Pears
Insupportable coloc
Colocs & Sex Friends

Jeanne Périlhac
Only You… & Me

Sophie S. Pierucci
L'Inconnu de l'ascenseur & Moi (aussi en poche)
My Stepbrother. L'initiation

Silvia Reed
Darkest. La dernière heure
Too Close

Anita Rigins
No Rules

Avril Rose
Coffee, Sex & Law

Jana Rouze
Effet de vague – saisons 1, 2 et 3

Wendy Roy
Une seule fois (ou presque)

Ana Scott
À corps brisés

Léana Soal
Fight & Hope

Cara Solak
Perfect Obsession

Liv Stone
Initie-moi. Mes jours contre tes nuits

Lena K. Summers
Perfect Bad Boy

Kaly Swann
Austin. Breathe with Me

Lily Tortay
Dance for Me

Flore Valier
Ta peau contre la mienne

Anna Wendell
Arrogant Bad Boy
Apprends-moi le désir

Auteure : Erin Graham

Edisource – Éditions Addictives
100, rue Petit, 75019 Paris
Imprimé par FINIDR – Lipova cp. 1965 – 73701 Cesky Tesin,
République tchèque
Dépôt légal : janvier 2020 – Achevé d'imprimer : décembre 2019
Réimprimé en septembre 2020
ISBN : 978-2-37126-322-2
Réf. contrat : ZREK_001